光文社文庫

長編小説

神聖喜劇
第一巻

大西巨人

光 文 社

目次

「光文社文庫」版前書き

『神聖喜劇』の光文社刊四六判五巻本（元版）は、のち「文春文庫」に入り、さらにのち「ちくま文庫」に入った。しかし、現在、それらは、すべて絶版ないし長期品切れである。

このたび『神聖喜劇』五巻本が「光文社文庫」に入ったのは、それが言わば「生家に帰った」ことであり、私として重畳《ちょうじょう》である。のみならず、その「このたび」が二〇〇二年（二十一世紀初頭）であることは、私として——『神聖喜劇』の弥増《いやま》さる今日的意義を確信する私として——至極《しごく》重畳でなければならない。

なお、元版から当版に至るまでの間に、逐次、若干の修訂が行なわれた。この文庫版を、私は、今日における決定版として、『神聖喜劇』に関する論評が今後この版について為されることを希望する。

二〇〇二年盛夏

大西巨人

神聖喜劇

第一巻

......it is a tale
Told by an idiot, full of sound and fury,
Signifying nothing.

SHAKESPEARE: *Macbeth*

第一部　絶海の章

序曲　到　着

対馬《つしま》は、日本海の西の果て、朝鮮《ちょうせん》海峡に位置し、上島《かみじま》、下島《しもじま》の二つの大島と九十あまりの小島とから成る山がちの列島である。西北は朝鮮に対し、東南は対馬海峡をへだてて壱岐《いき》ノ島に対する。上島と下島とは、近接し、北北東から南南西にむかって長く、南北七十二キロ、東西十八キロ、総面積七百三平方キロ、その大きさは、わが国の主要な島島のうち、沖縄本島、佐渡《さど》ガ島および奄美大島《あまみおおしま》に次ぐ。島の中央やや東寄りを山脈が縦に走り、五百メートル前後の山山が幾重にもかさなって東海岸へ急劇に傾斜している。

かつて、この島は、日本第一の要塞と言われた。

対馬要塞は、一九四一年（昭和十六年）夏からのち、戦備体制に入り、北、中、南の三地区・三個大隊の重砲兵力が、全島十一箇所の砲台に配置せられ、別に独立の歩兵部隊二個中隊は、中地区に駐屯《ちゅうとん》した。北地区第一中隊豊《とよ》砲台に四十糎《サンチ》加農《カノン》砲二門、南地区第七中隊竜《たつ》ノ崎《さき》砲台に三十糎加農砲四門、他の七砲台には四五式十五糎加農砲それぞれ二ないし四門。

残る二箇所の臨時砲台は、三八式野砲四ないし二門を備《そな》えた。

世界に仁義の法《のり》を布《し》き
統《す》ぶる使命の神州や
舷舷相摩《ま》す玄海《げんかい》の
怒濤《どとう》をおさへて聳《そび》え立つ
朝鮮海峡制扼《せいやく》の
務《つと》めは重し、わが対馬

玉なす汗をぬぐひつつ
山路けはしき幾十里
北風凍る玄海の
怒濤を蹴って幾海里《かいり》
北と南の砦《とりで》には
山なす巨砲われを待つ

この稚拙《ちせつ》な歌詞は、対馬要塞重砲兵聯隊《れんたい》『聯隊歌』の二節である。要塞司令部と聯隊（あるいは戦時通称西部第七十七部隊）本部とは、上島東沿岸の鶏知《けち》町にあった。

一九四二年一月十日午後十時十五分、われわれ福岡《ふくおか》、佐賀《さが》、長崎《ながさき》三県出身の補充兵役《ほじゅうへいえき》入隊兵たち（および同三県出身の現役入隊兵たち）その他を乗せた博多《はかた》〜釜山《ふざん》間定期船珠丸《たままる》は、対馬厳原《いずはら》に入港した。指定せられた航海日は昨一月九日であったが、その日は時化《しけ》のために定期船が欠航した。それゆえわれわれは、一日遅れて乗船したのであった。博多港解纜《かいらん》は午後一時三十分、曇り空の下の余波《なごり》の玄界灘《げんかいなだ》に暗緑色の大波が果てしなく起伏し、八百トンの小貨客船は、絶えず前後左右に動揺し、行き悩んだ。

入隊兵たちの多くは、まず三等船室のそこかしこに数人ずつ固まり、しきりに雑談したり飲食したり合唱したりしていたが、やがて大部分が船酔いに倒れた。嘔吐《おうと》する者も、おいおい出て来た。その時分には、もう壱岐ノ島が近かった。

私は、小用達《た》しのついでに、二、三回、数分間ずつ甲板に出てみた以外には、片隅にひたすら寝転んで、沈黙していた。当時における私の思想の一断面に従えば、私の生は、過去の至極《しごく》不生産的であった二十二年数カ月をもって観念的にはすでに終わりを告げ、いまや具体の破滅を目指して旅立っていたのである。この海を逆に越えてふたたび本土を踏むことは、もはや私にないであろう。その最後の旅路の最初の道筋に、嘔吐その他のどんな醜態をも演じるようなことがあってはならない。私の気持ちは一種克己的《ストイカル》であった。私は何一つ飲食物を持って来ていなかった。食らい酔って歌う彼らに、私は、心で同感しなかったが、彼らのある部分が嘔吐し、もしくは他人に苦痛を訴えるに及んで、彼らを嫌悪した。私自身は、船旅に経験もとぼしく弱くもあるのを自覚し、乗船早早から緊張と警戒とを怠らなかったのである。話相手を求める気は、まるでなかった。知人もない。

以前から私にあったこの種の克己主義《ストイシズム》は、太平洋戦争を通じて私の内部に強化せられた。

私の弱点でもあり長所でもある作用を、それは、今日に至っても止《や》めないらしい。戦後のある時期、一は否定的に、他は肯定的に、私を厳格主義者《リゴリスト》と呼んだ人人がいるのも、このことと無関係ではないのであろう。

二度目に甲板に出た際、私は、右舷の中ほどの欄に凭《よ》って、最も長くそこに留《とど》まった。黒い外套《がいとう》を着て戦闘帽をかぶった若者が、私以外にただ一人の甲板上の客であった。私よりも船尾に近く欄に靠《もた》れた彼は、脇目も振らず海上遥かな水か雲かに視線を放ちつづけているようであった。刺すような北風が、しばしば波の繁吹《しぶ》きを孕《はら》んで、私の面《おもて》を打った。日の光の絶えて差さぬ海原に、目路《めじ》の限り、私は、島影を見ない。切れ間なく脹《ふく》れ上がる灰色の巨大なうねりをしばし見つめると、私の眼は、あやしい眩《くる》めきを覚えた。船首に切り裂かれて舷側を過《よ》ぎる潮《うしお》の流れは早く、私は、人為《じんい》のゆらぎかたむきつつ自然にあらがって行くけなげな速度を感じた。

「八十島《やそじま》過ぎて別れか行かむ」と不意に私は口に出していた。気づいて、私は、それを心外とした。あたかも私の行く先は、大むかしの防人《さきもり》とおなじく、対馬である。悔恨《かいこん》ともあこがれともつかぬ一つのするどい疼《うず》きを伴《ともな》った感情が、私を捕え、既往流転《きおうるてん》の時間にかかわるあるおもかげ、ある肉声、ある観念、ある形象が、その底によみがえろうとした。しかし私は、無帽の丸刈り頭を一振り二振り左右に振って、その方向への考えの発展を私自身に拒絶した。それらは、すべて普通人の感傷でしかない。骨肉と他人と、異性と同性と、具体と抽象とを問わず、いまこの海の上の私が名残《なごり》を惜しまねばならぬ人も物も、ないはずである。

「そら晴れて　日あきらか／鏡のごとき　うな原を／ゆたかに舟は　すべりゆく」と私は、

今度は意識してくちずさみ、気分を換えようと試みた。まわりの風情《ふぜい》に全然それはそぐわなかった。四十年前の（ほぼ相接した海路を行った）第二軍軍医部長森林太郎《もりりんたろう》と今日の私とでは、天候から戦争観に至るまで、あれもこれもあまりに違っていたのである。私は、「かぜなぎて　ひるしづか」とまた声に出し、殊更に苦笑してみたが、たちまち「ほととぎす　忍《しの》び音《ね》ながら／一声に　全《また》き心を／われは籠《こ》めてき」に思い至った。私は、私の表情がにわかに翳《かげ》るのを覚えた。このとき小雨が落ち始めた。

欄を離れようとして、私は、よろめき、小さい叫びを上げた。若者は、初めて私のほうにちらりと正面の顔を見せた。彼の双眼の青い輝きを、その瞬間の私が、印象的に認めた。

船室に下りて私は横になった。生理的にも精神的にも不快感が募《つの》りそうであったから、私は、眼を閉じて眠ろうと努力した。なかなかそれは、山口誓子《やまぐちせいし》の「玄海の冬浪を大《だい》と見て寝《い》ねき」というような眠りではあり得なかった。波濤の上の大ぶらんこは、私の心身を弄《もてあそ》び、その半ば醒《さ》め半ば眠った脳髄に、奇怪な観念や曖昧《あいまい》な映像やが、隠れては見え、現われては消えた。

途中で一度、目立って船体の動揺が静まり、船脚がにぶった。いくらかの人人の船室を去る動きが起こった。私も、甲板に立ち、暗夜の左舷に島影と燈火とが迫ったのを見た。そこが壱岐の勝本《かつもと》港である、と近くで誰かが誰かに語った。汽船は、ここで短時間碇泊《ていはく》してのち、ふたたび針路を北西に取った。やがて私は、また眠り、また醒め、また眠り、そして醒めた。

上陸地が近づき、われわれは、思い思いに下船の支度をととのえ、甲板に上がった。この風光明媚《めいび》を称《たた》えられる島も、その夜の私の眼には、ただどす黒い殺風景な何かの大きな固まりでしかなかった。

われわれ補充兵役入隊兵百数人（および約同数の現役入隊兵）は、上陸後ただちに、出迎えの将校たちに引率せられ、鶏知にむかって夜行軍を起こした。厳寒の道のりは、坂路を多く交じえて、約十二キロ。途中、小休止一回。朝めしを一膳食ったきりの私は、激しい空腹感に襲われつづけた。

われわれが屯営《とんえい》に到着したのは、夜半過ぎ、正確には翌一月十一日午前一時十分であった。

第一　大前田文七《おおまえだぶんしち》

一

一期（三カ月）の教育期間中、われわれの内務班長は、陸軍軍曹大前田文七《おおまえだぶんしち》であった。彼は、そのころ三十一、二歳にもなっていたろうか、身長約一メートル七十センチ・体重七十数キロの立派な体格を持っていて、それは、「重砲兵」といういかめしい言葉がわれわれ未教育補充兵に加えた一種の圧力感に、いかにもふさわしかった。彼は、野戦重砲兵として、杭州《こうしゅう》湾敵前上陸を手始めに、徐州《じょしゅう》および武漢《ぶかん》三鎮の攻略にも参加せる「歴戦の勇士」と言われていて、また彼自身も、よくそのように自慢していた。

大前田軍曹《ぐんそう》が何かのおりふし自発的に物語った（と私が主《おも》に人づてに聞き知った）戦場での体験談には、たとえば次ぎの三つがあった。

その一つは、人間を生きながら丸焼きにするには、二分間が必要である、あるいはわずか二分間しか必要でない、という話であった。もっとも、それをうまくやり遂《と》げるためには、前もってその「チャンコロ」に石油を十分に浴びせておかねばならない、と彼は忘れずに言い添えていた。

その二つは、大前田軍曹らが、抗日容疑の中華民国民間人（？）をいちどきに数人捕えた機会に、拷問《ごうもん》の一方法として、大ぜいの日本軍人が見ている前で、その捕虜《ほりよ》たちの男女一組に丸裸かとならせ、性交の実演を強要した、という話であった。事態は、拷問の一方法からさらに変転し、ついに大前田らは、もしも彼らの要求が実現せられたならば、その中華民国人男女一組は助命せられ釈放せられるであろう、と約束するに至った。大前田の言いぐさによれば、抗日中華民国人たちは、それまで相当の責め苦にも耐え、沈黙を守り、あわれみを乞《こ》おうとしなかったにもかかわらず、その性交実演要求には「音《ね》を上げた」そうである。ただし、この「音を上げた」は、中華民国人男女の屈伏を意味するのではなく、彼らが以前の手強《てごわ》い沈黙を破り、むしろ一思《ひとおも》いに殺せと求めて、性交の実演を固く拒《こば》んだ事実を指すのであった。「なんぼ支那人でも、やっぱりちっとは恥ずかしさを知っとるんかな。どうしてもそれはやらんじゃった。」と大前田軍曹は、彼自身はまるで恥を知る人間ででもあるかのように、ここで半ば嘲笑的に感嘆してみせた。

こういういざこざの次ぎの段階には、大前田が、その中華民国男子を一脚の卓に接して立たせ、彼の陰嚢《いんのう》を卓上に摘《つま》み載《の》せて、二つの金玉を小鉄鎚《てつつい》の相次ぐ二打撃でたたき潰《つぶ》すと、相手は、一声唸《うな》って卒倒し、それきり死んでしまったそうである。この最後の部分を語るとき、大前田は、彼自身の陰嚢を突如として軍袴《ぐんこ》〔ズボン〕の上から両手で鷲《わし》づかみにすると同時に、異様な呻《うめ》き声を発して上体を仰《の》け反《ぞ》らせざまに強張《こわば》らせ、その歯を食いしばり双眼をかっと見開いた顔面を数秒間急激にわななかせて、恐ろしく派手な卒倒の場面を演じたのであった。

その三つは、華中《かちゅう》のどこかで、大前田（当時兵長）以下上等兵一、一等兵一の三人組が、物資徴発の目的で一民家に押し入った際に犯した陵辱《りょうじょく》ならびに殺人の話であった。戦地《せんち》下番《ばん》〔戦地帰り〕の下士官兵が軍隊仲間などを相手にしてたまたま心置きなく繰り広げた戦場回顧談《かいこだん》においては、「徴発ボボ」すなわち強姦《ごうかん》は、別にめずらしいことではなく、いっそかなり有り触《ふ》れた現象でさえあった。しかし大前田兵長らが実行したというそれには、いくらか独自なおもむきもあったようである。彼らが侵入した民家には、中年の夫婦とその十六、七歳の娘とが住んでいた。大前田らは、まず有り合わせの綱で良人《おっと》の上体をうしろ手にしばり、その背中を壁に持たせて、両足を投げ出させた。早くも彼らの狙いを知った妻女は、三人が彼らの欲望を彼女によって遂げ、娘については行なわないことを、哀願した。彼らは、その願いをいちおう聞き入れ、大前田を先頭に上等兵、一等兵の階級順で妻女を輪姦《りんかん》したが、ひきつづきおなじ順番で娘をも輪姦した。「母親のほうは四十くらいじゃったが、ちょっとした別嬪《べっぴん》で、娘よりもよっぽど味がよかったぞ。しかし、あれじゃな、支那人ちゅうても、母親ともなりゃ、自分をやってくれと頼んで、わが娘を庇《かば》うたからなぁ。かわいそうなもんじゃよ。」というのが、その「母親」にたいする大前田のたいそう好意的な批評であった。

彼らは、代《か》わる代わるに、二人の中華民国婦人の陵辱を彼女らの良人であり父である一人の中華民国男子の目の前でやって退《の》けただけでなく、始めから仕舞いまでその情景を見届けることをその男子に強制しつづけた。このいくぶん特徴的なやり口がほかならぬ彼自身の思いつきであったことを、大前田軍曹は、誇っていた。事後に彼らは、親子三人を銃剣で刺し殺した。「後《あと》腐れがないようにな。」と大前田は、その理由をも明らかにしていた。

しかし入隊八日目、一月十八日、日夕点呼《にっせきてんこ》〔通常消燈就寝時限前三十分ないし一時間に行なわれる定例夜間点呼〕の用意が済んだころ、われわれの内務班〔部隊本部控置《こうち》部隊新砲廠《しんほうしょう》第三内務班〕に大前田軍曹が初めてその姿を見せたとき、彼がそういう体験の持ち主であるという事実を、私は、むろんまだいっこうに知る由《よし》もなかった。いったい私一個を直接の相手として彼がこの種の物語りをするというようなことは、私の在隊期間を通じて一度も起こらなかった。なにしろなお後日ようやく私は、彼本人が他の下士官兵にむかってそれらを語る二、三の場面に出会ったり、隊内の相当広く流布《るふ》せるうわさとしてそれらを自然に承知するようになったり、したのであった。

その日曜日の夜、点呼用意〔兵が日夕点呼前約三十分に行なう舎内の清掃整頓〕を済ましたわれわれが、薄暗い十六燭光の下、寝台の列の前に整列したところに、班附《はんづき》の神山《かみやま》上等兵が、私の見知らぬ一人の頑丈《がんじょう》な下士官と連れ立って入って来た。

「気をつけ。本日の命令を達する。――休め。」神山上等兵は、その声音《こわね》に気取った張りを持たせて「命令下達簿」を読み始めた、「『対馬要塞重砲兵聯隊日日命令∥一ツ、陸軍軍曹西《ニシ》村菊三郎《ムラキクサブロウ》／昭和十七年一月入隊教育召集補充兵教育助教ヲ免ズ。／一ツ、陸軍軍曹大前田文七／昭和十七年一月入隊教育召集補充兵教育助教ヲ命ズ。』、――『控置部隊日日命令∥一ツ、陸軍軍曹西村菊三郎／新砲廠第三内務班長ヲ免ズ。／一ツ、陸軍軍曹大前田文七／新砲廠第三内務班長ヲ命ズ。』――命令終わり。」

　われわれは、この「命令終わり」で、仕来《しき》たりのとおり「不動ノ姿勢」を取った（休日に「日日命令」が発せられることは通例上ないのであるが、新兵班に内務班長が当初から在任していないという異常事態の早急な解決のため、大前田の第三班長就任命令が、例外的にその日曜日に出たのであろう、――そういうことを、私は、後日に知った）。普段の多くと違って、今夜の神山上等兵は、そのわれわれに「休め」を号令しなかった。彼は、このとき黒《くろ》縁《ぶち》ロイド眼鏡《めがね》の奥の両眼に鋼鉄のような光を湛《たた》えて、全員をひとわたり眺めた（その種の鋭利な冷酷な眼の色は、下級者にたいするあれこれの緊迫状況において、現役古参兵にしばしば現われ、彼らの外貌《がいぼう》にその実際の年齢よりもよほど老《ふ》けた陰影を齎《もたら》したのである）。やがておもむろに彼は、口を開いた。

「注目。かねてわが第三内務班長を命ぜられておられた西村軍曹殿は、今月上旬、不幸、急に発病入院なされて当分退院の見こみがないため、いま達したとおり、本日の命令で大前田軍曹殿が、この班の班長となられ、お前たちの教育に当たられることになった。このお方が、陸軍軍曹大前田文七殿であられる。大前田班長殿は、前回の召集においては、杭州湾の壮烈な敵前上陸作戦を始め、前後四年に亙《わた》って大陸各地の激戦に参加し、幾多の赫赫《かつかく》たる武勲《ぶくん》を立てられた軍人であられるから、このような班長殿の下《もと》で教育期間を過ごすことができるのは、みんなにとって実に幸福である。いいか。」

　われわれは、この「いいか」にたいして、一斉に「はい。」と叫んだ。軍隊ではこのような場合に下級者の沈黙無言が許されないということをも、皆は、すでに学び知っていたのである。神山上等兵は、彼自身が行なった演説の効果に満足した様子で、重重《おもおも》しくうなずいた。

「よぅし。――休め。」

しかしまた神山は、ほとんど息も継《つ》がずに声を張り上げて、「気をつけ。番号。」と呼んだ。内務班員が、一度「元へ」を食らっただけで、二度目にはとどこおりなく番号を唱《とな》え尽くすと、神山は、それを見澄ましてから、大前田軍曹に正しく向かい合い、「室内の敬礼」(室内における無帽の軍人が上体を約十五度前方にかたむける方式で行なう敬礼)を行ない、「第三内務班、総員四十五名、欠員一名、欠員は衛兵、現在員四十四名、集合終わり。」と報告し、そこで声を少少落として、「総員には班長殿も入っておられます。欠員は、班附の村崎《むらさき》一等兵が風紀衛兵勤務であります。」と付け加えた。

大前田軍曹は、彼の紹介を神山上等兵がしゃべっている間、艶《つや》のいい丸顔の中の少しきょとんとしたような太い出目《でめ》をなんだか照れ臭そうに空中に放ち、彼自身の充実した体軀を持て余《あま》したというていたらくで、やや左かしぎにしゃちこばっていて、それはひとまずその屈強な見かけにも似合わぬ一個の好人物を誰にでも想像させさえしそうな第一印象であった。

「う、御苦労。――休め。休んだまま、注目。」と大前田は、言い出したが、あとの言葉が出て来なかったとみえ、そのままだまって、なんとなく兵たちの顔を見渡していた。

神山上等兵が「命令下達簿」を朗読したときにも、私は、新班長のめずらしい名前から若干のおかしさを意識したのであった。ましてそのあと神山が彼一流の気負った芝居気のある調子で「このお方が、陸軍軍曹大前田文七殿であられる。」と断言したとたんに、私は、股《また》旅物《たびもの》の登場人物「大前田英五郎」および世話物《せわもの》『人情話文七元結《にんじやうばなしぶんしちもつとひ》』の「文七」を思い浮かべ、新班長の大時代な姓名に内心ふっと薄笑いを催《もよお》さずにはいられなかった。とはいえ、むろん私は、それを顔色に出しはしなかった。軍服を着せられて八日間を経たばかりの私は、不慣れな軍隊生活にたいする、たぶん人なみに近かろう不安を胸に抱いていた。新任の内務班長は、どのような性格の下士官であろうか。そういう懸念《けねん》も私を捕えずにはいなかったのである。彼の滑稽《こっけい》でもある氏名とその上《うわ》べの初印象とは、私の疑問に楽観的な答えを用意しているかのようでもあった。私は、もとからの気がかりと少しばかりの新たな心安さとをもって、彼に注目していた。

それにしても大前田班長の沈黙は長かった。なんだか疑わしいような落ち着きの悪さが、いつか班内に澱《よど》み始めたかにみえた。隣りの班で内務の心得か何かを説明している第二内務班長の低いなだらかな声が、――その内容は私の耳に細《こま》かには聞き取られなかったけれども、――第三内務班にも届いていた。やがて第二班長は、冗談を一つ飛ばしたらしく、高笑いの波が、一ゆらぎそちらでゆらいだ。大前田軍曹の表情が次第に不機嫌な苛立《いらだ》ちの色を深めて曇るのを、私は見た。

「う、おれが――。」

だしぬけに大前田は、口を切り、しかしそれきりでふたたび言葉に詰まった。そこで彼は、肩をゆさぶって二、三歩前に――私が位置する入り口の方向に――進むと、急にうしろを振り返るなり、「気をつけ。」と絶叫した。不意を食らったわれわれの足並みは、揃わなかった。「遅い。ボサッとしとる。休め。気をつけ。」さらに、「遅い。休め。気をつけ。休め。気をつけ。休め。気をつけ。休め。気をつけ。それが遅い。」彼は皆を睨《ね》めまわして怒鳴った、

「なんじゃ？　うぅ、お前たちは、軍人精神がまだてんでなっとらんぞ。休め。気をつけ。休め。気をつけ。遅い。休め。気をつけ。」

彼は、せわしなく班内を行ったり来たりして「気をつけ」と「休め」とをたがい違いに連発し、その間《あい》の手に、「遅い」、「奥歯を嚙み締めろ」、「のんびりするな」、「気合いがない」、「顎《あご》を引け」、「ボサーッとするな」、「胸を張れ」、「目ん玉をきょろきょろさせるな」などの悪口雑言《あっこうぞうごん》を口から出任《でまか》せのようにならべ立てた。われわれの意表に出たこの行事に、彼は、切りもないように熱中してしまったのである。

おそらく神山上等兵は、班員にたいする新班長就任訓辞を大前田軍曹に期待していたのであったろう。最初しばらくの間、呆気《あっけ》に取られたような顔色で、神山は、そんな大前田を見て立っていた。まもなく神山は、兵の一人一人について「不動ノ姿勢」のよし悪しを検査することによって、大前田の行動に調子を合わせようと努力し始めた。が、「気をつけ」と「休め」との交代が、目まぐるしく早いため、彼は、ろくにわれわれの姿勢を調べも直しもすることができなかった。ついに彼も、いい加減なののしり声を投げつつ、うろつきまわり出した。その神山上等兵のたまたま大前田軍曹を流し目に見る瞬間の瞳に、露骨な軽侮《けいぶ》の光が宿った。……こうして班長と班附とは、あわただしく右に左に行きつもどりつして、怒鳴り声を撒《ま》き散らし、私（われわれ）は、心の中でうんざりしながら、左足を斜め前に約半歩突き出し、また引っ込める、という単調な動作を、いつまでも繰り返しつづけねばならなかった。

点呼喇叭《らっぱ》の吹奏音がひびき、神山上等兵がそれへの注意を新班長に喚《よ》び起こしたとき、大前田軍曹は、ようやく訓練を打ち切りにした。

「う、だらしがないぞ。そんなふうじゃ、戦争の役に立たん、お前たち補充兵は。」彼は、上気せる顔面に眉《まゆ》を上げ、われわれ（過半数が第二補充兵役の貧弱な肉体であるわれわれ）を、あわれみあざけるように眺めた、「おれが、今日から三カ月間、お前たちを鍛《きた》えてやる。しかしお前たちが、三カ月で満期すると思うと、まちがうぞ。軍は、お前たちを帰しゃせん。帰すもんか。お前たちが三カ月で帰られたら、三年五年と引っ張られとる連中は、どうなるんか。目も当てられんじゃないか。大東亜戦争となった今日、どうせ三カ月じゃから、その間だけなんとか適当に誤魔化《ごまか》してやっときゃええじゃろうなんちゅう虫のええ考えの奴が、お前たちの中にたくさんおる。そげな奴らは、おれが教育してやる。おれが鍛え上げてやるぞ。あ、どうせお前たちは、引き続きの臨時召集で南方行きよ。お前たちのごたぁるとが、戦争となったらすぐに音《ね》を上げるんじゃ。戦争に行ってみろ。ええか。」

それに答えた「はい」の男声合唱は、甚《はなは》だ意気が上がらなかった。

「なんか、気合いがない。ええか。」と大前田は、「気合いが入った」返事をわれわれに改めて要求した。

――点呼が済むと、彼は、「神山上等兵、あとを頼む。」と言い捨て、案外あっさり内務班を出て行った。最前たまさか萌《きざ》したわずかな気楽さの類がもはや跡形《あとかた》なく私の心から退散していて、かえって一団の正体不明瞭な黒翳《こくえい》がそこに新しく色濃くわだかまっている、ということを、そして私は、自覚したのである。

二

その夜大前田軍曹が三カ月後の満期除隊を一も二もなく否定したのは、教育召集兵の大多数にたいする何よりも手痛い打撃であった。——彼がその効果をあらかじめ意識的に計算していた、とは私は言わない。しかし彼は、軍人として本能的に、初手《しょて》からしたたか新内務班員の急所を一撃したのであった。『軍隊内務書』第九章「中隊附諸官ノ職務」第五十一は、「内務班長ハ兵ヲ愛護シ相互ノ親和ヲ図《ハカ》リ諸規定及上官ノ命令意図ヲ班員ニ伝達普及セシメ且《カツ》中隊長ノ旨ヲ奉ジ自ラ儀表トナリ班員ヲ指導シテ確実ニ内務ヲ実施セシムルヲ任トス。」と明言していた。この「愛護」ないし「指導」が実地には何物であるかを、われわれ（私）は、その夜までまだわずかしか体験しなかったのであったが、大前田のそういうがさつな放言ならびに出方こそが、その「愛護」ないし「指導」の正体を最も率直適切に表象していたのであって、実は要するに卓抜な就任挨拶《あいさつ》であり得たのであった。——むろん三個班新兵の大多数は、教育修了後の彼らの運命に——除隊か、それとも引き続きの臨時召集か、という疑問に——最も痛切な関心を集めていたのである。

彼らは、彼らの未来を占う手がかりを、隊内のありとあらゆる動きの裏表にあさり求め、闇雲《やみくも》に見つけ出し、臆測に次ぐ臆断の上で、向きになってよろこんだり悲しんだりしていた。全期間を通じてそれはそうであったのであり、期限の接近はいっそう彼らのこの傾向に拍車《はくしゃ》を掛けたのである。

　この問題をめぐって、兵器庫、被服庫その他における品物の単純な出し入れ状況とか上官上級者の他意もないような片言隻語《へんげんせきご》とかについてすらも彼らが示したすこぶる鋭敏な反応を前にして、私は、何度も驚嘆し、時として見苦しいと感じ、またそのような私自身をあるいは苦苦《にがにが》しく顧《かえり》みもした。……たとえば新兵の誰かを某古年次兵（その新兵の知人）がたずねて来て、「なぁに、お前たちは四月に満期するよ。安心しとれ。うん、被服掛《がかり》の岩頭《いわがしら》班長殿がそう言うとったし、動員室勤務の城島《じょうじま》上等兵もそう言うたよ。中隊の被服掛と本部の動員室とでそう言や、もう確実じゃからねぇ。」云云《うんぬん》と仔細らしく語ると、その「確実な情報」は、時を置かず全内務班に広まり、彼らの胸を明るい期待で脹《ふく》らませた。——西部軍司令部における機密動員計画の細部を、これら離れ島の、末端の下士官兵が、ほんとうに知っているはずもなかったであろうに。……失望も希望も、たいがいこういうたわいない資料から生まれたのであり、しかし彼らはその一つ一つと大真面目に切実に取り組まずにはいられなかったのである。

　彼らをおびやかした雑多な凶報のうち、一つの「凶兆」にだけ、私は、冷酷な現実性を認めていた。われわれには直接の先輩に当たる前年七月入隊教育召集兵の成り行きが、それであった。彼らは教育期間が終結すると同時に臨時召集を命ぜられ、半数は他部隊に転属し、半数は対馬に残留した。のみならず、「大東亜戦争」がその後に勃発《ぼっぱつ》していた。この前例はわれわれの前途を決定的に予告している、と私は考えた。彼らにとって、この前兆は、致命的なはずであったが、実はそうでもなかった。彼らは、やたらに悲観しはしても、決して思い切りはしなかったから。

もっとも教育期間中われわれは、聯隊長以下控置部隊長、軍医、教官、班長、班附らから、公式的には最後の最後まで、三カ月教育ののち除隊するべき兵隊として、取り扱われた。聯隊長は、第三内務班員若杉友三《わかすぎゆうぞう》――出羽《でわ》ノ海《うみ》部屋の下級力士若杉山――に、その髪を結ったまま服役することを許可したくらいであった（聯隊本部の現役初年兵にも若杉と同門の力士が一人いたが、むろんそちらは最初から髪を切らせられたそうであった）。こうして若杉の長髪は、近い将来における満期帰郷の象徴として、わが同年兵たちに貴重な存在となった。若杉の髷《まげ》が無事である以上、めったなことがあろう道理はない、とたびたび彼らは、みずから慰め、またたがいに慰め合っていた。では、この「吉兆」は、彼らにとって決定的であったか。いや、実はこれもまたそうでもなかった。一つの楽観材料の次ぎには、必ずそれに匹敵する他の絶望材料が、どこからか彼らの前に出て来たから。

一つには、「教育召集」（しかも「大東亜戦争」開始直後の時期における「教育召集」）という中途半端《はんぱ》な生《なま》殺しの状況が、なおさら彼らの心情をおろかしくて感傷的な不安定に追い込んでいたのでもあろう。大前田班長が初めて登場した夜、消燈前後の内務班には沈鬱の気がみなぎり渡ったのである。

当分の間許可せられている「常夜煖炉《だんろ》」と不寝番の巡回するカンテラとが、何箇所かで仄《ほの》明《あか》りを零《こぼ》してはいるけれども、消燈後の新砲廠内は、おおかた闇に覆われている。その闇に沈んだ寝台の列のそこかしこに、しばらく悲嘆と疑惑とのささやきが漏れつづけた。神山上等兵が班長の個室かどこかに出かけて行った上に、村崎一等兵も衛兵勤務中であって、つまり恐ろしい「姑《しゅうと》」も「小姑《こじゅうと》」も第三班内にいなかったから、この消燈後は新兵たちの声を殺した寝物語りが多少発展していた。二つ三つ向こうの寝台で若杉が「ええ糞《くそ》、おれはもう髪を切るよ。なぁ松本《まつもと》、切ってくれ、明日。なんにもならんよ、こんな物。」と悲壮につぶやくのを、私は聞き留めた。「まぁ、そう短気に自棄《やけ》を起こすな。まだ決まってしもうたわけじゃなし。ありゃ、あの班長のいやがらせだろう。きっとそうだよ。」と松本は宥《なだ》めていた。が、彼の口調も弱弱しかった（――この夜に限らず、若杉は、ひどく悲観的な徴候に出会うたびに、断髪の決心を言い立てて、彼の悲憤を戦友たちに示した。とはいえ、彼の髷は、一期の末まで彼の頭上に健在であった）。

……「おい、第三班、がたがたしゃべるな。消燈後にうるさいぞ。おかしゅうて寝られんなら、寝られるようにしてやろか。」とやがて第二班の班附から怒鳴られて、わが内務班は、たちまち死に絶えたように静まり返った。

だが、大前田軍曹に関連して、その夜の私が私の心に自覚した正体不明瞭な黒翳は、若杉ほか大ぜいの気落ちとは別個の事態であった。私個人にとっては、除隊の有無は、別に問題ではなかったのである。

一月十一日午前、入隊直後の身体検査を担当した軍医中尉は、「入隊兵名簿」における私の氏名の下方の「九大法卒」という四文字を読み、私の高等学校をたずね、さらに私の中学校をたずねた。それらに私が答えると、私より七、八歳年長かの軍医は、彼自身もおなじ中学・高校・大学の出身であると告げた上、「三塁手《サード》をやってただろう？　F高の。香椎《かしい》球場の大学高専リーグ戦や何かで何度かお前を見たようだ。それにおれもF高では野球部だった。お前より四、五年は先輩かな。大学では、止《よ》したがね。」とその場にあるまじく私に感ぜられたような私的な親しみを見せて言った。そう言われてみれば、私も、なんだか相手に見覚えがあるような気もした。しかし私は、その「先輩」との偶然の出会いに別段感動しなかったので、ただ御座成《おざな》りの肯定だけを返した。それでも軍医は、私の呼吸器になんらかの異状を認めたと称して、明らかに好意的に「後輩」の私を即日帰郷《そくじつききょう》処分にしようとした。

私は、私の健康が軍務に耐え得るという「自信」を、おだやかに、しかし熱心に主張し、即日帰郷をまぬがれようと努めた。私よりも早く検査を受けた人人から、すでに十名ばかりが即日帰郷を決定せられたらしかった。中の一人が、その決定を日本男子の恥辱とし、泣いていたずらに取り消しを訴えた、といううわさを、私は聞いていた。この「軍国美談」の主と私とは、異質無縁の心情をもって、おなじような行為に出たのであろう。ふとその「軍国美談」を連想した私の身内に、一瞬苦《にが》い自嘲が動いた。

「ふぅむ。――そうだな、それじゃ、三カ月だから、まぁ、おってみるか。」と軍医は、妙にけげんな表情で私を短時間見つめてのち、結論した。彼には、そして誰にも、私の上に「美談」を発見した模様がなかったのは、当然の幸運でもあったろうか。私は、「三カ月だから」とは考えも信じもしなかったけれども、私の努力が成功したのであるから、「はい、そうします。」とかなり明快な相槌《あいづち》を彼に打った。

検査を通過し、私は、屯営西側の杉垣に近い医務室を南に出た。前方の厩《うまや》、そのうしろの小高い丘の松林の中の将校集会所、斜め前方の草土手の奥の弾薬庫、東隣りの（われわれの内務班に当てられている）新砲廠、——それらを包んで、いかにも消え入りそうな真冬の日光が、事もなく降っていた。私の入隊は、最後的に確定せられた。いまやそれは、私がみずから希望し選択した運命であった。日光が薄れ、しりぞき、風景は翳《かげ》った。私に思わぬ親切を示した軍医から、私は、トォマス・マンが彼の自伝に書いた一等軍医を、思い出していた。マンが召集せられたとき、身体検査担当の一等軍医は、マンの読者の一人であった。彼は、『ブッデンブロォクス』の若い作者の裸体の肩に手を置いて、「あなたは安息を必要とする。」と言ったのである。空には、蔓延《はびこ》る石灰色の叢雲《そううん》が、おもむろに南西に移動し、太陽は、雲と雲との隙間を縫って、ときおり淡い力ない光を地上に注いだ。「戦争も私一個の肉体には没交渉であった。事情は簡単である。」とすげなく前置きをして、マンは、それを記録していた。そこを、私は、しっかりと記憶していた。しかし私は、「先輩」軍医中尉の好意を受け取らなかった。戦争は私一個の肉体に直接交渉を持ち始めた。私がそれを欲したのである。往来する同年兵たちを影絵のように見て、私は、内務班に帰った。

　こうして私は、一人の兵となったのである。

　戦後に私は、「民主主義的」なある人人が、戦争中、減食、不摂生、作病などの手段で兵役忌避《きひ》にこそこそ努力し、成功あるいは失敗したと書いたのを読み、語ったのを聞いた。私は、私自身がこの種の「抵抗者」であった、と言うことはできない。特に一九四一年六月のドイツ・ソ連開戦後、私が漠然と太平洋戦争を予感し始めてからのちの時期に関して、そうである。私は、私がなんら反戦平和のための積極的活動を行ない得なかったことを、前半生の屈辱として忘れぬ。しかし私は、私自身がその種の「抵抗者」でなかった事実を悔いも恥じもする気はなく、彼ら「抵抗者」たちにそのことで尊敬を感じてもいない。

ドイツ・フランス開戦の前夜、一九三八、九年ごろ、フランスの反戦的な一作家が召集を公然と拒絶して投獄せられたという消息がつたえられた。当時何かでそれを知り、私は、その行為を是認し、その勇気に感服した。私は、彼の姓名を忘れてしまったが、その作家は共産主義者ではなかった、と記憶する。共産主義者は、一般に軍務兵役を拒否しなかったであろう。たしか彼は、第一次大戦後のダダイストかシュールレアリストかの出であった。彼のその後について私は知らないが、私の信念に基づく想像によれば、彼はフランス降伏後の対ドイツ抵抗運動に積極的に参加したはずである。

私の魂に一つの痕跡を残した一フランス作家の入牢《じゅろう》を私が知った前後、日中全面戦争の前半期、私は、軍部と戦争とを嫌悪し、それらと直接交渉を持たないことを頭で望んでいた。日中全面戦争の後半期、殊にドイツ・ソ連戦争勃発後、おなじ私は、相変わらず戦争と軍部とを嫌悪していたにもかかわらず、私個人についてそれらを回避したい、とは、もはや考えなかった。ドイツ軍のソ連侵入約一月後、私は、初の簡閲《かんえつ》点呼のため頭髪を丸刈りにしてのち、ふたたびそれを伸ばさなかった。私は、私の一身上を整理し、むしろ召集を待望していたのである。

全体として、つまりそれが時代の重圧にたいする屈伏でしかなかったのは、争いがたい事実であろう。しかし、この時代の私の思想は、――それをさしあたりここで私はその時代の私の「思想」と呼ぶが、――到底深遠ではなかったにもせよ、相当に複雑微妙であった。

私の当代の思想の主要な一断面は、これを要約すれば次ぎのようであった。世界は真剣に生きるに値《あたい》しない（本来一切は無意味であり空虚であり壊滅するべきであり、人は何を為《な》してもよく何を為さなくてもよい）、――それは、若い傲岸《ごうがん》な自我が追い詰められて立てた主観的な定立《テーゼ》である。人生と社会とにたいする虚無的な表象が、そこにあった。時代にゆすぶられ投げ出された（と考えた）自面の孤独な若者は、国家および社会の現実とその進行方向とを決して肯定せず、しかもその変革の可能をどこにも発見することができなかった（自己については無力を、単数および複数の他者については絶望を、発見せざるを得なかった）。おそらくそれは、虚無主義《ニヒリズム》の有力な一基盤である。私は、そういう「主観的な定立《テーゼ》」を抱いて、それに縋《すが》りついた。そして私の生活は、荒《すさ》んだ。――すでにして世界・人生が無意味であり無価値であるからには、戦争戦火戦闘を恐れる理由は私になかった。そして戦場は、「滑稽で悲惨な」と私が呼んだ私の生に終止符を打つ役を果たすであろう。

ここで私は、私の思想の他の主要な一断面の素描に移らねばならない。この断面は、いま私が言った一種の虚無主義と密接に関係しながら、甚だ虚無的ならざるおもむきをも、帯びていた。「滑稽で悲惨な生」とは、現実変革にたいする自己の無為無力を前提とした考え方である。この倫理的な、もしくは社会的な価値判断は、必ずしも虚無主義と調和しない。私は、「聖戦」の本質をほぼ正しく知り、それに反対の考えを持っている。だが、たとえそれがあざむかれ強制せられてのことであるにしても、あるいはたとえそれがそうでないにしても、毎日毎夜前線にたたかい、傷つき、死んでいるのは、私とおなじ民族おなじ人民から出た無数の兵隊である。この現実この戦争を阻止する何事をも私が実際的に為し能《あた》わず現に為していない以上、五体満足な私が実戦への参加から逃げ隠れてただ他人を見殺しにするのは、結局のところ人間としての偸安《とうあん》と怯懦《きょうだ》と卑屈と以外の何物でもあり得ないのではないか。太平洋戦争開始の前後、私のこの考えは、虚無主義とともに、決定的となった。「緒戦の勝利」によって将来をどのようにも薔薇《ばら》色に幻想しなかった私は、民族人民の破局を予想しつつ、入隊を待った。――私は、この戦争に死すべきである。戦場は、「滑稽で悲惨な」私の生に終止符を打つであろう。

私がある特殊な親愛を感じている一人の婦人作家は、戦争中、軍の報道班員として前後二回、華中および東南アジアに赴《おもむ》いた。昭和初年（一九二〇年代末）からの共産主義者である彼女は、その行動に自己の戦争責任を痛感し、戦後の作品の幾つかで彼女自身を切り刻んでいた。華中で彼女は、宜昌《ぎしょう》の揚子江《ようすこう》向こうを、小山づたいに奥地へ進んで、そこの「饅頭《まんじゅう》山」と名づけられた陣地の塹壕《ざんごう》まで夜路をかけて辿《たど》りつき、戦地の兵隊に接した。「生と死との微妙に絡《から》んだ人間の真実が、塹壕一杯に張り詰めているように迫っていた」その夜の感情が、また彼女を東南アジアにも向かわせたのであった。「戦争の持つ悲壮さ、または戦場の感傷に溺れたということでもあったにちがいない。」とその既往《きおう》を顧《かえり》みて彼女は書いていた。「日本の兵隊を、人民大衆とおなじものに見てしまい、その中に自分自身を解消してもいたのである。」とも彼女は書いていた。「戦争に動員せられた民衆の苦痛を、自分の目で見て来たかったばかりに」戦争の本質を知っていた彼女が、潜水艦の出没する水平線を越えて、東南アジア戦線に出かけたのである。

知名作家の思考および行動と無名青年のそれらとを同日に談じることはいろんな意味でまちがいである上に、二つの間には少なからぬ差別が事実上あったにちがいない。彼女を動かした内部《ないぶ》衝迫《しょうはく》を、しかし私は、肉感的な共感をもって理解することができるようである。「私は誤謬《ごびゅう》を犯したのであろうか」という彼女の問いは、彼女自身によっても、肯定的に答えられていた。非常にきびしくそれは肯定的に答えられねばならなかったのであろう。さりとても、——勝敗いずれの結着についても民族人民の悲劇的破局のみしか誰人にも理性的・現実的にはほとんど予想せられ得なかった深刻巨大な戦争の渦中において、その種の内部衝迫に無縁であった類《たぐい》の人間を、しかも私は、めったには信頼することができない。

一つの奇怪な想念が別に私にあったのを、私は自白しよう。それはまた前記の二断面と撞《どう》著《ちゃく》するに似る思想であった。もし私が、ある時間にみずから信じたごとく、人生において何事か卓越して意義のある仕事を為すべき人間であるならば、いかに戦火の洗礼を浴びようとも必ず死なないであろう。もし私が、そのような人間でないならば、戦野にいのちを落とすことは大いにあり得るであろう。そして後者のような私の「生」を継続することは私自身にとって全然無意味なのであるから、いずれにせよ戦場を、「死」を恐れる必要は私にない。——「生」にたいするこの言わば「傲慢な思い上がり」は、戦後の死ななかった私に、人生の手きびしい返報を齎《もたら》しつつあるかにもみえる。あるいは、死ななかったことそれ自体が、そういう私にたいする「生」の皮肉な報復であったのかもしれない。

過去の私の思想——その時期の私がそれを私の「思想」と思った内容、その一九四〇年代前半期のある若い魂の混沌《こんとん》——の至極散文的に簡明化せられた要約は、以上である。召集令状を私が現に受け取った日、まず私によろこびも悲しみも遠かった。この教育召集は、戦線がアジア大陸から南へ、南西太平洋へと拡大せられた現在、必然に直接の臨時召集を結果するであろう、と私は信じた。私が、私の否定し嫌悪する組織と行為との直中《ただなか》で、一匹の犬のように駆り立てられて、死んでゆく、——そんな私自身の形象を私が観想したとき、刻薄《こくはく》な自虐的快感がようやく私の内部にうごめいて脹らんだ。その表象は、私の虚無主義にたいそう似合わしかったのである。

……私の「滑稽で悲惨な」生は、入隊と同時に終わり、私は、その特殊の境涯で一匹の犬となるはずであった。除隊の有無を思いわずらう理由は、私に存在しなかった。大前田軍曹が私の心に投げ込んだ黒翳は、実にある独特な何物かの前兆を——私の生が、まだ決して終わったのではなく、かえって改めて始まろうとしていた、という事実の予感を——意味していたかのようである。

第二　風《かぜ》

一

屯営《とんえい》内に兵員が多過ぎたため、臨時にわれわれの内務班として使用せられた新砲廠は、飛行機格納庫に似て東西に長い粗末な木造建築物であった。本来それは、文字どおり、火砲安置のための建物である。南側一帯に行き渡る高さ約二メートル半・幅約二メートルの大扉十二対《つい》は、外方に開け放たれると、東西両端各一枚以外の中間においては隣り同士の二枚が言わば背中合わせに一枚の恰好になって、その有様は、まるで十三枚の大衝立《ついたて》が一定間隔置きに廠内から突き出されているかのようであった。

建物の東西両端、大扉一対分をおのおの間口《まぐち》とする二つの奥行《おくゆき》は、どちらも別個独立の倉庫に設計せられていた。この時期には、西のが酒保《しゅほ》物品用であって、東のが砲台出張班（各砲台から部隊本部に出張して来た下士官兵の宿泊所）であった。中間の大扉十対内部に、われわれの内務班が設けられた。

廠内では、コンクリート土間にじかに、北側の羽目ぎわから南へ、鉄製の寝台が（十四、五台一列の各列交互に東枕または西枕で）九列ならんでいた。寝台は二列が一組になるような具合に配置せられ、一組の列と列との間には横（南北）に長い木製の台（高さ五、六十センチ、その上に兵が各自の手箱、被服、銃剣などを載せておく「整頓棚」）が挟《はさ》まれ、組と組とは二メートル強の間隔を保ち、東から三番目の一列が（組になる相棒の列を持たぬ）半《はん》端《ぱ》であった。三列ずつが、西から東への順で、それぞれ第一班、第二班、第三班に当たった。この建物の中央における南北線（第二班と第三班との境界線）には、南の大扉より北へ約二メートルの地点から北の端まで、縦横斜め十文字の支柱列が組み立てられていた。各班寝台列は、その南端位置がこの支柱列の南端位置にほぼ見合うごとくに按排《あんばい》せられた。すなわち大扉のすぐ内側が、幅員《ふくいん》約二メートルの東西直線通路という形を成した。東の空土間は食堂とせられ、そこに、長卓おのおの三脚連接の三列および細長い腰掛け合計十八脚が置かれた。またそこに、大黒板（学科用・四脚の台座付き・移動自由）一枚があった。東の羽目沿いに三八式歩兵銃三十梃および三八式騎兵銃十二梃を載せた銃架《じゆうか》。北側にガラス戸各一対入りの窓四箇所。一個班に食器戸棚一、食事器具一式、煖炉二、同附属品二組、小黒板一、掃除道具一揃《そろ》い、痰壺《たんつぼ》一、帳簿類数冊……。天井はなかった。ここの両端の大扉には一つずつ潜《くぐ》り戸が作られていて、大扉十対全部が締め切られた時間（夜間とか練兵中とか）には、上官上級者も新兵もそこから出入りをした。

私すなわち陸軍二等兵東堂《とうどう》太郎《たろう》の寝台は、第三班第一分隊（第二班に隣接する列）の南端にあった。二メートル強をへだてた向かいの列が第二分隊、その相棒の（食堂に一番近い）列が第三分隊。神山上等兵の寝台は第二分隊の北端、村崎一等兵のそれは第三分隊の南端。点呼が舎内で行なわれる場合——日夕ならびに雨雪天の日朝点呼——には、第三分隊は二手に別れて第一分隊の右翼と第二分隊の左翼とに合流し、二つの一列横隊が向かい合った。番号は、第一分隊の右翼に始まり、第二分隊の右翼に移行する。

最初の小さな波瀾が私の上に生じたのは、入隊九日目（大前田軍曹初登場の翌日）のことであった。

その朝食後、もう食事当番が食器洗いから帰って来た時分に、私は、ふと思い立って靴下と襟布《えりふ》（一種のカラー）とを洗いに出かけた。私より数分前に、第三班の兵四人が、やはり洗面洗濯所にむかって内務班を出ていた。

私は、「東堂二等兵、洗濯に行って来ます。」と告げて、新砲廠をあとにした。夜半に私が目醒《めざ》めて厠《かわや》に立ったときには、つめたい雨が降りしきっていたが、今朝は晴れ、正月の澄《ちょう》明《めい》な大気の下に、風物のひときわあざやかな輪郭があった。私と筋交《すじか》いのかなた、水浅葱《みずあさぎ》の空に、高くも低くもなく乳色の陽《ひ》が懸《かか》った。武道場、築山《つきやま》、部隊本部、その二階正面外壁中央の高所に掲《かか》げられた黄金色の菊花紋章、営門、風紀衛兵所、営倉を遠く近く左に見て、私は、人影のない物音のとぼしい営庭の中ほどを東に進み、面会所の裏手から陣営具倉庫の前を過ぎて、部隊兵舎の背後に入った。

舎後の厠の向こうに洗面洗濯所はある。そのうしろに物干場《ぶっかんば》。またその先に食器洗滌場、東通用門。突き当たりの倉庫ふうの建物は炊事場および浴場である。舎後にも人影がほとんどなく、私は、一人の古年次兵が厠から兵舎にもどって行くのに一度敬礼して、洗面洗濯所に達した。この人影と物音との欠乏は、ひとなすりの神経的な不安感を私に齎《もたら》したようであった。

先に来た第三班員四名のほかに、他の班（第一班）の同年兵三名が、そこで洗濯をしていた。私も、上衣をぬぎ襦袢《じゅばん》の袖を捲《まく》って、彼らに加わった。『軍隊内務書』の『起居及容儀』に、「廉《カド》アル場合ノ外《ホカ》室内及聯隊長ノ許可スル場所ニ於テハ上衣ノ釦《ボタン》ヲ外シ又ハ全ク脱グコトヲ得。」という一項があった。洗面洗濯所は、「聯隊長ノ許可スル場所」つまり聯隊の『内務規定』によって冬期にも上衣をぬぐことが許されている場所の一つである。このときのわれわれは、神山上等兵から口頭で（原本についてでなく）それを教えられていた。

私は品数が少なかったので、われわれは、ほぼ同時に洗濯を済ました。その少し前から、帯剣《たいけん》して編上靴《へんじょうか》を穿《うが》った兵たちが、ぼつぼつ舎後に姿を現わし、巻脚絆《まききゃはん》を着け始めていた。一人の巻脚絆を着け終わった一等兵が洗面洗濯所に来て、われわれは敬礼した。

一等兵は、水道の水を両手の平《ひら》に受けて口に含み、音高く嗽《うがい》をしてのち、第一班の軍衣を着つつあった一人に、「お前たちは、今日は内務実施か。」とたずねた。「内務実施」とは、学校での自習時間に類し、兵たちは、勉強、携帯兵器の手入れ、洗濯、針仕事、靴磨き、散髪、その他を、この時間に（休日とか週日夕食後自由時間とかのほかにも）実行するのである。

問われた二等兵は、戸惑《とまど》ったように同年兵の一人と一瞬顔を見合わせたが、「はい、わかりませんであります、古兵殿。」と緊張して答えた。およそ新兵が上級者に応接する場合、たとえ相手がただ一階級だけ上位の一等兵であろうとも、何かどこかが一つまちがえば、その新兵の上には思いも寄らない難儀が降りかかって来るのである。そういう実情は、入隊直後から新兵の誰にでも感じ取られたにちがいなかった。

「『わかりませんであります』？　ふうん、のんびりしとるな、お前たちは。ええのか、この天気のええ日に洗濯なんかしとって。」と一等兵は、疑わしそうに言い、「呼集に遅れたら、太《ふて》えまちがいぞ。」と捨て科白《ぜりふ》をつぶやいて去った。

この挿話的な出来事の意味が、私はわからなかった。とりわけ「この天気のええ日に洗濯なんか……」というのは、論理的にも実際的にも私にとって奇妙な言葉であった。その上、「わかりませんであります、古兵殿。」と第一班の兵は言ったけれども、過去八日間の私の経験に従えば、あらかじめ特別の知らせがない限り、当日の少なくとも午前中は、内務実施であった。第一班の兵たちは帰り始めていたが、彼らにも第三班の四人にも一等兵の言葉のほんとうの意味はわからなかった様子である。四人に続いて私も、上衣を着け、洗面洗濯所を離れた。

と、部隊兵舎内で「コシュウウゥウゥウ。」と長く尾を引いて喚《よ》ばわる激越《げきえつ》な一声が起こり、それに応じて階上階下のあちこちに多数の「呼集。」、「呼集。」……と叫びつたえる声が上がった。兵舎の東、中、西、三つの石廊下から編上靴・帯剣姿の兵たちが、稲子《いなご》の大群のように溢れ出て、いそがしく巻脚絆の着用に取りかかった。物騒《ものさわ》がしい殺気立った気配が、あたりに満ちた。われわれは、引っ切りなしに挙手注目の礼をしつづけて、舎後を通り過ぎた。

七人の同年兵は、皆、急ぎ足になっていた。内務班の模様が彼らの心配になったのであろう。私にもその気がかりがあるにはあった。あの一等兵の不可解な言いぐさや、舎後のひとき前の静寂とは打って変わった騒騒《そうぞう》しさやが、私の神経的な不安感をさらに募《つの》らせてもいた。しかし私は普通に歩いた。われわれは、営内靴の代用に、荒縄の緒《お》がすげられている杉下駄を与えられていた。行く途中で私は、片方の下駄の前緒が切れそうになっているのに気づいた。それで私は、事実上急ぎにくくもあったが、別に急ぐ必要はないとも考えていた。私は、仕事のために、行く先と目的とを公表して、内務班から出発したのである。私の行動は正当であり、私の顧《かえり》みてやましい何物もそこにない。……

兵営生活の実際について予備知識をほとんど持たずに「地方〔軍隊外の一般社会。娑婆《しゃば》〕」を出て来た私は、ここ軍隊への到着直後から、いろいろの新しい知識見聞に出くわさねばならなかった。他の同年兵たちは、おのおの入隊前から相当な心得を準備して来ていると私に見受けられた。それでも、中には私とおなじような人人がいるのかもしれなかった。軍隊は一般世間とは大いに異《こと》なる別世界である、下は上にたいして絶対に服従しなくてはならない、何かにつけてむやみやたらにひどい制裁が行なわれる、——その程度の概念は私にもあった。が、入隊当日の深夜、私は、同年兵たちが神山上等兵に「上等兵殿」となんのためらいもなく呼びかけて物を言うのを聞いてさえ、——あとで思えば、私とても、軍隊で「殿」とか「閣下」とかいう敬称が用いられるということを知識としてかねて知らなくはなかったのであったけれども、——一種の目が醒《さ》めるような思いを味わったのである。まして村崎一等兵を「古兵殿」と彼らが呼んだのは、実に私の新鮮な発見であった。一番上に広げられた毛布の左右両端が藁蒲団《わらぶとん》の裏側に巻き込まれて封筒のような形が作られるという寝床の取られ方、兵がそこの敷布二枚の中間に彼の躰《からだ》を押し入れるという寝方、そういう封筒状寝台の長い横列が幾つも出来上がるという内務班の午後の眺めなども、当初に私を感じ入らせた現象である。私の中学校でも、五年級教練の一課業として、一、二夜の兵営宿泊が行なわれていた。しかし私は、四年修了から高等学校に進んだから、そのような機会をも持たなかったのであって、入隊まで一度も兵営内を見たことがなかったのであった。

　どのような途方もない無理無体、非人間性、不条理が姿を現わすのであろうか、とその私は心ひそかに待ち受けてもいた。……それらはここに存在し、必ずあからさまに出て来るはずである。形式的にはもう私は「一匹の犬」であるにしろ、それらの出現がより実質的に私をそれにしてしまうであろう。そしてそのことをこそ私は覚悟して来ているのではないか。――われわれ新兵は、内務班の出入りにも、毎度「何何二等兵、どこそこに行って来ます（どこそこからただいま帰りました）。」と大声を張り上げさせられる。最低二十二歳から最高三十二歳までの成人男子群（そのある部分は既婚者）がこんなことを実行している図は、甚だ珍妙でもある。とはいえ、この種の行為は、班員各個がいつでも彼の行動内容（所在、行く先、用向きなど）を班長班附以下全員の前に公開しておくことのため、要求せられるのであろう。そのようなことも、こういう特別の団体生活においては、ともすれば実際的に必要であるのかもしれない。これは、さしあたり一定の条理に立ってはいるようである。われわれ下級者は、昼も夜も初《しょ》っ中《ちゅう》、――同一の上官上級者にたいしてでも、われわれがその姿を見るたびごとに、——敬礼をしなければならない。これもずいぶん不都合であるが、それとて必ずしも無二無三不条理ではあるまい。……

入隊三日目の日夕点呼前、神山上等兵が、村崎一等兵とともに、われわれの穿《うが》っている靴下をいちいち検査し、少しでも汚れている分について洗濯の必要をきびしく指摘した。靴下の場合には、私といえども、私の不得手な洗濯がいまは決して怠るべからざる日常の義務になっているという事実を、具体的に確認しただけであった。しかしその翌晩、編上靴の紐《ひも》の洗濯を神山が全員に指示したとき、私は、ある無邪気な感嘆を心に禁じ得なかった。——とにかく本人に支給せられた被服の洗濯などは、相対的には格別もっともな要求であろう。この朝も、私は、むしろ気持ちよく洗面洗濯所に出向いたのである。

第三班員四人から約十五メートル遅れて、私は、築山の周辺に差しかかった。すると、その四人よりもさらに二十メートルくらい先を歩いていた第一班員三人が、突然走り始めた。彼らは武道場の南東の隅を過ぎようとしていたところであったから、すなわち新砲廠の前庭が彼らに見通され得たはずの地点において、彼らの速度が駆け足に転じたのである。それは、内務班の表附近に何事か彼らの帰りを急《せ》き立てるような状態が出来上がっていることを物語っていた。前の四人は、たがいに顔を向け合って何か言い交わし、いっそう足を早めたが、これまたおなじ地点で駆け足に移った。一人が、走りながら首をうしろにひねり、三度私を手で招《まね》いた。私は、こころもち早く歩いた。

すぐに私は、武道場の角を通過して、編上靴・巻脚絆・帯剣姿（一部は小銃携帯《けいたい》）の三個班合同二列横隊が新砲廠前で北むきに集合している光景を認めた。先刻の一等兵のつぶやきを、私は、半ば理解し得たと感じた。内務班の大扉は、西方の一枚だけのほか、すべて閉ざされ、その開かれている大扉一枚の前に、第一班の三人と第三班の四人とが横一列にならんだ「不動ノ姿勢」のうしろ影があった。私がそこに近づかないうちに、第一班の三人は「はい。」と叫んで不意に動作を起こし、新砲廠に飛び込んで消えた。すると、私の眼に仁多《にた》第一班長の扉を背にして立った姿が入って来た。

やはり私は歩いていた。新砲廠の表は、ほぼ扉の開いた幅だけ、廠内とおなじようにコンクリートで舗装《ほそう》せられている。私の下駄がコンクリートに接触する音を、私は、いかにも高い音に聞いた。仁多軍曹の手前十数メートルを行く私に、「駆け足だよ、貴様。」と怒鳴る声が、二列横隊の左翼から飛んで来た。ちらとそちらに眼をやっただけで、私は、その第二班の関《せき》上等兵を黙殺した。私は、駆け足をする意志がなかった。私は、駆け足をすることができなかった。私の嗅覚《きゆうかく》は、目の前の事態に何か理不尽《りふじん》な物が隠れ潜んでいるらしいのをぼんやり嗅ぎつけていたようである。私は、全員の視線が私に浴びせられるのを意識しつつ歩いた。仁多軍曹まで約二メートル、四人一列横隊の左翼に、私は、停止し、彼に敬礼した。

仁多軍曹は、四人への説教を中断して私の到着を待ったらしかった。この仁多は、三十一、二歳の、どちらかと言えば好男子的な容貌の持ち主である。彼は、私に答礼したが、いきなり胡散臭《うさんくさ》そうな口調で言った。

「なんだ、ヌターッとして。カンジャか、お前は。」

この「カンジャ」が、異様な、まだ知らぬ名詞として私の耳に入った。私は、それを軍隊独特の悪口の一つと一途《いちず》に思い込んだ。「ヌターッと」も私には初耳である。が、こちらは語感であらかた見当がつく。それは、のろまに、とか、だらしなく、とかに似た意味の品詞であろう。「カンジャ」を私はあわてて思案した。……カンジャ—間者—スパイ—売国奴—悪党、——では、これは「悪者」の意の軍隊語であろうか。

「『カンジャ』とは、スパイのことですか。」

そう言ったとたんに、私は、その失敗に気づいた。……せめて私は、「スパイのことであ、り、ま、す、か。」と「ありますか言葉」で問うべきであったろうに、不覚にも「です言葉」を使ってしまったのである。

「なにぃ。『スパイのことですか』？　『ですか』があるか。地方の言葉を使うようになっとらん。『ありますか』と言え。」しかし仁多も混乱したとみえた、「『スパイ』？　スパイがどうかしたか。なんとも知れんことを言うな。病気か、お前は。」

血のめぐりの悪くないつもりの私に、それでもなお「カンジャ」の正体はわからなかった。「病気か。」とは「お前は脳の病気か、精神病か。」という（私をキ印《じるし》に見立てた彼の）からかい言葉ででもあるのか、と私は推量した。

「いえ、病気ではありません。『カンジャ』とは、なんでありますか。」

「まだ言うとる。だから病気かと聞いとるんだよ。」仁多軍曹が、上下共に薄っぺらな唇を歪《ゆが》めた、「病気じゃないのなら、練兵に出るんじゃないか。ボサーッとして夜明けのガス燈のようにしくさって。朝の呼集時間を、お前は忘れたのか。」

私とほぼ同年配の白石少尉が、乾いた高い笑い声を立てるのを、私は聞いた。私も、腹の中でおかしくもあったが、同時に強い怒りをも覚えていた。仁多の言いぐさは、私の耳に非論理的なめちゃくちゃでしかなかった。「一見好男子」とでも警察の指名手配流儀に形容せられるのにふさわしい仁多の面《つら》つきの上の（人を嬲《なぶ》り者にした）せせら笑いの影が、ますます私の癇《かん》に障《さわ》った。私は、まるで恐怖を持っていなかった。『「朝の呼集時間」？ 忘れるも忘れないも、そもそも知るはずがあるか。人を気違い扱いにしやがって。』と私は思った。

「はい、東堂は知りません。『カンジャ』とは、なんでありますか。」

「このウストン。」仁多軍曹は、さかんに私への新語を発してあざけったが、三度目の私の反問を完全に無視した、「わが国の軍隊に『知りません』があらせられるか。『忘れました』だよ。忘れたんだろうが？ 呼集を。」

上官上級者にたいして下級者が「知らない」という類の表現を公けに用いることは固く禁物である、——入隊前にもいつかどこかでそういう話を聞いたうろ覚えが私にあったし、十日足らずの直接見聞によってある程度その事実を私はたしかめてもいた。とはいえ私一個は初めて今朝この問題に面と向かったのである。

「東堂は知らないのであります。」

私は、「カンジャ」に関する四度目の反問をためらって省略したが、不本意であった。

「チェッ。わからん奴じゃなぁ。お前は、『忘れました』が言われんのか。」

しかしここで仁多は、私の答えを待たずに、鋒先《ほこさき》を他の一人に転じて、「お前は、どうだ？」と詰問した。相手はただちに「はい、谷村《たにむら》二等兵、忘れました。」と公認の嘘を叫んだ。仁多軍曹は、他の三人にも次ぎ次ぎにおなじ詰問を突きつけ、真赤な嘘を大声で吐《つ》かせておいて、ふたたび私にむかって、「どうだ？　お前は。」とそれまでの問いの主部と述部との位置を逆さまにした言い方で迫った。

　つめたい恐怖が初めて私の胸を走った。軍隊の常道として、今度こそ仁多は「忘れました」以外の答えを断じて予想も予定もしていないのであろう。それが私にもさすがにわかった。四人の証人を手近に設けた彼の理詰めのやり口は、私を、そしてまた彼自身をも、どたん場に追い詰めたということになろう。もし私が私の以前に変わらぬ返答を繰り返すならば、彼は、立つ瀬を失い、暴力に訴えるよりほかに、この場の収拾策《しゅうしゅうさく》を持ち得ないのではないのか。

　巻脚絆をつかんだ第一班員三人が駆け出して来て、われわれの背面をまわり、新砲廠の西向こうに向かった。兵は、舎内および舎前では巻脚絆を着けることもぬぐことも、してはならないのである。仁多は、彼らを眼で追って「早くしろ。」と浴びせたが、そのようやくけわしさを濃くした顔を私にもどし、「おい、返事をせんか。」とうながした。

　……私が「忘れました」を言いさえすれば、これはまずそれで済むにちがいなかろう。これもまた、ここでの、現にあり、将来にも予想せられる、数数の愚劣、非合理の一つに過ぎない事柄ではないか。これに限ってこだわらねばならぬ、なんの理由が、どんな必要が私にあろうか。一匹の犬、犬になれ、この虚無主義者め。それでここは無事に済む。無事に。……だが、違う、これは、無条件に不条理ではないか。……虚無主義者に、犬に、条理と不条理との区別があろうか。バカげた、無意味なもがきを止めて、一声吠えろ。それがいい。

——私は、「忘れました」と口に出すのを私自身に許すことができなかった。顔中の皮膚が白壁色に乾上《ひ》がるような気持ちで、しかし私は相手の目元をまっすぐに見つめ、一語一語を、明瞭に、落着いて、発音した。

「東堂は、それを、知らないのであります。東堂たちは、そのことを、まだ教えられていません。」

（——それが当日私が思ったより以上の事故であり、そのような言明は現場の誰しもの想像を超えていたろうことを、のちのち私は知ったのであるが、その朝も）、言い終わった私は、私の躰《からだ》が俎板《まないた》に載ったと感じた。四人の偽証者を、私は、必ずしも憎みもさげすみもしなかった。午前半ばの光の中で進行しているこの瑣事《さじ》が、あるいは私の人生の一つの象徴なのではあるまいか。

大股《おおまた》で仁多軍曹が私に近づく、彼の両こぶしが代わる代わる私の両頬の肉に食い入ってにぶい音を聞かせる、——そういう情景を私は思い描いてもいた。が、仁多は動かなかった。彼は、彼がまだ知らなかった奇態な代物《しろもの》に出会いでもしたかのような当惑の情を浮かべて、両眼を細めた。数秒の沈黙の間に、それが険悪な忿怒《ふんぬ》の色に急変してゆく、と私は見た。

「班長殿。」意外にも、私の右側から一つの底力のある声が起こった、「冬木《ふゆき》二等兵は、まちがえて、嘘を言いました。冬木も東堂二等兵とおなじであります。朝の呼集時間のことを、冬木二等兵も、忘れたとじゃなかったとで、知らんじゃったとであります。」

芸術作品以外の場では私が久しく経験しなかった程度の感動が、その瞬間の私に生まれた。声の主は、先ほど走りながら私に三度手招きをした男である。過去十日間に、この男は特定の印象を私に残している。何よりの特徴は、彼の私に似て白皙《はくせき》なる顔の中の、青い光を宿せる双眼であった。それを私は渡海船の甲板の上で最初に見た。もちろん生理的には日本人の黒い瞳、茶褐色の虹彩《こうさい》を持てるその眼が、しかしあたかも深いみずうみの色を湛《たた》えているようにみえた。そして私がそこに主として見たと思ったのは、悟性《ごせい》の光とは別な何かのようであった。内務班の起居で、彼は、私と同様に、口数が多くなく、めったに笑わなかった。右から二人目に立っている彼の現在の表情、その眼の光をうかがう自由は、私にない。何がこの男を駆って、あの肉薄する気魄《きはく》もあらわな発言に赴《おもむ》かせたのであろうか。なにしろいま、俎板の上には、紛《まぎ》れもなく二人の新兵が五体をならべたのである。

ふたたび数秒の息苦しいような沈黙が、われわれの上を覆っていた（——それは、新砲廠前における将兵百数十人の心と眼とがひとしく仁多軍曹と二人の二等兵とに凝結した時間であった。冬の午前の太陽の下で繰り広げられていた一つの笑止の沙汰。しかし時間・空間の条件は、それを何物かと何物かとの息づまる「対決」の場ともしていたのである）。

言い切った冬木をしばし睨《にら》み据えていた仁多軍曹が、やがてその眼を私に転じ、さらに冬木に返した。押し包む静寂の中で、私は、仁多の面から四、五秒間眼を逸《そ》らし、冬陽の大扉下半分とコンクリート舗装面とに照る青ざめた色を、意識して眺めた。と、二十代の私を何かの場合におりおり襲う習いになっている（ちょうど脳貧血の発作のような）半透明の空虚感覚が、このとき私に来た。この場の全体に行き渡っている緊迫を、私は、この上なく白白しい無意味に感じた。……どうでもいい、どう片づいてもいい、ともかくも早く幕を下ろしてしまえ、道化芝居には。だが、ただ誰も決してこの口に「忘れました」を言わせることはできはしない。――「忘れました」を私は必ず言わないであろう。しかも私は、ここにしてようやくそう確信していた。

私は、視線を仁多軍曹に上げた。彼の形相《ぎょうそう》は、明らかに決断を焦《あせ》って悪化しつつあった。私は、「東堂は『忘れました』を言うつもりはありません。時間が無駄になります。」とでも最後的に断言してやりたかった。そんな衝迫《しょうはく》が激しく私に動いた。「貴様らは……。」と仁多が吐き出し、一歩を、冬木と私とのどちらにむかってともつかず、踏み込んだ。不敵なあざけりの影を、私は、露骨に私の表に出したような気がした。何か最後の言葉を放とうとして、私は、息を引いた。白石少尉の甲《かん》高い声がここの空気を切り破ったのは、この微妙な瞬間であった。

「そのまま聞け。――新砲廠の教育班には、まだ呼集時間を知らないというような、のんびりした連中がおる。呼集を知らないような者は、帝国軍人でも国軍の兵士でもない。冬期平日午前の兵業開始は八時三十分、午後の開始は十三時、呼集は各兵業開始時限の約五分前だ。皆よく覚えておけ。――そこの五名、わかったか。」軍刀の柄《つか》がしらを左手におさえ左肩を聳《そび》やかした彼は、われわれの「はい」を求めて続けた、「ようし、よかろう。仁多軍曹、その五名に、急いで練兵の準備をさせよ。」

「はい、教官殿。五名に、急いで練兵の準備をさせます。」と仁多軍曹は復誦《ふくしょう》した。それまでここにいなかった神山上等兵が、医務室の方角から歩んで来ていた。

白石少尉の臨機の介入で、事態は、がらりと変わって、かなり呆気《あっけ》なく収拾せられた。仁多軍曹から放免せられて、われわれは、内務班に走り入った。私の右下駄の前緒は、この間にとうとう切れた。冬木の眼の青い光と、それから、私はそれを白石少尉が口を開いた機会に見出したのであったが、大前田班長の（白石少尉の向こう側で終始だまって私を見つめていたらしい）無気味にすわった眼の色と、――その二つが私の脳裡に刻《きざ》まれて残った。

五人のうち最も早く私が、編上靴・巻脚絆・帯剣の支度をととのえて隊列の左翼に付いた。冬木が、私に次いだ。

二

午前中、営庭で、三個班混合の三分の一については銃教練が、三分の二については徒歩教練が、行なわれた。徒歩教練部隊の半分と銃教練部隊とは、一定時間ののち順送りに交代した。これは、三個班教育用の銃総数が全教育召集兵員の約三分の一にしか当たらなかったためである。

一度の中休《ちゅうきゅう》に、私は、営庭の東端、戦用被服庫前、一本の桜の根方で、われわれの叉《さ》銃線《じゅうせん》に面して腰を下ろし、「ほまれ」に火を付けた。口の一部が欠けた直径二十五センチほどの古瓶《ふるがめ》が、私の左手約一メートル半の地面に塡《は》め込まれていて、その横に細長い板が、「すひ殻入れ」と墨で書かれ突き立てられている。営庭周囲の数個所に、おなじような喫煙所が設けられていた。それらの地点以外の舎外では、誰もタバコを吸ってはならない。ここの吸い殻入れ附近にも、十数人の新兵が、寄り集まって、何時間ぶりかの煙を吹き立てた。冬木もそのへんにいたが、彼と私とは別に会話を取り交《か》わさなかった。

西の方《かた》、厩の屋根のかなりあなたに、あまり高くはない山山の尾根が、冬空の向《む》か伏《ぶ》す果てを限った。中ほどに最も高い一双《いっそう》の山巓《さんてん》は、灰白色の岩肌を荒荒しく大気に晒《さら》した。山並みの私が、この島の高峯の一つ、五百何メートルかの白嶽《しらたけ》、その雌嶽《めだけ》・雄嶽《おだけ》であった。それから向かって左方を、将校集会所の丘の松林がさえぎった。松林の丘は、営庭南側の灌木林山（標高四十メートルに満たない八紘山《はっこうざん》）に連なっていた。その山裾を向こうからこちらへ弾薬庫、兵器庫、兵器委員事務室、被服委員事務室、縫装工場、鍛工場《たんこうば》、常用被服庫、旧砲廠などが占めた。

北側の部隊兵舎前からこの戦用被服庫前へと鉤《かぎ》の手なりに、兵たちは、地上にすわって休憩していた。貧弱な陽の光の底にうずくまった国防色の姿の群れは、私の見た目に、単調であって、非人格的であって、生気にとぼしかった。坪野哲久《つぼのてっきゅう》の「単純にきみ征《ゆ》かめやもわかもののゆらぎあふるる胸ひらきみせよ」という歌が、いつか私の意識に上《のぼ》って来ていた。それは、その歌人の二、三年前に上梓《じょうし》せられた歌集の中から、私が記憶に留めた幾つかの一首であった。

なにか闘志に似た苛立《いらだ》ちが、私の内側でかすかに燻《くすぶ》っていた。おちぶれ果てた境涯での悪あがきがわれとわが身を弥《いや》が上にも貶《おとし》めたというような味気なさも、同時にそこにあった。ある危害の接近を防ぐ術《すべ》もなく待ち迎えねばならぬ者の不安が、私をつかまえてもいた。しかし、ここでは峙《そばだ》つ白嶽《しらたけ》の猛猛《たけだけ》しく冬の光に照り映《は》える磐石《ばんじゃく》の山頂をまた遠く仰ぎ見ていると、私は、十六世紀イタリアの火刑にせられたジョルダノ・ブルーノがヴェスヴィオ火山かに寄せて「大地の上に影はさまようとも、わが峯山よ、清き大空に汝《なんじ》の頂《いただき》聳《そび》えかし。」と気高《けだか》く書き残したのを、厳粛《げんしゅく》に思い起こしもするのであった。一本のタバコを私が深深と味わい尽くしたころ、中休も終わった。

十一時三十分、われわれは、練兵を止め、班長三人のうち先任の仁多軍曹に指揮せられて、新砲廠前に到り、朝とおなじ北むきの二列横隊に停止した。まだ寝足りないような面持ちの村崎一等兵が、大扉を東から西へ順順に開いていった。衛兵下番《かばん》の彼は、『内務規定』によって午前中の「仮眠」を許されていたのであった。白石少尉が、「解散。」と指令した。それに応じた仁多軍曹は、「教官殿に敬礼。かしら、右。——直れ。」ののち、隊列の前方に出て、「別れ。」と命じた。われわれは、各個一斉に仁多に敬礼し、「御苦労さんでありました。」と叫んで、隊伍を解いた（——「解散。」は、下級指揮者にたいする上級指揮者の指示または指令であり、卒伍各個にたいする指揮者の号令ではない。卒伍各個にたいする号令は、「別れ。」である。したがって兵たちは、指揮者の「解散。」という声によって直接に隊伍を解く、というようなことをしてはならない。初心者新兵は、ともすれば「解散。」を「別れ。」に取り違えて、「こら、貴様たちは、『解散。』で解散するのか。」と怒鳴りつけられた）。週番上等兵が、もうそこに待ち構えていて、「食事当番、出よ。」とわめいた。三個班の本日食事当番兵たちは、練兵の服装のまま週番上等兵の指揮下に入って、「めし上げ（食事受領）」に出発した。

われわれが、新砲廠の東横手、武道場裏側の砂利に立ち、巻脚絆を解いて丸く折り畳んでいると、そこへ神山上等兵が、物物しい顔つきをして現われた。一人の兵が「敬礼。」と呼び、皆が敬礼した。神山上等兵は、答礼し、「谷村、東堂、佐野《さの》、市丸《いちまる》の四人は、巻脚絆の始末が済んだら、ここにならべ。」と指示した。

指名せられた四人は、全部、今朝の洗濯組である。約三時間前の出来事は、私の心にまだ生生《なまなま》しい波紋を留めている。その竹箆《しっぺい》返しと私に取り立てて思われるような先方の仕打ちは、午前の練兵中には出て来なかったけれども、所詮あれはあのままでは済むまい、と私は覚悟していた。やがて訪れるであろうと予想せられる反動の種類・軽重について、私は、小さくない恐れと心配とを持たずにはいられなかった。しかし神山の指示を聞いた私は、なぜ神山は冬木だけを除外するのか、という疑問を最も強く感じた。他の三人の表情は、徹底的に暗かった。

四人は、私、佐野、市丸、谷村の先着順で、神山に面して一列横隊を作った。ここ軍隊は、何事につけても「動作の敏捷《びんしょう》」が要求せられ、かつまた称讃せられる世界である。われわれ新兵は、たとえば練兵終了で解散したら、舎外（兵舎の裏手または横手）でなるたけ敏速に巻脚絆を脱して巻き畳んでしまって、なるたけ敏速に内務班に駆け入らねばならない。私は、たいてい一、二番目に班内に帰るのを常としていた。今朝私が駆け足をしなかったのは、そういう状況における新兵の誰彼が時として現わすことのある一般人的「照れ隠し」や知識人的「自意識過剰」やとは、なんの関係もなかったのである。上官上級者への応答ないし復誦復命、内務班出入りの報告、その他、新兵が何かを公けに発言する際には、必ず精一杯大きな声を出せ、と入隊早早からわれわれは何度も言いつけられた。しかるに新兵たちの少なからざる部分が、めいめい今更変に体裁《ていさい》ぶるかして、――たとえ誰様からどんなに強圧せられようとも、その本人は、あえて自己流で押し切ってやろう、という決心の下にではなしに、――小さい有耶無耶《うやむや》な声でお茶を濁そうとして、そのたびに班長班附らから咎められたり制裁せられたりの上でやり直させられて、われからわざわざ二重三重の屈辱におちいってゆく、――そんな有様が私に苦苦《にがにが》しくて、私一個は、じめじめと女女《めめ》しい状態にわが身わが心を置くのがいやであったから、そもそも初手から大声を発することにした。私の声は、大きくて、むしろ高くて、よく透《とお》る。殊に入隊第二日夜の「東堂二等兵、厠に行って来ます。」は、私自身にも桁《けた》はずれに聞こえたほどの大音声《だいおんじょう》となって、三個内務班をゆさぶり上げるようなおもむきを持った。

――それは、一月十二日、夕食後自由時間のことであった。「声が小さい。元へ。」とか「気合いがない。ツヤツケルナ〔上品ぶるな〕。」とかいう班附らの怒鳴り声が、どの班でも連発せられていた。もともと不足な声量の持ち主らしい一人をつかまえて、第二班の関上等兵が、しつこく二十回以上のやり直しを強制したころに、私も、尿意を催《もよお》した。その新兵の発声は、関ののしりとからかいとを間《あい》の手に回をかさねるにつれて、かえって力を失い、掠《かす》れ、切れ切れな悲鳴に近づいた。その相間《あいま》にときどき「うぅむ、鼻じゃ。」と関が言ったのは、そのたびに彼が、親指の圧力によって十分に弾機《ばね》を仕掛けた人差し指の尖端で、その二等兵の鼻の頭を存分に弾《はじ》き上げたのであった。一見これは、主客双方にとって余裕がありそうな制裁方式である。しかしその実この方式は、被害者本人には、いっそなぐられるか蹴られるかのほうが増しなくらいに、肉体的にも心理的にも、徹《こた》えるのにちがいなかった。それやこれやで、私の気分は、ささくれ立っていたのでもある。

　私が叫んだ直後、それまで雑音に満ちていた新砲廠内に、面妖《めんよう》な、白け返ったような静寂が押しかぶさっていた。一呼吸が過ぎて、「どいつか、突拍子《とっぴょうし》もない声を出すのは。」と毒気を抜かれたような、逆に因縁《いんねん》を付けかねないような口ぶりで、関上等兵が、向こうから問いかけたが、私は、知らぬ顔で東寄りの潜《くぐ》り戸のほうに進んだ。「よろしいぞ、東堂。鶯《うぐいす》が水晶玉を頰張《ほおば》ったごたぁる声ぞ。おれの金玉が上がったり下がったりしよる。」と既教育召集兵〔過去に現役生活の経験を持った召集兵〕の村崎一等兵が、おどけて、皆の大笑いを誘い出したのに加えて、「うむ。気合いがあって、よろしい。さすがにわが第三班の兵隊だ。」と神山現役三年兵が、やっとわれに返ったように、そして自己支配下の班にたいする他の班からの内政干渉を撥《は》ね除《の》けるように、真面目腐っておごそかに結論を下したため、関現役二年兵の物言いは、なおさら物にならなかった（――もっとも声に関してもう一つ言えば、まもなく私は、主として明瞭に発音するに留め、通常さほどの大声を用いないことにした）。

　最後の谷村が市丸の左横に来て「気をつけ」をしたときには、その他の兵たちも、ほぼすべて内務班へもどった。まだ残っている二、三人に「動作がのろい。」と一喝《いっかつ》した神山は、われわれに「注目。」と命じておいて、そのなんとも深刻らしい脹《ふく》れっ面《つら》を約十秒間あらぬ方にかたむけ放しにしてみせた上で、さらに四人の一人一人を左から右へと約三秒間ずつ念入りに睨みつける、というややこしい無言劇のあげくに、ようやく物を言った。

「今朝お前たちが呼集に遅れたことを、お前たちのためにも、第三班の名誉のためにも、神山は残念に思う。」

　そこでまた神山上等兵は、一種複雑な見得《みえ》を作って、沈黙した。彼は、両腕を胸元に上げ、相当にごつごつして逞《たくま》しい右拳骨《げんこつ》を左手指でがっしりと握って、握り締めたなり八、九秒間、どうやら呼吸を中止してでもいるような面相で、われわれの頭上の空中を見つめた。わずかに仰向いて喉仏《のどぼとけ》を際立《きわだ》たせている神山の頸《くび》のまわりには、われわれの物とは異なる純白色襟《えり》布《ふ》が見られた。それは、神山のこのごろ兵隊間ではめずらしい新品絨《じゅう》製《せい》カーキ色冬衣袴《いこ》、その大型肩章とともに、現役三年兵上等兵の特権的地位を誇示するお洒落模様《しゃれもよう》であった。われわれは、以前に古年次兵が着古した綿製国防色冬衣袴に、小型襟章および国防色襟布を用いていた。――やがて彼は、両肘《ひじ》を少し左右に開き、軽く反動をつけて右こぶしを左手の平に一回びしりとたたきつけてから、両腕を下に伸ばすと、両手首を極端に折り曲げ両こぶしを外方に張り、視線を四人の面上に下げた。

　その両手の動きが、示威を主な目的とせる気取りの仕草に過ぎないのか、それとも大いにあり得るべき肉体的制裁をただちに予告しているのか、私は見極《きわ》めが付かなかった。まだ私がその味を知らぬ彼の拳骨は、見るからに強大な利き目を発揮しそうである。……一昨夜の消燈前にも、第三班の兵三人が、厠から帰りがけの暗中で神山と擦《す》れ違いながら敬礼を怠ったために、――さらにその一人が流行歌を鼻唄にしていた上、もう一人が「無帽で舎外に出てはならない」という軍紀にもかかわらず略帽をかぶっていなかったために、――神山の拳骨を二発ずつ顎《あご》の左右に食らわせられた。三人は、今朝まで、食事をするのにも痛くてたまらなそうに顔を顰《しか》めていた。……私は、私の精神がちりちりと縮《ちぢ》み上がるのを感じた。すると私は、その内面の怯《おび》えが外面にも出ていかねない、――圧倒的暴力を所有する対立者を前にして人がよく浮かべる例のへつらいと卑屈との顔色目色に、この私自身が引き摺《ず》り込まれかけていかねない、――と気づいた。いや、むしろ私の意識の一部ないし無意識は、その卑劣さのゆえに、そういう顔色目色の出現を願望しはしなかったろうか。みずから恥じて、私は、ひとしきり下腹部に力を集めなければならなかった。

「呼集時限を忘れるとか呼集に遅刻するとかいうような失態は、実に兵の本分に反する。教官殿、班長殿にたいして、この神山も面目ない。」

ふたたび説教を始めた神山は、隊長訓告ふうの効果を狙っているらしく、彼の声音をあるいは励まし、また落とした。この調子はひっぱたく場合のそれではあるまい、という方向に私の推理がかたむいて、やはり私は心ひそかに一息ついた。そして咄嗟《とっさ》に私は、これは卑怯とか勇気とかとはおのずから別個の事柄であり得る、と思った。……人は、求めて他者の暴行にわが身を晒《さら》すべきではなく、かえってそれを避けるべきでこそある。それが人文的原則ではないか。――しかし同時に、この私がいまさらこういう「人文的原則」を持ち上げるのが甚だおかしな自己矛盾ではなかろうか、という捕えどころのないような疑いも、私の意識に影を曳《ひ》き始めていた。

「冬木はどっちにしろあんな人間だし、学問もないのだから、已《や》むを得ないような点もあるが、この四人は、全部、上級の学校を出ておる。のみならず二人までが、最高学府の、それも帝国大学の出身者だ。」神山の訓誡《くんかい》は、おおかた控置部隊長堀江《ほりえ》中尉の訓話調と人事掛山《やま》中《なか》准尉の訓示調とをちゃんぽんに模倣しているようであったが、あるいはまたそこには、神山の「地方」生活時代における職業上の上役か何かからの影響が、混入しているのかもしれなかった、「率先《そっせん》して他の戦友たちに模範を示し指導を与えるのが、お前たち学校出（中等ないしそれよりも上級の学校を卒業した者）の兵隊の立場でなくちゃならん。それが真っ先にこんな不始末を仕出《しで》かすとは、神山はまったく意外だった。この神山は、お前たちにそんな教育はしておらん。どうだ？　谷村」

「はい、谷村二等兵、悪くありました。」と「最高学府の出身者」谷村が、透《す》かさずあやまった。彼は、教育召集班でただ一人の東京帝国大学卒業者である。

「うむ。……教官殿も、お前たちのことを非常に心配しておられた。むろん週番上等兵が今朝定時に呼集用意を指令しなかったのは手落ちだったが、命令一下、いつなんどきでも即時出動の準備があるのが、軍人の心がけだ。お前たちは、入隊後まだ日が浅いとはいっても、呼集に遅れるのが、しかも定例の呼集を忘れたりなどするのが、どんなに不名誉な失敗であるかぐらいは、もう真底《しんそこ》から心得ておらねばいかん。——中でも、本日の東堂の態度は最もよろしくない。」近眼鏡の向こうで一段ときらめかせた二つの眼を、神山上等兵は、私に注いだ、「東堂は、上官にむかってとやかく口返答をしたということだが、以《もっ》てのほかだ。そういう不埒《ふらち》な行ないは、軍隊では絶対に許されん。うん？　東堂。最高学府の帝大に学んだお前に、それがわからんはずはないじゃないか。」

神山は、私の詫言《わびごと》を待ち設けるように口を鎖《とざ》した。ここは私がみずから進んででも谷村流の悔い改めを表明するべき機会であったろうが、私はだまっていた。神山の説法は、その一部始終、内容も体裁も、私にただただバカバカしかった。そしてそれは、私の中で、ようやく単純なバカバカしさ以上の何物かに移行しようとしていた。

たぶん食事桶運搬のせいでか足並みの揃わぬ一隊の靴音が、われわれの左方約十メートルをちょうど通りかかった。そちらに首を捩《ね》じ向けた神山が、恐ろしく力を入れて、すこぶる素早く挙手してから、今度は急に力を抜いて、たいそうゆったりとその右手を下ろした。神山は、食事当番隊指揮者（週番上等兵）の敬礼に答えたのにちがいない。その答礼ぶり、殊にその聯隊長級もどきの手の下ろしぶりは、神山が下級者または後任同級者にたいして日常たびたび実行するやり口である。食事当番隊を引率している今週週番は神山よりも後任の上等兵なのであろう、と私は、その一隊の足音だけを聞きながら推察した。すぐに新砲廠の表側で、「気をつけ。分隊、止まれ。……なんだ？　止まりっ放しで。整頓するんだよ、整頓。緊張ひっ欠いどるぞ、お前たちは。……ようし。別れ。……こら、貴様ら、だまって解散するのか。」と最後の部分をひとしおけたたましくがなり散らした週番上等兵にたいして、兵たちの「御苦労さんでありました。」という声声が爆発し、靴音が束《つか》の間《ま》コンクリート面の上に入り乱れて薄れた。

「軍隊生活は、学校出のお前たちにとって、初めはいろいろと辛いことも少なくなかろう。」

神山は、昼めし到着の一騒ぎに一時注意を取られたためか、または私の無言を恐縮謹慎の風《ふ》情《ぜい》とでも勝手に合点したか、それとも何か全然別種の理由からか、ともあれ私個人をそれ以上は追及しなくて、いまは考え深げに眉を顰《ひそ》め、わざとがましくしみじみと語り進んだ、

「それは、神山にはよくわかっておる。神山は、正規の学歴は厳原《いずはら》の高等小学を出ただけだが、朝鮮の京城《けいじょう》でサラリーマン生活をしながら専検〔専門学校入学者資格検定〕をパスして、さらに校外生として早稲田大学専門部を修業したのだから、お前たち学校出のインテリゲン

チアの心理は十分に理解しておるつもりだ。しかし、いったいに下士官でもなかなかそうは——神山のようには行かないからな。おそらく現在のお前たちと同様の精神状況を、神山も初年兵当時に経験しておる。だけれども、個性の存在は、軍隊では不必要だし、不可能だ。一カ月も兵隊生活をすれば、個性は完全に消えてなくなる。現にこの神山がそうだった。またそうであって初めて、軍人精神の入った一人前の兵隊になられる。それが滅私奉公だ。——お前たちも、今朝のあやまちを深く反省し、以後二度と繰り返さないように努力した上で、早く立派な軍人にならねばいかん。お前たちの教育掛として、もちろん神山はお前たちの教育に全力を尽くすが、お前たち自身がしっかりしないことには、いくら神山が至れり尽くせりの教育をしたところで、また今朝のようなとんでもない失敗を惹《ひ》き起こさないとも限らんわけだ。くれぐれも注意する。うむ、教官殿、班長殿には神山からよろしくお頼みしておく。」

食事喇叭《らっぱ》が、おりしも鳴り出して、神山訓話の終幕を飾った。この喇叭は、屈託《くったく》のない・陽気な曲調を持っている。かすかな食慾が、私の腹から胸へ小走りをした。神山は、多大の教訓ならびに感銘をわれわれ「学校出」に与えおおせたつもりらしかった。彼は、最後の文句を述べて大きく一つみずからうなずいたのち、左腕を派手な身ぶりで眼の高さまで擡《もた》げ、彼自慢の「舶来《はくらい》」腕時計「オメガ」をきっと見据えた。「正確だ。」と彼は、大得意の口吻《こうふん》で断定した。彼が喇叭を時計に比べたのか、または時計を喇叭に比べたのか、どちらとも私は決定することがむつかしかった。その左手指で、神山は、近眼鏡を軽く押し上げ、次いで略帽の庇《ひさし》を前下へ一つ引っ張って、ちょっと伏し目をした。また彼は、何かを言おうとしていた。それが何であったにせよ、その中には彼がわれわれ四人をここから解放するべき指図《さしず》が含まれていたにちがいあるまい。それを中絶させ延期させたのは、この私であった。

「東堂は、質問があります。」と私が言ったのである。

三

――神山は、私が「忘れました」を拒絶して「知りません」を主張した一件を、それとして直接に非難しようとはしなかったのであった。これまでにも新兵たちの幾人かが、「忘れました」強制の慣例（？）をよくは知らなかったか、うっかりしたか、のせいで、「知りません」をたまたま口に出した。そのたびに必ず神山は、「忘れました」への言い改めを命じてきた。その中心眼目であるはずの問題を今日ここでは神山が迂回《うかい》して通り越したことは、まったく私の腑《ふ》に落ちなかった。もし神山がそこをひたむきに攻め立てて来たら、私は退《の》っ引《ぴ》きならぬ窮地に追い詰められるかもしれない、――そういう不安もあって、私は、一方ではたしかにはらはらしてもいた。そのくせ私は、相手がどういう訳かそうしないのを（そうすることから逃げて遠ざかるのを）見届けたと思ったときには、とても物足りないような、ずいぶんはぐらかされたような気分になってしまった。

新兵のすべてが当然に呼集時限を知っていた、それなのに五人は不注意で忘れて遅刻した、という前提に、神山は立った。彼は、そのような架空前提に立つことによって、五人が呼集時限を知っているべきであったにもかかわらず知らなかったのか・あるいは知っていたはずがなくて知らなかったのか・あるいは知っていたのに忘れたのか、というような事柄の究明を、まず論外にした（または回避した）。その点では、神山の立場と今朝の仁多軍曹の立場とは、表面上相似していた。だが、そこから仁多は、「知らない」という表現一般が軍隊（の下級者）にはない・あり得ない（したがって下級者は、知っているはずがなくて知らない場合にも、「知らない」と言ってはならぬ、「知らない」「忘れました」と言うべきである）、と頭ごなしに極《き》めつけていた。あたかも仁多は、「知らない」という表現一般を否定することによって、そもそも「知らない」という現実一般が軍隊には存在し得ぬと観念せよ、とわれわれ下級者に強迫したかのようであった。仁多と神山とは同一の仮設に立脚してはいたけれども、前者の出方と後者の出方との間には質的な相違があるらしかった。つまりあの仁多にとっては、彼の前提が事実に叶《かな》っていようと叶っていまいと、そんなことはとんと問題ではなかったのであろう（そしてそういう出方が、上官上級者の〔軍隊式の〕本領なのであろう）。

ところが、この神山では、事情がだいぶん変わっているようであった。神山は、たとえば彼の前提の正否が誰か下級者からほじくられることをひそかに——意識的にか無意識的にか——懸念して警戒していると私に見受けられた。それかあらぬか神山は、私が仁多にたいして「忘れました」と謝罪しないで「知りません」と主張したのは不届きである、いまからは「知りません」と言わずに「忘れました」と言え、とは直接的には戒《いまし》めなかった。彼は、私の「知りません」固執《こしゅう》を正面攻撃することなく、私のその特殊具体的な不服従を一般抽象的な「口返答」、「不埒な行ない」（という言いまわし）の中に清算解消していた。……神山の架空前提は、主としてこの清算解消を無難に実現するため彼に必要であったのではないか。

彼が目的意識的にそのような仕方を採用したのかどうか、私は知らないけれども。……
……もしそうなら、それは、なぜであろうか。神山と仁多との個人差に、個人差だけに、その原因はあるのであろうか。もしくは、それは、この朝からこの正午までの約三時間内に教官、班長、班附らの間で「知りません」「忘れました」の問題に関するなんらかの談合、新しい態度決定が行なわれでもしたことを意味するのであろうか。あのとき仁多軍曹と冬木および私との中に割り込んだ白石少尉は、結果的に調停者の役を演じたのであったが、実は初めから意図的にも調停者であったのではなかったろうか。またもともといったいなにゆえに軍は、上官上級者にたいする下級者の「知りません」を禁圧してきたのか。……

とにもかくにも神山の虚構前提は、――もしただそれを私がだまって承服しておきさえしたら、――私の安全をさしあたり相対的に保障することになりそうであった。しかしながらそれ（その虚構前提）が彼らの安全をこそ久しく本質的に保障していないと、誰が保証するであろうか、――抑揚《よくよう》のたくさんな、高低の定まらない神山の発言が私の耳に流れ入っていたある瞬間、如上の言わば「身のほど知らぬ」落想《らくそう》は、一閃《いっせん》の鋭利なナイフのように私の頭脳を横切った。「彼の安全」ではなく、「彼らの安全」と、それは、計らずも複数形でやって来た。

かくて神山の（神山らの）虚構前提は、まず第一に私の気に食わなかったのである（――そのときまだ必ずしも私は、事の筋道に通暁《つうぎょう》して行き届くことはできなかったのであったけれども、実は神山の説教の中で、それまで私が知らなかった次ぎのような事情も、おのずから明らかにせられていたのであった、――毎日午前午後定例の兵業開始においては、その時限の約三十分前に、週番下士官ないし週番上等兵が「呼集用意」を全兵班に指令する。そこで兵たちは、班内の清掃整頓を改めて行ない、就業の準備をして、待機する。兵業開始時限の約五分前に、週番下士官ないし週番上等兵が「呼集。」と呼ばわり、兵たちは、舎後に出て、巻脚絆を着ける。やがて週番下士官が「集まれ。」と号令し、兵たちは、舎前（営庭）に進んで、各班別に整列する。そこから当日午前または午後の兵業が開始せられる。……ところが問題のその朝の場合は、週番上等兵の過失怠慢のため、中隊事務室から遠い新砲廠班には「呼集用意」が「呼集」の数分前に達せられて、三個内務班は大あわてをしなければならなかった。——ただしその正午前の私も、神山の「むろん週番上等兵が今朝定時に呼集用意を指令しなかったのは手落ちだったが、……」というような註釈から、そういう実情の背後存在をあらましあやまたず見抜いたのではあった。すなわち一件の朝、私ないしわれわれ五人が洗面洗濯所へ出発した時刻の以前に、原則として「呼集用意」は指令せられていなければならなかったのであり、しかし週番の過怠のゆえにそれは実行せられていなかったのである）。

入隊後わずか九日間において私が神山の口からその「専検合格」、「早大専門部校外修業」を聞かせられたのは、この昼食前のそれで早すでに三回目なのであった（一回目のおり私は、私にほとんど初耳の「校外生として修業した」が通信教授による勉学の事実を意味するらしい、と推断するのに、かなり手間取った）。神山は、その彼自身の「専検合格」、「早大専校外修」をまたもやわざわざ吹聴《ふいちょう》しながら、われわれの「学歴」を妙に強調したが、そのとおりたしかに四人は、揃って「学校出」であった（谷村が東大経済卒、佐野が下関《しものせき》商業卒、市丸が筑紫《ちくし》中学卒、それに私。佐野、市丸の二人は、中等学校を出ただけではあっても、教育召集兵全体中では少数の「学歴所有者」に属したのである）。

神山が殊更に持ち出したいかがわしい修学履歴自家広告ならびに小生意気《こなまいき》なインテリゲンチア理解者自分免許は、私の心に滑稽と不快との感覚を喚《よ》び起こした。彼の訓話が終わりに近づいて、私は、『なんだ、この男は、結局またそれ（「専検合格」および「早大専校外修」）が言いたかったのか。』と（彼の心根《こころね》をたいそうさもしく）感じた。また彼がわれわれの「学歴」をつべこべ言ったのにも、私は、『何をぬかすか。』ないし『真《ま》っ平《ぴら》御免だ。』と思った。……われわれ下級者・二等兵にたいして、神山は、上級者・班附上等兵として、ただひたすら軍事兵事を語り行なうがよい。しかるにこの自称「早大専門部校外修業者」は、四人の「学校出」（その上その二人は「帝大出」）を（新兵として、よりも、むしろ「学校出」そのものとして）叱責《しっせき》し「教育」することに、下品な、世間俗物的な、末端官僚的な自己満足の快楽を味わっているようである。神山の珍妙低劣な「インテリゲンチアにたいする理解」は、おろか、どんな「インテリゲンチアにたいする理解」の存在をも、私は、ここに来るに当たって想像も期待も毛頭しなかった。いまも私は、そんなことを希望も期待も毛頭していない。しかも、「学校出」の兵は他の（「学校出」ならざる）兵の先駆けをして個性を滅却《めっきゃく》しなければならぬ、というのが、神山式理解論の焦点である。この中心論旨は、「学校出」にたいする軍中枢の意向を十分に代辯しているであろう。なんというみごとな「インテリゲンチアにたいする理解」か。「学校出」の兵について彼が指摘した「率先垂範指導」のごときは、微塵《みじん》も私の関知関与する所でなかった。私は、死ぬために、あるいは死ぬか死なぬかを突き止めるために、軍隊に来たのである。……

午前中の私は、仁多軍曹にたいする今朝の私の立ち向かい方を、われながら、いぶかしいとも、いまいましいとも、半面において顧みていた。それに私は、物事一般を、なかんずく私個人が直面する物事一般を、自己の損得、一身の利不利に目安《めやす》の一つを置いて考量することがないような、そうすることが叶わないような、そんな高潔な、そんな頓馬《とんま》な人間ではない。兵が上官上級者に逆《さか》らうこと・私が実際に逆らったことの不利益を、私は、時が過ぎるにつれていよいよ重苦しく認識も予想もして、そこから私の前途に纏《まつ》わる寄る辺《べ》ない恐れを心に蔓延《はびこ》らせてもいた。午前の練兵は、私の身にいかほどの異変もなく過ぎはした。しかし殊に大前田班長の視線が舐《な》めずるように私の全身に絡みつく何秒間かを、何回も私は意識させられた。「先は長いからな。じっくり料《りょう》ってやるぞ。」というような心持ちが、その視線の内容ででもあったろうか。それでも私は、「知りません」の主張を能動的にも受動的にも取り下げようなどとは思い初《そ》めもしなかったのであったけれども、なるべく神山を刺戟また は挑撥しないように私の口と態度とをつつしんで、彼からの叱責なり制裁なりを摩擦《まさつ》も少なく被害も軽くやり過ごそうとこそ願ったはずであった。それにもかかわらず私は、何が「あんな人間」か、何が「不始末」か、何が「学校出」か、何が「口返答」か、何が「不埒な行為」か、何が「個性は消えてなくなる」か、と思い募《つの》って、次第に強く憤激した。胡乱《うろん》な何かを根拠にして冬木を侮蔑的に差別している（としか私に考えられぬ）神山の言行に、殊に私は、深く激しくこだわっていた。

……神山は訓話を閉じ、この場にまずはめでたく一段落が来ようとしているらしかった。

私は、奥底の自己が『おれの個性が消えてなくなってたまるか、消えてなくなりはしないぞ。』と力《りき》んでいるのに気づき、愕然《がくぜん》として不愉快になった。もしも今日より私が、このような理念に従って生きて行なって動くことを欲するとすれば、世界現実にたいする過去何年来の私の考え方・やり方は、相当の転回を必要必然とするのではなかろうか。もしくは……？

だが、思考のその道筋をそれ以上に辿《たど》り進むゆとりは、ここの私になかった。近眼鏡を軽く押し上げて略帽の庇《ひさし》を前下に一つ引っ張ったその手を、神山が下ろした。もはやたしかにわれわれは、肉体的被害なしに目下の難関を通過しようとしていた。肉体的被害、――それは、私にとっても、他の三人にとっても、すべての兵隊にとっても、最大の脅威《きょうい》の一つであるにちがいない。肉体的制裁、――それは、この「別世界」がそれらによって統御せられている諸要件の中で最も卑近な、それでいて一つの中心的・決定的な要件であらねばならない。そのことから一つでも多くまぬがれ得ることを勿怪《もっけ》の仕合わせとありがたがらざるを得ないのが、われわれの身の上なのである。われわれが当面しているこの場合にも、もちろん事情はおなじでなければなるまい。もしただこのまま私が沈黙の恭順《きょうじゅん》を装《よそお》っていさえしたなら、その「望外の幸福」はすぐにも私の物となりおおせるであろう、と私は理解した。しかしそれと同時に、神山らの言い分を私は黙認することができない（かかる不条理、かくのごとき仮構前提に屈従することを私は私自身に許し得ない）、という圧倒的な衝動が、私の中の私に現われ出ていた。しかも二派に分裂した私の心と心とが、凄《すさ》まじい速力で鬩《せめ》ぎに鬩いだ。……『切り出そうか。』、『だまっていようか。』、『切り出そうか。』――神山が、ちよっと伏し目をした。……『言うまいか。』、『言おうか。』、『言うまいか。』、『言おうか。』――伏し目の神山が、たぶん何か最後の指示を与えそうな気配になった。……『言うまいか。』、『言おうか。』……『ええ、おれは言わねばならない。言ってしまえ。』……大きな氷の固まりが、私の胸板に押し当てられたかのようである。

……私は、強大な何物かに挑《いど》むような情念で、『東堂は、質問があります。』と切り出さずにはいられなかった。それまで短時間の私を無言無為の方向に引き留めようとした何物かの正体が、案外にも主として私の虚無主義ではなくて、いっそ主として私の損得の打算、暴力への恐怖、それほどでもない物事にも怖《お》じ恐れてくよくよしがちな生まれつきの小心の類であった、ということを、私は、とうとう口を切ったとき、今更に見つけて知ったのである。

――ただし多少の戦術的見通し（成算）も、その私になくはなかった。神山が彼（彼ら上官上級者）の本領たるべき「軍隊的非論理ないし没論理」を多かれ少なかれ抑制して、おまけに「インテリゲンチア理解者的論理」をあやつった、という事実は、――たとえその原因が彼の個人的特性だけにあったにしても、――なにしろここでさしあたり彼の負担条件《ハンディキャップ》あるいは弱みになり得るはずであり、それは反比例的にとにかくいくらかなりとも私に有利な条件であり得るはずである。

私の質問申し出は、明らかに異例かつ変則の印象を神山に突きつけた様子である。のみならずそれは、やはり彼がわれわれの「仕合わせ」ともなるべき指令を下そうとした矢先の出来事でもあったに相違ない。彼は、心外、疑惑、不機嫌、非難の入り雑《ま》じったような、虚を衝かれたような、出端《でばな》を挫《くじ》かれたような、取り止めもなく複雑な表情で私を眺めた。六、七秒間その太目《ふとめ》の唇が上下約一センチに力なく開きっ放しになっていて、やがてやっとそれが閉じてから、彼の喉仏《のどぼとけ》が続けざまに二度上がったり下《お》りたりするのを、私は、しかと目に掛けた。「何か、東堂。」とそこで彼は言ったが、その声は掠《かす》れ気味になって彼の喉笛《のどぶえ》にひっかかった。大きく咳《せき》払いをして、彼は、もう一度喉仏を上げて下げた。「何か、東堂二等兵。言うてみよ。——うん、質問していいぞ。」と今度はいちおう自分の口調に無理な威厳を取って付け得た神山が、常になく私の姓に等級をつけた上、途中で顎《あご》を一つしゃくって、いかにも鷹揚《おうよう》らしく許可した。

「東堂たちは、入隊して今日まで、まだ一度も、部隊の日課に関する纏《まと》まった教えを受けていません。」

私は、慎重に、しかしきっぱりと私の意見を提出し始めた。ところが私が最初の一句切りを口に出すや否や、名状しがたいような自己嫌悪の情が急激に私に染《し》み透って来て、私は、ぐっと閊《つか》えた。ほとんど息を詰めて私は押しだまった。なぜ何を、この私が、まるでこましゃくれの小学生かおちょぼ口の女学生かのように、その上ここ別天地の下司下郎《げすげろう》を向こうにまわして、あさましく事がましくしゃべろうとするのであろうか。たぶん見る見るうちに、私は、私の顔中に朱を注いだ。奇怪にも同時にその私の意識の上に、チェーホフのある劇の一情景が、にわかにただよい出ていた。

……あれは、『伯父ワーニャ』のワーニャか、それとも『桜の園』のガーエフか。一人の中年男が、まるで子供じみてヒステリー的に、「私は、ショーペンハウエルにもドストエフスキーにもなられたはずの人間だ。」と悲痛な愚痴を口走っていた。「私は、八〇年代の人間だ。人はこの時代をよくは言わないが、それでも私は、自己の信念のためには、この人生で相当ひどい目にも会ってきたのだ。」とも。……だが、それが今日の私になんの関係があるのか。……一八八〇年代、暗鬱な帝政末期、反動時代のロシア。……その年代は、ヨーロッパで一般的に、ある特殊な意義を持っていたようでもある。……自分を「八〇年代の人間」と力説した別の劇中人物、あの女主人公役は、美貌のアメリカ女優ジャネット・マクドォナルドであった。エルンスト・ルビッチ演出、モーリス・シュヴァリエ共演の『メリー・ウィドウ』。カメラは女主人公たちを追って豪奢《ごうしゃ》なレストランの内部へ。シャンデリヤの光耀《こうよう》と高笑いと波立つ音楽と。彼女の誇らかな尻上がりのソプラノが、'Garçon! A lot of champagne! ——I am a woman of Eighteen Eighties.'（「給仕！ シャンペンを一山！ ——私は、一八八〇年代の女なのよ。」）と広間のさざめきを突っ切って走った。……

　マクドォナルドの高らかな嬌声が、私の聴覚によみがえって、白日の中を三色旗のひるがえるように、ひらめいた。……私は、一九四〇年代の若者、一個独自の虚無主義者ではないか。その私が、こんな手合いを前にして、わざわざ小児のように、のみならず結局は遠慮気がねをしながら、無駄口をたたくとは。——しかし私が現実に聞いたのは、神山の「どうした？ それで終わりか。それじゃ質問になっとらんぞ。お前の質問を早く言わないか。」という（何秒間かの私の無言の行にだいぶんじりじりしたような）なじり声であった。（——しかもそういう私が「質問」の続きを打っちゃらかさなかったのは、それなりけりではどうもその場の私の恰好ないし引っ込みが付きにくかろう、と私が憚《はばか》ったからではなかった。またそれは、それなりけりではどうもそんなきっかけがかえって一方的に一気にその場の神山を上官上級者的・現役三年兵的本領に押しもどしかねまい、と私が案じたからでもなかった。その種の「実用的」な配慮が私に全然働かなかったのではなかったにしても、それらは決して「質問」続行の決定的理由ではなかったのであった。「質問」続行の決定的理由は、神山の肉声が私の幻聴にかぶさって来たあと、咄嗟《とっさ》の間に、次ぎのごとき――もしも私がその内容の秩序を正して説明するならば、それはほぼ次ぎのごとくであったろうところの――意識あるいは直観の雲が私に生まれ、または目覚め、さてそれが私を統制したからであった。……この自己嫌悪の情緒も私として嘘いつわりではないけれども、それと同様に、もしくはそれより以上に、あの何か強大な物に挑むような情念は私として真実切実である。ただこの二つの心的活動は、いずれもそれぞれ例の「一匹の犬」的表象からしばらく懸け離れているらしいが。もしもここで私が、前者――自己嫌悪の情緒――に私自身を任せて、後者を一時の小児病的な血気の類として葬《ほうむ》り去るならば、何かが、ある重大な何かが、私において最終的に崩れ落ち、潰《つぶ》れ滅ぶであろう。してまた私の仮りにもそこいらの下司《げす》某を貫《つらぬ》いて挑むべき・挑むに足りる何物かがこの世に存在するのならば、その私の守《も》り立てるべき・守り立てるに足りる何物かも私の内外になお存在するのであろう。この自己嫌悪を捩《ね》じ伏せることが、何はともあれ、いま私に必要である。……とはいえ、ままよ、「乗りかかった船」、「濡れぬ先こそ露をも厭《いと》え」、「毒を食らわば皿まで」というような不逞《ふてい》の選択が一脈そこに干与《かんよ》したのであったろうことを、私は否定しない。）

私は、私の「質問」を続けた。

「一昨十七日の土曜までは、毎日午前中は内務実施か、でなければ学科でありました。学科は、その都度まちまちの時刻に呼集されて開始されたのでありますが、だいたい当日朝食時に別命がなければ、その午前中三個班員は内務実施をしていました。練兵が行なわれたのは、これまでは午後ばかりであります。毎朝定例八時三十分の兵業開始、その約五分前の呼集ということを、東堂たちは、教えられもせず実行もしてこなかったから、知らなかったのであります。仁多軍曹殿は、『朝の呼集時限を、お前は忘れたのか。』と何度も東堂にたずねられましたけれども、東堂は、忘れたのではなくて知らなかったのでありますから、まっすぐにそう答えました。このような事柄については、是非前もって教えてもらいたいのであります。それから、内務班を外出する兵に行く先を告げさせる目的の一つは、その不在中に何事かが起こった場合、緊急の連絡を可能にするにある、――これはこのとおりであるのかどうかを、おたずねします。終わり。」

一隊の軍靴のひびきが、営門の方角で高まってきていた。「歩調取れ。」という一つの号令に呼応するように、「かしら、右。」という別の声の号令がそちらで発せられ、その尾に続いて、私がまだその名を知らない快速調の喇叭曲が、一回鳴りひびいた。われわれの上には沈黙が落ちていた。私は、神山に、主として彼の左眼に注目しづめであった。神山も、私のどちらかの眼を見ていた。その眼を神山が逸《そ》らした。彼の視線は、私ほか三人の顎のあたりを横ざまにしばしたゆたってのち、中空へ上がった。

私の「質問」は、つい数分前に神山が改めて厳禁した「口返答」そのものでしか実質上なかった。ところで私が私自身にたいする嫌悪の情を押し殺してその「口返答」を申し立ててゆくうち、一つの信念が私に湧き出し、……それは次第に大きくなり、……それは私が「終わり。」と力強く断言するに至って不動の確信に近づいたのを、私は知った。もしもこういう経緯の中からこのような形式内容で「質問」すなわち実は「口返答」があえて果断に沈着に実行せられたならば（どれほどそれが軍隊で一個紛《まぎ》れもない珍事であっても、またはそれがそうであるだけに）、一般の上官上級者といえども、無理無体に開き直ることがなかなか簡単にはできないのではあるまいか。まして「インテリゲンチアの心理」にたいする「十分な理解」の自己宣伝をしたその舌の根はまだ濡れているであろう神山が、「学校出」私の場所柄無視的・分際知らず的な言論をなにさま扱いかねて、消極的・守勢的な立場ないし心境に落ち込むということは、一つの自然な道行きでもある（あり得る）にちがいない。とにかく今日現在そういう方向へ局面が推移する公算は、必ずや相当に大きいであろう。――さていま、あたかもきわどい鍔迫《つばぜ》り合いの潮時に、私のひたすら注目している視線から、敵は、その眼をあやふやに逸らしたのである。

　ひとたび高まり尽きた靴音の節奏は、すでに部隊兵舎前へと遠ざかりつつあった。神山の両眼が私の喉元に下りた。

「ふむ、呼集時限のことなどは、まだお前たちに教育しなかったかな。」

　神山は、例のごとく「教育」の語に勿体《もったい》臭い強勢を置いたが、彼の眼は、私の眼を完全には正視しないままで、他の三人に移った。「お前たちも教わらなかったのか。」と神山が、御《お》座《ざ》成《な》りのような駄目を彼らに押すと、三人全部が、今朝の彼らとは打って変わって、

「はい。そうであります。」と無造作《むぞうさ》に私に賛成した。もはやこの賛成は危険を伴っていなかったのである。

「ようし。その点は教官殿、班長殿にも申し上げて、お前たちが一日も早く一人前の兵隊になられるように教育を進めることにする。先週は、四種〔コレラ・腸チフス・パラチフス・発疹チフス〕混合予防接種、その直後の二十四時間安静就寝も必要だったし、その他お前たち入隊後のいろんな雑行事のために、この教育班では、部隊日課が、十分正確には実施されなかった、已むを得ず便宜的に流れたのは、事実だ。今週から本格的な兵営生活が始まるわけだから、お前たちが、これまでを標準に考えて、軍隊を気安く嘗《な》めてかかると、とんでもないことになる。」神山は、四人に均等に眼を配りつつ、ようやく私の眼をも直視してきた、「うむ。内務班で何かが突発したら、必要に応じ不在者に連絡を取るのは、もちろん東堂の言うとおりだが、各人は常時緊張しておく。内務班を出た場合にも、のんびりして戦友たちに心配をかけるようであってはならない。雨でも降らない限り、これからはまず毎日、朝から練兵があると思って、朝食後なんかに見境《みさかい》もなく洗濯に行ったりはしないようにする。……しかし……あれだな、……お前らは、まだよく軍隊がわかっておらんのだから、仕方がないかもしれんが、……おれだからよかったようなものの、……東堂。……軍隊はそんなものじゃないぞ。そんな……あたりまえなら、いまごろは、……ふむ、まぁお前たちにも、すぐにわかろうが。――先刻神山がお前たちに与えた注意は、東堂もほかの者も、わかったな。いいか。」

だんだんしどろもどろの泥海で浮きつ沈みつし始めた神山は、そこで思い出したようにわれわれに「はい」を言わせると、終わりにまたもやわれわれの「学歴」を言い立てた。

「うむ。わかったら、今後は学校出の自覚に立って軍務に勉励せねばいかん。今日のところは、それでよし。」

やはり神山は、「知りません」問題を直接には取り上げなかった。抑圧せられた一筋の無念がその彼のしどろもどろの波間に見えたり隠れたりした、と私は思った。せっかくのおどしも凄みも、出来そこなっては、間が抜ける。彼の脅迫がましいとつおいつを「引かれ者の小唄」のように、私は聞いた、——私自身こそは実に「引かれ者」であるという現実を、片時も私が見失ったのではなかったけれども。

神山の苦心の説諭《せつゆ》も、事私に関する限り、要領を得ない有耶無耶《うやむや》な始末になったようである。彼が私の「質問」を暴力的に弾圧せずに「論理的に」受けて立ったのは、彼と私との関係の出発点における彼の失策、黒星一つなのではあるまいか。

彼が「別れ」を命じる前に、また私は、「カンジャ」とは何か、「知りません」の使用は果たして正式に禁止せられているのか、もしそうならその理由および典拠はどこにあるか、を突っ込んでたずねた。「カンジャ」の「患者」は、即座に明らかにせられ、私は、私自身のこの鈍感に呆然として感動した。仁多が私を気違い扱いにして嬲《なぶ》った、と私が思ったのは、私の行き過ぎた邪推であったらしい。あんな場合に走りもせずに落ち着き払っていた私の「常識はずれ」を目《ま》のあたりにして、仁多は、この新兵は「練兵休《れんぺいきゅう》」の「患者」なのか、というもっともな疑問を起こしたのであったろう。私が「非論理的なめちゃくちゃ」と見做《な》した仁多の口上が、ある意味ではたいそう「論理的」であったのである。この発見は、私にとって教訓的であった。「知りません」について神山は、「たしか『典範令〈軍隊の書物・『砲兵操典』、『通信教範』、『陸軍礼式令』などの総称〉』のどれかに、そういう趣旨の規定があったように思うが、いまくわしい内容をはっきり記憶しない。あとで研究しておく。」としぶしぶ答えた。それはまちがいなく規則によって禁ぜられているのか、と私が、くどくも念を押した。相手は、眉間《みけん》に細い稲妻のような痙攣《けいれん》を走らせ、癇癪玉《かんしゃくだま》を破裂させたげな気ぶりになったが、それは禁ぜられているはずである、「とにかくわれわれは、そんなふうに」上官から言われてきた、軍隊の下級者は上官の言いつけに従ってさえいればあやまちはない、とさすがに極めつけ気味に言い、ちょっと間を置いてから、思い直したように「くわしいことは、いずれ神山が調査した上で、教えてやる。」と約束した。

私は、まだまだ言いたいことが山山あるようにも感じていたが、実際問題としてはそのくらいで止めねばならなかった。それにしても、私は、私の小さい橋頭堡《きょうとうほ》を一つ、相手の内側に築くことができたのかもしれない。神山がここで犯した戦術的あやまりは、私にたいする今日以後の彼を大なり小なり制約する蓋然性《がいぜんせい》がなくもないであろう……?

……われわれが解散して内務班に帰って行くうしろから、神山の「谷村。——ここにすぐ来い、と冬木に伝えよ。」という声が追いかけて来た。

第三　夜《よる》

一

その午前に引き続く銃教練と徒歩教練とで、一月十九日の午後は暮れた。

この宵は、新砲廠兵班の第一時限〔一八時―一八時四〇分〕入浴日に当たった。夕食後十八時、週番上等兵が「入浴呼集」を指令し、私は、私の貴重品袋を村崎古兵に預けて、出発した（入隊第一日および第二日の両日は、各班の班附がその班員の隊列を率《ひき》いて浴場に向かったが、第三日以後は、新兵各個が三三五五入浴に行った）。貴重品袋とは、兵がその中に金入れ、印形《いんぎょう》その他、私物の「貴重品」を入れておくべき小さな袋（布製）である。各人は、袋の口に（そこを締めるためにも）取り付けられた長い細紐を首に懸け、貴重品在中の袋を襦袢《じゅばん》左胸部の物入れ〔ポケット〕に納める。これが、正規の貴重品所持法である。金入れの内容金高（各自の所持する金高）は、当人の俸給月額（われわれ二等兵のそれは五円五十銭）を超えてはならない（各兵は、その超過額を郵便貯金にしなければならない）。人事掛准尉《じゅんい》が、全兵員の貯金通帳を保管する。内務班に残る兵か浴場入り口で監視する週番上等兵かに、入浴者は、貴重品袋を託する。この決まりは、盗難予防を目的とする。村崎一等兵が、この時限には入浴に行かなかったので、私は、それを彼に頼んだ。さしずめ粗野とでも形容せられるべきこの古兵、僻《ひが》みや不貞腐《ふてくさ》れやの気味合いなしに「万年一等兵」の「ガンスイ」と彼自身をよく呼んだこの上級者（三十二、三歳）に、ここ一週間ほどの私は、めずらしく私の親近感を刺戟するような雰囲気の存在を見てきた。――「元帥《げんすい》」の訛《なま》りの「ガンスイ」は、薄のろの、梲《うだつ》が上がらない兵隊、を表わす軍隊語である。

私の貴重品袋を受け取った村崎古兵は、太い眉毛の下の眼が大きくて元来髭《ひげ》が濃くて西郷《さいごう》隆盛《たかもり》にも少少似通《にかよ》っているような角顔に、わだかまりのなさそうな笑いを出して、「東堂、今日は朝っぱらから一騒動起こしたな。」と言ったが、ふっと表情を引き締め、「どうも顔つきに似合わんむつかしい男らしかとは思うとったが、東堂。あんまり根性骨を突き出して楯《たて》つくなよ。損するだけで、得《とく》はなか。あげなときにゃ、バカンマネしとけ。バカンマネが、一番よかとぞ。大石内蔵助《おおいしくらのすけ》は昼行燈《ひるあんどん》たい。」と言い足した。――「バカンマネ」つまり「バカの真似」も、兵隊語の一つである。「バカンマネする」は、とぼけた振りをする、または、しらばっくれる、にひとしい。

私は、村崎古兵の言葉に私への好意を感じることができた。しかし私は、ただ「はい。」と無愛想に返事し、敬礼して、彼の前を去った。

浴場内は、でたらめに込み合っていた。ここも電燈が暗い。薄明《うすあか》りに立ち迷う湯気の中で、男根の密集が、てんでに勝手な方角を向いてひしめいていた。いつものことながら閉口した私は、「烏《からす》の行水」式でそこそこに切り上げることにした。閉口だけでなく、もし私がまごまごしていたら、下駄はなくなる、被服は盗まれる、という始末さえもがやって来かねない。もと単独入浴中の私は、土岐《とき》哀果《あいか》の「たそがれの、やどやの風呂に、／めづらしく、／わがちんぼこを覗《のぞ》きたるかも。」を思い浮かべたりして、私のそれをしばし静かに見入るおりおりもあった。いまの私は、時間と空間との制約上それどころではない。のみならず、「私は女陰《じょいん》なきを憂《うれ》うる。男根なきを憂えない。軍隊は男根所有者の多きに堪えない。」とでも森《もり》鷗外《おうがい》ふうに表現せられるべき感慨を、ここで私は、強いられている。どのみち他人の所有物には関係も興味も私にあったのではないが、『言志録《げんしろく》』の「少壮ノ人、精《セイ》固ク閉ザシテ少シモ漏ラサザルモ亦《マタ》不可ナリ。神 滞《トドコホ》リテ暢《ノ》ビズ。」は、至言であって、もうそろそろ私は、私自身の分一個を持て余《あま》し始めていたのである。

上がりがけに私は、浴槽裏手水槽の冷水を手桶に四、五杯、頭上から全身にひっかぶった。この冬の最中にこんなことをする他の誰をも、私は見かけたことがない。ところが現在において、私の浴場行きの目的ないし楽しみは、むしろこの冷水浴にあった。めったにない清潔な爽快《そうかい》感が、ほとんどこのときにだけ私の身内を洗い流れるのである。

浴場を出た私は、さらに洗面洗濯所で頭と顔とタオルとを洗って、口を念入りに漱《すす》いでいた。一足《いっそく》の下駄音が近づき、私は警戒して振り返った。「東堂二等兵。」と先方が呼びかけた。私は、冬木を認め緊張を解き、「うん。」とうなずいた。冬木も、私の横で嗽《うがい》をすると、「帰ろう。」と私を誘った。「向こうを通ってみようか。」と私が顎で営庭のほうを示した。彼は

「あぁ。」と賛成した。われわれは、同年兵数人と擦れ違い逆もどりをし、浴場の表を通り越して、戦用被服庫前を南に歩いた。

昼間、神山上等兵から「学校出」四人とは別個に呼び出された冬木は、われわれが昼食の食卓に着いて数分後、大半の兵たちがアルミニュウムのめし食器および汁食器を空《から》にしたころ、ようやく帰って来た。彼の顔色が翳《かげ》り、双の瞳に沈鬱な激情が生まれているのを、私は、読んだと思った。冬木一人を神山はいかに取り扱ったのであろうか、と私は、いっそう心配せざるを得なくなっていた。洗濯の五人組から冬木だけを除《の》け者にした神山が「冬木はどっちにしろあんな人間だし、学問もないのだから、……」としゃべったのを、私は、湧《わ》き立つ怒りをもって聞き、かなり場違いにもヘーゲルの「刑罰は、犯罪人の権利である。」という意味の言葉〔『法の哲学』〕を反射的に思い出した。しかしそれでも、事の実情をろくろく知らなかった私が、冬木はわれわれ四人と平等に叱責せられるべきである、というごとき（ただ逆効果を来たすだけかもしれぬ）要求を神山に差し出すわけには行かなかったのであった。自称「早大校外修」の神山は学歴の多少を根拠にして四人と冬木とを区別したのであろうか、といったん端的に私は想像した。だが、「どっちにしろあんな人間だし」と「学問もない」とが並列する二つの事柄として神山の口から出たのが、正確な事実である。とすれば、「あんな人間」という見下げた言い方を神山にさせるような何物かが、冬木の身上にあるのであろうか。

それにつけても今午後の私は、人の心はさまざまである、という今更《いまさら》めいた感想を抱かせられていたのである。冬木を否定的に差別したと見られる神山にたいする、いささかの憤慨、反撥または不審の気配をも、私は、私以外の三人に発見することができなかった。それはそればかりではない。午後練兵間の中休時、彼ら三人は揃って故意か偶然か私とおなじく部隊兵舎東石廊下斜め前の花壇近辺で休憩したため、今朝の第三班洗濯組五人中の「学校出」四人が一固まりになる形を結果した。私は、不愉快であったが、わざわざ場所を移りまではしなかった。彼らの間には共犯者もしくは共同被害者の消極的連帯意識が自然に育《はぐく》まれていて、彼らは勝手にそれを私にも押し及ぼしているらしかった。かつて生田長江《いくたちょうこう》訳およびクレーナー書店版のニイチェを幾冊か愛読した私は、トォマス・マンが「ニイチェの中に私の見出した物は、何よりもまず自己克服者の姿であった。私は、ニイチェを、その言葉どおりには決して受け取らなかったのであって、ほとんど信用しもしなかったのであった。それにもかかわらず、その信用し得ないというまさにその点が、ニイチェへの私の愛に二重の情熱を注がせたのであり、彼への私の愛に深みを添加《てんか》したのである。」と書いたのに、深く同感したのであった。その後、私は、たとえばカウツキーならびにレーニンによるニイチェ批判排斥を読み、その趣意を理解したと信じたけれども、マンの文章への同感は私の中で死ななかった。こんな私は、人間同士が共通の弱みや卑屈やにおいて寄り添いつつ相互に薄ぎたなくいたわり合うというような、その種の消極的連帯意識に与《くみ》し得るはずがたださえなかったのに、その中休間の彼らのひそひそ話を耳にしてはなおさら、彼らと私との心情上の懸隔《けんかく》を思い知らせられたのである。

水が低いほうにむかって流れるように、そこでは今朝および今正午の出来事が話題にせられた。それによれば彼らは、「意外に教養がある」と谷村が評価して他の二人がそれに賛成した神山上等兵の「学校出理解」を無条件に恩恵とし、その「苦学力行の経歴」所有者の「寛大な処置」に相当本気で感服していた。四人と冬木との別扱い理由は学歴の高下にある、と彼らは、まず単純に納得しているふうであったが、彼らの口ぶりは、そのことにさえ「特に現役にしてはめずらしく物のわかった」神山への感心の種を見つけ出していかねなかった。それは、「われわれをこそなぐらなかったが、冬木の場合は神山上等兵もなぐったんじゃないかと思う。」と三井《みつい》鉱山株式会社若手社員の谷村が様子ぶってささやき、「たぶんそうですよ。わざわざ別別に呼びつけたくらいだから。あの上等兵は、そのへんのことをよく考えてやってるようだ。」と福岡市役所下級吏員の市丸がしたり顔で同意するという具合であった。私も、冬木が神山から暴行を加えられたのではあるまいか、と想像懸念してはいた。しかし彼ら三人の着想とその発展との性質は、破廉恥《はれんち》としか私に受け取られなかった。

「神山上等兵は、君をなぐるかどうかしたのじゃないですか。」

私は、私の気がかりな一つを冬木にまずたずねてみた。冬木は、私の問いを否定し、「説教されただけ。」と簡単に答えた。

「そう。――だけど、変だね、神山上等兵は。どうして君一人を切り離して、あとで呼んだりしたのだろうか。」

「さぁ？」

ただそれだけ、冬木は曖昧《あいまい》に言った。なにゆえ彼だけが分離せられたのであったか、その原因は、あるいは彼本人にも全然わからないのかもしれなかった。とはいえそれは、その部分に立入って語ることを彼が好んでいない、と私に臆測させるような受け答えの仕方であった。それがそうであるかもしれぬからには、私もそれ以上に深入りをして神山、冬木一対一の状況を穿鑿《せんさく》しようとは欲しなかった。冬木と私との個人的接触は、初めて今宵《こよい》生じたのである。今日私は、彼に一定の好感および関心を持ったのであり、彼も、おなじような感情を私に抱いて「帰ろう。」とわざわざ同行をいざなったのであろう。しかし現在それはそれきりのことである。それ以外には、彼もまた、一般社会のすべての人人ならびに兵営内の全将校下士官兵と同様に、私の精神にとって要するに異境の人、路傍の存在でしかない。他人(同性)との個人的交情を、私は、かつてみずから進んでは求めなかったのであり、いまもみずから進んでは求めないのである。

会話は跡絶《とだ》えたまま、二人は戦用被服庫の中央扉前を通り過ぎていた。

「おれは、自分をボンクラの卑怯者と思った。いくら軍隊でも、知らんことは知らんと言うのがほんとうじゃろうから。東堂二等兵が頑張ったのを見て、それがわかって恥ずかしかった。」と冬木が、今度は彼のほうから真摯《しんし》な語調で今朝の一件に触れた。

「いや、君は卑怯者じゃない。しかし、あれは、つまらんバカげたことだったのかもしれないですよ。自分でもまだよくはわからんが。」と私は言った。

午後中休間、谷村たち三人のこそこそ話は、彼らが今日なぐられも蹴られもしなかったのは極めて感謝するべき仕合わせであった、それも朝はまったく僥倖《ぎようこう》、正午は先方がほかならぬ神山上等兵であったればこそ、あれはあの程度で済《す》んだのである、「われわれも今後はよほど気をつけて要領よくやらねばならない、兵隊は自己を殺して長い物には巻かれるが第一である、新兵がなまじ物事に理性的にこだわって我を張るのは有害無益のおろかな仕業《しわざ》でしかない、というような所に結局落ち着いた。反面それは、私にたいする婉曲《えんきょく》な非難を含んでもいた。それでも私への無意識的な気がねかうしろめたさかもないではないとみえ、彼ら三人は、彼らの口調に刺身の妻《つま》ほどの自嘲《じちょう》を交《ま》じえたりして、何度も私に話を渡そうと試みたが、私は、それに乗らなかった（乗られなかった）。

ただし私は、彼らの結論を理解することができた。また私は、非理非道の「忘れました」使用強制や学歴の異同による人間の分けへだてやが彼らにとって格別問題にならない状態をも、理解することができた。……それはそれで有り触れた、そして仕方のない現実ではないか。この虚無主義者が、今更それしきのことを異様に感じて興奮することもなかろうではないか。……今朝の彼らを、私は、「偽証者」と心中で名づけたのであった。たとえそのことを私が彼らに告げ知らせても、彼らは、そういう私を決して心《しん》から了解することができないであろう。彼らの私にたいする遠まわしの批判のほうが、むしろ現実的には当を得ているのにちがいあるまい。

……まして私は、この軍隊を人外の境地とも、この私自身を人外の存在とも、すでに早く観念してここに来たはずである。その人外の私が、その人外境で、何を欲して人間的理性にかかずらったのであろうか、何を求めてじたばたしたのであろうか、何を（みずから）恃《たの》んで所詮抗すべからざる威力（軍）に果《は》かなく歯向かおうとしたのであろうか。……何を私が（みずから）恃んだにせよ、どうせそれは笑止な螳螂《とうろう》の斧《おの》でしかあり得まいに。――しかし私は、彼らを理解することができたとはいえ、それにもかかわらずやはり彼らを承認することはできなかった。

……笑うべき蟷螂の斧。三人が言ったとおり、今朝は僥倖、昼食前は相手が神山であったればこそ、あの程度で事はひとまず落着したのでもあったろう。それも、仁多にしろ神山にしろ、もしちょっとでもその気になりさえしたら、一撃に私をたたき伏せてだまらせることができたにちがいない。そうする自由と権利とを、国家が、軍隊機構そのものが、その絶大な権力が、彼らに保障しているのである。私が猪口才《ちょこざい》にも理窟《こ》を捏ねて、神山がひとかけらの譲歩を見せた。それがなにか局地戦闘におけるこの私の一歩進出ででもあったかのように、絶対服従の世界にこの私が一つの道理をかすかながら通用させでもしたかのように、一時感じた私は、滑稽以下ではなかったか。神山上等兵は（仁多軍曹も白石少尉も）、捻《ね》じれば苦もなく捻じられた小児の腕を、今日は捻じらなかったというだけであろう。

……だが、それが有意味であろうと無意味であろうと、私は、あのような「忘れました」の用法を無条件に不条理と考えたのであり、事実としてそれを拒絶したのである、――事実として「知りません」を押し通したのであり、押し通さずにはいられなかったのである。私の虚無主義にもかかわらず、私はそうした。そして私の虚無主義にもかかわらず（「私の虚無主義」？「にもかかわらず」？　果たしてそれは「にもかかわらず」であろうか）、私は、この三人を、彼らの神山評価を、彼らの結論を承服することはできない、できそうにない。……有害無益の徒労か。蟷螂の斧か。……「あんなときにゃ、バカンマネしとけ。バカンマネが一番よかとぞ。」か。……一匹の犬か。……

それでも私が「あれは、つまらんバカげたことだったのかもしれないですよ。自分でもまだよくはわからんが。」と冬木に返したのは、私の本音であって、その私は、心の一隅に

「子曰《イハ》ク、三軍モ帥《スキ》ヲ奪フベシ、匹夫《ヒップ》モ志ヲ奪フベカラザルナリ。」という言葉がうごめくのを意識したが、あのとき（あの中休時）最後に私の頭に浮かび出たのは、高遠の格言ではなくて、通俗の諺《ことわざ》であった。「一寸の虫にも五分の魂」。あたかもおなじその文句が、冬木の口から夜気の中に重たく放たれた。

「でも、やっぱり『一寸の虫にも五分の魂』じゃから……。」

木霊《こだま》を聞いたような感じで、私は、思わず右横の冬木へ振り向いたが、曇天《どんてん》の、早くも月の落ちた営庭の夜は、冷ややかな風の流れを湛《たた》えて音もなくひたすら暗く、彼の横顔を呑み込んでいた。

「そりゃ、そうだ。」と私は、冬木を肯定し、前に向き返って、「君の言うとおりだ。」とさらに付け加えた。

われわれは、戦用被服庫の南端を出はずれ、右に方向を換え、旧砲廠の前を西に進んだ。旧砲廠の西隣りは、常用被服庫である。その常用被服庫の向こう横手から、一人の靴音が出て来た。靴音は、こちらにむかって進み、懐中電燈が、二度光っては消えた。靴音とわれわれとは、すぐに相迫った。また点《とも》された懐中電燈に真正面から照らし出されて、二人は、ともかく敬礼した。われわれより下級者は、疑問の余地なくここには存在しないのである。

「敬礼が遅いよ。おぉ？　お前らはなんでここいらをうろついとるのか。」と光芒《こうぼう》のかなたの見えぬ相手が、不審訊問の口調を投げつけたので、冬木も私も、是非なく立ち止まった。

「は。入浴の帰りであります。」と私が説明した。

「『入浴の帰り』？　ふん、新砲廠の補充兵だな。わざわざこんな所を通って帰るんじゃないよ。緊張ひっ欠いどるぞ、お前らは。そら、第二ボタンが、はずれとる。」彼は、懐中電燈で冬木の胸先を指し示した、「湯上がりのええ気色で、地方人気分を出してぶらついとるんじゃろう？　ボサボサしとると、気合い入れるぞ。ええかぁ。」

何が「ええかぁ」であるのか、私は、まるきり納得が行かなかった。私と冬木とは、沈黙を守った。そんなに憎たらしく毒づかれる原因がわれわれにあろう、とは私は想像することができなかった（——このような状況、下級者の少しでも規格はずれのような行動にたいして、上官上級者がしばしば発動した姑根性《しゅうとこんじょう》的な加虐変態的《サディスティック》な情熱に、その夜の私は、まだ馴染《なじ》んでいなかったのであった）。

「唖《おし》か、お前らは。モサーッとして立っとるが。ボソボソしとらんで、早く内務班に帰れ。」とふたたび彼は、口ぎたなくののしった。そこでわれわれが、「はい。」と言ってから、歩み出そうとしたら、彼は、また二人を呼び止めた。

「待てぇ、この、敬礼して行かんか。うむ、お前たちの官姓名を言え。お前から言え。お前だよ。」

「冬木二等兵であります。」

「チェッ。このボソ。カン—セイ—メイだよ。官姓名を言うてみい。」

「はい、陸軍二等兵冬木照美《てるみ》。」

「陸軍二等兵東堂太郎。」

われわれに「官」はなかったけれども、二人は、それぞれに等級氏名を告げた。

「『冬木』？　『冬木照美』？」

彼は、一、二歩こちらに前進して、電光の中心を冬木の左胸に集めた。すべて新兵の上衣左胸部には、白い片布《へんぷ》が縫いつけられていて、その上にその兵の氏名が墨《すみ》で書かれている。彼は、冬木のそれを事新しく音読した。

「『冬木照美』。——お前、小倉《こくら》か。」

冬木は、返事をしなかった。先方は、もう一度「おい、お前は小倉から来たのか。」と問うた。それでようよう冬木は、「そうです。」と声をおさえて答えた。彼は「そうであります。」と言わなかった上に、それに構ってもいないようであった。冬木の気色《けしき》が不意に変わったのを、私は感じた。相手も、冬木のこの「です」にこだわらなかった。

「ふうん。お前が冬木か。」彼は、めずらしい（話題の）人物に計らずもめぐり逢いでもしたかのように感嘆した、「そっちの、なんとか太郎も、冬木の仲間か。」

この問いを、私は、どう解釈すればよいのか、その見当が付かなかった。「仲間」？　だが、私よりも先に冬木が、つめたい迫るような口調の「あります言葉」で問い返していた。

「冬木の『仲間』とは、どんな仲間のことでありますか。」

「なにぃ。」しかし見えぬ相手は、光の背後の暗黒で、たしかにたじろいだ気配であった、「そりゃ、その、……その補充兵もやっぱり小倉の人間か、と聞いとるんだよ。おれは八幡《やはた》だ。いや、もうよし。行け。」

彼は、急に訊問《じんもん》を中止し、電燈を消した。われわれは、敬礼して、出発した。私は、通りすがりに暗夜を透かして見て、彼が着剣小銃を担《にな》っていることに気づいたけれども、彼の階級章を見届けることはできなかった。靴音がやや遠ざかったとき、私は、「衛兵の巡察だろうが、司令か何かわからん。」と冬木にささやいた。それきり私も彼も、だまりこくって歩みつづけた。

暗がりの中で冬木の顔色は私に見分けがたかったが、激しい鬱結《うっけつ》気分が彼を支配している、と私は察した。私自身も、やる瀬なく気持ちが悪かった。私にとっては、冬木をめぐる疑問の材料が一つ増《ふ》えてもいた。鉛色の密雲、暗色の波のうねり、小定期船の横ゆれ縦ゆれ、潮風の繁吹《しぶ》きを孕《はら》んで鞭打つような感触、――あの甲板上の時間が、私の意識に生き返った。……黒い外套着の、なんとも孤独な姿勢で、冬木が、そこに立っている。……衛兵所の方角から、「ケーレーッ〔敬礼〕。」というつんざくような叫びが、営庭を渡って一度聞こえて来た。

「いやになる。」新砲廠がすぐそこになって、ようやく冬木の重苦しい語気が、二人の無言を断《た》ち切った、「営門を潜《くぐ》って軍服を着れば、裸かの人間同士の暮らしかと思うとったら、ここにも世の中の何やかやがひっついて来とる。ちっとも変わりはありゃせん。だけど僕だって、天皇陛下への人なみな忠義は尽くされるつもりですよ。」

何が冬木のそういう感慨の具体的基礎であるかを、私は、知らないと思った。夜の底で彼が唐突に「天皇陛下への人なみな忠義」を云云《うんぬん》したことからも、私は、どうにも異国的《エキゾティック》な刺戟を受けた。そのような言葉にも考え方にも、私は縁が薄かったのである。が、それでいて私は、自然に彼に同感していた。

「どうもそうらしいですね。変なことが少なくない。考える必要がある。――君は小倉ですか。私は福岡だが、小倉にも以前に何年か住んだことがあります。いつかまた話しましょう。」

二人は、東寄りの潜り戸を引いて、新砲廠に入った。

「東堂二等兵、入浴からただいま帰りました。」

「冬木二等兵、入浴からただいま帰りました。」

二

今週の小銃手入れ当番である第二班の兵たちが、食堂の卓上でおのおの受け持ちの銃をひとしきり掃除し終わって、引き上げた。兵器員数の不足から、小銃が新兵の全員には行き渡らなかったのは、われわれの幸運であった。一個班の兵たちは、三週間に一週間だけ、銃の手入れを担当する。

針仕事をしている兵たちがある、——被服の、落ちかかっているボタン付け直し、破れやほころびやの「個人修理」（『被服手入保存法』によって、「修理」に「工場修理」と「個人修理」との二種類が規定せられていた）、汚れた襟布《えりふ》の取り替え、……。

乾いた洗濯被服の「整頓」をしている兵たちがある、——「整頓板」と呼ばれる（縦二十七、八センチ、横八、九センチ、厚さ約二センチの）木の板が、どの班にも二枚一組の二組ある。「整頓」とは、兵が、各自の軍衣袴《ぐんいこ》襦袢《じゆばん》袴下《こした》外套類を四角に折り畳んで、その一側面（折り目）の長さを背嚢《はいのう》の幅にひとしくし、「整頓棚」の上、手箱の右手に、たとえば下から季節外の軍衣袴二装用、同三装用、季節の軍衣袴二装用、作業衣袴、季節外の襦袢袴下、季節の襦袢袴下、外套、雨外套の順に積みかさね、その上に襟布、靴下、靴紐をならべ、一番上に背嚢を置くことである（――「一装用」、「二装用」、「三装用」は、被服の品質・新旧の程度を表わす。『被服手入保存法』に、「被服ハ其ノ程度ニ依リ装用区分ヲ定メ其ノ使途ヲ明瞭ナラシメアリ、故ニ著用ニ当リテハ其ノ区分ヲ堅ク守リ濫用《ランヨウ》スベカラズ。」という箇条があった。われわれ新兵が当時日常着用していたのは、三装品以下であって、儀式その他「廉《カド》アル場合」にのみ、だいたい二装品が用いられた。優秀、上等、あるいは、うまくやった、という意味の兵隊言葉「一装どころ」が、ここから生まれていた）。この被服の積みかさねの前面が鉋《かんな》を掛けられた一枚板のように綺麗な平面になるのが、上手な「整頓」である。各兵は、背嚢の幅に合わせて畳んだ被服の折り目を、上から整頓板の一つでおさえ、横から他の一つでパン、パン、パン、パンとたたいて、平らかにし、角を立てる。ときどきカチ、カチ、カチッと間《あい》の手が入るのは、板と板とがじかにぶつかったのである。人差し指と親指とに唾をつけて折り目の縁《へり》を摘《つま》んだり擦《こす》ったりなどする兵たちもいて、なにしろ微妙な苦心がそこに注ぎ込まれる。ある日の内務実施中、私は、この整頓法が村崎古兵から数人の兵に伝授せられる現場を初めて目撃して、驚嘆しつつ失笑せずにはいられなかった。この被服をぶったたいて痛めつける珍方法は、われわれに正式に「教育」せられたのではなかったけれども、兵隊の伝統の一つであったらしくて、たちまち全員がそれを見習った。ただし私は、そうしなかったが。そしてわれわれは、この教育期間（冬期）に必要な最少限度の被服をしか支給せられていなかったから、「整頓」も、たいして厄介ではなかったが。――食卓の上でその「整頓」をしている兵たちがある。

保革油でてらてらに磨き上げられた編上靴の鳩目《はとめ》に、洗濯済みの靴紐を通している兵たちがある。銃剣の手入れをしている兵たち、帯革《たいかく》に保革油を塗っている兵たち、『勅諭《ちょくゆ》』の暗記に努めている兵たち、手帳を取り出して学科の復習をしている兵たち、……。

一個班に二箇所、食堂に三箇所、総計九燈の十六燭光が、わびしい明るさで彼らを照らし出していた。寝床はすでに昼食後に用意せられて、毛布の封筒が連なっている。下駄音、内務班出入りの叫び、整頓板のひびき、石炭の煖炉に投げ入れられる音、話し声、『勅諭』暗《あん》誦《しょう》のつぶやき、潜り戸の開閉音、——陰の多い、うそ寒い新砲廠の屋根の下は、新兵たちの日の営《いとな》みの不協和音を孕《はら》んだ自由時間である。

……やがて、手箱の蓋《ふた》をはずして机の代わりにするか食堂の卓に凭《よ》るかしてはがきを書く兵たち、「地方」の思い出などを雑談する兵たち、四月満期除隊が実現するや否やを論議し合う兵たち、第三分隊側煖炉を囲んで村崎古兵のバカ話に興じる兵たち、神山上等兵他出中の第一および第二分隊側煖炉に暖まる兵たち、明りに背を向け毛布の上につくねんと胡坐《あぐら》を構《か》いてだまり込んでいる兵たち、——兵たちのそういう仕事を切り上げた恰好が数を増したのにつれて、大方の「点呼用意。」の号令を待ち受ける気構えもおのずと熟してきた。点呼用意開始は通例二十時（冬期）であり、日夕《にっせき》点呼時限は二十時三十分（冬期）である。

その十九時三十分ごろ、私は、私の為《な》すべきことをひととおり終え、食堂に行き、第三分隊に近い食卓の一端で『広辞林』を開いていた。私がここに持って来た書物は、この『広辞林』のほかに、『改訂コンサイス英和新辞典』、『田能村竹田《たのむらちくでん》全集』一冊本（この本の裏表紙内側には、竹田会刊単行小冊子・今村孝次《いまむらこうじ》著『竹田先生百年祭を挙ぐるに先だちて』が、以前私の亡父によって挟み込まれたままになっている)、『緑雨《りょくう》全集』縮刷一冊本、『三人の追憶』「岩波文庫」本、『民約論』同上、『暴力論』上下二巻同上、"Buch der Lieder"(『歌の本』)「レクラム文庫」本、"A Farewell to Arms"(『武器よさらば』)「モダン双書」本である。この選択には、格別深い意味もなかった。兵営内に居住する下士官兵が「地方」の書物を所持するには、所属隊長の許可を得なければならない(——『軍隊内務書』第二十章「起居及容儀」第百八十二に、「典令範及勤務書以外ノ書籍 竝《ナラビニ》 新聞雑誌類ハ所属隊長ノ許可シタルモノニ非《アラ》ザレバ読ムコトヲ許サズ。」があった)。われわれは——私以外にそういう新兵はあまりいなかったが、——そのため入隊第三日に私物《しぶつ》の書物を纏《まと》めて神山に渡した。私の『三人の追憶』、『暴力論』および洋書二冊がまだ残されて、他の書物全部が一昨日われわれの手にもどっていた。私のその四種五冊については、控置部隊長が「目下なお検討中」ということであった。

『広辞林』の活字は細かく、私は、とぼしい照明の下で瞳を凝《こ》らし、気儘《きまま》にページをめくって任意の項目を読んだ。「上官。」という叫びが第一班のほうで上がり、続いて第二班でもおなじことが起こったので、私は眼を上げた。すぐに第三班でも、第二分隊の一人二人が、「上官。」と呼んだ。現われた大前田軍曹にたいして、第三班全員が、起立し敬礼して、またものめいもとの態勢に返った。

大前田班長は、第一分隊と第二分隊との間を煖炉のほうへ進もうとしたが、なにか思い直した様子で踵《くびす》を返し、食堂に入って来た。彼は、東の突き当たりの銃架に近寄った。

私は、大前田の行動に興味を持った。私は、さりげなく彼を見守っていた。大前田は、上半身をかがめ、右端から左へ歩兵銃の引鉄《ひきがね》を一つ一つ根気よく右手の人差し指でおさえてゆき、次いで騎兵銃についてもそうした。歩兵銃に二梃、騎兵銃に一梃、彼の指の圧迫に応じてガチッと鳴ったのがあった。その音は、兵が銃の手入れを行なって遊底《ゆうてい》を閉じたあと、引鉄を引くのを忘れて、撃発装置のままに置き放していた、という事実を物語った。そのことは、小銃の手入れ・保存上有害として禁ぜられている状態であった。

大前田軍曹は、その三梃のうち、二梃を負革《おいかわ》で左肩に掛け、一梃を左手から右手に移し持って、銃架を離れた。私は、七分の気の毒と三分の腹立ちとを銃の担当者たちに抱いて、余《よ》所《そ》の班のことながら心を暗くした。大前田の顔が餌食《えじき》を嗅ぎつけた加虐者のよろこびに照るように、私は思った。大前田は、私の斜め前、第三分隊の電燈の真下に立ち、一銃の尾筒《びとう》附近を目に近づけ、銃番号を改めた。

「一―八―三―五―五―七。おい、第三班。一八三五五七番の銃は、誰のとか。」

第三内務班は、ひっそりとなった。皆が、彼らの不安げな視線を大前田に集めたようである。だが、新兵たちが何も言わないうちに、煖炉のそばから村崎一等兵が説明した。

「班長殿。今週は第三班じゃありません。当番は第二班であります。」

「『当番』？　『第二班』？　ふん、そんなら銃掃除は、まわり持ちか。」

「はい、一週間交代になっとります。」

「そうか。そげなことか。このごろの新兵さんたちは、結構な御身分じゃのう。え？　村崎古兵。」大前田は、失望の体《てい》で嫌味《いやみ》を吐き、第二内務班にむかって声を張った、「第二班。関上等兵。関ぃ。ちょっと来ぃ。」

「はぁい。」

顔色の浅黒い、目癖のやくざめいた、背丈の高い、剽悍《ひょうかん》な感じの関現役二年兵が、急ぎ足で来た。

「関上等兵、参《まい》りました。」

「おい、関。お前、補充兵をあんまり甘やかすなよ。引鉄を引いとらん銃が、三梃もあったぞ。しっかりせんか。そら、持って行って『捧《ささ》げ銃《つつ》』でも教えてやれ。」

「はい。班長殿。御迷惑をかけました。」

銃を受け取る関上等兵の癖のきつい両眼が彼に「恥をかかせた」銃担当兵たちへの怒りに陰《かげ》った、と私は観察した。「帰ります。」と告げて敬礼した関は、銃三梃をいまいましげに両腕にぶら下げて去った。

襲来しつつあった颱風《たいふう》が運よく逸《そ》れたかのように、第三班の兵たちは、一安心したのにちがいなかった。関を見送って不興げに突っ立っている大前田にたいして、村崎古兵が、「班長殿。ストーヴが、ええ頃合いに燃えとりますが。」と誘いをかけた。「う？　うん。」と大前田は、ちらと見返って言ったが、そちらには行かずに、私に背を見せて第三班三個分隊を眺め渡す姿になった。彼は、妙に低い声でしゃべった。

「第三班。そのまま聞いとれ。今日はお前たちの担当じゃなかったけん、よかったが、お前たちの番になって、あんな真似をしとったら、おれが承知せんぞ。お前たちのような消耗品は、一枚二銭のはがきで、なんぼでも代わりが来るが、兵器は、小銃は、二銭じゃ出来《で》けんからな。銃の取り扱い方、手入れ法を、ようと勉強しとけよ。」

大前田の言葉を、私は、いやな、いやな気持ちで聞いた。私は、俯《うつむ》いて、いまは読んでいない『広辞林』のページに、ただ視線を落としていた。大前田の声が跡切《とぎ》れて、彼の体《たい》のさっと動く気配を私が感じるが早いか、「東堂。お前は、班長の言うことを聞いとったか。」という底意地の悪い口調が、私の頭上に思いがけなく降って来た。胸を冷やして、私は、面《おもて》を上げ、大前田の（私をまっすぐに見下ろしている）偏執狂じみた双眼の光に出会った。私は、腰掛けを跨いで立ち上がり、「不動ノ姿勢」を取った。

「はい。聞いていました。」

「聞いとらんよ。本を読んどったじゃないか、お前は。そうじゃろうが？　班長の話が、聞かれんとか。」

「東堂は、聞いていました。」

「背中にゃ目がついとらんと思うて、適当な嘘を言うな。現にお前は、本を読んどったじゃないか。聞いとらんじゃったなら、聞いとらんじゃった、と素直《すなお》に言うんじゃよ。」

「東堂は、聞いていました。」

「お前、それでええとか。そっぽを向いて本を読みながら、上官の話を聞いとった、とお前は言うとじゃな。そうじゃやねぇ？　まちがいないな。」

嵩《かさ》にかかって早口の高声になるのでなく、かえって大前田の声色が、だんだんゆるやかになり、押し潰されたように沈んできた。それが、私に、私自身の恥じるべき過去の一つを、そのときの端的な危機と恐怖との感覚を思い出させた。……

——入隊前、勤め先の関係で私が一年数カ月間住んでいた北九州、人口十数万の海港都市に、イロハ順の町名で盛り場の連なりがあった。――磯菊《いそぎく》町、露月《ろげつ》町、花笠《はながさ》町、人形《にんぎょう》町、細眉《ほそまゆ》町、――その露月町、バァ「金春《こんぱる》」の横手、晩夏の夜、十一時過ぎの薄暗がりの中で、この夜の大前田とおなじような口の利き方をした相手に、私は、向かい合っていた。二人連れの先方は、その一人が主役（兄分《あにぶん》）であって、彼だけが物を言った。私にも一人の連れがいた。呼び止められ求められて私一人が路地に入り、私が勤めた新聞社（大東日日新聞社西海支社）の工員（活版部員）杉山節士《すぎやませつお》は、そこの入り口に立った。杉山は、兵隊生活二年ののち華南でマラリヤと肺病とに罹《かか》り、送還せられ、久留米《くるめ》陸軍病院における療養の一年を経て、約八カ月前に社に帰って来たが、おもねらない・透明な・激しい気性を持っていて、この港町で私が親しく付き合っているただ一人の男であった。

私は、相手が私を結局どうしようとするのかわからなかったけれども、形勢の切迫と逆比例的に低音になってきた彼の様子から本格的な危険を悟《さと》らせられて、ひそかに戦慄《せんりつ》せざるを得なかった。私は、ウィスキーをそれ用のグラスで七、八杯しか飲んでいなかったので、酔っぱらってなどいなかった。しかし原因はそこのバァ「金春」の女たちの一人にあった（あまりまともな渡世の人間ではない主役はその女の何かであって、そしてそのころ短期間たしかに私はその女の裸体に無縁ではなかった）から、こちらが平《ひら》にあやまるとか逃げて走るとかしてみたところで、どうせそれはそれだけでは片づきそうにもない、というのが、事の次第であった。

その女に関しても何物に関しても（とりわけ腕力ないし暴力によって）他人と張り合う意志をも情熱をも、私は持たなかった。また私の魂と生活とは荒廃していたにしても、私は、暴力の行使を、私自身にも一般の誰にも、原則として肯定することができなかった。それよりも何よりも、私は、恐怖に締めつけられて身動きをすることもできなかったようである。私が暴力に直面する場合にだけでなく、また私が他者との対立的状態のすべて・決断の必要な事態のすべてに直面する場合に、事情が切羽詰《せっぱつ》まってしまうその果てまでも常に必ず私自身を制約し束縛しつづける翼翼《よくよく》たる小心、腑甲斐《ふがい》ないとも引っ込み思案とも苦労性とも呼ばれるべき臆病の、当夜の局面における現われで、それは、あったろう。

——白昼、都会の街上で、私の見も知らぬ一人の向こうから来る歩行者が、何か他人に無関係な彼一個の心的機転によって（おなじく通行人たる私の目前二、三メートルに）突然立ち止まる、ということは、あり得る。仮りにそのときその人の視線が私の面上にむかって伸びて来ているにしても、それはまったく他意のない偶然でなければならない。この一般的にはどれほどの反応反射にも値《あたい》しないであろう路上の一瑣事《さじ》すらもが、私の内面に小さからぬ恐怖の衝動を喚《よ》び起こす。群衆、交通機関、街路、街路樹、交番、店舗、商社、劇場、……その人、私、——それら一切の上に白日の光は遍在《へんざい》しているのに。それが、高尚な、「生の哲学《レーベンス・フィロゾフィ》」的な恐れなんかでは決してなくて、卑近な、通俗的な恐ろしさである。歩行者の立ち止まった目的が、この私に危害を加えることとか因縁を付けることとか、なにかしら私一個に関係がありそうに感ぜられて、私は、怯える。私は、ただちに理性の力で私自身にその埒《らち》もないくだらなさを納得させようと努めはするものの、それでもなお特定時間の処女にも似ていよう五体の硬直と精神の不安定とをもってでなしには、人知れぬ緊張と用心とおののきとをもってでなしには、そのたたずむ人のかたわらを通り過ぎることができない。……

まして確実に悪意害意を持つ他者とか明白に障碍危険を伴《ともな》う事件とかに私が是非なく対立または関係しなければならぬ状況において、私の内面は、ひとしお深刻にみじめである。自《うぬ》惚《ぼ》れか瘡気《かさけ》かから、たまさか私は、『文章軌範』が言う「胆ハ大ナランコトヲ欲シ、心ハ小ナランコトヲ欲ス。」の「胆大心小《たんだいしんしょう》」をわが身に擬《ぎ》して自己満足をするべく試みないではなかったが、ついに到底それは、成功しなかったのであり、成功するはずもなかったのである。

……『いったいおれは、どうされるのか、されるままになるよりほかはなかろう。』と私は、震え上がって考えながら、バァと料亭との間の薄暗い路地に立ち竦《すく》んでいた。不幸は、多くの人人が私についてよくそうしたように、相手方が私の青白いような顔立ちや華奢《きゃしゃ》なような躰《からだ》つきやから一定の考え違いをしていたらしいことにもあって、さらに私と親しい杉山が同様の誤解をしていたことにもあった。相手が要するに何を私に求めているのかを、私は最後的にたずねた。そこで私が、左顎を痛烈にたたき上げられ、バァの外壁に倒れかかり、そこに頭をぶっつけてへたばると、杉山が不用意に飛び込んで来て、事情は一変した。脇役（弟分）が杉山のうしろにまわり、二人が杉山を挟《はさ》み撃《う》った。彼らにとって、すでに私は一撃でへこたれてしまったはずであったろう。こういう出入りにかなり場数を踏んできたような彼ら二人の杉山への加害は、主役にたいする杉山の最初の打撃が一廉《ひとかど》の出来映えであったせいか、ある限度を超えて執念深く、むごたらしかった。尻餅《しりもち》を衝《つ》いて外壁に凭《よ》りかかった私は、頭と顎との疼《うず》きを耐え、しばらく悲しい気持ちでそれを見ていたが、恐ろしくていやらしくてたまらなかったにしても、仕方なく決心した。それだから、そういう私によって、脇役は、大腰で路面にたたきつけられ、その陰部を蹴られて這いつくばわねばならなかったのであり、主役は、(短刀で私の皮肉を左肩から左二の腕へとあまり深くはなく長さ十センチに切り裂いたものの)、体落しで倒され、その右手の肘《ひじ》関節を腕固めではずされ、呻《うめ》きつつ引き起こされ、大車《おおぐるま》でまたぶっ倒されて、のたうたねばならなかったのである。「最前《さいぜん》から何か放《こ》きよるごたぁるばってん、結局お前はおれにどげんせろち言うとや。」と私が突然「博多辯《はかたべん》」丸出しで最終的にたずねたのは、相手が結論として何を要求しているのか、それが私にほんとうにわからなかったからであって、そこに二心《ふたごころ》はなかった。私は、腕力ないし暴力に頼《たよ》って、そのように開き直ったのではさらさらなかった。頼るべき腕力ないし暴力が私にある、とも私は思っていなかった。高校二年の夏期を最後に野球部を止めてのち二年間余、私が、私の父以外の身近の誰にも内密に柔道の町道場に通いつづけて、二段になり、特に立ち技《わざ》、中でも大外刈りと大腰とを多少物にしたのは、事実であった。しかしそのことがその晩夏の夜更《ふ》けの私にとって何事かを意味し得るであろうとは、私は考えはしなかった。また腕力ないし暴力は、たとえそれが相当あったにしても、人が本来頼るべからざるもの・窮極的に頼り得ざるものでなければなるまい。その夜の私には、主として恐怖があったのであり、それとともに若干のわずらわしさがあったのである。そして私は、恥じるべく運がよかったのであったろう。……

ここ暴力がただ上から一方的にのみ発動することのできる境地で、大前田が、私の美しくない過去の一つを私に思い出させ、そのときのとおなじような恐怖とわずらわしさとを私に投げかけていた。だが、いまは、行きずりのような女の裸体が問題になっているのではなく、私が問われている事柄の性質は明白である。私は、答えなければならない。

「東堂は、班長殿の話を全部聞きました。そして班長殿は、『そのまま聞いとれ。』と言われたのであります。」

これは、それぞれの場合のそれぞれの内容を伴って、私に特有の語調である。私自身が、そのことを知っていた。むろんいつでもそれは、私の側においては腕力ないし暴力とは毛頭かかわりがない。あえて私が言えば、それは暴力否定の思想に立っている。もしこれが「地方」でのことであったならば、いったん私がこの語調を用いた以上、相手は、屈伏するか引き下がるか、それとも彼自身を無頼漢にするか以外に、およそ道を持たないであろう。軍隊での、殊に私の目の前の相手が、無頼漢の道を選ぶことに逡遁《しゅんじゅん》する訳はあるまい。

「なにぃ。」大前田は、三歩で私に近接し、右こぶしで私の胸元を激しく一突きした、「言え。言うてみろ。班長の言うたとおりのことを、言うてみぃ。」

両足のうしろに腰掛けが位置することを私が意識的に避けて立ち上がっていたのは、つまり無意味ではなかった。鳩尾《みぞおち》の上部にしたたかな痛みを受けて、私は、二、三歩後方《しりえ》によろめき、危うく立ち直った。一つの表象が、このような場面の私に湧き出て来て、短い時間持続することがある。いまも、私の内部の眼がそれを捕える。そういう風景を実際に見た記憶は、私にない。……真冬の真っ赤に燃え輝く夕焼け空の下、並《な》み依《よ》る峯峯および森林の間、大きく深いみずうみがある。天地を支配する寒気と寂寥《せきりょう》とのうちに、みずうみは、残照《ざんしょう》と峯峯と森林とを逆《さか》しまに沈めて、まさに氷ろうとしている。……私の心情が、冷却し、氷りついてゆく。

「第三班。そのまま聞け。今日は第三班の担当でなかったから、よかったが、第三班の当番になって、あんな真似をしていたら、承知しない。消耗品である兵隊は、はがき一枚で代わりが来るが、小銃は、兵器は、二銭では作られない。銃の取り扱い方、手入れ法を、よく勉強しておけ。——班長殿は、そう言われました。終わり。」

「ふむ。案外じゃのう。」だが、その限りでは、大前田も、そこに難癖の付けようがなかったのであろう。「まぁええ。——お前は、新聞記者ちゅうことじゃな。その本は、なんか。」

「『広辞林』、——辞書であります。」

「『ジショ』?……う、字引か。地方の本じゃな。許可は受けとるか。」

「はい。受けました。」と答えて、私は、『広辞林』を閉じ、表紙の左上部に貼付《ちょうふ》の許可証票を示した。それには控置部隊長の認め印が押されている。

「うむ。——お前は、班長の話をどう思うたか。」と彼は、また別方面から攻めて来た。

「兵器の取り扱いに注意して、大切にせねばならぬ、と思いました。」

「お前は、案外利口な口を利くな。『忘れました』が言われんじゃったお前にゃ、二銭の消耗品扱いは不服じゃろう。」彼は、右頰を引き攣《つ》らせて、音のない毒毒しい笑いを見せた、

「ゴサが太いぞ、お前は。」

私は、「ゴサが太いぞ。」を理解することができなかったけれども、『やはり、あれか、そうだったか。』と合点した。食堂には私および他班の五、六人のほかに第三班の七、八人がいて、大前田は「そのまま聞いとれ。」と前置きをしたのであったから、大前田の訓話中にも何人かの兵が書きかけのはがきその他にかかずらっていなくはなかったであろう。大前田が私をつかまえたのは、偶然ではなかったのである。私は、自分の蒔《ま》いた種を刈らせられて

いるのにきまっている。とすれば、事態は、どこまで悪く発展するか知れたことではあるまい。すでに相手は、口開《くちあ》けの一突きを私に食らわせている。今日一日のうちで最も大きい恐怖が、私に生まれた。しかも、もし私がここで口を開けば、私の舌は、「東堂は、不服であります。」という類の言葉を発する以外には動かないのではないか。私は、物を言わなかった、あるいは言い得なかった。とはいえ、たぶんさいわいに、彼もその答えを求めてはいなかった。

「今日お前らは小銃各部の名称を教育されたな。名称を忘れて、兵器の尊重は成り立たんぞ。地方の本を読む暇があるくらいのお前は、もちろん部品の名称を十分勉強済みじゃろうな。待て。」

大前田は、足早に銃架へ行き、歩兵銃一梃を手にして私の前にもどった。しかしこれは彼の誤算である。

「おれが差す部分の名称を言え、ええか。」

「はい。」

私は、大前田の右人差し指の動きを追って、「照星《しようせい》、槊杖《さくじよう》、上帯《じようたい》、下帯《かたい》、木被《もくひ》、照尺《しようしやく》、照尺鈑《しようしやくはん》、遊標《ゆうひよう》、遊底覆《ゆうていおおい》、槓桿《こうかん》、用心鉄《ようじんてつ》、引鉄《ひきがね》、弾倉底鈑《だんそうていはん》、上支鉄《じようしてつ》、下支鉄《かしてつ》、銃把《じゆうは》、床尾《しようび》、床尾鈑《はん》、床嘴《しようし》。」と正確に、澱《よど》みなく唱《とな》えた。当てはずれと苛立《いらだ》ちとの表情をあらわに示して、彼は、銃を卓上に載せると、右手に槓桿《こうかん》を荒荒しく握り起こし、遊底を一杯に開いた。

「これ。」

「撃茎駐胛《げつけいちゆうこう》、弾倉《だんそう》、薬室《やくしつ》、遊底駐子《ゆうていちゆうし》。」

大前田は、左親指を遊底駐子頭《ちゅうしとう》にかけ、駐子を左に開いて、遊底を尾筒《びとう》から抜き取り、遊底覆を取り除《の》けた。

「円筒、抽筒子《ちゅうとうし》、楕円窓《だえんそう》、撃針《げきしん》、撃針孔《げきしんこう》。」

彼は、右手の平の基部で撃茎駐胛《げっけいちゅうこう》の後面を圧し、それを右にまわして遊底を分解しようとしたが、さすがにそこで思い止まった。遊底を尾筒に入れて閉じた彼は、「おい、これを仕舞っとけ。」と命じて、小銃を私に突き出した。このたわいない罠《わな》に私が引っ掛かるとでも、彼は考えているのか。私は、それを受け取り、彼の言いつけを復誦し、銃口が私の左前上方に頭より高く位置するように銃身を持ち上げ、引鉄を引いておいて、銃架へ向かった。

一人の兵も食堂にいなくなっているのに、初めて私は気づいた。私は、小銃を銃架に掛け渡して、引き返した。ふたたび第三班三個分隊に面して立っている大前田軍曹の左横二メートルに、私は、停止して復命したが、彼は、無言でかすかにうなずいただけで、もはや私を見向きもしなかった。

三

なんとも陰惨な空気が第三内務班に充満しているのを、私は、全身で感じ取った。……いつどこに生贄《いけにえ》を見出して荒れ狂うかもしれない一個の権威、一個の邪悪な意志が、全員の上に物色《ぶっしょく》の眼を光らせている。特にこういう状況における新兵たちには、うしろ暗いような（犯罪人のたたかれれば埃《ほこり》が出るそれのような）心の怯えが、付き纏《まと》うようであ

光文社文庫注文カ

書店・取次店

部数

㊍-9-5

神聖喜劇 第一巻

光文社文庫

大西巨人 著

本体1,048円+税

定価は本体価格に施行税率を加算したものとなります。

9784334733438

ISBN978-4-334-73343-8
C0193 ¥1048E

光文社文庫
〒112−8011 東京

販売実績として当社に記録し、配本等の貴重な資料として使用させていただきます。定期的にお送りください。

お−9−

BBBN4-334-73343-3 C0193 ¥1048E

る。彼らは（私も）、ひとたび相手（上官上級者）から取っつかまえられたら、どこにけちを付けられて、どう小突き上げられるやら、わからない。またそういう種は、兵の一人一人にたくさんある（あり得る）。いましがた私がそうせられたように、もしも新兵たちが小銃各部の名称を事細かに質問せられでもしたならば、その大多数はまだその試験を無難には通過し得ないであろう。まして相手は、柄《え》のない所にも大いに柄をすげかねない。

第三分隊側煖炉を取り巻いていた兵たちも、村崎古兵だけを残して、いまは消え失せ、むろん第一分隊および第二分隊側煖炉のまわりには誰一人もいない。あちらこちらの雑談とはがき書きとが影も形もなくなってしまって、兵たちめいめいは、ありもしないような仕事を無理に作り出そうとして、「整頓」を撫《な》でてさすったり、抜剣して剣身を透かし見たり、先ほど自分が編上靴に取り付けたばかりの靴紐をいたずらに取りはずして改めてもう一度それを鳩目に貫いたり、手帳を片手に持ち宙を仰ぎ眉を顰《ひそ》めて何物かを口の中でぶつぶつ言ったり、寝台に上がって何事もなくそこからまた下りたり、立ったりすわったり、していた。一人の兵が急に思い出したように——ほんとうにそれは「急に思い出したように」と言い表わされるのに似合わしい振る舞いであった、——厠行きを告げて走ると、すぐさま四、五人がその真似をした。

私は、元の食卓のそばにたたずんで、大前田班長のうしろ姿や同年兵たちの動きやを二、三分間傍観していた。それは、とても鬱陶《うっとう》しくて、とても苦苦《にがにが》しくて、とてもなさけない光景であった。村崎古兵の場合はしばらく別であるが、神山上等兵が班内にいる場合にも、今夜のこれに近いような空気が現われることはめずらしくもなかった。それでも目前の空気は、特別にひどいようである。

『あぁ、これが、上官上級者なんだな、軍隊なんだな。』とふっと私は思った。なるたけ私も、私一個が大前田班長の目に立たぬようにすることに心を用いるべきであろう。早く私も、そんな光景の中に紛《まぎ》れ込まねばなるまい。私が私の寝台に帰るため卓上から『広辞林』を手に取ろうとしたとき、私に了解困難ながら不吉な何かを予想させるような文句が、大前田班長の口から出て来た。それで私は、もういっときそのままそこにいて事の成り行きを見守るつもりになった。

「村崎古兵。こいつらの『整頓』のリュウジョウを引いたことがあるか。」

「いや、まだやったことはありません。」となぜか苦笑しつつ、村崎は、否定した。

「そうじゃろう。じゃけん、『整頓』が、まるでなっちょらん。よし、おれがリュウジョウを引いてやる。村崎、お主《ぬし》もやれ。」

「はい。しかし班長殿。もうすぐ点呼用意になりますが。」

村崎一等兵は、あまり乗り気でないような、同時に多少興味をそそられてもいるような、込み入った顔をした。

「『点呼用意』？　構わん。なおええじゃないか。おれが検査するから、お前は寝台に上がって、おれが言う分の手箱の名前を読め。——おい、みんな、そのまま聞け。いまから村崎古兵に名前を言われた兵隊は、自分の寝台の前に立つ。名前を言われても、いちいち返事はせんでもええ。ええか。」

「はい。」と皆が言った。大前田軍曹は、第三分隊の北端、羽目ぎわの寝台のほうに進み、

「村崎、上がれ。始めるぞ。」と催促した。村崎古兵が、笑いを噛《か》み殺したような面持ちで、いくぶん迷惑げに腰を上げた。

なにか始末のよくない（上官上級者にとっては喜劇的な、新兵にとっては悲劇的な）一つの事態が展開せられようとしているらしかった。「リュウジョウを引く」の正体が何であるにしても、なにしろ事は「整頓」のよし悪しにかかわっているようである。それならば、私の「整頓」は、ともかく丁寧に畳まれて積み上げられてはいても、整頓板で責め苛《さいな》まれてはいないから、——要するに決して優秀な出来上がりではないから、——どのみちこの私は、否定的な白羽の矢をまぬがれないであろう。有罪宣告を待つ被告の位置に、私は、私の心を置いた。

寝台上にいた兵は、すべて土間に下り立った。全員が、憂鬱な緊張感を発散しつつ、大前田班長に注意していた。大前田が、北から南へ移動し、「それ。……それ。……。」と指摘すると、それに従って村崎が、手箱の蓋の名札の姓を読み上げた。

「黒木《くろき》。江藤《えとう》。村田《むらた》。井上《いのうえ》。白水《しろうず》。石橋《いしばし》。」

第三分隊の南端に達した大前田が「それ。」と言ったのを聞いて、私は、人知れず皮肉な笑いを催《もよお》さざるを得なかった。村崎が、なんともへんてこな目色で大前田を見返した。大前田は、第二分隊に移ろうとしていたが、「呼ばんか、それを。」とうながして立ち止まった。

「こりゃ、村崎のでありますが。」と村崎が、げっそりした声を出した。班附の装具品数は、われわれのそれよりもだいぶん多くて、元来その「整頓」は、目立って丈《たけ》が高かった。しかし昨夜雨中の立哨《りっしょう》で濡れた村崎の外套、その村崎の（今夕一、二の班員の手で洗濯せられた）軍衣袴、襦袢袴下が、現在も食堂の片隅に——そこに張り渡された細引《ほそびき》に掛けられて——乾《ほ》されている。そのせいで、村崎の「整頓」とほかとの差別は、日ごろほどには明瞭でない。それにしても、この大前田は、とぼけた男でもある。

「うう。」大前田は、ちょっと狼狽《ろうばい》したとみえたが、たちまち居丈高《いたけだか》に居直った、「わかっとる、そんなことは。隣りの補充兵の名を言うとじゃ。隣りの寝台は、どいつか。大切な戦友殿の『整頓』を、このざまはなんだ。村崎、早く読まんか。」

「はい。ショウゲンジ。」

「『ショウゲンジ』？　どんな字か。」

「『ウマレル—ミナモト—テラ』と書きます。」

「あぁ、坊主か。第三班には坊主がおるとか。」

「さぁ？」

「おい、生源寺、生源寺はどこにおる？」

「はい。生源寺二等兵。」と第三班における最も貧弱な痩せぎすの小男（それにもかかわらず一種独得の内的風格を人に感ぜしめるような）生源寺が、大前田の斜めうしろで、金切り声の名告《なの》りを上げた。この生源寺は、第三班における最年長の一人でもある。向き直った大前田は、生源寺の頭のてっぺんから足の先までをひとたびゆっくり見下ろし、さて逆にまたゆっくり見上げた。

「は、わが国の軍隊もおちぶれたもんじゃのう。村崎古兵。こんなチャボまで引っ張って来にゃならんごとなったんか。『物の用に立ち得べしとも思はれず』じゃ。もうちっと増しな男はもう地方には残っとらんとかなぁ。足かけ六年か。『世の様の移り換《かは》りて斯《かく》なれるは人《ひとの》力《ちから》もて挽回《ひきかへ》すべきにあらずとはいひながら……浅間しき次第なりき』じゃないか。」

彼は、『勅諭』の一、二箇所を引いて慨嘆した。しかしその彼は、目に見る生源寺をよりも、むしろ必ずしも目に見ない何物かを、さげすんでいるようでもあった。大前田の感情の中を、それまでとは別個の要素が計らずも通りかかったのではないか、という気が、わずかに私に動いた。

「お前は、幾つか。……かあちゃん〔妻〕があるとじゃろう?」とたずねる大前田の口ぶりも、私の思い做《な》しか相対的にやさしかった。

「はい、三十二歳であります。妻は一人、子供は三人であります。」

「けっ、妻は一人に決まっとるよ。大元帥陛下か何かじゃあるまいし、昭憲皇太后〔明治天皇の皇后〕やら柳原二位ノ局《つぼね》〔大正天皇の生母〕やら、二人も三人も嫁さんがおってたまるか。おれなんか、現役から召集また召集で、その一人の嫁さんも危《あぶ》のう貰いそこなうところじゃったわ。坊主のくせに欲の深い奴じゃなぁ。」村崎を顧みて、大前田は、ほろ苦く笑ったが、それを境にまた彼の物言いは、粘りつくようないやらしさを回復していた、「戦友殿の『整頓』に精を出すよりも、お経《きょう》でも上げてかあちゃんと仲よう寝とったほうがよかとじゃろう? そうは行かんぞ、こら、坊主。」

「違います。」と生源寺は、不断《ふだん》のおとなしい彼に似合わず、いかにも思い切って異議を申し出た。

「何が違う? 戦友殿の『整頓』を見ろ。猫が三番叟《さんばそう》を踏んだごたぁる『整頓』じゃないか。

坊主。どうじゃ？」

大前田の「猫が三番叟を踏んだごたぁる『整頓』」という表現には、だいぶん私がおもしろがって感心した。

「違います。私、……自分は、――元へ、あの、……生源寺二等兵は、坊主ではないであります。」

「坊主じゃないて？　そんなら何か。地方でのお前の職業を言え。」

「シンカンであります。」

「『シンカン』？　そりゃなんじゃ？　なんのことか。」

「はい、その、……神主《かんぬし》であります。」

「神主――。」

いっとき大前田は、二の句を継《つ》がなかった。生源寺がふざけたのではないか、とさえ私は一瞬思った。緊張した兵たちのそこかしこにも、忍びやかな笑いがゆらめき立った。先刻「急に思い出したように」厠に行った連中が、このときだいたい揃って帰って来て、口口《くちぐち》にその旨を報告した。ようやく大前田から減らず口のような科白《せりふ》が出て来た。

「はぁん。お前、あの『タカマガハラニカムズマリマス』のあれか。いろんな奴が来とるんじゃのう。お寺かと思うたら、お宮か。宮さんか。『熱海の海岸、散歩する』か。村崎、お前は貫一ぞ。それじゃけん、見捨てられて、『整頓』の世話もようしてもらわれんわ。処置なしじゃ。――よし、次ぎじゃ。」

第二分隊を南から北へ、さらに第一分隊を北から南へと、大前田と村崎とは、内務班を一巡した。

「曾根田《そねだ》。小林《こばやし》。阿比留《あびる》。中島《なかじま》。沢柳《さわやなぎ》。――荒巻《あらまき》。谷村。冬木。若杉。鉢田《はちだ》。」

予想に反して私は難を逃《のが》れていた。というのも、大前田の検査が、よほど行き当たりばったりに行なわれたせいである。私の見たところ、第三分隊にしても、七つの指摘せられた『整頓』と残りのそれとの間に、出来具合の差が必ずしもなかったのみでなく、前者の一つ二つは、後者の幾つかよりも、かえって上等であった。

指名せられた兵たちは、いずれも自分の寝台の前で「気をつけ」をしていた。大前田軍曹は、第二分隊の中央、阿比留二等兵の寝台に上がって立った。

「いま名前を呼ばれた兵隊は、注目。ほかの者も、休んだまま、注目。――お前たちは、たったこれぐらいの少ない被服しか持っとらんくせに、お前たちの『整頓』は、全部が気合い抜けしとる。じゃによって、これから班長が、特になっとらん分のリュウジョウを引く。」

まず大前田は、阿比留の手箱の右上に載せられていた飯盒《はんごう》とその「整頓」の右横に置かれていた携帯天幕《けいたいてんまく》とを持って、それらを背嚢（「整頓」の最上部）の上にかさねた。次ぎに彼は、手箱の左横から巻脚絆一組を取り、その双方をはらりはらりと解き開き、片方のそれで「整頓」を縦一重《たてひとえ》にゆるくしばり、他の片方の紐の部分を横に「整頓」の中央部にまわして前面で結ぶと、そこからその巻脚絆の主部を寝台にだらりと垂らして手前のほうへ伸ばした。

「名を言われた補充兵は、皆、各人の装具を、いま班長がしてみせたとおりにする。始め。――生源寺。お前は、村崎《や》一等兵の分じゃなしに、自分の分をやれ。みんな、そのまま聞け。――うぅ、お前らは、止めるとじゃない。『そのまま聞け』じゃないか。やりながら聞くとじゃ。——お前らは、この新砲廠に教育補充兵だけで入れられて、全体が、てんでたるんどる。ほんとうならお前らは、古年次兵といっしょの内務班に編入されて、各人は、二人以上の上等兵なり一等兵なりを戦友殿に持っとらんならん身の上ぞ。戦友殿の洗濯も靴磨きも、何から何まで身のまわり全部のお世話を引き受けて、きりきり舞いをしとるはずじゃ。それが部隊の方針でこげな教育班が出来《でけ》て、その上、普通の兵舎じゃないわ、古年次兵班からは懸け離れとるわ、戦友殿も雑巾《ぞうきん》がけもございませんで、てんから太平楽を決め込んどる。『涙で絞《しぼ》る洗濯も／乾く暇なく整頓す』ちゅう『満期操典』〔兵隊歌、軍歌、流行歌などを兵が書き入れている手帳。また兵隊歌の異称〕の歌の文句も、なんのことやらお前たちにゃわからんじゃろう。たった二人か三人の班附の面倒もろくに見られんごたぁるのんびりした初年兵が、どこの世界にあられるか。村崎一等兵の『整頓』は、あの坊主——いんにゃ、違う、神主か、神主一人の責任じゃのうて、お前ら全体の責任じゃ。こげなでたらめなオウマンタクレ〔横着怠慢〕がまたとあったら、連帯責任で全員におれが気合いを入れてくれるぞ。ええか。——お前ら、出来《でけ》たか。——出来《でけ》たな。よし。」大前田は、三個分隊をぐるりと見まわした、「う？　村崎。さっき若杉も呼んだな。おらんじゃないか、あの相撲《すもう》取りは。おい、誰か知らんか。」

「若杉は便所に行きました。まだ帰って来ないのであります。大便と言うておりました。」

と若杉の隣りの寝台の松本が答辯した。

「うぅ。選《え》りに選って妙な時間に糞を垂《た》れる相撲取りじゃ。なら、お前が若杉の分をしてやれ。気の利かん奴じゃなぁ。すぐしないか。」

松本が若杉の「整頓」に例の仕掛けをしている間に、大前田は、阿比留の寝台を土間に下りた。

「村崎。おれが引くから、お主《ぬし》が号令をかけろ。」大前田が、寝台上に伸びている巻脚絆の末端を右手に握った、「ええか、リュウジョウというのは、お前らがもうすぐ教育を受ける火砲の、引鉄を引く綱のことじゃ。野砲の拉縄《りゅうじょう》は四、五寸の短い物じゃが、十五加のは一《いっ》間《けん》〔二メートル弱〕くらいもある。ちょうどこんなふうじゃ。よう見とけ。」

第三分隊側にいた兵たちは、いつとなく第一および第二分隊側に移動してしまい、私も、われ知らず私の寝台のそばにもどっていた。

大前田軍曹は、彼の五体の右側面を阿比留の「整頓」に向けて立ち、——言い換えれば彼自身の正面を北（煖炉のほう）に向けて立ち、——両足を約一歩間隔に開き、右足は爪先を右に下ろして膝を半ば曲げ、左足は爪先を左に踏んで膝を一杯に伸ばし、胸を端整に張り、首を真右にめぐらし、件《くだん》の「整頓」の頂上へんをしかと睨み、左こぶしは左外股《もも》に乗せ、右こぶしは巻脚絆の端末を握り締めつつ（甲を下・たなごころを上にして）わずか斜め前に差し出し、かりそめの「拉縄」を一文字に引き渡した。講談か何かから聞き齧《かじ》りの「半身入り身の構え」とかいう半端《はんぱ》言葉で私の頭が咄嗟《とっさ》に形容したその姿勢を、大前田は、一挙動でととのえた。所作事《しょさごと》の一極《ひときま》りとでもいうような形の美しさならびに気力の充実を、私は、そこに認め、心を打たれて、彼への嫌悪も何も忘れていた。

「これが十五加一番砲手の発射の姿勢じゃ。——村崎。第一、準備よし。号令せろ。」

横合いから、これもいまは極《きわ》めて真顔《まがお》の村崎古兵が「第一、撃て。」と大喝《だいかつ》するや否や、大前田軍曹は、彼の姿勢をほとんど動かすことなく、ただ右肩にぐいと力強く小ゆるぎをさせて右こぶしを十七、八センチ真左へ急激に引いた。たちまち「整頓」は、棚から崩れ落ちて、毛布の上に散らばり果てた。間を置かずに大前田軍曹は、左足を大きく九十度右へ踏み変え、両こぶしを振り翳《かざ》しざまに左親指の腹で掬《すく》い上げて扱《しご》くようにして巻脚絆の「拉縄」を二つ折りにして、また各個の腕をその頭上から右と左とへ半円形に開いて下ろしながら二つ折り「拉縄」を首に掛けると、前面にむかってやや前かがみの一足《いっそく》飛びに踊りこもうとする体勢を示したが、寝台にさまたげられてか、そこで止まった。私は、そのみごとな運動が何を意味するのか知らなかったにもかかわらず、それにほとんど見惚《ほ》れていた。なんにせよ固唾《かたず》を呑んでいたであろう兵たちの間から、微妙な嘆息の靄《もや》が立ち上《のぼ》ったようである。

「村崎。あとはどんどん引き倒すだけでええ。お主は、そっちをやれ。」

私は、もう一度見せてもらいたかったけれども、大前田は、もはやあの花やかな雄雄《おお》しい姿勢を取らなかった。二人は、次ぎ次ぎに巻脚絆の「拉縄」をつかんで、「整頓」をひっくり返して行った。

「ようし。各人は、すぐ『整頓』をやり直せ。もしまた今後ええ加減な『整頓』をしてでもおったら、いつでもおれが片っ端《ぱし》から拉縄を引いてまわる。今夜引かれんじゃった者たちも、おなじじゃ。――村崎古兵、おれは小便をして来るからな。――こら、お前。若杉のはそのなりに放っとけ。相撲取りに自分でさせろ。要《い》らんときには気を利かす男じゃなぁ。」

私にとって元のいやな奴にもどらねばならぬらしい大前田は、最前のと矛盾するような剣《けん》突《つく》を松本に食わせて、厠に行った。おりもおり、入れ代わりに週番上等兵がやって来て、点呼用意を指令した。内務班は、ごった返した。その最中にあわてて帰って来た若杉が、「誰か、こんなことをしたのは。」と童顔の目を丸くして憤慨したが、松本から事情を教えられて、大首を竦《すく》めた。

掃除がおおかた終わったころ、私は、痰壺の水換えに出かけた。行きしなに私は知ったが、第二班第一分隊の寝台上で、兵三名が、基本体操における「踵《かかと》を上げ、膝を半ば曲げ」の見るからに窮屈極まる恰好で、しょんぼり「捧《ささ》げ銃《つつ》」をしていた。

四

新兵たちは、入隊早早から、朝晩初《しょ》っ中《ちゅう》、たとえば「ボサーッと」、「ポソーッと」、「ヌターッと」、「ボソクレ」、「ボソ」、「ウストン」、「気合いを入れる」などの（主として下士官兵の間で行なわれていた）軍隊特有的な言葉を浴びせかけられたのであって、そのほかにも数数の軍隊語が、新入隊兵たちの日常生活に急速に滲透《しんとう》したのであった。むろんそれらの軍隊言葉は、部隊ないし兵科の差別につれて、その相互間に多少の異同を持っていたであろうから、対馬要塞重砲兵部隊における軍隊言葉、その用法には、またそれとしての特徴もあったに相違あるまい。

「鼻に安全装置を掛ける」というのがあった。「小林は、阿比留の鼻に安全装置を三回掛けろ。」と命令せられたら、小林二等兵は、小銃に安全装置を施《ほどこ》す方式に則《のっと》って、その手の平の基部で阿比留二等兵の鼻先を強圧し、右まわしに三回捩《ね》じ上げる。しばらくしてたいがい「小林、お前はさっきから阿比留の鼻に安全装置を掛けっ放しにしとるじゃないか。元にもどしてやれ。かわいそうに。」というような命令が、また発せられる。阿比留二等兵の鼻は、ふたたび小林二等兵の手の平の基部でおさえつけられて、今度は左まわしに三回捩じ上げられる。「安全装置」を掛けたり解いたりせられる側の兵にとっては、これが相当な苦痛である。これを数回、十数回、数十回と続けて本格的に実施せられる被害者の両眼には、しばしばやる瀬ない涙の霧が懸《かか》りさえする。最も軽い体罰の一つに属したそれは、それにしても相対的には少ない陰惨さをしか伴わなくて、被害者本人にとっても時には滑稽《ユーモラス》的でなくもなかったようであった。

また「員数を付ける」というのがあった。これは、兵が官給品を紛失し、あるいはその盗難に会った場合に、制裁をまぬがれるため、なんらかの方法（多くは盗み）によって不足品を手に入れ、員数を揃えることである。転じてそれは、一般に、物を盗む、もしくは、非合法的手段で獲得する、という意味を表わした。「遅い」、「それが遅い」は、動作がのろい、転じて、手遅れ、後悔先に立たず。「そっぽを向く」は、軍隊・軍務に消極的、または特定の上官上級者に反感嫌悪を抱いてへつらわない。「猫を這う」は、追従《ついしょう》する、機嫌を取る、おべっかを言う。「這わせる」ないし「前支えをさせる」は、基本体操における「体前支《ふて》え」の第二動（腕立て伏せ）をさせる。「処置なし」は、始末が悪い、手のつけようがない。「太えまちがい」は、大いに困った、えらいこと。「よろしいぞ」は、ブラヴォ、ヒヤヒヤ。——「処置なし」、「太えまちがい」、「よろしいぞ」の三つは、間投詞的にやたらに用いられた。……人をあざけりののしる「ガサブク」ないし「ガサ」という不思議な呼び方もあって、この語は、くだらない人間、しがない男、いやな奴、というほどの意であったが、その語源を、ついに私は、突き止め得なかった。もともと「語源」などは、なかったのかもしれないが。

控置部隊長堀江《ほりえ》中尉が愛用した言葉の一つ「シセツジが多い」は、初期のわれわれを大いに惑わせた。実はそれが、要塞重砲兵観測の用語に由来する言い方であった。たとえば計算尺による間接観測の実行に際して、中隊長は、射撃諸元（目標の方向および射距離）の決定を観測分隊に準備させるべく「費消節時三十秒、死節時五秒、目標綱掛崎《つなかけざき》方向右行進の敵艦。」というふうに号令を下《くだ》す。八九式砲台鏡、縦速計算尺、横速計算尺、略射表の操作すなわち射撃諸元の測定が、そこで始められる。「死節時」は、ここから来ていた。一般の上官上級者が「グズグズするな。」または「時間を無駄に潰すな。」とでも言うような場面で、たいてい堀江隊長は、「死節時が多い。」といかめしく極めつけたのであった。

このように軍隊には、兵器、被服、場所などの独自な名称のほかにも、毎日たびたび用いられる特殊な言葉が、いろいろ存在したのであり、新兵たちは、まずそれらを主体的に理解することから、兵営生活に溶け込まねばならなかったのである。

＊

……痰壺洗いから帰った私は、「拉縄を引かれた」兵たちが「整頓」を完了するまでの短い間に、さっき大前田が私に言った「ゴサが太いぞ。」の意義を村崎古兵に質《ただ》して教わった。「ゴサ」は「誤差」つまり射撃に関する距離測量の用語であって、「誤差が太い」は、身のほどを知らない、分際を辨《わきま》えない、に相当するということであった。表現内容にたいすることの語句の躍動的な適切さが、私を掛け値なしに感服させた。

第一および第二分隊側煖炉に近く仁王立《におうだ》ちをした大前田班長は、兵たちが食堂の卓上で懸命に「整頓板」を奪い合っているのにむかって、「遅いぞ。」、「早うせんか。夜が明けるぞ。」、「飛ばすぞ。」などと冷やかし半分のような怒鳴り声を何度か投げつけていた。その大部分は、ようやく「整頓」を終わり、四、五名の遅れた兵が、大前田の「おい、一番遅かった者から三人は、前支え二十分させるぞ。」という脅迫に出会い、いよいようろたえて仕上げを急いでいる、――ちょうどそういう状況の食堂に、東寄りの潜り戸から神山上等兵が入って来た。

神山は、食堂の兵たちに近寄って、「なんだ？　お前たちは。いまごろなんでそんなことをしとるのか。」となじった。

「はい。拉縄を引かれたんです。うぅん、元へ。引かれたんであります。」と少少お人好しの荒巻が辯明した。

「『拉縄』？　誰からか。」

神山は、時機はずれの拉縄引き犯人にたいする不満のため機嫌を悪くした様子で、語気を荒《あら》らげた。それに気圧《けお》されてか荒巻が答えをためらっている隙《ひま》に、神山は、村崎一等兵を斜めに見返った。

「村崎古兵。こんな時間に拉縄を引くのは、教育上プラスにならん、と神山は思うんだが。」

私は、自分の寝台の前にいたから、神山と村崎とのやり取りが、くわしくはわからなかった。第三分隊の南端、彼自身の寝台に腰を掛けた村崎が、なにしろ何かを手短にささやいた。それが相手に正しくは通じなかったらしく、「そんな、……この点呼が切迫しとる場合に、……」と神山が、いきり立って調子を上げ始めると、村崎は、彼自身の前面の空気に左手の一打ちを呉れて、また何かを口早にささやいた。そこでやっと神山は、大前田班長が班内にいることと、その班長が拉縄引きの主犯であることとに、気づかせられたようである。そのせいか、そのあと彼は、「急いで終われ。」と荒巻たちに言い置くに留め、第一および第二分隊側煖炉のほうに歩み進んで、大前田班長の近くに止まった。彼は、大前田に敬礼し、「ちょっと用事で、炊事〔炊事事務室〕の月形《つきがた》班長殿の所に行っておりました。」と挨拶した。

「あ、御苦労。」食堂における神山の文句を無表情で聞いていた大前田は、なにがなしとんちんかんに相手を犒《ねぎら》ってのち、いささか苦情を述べた、「……神山上等兵、少し気合いを入れてやらにゃ、みんな気合い抜けしとる。今夜おれが拉縄を引いたが、この補充兵どもは、『整頓』もなっとらんからな。」

「はい。どうも。」

神山は、大前田の批評をありがたく頂戴したかのように、一瞬低頭した。しかしなお神山が大前田による今時分《いまじぶん》の「拉縄引き」に不服であることは、私の目に歴然と映った。その神山は、「整列。」と全班員に指令し、それから突然発作的に血相を変えて、「そこの『整頓』は、いつまでかかっとるか。グズグズしとると、バチまわすぞ。」と怒声を放った。

――われわれがついにその顔を見なかった旧班長の入院不在中、大前田軍曹が新しく第三内務班長に任命せられたまでの一週間、いつ誰が始めたのであったか、第三内務班員のほとんど全部が、神山を「班長殿」と呼び習わし、神山も、異議なくそれを受け入れていた。一月十七日夜（大前田軍曹着任前夜）消燈前、神山は、第三班全員をわざわざ食堂側へ移動させ、彼の周囲に丸く小さく固まらせて、——それは、彼の談話内容が他班（の班長班附ら）から聞き取られないための方便であったろう、——「お前たちは、今日までこの神山を『班長殿』と言って親しんでくれたが、たぶん明日あたりの命令で別の班長殿が第三班に来られることになった。今後お前たちは、決して神山を『班長殿』と呼んではならない。もしお前たちがそんなことをしたら、戦地下番の新班長殿が気を悪くされるから、その点、十二分に注意してもらいたい。」とめずらしく小声で語った。その夜の村崎古兵は、点呼後すぐに「神山上等兵。村崎は、明日が衛兵勤務じゃから、お先に。」と断わって、毛布の中に潜《もぐ》り込んでいた。

『そんな心配をする必要があるか。いやらしいしゃべり方をする男だな。何が「別の班長殿」か。』と私が思っていると、神山の言下に、「班長殿。」と殊更にも呼びかけて発言したのは、厳原小学校で神山の七、八年先輩、対馬中学校出身、神戸《こうべ》市内某商事会社何課長かの沢柳《さわやなぎ》一正《かずまさ》であった。「第三班のみんなは、神山上等兵殿を第三班の班長殿と仰いでよろこんでおりましたのに、実に残念であります。」と三十過ぎの彼が、殊勝顔《しゅしょうがお》を作って述べた。

「班長殿。沢柳二等兵の言うとおりであります。」とこれも厳原小学校で神山の六、七年先輩、大阪帝大工学部醸造学科卒業、厳原町内酒造家次男かの高倉雄次郎《たかくらゆうじろう》（おなじく三十過ぎ）が、ただちに神妙らしく沢柳の尻馬に乗った。谷村を含む十二、三人が、そのあとでたがいに先を争うようにして、まことしやかな同調のささめきをさえずり合った。

神山は、その初手からの仔細顔《しさいがお》をほころばせはしなかったものの、まんざらでもないどころか、ほとほと上機嫌の様子になって、しかし相変わらず声を細めて、「うむ、お前たちの気持ちはよくわかって、神山は、うれしく思う。しかし内務班長には下士官を持って来るのが、軍隊の決まりだ。どんなに有能優秀な兵でも、内務班長に任ぜられるということは、まずない。――おれが選抜上等兵になってすぐに、堀江隊長殿から、下士官候補者の志願をしないか、という懇切なお勧めを受けたのだが、おれのお父さんが長男のおれの志願に反対したので、それをすることはできなかった。もし隊長殿のお言葉に従っておったなら、いまごろは任官して、お前たちの班長にもなられておったろう。……だが、神山は、別に軍隊で出世したいとは思わん。実はおれは、京城で指折りの株式会社に籍がある躰《からだ》だからな。地方でめしが食われんような人間じゃなし、なにも軍隊で無理をして下士志願をすることはない。……いや、下士官にならなくても、陛下に忠節を捧げ奉ることは、立派に果たされるわけだ。したがってだな、神山にたいするお前たちのそういう気持ちは気持ちとして大事に仕舞っておいて、新しい班長殿にも、神山にたいしてと同様にお仕え申すようにせよ。」と辯じた。

そこでも神山は、「おれのお父さん」だの「お仕え申すように」だのという（私の興味を否定的にそそる種類の）言葉遣いをした。――私は泉《いずみ》 鏡《きよう》花《か》を愛読してきたが、その作中で、鏡花は、成人男子が自分の親を人前で「さん」づけなどで間接に呼ぶことにたいして、あらわな侮蔑の筆誅《ひっちゅう》を加えていた。それは、『婦系図《おんなけいず》』に出ている。……「自分の親を、其の年紀《とし》〔二〇代〕で、友達の前で、〔間接に〕呼ぶに母様《かあさん》を以てするのでも大略《おおかた》解る。酒に酔はずにアルコホルに中毒《あた》るやうな人物で。」……神山の「おれのお父さん」には、私が、なかんずくまったく感心しなかった。

その晩（およびその晩以前）の神山上等兵の言動からも、大前田軍曹第三班長就任以来二日間の経過からも、私は、次ぎのような一つの推定におのずから行き着かざるを得なかった。――新班長（ないしそこいらの下士官連）にたいして、神山は、「教育」全般に関する（また特にその知的・学問的側面に関する）自己の力量的優越を勝手に自認し、「教育」全般上の主導権をみずから取りたがっている。……こういう推定におのずと行き着いた新兵は、私以外にもだいぶんいるようであった。

今夜神山は、彼のそういう「主導権」が、大前田（の「拉縄引き」など）によって、もろに侵害せられた、と感じて、興奮したのであろう。われわれは、点呼隊形に整列した。荒巻たちも、どうにか「整頓」を終えて、遅れ馳《ば》せながら列中に加わった。神山が「番号」を号令したとき、われわれは、十四、五回もしくじって、彼の不機嫌に輪《わ》を掛けた（この「番号」は、さしあたり新兵たちを最も多く悩ましている事柄の一つに数えられた。というのも、砲兵の「番号」は、一般のそれと少し違っていて、われわれ砲兵は、『砲兵操典』の「数ニ関スル称呼」規定によって、「四」を「ヨン」、「七」を「ナナ」、「九」を「キュウ」と発唱せねばならなかったからである。そのことがなくても、新兵のなかなかうまく行きにくかった「番号」を、この新規発唱法が、さらに困難にし、いっそう混乱させていた）。

その五回目以後にとちった兵たちの横面に、神山は、強烈な平手打ちを一発ずつ加え、われわれの入隊このかた最高に猛り立った。その結果、われわれの「番号」は、やっとこさで成功することができた。大前田軍曹は、この「番号」調練には加担せずに、神山の荒事《あらごと》を黙黙と見物していた。

「異常ありません。」渋面の神山が、簡単に報告した、「班長殿。特別の御注意か何かは――？」

「う、そうだな。――こいつらは、番号もまだなっとらん。もっと番号を鍛《きた》えにゃいかんな。入隊して一週間以上も経つのに、何をしとったんか。しかし、そりゃあとのことにして、――必要な命令は今日は出なかったな。……神山には、予定が何かあるか。」

「はい。番号は相当教育してきまして、よほど上達しておったようにありましたが、どうしてか今夜は特にひどいようで――。点呼の前後には、銃教練の基本、小銃各部の名称などを復習させるつもりでおりましたが。」

「ふむ。それでよかろう。」いったん同意した大前田が、にわかにそれを取り下げた、「待て、班長は言うことがあるから、待て。」

大前田軍曹は、煖炉の向こうから土間の中央に出て来て、十六燭光を頭上に戴《いただ》くような塩梅《あんばい》で南むきに立ち、両側の兵たちを左見右見《とみこうみ》し始めた。……

またしても暗雲低迷の静寂が、内務班におっかぶさった。『何かが、もう一度始まるな。』と私は覚悟したが、その何かの予想は付かなかった。

隣りの班では、関上等兵が、小銃の取り扱いに関する班員三名の不注意を、全員の連帯責任に問うていた。その思うままののしりが、第三班にもじかにとどろいて来る。人肉の打たれるバシッ、バシッという連続音が、じきにそののしりと入れ代わった。これは、関ともう一人の班附上等兵宅島《たくしま》とが、あちらとこちらとで兵たちの頬べたに片っ端《ぱし》から平手の一撃を与えているのにちがいなかった。第三班の上にのしかかっている静かな重圧に、その連続音が、新しく一陣の殺気を齎《もたら》すようである。

「休め」をさせずに神山がわれわれを引き渡したなり、大前田は、知ってか知らずにか、いっこうに休憩を命じなかった。真向かいに直立している室町《むろまち》二等兵の額のわずか上方を、私は、凝視しているほかはない。この一メートル五十八センチほどに小柄の室町が、そのいくぶんか頓狂な気味合いの顔面を小鼻のへんでときおり奇妙に顰《しか》める。そのおかしな筋肉運動が、どうしても私の目につく。……室町の寝台は、第二分隊の南端にあって、私のそれと向かい合っている。そのせいで、彼と私とは口を利き合う機会を割合に多く持った。北九州八《や》幡《はた》市で印刻職人をしていた二十五歳の室町は、気取り屋の神山にたいして初めからそっぽを向いている愉快な男である。……その彼の、いまは大真面目な顔つきの真ん中を滑稽な収縮が数秒置きに通過した。それは、彼が特別緊張した場合の現象なのであろう。いやでもその動きが目に入る私は、むず痒《がゆ》いような、くすぐったいような感覚に襲われて困った。その感覚が私の中でおいおい昂《こう》じてくる。だが、私は目を逸らすわけにはゆかない。……

第二班での体罰の音も跡絶《とだ》えた。『こりゃ、たまらん。たいていで早く「休め」か「注目」かをさせないかなぁ。』と私は痛感した。すると大前田班長が、三、四歩南へ、私のほうへ進み出たので、私は、どきりとした。

「おい、お前。」大前田が、私には時にとって望外の助け船となって、室町を右横手に見据えていた、「う、室町か。室町。どうしてお前は鼻をぴくぴくさせるか。」

「はい、室町二等兵、悪かったであります。」

室町が、ためらうことなく我武者羅《がむしゃら》な大声を張り上げた。と、その瞬間またしても彼の小鼻の附近がびりびりと皺《しわ》んだ。彼は、どういう原因で自分が咎《とが》められたのかを考えも理解もしないで、ただ向こう見ずに謝罪したにきまっていた。

「そうら、またやったじゃないか。」室町の面前に迫った大前田は、人差し指の爪先で相手の鼻の頭を一つ勢いよく弾《はじ》いた、「『不動ノ姿勢』で鼻をぴくぴくさせるようになっとらん。おぉ、室町。注意されてすぐに、どうしておなじことをやるか。」

「はい。その……。」鼻の被害による悲壮な表情の室町は、思いめぐらすような間を二、三秒置いた、「これは癖であります。自分でも気がつかなかったであります。」

「癖があるか。癖でもいかん。緊張を欠いどるから、そんな悪い癖を出す。『不動ノ姿勢』とは何か。言え。」

「はい。『不動ノ姿勢ハ軍人基本ノ姿勢ナリ、故ニ内ニ……故ニ軍人』……忘れました。」

「うぅ、このガサブク。鼻じゃ。」大前田は、さらに一つ強打撃を室町の鼻に加え、頭をめぐらして私を横目に見た、「おい、言うてみろ。」

「はい。東堂二等兵。『不動ノ姿勢ハ軍人基本ノ姿勢ナリ、故ニ常ニ軍人精神内《ウチ》ニ充溢シ外《ソト》厳粛端正ナラザルベカラズ。』――終わり。」

「ふむ、よし。――ええか、室町。『故ニ常ニ……外厳粛端正ナラザルベカラズ』じゃ。鼻をぴくぴくさせる『不動ノ姿勢』はないぞ。ただちにその癖を直さんと、そのたんびに班長がお前に罰を食わせる。すみやかに直せ。」ここで大前田班長は、北むきになり、唐突に別の事項を取り上げた、「うむ、休め。――太閤秀吉《たいこうひでよし》の家来に有名な槍の達人が数名おったな。どこかの山の戦《いくさ》で、その武将たちが目覚ましい手柄を立てた。それのことを『なんとかのなんとか』と言うじゃろうが？　誰でも知っとる。それは何か。おい、お前。」

「はい、阿比留二等兵。忘れました。」

「なんか、子供でも覚えとるぞ、そのぐらいなことは。次ぎ。」

「はい。寺井二等兵。忘れました。」

「うう、ボソクレばかりが揃うとる。次ぎ。」

「はい。佐野二等兵。『賤《しず》ガ岳《たけ》の七本槍《しちほんやり》』であります。」

「ふむ。次ぎ。お前もおなじか。」

「はい。小林二等兵。『賤ガ岳の七本槍』であります。」

続いて指された四人が、同様に回答した。

「ほかに？　――ほかに誰か別の答えがある者はおらんか。よく考えてみろ。――おらんとか。」

私にも「賤ガ岳の七本槍」以外には思い当たることがなかった。大前田がどういう返答を要求しているのか、また突然彼が日本歴史上の事柄を質問し始めたのは何を狙ってのことなのか、二つとも私に不明である。他の兵たちも、思いは私とおなじなのであろう。煖炉の前でこちらむきに立っている神山上等兵を私がうかがってみると、彼も事態の真相がつかめないように手持ち無沙汰な素振《そぶ》りをしている。大前田の「おらんとか。」という駄目押しにつれて、その神山は、きっと目を怒《いか》らし、小首を左右に動かして、もっともらしく兵たちを睨んだものの、一言も発しなかった。

「おらんとじゃな。そんなこっちゃから、お前たちは、軍人精神がなっとらんのじゃ。のう。神山上等兵。こいつらはまだこのとおりぞ。これでようわかるじゃろうが？」

「はい、……そうであります。どうも。」と神山は呑み込んだような返事をした。しかし彼がほんとうに何かを合点した、とは私に思われなかった。

「うむ。――この班には、相撲取りが一人おる。相撲の手が幾つあるかは、皆わかっとるな。」大前田は、「賤ガ岳の七本槍」の件をそのまま扠措《さてお》いて、また全然関連のないような話題に飛び移った、「下手投げとか内がけとか、あの相撲の手じゃ。あれは幾つあるか。第一分隊の向こうの端《はし》。」

「はい。吉原二等兵。四十八手《しじゅうはって》であります。」

「次ぎ。」

「はい。菊池二等兵。四十八手であります。」

「ふむ。おい、そこの相撲取り。お前はくわしいじゃろう？」

「はい。若杉二等兵。四十八手であります。」

「ほかに？」

「はい。」という声を聞いて私がそちらを見ると、第二分隊の最右翼で高倉が「気をつけ」をして挙手していた。

「お前。言え。」

「はい。高倉二等兵。九十六手《くじゆうろくて》であります。」

「あ、『九十六手』?」この答えは彼の予想外であったか、大前田は、しばし考えてのち、ぶつぶつと計算した、「二八の十六の……一を胸に持って……二四が八の……九、か。――ははぁ、裏表か、裏表の合計か、そりゃ。」

「はい、そうであります。」

「ふぅん、裏表な。裏表でもええが……。うん、裏表でもええ。そうじゃ、裏表でもええぞ。じゃが、表だけでもええ。どっちでもええが、ほかの答えはないか。なんぼひょろひょろの補充兵じゃっても、お前たちゃ、わが国の軍隊の要塞重砲兵ぞ。」

今朝の仁多軍曹も、「わが国の軍隊」という言い方をした。今夜の大前田も、これで二度その語句を使った。ほかの下士官たち、古年次兵たちによるおなじ言葉遣いをも、私は、すでにいくたびか聞いた。それは明らかに『勅諭』の書き出しの「我国《わがくに》の軍隊は世世《よよ》天皇の統率し給ふ所にぞある。」から出ていて、上官上級者がそれを口にするのは、その本人以外の他者(往往にして軍隊そのもの)か、その本人自身か、それともその両方ともかにたいする嘲笑的な気分に立脚せる場合のようであった。いまの大前田の分《ぶん》は、もちろん、われわれにたいするひたぶるなあざけりの表明であろう。それゆえわれわれに示唆《ヒント》を与えようつもりが大前田にあったのでもなかろうが、彼の「なんぼひょろひょろの補充兵じゃっても……」という最後の一文句から、たちまち私は、彼の意図を――先の「賤ガ岳の七本槍」とあとの「四十八手」との関連性を――半信半疑ながらに了解し得たと思った。しかもその思いつきから、私は、ある衝撃を受けた。もし私のこの想像ないし推測が的中しているのであったなら、具体的な予備知識皆無に近い状態なりに私が軍隊あるいは上官上級者に関して持っていた一定の概念、一種の表象は、相当程度の修正を加えられるべきなのではなかろうか。『もしそうなら、恐ろしくまわりくどい・手の籠《こ》んだ・理窟っぽいやり方を、彼（彼ら）は、するもんだなぁ。』と私は舌を巻いた。

沈黙の七、八秒が経過して、「おらんとじゃな。誰にも、ほかの答えはないとじゃな。」と大前田班長は、思いのほかのおだやかさで念を押した。そしてそのおだやかな言いようの底には、なにか浮き浮きとして楽しげな刻薄さが秘められている、と私は感じた。もうその私は、私の推定の正しさを九十パーセント以上に信じていた。しかし、いくら彼が念を押したところで、彼の側に用意せられていると私にほとんど確信せられる解答を私が進んで申し出ようとは、かけても私は思わなかった。よしんば私が指名せられても、その解答を提出する心組みは、これまた微塵《みじん》も私になかった。

「おらんな。ようし、おらんならおらんでよし。神山上等兵。そっち側〔第一分隊側〕の一番左翼の兵隊の前に立て。――違う違う、そうじゃない。向き合うて立つんじゃ。そうそう。――村崎は、こっち側の、――ありゃ？　村崎はどこに行ったか。おい、村崎古兵、村崎い。」

いつのまにか第二分隊側の左翼から姿を消していた村崎一等兵が、食堂の東北の隅っこで「はぁい。」と叫び返した。

「そんな所で何をやっとるんか、村崎。」

「はい。洗濯物を……。」と中途半端な釈明をして、村崎は、もどって来た。

「そこの左端の兵隊と向き合え。よし。ええか、班長が『始め』を言うたら、神山と村崎は、こいつらに拳骨で右左二つずつ気合いを入れろ。みんな聞け。あと一分間ぞ。あと一分間にほかの答えを思い出す者が一人でもおったら、班長は、皆をそれでよしにしてやる。おらんじゃったら、気合いじゃ。ええか。」

「はい。」と皆につれて私も言った。

「神山、腕時計を見ろ。一分になったら、そう言え。」と大前田が命じた。大前田が命じ終わるのと同時に、遠くで喇叭《らっぱ》の音が始まった。

この「ターッタ、ター。ターッタ、ター。」というような隊号音から始められる点呼喇叭は、営庭の中ほど、築山の近くで、まず東にむかって二回、次ぎに西にむかって二回、吹き鳴らされる。その吹奏《すいそう》時間が五十五、六秒、約一分かかるのを私は知っていた。点呼喇叭の終わりが、すなわち鉄拳制裁の始まりである。向かいの列で小林、中村、曾根田、室町、生源寺、佐佐木、石橋たちが揃って顔色を変えたのを、私は見た。

大前田の要求は所詮《しょせん》理不尽であるけれども、この場合に彼にたいして適当な「ほかの答え」を提出することと、今朝のような場合に上官上級者にたいして「忘れました」を口外することとでは、そこに性質上差別がある、という見解を、私は取ることができた。とはいえ、たとえ私が名指されても、その答えを差し出すつもりは、それまで私になかったのであった。しかし、条件に変化が生じたのである。

……もし全員にたいする鉄拳制裁が「ほかの答え」の出現によって防ぎ止められるのなら、私がその答えを提供してもよくはなかろうか。だが、もしこれが私一人だけにたいする鉄拳二発の脅威であったなら、たぶん私は、他の兵たちと同様に「四十八手」もしくは「賤ガ岳の七本槍」と答えはしても、やはりその解答を述べはしないであろう。……

東むきの喇叭吹奏が絶えた。営庭の寒い闇の中で編上靴・巻脚絆・帯剣姿の左肩に小銃を負革《おいかわ》で掛けた喇叭手がいま「まわれ、右」をしている、と私は思った。「三十秒経過。」と神山が報じた。前半よりも高く喇叭音が聞こえ始めた。「おらんか。ふむ、おらんじゃろう。」と大前田軍曹が、ここちよげにさげすんだ。どの新兵もが「ほかの答え」を申し出なかった。西むきの喇叭が二回目の鳴りにかかった。まだ私は、そのように解答する愚劣をあえてしようという決断には達しなかった。点呼喇叭は、まさに鳴り終わろうとしていた。「あと十秒。九秒。八秒。七秒。……」と神山が、おびやかすように秒を読み出した。苦し紛れの人間には、奇想が天外より落ちて来るのであろうか。珍問にたいする珍答が相次いで飛び出したのは、このときであった。

「はい、沢柳二等兵。」という叫びが、向こうで上がった。「う。お前。」と大前田が許可した。全内務班員の視聴と希望とが、沢柳に集中したようである。

「はい、前のおたずねの答えでもよくありますか。」

「『前の』？　あ、賤ガ岳のほうか。それでもええ。」

「はい。お答えします。『賤ガ岳の九本槍《くほんやり》』であります。」

「九本槍」とは、どういうやり繰りの算段の結果なのか。それは、私の理解を超えていたが、私は、私自身がたしかに失望した、と知った、私がみずから口を汚して解答を出さねばならない、という最終決定に、この失望の自認が、私を導いたのである。

……この私の失望は、次ぎのことを証拠立てているにちがいない。すなわち私の内心の一部は、誰かその解答に気づいた他人がそれを持ち出すことによって、この私自身の上にも差しかかっている急場が凌《しの》がれることを、実はひそかにも期待し願望してきたのである。誰もが「正解」に思い及ばないか、さらには思い及んでもそれを口に出さないか、そのどちらかをこそ仮りに私が是《ぜ》としているのなら、別に問題もあるまいが。しかも私の見解によれば、一般に兵が例の「忘れました」使用強制という完全無条件的な不条理に屈従することとは違って、ここで私が「正解」を言い出すことは、バカ臭い低級な仕業ではあっても、人倫抹殺の恥知らずではなく、かつまた同年兵にたいする偽証でもないのである。それでは、あのような期待と願望とが多少とも私に潜在していて、それなのに私が私自身の口一つを汚すまいとするのは、まことに恥じるべき卑劣でなければならない。……

「ふっ、『九本槍』?」大前田は首をひねった、「『九本槍』ちゅうとは、どういう訳か。」

「加藤清正《かとうきよまさ》の持っておりましたのは十文字槍でありますから、槍先は合計九本になります。」

「ふぅむ。」大前田が小さく唸《うな》った、「考えたもんじゃなぁ。——しかし、せっかくじゃが、それは違うとるぞ。神山——。」

「はい。若杉二等兵。」

私が、沢柳(神戸市内某商事会社何課長)の迷答に感嘆を久しゅうする暇もなく発言を求めようとしたとたんに、若杉が、私の先《せん》を越した。

「まだおるんか。む、相撲取り。相撲の手の数を思い出したか。」

「相撲の手ではないであります。賎ガ岳であります。あれは『賎ガ岳の八本槍』であります。

加藤清正の十文字槍は、片一方の枝が折れちょりますから。」

その途中から「気をつけ」をして待機した私は、若杉の答申《とうしん》がまだ完全に終わらないうちに、「はい。」と叫んで右手を挙げた。われわれがこんなふうに手間取っていたら、大前田が解答受け付けの締め切りを宣告しかねまい、と私は案じたのであった。不愉快そうな流し目をちろりと私に呉れた大前田が、班長はまだ若杉の答えを是とも非とも裁定してはいない、先走るな、このでしゃばり者、とでも私を嘲罵《ちょうば》するような冷淡さで、私の挙手に取り合わなかった。

「神山上等兵。清正公《せいしょうこう》さんの十文字槍は、片一方の枝が折れとったかな。」

「はい。たしか、そうだったようであります。しかし、あれは、朝鮮征伐の虎退治において、片一方を虎から嚙み折られた結果、片鎌槍《かたかまやり》の状を呈したのであった、と神山は記憶しますから、賤ガ岳合戦の時には、折れてはおらなかったはずでありますが。」

形式上ひとまずもっともらしく実質上たいそう不当なこの種の人間あしらいにたいする怺《こら》え情《じょう》の不足は、私の性格における紛れもない短所の一つでなければなるまい。なるべく簡明な、必要最少限度の回答を提出すること以外の心積《こころづ》もりを、もと私は持たなかったのであった。まさしく大前田によるその種の不届きな人間あしらい（私の挙手にたいする大前田の露骨な作意的無視）が、そういう私の中の潜勢的客気を刺戟して、その私を必要にして十分な、あるいは必要以上にして十二分な解答の誇示へと駆り立てたのである。私は、努めて右手を挙げっ放しにしておいた。

「朝鮮で虎から折られたか、それで片鎌槍か。そうじゃったかなぁ。どっちにしろ、『賤ガ岳の八本槍』もおかしなもんじゃな。それも違うとる。——もう東堂のほかには、おらんじゃろうな。おるなら、いまのうちに手を挙げてみい。——おらんな。あとで手を挙げても、もう駄目じゃぞ。そんなら、東堂までにする。ふん、どうせお前たちゃ、そげなことじゃ。」大前田は、彼の意向に叶う返答が私の口から出ようとは夢にも予期しないような、侮《あなど》り切った調子で私を最後の回答者と定めた。「お前がしんがりじゃ。ええから、言うだけ言うてみい。」

私は、右手を下ろし、必要にして十分な、あるいは必要以上にして十二分な解答を繰り広げてみせた。

「『砲兵操典』に、『数ニ関スル称呼ハ特ニ明瞭ニ発唱シ誤謬ヲ生ゼシメザルヲ要ス、之《コレ》ガ為《タメ》方向及高低ノ諸分画、信管修正分画、信管分画ニシテ十以下ニ属スルモノ及十位数ニ続カザルモノハ一《ヒト》ツ、二《フタ》ツ、三《ミッ》ツ、四《ヨン》、五《イッ》ツ、六《ロク》、七《ナナ》、八《ヤッ》ツ、九《キウ》、十《トヲ》、三百零五《サンビヤクレイイッ》ツ等ト唱《トナ》ヘ其ノ他ハ総《スベ》テ、一《イチ》、二《ニ》、三《サン》、四《ヨン》、五《ゴ》、六《ロク》、七《ナナ》、八《ハチ》、九《キウ》、十《ジフ》、二十《ニジフ》、百《ヒヤク》、千《セン》、二千《ニセン》、三千零五十《サンゼンレイゴジフ》、一万一千百《イチマンイッセンヒャク》等ト唱《トナ》フルモノトス。』とあります。これは『総則』の第十キュウノ二に規定されていて、『番号』の発唱も砲兵はこの規定に従って行なわねばなりません。これを軍隊外の事柄にかりそめに適用すれば、『ほかの答え』は、『賤ガ岳のナナ本槍』およびヨン十八手であります。」

私は、私自身の「そして班長殿の官姓名は、陸軍軍曹大前田文《ブン》ナナ殿であります。」と締め括《くく》りたいという強烈な誘惑を辛くも捩《ね》じ伏せて、「以上、終わり。」と結んだ。

私の心中には、私の答えに関する一抹の不信、十パーセント足らずの疑いが、なお残存していたのであった。もしも大前田班長が、われわれの推理をも想像をも本来的に絶するような・突拍子《とっぴょうし》もない・徹頭徹尾主観的な解答を用意しているのであったならば（もしも上官大前田が、そういう完全我流特別仕立ての「ほかの答え」を武器にして、一から十まで専制的に、全然蒙昧に、理窟抜きの無法一本槍に、したがって単純粗放に下級者新兵たちを痛めつけようとしているのであったならば）、そのほうが、それなりに、事態の性質は、ある意味において明快でも男性的でもあり得るであろうに、――そういう意識、ひとかけらの期待のような・希望のような感情が、なお私に残存していたのであった。さらには、もしも実情がそのとおりであったならば、たとえそのため私の回答が的はずれになるにしても、そしてたとえついに私ならびに他の全班員が客観的には完璧《かんぺき》な無実無根の罪によって無理無体にぶんなぐられねばならなくなるにしても、むしろ私は、そちらの「明快」と「男性的」とを相対的には肯定しも諒解しもするであろう、言わば「安心」しもするであろう、――そういうささやかな想念が、私の身内に糸を引いていたのであった。

　私の解答に接した相手の面上に包み隠しのない驚愕の影が湧き出たと観じて、私は、私のかすかな期待か希望かが決定的に砕け散ったと認めた。その事実から、私は、数分前のと同質の衝撃を、改めていっそう激しく受け取らせられた。その反面ではまた、そのように明けっ放しの驚嘆を彼が見せたことが、私は意外であった。私の申し立てが的中した場合にも、この大前田は、――小銃各部の名称を試問するという知能的手段で私をとっちめようとして、あべこべに彼のほうがたじたじと押し返されて失敗したことの余憤もあろうし、なおのこと、――何を小癪《こしゃく》な、要らぬ理窟をつべこべならべやがって、上官を嘗《な》めたか、この青白いインテリめ、というような情念を顔に出しはしても、おどろきとか感心とかを示しはしまい、少なくともその種の感情を極力押し隠そうとするであろう、と私は先入主的に決め込んでいた。ところが、それがそうでなかった。目前の彼の顔面反応は、あの圧倒せられた者の驚愕と感嘆とをまざまざと物語っていた。そのあまりに明《あ》け透《す》けな無条件肯定的反応のせいで、かえって私として、私自身のはったりのような言いざまがひどくうとましく見返られた。

「それでええ。そのとおりじゃ。よう覚えとったなぁ。——皆もわかったか。この東堂ぐらいによう覚えとけば、お前たちも番号を言いそこないはせんはずじゃ。日ごろから何につけても、『四《し》』はヨン、『七《しち》』はナナ、『九《く》』はキュウと頭にたたき込んどくんじゃ。お前たちも、東堂を見習うて、しっかりしろ。『シ』とか『シチ』とか『ク』とか気安う言うんじゃない。東堂のお蔭《かげ》で、お前たちは助かったぞ。神山、村崎。約束じゃから、もう気合いは入れんでよし。うむ、いつの間にそげなことを覚えたかしらんが、お前は、よう覚えとった。」

数呼吸ののちやっと口を切った大前田は、手放しに私を称讃していた。……私がひねくった「これを軍隊外の事柄にかりそめに適用すれば、……」のごときいやがらせともなりかねぬ論法にも、大前田は、とんと頓着していなかった(もしも私が大前田の立場にいたなら、その私は断じてそのような言いまわしを我慢することも大目に見ることもしないであろう。ただし私は、それを「いやがらせ」として言った覚えはちっともなかったが)。私の七面倒な表現に内在するいかがわしい陰影《ニュアンス》が、庶民(たしか農民?)の彼には捕捉しがたかったのであろうか。だが、四、五十分前、そのおなじ大前田は、「お前は、案外利口な口を利くな。『忘れました』が言われんじゃったお前にゃ、一銭の消耗品扱いは不服じゃろう?」という知識人的な非庶民的な（と私に考えられる）言論を用いもしたのである。そのまたおなじ大前田は、恐ろしくまわりくどい・精緻《せいち》な・理窟っぽい・三段論法式の責め苛《さいな》み方を遂行しようとして、先刻の私に衝撃を与えもしたではないか。私は、どうも訳がわからないような気がしてきた。なにせ、そこに展開せられた一連の情況から、私は、庶民についての、ひいて人間についての、また軍隊と上官上級者とについての、私自身の観念的知識ないし現実的無知識をおのずから感覚させられていたようである。

「東堂のほかにも誰か『砲兵操典』のカズの数え方の規則を覚えとる者がおるか。おったら手を挙げろ。――やっぱりおらんな。そうじゃろうと思うた。東堂の答えは『殊勲甲』ちゅうところじゃ。神山上等兵。あれはお前が教えて、覚えさせたとか。」

「はい。番号の発唱法を教育しました際、『砲兵操典』に『スウニ関スル称呼』規定が存在することを指示して、いちおうそれを読み聞かせてはおきましたが、……。」

私の解説によって初めて五里霧中の謎から解放せられたであろう神山上等兵は、そう言いさして、急につかつかと大前田軍曹ならびに私のほうに歩み出て来て、これまた「余は満足に思うぞ。」とでも宣《のたま》いたげなギョウサンたらしい感服と讃嘆とのうなずきを何べんもゆっくりと繰り返しつつ、その間近い位置から私をしげしげと打ち眺めた。

「身から出た錆《さび》」とはいえ、私は、うらさびしく恐れ入り、真ん前に視線を移し、室町二等兵の腹部あたりを一心に見ていることにした。滑稽なことにも、その私が、『勅諭』の「信義」の項の「進退谷《きはま》りて身の措《お》き所に苦《くるし》むことあり。悔ゆとも其詮《そのせん》なし。」という文句を、なめらかに思い合わせていた。『おれも、なかなか兵隊になってきたようだな。』と私は私自身をちらと皮肉った。もっともこの文句は、何か兵隊がおちいった難局の諷刺的表現として常習的に利用せられてきたとおぼしく、村崎古兵も他班の班附たちもおりおりそれを援用していた。ただ彼らは、いつでもわざと「進退タ、ニ、マ、リ、テ〔谷りて〕……」という言い方をしたのである。

「……読んで聞かせたことは聞かせましたが、暗記するようには要求しなかったのでありま す。すでに『軍隊内務書』や『砲兵操典』の『綱領』につきましては、『軍ノ本義』、『兵ノ本分』、『砲兵ノ本領』など、必要な条項を指定して完全暗記を命じましたけれども、『数ニ関スル称呼』規定は、補充兵には全文の丸暗記を特にさせなくともよいというのが、部隊の教育方針になっとりますので。しかし、もちろん暗記するに越したことはないわけでありまして、東堂の勉強には神山も感心しました。ほかの兵隊も、暗記はしておらないでも、内容をちゃんとわが物にしておったら、それでよいのでありますが、……この東堂のように学科にたいして熱心かつ真面目な兵が出て来ますと、神山なども教育掛として教育のやり甲斐と責任とを改めて痛感させられます。——いいか、みんな。お前たちも東堂のように積極的に学科を復習して、班長殿にも余計なお手数をおかけしないようにせよ。神山が教育したことは、なんでも確実に覚えるのだぞ。いいか。」

いつになくちんまりと鳴りを静めていた状態から本来の彼自身を取り返そうとするかのように、神山が、ひとくさり得意の辯舌を振りまわした。

「はい。」と皆は叫んだ。

私は、存外にも過分の面目を施《ほどこ》したのである。私の暗誦は、別段「勉強」だの「学科にたいして熱心かつ真面目」だの「積極的に学科を復習」だのに縁もゆかりもありはしない。それは、そんな殊勝なことの結果でもなんでもなかった。が、未知の他人たち、この連中が、そんなふうに錯覚するのは、あるいはあたりまえなのかもしれない。……

「そうじゃ。そういう細かい規則は、丸暗記まではせんでも、内容はきちんと覚え込まにゃ……。ええか。」と大前田も神山に口を合わせた。

「はい。」とまた皆は叫んだ。

神山、大前田のどちらもが「数ニ関スル称呼」規定を暗記していない、と私は決定した。

ガタリと東の潜り戸の引き開けられる音がし、まずガチャガチャと長靴の拍車《はくしゃ》を鳴らして週番士官が、一足遅れて週番下士官が、新砲廠内に踏み入った。

「テンコォォォォ〔点呼〕。」と週番下士官が、そこから高らかに呼んだ。

五

日夕点呼の有様は、毎度だいたい判子《はんこ》で押されたようにおなじである。ただそれは、その夜の週番士官の都合次第に、部隊兵舎のほうで先に行なわれることもあり、その逆のこともある。前の場合には点呼喇叭の十五分か二十分か過ぎに、のちの場合には点呼喇叭の直後に、週番士官と週番下士官とが、新砲廠に出現する。まちまちに、ある夜は東寄りの潜《くぐ》り戸から、ある夜は西寄りの潜り戸から、彼らは入って来る。今夜の彼らは、まちがいなく先に部隊兵舎側の点呼を取って、東寄りの潜り戸からここに歩み入ったのである。

今週週番下士官の「点呼。」という朗朗たる呼び声とともに、新砲廠内三個内務班は、ぴたりと静まった。紅白縦縞《たてじま》模様の週番懸章《けんしよう》を右肩から左脇へ懸けた士官と、おなじ模様の週番腕章を左腕に纏《まと》った下士官とが、カッ、カッ、カッ、カッ、と長靴と編上靴とをその静けさの中のコンクリート土間に勇ましく鳴りひびかせて、第三内務班に接近し始めた。ガチャ、ガチ、ガチャ、ガチと前者の拍車が靴音に伴奏した。

村崎一等兵と神山上等兵とは、その順で第二分隊側横隊の左翼にならび、大前田軍曹は第一分隊側横隊の右翼に位置した。「気をつけ。」と大前田班長が命じた。靴と拍車とのひびきが止み、十六燭光から遠い薄明《はくめい》の下で週番士官ならびに週番下士官の（大前田班長の敬礼にたいして）答礼する動作が、私の視野の右隅におぼろ影となった。

「第三内務班、総員四十五《よん》名、欠員なし。」

大前田班長は、気合いを籠めて折り目正しく報告し、「番号。」と号令した。番号は、「二十六」、「二十七《なな》」「二十八」の附近でつまずき、大前田班長の「番号、元へ。」によって今度はうまく一巡した。村崎一等兵の「四十三《よん》」に続いて、神山上等兵が、いつもの伝《でん》で、他よりも長目に重厚に止《とど》めを刺すような三句切りに「ヨン―ジュウ―ヨン。」と発唱した。即座に大前田班長が、それを引き取った。

「四十五。異常ありません。」

ふたたび私の視野の右隅で週番二名の答礼動作がおぼろ影となって、すぐに靴と拍車との音が第二内務班にむかって進み出した。ここで週番士官が「健康に異状がある兵はおらないか。」という種類の質問をする日もあったが、今夜はそれもなかった。第二内務班長の「気をつけ。」という叫びが上がり、大前田班長は、われわれに「休め」を与えた。

——日夕点呼の前後、点呼用意終了から消燈時限までは、新兵にとって最も危険な時間の一つであった。この時間に、班長班附らが、内務、学科、術科に関して、また当日の特殊な出来事なり重大な問題なりについて、集中的に質問、訓誡、叱責、制裁を実行した。その昼間に何事か事故や異変やが起こると、新兵たちは、「今夜は点呼前に特別太《ふて》えこと絞られるぞ。」とか「こりゃ今晩の点呼後が大事《おおごと》ぞ。」とか言い合ったりなどして、その夜のその時間をいよいよ頭痛の種にしたのであった。

週番士官が第一班から第三班へ、または第三班から第一班へ、と点呼を取ってゆく短い暇が、この一連の張り詰めた時間の中途で谷間のようにぽっかり介在する小休止である。班長も班附も、この間に物を言うことも動くこともほとんどしない。どういう訳か、この小休止間の私は、秋山玉山《あきやまぎよくざん》が「鴻門《こうもん》の会」を詠じた漢詩の一句「謀臣語ラズ、目屢《シバシバ》動ク」を、おおかたいつでも思い浮かべるようになっていた。それは、私が、班長を項《こう》羽に、班附を范《はん》増《ぞう》に、誰かと誰かとを劉邦《りゆうほう》と樊噲《はんかい》とになぞらえているということではなかったが。——

そういう小休止が第三班を訪れた。その間ここととおなじ形式の点呼が、第二班において、次いで第一班において、進行する。……

……私は、数分前の私の言い分、「これを軍隊外の事柄にかりそめに適用すれば、……」にひっかかっていた。ある連想が私を見舞った。しかし連想はそこで立ち止まらずに、次ぎへ移転した。それは、私にたいする「お前」という二人称の使用にかかわっていた。ここ軍隊では、「お前」と呼ばれることに、私は、初めからまったくこだわらなかった。私は、それを当然千万のこととして受け入れてきた。その事実を意識の一隅で新しく気づかせられながら、私は、客観的には二、三年前、主観的には遥かな過去の日、ある特殊な場所における出来事に私の連想を運んでいた。そこで私と相手方との間でやり取りをせられた特定の会話か口論かが、私の頭脳の奥深くを（地底から時じくもさまよい出た亡霊のように）揺曳《ようえい》した。

——あなたは、あなただけじゃない、そちらのその人もだが、ここに私を連れて来た最初から、私のことを「お前」、「お前」と呼んでるのは、どういうことですか。

——「どういうことですか。」って、なんだね？

——たずねているのは、私のほうですよ。

——バカを言うな。たずねるのは、われわれの役目にきまっとるじゃないか。つべこべつまらんことを言わんで、素直に尋問に答えるのが身の為《ため》だよ。なんと思っとるんだ？　この非常時に国を売るような真似をした人間じゃないか、お前は。

——私は、そんなことをしなかったし、あなた方から「お前」呼ばわりをされる筋合いもない。私は不当にここに連れられて来たに過ぎません。あなた方が「お前」を止《よ》さないのなら、私はもう一切口を利かない。

——ふむ、口を利くか利かないかは、いまにわかろうが、「お前」で悪ければ、どう言えばいいんだ？

——それは、そちらで考えたらいいでしょう。

——「お前」よりも丁寧な言葉を使えば、何もかも素直にしゃべってしまうんだな。

――これまでも私は何もかも素直にしゃべっていますよ。

――嘗《な》めるな、この若僧。……そんな態度を取ってて、貴様、どんなことになるか知らないのだろう。

――…………。

――おい、なんとか言わないか。

――「貴様」が「お前」よりも丁寧な言葉だとは私には思われませんがね。

――なにぃ、……ふん、まあ、よかろう。待て待て、まぁ待ちたまえ、竹谷《たけたに》君。「盲《めくら》蛇に怖《お》じず。」って奴で、まだわからないんだよ、この学生さんにゃ。よし、じゃ、「君」にしよう。「君」と呼べばいいだろうな。それで一つ、あっさり行こうじゃないか。われわれもいそがしい躰だし、証拠は全部上がっとるんだから、君が変に頑張ってみたって、そんなことをすればするほど君の不利益になるだけだ。いたずらに当局の心証を害したところで、君にしても今更始まらんじゃないか。どうだね。それとも、「君」でもまだ駄目なのかね。

――まぁそれでいいでしょう。

――それじゃ聞くが……。

――ちょっと、「それじゃ」って、「お前」が「君」になっても、私のしなかったことや知らないことやを、私がしたことにも知ってることにもなるわけじゃありませんから。

――チェッ、いい、いい、いいから、とにかくこちらの問いに答えるんだ。そこでたずねるが……。

★

——また「お前」に何度目かの逆もどりですね。

——「お前」でも「君」でも、お前の態度はおなじじゃないか。「お前」じゃ、またお前は、無言の行《ぎょう》で、そうしておれたちにおれたちのしたくないことをさせたいのか。

——あんなことを私にも誰にもするのは「お前」呼ばわりどころじゃないんだ。あんたたちには、あんなことを私にも誰にもする権利も何もない。それに、あんな方法は私にはなんの役にも立ちはしない。何かを、つまりありもしないことを私から引き出すことができると思って、あんなことをするのなら、無駄だから、なおさら止めるべきだ。誰でもが暴力には屈伏するとでも思ってるのか。「お前」も止めてもらいたい。

——「君」と言えなら「君」と言ってもいいさ。しかし、ねぇ君、このへんでおたがいにすっきりしようじゃないか。君一人がとやかく誤魔化して頑張ったって、糞《くそ》の足しにもならないのだよ。

——私は、ちっとも誤魔化しても頑張ってもいないですよ。

——それが、お前、いや、君、君のそれが誤魔化しの頑張りじゃないか。……

「各班ともそのまま聞け。」第一班の向こう・西寄りの潜り戸附近に立っている（と私に推定せられる）週番士官が、三軍を叱咤《しった》するという威勢で三個班に指令した、「今週週番士官の着眼事項三つは、一昨土曜の日夕点呼時に達しておいた。その第一は何か。第一班の七番。」

「はい。斎藤《さいとう》二等兵。『敬礼の厳正』であります。終わり。」

「ようし。第二。第二班の三十五番。」

「はい。山口《やまぐち》二等兵。忘れました。」

「三十六番。」

「はい。矢野《やの》二等兵。『火災予防』であります。」

「ようし。三十五番は、ぼんやりしてないで、よく覚えねばいけない。——第三。第三班の十五番。」

これは私である。

「はい。東堂二等兵。『舎内外の清潔整頓』。終わり。」

「ようし。以上三つの着眼事項をよく心がけよ。ここの教育班は『常夜煖炉』を許可されておる関係上、火災予防には特別に注意することが必要である。いいか。」

「はい。」と三個班全部が答えた。

週番下士官の「『礼儀』の項、奉誦。——班長の注意が終わったら、解散。」という指示を残して、週番二名は、西方出入り口から新砲廠を去った。

「高倉。『礼儀』の項。」と神山上等兵が指名した。号令によらずして、われわれは、「不動ノ姿勢」を取った。

「はい。高倉二等兵は、『礼儀』の項を奉誦します。——『一《ひとつ》　軍人ハ礼儀を正しくすべし。』」

「『一《ひとつ》軍人ハ礼儀を正しくすべし。』」と班長以下全内務班員が高倉の暗誦に従って唱和した。「『凡《およそ》軍人には上元帥より下《しも》一卒に至るまで』」と高倉が次《い》ぎの一句切りを唱え、全員の唱和がそれを追った。このようにして高倉の先導と全体の異口同音とが繰り返されてゆく。第一班でも第二班でも、同様のことが行なわれているのである。……

私の口は、同年兵たちに和して機械的に働いたが、私の意識は、あの「お前」という二人称に纏《まつ》わる情景から、「これを軍隊外の事柄にかりそめに適用すれば、『ほかの答え』は、……」の直接の連想へと復帰していた。おなじ過去、おなじ事件に属する、もう一つの問答が、ふたたび私の精神の中部を（深淵から突如ただよい上がった幽鬼のように）たゆたった。その別の相手は、前の「お前」呼ばわりを私に加えた相手方の一味とはいえ、さしあたり表面上相対的には上品に振る舞っていた。その彼は、前の彼らの上級機関でもあった。たぶん例の「お前」論争とは独立にも、彼は、当初から原則として私を「君」とか「東堂君」とか称していた。この手合いは、どれも私より十年なり二十年なり年長であった。

――君は、第二インタナショナルのスッットガルト大会での「決議」を知っておるね？　少なくともその「決議」の中心部分を知っておるね？

――はい。

――それを君は何で読んだか？

――いますぐ思い浮かぶのでは、‘Marxistische Bibliothek’〔「マルクス主義双書」〕に入っているドイツ訳レーニンの“Der Imperialismus als jüngste Etappe des Kapitalismus”〔『資本主義の最新の段階としての帝国主義』〕の附録に、第二インタナショナル・バーゼル大会の「宣言」が納められていて、その中にスツットガルト大会での「決議」の中心部分が引用されていました。

——ふむ。そのほかでは？

——「岩波文庫」の『帝国主義』の附録にも、おなじ物がありました。

——そのほかでは？

——さぁ？　……マックス・べェアの『社会思想史』〔『社会主義および社会闘争通史』〕または“Fifty Years of International Socialism”〔『国際社会主義の五十年間』〕とか、レンツの“The Rise and Fall of the Second International”〔『第二インタナショナルの興亡』〕とか、それからステークロフの……、いや、ステークロフのは『第一インタナショナル史』だから、あれは違うと、……とにかくそういう有り触れた書物の中で。

——「有り触れた」？　「有り触れた書物」？　ほほう。君は、そんな本を、どこの誰から手に入れたのか。

——「どこの誰から」って、なんですか。

——「どこの誰から」は「どこの誰から」だろうじゃないか。誰から貰《もら》ったか、とたずねておるのだ。

——誰からも貰いはしません。本屋はただで呉れやしない。

——そういう言い方は止《よ》し給え。君は四、五カ月前ようやく丁年に達したばかりの若者だが、僕は君をいったんは帝国大学に籍を置いた人間として紳士的に取り扱っておるつもりだ。僕にはまともに正直に応答するほうがいい。……それでは買ったのだと言うんだね。反語的にでなく、買ったなら買った、とまっすぐに答えてもらおう。それはいつのことか。

——何がですか。

〈「いったんは」?「いったんは帝国大学に籍を置いた」? では、すでにそんなふうに事は運ばれたというわけか。〉

——うん? つまり、その、たとえば「岩波文庫」の『帝国主義』を君が購入した時期はいつか、と僕は問うておるのだ。

——さぁ? 昨年か一昨年かだったでしょう。

——ほう、そうかね。……しかしあれは、もうここ五、六年、出版元でも品切れになっておって、事実上絶版のはずだよ。昨年か一昨年かに書店で買ったというのは、何かのまちがいじゃないかな。

——まちがいじゃありません。あれが絶版になってるかどうか、私は知りませんが、古本屋に行けば、ときどき見当たります。

——ふぅむ。そのレーニンの独訳なり何なりは?

——そんなのも皆そうです。あ、"Fifty Years of International Socialism" やレンツの物なんかは、大学か県立か、それとも上野かの図書館で読んだのだったでしょう。

〈これは、嘘であった。これらの書物を、私は、どこかの図書館で(借りて)読んだのではなかった。それらは、私の所有物なのである。ただ私は、たとえばその二冊のような（「禁書」ならざる）社会主義的書物冊子の一定数ならびに危険な（「禁書」ないし「非合法印刷物」なる）書物文書の若干を、自家には置かずに、他のまずほとんど確実に安全な（しかし必ずしも自家から遠からぬ）某所に置いていた。彼らは、私の抗議にもかかわらず、私の手許から（「禁書」ならざる）マルクス主義・共産主義著作物の相当数を「証拠物件」（?）として不当に押収したけれども、むろん右の二冊その他は、無事安泰であった。その二冊の書名をふと不用意に口に出した私は、すぐに気づいて、ここでそれらが私の蔵書ではない旨（の嘘）をさりげなく述べて、——私の住居内に右の二冊を見出さなかった相手方が、私の不用意な発言から、私の所蔵書物冊子類に関して別の置き場所などを勘繰《かんぐ》り出すことのないように、——予防線を張ったのである。〉

——上野図書館で？　……あぁ、初め君は、東大文科に一年間在籍したのだったな。

——はぁ。東京にいたのは、四、五カ月間だけでしたが。

——君がそこを止めて帰福した〔福岡へ帰った〕のは、主として君の家の経済的事情……、いや、いまそういうことはどうでもいい。つまりそれらの書物はたいてい古本屋で買った、と君は言うのだね？

——買ったのです。買ったのだから……買ったのが事実だから、そう言うのです。どことどこの古本屋で買ったのだったか、そんなことはいちいち覚えちゃいませんが。

——「いちいち覚えちゃいません」？　……はぁ、君は、われわれが何も知らないとでも……、うう、まぁいいだろう。君は、たとえばレーニンの著作を、ほかにどのくらい読んだのか。

――「岩波文庫」、「改造文庫」などに入っているのを何冊か、それにドイツ訳、「マルキスティッシェ・ビブリオテェク」の……、しかし、こういう質問には、どんな意味があるのですか。公然と合法的に販売されてる本を私が読んだか読まなかったかが、どうして問題になり得るのですか。それにあなた方は、私にくどくど問うまでもなく、禁書でもないそれらの書籍を、私の本箱から勝手に没収してるじゃないですか。

――問題になり得るかなり得ないかは、僕のほうで決める。君は、おとなしく答えるがいい。そうするほうが、君にとって事は早くも有利にも解決するだろう。

――そんな問いに答えることは、お断わりします。

――ははぁ、なかなか頑強だね、君は。じゃ、まぁ、それはそれとして、スツットガルト大会の「決議」について、その中心部分についてたずねるが、それならいいだろう？

――あれについて何をたずねるのです？

――君は、あのテーゼをどう考える？

――内容を漠然としか記憶していないので、いま咄嗟《とっさ》には、どうという考えも私にないですが。

〈だが、私の頭は、先ほどから、その「中心部分」のドイツ訳文を正確に辿《たど》っていた。

Droht der Ausbruch eines Krieges, so sind die arbeitenden Klassen und deren parlamentarische Vertretungen in den beteiligten Ländern verpflichtet, unterstützt durch die zusammenfassende Tätigkeit des Internationalen Bureaus, alles aufzubieten, um durch die Anwendung der ihnen am wirksamsten erscheinenden Mittel den Ausbruch des Krieges zu verhindern, die sich je nach der Verschärfung des Klassenkampfes und der Verschärfung der allgemeinen politischen Situation naturgemäß ändern.

Falls der Krieg dennoch ausbrechen sollte, ist es Pflicht, für dessen rasche Beendigung einzutreten und mit allen Kräften dahin zu streben, die durch den Krieg herbeigeführte wirtschaftliche und politische Krise zur Aufrüttelung des Volkes auszunutzen und dadurch die Beseitigung der kapitalistischen Klassenherrschaft zu beschleunigen.

〔もし戦争勃発の恐れがあるときは、関係諸国の労働階級およびそれらの議会代表者たちは、インタナショナル・ビューローの結束的活動によって後援せられながら、最も効果的と彼らに思われる諸手段を用いて戦争の勃発を防止するために全力を傾注する義務を負う。それらの手段は、階級闘争の激化ならびに一般的政治情勢の激化に応じて当然に変移する。

　それにもかかわらず戦争が勃発した場合には、その迅速なる終結のために登場すること、かつまた戦争によって惹起せられたる経済的および政治的危機を国民の警醒に利用し、かくしつつ資本家的階級支配の排除を促進するべく全力をもって奮励すること、これが義務である。」

そこの全文を私はそらんじている。……〉

――「記憶していない」って、そんなことはないはずだ。君がそういうなんでもないことにもとぼけた振りをするから、事が面倒になる。君は記憶しておるはずだ。

――…………。

――どうだね？　記憶しておるだろう？

――だから、「漠然としか記憶していない」と答えたでしょう？　「はずだ」、「はずだ」なんて、そんな押しつけは、迷惑です。

――しらを切るな。「いちいち覚えちゃいません」の、「漠然としか記憶していない」の、といつまでもそれで通ると思うと、まちがうぞ。……君の抜群とも異常とも言われるべき記憶力ないし暗記力についても、われわれの調べは届いておる。君は幼年時代からそうだった。たとえば、君が白楽天《はくらくてん》の『琵琶行』だの『長恨歌』だのを暗誦して両親や親戚知人をおどろかしたのは、五つのころだ。上田《うえだ》秋成《あきなり》、樋口《ひぐち》一葉《いちよう》ほかの小説を幾つか丸暗記にしたのも、小学生時代だ。それも特に練習してとか努力してとかいうんじゃない。君は一度読んだり聞いたりしたことは決して忘れない。六歳のある夜、君は両親に連れられて芝居小屋に行き、そこで筑前《ちくぜん》琵琶《びわ》を聞いた。おんなじ演《だ》し物《もの》が掛かっておる間に、琵琶好きだった君の両親は君を連れて二回そこに行ったのだ。『湖水渡り』とかいうその琵琶歌を、初めから仕舞いまで通して君が両親に歌って聞かせたのは、その二回目の夜の翌日のことだったはずだ。中学時代の君は、ノートも単語帳も持とうとしなかったはずだ。もちろん教科書に書き込みなどするはずもなかった。数学についてさえそうだったはずだ。僕のこの「はずだ」、「はずだ」に何か異存があるか、不服があるか。赤インクのラインまで何箇所かに引いて君が読んだ文章を、「漠然としか記憶していない」だって？　しらばっくれるのも、いい加減にしないか。……うん？　なんとか言い給え。なんとか言わないか。

――それに似たようなことも以前にはありましたがね、十七、八からのちは、だんだん記憶力が低下したのです。それに、なんでもかんでもそんなに記憶することができたのじゃありませんよ。詩とか韻文とか、そういう文学的な作物に関してなら、いくらかは……。

――マルクスの『経済学批判』の有名な『序説』のドイツ語原文は、あれは詩なのかね、韻文なのかね。

――それは、嘘だ。そんなことはない。そんな物を暗記する能力なんか私にはない。あるはずがない。私は暗記していない。

――君は、少なくともその相当部分を原語で暗誦することができる。そのことにも、われわれには証人があるのだ。

「『啻《ただ》に軍隊に蠹毒《とどく》たるのみかハ国家の為にもゆるし難き罪人なるべし。』」と「礼儀」の項の暗誦は結尾に到着した。「休め。」と命じた大前田班長は、われわれの中央部に出て、南むきに立った。神山上等兵の「申告。」という指図に応じ、村崎一等兵と第一分隊員八名とが、南側の通路に北むきの一列横隊を作った。

——君が飽《あ》くまで「漠然と」、「漠然と」で押し通そうとするのなら、いちおうそれでよかろう。その「漠然と」の記憶で、どう考えるか。

——あらましあれは、帝国主義戦争勃発の前夜とその勃発後とにおける、関係諸国の労働階級および社会主義諸政党国会議員団の反戦任務を規定したテーゼでしょう。

——なるほど、たしかに「漠然と」覚えておる。それで？

——なんですか。

——いや、君がそれをどう思うか、だ。

——「どう思うか」と言われても、……社会主義者、特にあの時代、前世紀末今世紀初頭の社会主義者にとっては当然でも正当でもあるテーゼだったのでしょう。

——現代との関係では、どう思うかね。わが国の現実、つまり日華事変の処理に年来邁進《まいしん》しておる……君らに言わせれば「手を焼いておる」……日本の実情に即して言えば、どうなるかね。

——あれは、だいぶん古い時代の……世界大戦前の物ですから、……特別そういうことを考えたこともないし、……。

——『マニフェスト・デア・コンミュニスティッシェン・パルタイ』〔『共産党宣言』〕

が出たのは、一八四八年だ。ほぼ百年前だ。君の手元にあったレーニンの諸著作も、主として革命前、すなわち大戦前に執筆された分だ。むろんそれらは、社会主義者、共産主義者にとって、今日も基本的文献であり、現実認識・情勢分析の主要な指針であるはずだ。「古い時代の物」なんて見苦しい逃げ口上は止めて、率直な返答を出したらどうなんだ？

——そんなことは、私にはなんの関係もないですよ。しかし、そう厄介になるのなら、私がいまここで考えた「率直な返答」を述べて、この「決議」の件はそれまでにしてもらいたいのです。あの内容が今日もそのまま生きてるか死んでるか私は知らないのですが、あれを現代日本の実情にかりそめに適用すれば、その論理的結果は、日華事変の遂行に反対する義務の指示を意味することになるわけでしょう。念を押しますが、あなたがあまりしつこくこだわられるから、いまこの場で仮りに私が考えてみた答えに過ぎないのですよ、これは。

——ふむ。「隠すより現わるるはなし」というか「語るに落ちる」というようなもんだね。君の論理のあやつり方は、一貫して君のイデオロギー的立場の正体を暴露しておる。そう僕が断言して毫《ごう》も過言じゃない。無意識的にだろうが、さっきも君は、「合法的に」という言葉を使った。「公然と合法的に販売されてる」云云って。今時《いまどき》二十《はたち》そこそこの青年は、普通なら「合法的に」というような言い方はしないはずだ。

——また「はずだ」の押し売りですか。それは、あなたの気儘《きまま》な独断だ。それに私は、法科の学生ですからね、「合法」くらいな用語を使っても、不思議はないはずだ。

〈「私は法科の学生でしたからね」という言い方のほうが正確なのか。〉

――法科の学生ねぇ。法学部の講義で、「合法」とか「非合法」とかがそんなに頻繁《ひんぱん》に……君の口からすらりとその言葉が出て来るほど頻繁に……用いられる科目が、現在あるわけだな、君に従えば。「適法」、「違法」じゃなくて。

「敬礼。」と最右翼の村崎一等兵が呼び、一列横隊の九人が、揃って十五度の敬礼〔「室内の敬礼」〕をし、大前田班長が答礼した。

「村崎一等兵、風紀衛兵勤務、異常ありません。」

「吉原《よしはら》二等兵。」

「菊池《きくち》二等兵。」

「相良《さがら》二等兵。」

「手塚《てづか》二等兵。」

四人が右から左への順で各自の氏と等級とを告げると、吉原二等兵が代表した。

「以上四名は、昨晩の不寝番勤務、異常なく服しました。」

「野上《のがみ》二等兵。」

「荒巻《あらまき》二等兵。」

「秋山《あきやま》二等兵。」

「上田《うえだ》二等兵。」

「以上四名は今晩の不寝番勤務二番立ちに服します。」

「御苦労。――野上以下四名は、まちがいのないように勤務しろ。」

「はい。」

「手塚。お前は煖炉を焚《た》きつけろ。」

点呼用意で消火せられ清掃せられた煖炉について、大前田軍曹は、手塚に命じたのである。村崎の指揮で、九人は、班長にまた敬礼して、解散した。その足で手塚は、煖炉燃やしに取りかかった。神山が第一分隊側の左翼から煖炉の手前に移動し、大前田も三、四歩そのほうに近寄った。大前田が手塚の作業を黙然と見守って立ち尽くしたので、神山も所在なさそうにその真似をしていた。煖炉が、淡い煙を吐き始めた。

それらの動静を、私の眼は、膜をへだてて見るように、人形劇を見物するように、映《うつ》すともなく映していた。


――合法出版物に関して問題が成立し得るかどうかの決定はしばらく置いて、それじゃ一つ非合法出版物のことを聞こう。しかし、君、形式論理的にはともかく、この日本でだね、日本の現代でだね、マルクス主義、共産主義、唯物史観の理論に特殊な関心を注いで、関係著作物を数多く熟読研究しておる、という事実は、……たとえそれらが適法の刊行物であってもだ、……客観的・現実的には一定の意味を持たざるを得ない、なかんずく今回のごとき特定の治安法規にたいする違反容疑との関連においてはそうならざるを得ない。君といえども、このことを否定することはできまい。形式論理は別だよ。君らの得意な辨証法からしても、こりゃ、君も認めるはずだ。……そこまでで、まぁとりあえずその問題は扠措《さてお》くとして、非合法出版物の件だが、……。

——ちょっと。ちょっと待って下さい。そういうのは困ります。あなたは一つの固定的な結論をあらかじめ用意しておいて、つまり予断をもってですね、それに適合するような事実なり解釈なりをだけ拾い上げてるが、それは私は困ると言うのです。マルクス主義関係の書物も少しばかり私は読みましたけれども、数多くどころか、高校・大学期間、私の濫読《らんどく》のほんの一部分にしか、それは当たらない。「濫読」といっても、その実の読書量は残念ながら知れたものですから、私が読んだマルクス主義関係図書の数は相対的にも絶対的にもわずかなものです。「特殊な関心」とか「熟読研究」とかいうことなら、私のそれは、全然別の方面に向かってた、いまも向かってる。それは、いくらでも証明され得ることだ。たとえば——。

——もういい、そりゃいいよ。

——よかないです。「君らの得意な辨証法」というのだって……。

——もういいと言ってるだろう！　いいのだよ、そのことは。いずれその必要が出て来たら、証明でもなんでもしてもらう。そこで聞くが、君は、帝国主義戦争に関するコミンテルン第六回世界大会の「決定」を読んでおる。君は、それをどこの本屋で買ったのか。

——私は、そういう本を読まなかった、どこの本屋でも買いません。

——ふむ。じゃ、コミンテルン執行委員会第十一回総会の「主報告と結語」はどうかね。これは明らかに読んでおる。君はそれをどこの本屋で買った？

――私は、それを読んでいません、買いもしません。

〈なんたることか、これは。なんというだらしない恥知らず！　あの牧野《まきの》！　しかし、これがおれだけのことならいいが。彼が西条《さいじょう》の名前をしゃべっていなければいいが。だから、おれは、おれの牧野に関する不安を、いちおう西条にもつたえたのだったのに。〉

――買わないはずだ。買うはずがない。どちらもそれは、どこの書店ででも買われる物件じゃない。合法出版物じゃない。君は、その二冊を、誰かからひそかに譲り受けるか借りるかして、また誰かに貸したのだ。前者は、一九二八年コミンテルン第六回大会が帝国主義戦争にたいする労働者階級の闘争様式、またその中での共産主義者の任務を規定したテーゼだ。後者は、一九三一年コミンテルン第十一回執行委員会総会でのマヌイルスキーの「主報告および結語」だ。それは、一方における帝国主義戦争の危険とファシズムの成長、他方における革命的昂揚の不均等な発展、その他を分析解明して、全情勢からの資本主義諸国共産党の立ち遅れと、その克服の緊要性とを指摘しておる。特徴的なのは、「ブルジョアジーの主要な支柱としての社会民主主義」にたいする……具体的には殊にドイツ社会民主党にたいする……敵視攻撃の激烈さだな。しかしこれが、四年後にはゲオルギー・ディミトロフの「主報告」に基づく第七回大会決定の「テーゼ」、例の人民戦線戦術だね、その「テーゼ」へと批判的に発展させられる……というよりも、ある意味では百八十度大転換をさせられることになるのだ。この人民戦線戦術関係では、先年来アメリカ共産党日本人部発行の邦字印刷物多数が、わが国の左翼分子に密送されて来ておって、それらの幾つかをも、君は間接的に入手して読んだはずだが、その件はあとで聞こう。いまの主題は、前の二つの文書だ。二冊とも上出来のガリ版刷りパンフレット、表装に適当なカムフラージュが施《ほどこ》されておるのは、断わるまでもなかろう。伏せ字なしではもちろん、たとえ伏せ字ありでも、この時代に出版を許されるような内容じゃない。つまりそれは、非合法出版物だ、君が前に言ったところの「禁書」だ。こりゃ、それを所有しておること、それを読むことが、十分問題になり得る性質の出版物だろうじゃないか。君は、その二つのパンフレットを、誰から受け取って、その後誰に渡したか、よく考えて答えるのだ。知らぬ、とは、よもや君も言うまいし、われわれも言わせない。

「何をしとるか、お前は。」と大前田が、突然の大声で極《き》めつけた。その拍子《ひょうし》に、私は、私自身が極めつけられたかとひやりとして、まったく現実に帰り、煖炉のあたりに瞳《ひとみ》を凝《こ》らした。

六

煖炉の焚き口からむくむくと薄紫色の煙が湧き出ていて、それがそのまわりに立ち籠《こ》め、大前田も神山もその近所の兵たちも、それぞれ上体を反《そ》らして顔をそむけがちにしている。焚き口の斜め前にうずくまった手塚が、おろおろ取り乱し、煙を冒《おか》して火ぜせり棒で突っついたり口で吹いたり、さまざまにうろたえたが、火は燃え上がろうとしなかった。

「こら、早いとこせにゃ、内務班が煙だらけになるぞ。――おい、そこの窓を開けんか。開けろ。」と大前田が急《せ》き立てた。第二分隊側横隊の右端にいた高倉が、神山上等兵の寝台に急いで上がると、片足で「整頓棚」を踏みつつ上体を第三分隊のほうへ乗り出して、黒繻子《しゅす》の防空遮蔽幕《しゃへいまく》と白木綿の窓掛けとを手繰《たぐ》って片寄せてから、猿臂《えんぴ》を伸ばしてガラス戸一枚を向こうへ押し開いた。煙は、窓外へと靡《なび》いた。

「煖炉燃やしもでけんとか。処置なしの補充兵じゃ。チェッ。――しかし、おかしいなぁ。どうかなっとるんじゃないか、その煖炉は。」

疑いを表わした大前田が、はっとしたように「う? お前は、そこのバルブを開けとらんとじゃあるまいな。」と叫んだのといっしょに、神山が、「ここが閉まっとるじゃないか。手塚ぁ。」とののしり、右手を伸ばして煙突の付け根の取っ手をゴトリと四半回転させた。それで煙突は開通したに相違なく、焚き口からの煙が止まった。

「ボサーッとしとるな、お前は。そのバルブを閉めとって、燃えるもんか。注意しろ。班長以下全員が、お前から燻《いぶ》し殺されるところじゃったぞ。……こら、まだ石炭を入れるんじゃないよ。――手塚、お前は燃やすつもりか消すつもりか。」

「はい?」と及び腰の手塚は、石炭が入っている十能《じゅうのう》を宙ぶらりんに擡《もた》げたなり、身動きに窮した。

「燃やすとか消すとか。」

「は、はい、その、……燃やしとるんであります。」

「燃やすつもりなら、石炭はまだ早い。せっかく煙が止んどるとに、割り木がよう燃え出してから入れにゃ、また消えてしまうよ。うう、置いたらええじゃろうが、その十能を。なんちゅう恰好か、猿まわしの猿が銭《ぜに》を貰うときのごとして。ちっとは落ち着け。あわてるな。」

「上官から物をたずねられたら、下級者は『不動ノ姿勢』でお答えする。それも、もういやというほど神山が教育したはずだ。――ええい、十能をそこに置いて、しゃっきりしゃんと躰を立てろ。」

石炭バケツに十能を突っ込んで直立した手塚の顔は、青黒く引き攣《つ》っていた。神山が、その手塚の脳天を目がけて、真上から垂直に右拳骨を打ち下ろし、それでそこを錐揉《きりも》みのように数回捏《こ》ねくった。

「お前は役に立たん。班長殿、交代させましょう。」

「うん。」

「相良。お前は手塚と交代せよ。手塚は、班長殿にお詫《わ》びをして、相良に申し送れ。」

「相良二等兵は、手塚二等兵と交代します。」

「手塚二等兵は悪くありました。相良二等兵と交代します。」

「よし。煖炉ぐらい一人前に燃やせにゃ、駄目じゃぞ。――おい、そこの窓は、閉めろ。つめたい風がどんどん吹き込んどるじゃないか。いちいち言わにゃ、わからんとか。――手塚は、もう引っ込んでええよ。いつまでもボソーッと立っとると、馬をつなぐぞ。そこをどけ。戦友の煖炉焚きを邪魔する気か。」

ほうほうの体《てい》で手塚は引き下がった。殷鑑《いんかん》遠からざる危険な任務を仰《おお》せつけられた相良は、中腰で一所懸命に割り木の燃え加減を注視した。少し前に第一分隊側横隊の左翼を音もなく離れた村崎古兵によって、第三分隊側煖炉にも、火が焚きつけられていた。

「村崎古兵。そりゃ誰かにやらせて、あんたは——、あぁと、村崎古兵は、こっちにおらないと、……まだ教育は終わっとらんのだから。」自分より下級者とはいえ古年次の既教育兵村崎にむかって、神山は、その逃避行（？）を控えめに批判した。表向きは物やわらかなその批判に、しかし相手の自称「ガンスイ」ぶりにたいする神山の平生からの不満、新兵教育関係上の鬱憤が、染み込んでいるようであった、「おい、第三分隊の誰か行って、煖炉を燃やせ。」

「あ、もうええ、誰も来ることは要らん。もう焚きつくけん、そしたらすぐにそっちへ行く。」と村崎が言った。

第二分隊側横隊の左端にいた第三分隊員石橋《いしばし》が、それでも神山に復誦して走った。

……こういう局面が持ち上がると、新兵たちは、微妙な板挟みの状態に置かれる。しかしなんといっても、神山のほうが、村崎よりも上級者なのである。まず神山の言いつけを重んじて、そちらに従うことが、新兵各個の義務あるいは当為でなければならない。またそうすることのほうが、新兵各自の身の為にも結局なるのであろう。それに上級者本人が「もうええ。」と謝絶したからとて、相手の言いなりに新兵が煖炉焚きつけなどの共同生活的雑用を上級者に任せておくようなことは、新兵としてあるべき心がけ・振る舞いでは決してない。直属的上官上級者（たとえば班長班附）から、彼ら各自関係の非個人的および個人的雑用のあれもこれも——煖炉燃やし、舎内外清掃などの共同生活的雑用は言うもおろか、上官上級者個人の洗濯、整頓、被服および兵器の手入れ、居室掃除、その他——を極力捥《も》ぎ取るようにして引き受けることが、新兵の心がけなり役目なりである。それを謝絶する当の上官上級者に全然他意がない場合ですらも、新兵がその謝絶を額面どおりに受け取ってのほほんとしていると、そういう「無礼」、「怠慢」、「不始末」、「心得のなさ」云云が別の上官上級者から指摘せられ取り締まられ処罰せられることに（しばしば）なる。——そんな事柄に関する直接の心支度を持って来なかった私にも、この身分制的でも階級制的でもあるような生活環境におけるその種のややこしさが、一方では短期間の経験と見聞とによって、他方では第六感によって、もうたいがいわかってきている。……

　村崎の謝絶にもかかわらず、第三分隊の誰かは、村崎と交代するべく、一見「いそいそと」走らねばならなかったのである。またこの石橋は、逆説的な意味においてでなく「いそいそと」第三分隊側煖炉を目指して走ったのではないのか。彼がそちら側でその仕事をしている限り、ひとまずその彼は、こちら側でまだ発生し得るべき難問難事の圏外に彼自身を置くことができるであろう。

　石橋の「古兵殿。石橋が燃やします。古兵殿。やらせて下さい。」というねだるような言いぶりが私に聞こえ、その最後の語尾にかさなって、またしても大前田のがなり声が飛び出した。

「こら。お前はまた、いつごろまで割り木の燃え上がっとるとをのんびり見物しとる気か。」一瞬上体を竦《すく》めて猪首《いくび》のような形を作った相良が、たちまち左足半歩を石炭バケツに近づけ踏ん張り、ほとんど目にも留まらぬ早技の十能捌《さば》きで石炭を一掬《すく》い、二掬い、三掬い、四掬いと煖炉に放り入れ、手早く焚き口の蓋を閉め、「不動ノ姿勢」を取り、大前田でも神山でもない空間を見つめて、「石炭くべ—作業—終わり。」とぎごちない三句切りに告げ、それにつれてあやつり人形のように三回点頭した。

「ほう。うまいもんじゃないか、お前は。地方じゃ何をしとったんか。ボイラー焚きじゃなかろう？」と大前田は感嘆して問うていた。

「はい、いいえ、ボイラー焚き—じゃ—のうて—鋳物工《いものこう》—じゃった—であります—町工場ん。」とやはり相良は、なんべんかに句切ってぎくしゃく返事し、おおかたその句切りのたびごとに首を振り下ろしたり振り上げたりした。

「そうや。町工場で鋳物師ばしとったとか。そんなら火熾《おこ》しはお手の物《もん》じゃろう。そいじゃが、おかしか物の言い方ばするねぇ、お前は。そん一言《ひとこと》物言うたんびにこっくりをするとは止めにゃいけんぞ。石炭がようと燃え出したら、もどってよか。」言葉つきをも、言葉そのものをも、それまでのとはなんだか違えて（言わば「平民同士」的に）しゃべった大前田が、——大前田の語調ならびに語それ自体におけるその一時的変移は、彼が相良の職業を「町工場の鋳物工」と承知したことの結果として生じた、と私は思うともなく思ったけれども、それは私の見当違いなのかもしれなかった、——こちら（南）に向き直って、不断の口舌《こうぜつ》にがらりと復帰した、「注目。——注目したまま、休め。……今朝の呼集に遅刻した兵隊が、この班に五人おる。」

　またそこで口を閉じた大前田軍曹は、あたかも義眼が眼窠《がんか》から取り出される瞬間のような大目玉の光で、両側列兵の顔顔を、第二分隊側の右翼から左翼へ、次いで第一分隊側の右翼から左翼へと、一撫《ひとな》でゆるやかに撫で渡した。そのゆっくり小止《おや》みなく移ろい動く視線が、ただ私の面上でだけ、一秒か二秒かの間、たしか静止して、さてそこから去った。

ようやく石橋二等兵に煖炉焚きを譲り渡してこちらに来た村崎一等兵が、私の前を通り過ぎ、大前田班長をも、そのうしろの神山上等兵をも、通り越して、煖炉の向こう陰、食器棚の横手まで、めずらしくも歩み入った。彼は、北の羽目板を背にして、静かにすっこんで立った。第一・第二分隊間土間の中央以北に位置する彼の姿を見たことが、われわれは、今夜まで、ほとんどまったくなかったのである。

……このあとにもまだ難儀難題出現の一般的可能性があるとは、むろん私は認めていた。しかしその具体的可能性があるとは、おおよそ私は認めていなかった。日夕点呼が、部隊兵舎側を先にして行なわれたのであったから、ここの点呼終了から消燈喇叭吹奏までの時間は、そもそも少ししか残らなかったのであった。それに『勅諭』唱和ののち、大前田の上にも神山の上にも、彼らが何か厄介な問題を新たに出しそうな気配または前兆は、特に現われなかった。そうしてそのまま時間が流れて、もう消燈時限がすぐそこに迫っていた。それゆえ私は、今日一日の私一個にとって相当教訓的でもあった道化芝居も、もはや終演同然になった、と好《い》い気なひとり決めをしていたのである。だが、切り狂言は、なお残されていたのか。

……

「その五人には、神山上等兵が十分の注意を与えたそうじゃから、班長は特に言わんが、呼集に遅れるようなガサブクの五人が、四人まで学校出だ。学校出が一番いかん。戦地に連れて行っても、役立たずは、たいがい学校出のインテリじゃ。兵隊事《へいたいごと》は何一つまともにはやられんくせに、ずるけることと理窟を捏ねまわすことだけは人一倍よう知っとる。地方ででも、そげな奴らが、ただ金をうんと遣《つこ》うて学校を出たちゅうだけで大きな顔をしとるから、正直者の貧乏人は、バカを見とるんじゃ。日本が戦争に負きょうが、ひっくり返ろうが、同胞がどんどん引っ張り出さりょうが、ばたばた戦死しょうが、構やしませんとが学校出の根性腐れどもじゃないか。職業軍人でもないおれたちの、誰が好き好《この》んで、五年も七年も、こげな妙ちきりんな洋服ば着て暮らすか。うんにゃ、何のためか。ようと考えてみろ。お前らが火砲の教育を受けても、学校出のへなちょこが拉縄引いたり照準したりしたとじゃ、破甲榴《はこうりゅう》弾《だん》は飛び出しもせにゃ当たりもせんぞ。百姓出か職工出の兵隊の爪の垢《あか》でも煎《せん》じて飲め。二十四榴〔四五式二十四糎榴弾砲〕引っ担《かつ》いで大陸で死にぞこのうて来たおれが、学校出のへなちょこのすることを、何一つ見逃すもんか。その腐った土性根《どしょうね》を、いまにおれがたたき潰してくれる。うぅ。」大前田の物言いがだんだん高調子になったのにつれて、彼の顔面は、紅潮し、高度の昂奮を示した、「――おい、大学出。大学出の兵隊は、手を挙げろ。」

　大前田の熱辯中、第一班と第二班とで「お休みなさい」の斉唱が一度ずつ発せられ、その方面では消燈・就寝直前の遠慮がちなさざめきが起こっていた。大前田のだしぬけな激昂《げっこう》の動機が主としてどこにあるのか、私は、まるきりわからないようでもあって、そのくせおぼろにわかるようでもあった。……彼の「二十四榴引っ担いで」云云が、先の「『整頓』の拉縄引き」における彼の美美《びび》しく力強い姿形《すがたかたち》とあざやかな男性的動作とを一刹那私に回想させた。しかしそれにうっとり思い入る余裕は、私に与えられていなかった。……煖炉に火の燃え盛る唸りが始まり、相良は任務を成就《じょうじゅ》して列中の旧位置に返った（石橋のほうは、まだ第三分隊側煖炉のそばにへばりついているらしかった）。

早速「気をつけ」をして挙手する「大学出の兵隊」高倉ならびに谷村が、私に見えた。私は、私もそうしなければなるまいという思いに強く駆られ、しかもそうすることの是か非かに関して激しくためらい、ひとしきり大きく動揺して、とうとう手を挙げなかった。

七の1

――その私の瞬間的な心の激動には、私一個として特別の理由が存在したのであった。

私は、入隊時から足かけ三年前の法文学部在学中、「左翼反戦活動」の容疑で検挙せられ、やや長い被拘禁《ひこうきん》生活を経験させられたあげく、辛《から》くも証拠不十分の不起訴扱いとして釈放せられた。その間に、私の退学処分が、決定せられ執行せられていた。――すでに一件突発以前から在学に積極的興味をほとんどまったく失っていた私は、その処分に関してなんら痛痒《つうよう》をも未練をも覚えることがなかった。私は、釈放せられてのちも、大学当局と全然無接触のまま退学処分を甘受した。ただ不思議なことに、その約半年後、突然私は、法文学部学生課から、私にたいする就職斡旋《あっせん》の書状一通を受け取ったのである（その内容は、もし私がそこへの入社を希望して学生課に申し出るならば、北九州戸畑《とばた》の明和《めいわ》鉱業株式会社は、学生課の紹介を通じて私を確実に採用するであろう、云云であった）。明和鉱業（創立者出身北九州・本社所在東京）は、筑豊炭田を本拠とする相当有力著名な会社である。私は、その気がなかったので、謝絶の返書を学生課に発した。しかしそのときもその後も、私は、この就職幹旋の意味を必ずしも会得《えとく》することができなかった。――とにかくそういういきさつで私は、大学を卒業しなかったのであった。

退学翌年初夏（件《くだん》の就職斡旋状到着後二、三カ月）、私は、北九州北端海港都市の大東日《だいとうにち》日《にち》新聞社西海支社（本社所在大阪ならびに東京）に入社した（この就職を取り持ってくれた西海支社庶務部副部長が、私の父の旧知であった）。

それからまもなくのこと、私の徴兵検査が間近に迫っていた一日、私は、その関係用件でそこの市役所兵事課を訪れた。ところがそのとき私は、相手の兵事課員が机上に広げた兵役事務帳簿の上で、私（の氏名）に関する「大学卒」の学歴記入を認めた。私は、あやしんで、危うく訂正方を申し入れようとしたものの、ふと思い返して、そのまま立ち返った。さらにそのまた翌年（退学翌翌年）初夏の一日、私は、私の（これもそのころ間近に迫っていた）簡閲点呼《かんえつてんこ》関係用件で同市役所兵事課再訪問の際、前のとは別物らしい兵役事務帳簿の上で、私に関する前のと同様の学歴記入を確認していた。

さて、そういう経験を持って私が軍隊に入ったところ、どういう訳か「入隊兵名簿」にも、私の学歴は「九大法卒」と書かれていて、それにまた入隊当初私が直接交渉を持った上官上級者は、たしかに誰もが私を「大学出」と見做《みな》していると私に思われた。私が関与した「左翼的研究会」ないし「マルクス主義的グループ」とその「左翼反戦活動」との実相が、たとえいかほど微力、貧弱あるいは笑止であったにしても、やはり私のそのような履歴が軍隊においては知られないことのほうを入隊兵私が便利として望んだのは、どのみち自然かつ当然であったろう（ちなみに「左翼的研究会」、「マルクス主義的グループ」、「左翼反戦活動」などは、官憲側による呼称であった）。その私は、私のそういう過去が軍隊において知られることを、恐ろしがっていたのではほとんどなくて、むしろうるさがっていたのであるが。一般的にも、ある個人の大学退学（とりわけ自発的ならざる退学）は、その原因事情にたいする人人の好奇心ないし穿鑿《せんさく》心を刺戟誘発しがちな事柄であろう（まして、ある組織集団は、ひとたびその一成員の大学退学〈なかんずく退学処分〉を承知したならば、たいていまたその原因事情をも承知したがって調べるにちがいあるまい）、というふうに私は考えた。『学士様なら娘をやろか』が流行諧謔《かいぎゃく》小説〔一九一九年奥野他見男《おくのたみお》作〕の題名となり得た時代は、たしかに疾《と》っくに過ぎ去っていて、もはや時は、映画『大学は出たけれど』〔一九二九年小津安《おづやす》二郎《じろう》演出〕以後十余年の一九四〇年代であった。しかしそれにもかかわらず（『大学出なんかが、なんでめずらしいか、あっちにもこっちにも箒《ほうき》で掃くほどいるじゃないか。』と私が頭で思っていたところで）、現実的には大学出・帝大出は、まだまだ「地方」ででも軍隊ででもめずらしいほうの人種に属していた。「せっかく高い金を掛けて大学にまで進んだ男が、あと一息で卒業というときに、どうして退学したのか（どうして退学させられたのか）。」という類の疑問は、つまり人人の心にたやすく円滑に滲入するはずであった。それゆえその一月十九日夜まで、私は、私にたいする上官上級者および同年兵からの「大学出」扱い、「帝大出」呼ばわりを、だまって受け入れておいたのであった。

　軍事当局が入隊兵各員の閲歴《えつれき》（中でも政治上・思想上特殊な閲歴）を普通どの程度まであらかじめ調査し掌握《しょうあく》するのか、またその種の事態に関して軍部と警察官庁との間にどのような連絡協力が実行せられているのか、などを、私は知らなかった。私は、入隊兵一般における私のそれのような種類の前歴は軍事当局によって当然に警戒せられ捕捉せられているのであろう、とも想像しなくはなかった。しかしながら軍関係者が私の退学を確認してはいないとしか私に思われぬような（私の入隊前および入隊後における）一連の現象は、同時にまた彼らが私の被検挙事件をも確認してはいないという事実を物語っているであろう（もしも実情が後者であったならば、私が私の退学を自供することは多かれ少なかれ有害無益の藪蛇《やぶへび》にほかならなくはなかろうか）、とも半面で私は推量していた。

幹部候補生志願の場合には、当人の正確な学歴証明が必要なのであった。だが、教育召集兵は（教育召集期間中）幹部候補生制度の適用を受けない、という神山上等兵の説明を、われわれは、入隊第一週に聞かせられていた。のみならず、そもそも私一個は、そんな志願なんかの意向をさらさら持たなかった。それだから私の学歴が改めて精密な検討の的《まと》にならねばならぬような事例は、私の通常的服役上まずまず発生するまい、と私に見込まれた。それでもまだ私は、この問題に関する私の態度を最後的に決定していたのではなかった。「来週か再来《さらい》週あたり、各人の身上調査を始める予定だから、みんなは手間をかけずに質問に答えられるように、自分の身上明細を頭の中で整理しておけ。」と入隊第一週金曜日に神山上等兵が予告した。私は、身上調査が始まるまでに、私の学歴上結論を用意するつもりでいた。私が私の大学卒か否かを正式に（または改まって）回答せねばならないような事新しい問いは、上官上級者からも同年兵からも、その夜までは私に差し出されなかった。大学出にたいする大前田の不意打ち的挙手要求は、事実上その一件について性急な決断を私に迫ったのであった。

――その足かけ三年前の出来事は、入隊兵私にとって、あの虚無主義的意識の層層《そうそう》たる襞《ひだ》襞《ひだ》のかなたに、深深と、縁もゆかりもなく、埋もれ果てていなければならなかった。それはそういうことになってしまっているはずであった。その無縁仏《むえんぼとけ》のような過去完了形の時間がどのような意味においてでも他人の好奇心、穿鑿心《せんさくしん》、消極・積極各種価値判断に晒《さら》されることを、その不潔不透明なわずらわしさを、私は激しく嫌悪した。そういう一切を、私は固く拒絶したかった。入隊前、新聞社時代、その一件が私と他人との間で話題に取り上げられることを、私は、誰にも、親しい杉山にも、原則として許さなかった。そして「地方」においても、この嫌悪拒絶の理由ないし動機は、処世上の保身ないし恐怖には、ましてなおさら対人的見栄《みえ》（「大学出」、「学士」と他人に思わせたい他人から見られたいというごとき世俗的願望）などには、毫《ごう》もかかわりがなかったのであった。

――むろん私は、あからさまに大学退学者として大東日日新聞社（西海支社）に就職し出勤していた。私の最初の「身分」は、「傭員《よういん》」であった。半年後私は、ようやく「雇《こ》員」に「登用」せられ、初めて大阪本社からその旨を発令せられ、初めて社員徽章《きしょう》を与えられた。「雇員」の上に「準社員」、「社員」、なおその上に「副参事」、「参事」、「理事」、「重役」の各種「身分」があるということ、そこでたとえば「理事編集局次長何某」、「参事広告部長何某」、「副参事工務部副部長何某」などの勿体《もったい》ない肩書きつき連中が現存している、ということ、大学高専出身者は、定時の入社試験に合格して入社すると、「見習生」の六カ月を経てただちに「社員」になるけれども、「雇員」が「準社員」に「登用」せられるにはおおかた四、五年以上が要《い》り、「準社員」が「社員」に「登用」せられるにもまず数年が要る、ということ、定時入社試験合格による入社以外の場合にも、中等またはそれ以上の学校を出た者はたいがい初めから「雇員」になるが、たまには（私のような）上級学校出の「傭員」がいなくもない、ということ、――そういう社内事情を、私は、入社二、三カ月後に先輩支社員の一人から教えられて、大いに具体的に感心した。迂闊《うかつ》にもそのときまで私は、私が給仕少年少女小学校出とおなじ資格の「傭員」であることを知らずにいたのであった。ただし私は、そのことを知ったからとて、別に失望落胆することはなかったけれども、いっとき少少かたわら痛くて不愉快ではあった。なにせ私は、手蔓《てづる》によって、不定時に、言わば「搦《から》め手から」当座凌《しの》ぎにそこに潜り込んだ男でしかなかったのである。

七の2

私が結局挙手しなかった第一の理由は、私の経歴が実はすでに彼らの手に握られているか、しからずばあるいは近い将来に何かのきっかけから如上の事情が生じるか、その二つに一つに当たって、私自身がおちいらねばならぬであろう不利面倒にたいする一般的おもんぱかりであった。

第二の理由は、おそらくその一月十九日朝から宵まで私をめぐって続発した小波瀾が私に齎《もたら》したある茫洋《ぼうよう》たる不安（私自身にたいするある不思議な疑わしさの芽生え）であったろう。（……例の足かけ三年前の出来事は、新兵私にとって、必ずしもあの虚無主義的意識の累累《るいるい》たる襞襞《ひだひだ》のかなたに、深深と、縁もゆかりもなく、埋もれ果てていないのではなかろうか。

……「これを軍隊外の事柄にかりそめに適用すれば、『ほかの答え』は」云云と「あれを現代日本の実情にかりそめに適用すれば、その論理的結果は」云云との奇妙な形式上相似性。前者と後者とにおける思考作用ないし論理操作の異様な同一性。その双方にそれぞれ見出される守勢の中の攻勢ないし対敵意識のいぶかしい相互血縁関係。しかも私が、前者を口外してから、ほとんど即刻即座に直行的に後者を連想した、という事実。してまた当の一日中の私の思考言行（……「午前半ばの光の中で進行しているこの瑣事《さじ》が、あるいは私の人生の一つの象徴なのではあるまいか。」……「だが、ただ、誰も決してこの口に『忘れました』を言わせることはできはしない。」……「『おれの個性が、消えてなくなってたまるか、消えてなくなりはしないぞ。』」……「その私は、心の一隅に『子曰ク、三軍モ帥《スイ》ヲ奪フベシ、匹夫《ヒップ》モ志ヲ奪フベカラザルナリ。』という言葉がうごめくのを意識したが、あのとき最後に私の頭に浮かび出たのは、高遠の格言ではなくて、通俗の諺《ことわざ》であった。『一寸の虫にも五分の魂』。」……「もしこれが『地方』でのことであったならば、いったん私がこの語調を用いた以上、相手は、屈伏するか引き下がるか、それとも彼自身を無頼漢にするか以外に、およそ道を持たないであろう。軍隊の、殊に私の目の前の相手が、無頼漢の道を選ぶことに、逡《しゅん》遁《じゅん》する訳はあるまい。」……「『九本槍』とは、どういうやり繰り算段の結果なのか。それは私の理解を超えていたが、私は私自身がたしかに失望したと知った。私がみずから口を汚して解答を出さねばならない、という最終決定に、この失望の自認が、私を導いたのである。」……）すなわちあの「一匹の犬」の表象とは裏腹のようなじたばた騒ぎ。それらすべては、いったいぜんたい何を意味しているのであろうか。……私は、私の前歴が軍隊において現在知られていないこと、将来知られないことを、その知られた場合のうるささのゆえによりも、むしろその知られた場合の言わば「恐ろしさ」のゆえにこそ、願い求めるべき人間ではないのか……。

（……それならば、なおさら私は、二、三のあやふやな材料《データ》を頼りにして、われからわざわざ私にたいする嫌疑の手がかりを敵に提供しかねぬような冒険に乗り出すべきではあるまい。一つの想定として軍がすでに実は私の退学だけを承知していて未だ私の被検挙事件を承知していない（あるいは今日以後において如上の状態が現われる）という場合に、もし私が私の退学事実を悪く秘匿《ひとく》するごとき態度に出るならば、かえってそこから軍は、私の退学を何かいかがわしい（「危険思想」的な）出来事の結果かと思いつき、疑い、推定し、退学原因の探査に取りかかるかもしれない。また一つの想定として軍が実はすでに私の退学および被検挙事件を一括承知していて、しかし特定の意図の下に知らぬ振りをしている（あるいは今日以後において如上の状態が現われる）――これは、私が軍から睨まれていること、私が軍隊内で一個の「注意人物」であること、を意味しなければならない、――という場合に、もし私が私の退学事実を下手《へた》に包み隠すごとき振る舞いをするならば、それによって軍は、私に関してますます心証を害し、私をいよいよ「注意人物」ないし「危険分子」に見立てずにはいないであろう。そのほかにも、類似想定上の同種否定的状況出現もしくは増大深化が、いろいろ私に考えられる。こういう否定的状況の出現もしくは増大深化を、私は、そのわずらわしさのゆえによりも、むしろその言わば「恐ろしさ」のゆえにこそ（つまりそれが私の奥底における「生への意志」にたいして障碍、圧迫、攻撃、仇敵であり得る物事についての

「恐れ」であるゆえにこそ)、努めて予防回避しなければならぬはずの人間なのではあるまいか。

(……もしもほんとうに私が「一匹の犬」となって「この戦争に死す」ために軍隊に来ているのならば、もしもその「虚無への意志」、「壊滅への志向」が私自身にとって過不足も駆け引きもない正真正銘の真実ならびに現実であるのならば、――右のごとき否定的状況の出現もしくは増大深化をわずらわしがる理由ないし必要は、なお私にあり得るにしても、――その出現もしくは増大深化を恐れる理由ないし必要は、もはや私にあり得ないであろう。しかるにこの一日、朝から晩まで、私の主要な思考言行は、その「恐れる理由ないし必要」が、依然として私の中に生き長らえているか、または新しく私の中によみがえりつつあるか、のいずれかを、多かれ少なかれ指示するかのごとくである。それならば私は、足かけ三年前の事件において私が行なった一つの無謀拙劣な失錯の同類にここでふたたびおちいるような真似を、必ず心してつつしまねばなるまい。

(……あのとき私が、問題のガリ版刷り小冊子二冊と私との関係を初手に頭から一度否認し切ったことは、どうしても失錯であったにちがいない。私の対官憲闘争上無知無経験無分別(ひいて奴らにたいする私のすべてほとんど我流暗中摸索《もさく》的思慮判断戦術に基づいた抗争)は私の被拘禁過程の上にさまざまの失錯を結果したのであったろうが、それらの中でその小冊子二冊問題での失錯が最も不都合な一つであったようである。私は、別の同種小冊子によって、グチュコフ筆『非合法活動の根本問題』を熟読してはいたのであって、たとえばその「逮捕および訊問にたいして、いかに処するべきか」における同志の白状や、いわゆる発見せられたる証拠やに関する予審担任官の言いぐさを絶対に信じることなく、その一切を否認せよ。他人の陳述を裏づけているべきはずの訊問記録が提示せられたるときにも、おなじくそれを否認せよ。なぜなら、この種の文書はしばしば偽造せられて提示せられた物であるから。他人の陳述が実際にその本人によって為されたということを君が一定の機会（対質、別室からの立ち聞き、その他）に現に臨んで確信し得るということき場合にも、なおかつ君は他人の陳述を正当正真のそれとして承認するべきではない。なぜなら、それは拷問なり瞞着《まんちゃく》なりによって強制せられた陳述であり得るから。こういう陳述は、——予審においても公判においても、——その威嚇《いかく》と拷問とによる強制の結果たることが指摘せられねばならず、またその必要がある場合には否認せられねばならない。

などの原則的心得をも、まず銘記していたのであった。だが、あのガリ版刷り小冊子二冊問題は、そういう無条件的否認一点張りが客観的に有効有利有益であり得る事例の一つではなかった（と私に顧みられ信ぜられる）のである。

（……なにも私は、グチュコフが述べた原則的心得に別に意識的に忠実に従って件《くだん》の小冊子二冊と私との関係を当初てんから否認したのではなかった。けれどもなにしろ相手側がその二冊の件（それらの書名）をそのときそこに私にたいする極《き》め手のように持ち出したということは、実際上ただそれだけでただちに取りも直さずその「禁書」もしくは「非合法出版物」二冊と私との関係（有縁）が相手側によってすでに確実に掌握せられたということ（当時九州福岡地方において私以外に唯一の当該「禁書」関係者であった牧野《まきの》謙二《けんじ》が彼の油断かだらしなさか弱さかのゆえに早くも屈伏したか裏切ったかであるということ）でなければならなかった。なぜなら、同日一斉に検挙せられた（と検挙後次第に私に判明して信ぜられた）われわれ八名（牧野、私ほか六名）のうち、検挙時までにその「非合法印刷物」二冊と直接関係を持った者は、私と牧野とのほかにはなおまだ一人もいなかった、ということを、たまたま検挙直前時に私自身が牧野自身について確認していたのであって、しかももちろんその二冊とのあり得るべかりし直接関係者は九州福岡地方においてわれわれ八名のみに限定せられていたはずであったから。

（……「左翼的」、「マルクス主義的」、「反戦的」として検挙せられた「グループ」、「研究会」（総員われわれ学生八名）の性格行動は、――それを官憲側は無理やり是が非でもこじつけて「マルクス主義的」、「共産主義的」に仕立て上げたがっていたけれども、そしてたしかに八名はそれぞれまちまちにもマルクス主義、共産主義への志向および親近を所持していたけれども、――とにかく「左翼的」、「反戦的」であった（あり得た）にしても、未だ必ずしも「マルクス主義的」、「共産主義的」ではなかった（あり得なかった）。ただ「研究会」、「グループ」の背後には、私の高校時代におけるただ一人の親友（私より三歳年長の同級生）であって当時京都帝大経済学部に在籍していた明確なマルクス主義者西条《さいじょう》靫負《ゆぎえ》が、一個の「組織者」として黒幕的に存在し、かなたから糸を引いていた。

七の3

《……西条靫負は、もと私より一年上級の文科甲類生であった。彼は、いわゆる「秀才型」には縁遠いほうの男であったが、福岡県立D中学において開校以来第一等の俊秀と称せられたのであって、F高校においても（成績表上のよりも、むしろ実地実力上の）頭脳明敏学力卓抜を教師学生間に承認せられていた。西条は、二年第一学期の中途から肺疾のため一年間休学して、翌年私と同級に復学した。その二年第一学期および第二学期において、彼と私とに個人的交際は生まれなかった。二年第三学期後半、学校教練に関する一つの小さいいざこざが、学校側（配属将校〔中等以上各学校に軍部より軍事訓練指導のため派遣せられた現役将校〕陸軍中佐、教練教官予備役陸軍中尉、生徒主事および教務課）と私単独および彼単独との間に持ち上がった。

《……二年第三学期（昭和十一年〔一九三六年〕一月下旬）のある日、教練課業として二年級文科理科全体の太刀洗《たちあらい》陸軍飛行隊見学が実施せられた。その三、四日前に教練教官中尉が、そのことをわれわれに予告して、この見学には必ず全員が参加しなければならない、全参加者は一月二十何日午前何時急行電車線〔現在の西鉄大牟田線〕薬院《やくいん》駅前に集合するべし、ただしどうしても行きたくない者は教練の用意をして登校するがよろしい、そんな連中は校庭で一日中「えっちらおっちら」徒歩教練と銃教練とをやらせられ「くたくたになるまで」鍛えられるであろう、と補足した。この「ただしどうしても行きたくない者は」云云は、中尉本人としては示威または駄目押しのための冗談のつもりらしかった。そのせせら笑っているような出来そこないの諧謔《かいぎゃく》が、かねて教練嫌いの私に、ひどく不愉快であった。私は、心中即座に飛行隊見学不参加を決定した。いったいに私は、この種の校外出張教練課業には、たいてい加わらなかった。平尾《ひらお》射撃場で毎学年一回実施の小銃実包《じっぽう》射撃にも、私は、ただ一年級のときに参加し、五発五十点満点における四十一点命中（全校学生中第三位）の成績によって賞状および賞品を受けただけで、以後二回とも行かなかった。

（……太刀洗陸軍飛行隊見学実施当日朝、私は、日ごろの杉下駄を履《は》いてではなしに、編上靴を穿《うが》って登校した。期せずして西条が、私とおなじ行動に出ていた。二人以外には、二年級の誰も登校していなかった。そして果たせるかな「校庭で一日中『えっちらおっちら』徒歩教練と銃教練と」などが学校側に予定せられている気配は、まったくなかった（むろん教官中尉も配属将校も、太刀洗に向かっていた）。私と西条とは、談合し、教務課に出向いて、教官中尉はしかじかと言明し指示した、よってわれわれはその指示どおりにかくのごとく登校した、すなわちわれわれは本日（の教練課業に）出席したのであって欠席したのではない、教務課はわれわれ二人おのおのの本日出席を確認した上でしかるべく処理するべきである、とこもごも固く申し入れた。しかるに翌週（二月第一週）学校側は、われわれ二人を当日欠席者として発表したのである（一月間における一組全員各個出欠表が、次ぎの月の第一週に教室前方扉横手壁上に掲げられ、各人は、それについて前月の自己出欠状況を点検する、——これが、慣例であった）。

（……つまりこうしてその小さいいざこざは、事前に彼と私とが何事かを連絡または相談し合ったのではなかったけれども、事実上われわれ二人と学校側との間に発生したのであり、そこで結果上彼と私とは、おのずと協力して、教官中尉、配属将校中佐、生徒主事および教務課にたいする強硬な談判を何日間か続行したのである。その間、特に中佐と中尉とは、どちらもしばしば激昂し、軍国的大義名分を振り翳《かざ》して高飛車にわれわれを圧伏しようとむなしく試みた。しかし教官中尉が、たとえ主観的には完全な冗談にもせよ、「校庭で一日中『えっちらおっちら』」云云を公言したのは、紛う方なき事実なのであって、そこに彼（彼ら）の弱みがあったせいか、一方では教官中尉と生徒主事とは、甚だ心得違いの見当違いにも、この私一個を懐柔籠絡《かいじゅうろうらく》しよう（私と西条とを離間《りかん》しよう）とさえしたのである。それにはまたそれなりにもっともらしい次ぎのような事情が絡《から》んでいた。

（……一学年間欠席回数が三十回に達する者は落第させられる（原級に留め置かれる）、と学則は定めていて、この定めは、仮借《かしゃく》なく適用せられ行なわれていた。ところで、西条と私とは、同級生中において欠席多数の両大関であり、飛行隊見学当日までに、西条は、二十九回欠席していて、私は、二十八回欠席していた。したがって見学当日の出席扱いか欠席扱いかは、私にとっては実利実用的には何事でもない問題なのであって、しかし西条にとっては彼自身の及落に直接かかわる問題なのであった。

（……ある日、教官中尉および生徒主事は、私一人を教官室に呼び寄せ、まず中尉が、従来よりもかなりおだやかな様子で、下《しも》のごとく説法した（私は、おとなしく謹聴していた）、

——学校側の（とりわけ配属将校の）態度は非常に硬化しつつある、これ以上東堂が苦情を言い立てて頑張るのは現在ならびに将来において身の不為《ふため》であろう、また東堂がそういう反

学校当局的・反軍事教練的やり口をなお続けることによって万が一仮りに見学当日出席扱いを獲得し得たにしても、その場合にも東堂は、今期以降教練成績のずいぶん低い査定その他たくさんの不利損失をこうむらねばなるまい上に、将来兵役に服するに当たっても幹部候補生志願につけ何かにつけ種種の困難障碍に出会わねばなるまい、云云。

(……そこへんで主事が、中尉と交代し、いささか猫撫で声混《ま》じりの口吻で次ぎのごとく勧《かん》説《ぜい》した(私は、二つ三つ簡単な質問を挟《さしはさ》んだ以外には、猫をかぶって傾聴していた)、――実情は松田《まつだ》教官(中尉)の話のとおりである、しかもそれどころか、東堂が今後も西条と組んで学校側との対立を継続していたら、まもなく学校当局はよほど断乎たる処置に出ざるを得ないことになるであろう。


――「よほど断乎たる処置」というのは、具体的にはどういうことですか。

――うむ、……たとえば、まぁ、軽くて二週間ないし一月間の停学あたりでしょう。

――はぁぁぁ。

――しかし学年末考査が、もう目の前ですからね。この時期に二週間でも停学処分になるということは、実際問題として進級不能になるということだ。むろん僕は、生徒主事として、事がそんなふうに発展するのは好まないし、君をそのような立場に追いやりたくもないのです。

――はぁ。……仮りにそうとしたら、停学理由は、何でしょうか。

――そりゃ、君、はっきりしております。「軍国主義教育を廃止せよ」、「軍事教練ボイコット」、「帝国主義戦争反対」、「自由をわれらに」などのスローガンを振りまわして騒ぎ立てる学生が、五、六年前までは、本校にも毎学年おりました。いや、それは一部でした、ほんの一部の学生に過ぎなかった。九年前本校で発生した有名なストライキにおいても、根源は一部の学生だったのです。大多数の学生は、そんなイデオロギーにかぶれてはおらなかった。中には、真面目な学生が多多ありました。敬服するべき人物もありました。ただ、バックにおりました五、六人の左翼の学生が、「われらの自由は奪われた。」と絶叫《ぜっきょう》致しまして……。

〈修身・倫理教授でもある生徒主事は、われわれの一年級当時における修身の授業を受け持った。なかんずくわれわれの一年第一学期において、彼の講義あるいは演説は、毎時間われわれ新入学生の左傾を予防し赤化を警戒することのための努力に、ほとんど終始した。その中で彼は、数年前の「本校で発生した有名なストライキ」にも数度言及していたが、それらの演説は、ずいぶんな「名調子」であった。彼は、教室内でのその「名調子」が教官室内のこの場でも現われ始めていたことに、突然みずから気づいたらしく、そこで数秒間絶句してから、語調を改めて再開した。〉

――うう、そのストライキの経過および真相については、以前僕が君たちにくわしく説明したから、東堂君も覚えておるね？

――はい。

――それにしても、一部不穏分子の粗雑幼稚なアジ・プロが一時的にでも多数の心と動きとを左右し得たということは、まさしく時の条件がそれを可能ならしめたということとだったのだな。しかし、君、その後時代は、大きく転換しました。マルキシズムは、日本の歴史的現実から、きびしく拒絶され、存分に復讐《ふくしゅう》されたのです。ここ四、五年、その種の不心得な学生は、ほとんど跡を絶っておったが、……なに、僕は……僕も松田教官も、必ずしも君をその残党ともその同類とも目《もく》してはおりません。だが、いいかね、牟田口《むたぐち》中佐〔配属将校〕は、君らを赤化学生と断じておるのです。学校長の見解も、ほぼ同断だ。処分の理由は、実にはっきりしておるのです。

――「赤化学生」！　私が、ですか。

――そうです。今回の出来事は、牟田口中佐的・学校長的見地が成立するための必要にして十分な客観的根拠にほかなりません。その思想的・イデオロギー的性格は、あまりに明らかです。君は、「赤化学生」のレッテルが君に貼りつけられたことにおどろいておるようだが、事柄の属性とその発展とは、おそらく君の主観的予想の遥か埒外《らちがい》に出ておるでしょう。今日の現実は、この種の問題に関して、甘っちょろい見通しなどが存在し得るような余地を決して許容しない。そこの所を、僕としては、君に……むろん主として君自身のために……よくよく認識してもらいたいのです。

――はぁぁ。

〈生徒主事は、「赤化学生」呼ばわりにたいする私のおどろきを認めて満足した様子であった。すなわち彼は私のおどろきの性質内容を誤解した、と私は推断した。私が思いがけなく「赤化学生」と断ぜられたことから受け取った驚愕を、生徒主事は、あたかも人が思いがけなく（しかしかなり有力な情況証拠の下に）強盗殺人犯として指名手配せられることから与えられるであろうごとき（恐怖と若干の恥辱とを内包する）驚愕の類と同一視して理解したにちがいなかった。彼は、内心で北叟《ほくそ》笑《え》んだのであろう。〉

——ただし先にも言ったように、松田教官なり僕なりは、まだ君を赤化学生と決めてしまっておるのではない。またそれだからこそ、こうして懇談したり忠告したりもしておるのです。けれども西条君は、ちょっと話が違うからね。

——はぁ？

〈だが、私のおどろきは、そのような（生徒主事がそれと認定したであろうようなな）類とは対蹠《たいせき》的な性質内容を持っていた……。一時代前（実はわずか約十年前）に全国学生大衆をもその中に巻き込んでひとしきり燃え盛ったマルクス主義的・共産主義的焔《ほのお》の歴史（しかも実はその余燼《よじん》の散発的な燻《くすぶ》りが一、二年前まで新聞紙上にもときたま報道せられてきた焔の歴史）は、しかし昭和九年〔一九三四年〕十六歳で高等学校生になった田舎育ちの孤独な私にとって、——その実態の大あらましを私が活字の列や人の口やを通じて承知してはいたにしても、——実感から遠くて現実性のとぼしい伝説のような出来事の世界であった（そして私より一歳、二歳、三歳と年長の同級生各自においても、概してその間の事情は、私の場合とあまり逕庭《けいてい》がなかったと私に信ぜられた）。それに反して、おなじその焔の歴史は、生徒主事（学校当局者ら）にとって、つい昨日の生生しい出来事として、のみならずその埋《うず》み火の火種がいつまたどこでどのように燃え上がるかもしれぬ今明日の現実的問題として、過敏症的・被害妄想的にも実感せられていたのであったろう。一年第一学期のわれわれにたいして生徒主事が行なった左傾予防・赤化警戒演説は、かえってその彼の意図とは裏腹にも、あの「遠いかなたの焔の歴史」を私の実感の近くへだいぶん引き寄せて、例の「遥けき伝説のような出来事の世界」を、私がそこと主体的関係を持つことも不可能ではない（または非現実的ではない）場所として、私の心の眼に大写しにしたのであった。それでも一年級および二年級の私において、それはただ、それだけのことにほとんど留まっていた。〉

——つまり、まだ必ずしも僕らは、君と西条君とがどちらもおなじ主義思想に立っておる、とは思っておらない。二人の間にはおのずから差別異同があるだろう、と考えておる。君は、知らず知らず西条君から利用されとるのじゃないか。今日君一人だけにここへ来てもらったのも、一つには僕らのそんな老婆心からのことです。

——「利用」？　はぁあ。

〈……一年級および二年級の私において、それはただ、それだけのことにほとんど留まっていた。その期間の私は、一種の自然発生的な社会主義的傾向がむかしから私に内在していたようであるということを、顧みて漠然と自認してはいた。またその期間の私は、まだ新本屋あるいは古本屋で案外容易に求めることができた和訳の初歩的マルクス・レーニン主義文献を、ぼつぼつ一人で自己流にいくらか読んではいた。たいてい常にその種の読書は、特別の（幼《おさな》くて愉快な）緊張感を伴った。とはいえたぶんその緊張感の内実は、あの「焔の歴史」の科学的社会主義領域に相《あい》渉《わた》る実践的情念の滾《たぎ》ちというよりも、むしろ「赤紙の表紙手擦《てず》れし／国禁の／書《ふみ》を行李《かうり》の底にさがす日」〔石川啄木〕とか「まなびやのふみうりはらひ／国禁のふみよみふけり／さけたうべうたあげつらひ／なみだするはひとのしらぬま」〔佐藤春夫〕とかの空想的社会主義領域に相渉《あいわた》る浪漫的情念のゆらめきであったろう。……

　生徒主事が取り出して私に突きつけた「今回の出来事のあまりに明らかな思想的・イデオロギー的性格」は、たしかに私に驚愕を齎《もたら》した。『なるほど。おれの単純素朴な行為は、そんな事事《ことごと》しい意義を持つことができるのか。』と私は驚嘆した。配属将校ならびに学校長が私を「赤化学生」と断定したという話は、まちがいなく私をおどろかせた。『マルクス主義、共産主義の歴史にも理論にも実際にも至極暗いこのおれを、「赤化学生」に見立ててくれる人たちがいるのか。』と私は、おどろいて、いっそ感動した。まるでそれは、ドイツ語の読解力において極めて初学的な私が誰か年長の有識者から「今度何何書房からフォン・カイザーリンク伯著“Das Reisetagebuch eines Philosophen”〔『一哲学者の旅日記』〕が反訳《はんやく》出版されたが、あの訳者の何某は、君の筆名だそうですね。」と大真面目にたずねられでもしたかのような、あるいは酒の味に甚だ不案内な未成年の私が誰か年上の道楽者から「君は、日本酒にも洋酒にも、なかなか通じてるじゃないか。」とまともに称讃せられでもしたかのような、なんだか私の虚栄心なり自尊心なりが甘酸《あまず》っぱく刺戟せられる類のおどろきであった。そしてそのおどろきが例の「伝説のような出来事の世界」を私の身近に一挙にぐっと引きつけるのを、私は、計らずも力強く実感していた。私は、私が去年の初秋以来ほとんど毎日行っている町道場（柔道）で昨日稽古中に痛めた右足首のかそけき鈍痛をふと新しく愛《いとお》しみながら、生徒主事らの（ようやくあらわになり始めた）陋劣《ろうれつ》な目論見《もくろみ》をしかと聞き届けるべく猫をかぶりつづけた。〉

七の4

〈……生徒主事は、その勧説を、さらに左のごとく繰り広げた、――もとから学校側は、西条の思想傾向に疑いを抱いて注視してきた、またそういう疑いと注視との必然性ないし必要性は西条の係累関係にも由来している、飛行隊見学当日が出席とせられるか欠席とせられるかは、西条にとって彼自身の及落問題である、だが、それは東堂にとってそんなことではない、西条は自己一身の利益のためにも東堂を抱き込んで反学校当局的・反軍事教練的行動へそそのかした、もともと西条は年ごろ日ごろ彼がひそかに抱懐《ほうかい》してきた主義思想に基づく一定の下心《したごころ》をもって「言い換えれば目的意識的に」今度の挙に出たのである、「東堂君は気づいておらないかもしれぬが」西条はこの出欠問題を彼の主義思想実践の契機にするために（すなわちこの出欠問題を奇貨として校内に一騒動を惹き起こし、そのことによって反軍的・反資本制的学生運動の端緒《たんしょ》を組織するために）同級生上級生下級生に隠密に個別的に働きかけつつ事件拡大化・大衆化の機をうかがっている、と「学校側は確実なデータによって見定めておる」、むろん西条のかかる策動はその時代錯誤的本質からしても本校学生全般の主観的ならびに客観的条件からしても成功の見こみがまったくない、東堂はこのような反国家的危険思想の企図に無意識的にも加担しその巻き添えを食って現在および将来における一身の禍根《かこん》を招くような不祥事からせっかく早く手を引くべきである、もし東堂が生徒主事らの忠言勧告を納得して学校側にたいするこのたびの申し出をここであっさり取り下げるならば、見学当日欠席扱いはそのままながら、向後《きょうこう》学校側は東堂の教練成績その他について決して悪いようには計らわぬであろう、云云。

――質問が少しありますが、よろしいですか。

〈私は、腹の虫を何度もおさえつけて聞き終わったのであった。彼らは私に高を括《くく》って彼らの手の内をほとんどさらけ出した（そしてそのことは彼らの胸積《むなづも》りに反して彼らの取り返しがたい失敗であったはずである）、と私は思った。もうこの上猫をかぶっておく必要は、私になかった。〉

――あぁ、結構ですよ。なんなりと。

――従来学校当局から疑問の眼で注視されてきた西条の思想傾向というのは……？

――言うまでもなくマルクス主義的・共産主義的思想傾向です。

――ははぁ。それに関連して、西条の係累関係がどうとか言われましたのは、どんなことですか。

――ふむ。君は、西条君の兄のことを知らないのかね。知っておるでしょう？

――いいえ、知りません。西条に兄さんがあるかないかも知りませんでした。兄さんがあるのですか。

——あったのです。西条君の兄も……西条真人《まひと》も、かつて本校に在学しておった。先年亡くなったがね。

——あぁ、西条の兄さんは、すでに故人ですか。

——そう。獄死した。

——え？

——獄中で死んだよ。あたら若い身空で不名誉な。

——………。

——すると、やはり君は、この出欠問題以前には、西条君と個人的な交《まじ》わりはなかったのですね？　僕の調査でも、いちおうそういう結果が出てはおったが、君が西条真人のことを何も知らなかったということは……、うむ、そうか。

——「調査」？

——う？　……いや、不断でもそうだが、こういう問題が発生した以上なおさら、生徒主事たる僕は、当然の義務として、君なら君の思想状況、交友関係その他をなるべく詳細に把握して吟味しないわけには行きませんからね。

——はぁ……、そうですか。……まぁそれはそれとして、西条の兄さんは、何か破廉《はれん》恥罪《ちざい》を犯して入獄したのですか。

——「破廉恥罪」？　なぜ？

——「あたら若い身空で不名誉な。」と言われましたから。

——国事犯です。『治安維持法』違反の罪人として投獄されたのです。

——では、思想犯なのですね？　破廉恥罪ではないのですね？　別に「不名誉な」罪ではないのですね？

——名誉な犯罪があるかね。犯罪は、すべて不名誉です。犯罪は、それが不名誉な行為だから、犯罪なのだ。

——そうでしょうか。とにかくしかしそれは、破廉恥罪ではありませんね？

——「そうでしょうか」？　ふうん？　君は、妙な所に拘泥《こうでい》する人だな。そりゃ、いわゆる「破廉恥罪」ではないだろう。だが、『治安維持法』違反の罪質は、破廉恥罪以上の大逆だからね。日本国民として不名誉極まる犯罪です。兄の西条も、弟の西条と同様に頭は恐ろしく冴《さ》えて鋭利な男だったが、不幸にも道をあやまってしまった。九年前のストライキ当時、二年級の西条真人は、すでに積極分子の一人として動いておった。しかしそのとき彼は、運よく退学処分をまぬがれ、ただ停学何週間かに処せられただけで済み、やがて本校を卒業して、東大文学部社会学科に進んだ。東大在学中いよいよ学生運動および労働運動に深入りをして、卒業前後から日本共産党に正式に加入し非合法活動に従事しておったあげく、昭和七年（一九三二年）非常時共産党事件関係者として検挙されました。翌昭和八年控訴審判決は、実刑懲役五年。非転向のまま千葉刑務所に下獄《げごく》した彼は、以前からの肺結核が悪化して、昭和九年春に獄中で果てたのです。……

——…………。

——弟のほうも、その兄の影響感化の下に、早くも中学時代中期からマルクス・レーニズムへの思想的傾斜を用意しておったと推定される。爾来《じらい》今日までに、西条靫負は、マルクシズム・コミュニズムについてかなりの文献的研鑽《けんさん》を積み、少なくとも理論的には確乎《かっこ》たるマルクシストになったが、現代の社会的現実に制約されて実践運動の機会には出会い得なかったと見られる。「係累関係」云云の内容は、概略以上のとおりです。これで明らかでしょう？

――うぅ、……先生。何が「これで明らか」ということになるのか、私はわからないのですが。

――君！　いや、西条君がマルクス主義思想の持ち主であるという事実は、彼の血縁関係からしても証明されておる、ということです。

――この出欠問題に関して、まるで初耳でした。西条がそんな深いたくらみを抱いていた、とは、私は、全然知りませんでした、まるで初耳でした。ところで、目下西条が「目的意識的に」いろいろ策動しつつあることを学校当局は「確実なデータによって」見極めている、と先生はおっしゃったのですが、その「確実なデータ」とは何ですか。

――うむ。……それは、……それは数数あるが、……まだ公表の段階ではない。そう、君一人にたいしても、まだ発表することはできません。

――なぜですか。

――学校当局の教学方針に照らして、まだ発表することはできない、と僕は言っておるのです。加うるに事は本校外にも……やや遠距離の某方面にも……関連しておるかの疑いが濃い。それやこれやで、ますますまだ公表は憚《はばか》られる。

――そうしますと、学校当局が、先生が、西条を「マルクシスト」、「マルクス主義思想の持ち主」もしくは「赤化学生」と断定された具体的根拠は、ただ彼の兄がマルクス主義者・共産党員であったという事実だけなのですね？

――誰がそんなことを言いましたか。「彼の血縁関係からしても、証明されておる」と僕は言ったのだ。つまり彼の係累関係は、断定根拠の一つに過ぎないのです。

――はぁ。そうして他の「断定根拠」は、すべて「まだ公表の段階ではない」というわけですか。

――「まだ公表の段階ではない。」と僕が言ったのは、彼の目的意識的暗躍を裏づけるべき「確実なデータ」に関してだったでしょう？　彼がマルクス主義思想の持ち主であることの証拠なら、いくらでも発表することができます。早い話が、君、彼の下宿に行ってみ給え。マルクス、エンゲルス、レーニンの邦訳諸著作を始めとして、リヤザノフ、ディツゲン、ポポフ、ブハーリン、ローザ・ルクセンブルク、カウツキー、ベーベル、アドラー、ヒルファーディング、デボーリン、プレハーノフ、スターリン、ピアトニツキー、ボルハルト、リープクネヒト、トロツキー、メーリング、ヴェアらの邦訳赤色諸文献が、本棚の上にずらりとならんでおる。うぅ、いや、本棚の上にではなくて、押し入れの中にかもしれない。それは、どちらでもよろしい。むろん彼は……。

――先生。では、先生は、西条の下宿を訪問されたのですか。

――そんなことは、いま問題ではありません。問題なのは、彼の本棚に……うぅ、とにかく彼の下宿の部屋にそういうマルクス・レーニン主義の書物がたくさん存在するという事実です。むろん彼は、それらすべてを読破しております。彼が所蔵しておるのは、邦訳のみではない。彼の英独語学力の卓越は誰しも認めざるを得まいが、彼は、その得意の語学力を駆使して、原書についても相当数のマルクシズム著作物を勉学研究しておるのです。また一昨年休学療養中に彼が『資本論』全三巻を読了したことも、僕にわかっておる。

——でも、それらは、別に秘密出版物ではありませんね？　別に禁書ではありませんね？　新刊書店なり古本屋なりで売っている本ですね？

——形式的に言えば、その大部分はそうです。……「禁書」？　……ふむ？　……君も知っておるとおり、美濃部達吉《みのべたつきち》博士の「天皇機関説」問題が起こったのは、昨年二月だった。昨年四月、美濃部博士は不敬罪で告発され、同時にその著書『憲法撮要《さつよう》』、『逐条憲法精義』、『日本憲法の基本主義』はいずれも発禁処分を受けた。その禁書三冊のうち『憲法撮要』、『逐条憲法精義』の二冊が、現在ちゃんと西条君の手元にあるのですよ。

——はぁ。しかし、その二冊は、マルクス主義に関係はないのじゃないですか。

——直接的関係はないかもしれない。だが、間接的関係はあるね。なにしろ今日この種の不穏な発禁本を大切に所有しておるということは、彼の左傾赤化の有力な傍証でなければなりません。

——たしか先生の御蔵書中には、その禁書三冊が現存しているはずですね？

——う？……

——文二甲〔文科二年甲類〕の藤野《ふじの》ほか二人が、昨年九月下旬、先生のお宅にうかがって四方山《よもやま》のお話を承《うけたまわ》ったおり、先生は、「天皇機関説」問題に関しても御意見を述べられ、そのついでに『憲法撮要』以下三冊の「不穏な発禁本」を書架から取り出して彼らに「参考のために」お示しになった。それは、右三書発禁処分後すでに半年の時期でした。「こういう書物も今後はなかなか手に入れることができなくなったわけだ。とすれば、これらは、貴重書ということになるかな。」というふうに、そのとき先生は言われたそうです。すなわち先生は、それらの「不穏な発禁本」を「大切に所有して」いられます。もちろん私は、そのことを「有力な傍証」にして先生の「左傾赤化」を強辯することができる、などとは思いません。

――しかし、君、それは……、僕の場合は……。

――また先生の御蔵書中には、かなり多数のマルクス主義・共産主義著作物があります。それは、かつて先生御自身が修身講義の間たまたまわれわれに語られたことでもあり、いずれにせよ学生間に知れ渡ったことでもあります。先生は、「とかく勇しそうに革命的・マルクス主義的言行を誇示したがった左翼学生連中の多くが、その実基本的文献をさえも浅く狭くしか読んでおらなかった」ということについて、「数年前の有名なストライキにおける中心分子たちも、その中に一人二人の例外はあったにしても、概してさほどマルクス主義著作物を勉強しておらなくて理論的に低かった」ということについて、「彼らは、マルクス、レーニンを広く深く読んだのではなく、かえってそれを齧《かじ》ったから、それにかぶれた」ということについて、さらに、「僕は、諸君に、マルクスなどを読むな研究するな、とは必ずしも言わない、しかし、それを齧るな、と必ず勧める」ということについて、われわれに講義されたのでした。先生は、御蔵書中の左翼的諸著書全部を……よしんばそれは「批判的研究」もしくは「理論的克服」のためにであったにしても、……精読なさっているにちがいない。もちろん私は、その精読自体を「証拠」にして先生を「マルクス主義者」、「マルクス主義思想の持ち主」と断定することができる、などとは考えません。

――うぅ、……。

――先生は、西条が邦訳によってのみならず「原書についても相当数のマルクシズム著作物を勉学研究」している、とおっしゃいました。それならば西条は、「蟄るな」、それよりもむしろ「広く深く読んで研究せよ」、という先生のお教えを守った、少なくともそのお教えにそむかなかった、ということになります。ある人間の「思想」が何であるかをその人間の蔵書の一部ないし読書の部分的傾向だけに依拠《いきょ》して傍《はた》から判断決定したり、あるいはまたある人間の抱懐する一定の「思想」それ自身について脇から統制禁圧を試みたり、することが、いったい誰に許されて……。

――待ち給え、東堂君。……あぁ、松田先生。ここは、いましばらく僕に……生徒主事に、お任せ下さい。東堂君。僕は、君を誤解しておったようだ、それも二重に誤解しておったようだ。君が、先ほどの僕らの話を基本的には了解した上で、事態をいっそうしっかり得心するために質問を始めた、と僕は思っておったが、どうもそれは僕の誤解だったらしい。しかも……。

――たしかに私は、事態をいっそうしっかり得心するために……。

――だまって聞きなさい。……うぅ、こちらの言うことを、まず仕舞いまで聞いて、それから君の考えを述べるなら述べ給え。それが、対話におけるデモクラティックな態度というものです。……いいかね、しかも君の質問を聞いておるうち、僕は、もう一つ根本的な誤解が僕にあっただろう、と思わずにはいられなくなった。君と西条君とでは思想傾向上差別異同がある、と従来僕は見ておった。だが、そもそもそれが僕の不明であったようだ、言い換えれば配属将校ないし学校長の君にたいする断定的見解のほうが要するに正しかったようだ、といまにして残念ながら僕は、ほとんど思い知らざるを得ない。

――…………。

――それは、君にとっても僕にとっても……不幸な成り行きです。……なんのために今日まで僕は、君の関知しない場所で、君にたいする配属将校や学校長やの見方にたいして君を辯護してきたのだったか……。

――…………。

――おなじ軍事教練担任者でも、松田先生は、もうだいぶん長らく民間の人として執務してこられた方だから、僕らのような根っからの文官教師たちとも平生おのずから意思の疎通《そつう》を保っておられ、この一件をもよほど寛大な見地から眺めておられるけれども、配属将校は、格別です。そちらは現職の武官であり、むろんそのすぐ背後には軍部が控えております。したがって今回のような種類の問題が起こると、僕ら文教当事者は、事柄をもっぱら学問の場・教師学生の場の主体性において処理するために、ひとかたなら苦慮苦衷を味わわねばならない。わかりますね？　それにまた、こういうこともある。このほど学校側においては、君たちの各保証人に、つまり君のお父上にも、一度学校まで御足労を願って相談することが必要だろう、という議も出ておったのです。しかし僕は、できることなら、保証人の耳に入れることなくこれを解決したい、父兄の心をわずらわせずに事が済むなら、それが関係者全体にとって最も好都合であろう、と考えて、まず君と打ち解けて話し合ってみることにしたのだった。

――…………。

――ところが、君の質問態度は、まるで僕の気持ちを裏切った。いわば「親の心、子知らず」です。君は、「質問」に名を借りて、僕の言葉の揚げ足ばかりを取っておった、そしてそうすることで学校側を攻撃しておった。……うぅ、僕のマルクス主義関係読書と西条君のそれとは、決して同日の論ではありません。僕は、僕の学問研究における副次的要素として、それらを読んでおる。西条君は、主としてそれらだけを没頭的に読んでおる。君の論法は、実に形式的です。……これではやはり君のお父上に学校に来てもらうことも、避けられまい。たしか君は、某篤志家《とくしか》の個人事業的育英資金を受けておるはずだが、……お父上も、こういう実情を知られたら、かれこれひとしお心痛されることだろうし、君自身にしても、いろいろまずいことになるのではないかな。

――…………。

七の5

〈生徒主事の言いぐさが、いよいよ下品に、いよいよ三百代言的に、転落してゆくのを、私は、辛抱して聞いていた。厚かましくも彼は、彼自身を、配属将校ないし学校長にたいする私の庇護《ひご》者として、さらに同時に軍部にたいする「学問の場・教師学生の場」の守護者として、私に押しつけようとしていた。いよいよ私は、彼を、国家主義的時流の走狗《そうく》としか考えることができなかった。このごろやかましい「転向問題」が、不意に私の頭に現われた。彼は、実際経歴上の「転向者」ではないのかもしれぬけれども、まさしく精神経歴上（心情上）の「悪質転向者」ではないのか、と私は直観的に独断した。

また不浄にも生徒主事は、「お父上」とか「個人事業的育英資金」とかを持ち出すことによって、搦《から》め手から私を脅迫し圧伏しようとしていた。しかしそれは、彼の誤算にほかならぬはずであった。まったく彼は、私を誤解し、私の父を誤解し、その両者の関係を誤解している、と私は思った。彼は、父と子との関係一般に関する通俗的概念に立って、私の父と私との関係を判断しているにちがいなかった。芥川龍之介《あくたがわりゅうのすけ》の「人生の悲劇の第一幕は親子となったことにはじまってゐる。」という警句があり、久保田万太郎《くぼたまんたろう》の「親と子の宿世《すくせ》かなしき蚊《か》やりかな」という発句《ほっく》があり、新井洸《あらいこう》の「そむかれむ日の悲しびをうれひつつ百日《ももか》に足らぬ子をいだくなり」という短歌があり、それらがどれも人生のある普遍的真実を物語っているにしても、なおかつこの俗物生徒主事は、私の父と私との間柄について何一つ知らぬなりに全然曲解している、と私は信じることができた。〉

——ここは一つ落ち着いて冷静に諸般の事情を考えるべき場合ですよ、東堂君。

——………。

——どうかね、考え直す気になりましたか。

——もう私の疑問と考えとを述べても、「対話におけるデモクラティックな態度」に悖《もと》ることはないでしょうか。

——うん？　うぅう、言い給え。

——おたずねしますが、先生方は、私の父を学校に呼ばれたら、今日ここで私になさったような話を全部そのまま私の父にもなさるおつもりでしょうか。

——それは、已《や》むを得ずそうすることになるでしょう。まぁ、ある程度の手心は加えるつもりだが、……学校長、配属将校を始めとして学校側の多数意見が君を赤化学生と判定しておるという事実などは、……こりゃお父上にとって非常にショッキングな出来事にちがいないからね、……剝《む》き出しの表現でお聞かせするようなことは、なるべくしたくない。つまり僕の気持ちは、そうです。しかし実際は、そううまく行くかどうか。やはり全部そのままおつたえしなければならぬようなことに、結局なるかもしれない。君も、そのへん何やかや気がかりなんだね？　だから、この際君が、よく考えて……。

——私は、ちっとも気がかりではありません。先生方が「ある程度の手心」なんかを加えられずに「剝き出しの表現」で全部そのまま父に話されることを、私は、心から望み求めます。

——何？……ふん、君がそうしてもらいたいと言うのなら、僕も遠慮なしに全部そのままぶちまけようが、もしそうなったら……。

——もしそうなったら、先生方の思惑《おもわく》とは正反対の結果しか出現しないでしょう。もし父が、ありのままの全経過を、とりわけ今日ここで先生方が私に持ちかけられたようなことを、聞かせられたら、事は、学校側にとって、必ずただでは済みますまい。

——う？　そりゃ、どういう意味かね。

——父にとって、決してそれは、先生方が考えられるような方向において「ショッキングな出来事」などではないはずだ、という意味です。こんなことでわが子が「赤化学生」呼ばわりをされたと知ったからとて、父は、毫《ごう》も動揺しないでしょう。

——ははぁ。すると、何かね、君のお父上は、その、……主義者なのかね。つまり、その社会主義者とか……そういう左のほうの思想を……。

——ふっ、私の父が「社会主義者」、……そんなことを言った人は、私の知る限り、これまで世間に誰一人としていませんでしたが。

——ふぅむ？

——もっとも、あのような経緯に立って正当千万にも当日出席扱いを要求した私が、そのため「赤化学生」ということになるのでしたら、「大抵《たいてい》勇を尚《たつと》び死をいとはず、恥を知り信を重んじ、むさくきたなく候《きうらふ》事を男子のせざる事と立候習《たてきうらふなら》はし」を始終大切にしてきた父も、そのため「社会主義者」ということになるのかもしれません。

——あぁ？　そりゃ何です？　その引用のようなのは？　も一度。

——「大抵勇を尚び死をいとはず、恥を知り信を重んじ、むさくきたなく候事を男子のせざる事と立候習はし」です。

——なるほど。そういうことを、お父上が、かつてどこかに書くかどうかされたわけだね？

——は？

——いや、それは、お父上の書かれた物か何かから君が引用した文句でしょう？　そうじゃないの？

——あ。……これは、荻生徂徠《おぎゅうそらい》の言葉です、『徂徠先生答問書』の中で徂徠が日本の伝統的な「武夫《もののふ》の道」を簡潔に要約して示した言葉です。

——うぅ、……それなら、そんな物は、君のお父上にも現在の問題にも別に関係がないじゃありませんか。要らざるペダンティックなおしゃべりは、止めなさい。

——父の「主義」だの「思想」だのについて先生が疑問を出されましたので、とりあえず私は、特に幼年時代の私にむかって父がたびたび説き聞かせた言葉の一つを借りて、簡単にお答えしたのです。高等学校倫理学教授の先生を前にして私のこの程度の引用が「ペダンティック」であり得る、などとは、まったく私は想像もしませんでした。

——とにかく僕は、そんなことが当面の話題になんの関係があるのか、まるでわからないね。

――父は「むさくきたなく候事を男子のせざる事と立候習はし」を尊重する人間である、と私は申したのです。「むさくきたなく候事」の手近な実例は、今日の先生の私にたいする勧告です。またもしそんな勧告に私が従いでもするなら、それこそそれが「むさくきたなく候事」の見本になるでしょう。同級生にとってそれは及落問題である、しかし私一己《いっこ》にとってそれはそうではない、そんならその私は憎まれたり損をしたりまでして公正な条理を通そうと努めることもないではないか、それよりも私は相手の甘言を受け入れて教練成績その他におけるわが一身のけち臭い利得を求めるほうがよい、……仮りにそういう小利口な分別から私が苦境の同級生を置き捨てにして私の正当千万な要求を撤回したとすれば、そのときそれは私の父にとってまさに「男子のせざる事」ないし「非常にショッキングな出来事」であらざるを得まい、と私は申すのです。ここで私がメリメの短篇を引き合いに出しても「ペダンティック」ではない、と私は信じますが、徂徠でおわかりにならないなら、『マテオ・ファルコネ』を思い出して下さってても結構です。もし私が今日の先生のお勧めに屈従しでもするなら、「そんな奴は、腹を切って死ぬが増しだ。」と父は言うでしょう。寺尾《てらお》先生〔生徒主事〕は、私の父をお見知りではありませんが、松田先生は、御存じのはずですから、私の申したことを多少は理解されたのではありますまいか。

――私が君のお父さんを？　いや、知らんな。

――御存じです。先生は、大正末期に、企救《きく》郡北方《きたがた》〔現在の北九州市小倉区内〕の聯隊で服務していられましたでしょう？

——うむ、たしかに私は、その時分そこにおったが。

——でしたら、御存じです。父も、大正末期の四、五年間、企救郡城野《じようの》〔北方に隣接する町〕に住んでいました。

——大正の末ごろ城野におられた東堂さんと……、おぉ、では、あの東堂さんかな。お名前は？

——国継《くにつぐ》です。

——東堂国継さんか。しかし私の知っとる東堂さんは、たしか……、そうだ、君のお父さんは、全身に十三箇所かの刀傷《かたなきず》がある方だろうか。

——はい、そうです。あ、松田先生は、私の父を松濤《しようとう》という名のほうで、号《ごう》のほうで、御記憶なのかもしれません。それに私の母は、先生と同郷……。

——そうそう、東堂松濤さん。ふぅむ、君は、あの東堂さんの息子《むすこ》さんだったのか。うん、君のお母さんと私とは、おなじ朝倉《あさくら》郡福田《ふくだ》村の生まれです。お母さんの弟……君の叔父さんと私とが、小学校の同級生でね。……うぅむ、そうかぁ。

——ははぁ。松田先生は、東堂君のお父上と旧知の間柄でしたか。で、その東堂さんというのは、何か、この、……その方面に関係のある人物ですか。

——「その方面」というと、どの方面？

——つまり、その、なんと言いますか、侠客《きようかく》とかやくざとか、あるいは右翼団体とか、そういう方面に……。

——そりゃまたどうしてです？

――違いましたか。これは、どうも。でも、全身に十数箇所の刀傷があるとなれば、まずそういう方面に……。

――あぁ、いやいや、そうじゃないのです。私が北方の聯隊におった時期、東堂松濤氏は、企救農学校と城野実科女学校と両校兼任の教師をやっておられた。その地方でなかなか特別な人望のある存在でした。反面、まぁ、敵も少なくなかったかもしれない。なにしろ氏は、一家の人物だったのです。もっとも私は、主に剣道のほうでお付き合いを、御教導を、願っておったわけで、漢学なり国文学なり書画なり、そっちのほうの松濤さんについては、ろくに何もわからなかった。おぉ、それから、たいへんな酒豪でもあった。「斗酒なお辞せず」でしたな。そのころ松濤さんは剣道四段、私は三段、……たしか君のお父さんは、柔道も有段者でしたか。これは三段を持っておられたかな、あのころ。

――はぁ、たぶんそうでしょう。

――ははぁ。……松田先生。しかし、そういう人物に、十数箇所もの刀傷があるとは、何かよほど特殊の事情でも？

――そのことです。その刀傷に関連する一つの事件がありましてね。いや、松濤さんの刀傷の全部について、私が知っとるのじゃない。そのうちの六つについて知っとるのです。いまあなたが言われた「侠客」、松濤さんは、そういう言葉で呼ばれるべき種類の人ではなかったけれども、一種の言わば侠気を……むしろ古武士的な気骨《きこつ》を……持っておられたから、それ相当のもっともな由来が他の七つにもあったのでしょう。君は、承知しとるかな。

——いいえ、私も、他の七つについては、ほとんど知りません。

——六つの刀傷の出来事は、覚えておるわけか。君は、当年三つ四つだったでしょう？

——はい、ぼんやりした記憶があります。くわしくは、のちのち母などから聞いて知りました。

——うむ。……寺尾さん。ここでそのくわしいことを物語っとる時間もなし、その必要もありますまいが、……簡単に申せば、その六つの刀傷は、人違いによる闇討ちの結果なのです。襲撃者四人は、いずれも新平民……、うぅ、いわゆる「特殊部落民」でした。闇討ちの数日前、そこの招魂祭当日に、一杯飲んでもおった某古参中尉が、行き摺《ず》りの若い一部落民にたいして、何かちょっとしたことから、差別的言辞を浴びせた上に、一つ二つ殴打を加えた、……それが、事の起こりだったのです。むろんそういう事情は、後日判明したのでしたが。その雨の夜、松濤さんは、紫川《むらさきがわ》の上流に漁《りょう》をしに行った。投網《とあみ》が上手でね。連れが一人おりました。実はこの連れに問題があったのです。あれは、親戚の方だったかな、君？

——父の姉婿《あねむこ》が、用事でやって来て泊《とま》っていて、いっしょに出かけたのです。

——殴打された部落民の兄が、これは半やくざでして、乱暴者の腕力も強く、草相撲では大関どころ。弟本人も、某古参中尉に遺恨《いこん》を持ったが、兄のほうが、弟以上に憤慨して、彼ら兄弟およびその仲間……兄の手下ども……は、ひそかに意趣返しの機会を狙いました。相手が普通人だけに、彼らの怨恨が甚だ根深かったことは、寺尾先生もおわかりでしょう。たまたま松濤さんの姉婿さんと某古参中尉とは、顔形《かおかたち》躰《からだ》つきが似通っておって、のみならず某古参中尉も、よく夜間の川猟に行っておった。おりしも卯《う》の花《はな》腐《くた》しの降る暗夜のこと、こうして人違いの刃傷《にんじょう》沙汰《ざた》が発生したのですな。

――ははぁ。

――兄の部落民が、白鞘《しらさや》の大刀一振りを腰に帯びておった。ただし彼も、必ずしも初手から斬るの殺すのというつもりじゃなく、腕力に自信はあり、味方は弟に手下二人の四人ではあり、さんざんにぶんなぐるなり踏んだり蹴ったりするなりしておいて、引き揚げるという方針だったらしい。ところが、四人が二人に襲いかかったとき、松濤さんの手で、真っ先に総大将の兄が紫川の土手から水中へ投げ落される、続いて手下の一人も土手下に放り出される、姉婿さんが弟の部落民をようやく組み伏せ、松濤さんがも一人の手下を取りおさえて相手方の正体を突き止めにかかっておったところに、川から這い上がって忍び寄った兄が、松濤さんの背後からその首筋、肩先、二の腕、背中、腋《わき》の下など六箇所に斬りつけ、これも土手下から起き上がってきた手下が、松濤さんの俯《うつぶ》せに倒れた躰の後頭部を下駄でめった打ちにした。姉婿さんも頬、肩、手と三箇所を斬られなさったが、すでに人違いに気づいておった弟ならびに一人の手下が逆上気味の兄を懸命に制止し、さて四人は闇に紛れて遁走《とんそう》しました。

――なるほど。

――この事件の特色もおもしろみも、実は主にこのあとにあるのです。しかし思わず話が長引きましたから、犯行後下手人たちの動静、証跡の欠如、それにもかかわらず彼らが犯人であることの次第に明らかになった経過、闇討ち後二カ月にして下手人連の検束および自白が直接には実に松濤さん本人の力によって成就《じょうじゅ》されたいきさつ、その他はすべて割愛《かつあい》して、以下ほんの要点だけを述べましょう。松濤さんは、部落民四人の不心得を厳重に戒《いまし》め諭《さと》された上で、しかし彼らを司直の断罪から極力庇《かば》い通してやられただけでなく、不当な差別蔑視的言行について部落民に陳謝することを例の古参中尉に要求された。そのため松濤さんは、とうとう聯隊に乗り込んで、聯隊長とも談判されることになる。これは、あとあとまで語りぐさになったほどのたいそうな強談《こわ》判でしたな。とどのつまり某古参中尉は個人として部落民に謝罪する、聯隊長は今後その種の差別行為がきっとあるまじきことを聯隊全員に訓示する、という成り行きで、やっと一件は落着しました。いやはや、聯隊長、聯隊副官も某古参中尉も、松濤さんの気力にはだいぶん辟易《へきえき》の体《てい》でしたわ。

——なるほど。

——どうだね？　君。私の話は、だいたい正確だと思うが？

——はぁ。だいたいそのように、私も聞いていていました。

——半やくざだった兄の部落民は、そののち松濤さんに心服して、よっぽど真面目な男になり、……君の家によく出入りをしておったのじゃないか。

——その人がちょいちょい来て、何かと手つだいなんかもしていたことは、私も覚えています。私とも何度も遊んでくれたりして。

――うん。松濤さんのことで「古武士的な気骨の持ち主」とさっき私は言いましたが、それでも氏は、物の考え方はなかなか開明的でしてな、またずいぶん捌《さば》けた一面もあったのですよ。むろんいわゆる「主義者」などではありません。

――なるほど。

――こりゃ、あの松濤さんが保証人ということじゃ、学校に来てもらうというのは、考え物ですぞ。寺尾先生。かえってまずいことになるだけかもしれん。われわれも、もう一度……。

――それは、しかし、松田先生。先生がここでそんなことを言い出されては……。

――いや、うむ、だが、……。

――とにかく東堂君。いまから僕は、別の重要用件で出かけねばなりませんから、今日のところは、これで打ち切って、いずれまた一両日中に改めて談合することにしましょう。それまでに、君も、まぁ、も一つ落ち着いてじっくり考え直してみるがよろしかろう。じゃ、ひとまずこれで。

〈たしかに事の起こりは松田教官の放言であったけれども、案外この退役中尉は、好人物のほうなのかもしれなかった（このとき私は、彼をかすかにも気の毒に感じさえした）。ところでこちらの修身・倫理教師兼生徒主事は、いよいよ品性の下賤な腹の黒い男なのにちがいなかった。〉

――先生。ちょっとお待ち下さい。もう少し私は、申しておきたいことがあります。

――う？　いま言ったとおり、僕は、時間がないのですよ。この次ぎのことにしましょう。

——いいえ、長くはかかりません。私は率直に言いますが、このことについて考え直す余地は私にありません。西条が「マルクス主義者」、「マルクス主義思想の持ち主」であるということの「証拠」として先生が挙げられたのは、彼の兄が共産党員であったということと、彼がマルクス主義著作物をかなりたくさん読んだということと、ただその二つだけです。しかるに当人の親兄弟が大学者であったからとて当人が大学者であるかもしれずボンクラであるかもしれぬのは、当人の親兄弟が大悪人であったからとて当人が大悪人であるかもしれず善人であるかもしれぬのと同様に、自明のことです。西条の兄がマルクス主義者であったにしても、もちろんそれは、弟の西条がマルクス主義者であるということの「証拠」または「具体的根拠」ではあり得ません。またある人の多量なマルクス主義関係読書が必ずしもその人の「マルクス主義者」たることを意味しも証明しもしないのは、先生においても西条においてもおなじ事情でなければならぬはずです。西条のマルクス主義関係読書が彼の勉学研究における「中心的部分」であるか「副次的部分」であるかを、私は、つまびらかにしません。しかし西条の読書範囲がたいそう広いということ、彼がマルクス主義文献以外にもたとえば日本およびイギリス、アメリカ、ドイツの古典文学、ドイツの近世ならびに近代哲学などを相当広く深く読みつつあるということを、私は、同級生たちその他とともに、承知しています。以前彼が校友会雑誌に掲載した『ウィリアム・ブレーク論』、『晩年の梁川星巌《やながわせいがん》および梁川紅蘭《こうらん》について』、今度彼が校友会雑誌に発表した『ゲオルク・ビュヒネルとその時代』は、そのことの明白な例証であり得るでしょう。しかも西条が……。

――君。まだあとがだいぶんあるのかね。もしそうなら、僕は……。

――もうまもなく済みます。それにここから先が私の意見の眼目《がんもく》なのですから。

――うぅ、じゃ、なるべく手短《てみじか》にやり給え。しかしだね、西条君の書いた物、特にその『ゲオルク・ビュヒネルとその時代』という論文なんかは、彼のマルクス主義的立場を隠然《いんぜん》として物語っておるのですよ。君は、ビュヒネルに関するマックス・ベェアの評価を読んだことがありますか。

――いいえ、読んだことはありません。

――ふむ、そうだろう。マックス・ベェアは、その著書『社会主義および社会闘争通史』の中で、ゲオルク・ビュヒネルを近代ドイツにおける先駆的社会主義者の一人に数えております。西条君が、数多い近代ドイツ作家の中からわざわざビュヒネルを取り上げて論じたのも、決して偶然ではないのです。

――…………。

――だいたい君は、西条君の論文などにしたり顔で言及しておるようだが、ブレークの詩作そのもの、梁川星巌の文業そのもの、ビュヒネルの人および作品そのものについて一定の知識理解なしには、さらにそれらの文学者各個にたいする学者批評家たちの研究批評について多少の閲読参看《えつどくさんかん》なしには、西条君の諸論文がどの程度の出来具合であるのか、それらが果たして並みのレベルに達しておるのか否か、などを判断することはできないのですよ、判断する資格はないのですよ。ベェアのビュヒネル評価をさえ読んだことのない君は、そもそもそれらの詩人作家たちに関して、どのくらい知っておるのかね。

――はぁ、あまり知りません。

――中でも梁川星巌というような、今日たいしてポピュラーでもない文人の業績については、「あまり知りません」よりも「ほとんど知りません」のほうが、君として適切かつ正直な答え方ではないのかな。

――ええ、まぁ、そんなところでしょう。

――「まあ、そんなところでしょう」？　そんなことで、君、……そんな君に、どうして西条君の論文から彼の読書範囲の広狭だの勉学程度の深浅だのを判定することができるのですか、できるはずはないでしょう？

――はぁ。しかしそれは、ここで私が申しておきたい意見の眼目にとっては、どのみちどうでもいいことなのです。

――いい加減なことを言っちゃいかんね。西条君の論文三つは、僕の今日の話がまちがっておるということの「明白な例証」だ、と君は断言したじゃないですか。そこを拠《よ》り所にして僕を非難攻撃したじゃないですか。それを、それなのに、「どのみちどうでもいいこと」とは、何かね。自分の不備弱点を指摘されたら、たちまちそんな逃げ口上を言う。だったら君の言ったこと全部を取り消し給え。君の話も中止し給え。これ以上そんな不見識な意見を聞く必要はない。

――「どのみちどうでもいいこと」という私の言葉が「いい加減なこと」とは違うと

いうことは、あとですぐ明らかになるのです。先生がしきりに時間を気にしていられましたので、私は、なるたけ余計なことをしゃべらずに先を急ごうと思ったのでしたが。……それでも、こうなっては仕方がありませんから、少し説明します。私は、それらの文学者に関して全然無知無学無定見のくせに西条の各論文を云云したというわけでもないのです。ただそれが「一定の知識理解」とか「多少の閲読参看」とかに該当し得るかどうか、私はおぼつかない気がします。中学初年級のころ、私は、江馬細香《えまさいこう》の漢詩に興味を持ち始めました。その私は、菊池五山《きくちござん》の『五山堂詩話』に細香のことが書かれていることを私の父から教えられて、初めてその書物を……その書物のその箇所を……見ました。ところがそこに「詩禅《しぜん》」という人名が出ています。「詩禅ノ談ニ、其ノ郷ニ閨秀《ケイシウ》細香アリ。」云云。この「詩禅」が最初わからなかった私は、これも父から教えられて、それを星巌の別号と知り、またおなじく『五山堂詩話』に、「梁卯《リヤウバウ》、字《アザナ》ハ伯兎《ハクト》、美濃《ミノ》ノ人ナリ、亦《マタ》来リテ竹堤《チクテイ》社ニ参ズ、青年ニシテ詩ヲ好ミ、才ハ等夷《トウイ》ニ冠《クワン》タリ。嘗《カツ》テ煙《エン》花《クワ》ノ失アリ。幡然《ハンゼン》節ヲ改メ、自《ミツカ》ラ髡《コン》シテ以テ誓ヒ、号シテ詩禅ト曰《イ》フ。」云云の記事を見ました。先の「其ノ郷ニ、閨秀細香アリ」の「其ノ郷」は、むろん美濃の国大垣《おおがき》を指します。その「嘗テ煙花ノ失アリ」の語句がなぜか中学生の私にたいそう印象的だったのですが、その記述と、星巌若年作の五律「春景ノ麗《ウララ》カナルヲ憐《アハレ》マン為／多ク酒人ノ家ニ在リ／扇ハ歌唇《カシン》ノ綻《ホコロ》ブヲ掩《オホ》ヒ／巾《キン》ハ酔影《スイエイ》ノ斜メナルニ従フ／煙光ハ平《タヒラ》カニ草ニ貼《テフ》シ／日気ハ淡ク花ヲ籠ム／此ノ間、詠ヲ成サズンバ／何ヲ以テカ年華《ネンクワ》ニ答ヘン。」もしくは同後年作の七絶「矍《ク》然タル風骨、宛《アタカ》モ貧緇《ヒンシ》／雲水千里杖一枝《ヂヤウイツシ》／怪シム莫《ナカ》レ尚《ナホ》脂粉《シフン》ノ気ヲ余《アマ》スヲ／也曾《マタカツ》テ食ヲ乞ウテ歌姫《カキ》ニ到ル。」とは、彼此《ひし》照応しています。ただしこういうことは、その後だんだん私が『星巌集』二十六巻のうち『甲集』、『乙集』、『西征集』、『丙集』など、あるいは『春雷余響』十二巻その他を……これらは父の所蔵だったのですが、……そういう諸本を曲がりなりにも読んで初めて知ったのでした。また菅茶《かんさ》山《ざん》、頼山陽《らいさんよう》、斎藤拙堂《さいとうせつどう》、佐久間象山《さくましょうざん》、藤田東湖《ふじたとうこ》、吉田松陰《よしだしょういん》などの……。

――うぅ、東堂君。

――は？

――いや、もうわかったから。もうそのことはいいから。……この際早く君の意見の……その「眼目」とかのほうを聞きましょう。

〈対話におけるこの権道《けんどう》を、ここで私は、意識的に用いたのであった。それが私の予想どおりに奏効《そうこう》した様子を見て取って、私は、腹の中で、やや陰性の笑いを笑った。この権道を、私は、経験的に体得《たいとく》してきたのである。学問知識教養上の半可通が私に不本意な議論を持ちかけて来るとか何か妙な思い違いから嵩《かさ》にかかって不当に私を論難し始めるとかいうような場合に、その手合いを、私のこのいささかいかがわしい権道が、しばしば効果的に撃退または圧倒するのである。ただ私がそういう権道を現に行ないつつあるときにも、その私自身を必ずしも私が手放しで是認《ぜにん》肯定しているのではない。……本質上ついにそのような時間における私のていたらくは、かつて清少納言《せいしょうなごん》が「にくき物」の一つに取り立てた「なでふ事なき人の、笑《ゑ》勝《が》ちにて、物痛《いた》う言ひたる。」の類ででもあるのであろう。……さてこそいま私が

腹の中で笑った笑いも、やや陰性にかたむかざるを得なかったようである。〉

——はぁ？　しかし私は、星巌に関する私のささやかな「知識理解」だけをさえも、まだほとんど説明し得なかったと思いますが、……まぁ、星巌のことが済みましたら、そのあと次第に紅蘭、ブレーク、ビュヒネルのことを……。

——そんな君、……だから、そのことはもうわかった、と僕は言っておるでしょう？先に進み給え。

——そうしますと、先生は、私が四人の詩人作家について必要最少限度の「知識理解」ならびに「閲読参看」もなしに西条の各論文などを云云したわけではない、ということを、認められたのですね。

——くどい人だね、君は。そのことはもうわかった、とさっきから何度も僕は言ったじゃないですか。うぅ、つまり僕は、認めておるのだ。あと五分以内に君の話が終わらなければ、もう僕は……。

——五分あれば、充分です。……要するに先生は、西条がマルクス主義者であるという証拠を一つも私にお示しにならなかった。しかもこの問題における西条の「マルクス主義的策動」を証明するべき「確実なデータ」については「まだ発表の段階ではない」、と先生はおっしゃった。言い換えれば、先生は、私にむかって、ただ鵜呑《うの》みにして西条の思想と行動とにたいする先生ないし学校当局のあやしげな特定臆断を、ただ鵜呑みにして盲信せよ、と私に言われたのです。第一に、私は、そんなことを鵜呑みにして盲信することはできません。私は、信じません。さて第二に、私は、そんなことは……西条がマルクス主義者であるかないかは……どっちでも構いません。先ほど私が「どのみちどうでもいいこと」と言ったのは、ここのことです。西条がマルクス主義者であるか否か、西条が「マルクス主義的暗躍」を実行しているか否か、これまでも私は知らなかったし、いまも私は知らない。とにかくそういう事柄は、全然私に関係がない。西条が何主義者であろうとあるまいと、また西条が何主義的策動を行なっていようといまいと、さらにまた誰がどんな「思想的・イデオロギー的性格」を今回の出来事に附会《ふかい》しようとしまいと、いずれにせよ、西条の目下の主張および要求は、私の目下の主張および要求とともに、至極正当なのです。西条と私とは、甚だ単純明快なことを主張し要求しているに過ぎない。私の両親と旧知である松田先生のお言葉が事の発端であっただけに、私は、いま松田先生から私の父に纏《まつ》わるむかし話をうかがったにつけても、こういう本来不必要なはずの意見を言い立てることに、なおさら一種の心苦しさを感じますけれども、やはり、それはそれ、これはこれ、でなければなりません。飛行隊見学行に参加しない者は教練の用意をして登校せよ、と教練教官が明瞭に指示した、その指示どおりにわれわれは支度をととのえて登校した、すなわちわれわれは「出席」した、それゆえわれわれはまさに当日出席とせられるべきであって決して当日欠席とせられるべきではない、……これが、ただこれだけが、われわれの主張および要求です。その「あまりに明らかな」人間的・倫理的「性格」、その甚だ単純明快な理論的・実践的正当性は、何者もこれを否定し得ません。これにたいして学校当局が「断乎たる処置」だの「停学処分」だのを空想するとは、到底正気の沙汰ではない。しかも先生は、卑劣にも……。

――君！

――まだ五分は経《た》ちません。仕舞いまで聞いて下さい。しかも先生は、卑劣にも「『赤化学生』呼ばわり」やら「保証人喚問」やらを振りまわして私をおどかそうとされただけでなく、あまっさえ言語道断にも先生の主観的な「香餌《こうじ》」をもって私を釣ろうとなさった。先生は、わざわざ藪をつついて蛇を出そうとしていられる。「考え直す」ことが必要なのは、私ではなくて、先生なり学校当局なりです。ちなみに申せば、現在まで私は、このたびのことを別に誰にも訴えも言い触らしもしなかったのでした。しかし、もし学校当局が早急に「考え直す」ことをしないならば、私は、全経過を、特に今日この場での実情を、同級生たちその他に明け透けにさらけ出して聞かせるでしょう。どちらにしろむろん西条には、私は、万事を有態《ありてい》に告げねばなりません。学生一般の精神には、「永遠の形而上《けいじじょう》学的憂愁」か、「世界苦《ヴェルトシュメルツ》」か、「シェストフ的不安」か、あるいは「『時代閉塞《へいそく》の現状』にたいする慨嘆」か、何か名状しがたいような物の鬱積がある。下《くだ》って卑近な一例としては、四年前からの不合理な長髪禁止にたいする憤懣《ふんまん》の鬱積もある。先生の空想裡にだけ存在するらしい某学生マルクス主義者の「マルクス主義的暗躍」ないし「左翼的アジ・プロ」なんかとは無関係に、そういう鬱積は、いつどんな小さなことをでも契機にして爆発するかもしれないのですよ。もし学校側がこんなくだらない不条理な藪つつきをただちに中止しなかったら、結局とんでもない大蛇がそこから出現しかねないのじゃないですか。ほかにもあちこちから、いろんな大蛇小蛇が出て来はしないか。だが、そんなあり得るべき厄介な成り行きのあれこれを学校当局のために心配してやることは、私の意見の主眼ではない。話は少し変わりますが、最初先生は、配属将校と学校長とだけがわれわれ二人を「赤化学生」と断じている、というようなことを言っていられた。それなのに途中から急に先生は、「学校側の多数意見」がわれわれを「赤化学生」と結論している、などと言い出された。いったいそれは、まちがいのない事実なのですか。いかに澆季《ぎょうき》とはいえ、未だ本校教授諸先生の多数がそれほどに物事の見境《みさかい》を失ってはいまい、と私は考える。私の身近な所では、われわれ文二甲組主任の浦里《うらざと》冬雨《とうう》先生、夏目漱石《なつめそうせき》門下の真摯《しんし》なイギリス文学研究家であり詩集『白昼夢』の篤実《とくじつ》な詩人である浦里教授や、文二乙組主任の秋月五郎太《あきづきごろうた》先生、ホフマン、カロッサ、リルケ、マンの立派な反訳者であり第六次『新思潮』同人時代以来の独自な作家である秋月教授やが、そんな途方もない見解とかこんな奇怪な勧告内容とかにやみやみ同調されるとは、私は、まず信じません。しかしとどのつまり私は、そのこともまたどっちでも構わない。なにしろ私は、私の単純明快な主張および要求を徹底的に固守します。学校当局は、必ず考え直して西条ならびに私の当日出席を認めねばなりません。……あらまし以上が、私の申しておきたかったことです。

七の6

（……そうしてとうとうその片隅のちっぽけな出来事は、二・二六事件突発の約半月前に、学校側の譲歩において落着したのであった。

（……西条について物語られた「マルクス主義的暗躍」云云は、所詮はほとんどまったく生徒主事らの過敏症的妄想ないし作意的捏造《でつぞう》を出なかったにちがいなかった。西条も、ほぼ生徒主事とおなじように、「本校学生の主観的ならびに客観的条件からしても」そのような企図（その出欠問題を「奇貨として」「反軍的・反資本制的学生運動を組織する」こと）は「成功の見込み」がとぼしい、と観じていたらしかった。私の「学生一般の精神には、『永遠の形而上学的憂愁』か、『世界苦《ヴェルトシュメルツ》』か、『シェストフ的不安』か、あるいは『〝時代閉塞の現状〟にたいする慨嘆』か、何か名状しがたいような物の鬱積がある。」という少少気取ったような科白《せりふ》は、それでもたぶんたいてい事実に叶っていたであろう。また私の「そういう鬱積は、いつどんな小さなことをでも契機にして爆発するかもしれないのですよ。」といういくらか示威的な言いぐさも、たぶん多かれ少なかれ事実に叶っていたであろう。しかしそういう鬱積は、何者かの「マルクス主義的策動」ないし「左翼的アジ・プロ」類による組織的・団体的・連帯的爆発への具体的可能性を概して持っていなかった。生徒主事が言ったようにたしかに「その後（一九三一、二年以後）時代は大きく転換し」ていた。そういう鬱積が孕《はら》んでいたのは、むしろ主としてそれがたまたま個人的・孤立的・亜流ラスコーリニコフ的異常行為へ爆発することの具体的可能性であった。如上の状況一般と、たとえば当時ある人文主義的思想家（谷川徹三）が青年学生（の教養問題）に関して「ニヒリズムの無関心」、「デカダンスの痙攣《けいれん》」などの語句をも用いつつ書いた一批評文章中の次ぎの部分などとは、内容上おおかたたがいに見合っていたのである。

新しい文化の可能が指示されてゐる。新しい文化理想が掲げられてゐる。そこから在来の個人主義的教養が蔑視せられるのである。さういふ意志と情熱とに生きる者にとっては教養は有閑的な社交的装飾的なものと考へられるのである。それは生活の必需品ではない。食べられない人が沢山ゐる時そんなことは問題ではない。フランス革命の当時、展覧会出品の絵を前に一市民が、それらの作品の「革命の偉大な原理を十分に表現してゐないことを遺憾とし」更に「彼らの兄弟達が祖国のために血を流してゐるその時に彫刻に従事してゐるとは一体何といふ人達であらう！」と嘆いたことをかつてプレハーノフの本で読んだが、さういふ感情である。そこからしてまた当時の一愛国者は、最もよい画家は国境に於いて自由のために戦ってゐる市民達であることを熱心に証明しようとしたといふが、この感情が文化否定となり教養否定となるのである。数年前われわれの国の若い人達の間にもこの感情を私は見た。今日〔一九三六年〕も尚ほかういふ感情はどこかに何かの形で生きてゐるであらう。従って若い人達に教養がないといふ場合には、彼らに教養への意志がない場合のあることを知らねばならない。彼らは、できないのではない、しないのである。他の情熱と意志とによって教養への意志を塞《ふさ》がれてゐるのである。

最近あらためて教養の問題が取り上げられてゐるのはそれに対する反動であらう。歴史的事実としてもフランス革命やロシア革命の直後に於ける文化否定的言動はやがて訂正された。さういふ大きな情熱と意志とによって教養への意志が塞がれることとさへ必ずしも正しくないとすれば、さういふ大きな情熱と意志とのない教養蔑視は一層正しくないであらう。現代の青年達の示してゐる虚無的な感情には、青年の理想家的情熱の凡《すべ》て塞がれてゐる鬱屈から由来したものがあるにしても、その表はれ方に人人は好意を示さないのである。それをもってわれわれの国にヒューマニズムの堅い地盤の欠如してゐるためと考へてゐる者がある。私もまたそれに賛する者であるが、この見地からすれば今日あらためて教養の意義が説かれなければならない。

(……西条の「マルクス主義的暗躍」は、かくて主に生徒主事らの主観内にのみ存在したようであった。しかし生徒主事の「弟のほうも、その兄の影響感化の下に、早くも中学時代中期からマルクス・レーニズムへの思想的傾斜を用意しておったと推定される。爾来《じらい》今日までに、西条靭負は、マルクシズム・コミュニズムについてかなりの文献的研鑽を積み、少なくとも理論的には確乎たるマルクシストになったが、現代の社会的現実に制約されて、実践運動の機会には出会い得なかったと見られる。」という観察は、およそ的中していた(実際上彼は、F高を卒業して京大に入学してのち、ようやく「現代の社会的現実による制約」にもかかわらず「実践運動の機会に出会い得」たはずであった。彼が属していたにちがいない京大内共産主義者グループないしその背後に実在したらしい京阪神共産主義者グループについて、その詳細はおろか、その輪郭をすら、私もほとんど知らず、私以外の七人もほとんど知らなかった)。

(……その小さな出来事そのものと、その機縁から急速に成立した西条との親交とが、新しく私に、マルクス主義・共産主義への能動的な関心もしくはマルクス主義・共産主義との主体的なかかわりを、齎《もたら》したのである。――爾来私も、「マルクシズム・コミュニズムについて」ある程度の「文献的研鑽を積み」はした。しかし昭和十三年〔一九三八年〕夏、われわれ八人が西条との連絡の上で（または西条の誘掖《ゆうえき》の下で）「左翼的研究会」、「マルクス主義的グループ」を結成したときにも、なかなかその私は、「少なくとも理論的には確乎たるマルクス主義者」になっていた（なり得ていた）のではなかった。いつの日か私は「社会的出生や物質的状態やの類に制約せられた必然性から」とはおのずと別個の主観的志向すなわち理論的・倫理的要求による自由な選択において自己を「マルクス主義者」と規定するであろう、――そういう予感のような願望のような何物かが、たしかに私に内在していた。しかもしばしば実地には私が、言わば「無政府主義的マルクス主義者」ないし「共産主義的無政府主義者」と自己を感覚したのであった（ちなみにのちに検挙せられて私がおどろいたことには、官憲は、その数年前の些細《ささい》な出来事をもちゃっかり探知して、大袈裟《おおげさ》にもそれを私が「ずっと以前からマルクス主義者であって」「すでに高校時代にも反軍反戦活動を行なっていた」ことの強力な証拠と見做《みな》していたのである）。

（……むろん時の条件は、その種の「グループ」、「研究会」、その微微《びび》たる「組織」にたいしても支配権力・官憲による探索検挙弾圧が大いにあり得るべきことを私（われわれ）に予想せしめた。それだから、その「グループ」の掌握下に入って来た（あるいはその「グループ」がみずから作製した）若干の「非合法印刷物」に関しても、各人は、相応の警戒、覚悟、用意をもって――たとえばグチュコフの左のごとき助言の教訓をもって――各人の行住坐《ぎょうじゅうざ》臥《が》を律していたはずであった。

君は、君自身の居室内に、君の活動に関係を持つ危険な資料や記録やを何一つも持っていてはならず、おなじくまた一つの非合法文書をも置いていてはならぬ。君は、常にいついかなる場合にも、突然の家宅捜索、逮捕などの襲来を覚悟していなければならぬ。「まったく単なる」住居は、極めてしばしば最も好都合な牽制手段であり得る。住居内に非合法文書のただ一片をさえ置きっ放しにすることがないように、厳に注意せよ。さもなければ、それは、往往にしてそのまま忘れられてしまうであろう。こういう偶然置き忘れられた文書が、訪問者の君にたいする注意を刺戟して、彼の前に君の共産主義者たる事実を暴露するかもしれぬのである。おなじくまた抽斗の中とか本棚の上とかに、非合法文書を仕舞っておくな。秘密探偵は捜索実行の際おしなべてほんの片隅をさえも見逃しはしない、ということに、君は警戒を怠ってはならぬ。こういう事情からして、一般に住居は、秘密文書保存のために適当な場所では決してない。秘密文書の最も適切な保存方法が地下に埋めることであるのは、すでに証明せられている。

（……そのとき私（もしくは牧野以外の七人）の手元から押収せられたのは、――たしかにそれらは、マルクス主義・共産主義文献ではあったけれども、――すべて合法発行発売物であった。言い換えれば、私（もしくは牧野以外の七人）の手元からは、一つの非合法物件をも押収せられていなかった。それにもかかわらず（あるいはそれゆえになおさら）例の非合法印刷小冊子二冊のために、――不覚にも牧野が、彼の手元から例の二冊を押収せられ、それらの出所・入手径路を追求責問《せきもん》せられて、腑甲斐《ふがい》なくも私の名前を出したために、その上さらに私が、その二冊と私との関係を当初に一も二もなく全面的に否認したために、——私は、だいぶん余計な不利をわが身に呼び寄せて、ずいぶん抜き差しならぬような窮地に追い込まれた。

《……グチュコフのおなじ文書にも、

白状に関しては、次ぎのごとき事柄が確認せられるべきである。すなわち秘密警察における予審の場合には、われわれは、われわれが共産主義組織に属していることを白状してはならない。しかし審判に関しては、問題はしかく機械的に解決せられ得るのではなく、当該事件の具体的な事情によって解決せられねばならぬ。しばしばわれわれは、法廷においてもまた（われわれが共産主義組織成員の一人であることを）否認するべきであるが、その反面において別の場合には、われわれは、法廷を集会・人民の演壇と化せしめ、かくしつつ判事連を遥かに通り越して、われわれ自身を革命運動に結びつけるのである。

というような指摘が存する。相手方は、私を「共産主義者」に見立て、われわれの会を「共産主義者グループ」に見立て、さらにその「グループ」を一つのもっと大がかりな共産主義組織の部分（「フラクション」）に見立てて、強制的・牽強附会《けんきょうふかい》的に審問しつづけた。事実として共産主義組織に属している容疑者は、まさにそれゆえにそのことを特に公判以前においては官憲にたいして否認しなければならぬ、というのが、非合法活動（における組織防衛上）の原則であり、グチュコフの指摘でもある。しかし事実として（必ずしも）私は「共産主義者」ではなく、事実として（必ずしも）われわれの会は「共産主義者グループ」ではなく、したがってまた事実としてその「グループ」は一つのもっと大がかりな共産主義組織の「フラクション」ではなかったのであって、主としてそれゆえに私は、相手方からの押しつけやこじつけやを一般に終始固く否認し通したのであった。その局面においては、いわゆる「組織防衛」の動因も必要も、ほとんど私に作用しなかった（実感せられなかった）のである。

（……非合法印刷小冊子二冊問題が持ち出されてから、初めて私が、必ず私は私の親友・共産主義者西条ならびに彼の属する共産主義組織を防衛しなければならぬ、という動因、必要あるいは義務を自覚していた。牧野が私の名前をまず指《さ》しただけで、西条の名前を仕舞いまで伏せていたことは、なにしろ不幸中の仕合わせでなければならなかった。なるほど私は、初手の失着による不利障碍にもかかわらず、かなりしたたかに頑張ってついに目的（義務）を果たしたのであった。けれども、その私の頑張りを支えうながしたのが、私におけるマルクス主義的ないし階級的自覚の類であったか、それとも私における次ぎのごとき思想の類であったか、いずれとも私は、われながら辨別することができない。

師嘗《かつ》て曰《いは》く、大丈夫の世に在る、剛操の志あらざれば心を存すること能《アタ》ハザル也。剛はよく剛毅にして物ニ屈セザルのいひ也。操は我が義とする志を守って聊《いささ》か変ゼザルの心也。大丈夫此の心を存せざれば、我が好悪する処において必ず屈しやすく、義を守る処たしかならざる也。故に剛操を以て信を立て、義を堅くするの行とする也。清廉《せいれん》正直も剛操を以てせざれば立タズ、況《いはん》や士たるの道、常に剛毅を以て質とし、其の守る処を変ゼザルを以て行とす。人誰か生死利害好悪あらざらんや。内に剛操を以て究理するがゆゑに、死の至って悪《ニク》ムベキモ猶《なほ》安んじて死ニ就《ツ》キ、害の至って避クベキモ猶安んじて害をうく、財宝酒色の必ず好ムベキモ猶安んじて是れを避くるに至るは、剛毅節操の高く守るに有ラザレば、誰か此の行をなさんや。

孟子曰ク、「志士ハ溝壑《コウガク》ニ在ルコトヲ忘レズ、勇士ハ其ノ元《カウベ》ヲ喪《ウシナ》フコトヲ忘レズ。」、又曰ク、「士ハ窮スルモ義ヲ失ハズ、達スルモ道ヲ離レズ。」と。是れ皆剛操を立て、心茲《ここ》に存するがゆゑ也。しばらくも此の志あらざるときは、利に屈し酒におぼれ色に惑ひて、終《つひ》に義を忘れ生死の大事をたがへ、大節に臨《のぞ》んで約を変ずべし。豈《あに》是れを大丈夫の志ヲ立ツル所と云ふべけんや。能《よ》く義利の分を辨じて安んじて是れを行ふは君子也。君子は世に得ヤスカラズ、勉強して其の惑を去ること学者の困《くる》しんで知る処なり。学者大丈夫に至らんことを思はん輩《やから》は、常に剛操を守りて、好悪において心の存亡を詳《つまびらか》にし、万物の下に屈セザルが如く心得ベキ也。古人生質に因《よ》って自然に剛操の徒《ともがら》ありといへども、これ又一方に秀でて一方にくらし。学者古人の生質に秀でたる処あるを今日身上に取り用ひて、弥《いよいよ》その究理をきはめ、能く事物の間に推し移るが如く仕《ツカマツ》ルベキ也。士として大丈夫のきたひに練り得ザレば、学亦碌碌《またろくろく》たる小書生の志のみ也、何ぞ天下の大器識たらん。尤《もつと》も味フベキ也。

（……相手の口から件《くだん》の書名が出て来たのは取りも直さず牧野の屈伏か裏切りかの証明以外ではない、ということを、そのとき咄嗟《とっさ》にすでに私が看破《かんぱ》したのであった以上、その私は、まずその二冊と私との関係（有縁）をいざきよく肯定し、その上で「発送人不明の郵便到着物」という（私がやがてにわかにむしゃぶりついてとことんまで固執し尽くした）主張を主張するべきであったろう。おそらくはそのほうが、よほどかしこくて上手なたたかい方であり得たにちがいなかろう。私は、私の前歴が軍隊内で現在知られていないこと・将来知られないことを、その知られた場合のうるささのゆえによりも、むしろその知られた場合の言わば「恐ろしさ」のゆえにこそ、願い求めるべき人間であるのかもしれない。もしもそれがそのとおりであるならば、なおさらかえって私は、あの三年前の経験における早まった否認の愚を繰り返すような真似をするべきではなくて、今夜こういう機会に大前田にたいして（すなわち軍にたいして）私の大学中退事実を受動的ないし能動的に明らかにしておかねばなるまい（ただし私は、そのことが是非とも必要とならぬ限り、それが退学処分であって自主的退学でなかったということを説明してはなるまい）。

（……私は、手を挙げるべきではない。）

第三の（以上二つにたいして従属的な、しかし以上二つよりも本源的な）理由は、たぶん学歴詐称《さしょう》というような行為一般にたいする私の性来的な嫌悪、言い換えれば私における一種の潔癖であったろう（ここの「学歴詐称」とは、主として、人が自己の実際に卒業した学校よりも上級ないし世評上優秀な学校を出たかのごとく自称すること）。

（――学生生徒時代に「カンニング」の経験を持ったことのないような人間は、軽蔑に値《あたい》する、少なくとも積極的評価には値しない、という趣旨の意見を、戦後数年のあるとき、ある人が、某日刊新聞紙上に発表していた。その説を、私は、必ずしも全面的には否定しなかったものの、ほとんど肯定することができなかった。私は、学生生徒時代に「カンニング」の経験を一度も持たなかった人間である。私は、「カンニング」をする必要がなかった。これは、私がいつでも優等の答案を自力で作成し得たということではない。人は（私は）、優等ないし及第点の答案を自力で作成し得ないとき（または自力で作成する気がないとき）には、覚悟していさぎよく悪成績ないし落第を甘受するべきである、と私は、考え信じ、そのとおりに実践して、なかんずく高等学校以後においては悪成績を何回も受け取った（しかし私は、落第したくなかったから、落第しなかった）。私は、自他について「カンニング」実行を尊敬せず、自己についてはそれを嫌悪禁忌《きんき》し、他者についてもそれを嫌悪軽蔑した。さりとて、「カンニング」の経験を持ったことのあるような人間は軽蔑に値する、少なくとも積極的評価には値しない、とは、私は、必ずしも言わない。

（……不羈奔放《ふきほんぽう》の青春学生生活を呼号して教師たちを批判軽視したがっていた高校生連中の誰彼が、いったん点数不足またはサボリのせいでの欠席過多のごとき彼ら本人の責任すなわち無責任によって落第しそうになったら、急に意気消沈したり教師たちに泣きつきに行ったりする図も、私の嫌悪軽蔑に値し、私の潔癖に反した。そんなことなら彼らは、低能でもなんでもないのに落第点を取ったり、病気でもなんでもないのにやたらに欠席したり、するような真似をしないがよかったのである（高校三年間の毎学年、私は、欠席過多による落第生たち以外の全同学年生中で欠席日数回数最多記録を樹立しつづけたけれども、落第を欲しなかったから、いつでも及第のために必要な最少出席日数回数を確保した)。また彼らが、日ごろ陰口では、哲学教師や文学教師やの学問的・芸術的才能見識を完全否定軽侮してみせたがっていたくせに、その教師たちの自宅におりおりみずから進んで「遊びに」あるいは「話をしに」出かけたのも、私の潔癖上嫌悪軽蔑に値した。それは、ちょうど新聞社のある人人が、日ごろ陰口では、局長、部長、副部長などを悪《あ》しざまにののしったり、上役にたいする下級者の媚《こ》びへつらい類を一般的および個別的にさげすんだり、していたくせに、たとえば年末なり年始なりには、局長宅、部長宅、副部長宅などに、ちゃんと歳暮だの年玉だのを持参するとかなんとかして、よろしく立ちまわっていたこととおなじように、私には理解し得ない(または理解し得ても是認し得ない)現象であった。そんなことなら、せめて彼らは、平素えらそうな陰口を弄《もてあそ》ばないがよかったのである。私は、私の中学以降学生生徒時代を通じて、教師と私的・個人的な口を利いたことも、教師の自宅を訪問したことも、かつてまったくなかった(これは、別に尊敬称讃に値する事柄でもあるまい)。

(……学歴詐称というような行為一般にたいする私の性来的な嫌悪軽蔑、言い換えれば私における一種の潔癖は、これを私が一、二の事柄に事寄《ことよ》せて説明するに、おおかた以上のごとくであった。このような潔癖が、あれこれの条件の下では、ただに滑稽、無意味、傍《はた》迷惑あるいは他人にたいする思いやりの欠如ともなり得ること、特に敵との対立関係の中では、無思慮、あやまり、自己武装解除あるいは魯迅《ろじん》が否定排斥した類の「フェア・プレイ」ともなり得ることを、新兵私も、まんざら知らなくはなかったのであった。その間の事情をも、私は、その後軍隊生活において、ならびに戦後社会生活において、いっそう深く主体的に理解してきたにちがいなかった（ただ問題は、私が、戦後十数年間においては――軍隊においてとは様相がやや違って――その間の事情に関するいっそう深い主体的な理解などを、国家権力との直接的対立関係を通じてよりも、いっそ日本共産党名義代代木組《よよぎぐみ》首導分子群ならびにその一統との直接的対立関係すなわち国家権力との間接的・屈折的対立関係を通じて、獲得せねばならなかったことにあったが）。しかしそれでもなお戦後現在たとえば私は、私が特定の尊重と不満とを抱いているある文学者の短文において、「傍《はた》を露骨に刺戟する類の病的潔癖」なる語句をゆくりなくも見つけては、あたかもわが上を諷刺せられたかと、一人相撲のほろ苦《にが》い感慨を催《もよお》さねばならぬのであり、しかもそういう私自身を未だ必ずしも顧みて恥じぬのである。

（……そして最後に「深淵としての人間」の問題として私が言えば、ある特殊個人における異常極端な潔癖は、しかもしばしば異常極端な不潔癖（？）を内包しがち（または同居せしめがち）なのである。またそういう特殊個人における異常極端な潔癖は、ただ一つの条件――いかなる他者によっても必ずついにそれは暴《あば》かれることがなく、本人も必ずついにそれをみずから暴くことがない、という条件――の下においてのみ、その特殊個人が何事か「不潔癖」（「悪」）の実行に乗りかかることを容認もしくは要求するのではないのか。

（……ちなみに、――西条と私との連絡は、その被検挙事件からのち、まったく跡絶《とだ》えたのであった。同年初冬に京阪神共産主義集団の一人として逮捕せられた西条が敗戦の前前年に（兄真人とおなじく）牢死《ろうし》した、ということを、私は、ようやく敗戦の翌年に知り得たので

ある。》

八

……瞬間的な心の激動を経て、私は、挙手しないことを決定し、それを実行した。すると、この事柄（退学問題）に関する従来のこだわりが、非常におろかな、つまらない、いたずらな、行き過ぎの心遣いであったように、なぜか私に痛感せられて、それとともに私は、なんとやら精神のくつろぎを覚えた。しかし私が挙手しなかったからには、今度はそれがそれなりに新しい不吉の種になるかもしれず、どうせまた何かろくでもないことが私に襲いかかって来るのではないか、と私は、危ぶんで心構えをせずにはいられなかった。

「東堂。お前は？」と遠くから神山が、咎めるように催促するように声をかけた。その神山に、大前田が、同調するであろうか、それとも同調しないであろうか、というあやふやな疑念が、その寸刻、私の心に騒立《さわだ》った。「うむ、お前は、どうして手を挙げんか。」と（一休みのせいでか少しは気分が鎮静した有様の）大前田は、いぶかりなじるように言った。……それでは、彼らのどちらもが、ほんとうに何も知らないのか。もし彼らが私の退学を知らないのならば、ほぼ確実にまたあの事件も彼らに知られてはいないのであろう。……私は、「気をつけ」をして、釈明した。

「東堂は、大学出ではありません、中途退学であります。」

私の言下に、大前田は、私の釈明をほとんど意に介《かい》せようともせぬ勢いで、おっかぶせるような口を利いた。

「そげなことは、どうでもええ。大学に行ったとは行ったとじゃろうが？　そんなら素直に手を挙げるんじゃよ。中途退学ちゅうと、お前は何年行ったとか。」

「はい、三年行きました。」

もし大前田が「何年のとき止めたとか。」とでも問うていたなら、私も「二年のとき退学しました。」とでも答えていたろうに、彼が「何年行ったとか。」とたずねたので、それに釣られてつい私は、「三年行きました。」と不必要に正確な返事をしたのであった。これは、私が最初東大文学部（英文学科）に一年、次ぎに九大法文学部（政治専攻）に二年、合計三年ともかくも大学に籍を置いたからであった。たとえば高倉、沢柳、谷村ないし神山などは、「三年行きました。」をも「三年の中途で退学」の意として造作なく了解したのであろうに、この大前田は、そうしなかった（そうすることができなかった）。彼は、素朴な不審を表明した。それがきっかけとなって、私は、もう一つ余興のような辛気臭《しんきくさ》い厄介を辛抱せねばならなくなりかかったのである。

「『三年』？　神山上等兵。大学は、何年生まであるとか。三年生までじゃないとか。」

「はい。人文科学系統の大学学部は、三年制度を原則とします。医学その他の自然科学系統には、四年制度の学部もありますが。」神山が、ここぞとばかりに蘊蓄《うんちく》をかたむけた、「たしか東堂は法科だったな。三年だろう？　そうだな。」

「はい。」

「そら見ろ。三年生までの学校に三年行きゃ、卒業じゃないか。中途退学ちゅうとは、なんか。――ははん、卒業しがけに落第したとか。」大前田は、自分の思いつきを大いに愉快と感じた模様である、「落第して止めたとか、落第坊主か、お前は。」

「いいえ、東堂の言いそこないでありました。二年半であります。三年目の途中で止めました。」と私は、なるたけ簡明に訂正説明して、挙手した。

「チェッ。自分が行った学校の年数をまちがえるとか。案外じゃのう。」と大前田は冷笑した。「なんで中途退学したのか。」という質問がそれに続くであろう、と私は予想したが、それは出なかった。その代わりのように、伏《ふ》せ勢《ぜい》が別方面から不意に立ち現われた。神山上等兵が、たいそう疑った表情と口ぶりとで、私に突っ込んで来たのである。

「班長殿。ちょっと東堂に質問したいことがありますが、よくありますか。」

「う？　うん。」

「東堂。東堂は昭和十何年に大学を中退したのか。」

「昭和十四年であります。」と私は手を下ろして答えた。

「おい、お前たちも手を下ろしてよし。」と大前田が高倉と谷村とに許可した。

「ふぅん？　その年が大学の三年目だったのか。」

「はい。そうであります。」

　私は、忌まわしい胸騒ぎを感じ出していた。

「そうすると昭和十二年に大学に入学したわけだな。……東堂は大正八年の生まれじゃなかったか。そうだろう？」

「はい。」

私の左手五、六人目に立っている谷村が、とてもいかがわしい目つきをすばやく私に流し、あわててそれをそむけたのを、私は認めた。

「だから昭和十二年には十九歳〔数え年〕だったことになる。そうだな。その年齢では官立大学学部に入学することはできんのじゃないか。できるのか。どうもおかしいように神山は思うが、東堂、どこかにまちがいがあるんじゃないのか。」

　これは具合の悪い状況になった、と当惑した私は、さしあたり何も言い出すことができずにいた。……その事情自体は、簡単明瞭なのである。いわゆる「早生まれ〔一月一日より四月一日までの間に出生〕」の人間が、尋常小学五年修了から六年を飛び越して中学に進み、中学四年修了から五年に行かずに高等学校に上がれば、数え年十九で「官立大学学部」に入ることができる。たまにはそういう人間も、いるのである。しかしその簡単明瞭な事情の説明も、相手次第では、――ここの大前田や神山やが相手であっては、――ややこしい始末になる見こみが強い。そのような制度および事実があることをまるで知らない人人は、世間に少なからず存在するのであるから。のみならず、いったい私は、そんな事情を他人に――殊に多人数の前で――説明するのがひどく気ぶっせいなのである。「地方」での私は、私の生年を大正五年とか同六年とかに繰り上げて告げるという方便によって、日常生活上その種の厄介な気《け》うとさを回避することができたが、今夜この場ではそうすることもできない。……大前田と神山とが、それぞれ新しい緊張を顔色に付け足して、二人いっしょにこちらへ来かかった。煖炉の向こう陰から、村崎一等兵が、卒然と口を切って、彼らの足を引き止めた。それは、点呼用意後から消燈時限まで約四、五十分のうち、村崎が自発的に発言した最初にして最後の場合であった。

「班長殿。細かいことは明日にでもまわして、早いとこ切り上げにゃ、消燈喇叭になります。今週週番副官は、あのむつかしい芝山《しばやま》曹長殿でありますけん、消燈後すぐ巡察に出て、どこでんかしこでん、消燈しとらんじゃったり起きとったりしとると、班長殿以下が太えまちがいをせにゃならんそうであります。昨夜《よんべ》、衛兵所も、その話で賑《にぎ》わうとりました。……もう鳴りゃせんかなぁ、消燈喇叭が。」

大前田も神山も、なんとなく気勢を殺《そ》がれたように立ち止まっていた。むくれ返った面相で、神山が、腕時計をたしかめ、「そうか。あと一、二分しかないのか。」と已《や》むを得ないようにひとりごちた。大前田は、あれこれの飛び入りにさまたげられて、先刻の高熱もよほど冷《さ》めてきたにちがいない。彼は、何かを思案しながら歩むともなく南に歩き、私の斜め左向こう一メートル半あたりでくるりと北に向き直り、両足を一歩間隔に開いて止まった。

「ええか。よく聞け。学校出の中でも、大学出に穀潰《ごくつぶ》しが一番多い。う、あれじゃ、大学の中途退学も大学出とおなじじゃ。この班の三人が三人、どれもこれもがそうじゃとは、班長はまだ言わん。そりゃ、いまにわかる。三人の大学出も、ほかの学校出も、班長の目ん玉が光っとることを、忘れんで、ようと覚えとけ。」

大前田は、口を結び、また体の向きを変え、光を背にして、斜め左横から私に面し、そのわずかに細くした両眼につめたい、突き刺すようなあざ笑いの影を湛《たた》えて、無言の七、八秒間、のぞき込むように私の眼を見つめつづけた。……たった二十分くらい前に彼が私に附与した「殊勲甲」なんかは、どこかに吹っ飛ばされてしまったのに極《きま》り切っていた。……やがて抑揚を欠いた低音が彼の唇をおもむろに離れて来るのを、私は聞いた。

「お前は、身体検査で即日帰郷にされるところじゃったとに、頑張って残ったそうじゃな。軍隊が――戦争が、好きらしゅうて、ようもお前は頑張って兵隊になったな。それを聞いて班長は感心したぞ。う、東堂。おれは感心したぞ。」

かさねて五、六秒間、大前田は、おなじように私を凝視《ぎょうし》してのち、ぷいと私に背を向けた。

耐えて相手の眼を見返してきた私の五体を、かすかな戦慄が、そのとき伝わった。おりから鳴り始めた消燈の号音の下、大前田の「冬木。お前も、大学出なんかとぐるになって、変な真似をしたり言わんほうがええことを言うたりして、身のほどを忘れるんじゃないぞ。班長の目は節穴と違う。お前がどげな人間で、東堂がどげな男か、班長が知らんと思うなよ。」という生臭《なまぐさ》い警告を、私は聞き取った。

私の身にとって長たらしい何幕かの茶番狂言であったこの朝から初夜《しょや》まで、その大詰めに大前田から突きつけられたあやしげな御託《ごたく》の真意を、私の頭は、なにか痺《しび》れるような感覚に浸《ひた》されつつ、いたずらに追い探《さぐ》り、たずね求めていた。「ショネンヘイハカワイソウダネェエェエェ、ネテマタナクノカネェェェェェ。」〔「初年兵はかわいそうだね。寝てまた泣くのかね。」〕と消燈喇叭は、しなやかに余韻を引いて鳴り渡った。……

第二部　混沌の章

第一　冬

一

われわれ教育召集兵の隊長（部隊本部控置《こうち》部隊の長）は、陸軍中尉堀江《ほりえ》太平《たへい》、対馬《つしま》下島の産であった。

部隊本部控置部隊は、部隊本部直属将兵以外の部隊本部服務人員（部隊本部において服務することを命ぜられた各中隊所属の人員）ならびに教育期間中の人員（幹部候補生、下士官候補者、現役初年兵、教育召集兵など）から成った。すなわち部隊本部服務要員は、西部第七十七部隊管下九個中隊・十一砲台のうち、主として南地区隊（第三大隊）内三個中隊から出向して来た将校下士官兵であって、たとえば村崎一等兵は第七中隊竜ノ崎《たつさき》砲台に、大前田軍曹は第八中隊豆酘崎《つつさき》砲台に、そして白石少尉と神山上等兵とは第九中隊大崎山《おおさきやま》砲台に、各自の「原籍」を持っていた。

堀江控置部隊長は、いわゆる「兵卒から（下士志願をして）成り上がった」職業軍人の一人であった。当時彼は、年のころ四十三、四であったろう。その浅黒くて土気色《つちけ》に近い四角形顔面の中ほど、薄い両眉の下、クロム滅金《めっき》鉄縁《てつぶち》近眼鏡の向こうに、どちらかと言えば細長い双眼が、一種の白濁感を伴いつつ開いていて、それは、何物かによる中毒患者の眼球を私に想像させた。私は、彼の風丰《ふうぼう》から、何某商店会社集金人もしくは高利貸しというごとき印象を受け取っていたが、そのことの具体的理由は、私自身としてあまり明瞭でなかった。

うわさによれば、堀江太平の軍隊における略歴は、次ぎのとおりであった、――彼は、年限で特務曹長にまで昇進したものの、少尉候補者の試験に不合格の憂き目をいくたびも繰り返して、失意の年月を送り迎えていた。そんなある時期、彼は、北九州何某野戦重砲兵部隊に配属せられた。ところが、ある日その部隊の八九式十五加一門が、実弾射撃演習中、腔発《こうはつ》のために大破して、分隊長以下全砲手が、即死し、砲車小隊長の堀江古参特務曹長は、火砲の破片によって右肩に大きく負傷した。かくてその「戦傷」のお蔭で、堀江太平は、かろうじて少尉への「特進」を叶えられ、その多年の大願「将校への立身出世」を成就《じょうじゅ》することができたのであった（「腔発」とは、砲手の発射操作にもかかわらず、砲弾が出発しないまま砲腔内で爆発する現象である）。……

営外居住の堀江中尉は、鶏知《けち》陸軍官舎と鶏知屯営との間、徒歩五、六分の距離を、毎朝毎夕、馬上豊かに往復した。そのようにして貧乏漁夫の息子堀江太平は、故郷の島に錦を飾っていたのらしかった。よしんばその騎馬姿の口から「栗毛の駒に金覆輪《きんぷくりん》の鞍《くら》置いて、ても、うららかな眺めじゃなぁ。」というような独白が朝な夕な零《こぼ》れ出ていたにしても、それは彼の主観における事の実状にずいぶん似合わしかったのでもあったろう。彼にたいして、もちろんわれわれは、『陸軍礼式令』の「行進間ニ於テ上級者ニ行キ遇ヒ又ハ其ノ傍ヲ通過スルトキハ将校ニ在リテハ其ノ儘《ママ》敬礼ヲ行ヒ下士官兵ニ在リテハ其ノ直属団隊長ニ対シテハ之ニ面シテ停止シ其ノ他ノ上級者ニ対シテハ行進ノ儘敬礼ヲ行フモノトス。」〔第六章「上級者（直属上級者ヲ含ム）ニ関スル敬礼」第一節「単独ノ敬礼」第二款「室外ノ敬礼」〕という規定に従って、いわゆる「停止間の敬礼」を行なわねばならなかった。たまたま兵隊があやまって「行進間の敬礼」をしたら（つまり控置部隊の兵隊各個が、その「直属団隊長」堀江隊長にたいして、行進しながら敬礼したら）、堀江隊長は、「待て。お前の敬礼は違う。『停止間の敬礼』じゃ。」というように咎め、規定どおりの敬礼を実行させた上で、たいていそのたびにほぼ次ぎのような形の質問および訓誡を下げ渡すのであった。

——お前は、どういう場合に「停止間の敬礼」をするか。

——はい。天皇陛下と軍旗と直属系統の団隊長殿にたいして、「停止間の敬礼」をします。

——うむ。この鶏知では、誰と誰にたいして、お前は、そうせねばならんのか。

——要塞司令官閣下、部隊長〔聯隊長〕殿、隊長〔控置部隊長〕殿、以上三人の上官殿であります。

——ようし。そのとおりじゃ。そのわずか三人の中の一人であるこの隊長にたいして、敬礼をまちがえるようでは、いかんぞ。それはお前に「一つの誠心《まごころ》」が足らんからだ。「一つの誠心」、これが一番大切じゃ。隊長は、いつでも皆にそう言い聞かせておる。いいか。

堀江中尉は、控置部隊長と第九中隊長とを兼ねていたから、彼が自己を「隊長」と称したのは、当然ではあった。とはいえ彼が、しばしば小首を十五度ほども右にかしげ、いつもその自称に奇態な強勢《アクセント》を置きつつ、とかく「隊長」を連発した有様は、いかさまさもしい夜《や》郎《ろう》自《じ》大《だい》的尊大を私に感ぜしめていた。ともあれ彼はわれわれの「上官」であって、われわれは彼の「部下タル者」であった。彼へのわれわれの隷属関係は、『勅諭』の「下級のものは上官の命を承《うけたまは》ること実は直《ただち》に朕が命を承る義なりと心得よ。」ないし『軍隊内務書』の「部下タル者其ノ上官ニ服従スルハ如何ナル場合ヲ問ハズ厳重ナルベシ。」によって、確乎として抜くべからず律せられていたのである。

われわれは、教育期間中に数回、堀江隊長の精神訓話を聞かせられた。その精神訓話は、すべて『勅諭』の無味乾燥な祖述、月なみな忠君愛国説話であった。「一つの誠心《まごころ》」という語句が、たいそう彼の気に入っていて、精神訓話のおりにも、そのほかのおりにも、彼は、バカの一つ覚えのようにその語句を反復力説していた。この「一つの誠心」の出典もまた『勅諭』であって、そこには「右の五ケ条ハ軍人たらんもの暫《しばし》も忽《ゆるがせ》にすべからず。さてこれを行ハむには一つの誠心《まごころ》こそ大切なれ。抑《そもそも》此《この》五ケ条ハ我《わが》軍人の精神にして一つの誠心《まごころ》ハ又五ケ条の精神なり。」と書かれていた。

ある日の精神訓話中、めずらしいことに堀江隊長は、「君がためいのち死にきと世の人に語り継《つ》ぎてよ峯の松風」という和歌一首を感慨無量の朗詠調で引用してから、「この歌を作ったのは誰か。答えられる兵は、手を挙げよ。」と求めた。しばらく誰も手を挙げなかったが、さらに堀江隊長が「誰もおらないのか。誰かおるだろう?」とうながしたあと、やがて谷村「帝大出」二等兵が、名告《なの》り出て、「『万葉集』の大伴家持《おおとものやかもち》であります」と臆面もなく言明し、堀江隊長は、「む、そのとおり。『万葉集』、尊皇攘夷の忠臣の歌じゃ。」とこれまた臆面もなく谷村の答えを確認した。幕末の一志士が残したその短歌に多少の愛着を持っていた私は、ひとしお彼らの問答が愉快でなかった。

こういうふうに、堀江隊長の精神訓話は、くだらなかった。しかし、ただ一つだけ、第一回の精神訓話において、彼が開口一番「軍人は死してのちおのれである。」と引導を渡すように断定したのを、私は肝《きも》に銘じた。彼は、その後の精神訓話時にも何度かおなじ言葉を口に出したけれども、それに直接の注釈を加えようとはしなかった。私は、彼の低級陳腐な精神訓話一般中で特別例外的に神妙独自なその警句の意味をあれこれと思案し、結局それを「没我」とか「滅私」とかにかかわらせて解釈した。……「義は山嶽よりも重く死は鴻毛《こうもう》よりも軽しと覚悟せよ。」とは『勅諭』の説くところである。軍人には「私」も「おのれ」も存在するべきでない、軍人は死んでのち初めて「自己」を問題にすることができる、軍人は生きている限り滅私無我の忠節を尽くさねばならない、――そういう内容に、彼は、「死してのちおのれ」という非凡な詩人的表現を与えたのであろう。……私は、それでもまだちょっと変な気がしながらも、そのように無理納得をしていた。

私は、長い間だまされていたのであった。そのうち私は、堀江隊長がわれわれ以前の入隊兵たちにも年来その文句を授けてきたという事実を（神山、村崎その他から）おいおい聞き知ってもいた。ところが、教育期間の後半、三月二日（月曜）の精神訓話時に、堀江隊長は、その警抜な金言をみずから訂正した。「いつぞや隊長が『軍人は死してのちおのれである。』と言ったのは隊長のあやまりであったから、ここに訂正する。あれは『軍人は死してのちやむである。』と言うほうが正しい。いいか。」と堀江隊長は、いかめしく宣言したのである。

堀江隊長は、ただ「死してのち已《や》む。」ないし「死而後已。」の「已」を「己《おのれ》」と取り違えていたに過ぎなかったのであった。かつて彼は、書物の中か何かで、その文句を見たのででもあったろうか（私は、「曾子《ソウシ》曰《イハ》ク、士ハ以テ弘毅《コウキ》ナラザルベカラズ、任重クシテ道遠シ、仁以テ己《オノレ》ガ任ト為ス、亦重カラズヤ、死シテ後《ノチ》已《ヤ》ム、亦遠カラズヤ。」を思い出したが、堀江隊長が『論語』を読んだ、とは私に信ぜられなかった）。その時期どういう内情が彼の長年の蒙《もう》を啓《ひら》いたのか、私は知り得なかった。その無知無学の所産からまんまと一杯食わせれていた私自身も、なにしろ好《い》い面《つら》の皮であったのであろう。

*

私は、対馬の冬を、九州本土のそれよりも、ずっと寒く感じていた（他の九州本土出身兵たちも、たいがい私と同様らしかった）。しかし、科学的事実としては、九州本土と対馬との間に、気候気温一般の大差は存在しない由であった。それにしても、冬の季節風は、対馬およびその周辺において、しばしば風速二十メートル前後に及びつつ、数日間ぶっ続けに吹き荒《すさ》び、そのために本土との交通が杜絶《とぜつ》することもめずらしくなかった。この交通杜絶とは、主として博多～釜山《ふざん》間定期船珠丸《たままる》の欠航を意味したのであった。

雪は、その峻烈《しゅんれつ》な冬風に吹き消されるかのように、ほとんどまったく見られなくて、その代わりのように、雨が、多かった。とはいえ対馬の冬は、いわゆる「三寒四温」の傾向を持っているようであって、われわれは、三、四日間の寒冷曇雨の次ぎには、たいてい二、三日間の温暖快晴を期待することができた。「三温四寒」が、あるいはその適切な表現であり得たかもしれない。

測候上の統計的結論によれば、対馬の最低気温は、一月に現われる。だが、私の（おそらく新兵大多数の）感覚の上では、極寒期は、二月といっしょに、対馬を訪れた。

約一カ月（教育召集全期間の三分の一近く）が過ぎ去って、私は、同年兵たちとともに、屯営生活に関する一定の理解および慣《な》れを身に付けることができた。ただし、世間から遮断《しゃだん》せられた屯営という特別地域の中で、また部隊兵舎から離れた位置の新砲廠兵班は、もう一つの独立区域のような形にもなっていたので、古年次兵たちの生活実態、毎日彼らがどういう作業をしているのか、そして部隊本部が全体としてどのような活動をしているのか、それらの事柄は、まだなかなか私にわかりにくかった。『聯隊歌』の「朝鮮海峡制扼《せいやく》の／務めは重し、わが対馬」という文句のとおりに、対馬要塞の主要任務は、朝鮮海峡の守備・敵艦艇日本海侵入の防止と謳《うた》われていた。「要塞重砲兵ハ要塞防禦ノ主体トナリ他部隊特ニ海軍ト絶エズ緊密ナル連絡ヲ保持シ常ニ神速正確ナル火力ノ運用ニ依リ適時適所ニ強大ナル威力ヲ発揮シ敵ヲ撃滅《ゲキメツ》シテ其ノ企図ヲ破摧《ハサイ》シ以テ海上交通ノ掩護、国土要衝ノ確保等要塞ノ使命達成ニ任ズルモノトス。」が、『砲兵操典』第三部「要塞重砲兵」第一篇「一般原則」劈頭《へきとう》の任務規定でもあった。もと私のおろかしい空想に従えば、彼ら古年次兵たちは、火砲操作の演習、仮想敵艦隊にたいする戦闘の訓練に、連日邁進《まいしん》していなければならなかったのである。

ところが、それがそうでもないらしいことを、私は、だんだん悟らせられもしていた。ある日曜日、第三班にぶらりと来ていた一人の一等兵にむかって、新兵の誰かが、「古兵殿たちは、毎日どんなことをしてありますか。」と質問した。一等兵の答えは、「うん、まぁ、おれたち一般兵は、使役と勤務だよ。」であった。「練兵は、ないのでありますか。」という問いにたいしては、「そうだなぁ。練兵も、ないことはないがねぇ。」というあやふやな答えが出された。「一般兵」、「使役」および「勤務」の各具体的内容は、あまり私に明らかでなかった。しかし彼の答えによっても、私は、彼ら古年次兵たちの日課が必ずしも演習訓練への精進ではない様子を、ぼんやり推察することができた。

すでにそのころ私は、一定の思い寄りから、手近な「典範令」を、特に『軍隊内務書』を、普通の兵にとってずいぶん不必要なまでに精読していたのであり、たぶん理論的（?）には、どの屯営内下士官兵よりもくわしく、その（『軍隊内務書』の）内容を知り抜いていたであろう。したがって私は、「勤務」に「週番」、「衛兵」、「当番」というような種類があることを書物の上では承知していた。しかしその実状を実感的に捕えることは、私にむつかしかった。私は、村崎古兵に問うて、左のような教えを受けた。

――特業を持つ兵ならびに事務室勤務兵のほかの兵員が、「一般兵」と称せられる。特業を持つ兵とは、鍛工《たんこう》兵、木工兵、縫装工務兵、喇叭《らっぱ》兵、衛生兵その他であり、事務室勤務兵とは、部隊本部事務室、指揮班事務室、経理室、動員室、兵器委員事務室、被服委員事務室、中隊（控置部隊）事務室、炊事事務室、酒保事務室などの常勤兵である。また「勤務」のうち「衛兵」には、「風紀衛兵」（『軍隊内務書』第十六章「風紀衛兵」第百三十九「風紀衛兵ハ兵営毎ニ之ヲ設ケ週番司令ノ指揮ニ属シ営内ノ取締 竝《ナラビニ》 警戒ニ任ジ営門出入ノ者ヲ監視スルヲ以テ任トス。」第百四十一「風紀衛兵ハ司令（通常ハ下士官）、衛舎掛（上等兵）、歩哨《ホセウ》掛（同上）、歩哨及喇叭手ヨリ成リ其ノ哨所ハ通常軍旗、営門、営倉、弾薬庫トス。」）のほかに、屯営西方徒歩十分の畑原《はたはら》弾薬庫および屯営北方約七キロの面天奈《めんてんな》火薬庫、両「衛戍《えいじゅ》衛兵」がある。最後に使役は、これこそ多種多様であって、兵器、被服、陣営具、炊事、酒保関係その他の仕事が日日にたくさんあり、その中には畑原衛兵所（および面天奈衛兵所）への食事運搬も含まれる。……

「『一に看護兵、二に喇叭、三に畑原辨当持ち。』ちゅうてな、こりゃ衛生兵と喇叭手と畑原衛兵所に食事を持って行く使役兵と、この三つが気も躰《からだ》も部隊で一番楽な仕事ちゅう意味じゃな。おれも、補充兵教育なんかしとらんで、畑原辨当持ちにでも行っとったほうが、うんとええとじゃが。」と村崎古兵は、私への説明に陽気な慨嘆を織《お》り込んでいた。

あまり演習訓練は行なわれない、という話は、事実であるか、とも私はたずねた。

「練兵しとるのは、教育中の幹候、下士候とか一期間の初年兵とか、それに東堂たちのような教育召集兵じゃ。古年次兵は、勤務の連続に追い立てられとる上に、下番《かばん》して来りゃ使役が待っとるちゅうことで、練兵の暇はないよ。砲台じゃ、ちっとはやっとる。」と村崎は、苦笑混《ま》じりの返事をした。

『軍隊内務書』の「特種ノ当番勤務ニ服シ 屢《シバシバ》 交代セシメ難キ者ト 雖《イヘド》 モ同一兵ヲ三箇月以

上連続服務セシムルコトヲ許サズ、〔中略〕而シテ此ノ種ノ当番ト雖モ毎週少クモ二日演習ニ出場セシムベシ。」という規定にも、私は言及してみた。

「お主は、なんでもよう知っとるなぁ。規定はそうなっとるじゃろうが、炊事当番あたりにゃ、半年も一年も上番しっ放しで、そこの主《ぬし》のごとなっとる兵隊もおる。そげなとは、たいがい員数外（余計者。一人前以下）扱いにされとる兵隊じゃな。いま浴場の罐《かま》焚きをしとる横山《よこやま》一等兵なんかも、召集されて来てからずっと、それ専門にやらされとるごたぁる。ありゃ、本人もそれをよろこんどるとじゃろうが。規定に差し障《さわ》りがあるちゅうても、そんなら三カ月目の仕舞いごろ一日か二日か下番させときゃ、それでええわけじゃろう。以前は『火金練兵』ちゅうとがあって、火曜日と金曜日とにゃ、いちおう部隊全員が練兵に出ることになっとったとじゃがねぇ。去年の動員〔戦備体制の実施〕からこっち、各砲台に新しゅう設営して人員の配置はせにゃならん、ペト〔ペトロラタム。鉱油〕を塗って格納しとった火砲は射撃がやられるごと用意せにゃならん、召集兵はどかっと来る、兵器被服の員数は足りゃせん、ちゅう具合で、部隊が急に大世帯に脹《ふく》れ上がったもんじゃけん、部隊本部は大騒ぎになった。それまでは、名は常備砲台ちゅうても、各砲台にゃ留守隊長と隊長当番兵が常駐しとっただけで、つまり聯隊本部の現役兵三百人かそこらが対馬要塞の全兵員ちゅうことじゃったろう。いまは全島の重砲兵が、少なくとも千四、五百人にゃなっとるはずぞ。そげなふうに何もかもごたごたしとって、本部の仕事は増えるばっかり。人事掛准尉は、その日その日の勤務割りにも顎を出しとる。『火金練兵』どころじゃあるめぇ。処置がないよ。」と村崎古兵は、私のためにまで教育掛をさせにゃならんとじゃけんねぇ。おれのごたぁるガンスイにまで教育掛をさせにゃならんとじゃけんねぇ。

めに動員下令前後における聯隊の状況を概括してくれた。

軍隊ではいつでももっぱら戦闘それ自体ないし戦闘ごっこのみが行なわれている、というような幼稚な観念が、私の頭脳に巣くっていなくもなかったことを、私は思い知らせられたのである。

それにもかかわらず、古年次兵たちの具体的生態、部隊本部の全般的動態は、私の実感から相変わらず離れていた。しかしともかく約一カ月の経過が兵営生活にたいする一定の理解と慣れとを私にも与えたのは、事実であった。われわれの徒歩教練と銃教練とは、一月一杯で一段落になって、『砲兵操典』の「綱領」が「砲兵ノ生命」と規定する火砲群の一つ、三八式野砲の教練が、二月初頭から集中的に開始せられた。

一月十九日に突発した最初の小波瀾からのち、相対的に平穏無事な十数日が、私およびわれわれの上に明け暮れた。早晩必ず何事か異変が起こらずにはいまい、という不安、ほとんど確信のような予感が、その間ずっと私にあった。数年前、私は、アメリカ映画の佳作〔ヘンリー・ハサウェイ演出〕“Souls at Sea”〔『海の魂』〕を見て感心した。その中でゲーリー・クーパー演の主人公が ‘Things are bound to happen.’〔「事件は必ず起こる。」〕と力を入れて予告したのを、私は、忘れなかった。その画面では、それが結局そのとおりになった。私は、私の不吉な予覚を、ほかならぬその ‘Things are bound to happen.’ という「敵性語」で、ときどき改めて私自身に言い聞かせ、たしかめていた。

二

寒《かん》のきびしい朝朝、「めし上げ」、食器洗い、石炭取り、ごみ捨てなどの行くさ帰るさ、私は、部隊兵舎の裏手、表門と東通用門との間の杉垣沿い、冬木の二、三本聳《そび》える枝枝を、大群の鳥《からす》がそよろともせず覆っている異形《いぎょう》の眺めに、何度か目を見張らせられた。殊に夜来の雨上がり、まだ雲の切れない陰鬱な空の下、大地も草木も屋根屋根もしとどに水気を保つ午前早く、群居する漆黒《しっこく》の鳥《とり》たちの、何かを瞑想するにも似る樹上の静寂は、そこからある禍禍《まがまが》しい妖気が発散するかのようでもあった。あるいは遠からず亡び去るべきこの私のため自然があらかじめしつらえた喪章を見るようにも、私は、そこを見上げて通った。新聞を読むことができないわれわれ新兵に、ときたま週番下士官や班長、班附やが齎《もたら》す（南方戦線における日本軍の圧倒的な）捷報《しょうほう》にもかかわらず、やがては亡び去るべきは眇《びょう》たる私個人のみではないはずである、とやはり私は考えていた。

二月三日朝にも、当日食事当番の私は、冬枯れの木木の上に鳥の群がる沈黙を見た。この朝は、雨上がりではなかった。二、三日間続いた荒天が昨二日夕景から定まり始め、その消燈後約一時間半、寝つきの悪くて小用の近い私が戸外に出たころ、天心あたりに陰暦十二月十七日の月がひえびえと澄んで、雲はまったく絶え、光と影との対照があざやかな地表に早くも霜が結ばれつつあるかと感ぜられた。ちょうど弾薬庫歩哨の交代時刻が来ていたとおぼしく、その方角にそれと定かな二人連れの靴音およびその一人の掛け声を、私は、厠《かわや》から帰りがけに寒寒《さむざむ》と聞いた。夜明け前、私は、もう一度用足しに起き、物凄《ものすさ》まじい月影が厩《うまや》と医務室とのあわいの空、山の端《は》近くにかたぶいたのを仰いで、新砲廠西側の土に明らかな霜を踏んだ。こうして終日快晴の二月三日が、われわれを訪れていた。

この朝、例の場所に私が烏の群れを眺めたのは、「めし上げ」の行きしなだけであった。さえぎる物のない朝日の下でも、その烏たちは、相変わらず陰気な虚無的な印象を放散した。移動する私の眼に、日の光が、それらの濡れているような羽根の表面を二、三度きらりと滑《すべ》ったように見えた。が、数分後の帰途、私は、そこらに一羽の姿をも見出さなかった。おっつけ敗滅するであろう存在のために自然が用意した喪章というごとき私の見方は、私自身にとっても、むろん当座の非合理的感傷を出ないのである。私のかたわらを、鶏知町字黒瀬《くろせ》生まれの上田二等兵が歩いていた。あの烏の群集がこの島ではめずらしからぬ現象であるのかどうか、彼に質問してみようかという気が私に兆《きざ》したが、週番上等兵指揮下のわれわれに私語の自由はなかった。

しかし、私の疑問は、その朝食後、偶然にも大前田班長によって解かれることになったのである。

——兵隊歌の「今朝もカボチャの味噌汁か」という一句が物語ったように、軍隊副食物の特徴は、その千篇一律性にあったと私に思われる。一期間のわれわれは、来る日も来る日も、朝昼晩、そのカボチャにではなく、大根の菜に出会って、ほとほとうんざりさせられた。朝が大根の味噌汁、昼と晩とが大根の醤油汁。ただし、この醤油汁のほうには、鰯《いわし》または鯣《するめ》烏賊《いか》のぶつ切りが混入せられることも、たびたびあった。それらの魚介類は、鱗《うろこ》も骨も臓腑も一緒くたにぶった切られていたから、その分の大根汁は、一種特異の臭気を放った。その上どの汁にも土砂が多分に混入していた。「軍隊ノ食事ハ栄養ヲ主トシ簡易ヲ旨トスベシ。」と『軍隊内務書』は規定していたが、われわれの三食が少なくとも「簡易ヲ旨ト」して調製せられていたのは、たしかな事実であった。

一期間前半のある日、当日食事当番の私は、たまたま炊事場で一つの珍妙な場景を目撃した。たくさんのどろんこ大根を洗っていた二名の新参らしい炊事当番兵が、炊事上等兵から叱りつけられたのである。炊事上等兵の怒りの原因は、彼ら二人の大根の洗い方がねんごろなことにあった。「このガサブク。何回も水を替えたりして、綺麗に洗い上げるんじゃないよ。そんな丁寧なことをしとったら、戦争はやられやせんぞ。ちっとは泥を付けとかにゃ、大根汁のカロリーが足らんごとなって、味も悪うなる。水を無駄遣いするな。いいか、ここで拵《こしら》える食事は、人間に食わせるのじゃない、兵隊に食わせるのだ。お前らは、勘違いするなよ。」と炊事上等兵は怒鳴っていた。そこでも私は、感嘆せざるを得なかった。われわれの食事は、「栄養ヲ主トシ」という定めにも忠実に作られていたのであろう。それに「水ノ使用ハ節約スルコトニ慣レシムベシ。」もまた『軍隊内務書』の一箇条であった。

その二月三日朝、「いやじゃありませんか軍隊は／金《かね》の食器に竹の箸《はし》／仏様《ほとけさま》でもあるまいに／一膳めしとはなさけなや」とこれも兵隊歌に謳《うた》われたとおりの、アルミニュウム製食器に盛り切り麦めしおよび大根の味噌汁、そのお定まりの朝食を、われわれが平《たい》らげたとき、食卓南側の東端から、神山上等兵が、「みんな聞け。お前たちの中に、軍隊の食事を不服に思っとる者がおるだろう？　おったら男らしく申し出よ。」と強く言った。村崎一等兵が神山上等兵と向き合っていて、その二人から西へとわれわれが食卓の南北両側（細長い腰掛け六台）に居ならび、大前田班長ただ一人が食卓東側で西むきの一人用椅子に靠《もた》れている。班長の食事だけは、金属製角盆に載せられて、献《ささ》げられる。

神山の発言で、食卓の両側は、まちがいなく不安な緊張を現わした。これは、ほとんどすべての班員が、その相互間でかねがね兵食への不平不満を語ってきたからである。彼らは、脛《すね》に傷を持つ者のような気分に落ち込んだのであろう。食卓北側の西端で、私は、『何かあったな。』と思ったけれども、私個人としては痛痒《つうよう》を感じなかった。私は、誰かにむかって、そのような愚痴を零《こぼ》したことが一度もなかったのである。

「どうだ？　正直に言ってみよ。おらんことはない。おるはずだ。自首するのは早いほうがいいぞ。正直に早く言えば言うだけ、その者の身の為《ため》になるのだ。」と神山が、ふたたび強調した。彼は、「自首」という語を用いた。誰もが、だまりつづけた。神山の口ぶりから私が察するに、漠然たる班員一般の誰かに彼の目標があるのではなくて、確実な証跡に基づく特定犯人の摘発準備が彼の胸中にあるのらしかった。

第一班と第二班との食卓で二人の班長が同時に「別れ。」と命じ、そちらの兵たちは、「頂きました。」と口口に叫んで解散した。どちらでも本日食事当番の兵たちが、あと片づけに取りかかった。

「神山がこれほど言っても、まだ自首しないのだな。この中に必ずおる。証拠を突きつけられてからでは、弱音を吐いても、もう間に合わんぞ。」と神山が凄《すご》んだ。それにもかかわらず、「自首」する兵は出て来なかった。

「それならそれでよし。」とつぶやいた神山は、上体を卓上にぐっと乗り出して彼の左方を見やり、「石橋。」とするどく呼んだ。食卓南側の真ん中へんにいた石橋が、「はい。石橋二等兵。」と答えた。

「石橋。石橋は、軍隊の食事に不服はないか。」

「はい。石橋二等兵は、不服はありません。」

「ないことはない。不服があるだろう？　あるならあるで、率直に言うんだよ。」

「石橋は不服はないであります。」

「この期《ご》に及んで、まだそんな嘘を吐《つ》くのか。お前は大根の菜に不服がある。上官を誤魔化すつもりか。」

ここで石橋の顔面が、ぎくりとしたように色を変じた。それまでは神山から第三班における任意の一兵として指名せられたとでも思っていたらしい石橋が、何か彼自身の具体的な脛《すね》の傷に思い当たったようである。

「はい、いいえ――。」と彼は、頼りなげに苦しげに返事をしかかって、そのあと絶句した。

「どうした？　石橋、なぜはっきり答えない？　上官を誤魔化すつもりか。」

神山は、おなじ詰問を繰り返した。彼が上等兵である自己を「上官」と称したのに、私は、いささか滑稽を感じたが、その自称はそれで適当であるのかもしれない、と思い直した。石橋の舌が、うろたえた。

「はい、いいえ、ゴマ、誤魔化しません。誤魔化すつもりはございません、ございませんであります。」

「ふっ、『ございませんであります』か。」上座の大前田班長が、その食後始めて開いた口で冷笑した、「チャンコロか毛唐じゃあるまいし、日本人なら日本語を使え。どこの国の言葉か、そりゃ。大根の味噌汁が気に入らんような奴は、日本人じゃないぞ。」

「石橋。立て。列外に下がって『不動ノ姿勢』だ。言われて正直に白状したのなら、まだいいが、お前は誤魔化して、隠し通そうとした。そこで『気をつけ』をして待っとれ。」

石橋は、神山の指令に従った。第一班および第二班の食事当番隊は食器洗いに去った。上衣の物入れから二、三枚のはがきを卓上に取り出した神山が、その一枚を選んで彼の鼻先に掲げ、ひとたび裏返してから、元にもどした。その様子は手品師の仕草《しぐさ》のようであると私が見ていると、あたかもそれにふさわしい科白《せりふ》が、しかしたいそうしかつめらしく彼の口を出た。

「いいか、みんな。ここに一枚のはがきがある。」

「種も仕掛けもない。」とひびきの声に応ずるごとくに大前田が断言した。私は吹き出したかったが、ここはそうするべき場所柄では決してなかった。大前田は何かに浮かれているのではないのか、と私は疑った。私が見る、いまの彼の表情には、一片の笑いもない。しかし彼の心は何かに浮かれているに相違ない、と私は決めた。もちろん神山は、にこりともしなかった。

「いま神山が皆にこのはがきを朗読してやる。『拝啓、御無沙汰しましたが、僕もますます元気です。』――書き出しは歌謡曲の『上海便り《シャンハイだより》』そのままだ。『ゴブサタ』の『サ』は、石偏の『砂』という字で『タ』は『博多《はかた》』の『多』という字だ。」神山は、苦り切って軽蔑した、「あとでわかるように内容もでたらめだが、字も全体にでたらめだ。このはがきだけじゃなくて、お前たちが書いたはがきには全般的に誤字、当て字が少なくない。漢字がわからない場合は、知ったかぶりをしないで、かなで書け。そうでなければ、神山なり学校出の戦友なりに教えてもらえ。『聞くは一時の恥、聞かぬは一生の恥』だ。ろくに覚えてもおらない漢字をやたらに使いたがるから――。」

「神山上等兵。字のことは、まぁそのぐらいにしといて、肝腎《かんじん》な所だけ読んで聞かせるがええじゃろう。」大前田が、神山の独擅場《どくせんじょう》に水を差した、「あんまり時間もないぞ。字の教育は、また別の機会にゆっくりやるならやれ。――ええか、お前たち、これから先は、むつかしい字は神山に習うことにして、なるべく嘘字は書くな。『聞くは一時の恥』じゃ。なぁ、神山。」

「はい。……では、そうします。……いま班長殿も言われたとおり、必要な漢字がわからなかったら、班長殿または班附にたずねて教わる。いいな。」

われわれは「はい。」と叫ぶべきであったが、その暇もなく村崎一等兵が、神山の「いいな」の語尾を掠《かす》め取らんばかりにぶっきらぼうな口を利いた。

「村崎にはたずねるなよ。たずねても無駄じゃ。字なんか教えられんぞ、おれは。」

全班員が、結局「はい」を言いそびれた。班長、班附ら三人の間でも、座が白けたようである。五、六秒間むっとしていた神山が、ようやく村崎を非難し始めた。村崎の姿は私に見えない。

「そんなことを言わなくてもいいだろう？　村崎古兵。」神山は、はがきを握った右こぶしをどんと卓上に置いた、「そんな言い方をするもんじゃないよ。」

「字を教えたりはでけんからでけん、と村崎は言うたとじゃ。」

「なにもこの場でわざわざそれを言う必要はないはずだ。あんたも教育掛なんだから、教育掛のように――。」

「地方の学問を教育することは、おれにはでけん。軍隊事《ごと》の教育もおれは下手糞じゃが、教育掛を命令されたから、仕方なしにやっとる。聯隊長も――聯隊長殿も、まさか村崎に地方の学問の教育掛を命じたとじゃなかろう。むつかしい字の教育がおれにでけるもんか。」

「あんたは、何かのことで神山に当て擦《こす》っとるのか。教育召集班員の郵便物は、中隊の検閲にまわす以前に、班長、班附が下検査をすることになっとる。それをしてみると、毎回、神山にもすぐわかる程度の誤字や当て字で書かれた通信文があんまり多いから、神山は注意したのだ。村崎一等兵。村崎一等兵は、自分が既教育の召集兵だからというんで、現役三年兵の上等兵を教育補充兵の前で嘗《な》めるのか。」

「何？　……いんにゃ、もうええじゃろう。おれの言うとることは、既教育とか三年兵の上等兵とか、そげなことに関係はない。おれは他人に漢字を教える能がないと言うとるだけなとじゃ。」

「よし。その件は、いまはそれまでにして、必要なら、あとで二人で談判せろ。」このへんを頃合いと見計らったのか、大前田が、割り込んだ、「神山。本題にもどれ。補充兵は、とりあえず字のことは神山に聞け。ええか。」

「はい。」とわれわれは答えた。

神山は、不興顔をわずか斜め左前に俯《うつぶ》け、しばらく押しだまり、やがて気を取り直したように、はがきを持ち上げた。

「いいか。読むぞ。『毎日毎日三度三度大根のおかずばっかり食べておりますので、大根中毒しそうです。このごろは戦友たちの顔までが大根のように見えてきました。よろしくお頼みします。』――こりゃ、なんだ？　このはがきは誰が書いたのか。言え。」

「はい。石橋二等兵が書きました。」

「それが遅いよ。『不服はありません』、『誤魔化しません』、『誤魔化すつもりはございませんであります』と言い張って、貴様、ちゃんと不服を書き立てとるじゃないか。退っ引《のっぴ》きならん証拠が出て来るまで、なんとかかんとか誤魔化そうとしたじゃないか。」神山は、立ち上がって、石橋の前に進んだ、「石橋。若杉の顔を見ろ。よく見ろ。若杉の顔が大根に見えるか。うん？　神山には見えんが、お前には見えるのか。」

「いえ、見えないであります。」

「しかしお前は、そう見える、とここに書いとる。『このごろは戦友たちの顔までが大根のように見えてきました。』――若杉の顔が、若杉のと限らず、どの戦友の顔でもが、お前には大根のように見えるはずだ。そうだろう？」

「相撲取り〔若杉〕の顔なら、おなじ大根でも、桜島大根じゃろう。」とまた大前田が、神山の言行に油を差すとも半畳を入れるともつかないような駄洒落《だじゃれ》を飛ばした。神山が、この種の状況における作法どおりに、制裁の実行開始を極り文句《きま》で宣告した。

「石橋。足を横に開いて、奥歯を嚙みしめろ。」

これは、被制裁者が両頰を交互にぶんなぐられても横転しないように、また口腔内粘膜、舌、歯に負傷しないように、という制裁者の親切心ないし警戒心に由来する指示であるらしい。眼鏡を掛けている被制裁者にたいしては、これに加えて「眼鏡をはずせ。」という眼球ないし眼鏡を保障するための指示が与えられる。神山が、はがきを物入れに突っ込んで、その右手を斜め右うしろに引いた瞬間、石橋の左頰が激しく引き攣《つ》った、と私は認めた。しかし次ぎに来るべく私に予想せられた「バシリッ」という高らかなびんたのひびきは上がらなくて、その代わりに「ペチャッ」というようなにぶい音が起こった。石橋が顔を斜め右うしろにひょいとそむけたため、神山の平手の先半分だけが石橋の左耳直後の頭部を打って掠《かす》ったのである。『あぁ、まずい。石橋はまずいことをしたなあ。これで彼のたたかれる数が増えた。』と私は痛感した。

「なぜ逃げる? 貴様、それでも軍人か。卑怯な真似をするな。」

激昂した神山が、周到に狙いを定めた。バシリッ、バシリッ、バシリッ、バシリッと今度は音高く神山の両平手が石橋の両頰を四度鳴らし、そのたびに後者の躰《からだ》が右に左にぐらぐらゆれた。

「食事についての不服を隊外への通信に麗麗《れいれい》しく書き立てたり、上官を誤魔化したりする横着者が、いざ気合いを入れられるとなると、避《よ》けたり逃げたり女の腐ったように卑怯未練な振舞いをする。いいか、みんなに改めてもう一ぺん言っとくが、上官から気合いを入れていただくときに、逃げたり交わしたりするんじゃないぞ。臆病者が顔を逸らすようなことをすると、耳を打たれて鼓膜が破れるという結果にもなる。生まれもつかぬ片端《かたわ》にでもなったら、どうするんだ？　石橋、避けるな。」制裁の受け方に関する倫理的ならびに衛生的指針を全員に教え諭《さと》した神山は、そこでバシリッと追加の一撃を石橋に食らわしてのち、ふたたび上衣の物入れから問題のはがきを持ち出した。「『毎日毎日三度三度大根のおかずばっかり食べて』とお前は書いとるが、真っ赤な嘘だ。入隊した翌日の昼、尾かしらつきの鯛《たい》の煮つけは、お前は、食わなかったのか。この一ヵ月、何度も出された鰯《いわし》や烏賊《いか》は食わなかったのか。――食ったのか食わなかったのか。」

「はい。食いました。」

「それ見ろ。」バシリッともう一つ神山は打った、「『大根中毒しそうです。』――『大根中毒』とは何か。」

「はい。上等兵殿。石橋二等兵は、悪くありました。」

「悪いことは、決まっとるよ。どんな中毒か、『大根中毒』は。」

「石橋二等兵は、忘れました。上等兵殿。石橋は、今後二度とそんなことは書きません。」

「あわれっぽい声を出すな。三つ四つぶたれたくらいで、そのざまはなんだ？　大根の中毒はないぞ。みんなもよく聞け。大根は絶対に中毒しない。古くても、生煮《なま》えでも、大根は中毒しない、当たらない。それだから芝居の下手な、当たらない役者のことを大根役者とむかしから言うのだ。大根にはヴィタミンとジアスターゼが豊富に含まれておる。貴様のはがきは、ありもしない作りごとだらけじゃないか。この『よろしくお頼みします。』というのも、成っとらん。こりゃ、何か食い物、嗜好品《しこう》を送ってくれ、という謎だ、軍紀違反の秘密暗号通信だ。この種の通信は絶対禁止だ、ともうこれまでに何度も神山が皆に教育したじゃないか。こんないやしい物欲しそうな謎やら嘘八百の恥曝《さら》しやらを銃後に知らせたがったりなんかして、……うう、それも一枚じゃない、二枚ものはがきに、貴様は厚かましくおなじことを書いとる。砲兵の風上《かざかみ》に置けない奴だ。」

週番上等兵が、東のほうから新砲廠に駆け込んで来るなり「各班から……」と叫びかけたが、こちらの有様に気づき、中止し、大前田班長に敬礼して了解を求めた。

「班長殿。使役を達しますから……。」

「『使役』？　いまごろ何の使役か。呼集までに、そげな時間があるとか。」

「はい。酒保でちょっと品物を動かすだけだそうでありますから、簡単に済みます。」

「ふん、品物ちゅうて、酒保にどげな品物があるとか。何もありゃせんで、いつでも本日休業じゃないか。何名か。」

「この班から三名出して下さい。班長殿。酒の自由販売準備なら、よくありますが。」

「う？　こら、週番上等兵、猫を這《は》うな。品物が酒なら、おれが使役に出るぞ。のう、村崎、神山。班長、班附で三名じゃけん、ちょうどええ。週番上等兵、この三名を使役に取らんか。その代わり、酒じゃなかったら、お前に気合いじゃ。」

「いいえ、もう結構であります。品物が酒じゃったら、班長殿の使役は、酒保のほうで断わるじゃろうと思います。では、お願いしました。週番上等兵、帰ります。――神山、お前は、明日の畑原衛兵ぞ。きつかろう。」

捨て科白で遠ざかる週番上等兵の背中にむかって、神山が、「バカを言うな。だまされんぞ。おれは昨日の朝、風紀衛兵を下番したんだ。明日また上番させられてたまるか。」といまいましそうに言い返し、食卓の旧位置にもどって腰を下ろした。

「口の減らん男じゃなぁ。あれは神山の同年兵じゃろう？　――おい、この列の左翼三名出ろ。復唱は省略。」

私の向かいにいた室町、曾根田、生源寺の三人が、極めて明朗に、「はい。」と答え、立ち上がり、いったん各自の寝台へ行き、てんでに「整頓」の上から略帽を取って、週番上等兵を追った。「各班から使役三名出よ。服装はそのまま。舎前に集合。」と向こうで週番上等兵がおらび、その言葉どおりを第二班の数人が一度にがなった。これは、いわゆる「逓伝《ていでん》」が行なわれたのである。

「神山。まだこいつらに言うて聞かせることがあるとじゃろう？　続けろよ。」と大前田は勧《すす》めた。

「はい。――地方に出す便りに軍事機密、軍隊の内情、この西部第七十七部隊の所在地その他つまらぬことを書いてはならないということが、お前たちには何度も徹底的に教え込まれとる。従来お前たちが書いたはがきの中にも、適当でないような事項や不必要な事柄の記入されたのがちょいちょいあって、それはそのたびに摘発されて注意されたはずだ。むろんその部分を抹殺するか全体を書き直すかしてでなければ、そういう通信は発送されない。しかし最近は、発信人住所氏名の書き方もたいがい正確になって、いろいろふしだらなはがきもだいぶん少なくなっとった。ところが、この石橋のはがき二枚だ。こんなひどいはがきには神山も今度初めてお目にかかったぞ。防諜心《ぼうちょうしん》が欠如して軍人精神がたるんどるから、軍事機密を漏らそうとしたり、嘘八百を書きならべたり、することになる。軍隊の副食物に大根が多い、というような軍事機密を、地方人に通信するとは、何事か。不謹慎も甚だしい。しかも石橋は、逃げ道がなくなるまで上官をあざむこうとして、強情を張った。『戦陣訓』の『諸事正直《せいちょく》を旨とし、誇張虚言を恥とせよ。』という教えにも、石橋は、まったく反しとる。だからいま神山が制裁を——公的制裁を加えた。これを機会に皆もよく考えろ。はがきに書く書かないだけじゃなく、食事についても何についても、とやかく不平不満不服従を持ったりしゃべり合ったりするんじゃないぞ。そして万一何かしくじったり悪いことをしたりした場合には、石橋のように包み隠して誤魔化そうとせずに、男らしく自首して出よ。」ここで神山は唐突に冬木の名を呼んだ、「そうだな、冬木。悪事を働いた人間は、何よりも自首するのが一番正しいな。そうだったな？　冬木。」

三

副食物に大根が多いという事実が軍事機密に属するとは、私の耳に教訓的な珍説であった。その上また神山が「公的制裁」という合成語を殊更に新しく使ったことも、私の興味をそそった。しかしそれらよりも、神山が、私に唐突と感ぜられるやり方で冬木を名指し、なにさま含みのありそうな語調で証言を強要したことに、私は、最も気を取られた。

……「証言の強要」？　——そうではなく、もしかすると冬木も石橋のように一定の尻尾《しっぽ》をつかまれているのか。……室町、生源寺、曾根田の三人が使役に出たので、いまは冬木が食卓南側の最左翼にいる。神山は、彼の位置から普通の着席姿勢では冬木が見えないはずである。だが、神山は、前に彼が石橋を指名した場合とは違って、今回は食卓にのしかかりも首を捩《ね》じりもすることなしに、ほぼ正面を向いたまま、冬木に声をかけた。というよりも、それまでは下座のほうを斜めに見やってしゃべっていた神山が、急にわざとのようにその顔を正面に返しておいて、冬木に物を言ったのである。それは、神山が冬木に何事かの「自首」をうながしたということではないようであった。その実体の見当が私に付かないような何物かが、神山の言葉の奥に伏在しているのではないか。

冬木は、真ん前の卓上に視線を据えて、眉を顰《ひそ》めていた。彼は口の中で「はい。」と言ったようでもあったが、彼に近い席の私にもそれがはっきりしなかった。神山が、もとどおりにあらぬ方を見たなり、言外の意味を押しつけるかのような口ぶりで冬木の返事を請求した。

「どうだ? 冬木。誰よりもお前には、そのことがよくわかっとるな。そうだろう?」

「はい。」と手短に答えた冬木の声は、やはり高くなかった。彼も視線を動かさなかった。その顔色が変わったように私が思ったのは、私の気のせいかもしれなかった。けれども彼が答えてのち下唇を固く嚙み込んだのを、私は、目撃した。

神山は、冬木のそっけない、小声の、片意地な感じもなくはない答え方が気に食わなかったにちがいない模様で、おもむろに下座へ首をめぐらした。その彼にもまだ冬木の顔形は見えていまいとしか私に思われなかったが、いま神山の両眼は凹レンズの向こうで例の刃金色《はがねいろ》のような刻薄の影を宿したのであろう、と私は想像した。彼は、怒鳴りはしないで、勿体《もったい》らしい口を利いた。

「声が小さい。それきりか。ただ『はい』だけか。冬木。ほかに答えようはないのか。自分の経験を忘れなかったら、もう少しまともな、気合いの入った返事の仕方があるだろう？　それとも、お前は、忘れたのか。忘れるのはまだまだ早い。少なくともあと一年半ぐらいは、しっかりと覚えとくのだ。」

「忘れたとじゃない、知らんとじゃろう？　そいつは。」特徴的な粘っこい口調を表わし始めた大前田が、「そいつ」という単数代名詞を、次ぎには「そいつら」という複数形に変えた、「そいつらは『知りません』が大好きじゃったからな。おい、知らんなら知らんと言うてみろ。『知りません』と言うてみろ。」

　何事が進行しつつあるのか、私は理解することができなかった。神山が村崎との言い合いで虫の居所《いどころ》を悪くしたであろうことは、私にも察せられた。それにしても彼は、冬木に何を示唆し何を求めているのか。……「自分の経験」？　「少なくともあと一年半ぐらい」？……あるぼんやりした臆測が、形を成そうとして成さずに、私の頭の中を乱れて走った。冬木にたいする、神山の「どっちにしろあんな人間だし、……」という侮蔑、大前田の「お前がどげな人間か、班長が知らんと思うなよ。……」という警告、階級の不明な巡察衛兵の「ふぅん。お前が冬木か。……」という感嘆、冬木自身の「ここにも世の中の何やかやがひっついて来とる。……」という述懐、――その後そのほかにも幾つかの似たような（冬木の身上経歴に纏《まつ》わる暗影をそれとなく物語っているような）見聞に、私は、遭遇していた。しかしそれらが何を具体的に指示しているのか、私はわからなかった。

冬木は、同年兵の誰ともあまり打ち解けなくて、平常だまりがちに暮らしていた。しかし彼は、一月十九日朝の出来事以来、一定の親しみをもって私に接してきたようである。私も、おなじような心持ちで彼を見ていた。それでもわれわれは、別に深い個人的会話を行なったのではなかった。その過去について彼から私が聞き知ったのは、もと彼が北九州小倉市の秀巧堂《しゅうこうどう》――これはそのへんでは大きいほうの印刷会社であって、私もその名を知っていた、――で植字工をしていたということ、のちになんらかの事情でその勤めを止め、やがてまた小倉市の小さい印刷所に雇われていたということであって、それ以上ではなかった。何度かの彼との対話の中に、私の注意をかなり惹《ひ》いた現象が、一つだけ数えられた。

それは、あの突発事件から六日目、一月二十五日（日曜）の午後、冬木と私とが、八紘山《はっこうざん》に登って、そのわれわれ二人以外には誰一人もいなかった頂上でしばらく過ごした機会のことであった。――八紘山は、その北山腹ならびに頂上の一帯が営内に属する。しかし古年次兵の誰も、なおさら新兵の誰も、その山上にはめったに行かないようである。頂上には、対空監視哨用の小屋が一軒あるが、哨兵は現在配置せられていない。――そこで私は、「知りません」、「忘れました」の問題に関する一つの推定を冬木に語ったのである。

――一月十九日からその日までに、私は、村崎古兵にたずねて、従来兵隊が、「知りません」を禁止せられて、その類の表現を必ず「忘れました」で代用させられてきた、という歴史的事実を、まず再確認した。だが、その理由をも根拠をも、またどういう訳で私（ならびに冬木）が「忘れました」の使用をとことんまで強圧せられることなく見送られたのかをも、私は、知り得なかった。

われわれは、入隊してすぐに『軍隊内務書』と『砲兵操典』とを配給せられ購入させられたが、私は、その二つ以外の「典範令」を持たなかった（その後一月三十一日に『陸軍礼式令』がわれわれの手に渡った）。「知りません」禁止、「忘れました」強制という無条件的な不条理にたいして虚無主義者ないし「一匹の犬」らしからぬ疑問と興味とを起こした私は、念のため『軍隊内務書』および『内務規定』（各班に一冊ずつ配付せられているガリ版刷りの分厚い綴じ込み）を通読してみた（いくら軍隊が超特別の機構であっても、そんなことの明文規定が存在する、とは初手からほとほと私に信ぜられなかったものの、もし万一それらしい何かがあるとすれば、それはその二つの書物の中あたりに発見せられるのではなかろうか、と私はせめて推測した）。その読書は、たくさんの有益な啓蒙発明を私に付与したとはいえ、果たして「知りません」禁止、「忘れました」強制の定めは、その二冊のどこにも見当たらなかった。ましてその他の「典範令」にそういう成文があるはずはない、と私は推断した。

しかしそれでも私は、「典範令」のうちの主要な、あるいはわれわれ兵隊に相対的に身近な、そして私のまだ知らない幾冊かについて、その有無を見定めたく思った。村崎一等兵は、新兵と同様に、『軍隊内務書』および『砲兵操典』のほかには軍隊関係の書籍をほとんど持っていないようであった。なんぼか持っていそうな神山上等兵から借りることは、私として好ましくなかった。ここでは私にとって唯一の旧知（？）である「先輩」品川《しながわ》軍医中尉を、私は、結局思いついた。入隊直後の身体検査以来それまでに（種痘と四種混合予防接種とが実施せられた二度の機会以外にも）、私は、一回だけ単独で彼に出会っていた。あるとき医務室裏側の厠で用を達《た》した私が、その出入り口外部東横手の水道蛇口で手を洗っていたら、たまたま彼が医務室から出て来た。私に答礼した彼は、私を覚えていて、「どうだ？　元気か。即日帰郷で帰っといたほうがよかったのじゃないか。つまらないだろう？」とくつろいだ調子で聞いた。とりあえず私は、「はい。」と答えた。軍医は、「まぁ病気をしないように気をつけて、適当にやれ。三カ月だからな。何か困ったことでもあったら、相談しに来いよ。」と言い置いて厠に入った。私は、彼の行為に甘える意思を一般的に持たなかったのであるが、この「典範令」の件については、さしあたり彼に頼むことよりほかの便法を発見しなかったのである。

　一月二十二日、昼食前の暇を盗んで、私は、品川軍医を訪れ、借用を願った。「そりゃいいが、どうするんだ？　幹候（幹部候補生）志願でもする気になったのか、君が。――まさかそうじゃないな。待てよ。第一、教育召集兵には幹候志願の問題はないわけか。うん、そんなことじゃないな。」と医官室内の彼は、私を「君」と呼んで、いぶかしげに自問自答していた。なぜ彼が私を幹部候補生志願に縁遠い兵と極め込んでいるのか、それは、私にとって、全然不明であって、また少少不安でもあった。ともかく私は、私一個として調べたいことがある旨をつたえた。彼は、それより深くはこだわらずに、「いま僕の手元には一、二冊しかないから、夕方までに取り寄せておこう。」と約束してくれた。ついでに私は、「知りません」、「忘れました」に関して教えを乞うた。相手は、「そう言えば、そうだな。われわれもそうやってきたのだが、しかし理由は何だろう？　そういう規則がどこかに決められてるのでもあるまいが。なんでもかんでも『忘れました』か。たしかにそうだ。別に考えたこともなかったが、言われてみると、おかしいな。いや、その出典も何も、僕は……つまりその『忘れました』だ。ふぅん、そんなことに関心を持つのか。そうかぁ。」となにやら最後には一人合点をしていた。こうしてその夕刻私は、『陸軍礼式令』、『作戦要務令』、『衛戍《えいじゅ》令・衛戍勤務令』、『観測教範』、『通信教範』、『射撃教範』、『体操教範』、『剣術教範』、『馬術教範』、『被服手入保存法』、『衛生法及救急法』、『陸軍刑法・陸軍懲罰令』、ほかに陸軍中佐塚越照《つかごしてる》編『新訂野砲兵須知』、陸軍中佐渋川銈一郎《しぶかわけいいちろう》編『新訂歩兵須知』の合計十四冊を品川中尉から受け取ったのであった。

むろん私は、まだそれらの書物全部を通読したのではなく、主として目前の主題のために拾い読みをしたに過ぎない。しかも教範操典類の内容には、私がその実物実地を知らずに読んだところで了解し得ないような部分が少なくなかった。それでも私は、およそ当面の目的を達することができた。すなわちそのどれにも、「知りません」禁止、「忘れました」強制の成文は見つからなかったのである。

この拾い読みからも、私は、相当の有益な啓蒙発明を、のみならずある種の感動感服を、授けられた。――神山も村崎も、「金玉《きんたま》は袴下《こした》の左側に入れとくんだぞ。」などと言って新兵を教育していた。そういう規定の存在を必ずしも信じなかった私は、「㈠袴下ハ充分ニ引上ゲ片手ニテ襦袢ノ裾廻《スソマハ》リヲ引下ゲ臀部《デンブ》ヲ覆ヒ次ニ右ノ腰紐ヲ左ノ紐孔ニ通シ一回後ニ廻シ右前ニ結ブ。／㈡睾丸ハ左方ニ容ルルヲ可トス。／㈢裾紐ハ踝《クルブシ》ノ上部ニテ外側ニ結ブ。／㈣袴下ノ長サハ裾紐ヲ結バザルトキ踝ノ下部迄垂ルルヲ度トス。」という懇切な条文を『被服手入保存法』の中に見出して、心中三嘆せざるを得なかった（——神山も村崎もこの条文の所在については無知であったことを、後日私は突き止めた）。私本人は入隊前から「睾丸ハ左方ニ容ルル」習慣であったから、そこに不都合はなかった。ただし、以上は、「典範令」のあれこれが私に与えた感動感服のうち、やや卑近な一例なのである。

「知りません」禁止、「忘れました」強制の明文は実在しない、と私は、いったん断定した。そこで私は、この禁止と強制とを軍隊における不文律または慣習法の一種と想定し、その成立由来をさまざまに思案したのである。あまり名案も浮かばなかったが、私は、端《はし》なくも、『刑法』（「総則」）の「法律ヲ知ラザルヲ以テ罪ヲ犯ス意ナシト為スコトヲ得ズ。」という条項を思い出してから、それを手がかりに、私のおぼつかない法律知識を動員して、一つの仮説を組み立てた。——私は、かつて大学法科（政治専攻）の学生であったけれども、教室にはろくに出なかった上に、自分で勉強しもしなかったため、法学にいっこうに暗かった。ただ私は、法学に相当の関心を持ってはいて、特に刑法学にはそうであったから、東大牧野《まきの》英《えい》一《いち》博士の「総論」特別講義および京城大不破《ふわ》武夫《たけお》教授の「各論」特別講義などにはめずらしく連日出席したほか、その方面の書物をもいくらか読んで、初歩的知識の若干を獲得してはいた。私がなかんずく興味を覚えたのは、たとえば犯罪の主観的要件（責任）、不定期刑、死刑ならびに確信犯などの問題であった。

——刑法学上に「自然犯（刑事犯）」および「法定犯（行政犯）」という二つの概念がある。自然犯とは、行為が法規範を待たずして、それ自体において反社会的な犯罪。これにたいして法定犯とは、行為自体においては反社会的でないけれども、国家の（当該行為を命じまたは禁じる）意志に反することにおいて反社会性を帯びる犯罪。さて「法律ヲ知ラザルヲ以テ……」という条文〔『刑法』第三十八条第三項〕の解釈については、説が分かれている。一説は、自然犯にはその適用を肯定し、法定犯にはその適用を否定する。他説は、自然犯にも法定犯にもその適用を承認する。……資本制社会にあっては、前者に近ければ近いほど、その態度は、自由主義的・民主主義的となり、後者に近ければ近いほど、その態度は、絶対主義的・ファッショ的となるのではないか（――すでに早く明治三十九年〔一九〇六年〕牧野博士は、『法学新報』誌上発表の論文〔『法律の不知』〕でこの問題を取り上げ、「されば、均《ひと》しく社会に損害を与ふるの行為なりと雖《いへど》も、所謂《いはゆる》自然犯罪に付ては、法律の知不知を論ぜずして犯人の反社会性を検するを得べく、所謂成文法上の犯罪に付ては、法律の知不知を検して以て犯人の反社会性を鑑別せざる可からず。」と前者的な立場の是《ぜ》なるを論定した）。しかるに日本帝国の判例は、ほぼ後者に接近した立場を取ってきたはずである。

ここ規則ずくめの軍隊においては、大小あらゆる軍紀違反「悪事非行」の大部分が、言わば「法定犯」に属する。それらに関して、「知ラザルヲ以テ罪ヲ犯ス意ナシト為ス。」のごとき仮借《かしゃく》も情状酌量も、断じてここには存在の余地がないのであろう。軍隊創建以来、このような態度が、上から下にむかって強行せられ貫徹せられてきたのにちがいない。そしてついにそれが、「知らなかった」とか「知らない」とかいう表現一般への禁制、そのような用語そのものへの弾圧にまで立ち至って、かの不条理千万な慣習法が出来上がったのではあるまいか。

この推論の基礎たる『刑法』条項についての私の考え方は、ふつつかな粗雑性ないし図式性を十分にはまぬがれていないかもしれない。だが、「法律ヲ知ラザルヲ以テ罪ヲ犯ス意ナシト為スコトヲ得ズ。」を自然犯にも法定犯にも全然無差別無条件に適用しようとする類の思想が「知りません」禁止、「忘れました」強制という伝統の根柢を貫流していることは、おそらく確実であろう。それならば、この「知りません」禁止、「忘れました」強制は、日本帝国と帝国軍隊との本質的性格を最も典型的に象徴する現象、言い換えれば高度な絶対主義の最も端的な露頭でなければなるまい。

——山の上で私が冬木に語ったのも、だいたいそのような内容であった。

私は、なるべくわかりやすいことを心がけて話したが、彼が、どういう気持ちで聞いたか、どのように理解したか、それらは、私によくはわからなかった。ところで、その私の他意は格別なかった雑談の中で、ついでに私が言及した「罪本《モト》重カル可クシテ犯ストキ知ラザル者ハ其重キニ従テ処断スルコトヲ得ズ。」という『刑法』条項にたいして、明らかに冬木は、特別な興味を現わした。その解釈、具体例などについて、彼は熱心に質問してきた。その彼に私がひととおり適切な解答説明を提供することができた、とは残念ながら私にあまり信ぜられなかった。しかし彼がその法規にたいして示した強い関心は、私の心に残った。

……いま神山によって幕を開かれた不可解な事態を目前にして、私は、その出来事を想起していた。「自首」、「自分の経験」、「あと一年半ぐらい」というような神山の言いぐさ、それに付き纏《まと》った不明朗な陰影が、その山上の一件を私に連想させたのである。……なにしろ事は、犯罪と刑罰とに関係しているのではあるまいか。あるいは冬木は、刑余の人間でもあるのか。……それでは「あと一年半ぐらい」とは、何を意味することになるのであろうか。

……相手の内密な弱みを公衆の面前で思わせぶりに突っついているような神山のきな臭いやり口。それが、陰湿な人間侮辱を私に感覚させていた。

このたびは紛《まぎ》れもなく冬木の満面に血潮の色が上がったのを、私は見た。それにまた大前田のやにっこい悪たれ口が私の足元にも火を付けたか、と私が恐れねばならなかった。私は、私の顔を真向きに据え、大扉の開け放たれているかなた、静穏な太陽光の横溢を通して、弾薬庫の草土手を睨《にら》み、たいそう畏《かしこ》まったつもりになった。冬木が、神山および大前田としんねりむっつり対抗することによって現在の難局にみずから輪をかけたりなどせずに、なんとか早く柳に風と受け流すことを、その私は、(陰気な情念が冬木の胸先に込み上げているであろうことを思いやりつつも)、しかも切望せざるを得なかった。私の切実な事勿《なか》れ主義的願望にもかかわらず、冬木は、黙しつづけた。とはいえ、それも十秒間以上ではなかったであろう。

視野の左隅で不意に何かが動いたと私が覚《さと》って目を移したとき、早くも神山は、冬木の背後に走り寄って来た。神山が、一声高く呼んだ。

「冬木。」

「はい。」

振り返りながら腰を浮かす冬木の左半顔を神山の右こぶしが痛烈に食らわし、冬木の五体は腰掛けを越えてコンクリート土間に転《ころ》がり落ちた。罪と罰とに無関係ではない種類の(昨今私に耳新しい)特定名詞を、神山は、またしてもその冬木にむかって放った。

「神山だけじゃなく、班長殿もおたずねなされておられるのに、なぜただちに従順に返事をしない？　そんなふうじゃいつまでも真人間にはなられないぞ。立て。」

命じられるまでもなく冬木は立ち上がった。彼は、北むきに直立したが、右手の平で顔の下半分をおさえていた。鼻血が出始めたのであろう。その指と指との間にくれない色が滲《にじ》んでいた。

「『不動ノ姿勢』に、その手はなんだ？　下げろ。上官が許可しないことを、勝手にするんじゃない。」

冬木は右手を下ろした。鼻血が、口辺を斑《はだら》に汚して、なおも滴《したた》っていた。そのわずかに仰向《あおむ》いた顔面から、つい先刻ひとたび上がった血の気が引いてしまったのは、恐れよりもむしろ怒りのせいではないのか。私は、私自身の波打つ感情から、そのように類推した。

「班長殿も、お前のことを特別に心配なさって、気にかけておられる。神山もおなじだ。それだからこそ、いろいろとたずねたり言ったりもするのだ。その上官のありがたい心遣いにたいして、お前の態度は何か。どうしてはきはきと答えないのか。おかしくて答えられないのなら、いくらでも答えられるようにしてやるぞ。いいか、もう一度だけたずねてやるから、気合いを入れて返事をするのだ。よし、その前に鼻血を拭け。拭いてよし。――紙がないのか。おい、誰か紙を持っとる兵隊は、冬木にやれ。」

私の軍袴の物入れには、いつでも塵紙《ちりがみ》が入っている。私は、手早くそれを冬木に渡して立ち返った。冬木は、ざっと血をぬぐうと、紙切れを丸めて鼻の左穴に詰め込もうとしたが、中止した。彼は、神山にうかがいを立てた。

「鼻に栓《せん》をしてもよくありますか。」

「よし。栓をしてもよろしい。」

「おれたちの現役時代は、ぶんなぐられて鼻血なんか出してみろ、汚《けが》らわしい血を上官のお目にかけるとは何事かという訳で、また太《ふて》えまちがいになったもんじゃ。」鼻の穴に紙栓を押し込む冬木をじろじろ眺めながら、大前田が、時宜《じぎ》に叶った回想談を発表した、「そんな鼻血は放っといても、死にゃせん。すみやかに片づけろ。」

「はい。――いいか、聞くぞ。悪いことをした人間は一刻も早く自首するが最もよかったな。それとも、そうじゃないのか。」

これにたいして冬木は、鼻血が喉《のど》に流れ入りでもするせいか、口籠もりがちに、不思議な答えを返した。

「班長殿や……上等兵殿の……言うとられますのが、……あのことを……みんなの前で言え、……ということでありましたら、……冬木は、言います。冬木は、……無理に隠さないでもよいのであります。」

ゆくりなく私の頭に、貝原益軒の「凡《およそ》、罪を犯して、未だ顕《あらは》れざる内に白状する者は、赦《ゆる》す。これ、古法なり。又、知らずして科《とが》を犯す者は、赦すべし。……是、斉の桓公の言なり。」(『君子訓』)という訓言が、浮き出て来た。しかし、その訓言と冬木の過去とが、どう具体的に結びつくかは、私に分明でなかった。

「う？　何か、そりゃ。誰がそんなことを言うたか。僻《ひが》み根性を出してひねくれるな。」かなり鼻白んだ気味合いで、神山は、窘《たしな》めた、「なんのことかおれにはわからんが、誰もそんなことを言うとりはせん。」

「神山。そいつが何か言いたいちゅうとなら言わせてみろ。」神山が二の足を踏んだと見てその尻押しをするかのように、大前田が、だみ声を投げた、「本人がしゃべりたがっとるんじゃったら、なんでも構わんから、しゃべらせるがええじゃろう。上官にむかって逆捩《さかね》じを食わせよるとじゃないか、そいつは。」

「はい、……しかし班長殿、そりゃ、……それはちょっと具合が悪——、いや、班長殿のお言葉は、たいへん寛大でありますが、その、そんな我儘《わまま》を許しましては、教育上よくないのではありますまいか。その点につきましては隊長殿、人事掛准尉殿からも特に注意されておりますので……。」

「敬礼。」という数人の大声が、第一班および第二班の表側で起こり、このような時間には殊にめずらしくも堀江控置部隊長が、砲台出張班との境目の扉口から食堂に歩み入って来た。

第二　責任阻却《そきやく》の論理

一

大前田《おおまえだ》班長は、彼自身も起立しながら「気をつけ。」と号令し、それに従って全員が直立した。近寄って来た直属団隊長堀江《ほりえ》中尉に面して、無帽の大前田班長が、「室内の敬礼」をした。『陸軍礼式令』の「下士官兵ノ室内ニ将校来ルトキハ〔指揮者ナキ場合ハ〕最初之ヲ認メタル者『敬礼』ト呼ビ其ノ室ニ在ル者ハ皆其ノ場ニ立チテ敬礼ヲ行ヒ将校ノ許可アリタル後各其ノ業務ニ服スルモノトス。〔中略〕／検査、点呼等ノ場合ニ在リテハ最上級ノ者ハ号令ヲ以テ一般ニ不動ノ姿勢ヲ取ラシメ上級先任者敬礼ヲ行フモノトス。／講堂工場等ニ於テ授業若《モシ》クハ作業中ニ在リテハ直属団隊長ニ対スル場合及検閲検査其ノ他廉《カド》アル場合ニ限リ前項ノ敬礼ヲ行フモ其ノ他ノ場合ニ於テハ〔後略〕」という定めどおりに事が運ばれているのを、私は、私の記憶している当該条文内容と照らし合わせつつ確認していた。その大前田にたいして、堀江隊長は、略帽を脱することなく「室外の敬礼」で答えた。これも「将校ニシテ下士官兵ノ室内ニ入ルトキ〔中略〕ハ脱帽セザルモ妨《サマタゲ》ナシ。此ノ場合ニ於テハ室外ニ準ジ敬礼ヲ行フモノトス。」という規定に叶《かな》った行ないである。

「第三内務班。朝食後、ただいま郵便物に関する防諜《ぼうちょう》上の注意を与えておりました。」と大前田班長が報告した。

「うむ。ようし。――大前田軍曹。白石《しらいし》少尉はここに来なかったか。」

「はい、おいでになりません。」

「そうか。よし。休ませい。」と堀江隊長が指示し、大前田班長は「休め。」とわれわれに命じた。食卓から離れて立っている冬木《ふゆき》、石橋《いしばし》、神山《かみやま》にむかって、堀江隊長は、好奇的な感じの眼光を三、四秒間注いでいた。食器洗いから前後して帰って来た第一班および第二班の食事当番隊が、隊長に気づかずに食堂前を通過しようとした。「こら、隊長殿だぞ。隊長殿がおられるぞ。欠礼するな。」と神山上等兵が、あわただしく怒鳴った。「めし上げ」は週番上等兵の引率によって行なわれるが、食器洗いの往復には各食事当番隊の一員が指揮を取るのである。第一班および第二班の指揮者二名は、あわてふためき、「歩調取れ。――かしら、右。」と号令し、彼ら自身は、どちらもあとしざりに行進しながら挙手注目の敬礼をした。

堀江隊長は答礼しなかった。「号令が違う。神山上等兵、行って訂正せよ。」と彼は命じた。食事当番隊は食器類を携行《けいこう》運搬しているから、このような場合にその歩法を変更させるための号令は、「歩調取れ」、「歩調止め」ではなく、「気をつけ」、「休め」でなければならない。「はい。神山は、行って訂正します。」と神山上等兵は、復唱して走った。各指揮者の「直れ。

――分隊、止まれ。」という声に、神山の「待て。解散するな。」という叫びが続いた。すぐに神山の気張った訓告がこちらまで聞こえて来た。

　そちらを見送って耳を立てていた堀江隊長は、しばしのち大前田軍曹に向き返った。

「郵便物に関する防諜上の注意というのは、何かあったのか。」

「は？　……はい、隊外への便《たよ》りに軍事機密などを書いてはならんというような注意を与えており――。」

「そうじゃない。」堀江隊長の首が目立って右に傾斜した、「隊長は、兵隊が最近何か特にそういう不注意なことをしたのか、とたずねておる。」

「はい。――あ、地方に出すはがきに、この大コ――、うぅ……。」と大前田班長は閊《つか》えた。

「死節時《しせつじ》が多い。大前田軍曹。何をもぐもぐやっとる？」

「はい、……地方に出すはがきに軍事機密を記入した兵隊がおりまして、それを発見したのであります。」

「うむ。軍事機密か。よろしくない、そんなことは。志気がチクワン〔弛緩〕しておるから、そういう兵の本分にそむいたことをする。」

　堀江隊長が「弛《し》」を「チ」とまちがえて言うくせに緩を「クヮン」と正しく明瞭に発音するのを、私は、興味をもって聞いた。彼は、食卓北側の列の真ん中あたりを顎《あご》で指した。

「おい、お前。」

「はい、荒巻《あらまき》二等兵。」

「軍事機密とはどういうものか。言うてみよ。」

「はい。……大根のおかずのようなものであります。終わり。」

「何？　——もう一度言うてみよ。」

「大根のおかずであります。」

駆け足で帰った神山上等兵が、堀江隊長の左横手に止まり、敬礼して、「神山上等兵、号令のあやまりを訂正して参りました。」と復命した。

「うむ。——大根のおかずというのは、めしの菜のことか。」

「はい、そうであります。」

「大前田軍曹。」堀江隊長は、いぶかるような・咎《とが》めるような気振《けぶ》りで大前田を顧《かえり》みた、「この兵は、なんのことを言うとるのか。」

「はい、この兵は——この荒巻は、大根の菜が軍事機密である、と答えておるのでありま す。」

「やはりそうか。——そういうあられもない戯言《たわごと》を言うておるから、書いてはならんことを隊外への通信に書くことにもなるのだ。」しかし堀江隊長の不機嫌な叱責は、元兇の大前田または神山にではなく、あわれなお人好しの荒巻に向けられていた、「うん？　どこからそんな突拍子《とつぴようし》もないことを考え出すのか。こら、お前、荒巻か、荒巻は常日ごろ班長、班附の教えを真面目に聞いておらんな。隊長は——。」

「隊長殿。」事の好ましからぬ成り行きに勘づいた様子の神山が、機敏に申し上げた、「その荒巻には少し事情がありまして、班長殿以下各班附も特別な注意で教育してはおりますが、……と申しますのは、その兵隊は義務教育も終えておらないのであります。生来知能程度が低い上に尋常三年までしか行っておりませんため、とかく物覚えも悪く、バカなお答えもするような次第であります。——荒巻。恐れ多くも隊長殿にむかって、大根の菜が軍事機密だ、などと口から出任《でまか》せを言うんじゃないぞ。」

「はい、荒巻二等兵は、悪くありました。」

神山は、じかに本人にむかって「バカ者。」ないし「この能なし。」とののしったのではない。白痴でも気違いでもない成人の本人を衆目および神山自身の目の前に置いて、神山は、荒巻の低能と無教育とを冷静に客観的に披露《ひろう》したのである。このむごたらしい明《あ》け透《す》けさは、あるいは軍隊に顕著な光景であろうか。しかも荒巻のその答えに関する限り、それは、班長大前田の立ち会いの下に班附神山が教授したとおりの内容であって、必ずしも荒巻のお人好しの結果ではなかった。大根の副食物が多いという事実は軍事機密の一つである、と数分前に公言した当の神山が、荒巻の忠実な物覚えを「口から出任せ」、「バカなお答え」と規定し、それを荒巻の持って生まれた低能と義務教育未修了とのせいにして吹聴《ふいちょう》したのである。その軍人らしからぬ陋劣《ろうれつ》さを、私の頭は唾棄《だき》して怒った。

私は、私自身が神山の恥知らずな辯口を「軍人らしくない」という言葉で考えたことにすぐさま気づき、懐疑的な気分になって、「男らしくない」に改めるべきではなかろうかと思ったが、さらに思い返してその訂正を保留した。冬木にたいする彼らの奇怪な仕打ちも甚だ気に食わなかった私は、実情を暴露して神山、大前田の面《つら》の皮を引っ剝《ぱ》いてやりたくて、むかむかしもした。だが、私は、だまっていた。それは、あの一月十九日夜の経験以来、私が『私は、私の前歴が軍隊において現在知られていないこと・将来知られないことを、その知られた場合のうるささのゆえによりも、むしろその知られた場合の言わば「恐ろしさ」のゆえにこそ、願い求めるべき人間ではないのか。』というような疑惑をともかく心に忍ばせていることのためではなかった。またそれは、この荒巻をめぐる出来事が要するに小事であって、一個の人間がそんなことに向きになって対応するのは子供らしい無思慮である、というような分別臭い大人的見地に私が立ち寄ったことのためでもなかった。私は、「君子は危うきに近よらず。」という金言に従ったのでもなく、「骨折り損の草臥《くたび》れ儲《もう》け。」という警句を前途に予想したのでもなかった。主としてそれらの理由によって私はだまっていたのではなかった。私は、主として単純に恐ろしかったようである。

「ふむ。義務教育を受けておらんのか。そういう兵が、この班に何名おる？」と堀江隊長は、大前田に問うた。

「はい、……二名、……二名じゃったな、神山。」

「そうであります。荒巻のほかに一名、ただいま向こう側（北側）の列の右から七人目におります橋本《はしもと》が、義務教育を修了しておらないのであります。」

主として単純に恐ろしくて、私は、だまっていたようである。しかし私は、右の（単純に恐ろしかったこと以外の）諸事情を私の沈黙の主要な理由として承認しなかったにかかわらず、その私の内面に山鹿素行《やまがそこう》の「もし軽忽《けいこつ》にして口にまかせば、多言にして言に失多く、わ《い》れ大いに労役して威儀ここに正シカラズ、人聞いてさらに益なし。」というような思想が息吹《ぶ》いていることをも感じていた。私は、先の「軍人らしくない」を「武人らしくない」に頭の中で置き換えて、ひとまずみずから納得したような心持ちになった。

「二名か。教育掛《がかり》助教、助手は、その種の兵の教育には、また格別の心配りをせなければいかんぞ。すでに教育開始から約一月であるというのに、いかに地方では無教育であったにしてもじゃ、こういう単簡《たんかん》なことさえ、まだ飲み込めておらない兵がおるのは、班長、班附に『一つの誠心《まごころ》』と努力が不足しておるからじゃ。そもそも兵が地方でどのくらい教育を受けておるか否かは、軍隊では問題にならない。新入隊兵は、皆、軍隊の尋常一年生じゃ。教官、助教、助手は、皆をイロハから教育してやる。それが教育掛の任務じゃ。義務教育を受けておらなくても、大学を出た学士であっても、いったん軍籍を与えられた以上、皆が皆おなじ兵であって、少しの差別もないのじゃ。この荒巻のような兵を決して色眼鏡で見ちゃならん。『一視同仁』、——隊長は、常常諸官にそう教えておる。いいか。」

堀江隊長は、右かしぎにしっ放しの首を左右にゆるゆるとまわし、神山と大前田とをこもごも睨《にら》んで、戒告した（彼は、「諸官」の「官」をも明確に「クヮン」と言った）。

「はい。」と「諸官」の二人が承《うけたまわ》った。

「ようし。それにしても『大根』とは、どうしたことじゃ？　ぼんやりだけのせいにしては見当が違い過ぎておるが、何か訳があるのじゃないか。あぁ、坂本《さかもと》。坂本二等兵。——何をきょろきょろするか。お前じゃ。その右から七番目。隊長が呼んでおるのに、どうして返事をしない？」

「はい。坂本ではないであります。橋本二等兵であります。」

「う？　理窟を言うな。右から七番目にはお前しかおらん。隊長は、初めからお前の顔を見て呼んでおる。いいか。」

「はい。」

「お前はどうか。お前も大根の菜を軍事機密と思うてはおらなかったか。」

「はい。」

「『はい』じゃわからん。思うておったのか。」

「はい。思うとりました。」

「う？『思うとりました』？　どうして？　誰かが、そんなことを教えたか。」

「はい。神山上等兵殿が、そう言われましたから、橋本二等兵は、そう思うとりました。」

初歩的漢字の読み書きも不得意な橋本は、それでも荒巻のようなお人好しではない。しかし平素温順らしくてつつましげな彼が、まさかここで故意の暴露戦術に打って出たのではあるまい。ただ彼は、堀江隊長が行なった一種の誘導尋問に逆らわずに付いて行ったまでであろう。むろん私は、それがそうであるかどうかを、またそこに私の観察とは異なる別個の要素があるかないかを、しかと判定することはできない。いずれにせよ私は、橋本の正確な答えを、ありがたくこころよく感じた。

＊

――この橋本庄次《しようじ》は、福岡《ふくおか》県朝倉《あさくら》郡三奈木《みなぎ》村宮小路《みやのこうじ》熱田《あつた》から来た（たぶん貧乏な農家の）男である。そういう事実を、私は、承知している。それは、入隊後彼が彼の家族その他にむかって発した消息のほとんどすべてを、私が代筆してきたからである。なぜ彼が数多い同年兵の中から私を代筆役に選んだのか、私は知らない。彼の寝台は、第三分隊の北から二番目であり、私のそれとは、へだたっている。

　しかし、こういうことはあった。私は、そのこと（その相手が橋本であったこと）を忘れていて、入隊何日目かに（最初の代筆を頼まれたおり）彼から言われて思い出したが、橋本と私とは、一月十日、定期船珠丸《たままる》の三等船室内で、ずっと隣り同士に寝ていたのであった（いったいに私は、私が一度ないし一度以上会見したことのある他人の顔形や氏名やを、たいそうよく忘れる。これに関しては、私の記憶力がいっこうに働かず、あるいはそれを働かせようという気が概して私にないらしく、私は、しばしば人人に失敬する）。橋本も、私とおなじように、飲みも食いもしゃべりも歌いもしないで海を渡った少数者の一人であった。壱岐《いき》と対馬との中間で、ただ一度だけ彼が、「波が荒かですねぇ。いつごろ対馬に着くとでっしょうか。」と私にたずね、私は、「さぁ？　私は、はっきりわかりませんが、もう五分の四ぐらいまで進んだでしょうから、あと二時間かそこらじゃないかと思います。」と告げた。彼は、それで満足したとみえ、「そうですか。そんなら、もうたいしたことはないですね。どうも。――あぁぁぁ。」と礼を述べて欠伸《あくび》をした。私が単に「私は、わかりません」と答えるに留めずに不確実な推測を未知の人にたいして社交的に語ることができたのは、――私がそんな言わば「油断」を私自身に許したのは、――彼の飲まず食わずの無言ならびに無知淳朴《じゅんぼく》貧困らしい風体《ふうてい》が海の上の私の心になにがしか叶ったせいであったろう。それが、渡海中に私が物を言った唯一の場合であったのであり、またおそらくそれが、彼にとっても同様の場合であったはずである。

　通信代筆のほかに、新兵の是非とも覚え込むべき諸事項を彼の手帳に振りがなつきで書き入れてやったり、彼の『軍隊内務書』、『砲兵操典』などについて適宜に漢字にかなを振ってやったり、することも、このごろ私の役目になっている。

平生《へいぜい》橋本は温順な、つつましい、むしろ気弱な男のようでもあったが、一月下旬、小雨の一日、こういうこともあった。当日午前の前半、われわれは、内務実施を命ぜられた。私は、『作戦要務令』と『緑雨《りょくう》全集』とを持って食堂に行き、まず前者をそこで読んでいた。私の横手で、橋本が、手製（布製）の上出来な緒《お》を彼の下駄にすげるため、元の鼻緒（荒縄製）を取り去ってしまった。ちょうどそのとき週番下士官が患者（医務室行き）の「呼集」を行ない、腹下《くだ》りによる「就業」患者〔すべての兵業を休むことなく治療を受ける患者〕の橋本が当惑したので、私は私の下駄を彼に貸した。「その間に、おれが、この下駄にその緒をすげておこうか。」と私が親切気で申し出たら、橋本は膠《にべ》もなく謝絶した。それは私にたいする彼の遠慮ではなく私の腕前にたいする彼の正当な不信用であると私に信ぜられたから、私は、彼の鼻緒のない下駄に私の両足を載せて、読書を続けた。ところで、私が彼に貸し与えた下駄には、左のような曰《いわ》くが付いていたのである。

その三、四日前、日朝点呼後、各班から四名の使役兵が徴集せられ、私ほか十一名が、それに応募し、下士官集会所の掃除をさせられた。掃除と週番上等兵の検分とが終わり、私が他の十一名とともに下士官集会所を出ようとすると、私の下駄がなかった。同年兵十一名がその下駄を履《は》いて下士官集会所の表に整列したあと、一足《いっそく》だけが下足箱に残っていた。しかしその下駄には、私の下駄の鼻緒よりもだいぶん立派な（紡績糸製の）白い緒がすげられていた。そのみならず週番上等兵および十一名の誰もが、取り違えてもいなかった。その掃除時間中、われわれ十三名以外の何者も下士官集会所内にいなかったから、それは奇妙な現象のようでもあった。しばらく私がどうしようかと思案していたら、とうとう週番上等兵が、「一足しか残っとらんのなら、どんな下駄でも仕方がないじゃないか。それをお前のにしとけ。……それがお前のだよ。ボサーッとするな。」と痺《しび》れを切らしたようにわめいた（私のなくなった下駄のほうが上等であったゆえに私がこだわっている、と彼は勘違いをしたらしかった）。とにかく彼の意見も、いちおうもっともであった。やや不本意ながら、私は、もしもの事のための駄目を週番上等兵に押した上で、已《や》むを得ずその下駄を履いて内務班に帰った。――医務室行きの橋本が私から借りて履いたのが、その白い鼻緒の下駄であった。

約一時間後、医務室からもどって来た橋本は、「この下駄は、もとから東堂二等兵の物じゃったとじゃないでしょう？　どこかで人から取り替えられたんかね。」と私にたずねた。私は、下駄の曰くを説明したあと、彼の質問理由を彼に求めて、下《しも》のごとき話を橋本から聞かせられた。

――診療を受け終わった橋本が、新砲廠《しんほうしょう》に帰るべく医務室の正面出入り口に行くと、その附近に一人の経理軍曹が、人待ち顔でたたずんでいた。橋本は、経理軍曹に敬礼し、例の下駄を履いて歩き出した。すると、経理軍曹は、橋本を呼び止め、「その下駄は、お前のか。お前のじゃなかろう？」ときびしく問うた。橋本は、なんだか様子がおかしいように感じながら、それが戦友からの借り物であるという旨《むね》を述べた。相手は、それが彼の三、四日前に盗まれた下駄である、と断言し、その証拠として鼻緒の特徴を二つ三つ指摘して、いっときがみがみ橋本を叱りつけたが、やがて（下駄を取り上げまではせずに）橋本を釈放した。

以上を物語った橋本は、「もう大丈夫じゃろうばってん、またひょっとして東堂二等兵が、おんなじごたぁる目に会うたら、バカらしかけん、おれが、新しい緒を作って、すげてやるよ。」と約束し、すぐそれから有り合わせの布切れや紐やで上手に緒を拵《こしら》えて、例の下駄にすげてくれた。私は、私が思わぬ迷惑を橋本に及ぼしたことを彼にあやまり、それでも当の経理下士官が橋本をその程度の叱責だけで解放したことを（主として橋本のために）よろこんだ。

そんな私は、好い気な人間であった。後刻私は、風引きによる「練兵休」患者の曾根田《そねだ》から、その一場の目撃談を聞いたが、それによれば、実情は、橋本の話とはだいぶん食い違っていた（または橋本は、私への報告において、実情の中心部分を省略していた）のである。——経理軍曹は、それが戦友の借り物であるという旨の返答を橋本の一寸遁《いっすんのが》れと受け取ったらしく、「嘘を吐くな。」と極《き》めつけ、橋本の横面に二つの平手打ちを食わせて、「お前は、員数を付けたんだろう？　おぉ？　どこで員数を付けたか。……下士集（下士官集会所）でじゃないか。……お前は、三、四日前に下士集の掃除に行ったな。隠しても、調べれば、すぐわかるんだぞ。……こら、なぜだまっとるか。」と責め立てた。橋本は、彼が下駄を盗まなかったということと、彼が最近一週間以内には下士官集会所の掃除に行かなかったということとを、のろのろ答えた。相手は、「ふん。ほんとうにお前が戦友から借りたのなら、その戦友の名前を言え。はっきり言うてみろ。言うたら、お前を許してやる。言われにゃ、お前は、太《ふて》えまちがいになるぞ。適当な名前を言うて誤魔化《へんぷ》そうとしても、そうは行かん。うむ、お前は橋本庄次だな。」と（橋本の上衣左胸部片布上の氏名を確認しつつ）問い詰めた。

ところが、にわかにそこで橋本は、「軍曹殿。あん、戦友の下駄ちゅうとは、ありゃ嘘ごとであります。橋本二等兵は、悪くありました。一昨日《おとつい》の晩、風呂場で誰かから換えられました。」と前言をひるがえして謝罪した。経理軍曹は、その真偽をやかましく問い質《ただ》し、さらに二つ橋本のびんたを張りもしたけれども、橋本は、例の下駄が浴場で誰かから取り換えられた物である、という申し立てをかたくなに撤回しなかった。ついに経理軍曹は、「そんなら、まぁ、よし。これからは気をつけて、上官に嘘を言うたりなんかするな。その下駄は、おれが取り返してもいいのだが、特別でお前に呉れてやる。行け。」と投げ出したように言った（もっとも経理軍曹は、ちゃんと「一装どころ」の下駄を履いていた）。

私は、曾根田の口から右のような実況を聞き知って、そのように橋本が私を庇《かば》ったということによってよりも、むしろその真相を橋本が私に知らせなかったということによって、ほとほと心を打たれたのであった。しかしそれについて私は、そののち橋本に何も言わなかったのである。

＊

堀江隊長の問いにたいする率直な答えが出たとたんに、神山上等兵は、血相を変えて目に角を立てた。

「何を言うか。橋本。神山が、いつそんなことを――。」

「控えろ、神山。隊長が、じきじきに取り調べておる。」堀江隊長は、殿様言葉で厳然と制止した、「橋本。大根の菜は軍事機密だと神山が教えた、とお前は言うか。」

「はい。」

「ふむ。――神山。この兵も、どこかが普通じゃないのか。」

「はい。先ほども申しましたとおり、橋本も義務教育を――。」

「それはわかっておる。お前は最前《さいぜん》から『義務教育』、『義務教育』とそればかり言うておるが、――よく聞け、神山。そもそも人間は、学校に少ししか行かなかったから物わかりが悪い、余計に行ったから物わかりがよい、とは決まっておらんぞ。小学校もろくに出ておらん偉物《えらぶつ》もおれば、中学出、大学出の阿呆《あほう》もおる。そういう神山は、学校はどこまで行った？厳原《いずはら》尋常高等小学校の尋常科を出ただけではなかったのか。うん？」

堀江隊長のこの意見には、私は無条件に同感した。

「はい、いえ、高等一年修了であります……が、そのあと専検を……。」

「お前が卒業した学校じゃ。学校はどこを卒業したのか。」

「はい、それは、……卒業は、小学校の尋常科であります。高等一年まで行きましたが……。」

神山の口吻《こうふん》は、山山の付け加えたい注釈を無理やり押し潰《つぶ》しているというように、なんとも残り惜しげであった。専検合格・早大専校外修の自家広告屋が、せっかくの自尊心を逆さに扱《しご》かれて、無念のやる方もなかったのであろう。……かねて彼がわれわれに公表していた小学校高等科卒の学歴が、ここで尋常科卒・高一修に格下げをせられて公認せられたのは、気の毒でもある。しかし、そういう自己滅金《めっき》の欲求ならびに実行が、私に理解しがたく思われる。もし彼の専検合格・独学立身が真実の履歴であるのならば、彼は、その尋常小学校をしか卒業しなかったという事実をこそ、自己の人知れぬ矜恃《きょうじ》にしてもよかろうではないか。
「そうじゃろう？　つまりお前も義務教育を辛《かろ》うじて終わっただけの兵じゃ。だからという
て隊長は、学校出の誰彼に比べて、神山を、天保銭《てんぽうせん》とも八厘《りん》とも引けを取るとも一概に思う
てはおらんぞ。それにまたもともと勉学修養の場所は、なにも学校だけじゃない。尋常小学
をさえ満足には修学しなかった人間が、いつの間にどこでどんな人格学問を身につけてお
らんものでもないのじゃ。いいか。」
たぶん神山とおなじく小学校出であろう彼自身のために、ここの堀江隊長は、語っている
のかもしれなかった。
「はい。」と神山も、神山なりにいくぶんか救われたような語気で答えた。
「む、加うるに軍人の本分は、学問でも知識でもない、忠節じゃ、『一つの誠心《まごころ》』じゃ。
――隊長が問うておるのは、この橋本も頭脳に何か欠陥がある兵か、ということじゃ。」
「特にそういうことも――頭脳に欠陥があるということも、ないようであります。」
「ふむ。その頭脳不健全ではない兵があのように答えておるのは、どういう訳か。おかしい
ではないか。これ、橋本。隊長はもう一度たずねるが、お前の答えはまちがいないか。」
「はい。」自分の返答を再確認した橋本が、一つのあまり健全な頭脳の証明でもないような
質問を発した、「部隊長殿。あのぉ、尋常小学六年を出とれば、それで義務教育を受けたこ
とになるとでありますか。」
橋本は「部隊長殿。」と呼んだが、一般にここでは、「部隊長」は、ひたすら聯隊長（西部
第七十七部隊長）であり、控置部隊長は、ただの「隊長」である。しかし寛容にも堀江中尉

は、その橋本を咎めなかった。

「そうじゃよ。それがどうかしたのか。」

「はい。……そんなら橋本二等兵は、……義務教育を受けました。……尋常六年を出ることは出たとでありますから。」

「何？　するとお前は、尋常六年を卒業しておると言うのじゃな。」

「はい。宮小路《みやのこうじ》尋常高等の六年まで行って、高等には上がらんじゃったとであります。」

『アンナ・カレーニナ』の有名な冒頭第二句イギリス訳文‘Confusion reigns in the house of the Oblonskys.’〔「オブロンスキー家は混乱を極めていた。」〕が、不意に私の頭に飛び出た。橋本発言の効果が、‘Confusion reigns’〔「混乱が支配した」〕にそっくりの印象を私に投げつけたのである。そこから逆に意識的に私は、『あの開巻第一句は、‘All happy family is happy in the same way, but every unhappy family is unhappy after its own fashion.’〔「幸福な家庭はすべて一様に幸福であるが、不幸な家庭はどれもそれぞれの流儀で不幸である。」〕だったな。』と思い出した。それにつれて私は、『軍隊内務書』の「各級ノ幹部及兵〔中略〕各其ノ分ヲ尽《ツク》サバ兵営ハ一大家庭ヲ成シ融融和楽ノ間其ノ団結ヲ鞏固《キヨウコ》ニシ上下相愛シ緩急相救ヒ有事ノ日欣然《キンゼン》トシテ起チ勇奮死ニ赴《オモム》クヲ楽ムニ至ルベシ。」というまったく虫がいい「綱領」十二にも思い及ばなくはなかった。しかしそれよりも私は、そのトルストイ作小説の書き出しに纏《まつ》わる（いまは広く知られている）逸話《いつわ》や、数年前に私が買って読んだその一八八〇年代出版の古本がたしか最初のイギリス訳（A・モード訳？）であったということやを、ある感慨をもってしばしちらちらと回想した。

二

「うぅむ。」堀江隊長は、低く唸《うな》ると、少しの間、橋本を眺めて考えていた、「どうなっとるんじゃ？　これは？——神山。どうもお前の言うことには、いい加減が多いようじゃ、そういうふうでは教育掛助手の任務を全《まっと》うすることはできんぞ。いや待て。神山も神山じゃが、それよりも大前田軍曹じゃ。内務班長たる者が班員のこの程度の身上も確実に掌握しておらんとは、何事か。……どうじゃ？　大前田。」

「はい。それがその……。」しゃちこばった大前田軍曹が、赤面《あかつら》になって出目《でめ》をいたずらに見張った、「たしかに義務教育は受けとらんはずで、……そういうことになっとったのであります。そうじゃったな、神山上等兵。」

「『そういうことになっとった』？『なっとった』とは何か。お前は班長じゃぞ。いちいち班附上等兵に聞かねば、班員のことがわからんのか。」

「はい、いんにゃ、この、神山と交代で班員の身上調査を行ないまして、橋本の場合は神山の担当じゃったと思いますが、……したがって、くわしいことは神山が……。」

「いやしくも下士官たる者が、そういう無責任なことを言う。班員の身元、性質、行状、思想その他を熟知するのは、ほかの誰でもない内務班長の責任じゃ。」

「……はい。……。」

「思想」という熟語を堀江隊長が口にしたことに、私は、一瞬と胸を突いた。『軍隊内務書』

における中隊附諸官の職務、なかんずく内務班長のそれに関する規定は、私がもっぱら心して精読した部分の一つである。「内務班長ハ〔中略〕兵ノ身元、性質、行状、技能、身心ノ状態、交友関係及通信等個人ノ実情ヲ熟知シ其ノ勤惰《キンダ》ヲ監督シ人事、賞罰及休暇等ニ関スル事項ヲ上申ス。」とそこには書かれていた。「班員の身元、性質、行状、思想その他……」という堀江隊長の口上《こうじょう》は、たぶんそこから来たのであろう。原本には存在せぬ「思想」の一語を、ただしかし、なにゆえ堀江隊長は、ここでわざわざ付け足したのか。もっとも、『軍隊内務書』の「綱領」十においては、「兵ハ一意専心上官ノ教訓ニ遵《シタガ》ヒ思想正順ニシテ克《ヨ》ク其ノ本分ヲ自覚シ」というように「思想」の語が使用せられている。私は、堀江隊長の「兵ノ……思想」という言い方に格別の他意はないのかもしれない、と思い直して、私自身を努めて落ち着かせた。

と、次ぎには堀江隊長が「責任」、「無責任」の語によって大前田班長に追い迫ったことが、私の注意を引いた。

――私は、「法律ヲ知ラザルヲ以テ罪ヲ犯ス意ナシト為《ナ》スコトヲ得ズ。」という『刑法』条項との関連において、「知りません」禁止、「忘れました」強制という不文律の成立事情を推理し、私なりの一定結論を出した。それとともに私は、もう一つ別の推論をも行なっていた。この推論の基礎に私が置いたのは、これも刑法学上の「責任阻却《そきゃく》」という考え方であった。というよりも、この場合には、主として「責任阻却」という術語のみを私が利用したのである。――「責任阻却」とは、違法行為者も特定事由の下では（その責任が阻却せられて）刑法的非難を加えられることがない、「責任なければ刑罰なし」、というような意味である。

……あの不文法または慣習法を支えているのは、下級者にたいして上級者の責任は必ず常に阻却せられていなければならない、という論理ではないのか。……もしも上級者が下級者の「知りません」を容認するならば、下級者にたいする上級者の知らしめなかった責任がそこに姿を現わすであろう。しかし、「忘れました」は、ひとえに下級者の非、下級者の責任であって、そこには下級者にたいする上級者の責任（上級者の非）は出て来ないのである。言い換えれば、それは、上級者は下級者の責任をほしいままに追求することができる。しかし下級者は上級者の責任を微塵《みじん》も問うことができない、というような思想であろう。……この（下級者にたいする）上級者責任阻却あるいは上級者無責任という思想の端的・惰性的な日常生活化が、「知りません」禁止、「忘れました」強制の慣習ではあるまいか。

このように私は私の推理もしくは想像を進めたのであった。――もとより各級軍人の責任は、たとえば『軍隊内務書』ないし『戦陣訓』においても力説強調せられてはいる。それは、あるいは「職務ノ存スル所責任自ラ之ニ伴フ。各官宜《ヨロ》シク其ノ職責ノ存スル所ニ鑑《カンガ》ミ全力ヲ傾注シテ之ガ遂行ニ勉ムベシ。」のごときであり、あるいは「任務は神聖なり。責任は極めて重し。一業一務忽《ゆるが》せにせず、心魂を傾注して一切の手段を尽くし、之が達成に遺憾なきを期すべし。」のごときである。とはいえ、この責任とは、詮《せん》ずるところ、上から下にたいして追求せられるそれのみを内容とするのであって、上が下にたいして負う（下から上にたいして問われる）それを決して意味しないのであろう。……しかし下級者Zの上級者Yも、そのまた上級者Xにとっては下級者である。ZにたいしてYの責任は阻却せられていても、そのYはXによってほしいままに責任を追求せられねばならない（このXは、Zの「忘れました」についても、そのZにしっかり覚え込ませなかったYの責任を追求するであろう)。そしてXとそのまた上級者Wとの関係も、同断なのである。かくて下級者にたいして上級者の責任が必ず常に阻却せられるべきことを根本性格とするこの長大な角錐《かくすい》状階級系統(Wからさらに上へむかってV、U、T、S、R、Q、P、……)の絶頂には、「朕《ちん》は汝等軍人の大元帥なるぞ。」の唯一者天皇が、見出される。

ここに考え至って、私は、ある空漠たる恐怖に捕えられたのであった(芥川龍之介の「理想的兵卒は苟《いやし》くも上官の命令には絶対に服従しなければならぬ。絶対に服従することは絶対に責任を負はぬことである。即ち理想的兵卒はまづ無責任を好まなければならぬ。」〔『侏儒の言葉』〕という「警句」なんかは、やはり気楽な才走りでなければならない。)――この最上級者天皇には、下級者だけが存在して、上級者は全然存在しないから、その責任は、必ず常に完全無際限に阻却せられている。この頭首天皇は、絶対無責任である。軍事の一切は、この絶対無責任者、何者にも責任を負うことがなく何者からも責任を追求せられることがない一人物に発する。しかも下級者にたいして各級軍人のすべてが責任を阻却せられている。……かくて最下級者Zにとっては、その直接上級者Yが、絶対無責任者天皇同然の存在であり、その間接上級者X、W、V、U、T、S、……も、また同様である。そのSにとっても、その直接上級者Rならびに間接上級者Q、P、O、N、M、L、……が、絶対無責任者天皇同然の存在でなければならない。なるほど最上級者および各上級者は全下級者の責任をほしいままに追求し得るにしても、さりながら上級者の絶対無責任(に起源する軍事百般)にたいして下級者が語の真意における責任を主体的に自覚し遂行することは、本来的・本質的には不可能事ないし不必要事であろう。……このことは、同時に次ぎのようなことをも意味する。上からの命令どおりに事柄が行なわれて、それにもかかわらず否定的結果が出現する、というごとき場合に、その責任の客観的所在は、主体的責任の自覚不可能ないし不必要なZからYへ、おなじくYからXへ、おなじくXからWへ、おなじくWからVへ、……と順送りに遡《さかのぼ》ってたずね求められるよりほかはなく、その上へ上への追跡があげくの果てに行き当たるのは、またしても天皇なのである。しかるにその統帥《とうすい》大権者が、完全無際限に責任を阻却せられている以上、ここで責任は、最終的に雲散霧消し、その所在は、永遠に突き止めれることがない（あるいはその元来の不存在が、突き止められる）。……それならば、「世世天皇の統率し給ふ所にぞある」「わが国の軍隊」とは、累累《るいるい》たる無責任の体系、厖大《ぼうだい》な責任不存在の機構ということになろう。

「知りません」禁止という慣習法の根本に上級者責任阻却の論理を想定した私の考察は、おのずから私を以上のような断案に導いたのである。そこで絶対無責任とそれにたいする絶対服従との一大組織として私の脳裡に顕現した日本軍隊の表象は、私の心身に戦慄を通わせるに足りた。その戦慄の性質は、各種政治結社における残忍怪奇な構図《コンポジション》――すなわち隠れもない超スパイのイェヴノ・アゼフに指導せられたるロシア社会革命党、著名な大スパイのロマン・マリノフスキーにあやつられたるロシア社会民主党、もしくはG・K・チェスタァトン作『木曜日と呼ばれていた男』における、その実は警視総監なる怪人物を首領に頂《いただ》けるヨーロッパ無政府主義革命党、その他――がかつて私に齎《もたら》したそれにもかなり相似していて、それよりもいっそう衝撃的に深刻であった。……「知りません」禁止、「忘れました」

強制という一現象との直面を直接の契機として私に把握せられたこの日本軍隊像が多分の客観的真実性を所有しているであろうことを、私は、ほとんど疑わなかった。

私の推論は、そこから先にはまだ発展せず、そのあたりで足踏みをしていた。累累たる責任不存在の体系という日本軍隊の表象は、あるいはそれによって私が年来の私の虚無主義に最後の仕上げを施してもよかろう好個の材料であるはずであった。かえって私は、そのような軍隊の表象を前にして、私の虚無主義がおもむろにある何物かへと還元し、または変貌し、または解体しつつあるらしいことを——私の虚無主義が次第に日日の現実における私の思考ならびに行動によって裏切られつつあるらしいことを——不安と疑いとのうちに知覚していた。

堀江隊長の大前田班長にたいする「無責任」の弾劾《だんがい》、「責任」の指摘が私の関心を格別に刺戟したことの背後には、以上のような状況が伏在した。あの空漠たる恐怖が私の心に今更新しく染《し》み込んで来るのを、私は意識した。しかし私が肉眼に見ているのは、厖大な無責任の機構そのものでもなく、その暗黒の表象でもなく、一片の上《うわ》べは笑止な戯画的光景である。彼自身の「無責任」を槍玉に上げられた大前田班長は、一言「はい……。」と痛み入ったように返事したきりで、つつましく口を閉じていた。堀江隊長は、その大前田の極《きま》り悪げな赤顔をだまって飽かずに見入った。約十秒が経過して、どうにもばつが悪くなったような大前田班長が、また口を開いた。

「班長の……、元へ、大前田の、この、手落ちでありました。今後は気をつけて、十分に班員を掌握するようにします。」

「ふむ。――どうも、お前たちは、死節時《しせつじ》が多いな。たったそれだけのことを言うのに、こんなに時間をかけておる。もう少し軍人らしくてきぱきしなければいかんぞ。隊長は――、うぅッと、……神山上等兵、この橋本の身上調査は、お前がやったのか。」

「いいえ、橋本につきましては、班長殿が親しく調査なされたのであります。」と神山は残酷にも証言した。

堀江隊長のやり口は、――もしそれを私がやや大袈裟《おおげさ》に言い表わせば、――事柄の錯綜《さくそう》を論理的に切り開いて明《あき》らめようとしているのである。私の（入隊後いまは清算せられつつある）先入主によれば、そのやり口は、軍隊（の上官）にあるまじく気長な辛抱《しんぼう》強い事態追求でなければならない。そういう堀江隊長にたいして、私は、一種のおどろきおよび感心をも抱いていた。

しかしまた、それがどういう性質の「論理的」であるにもせよ、そういう「論理的」な事態追求傾向は、堀江隊長にだけでなく、大前田、神山、仁多ら上官上級者にも、それぞれの現われ方において（ただ現実にはほとんど常に上から下にむかっての発動として）しばしば見出された。軍隊では、問答は無用、理窟は不要、無法蒙昧《もうまい》が横行、――そんな巷間《こうかん》の通説および私の観念的予想にもかかわらず、してまた上官上級者も同様のことをしきりに言明するにもかかわらず、ここは、ある意味では、理窟のすこぶる必要な、問答のたいそう有用な、さらに一挙一動一挙手一投足にも理論的典拠ないし成文規範なかるべからざる論理主義的・法治主義的世界のようである。

それを、私は、体験によって、だんだん明らかに認識しつつあった。だが、私の軍隊認識と大多数同年兵のそれとには、大きい開きがあるらしかった。私は、そのことについて誰や彼やと特別に論議したのではないが、彼らの言動全般から私が推察するに、彼らは、軍隊に関する巷説またはそれに立脚する彼らの先入主のあやまりなさを、いよいよ身をもって経験しているのに過ぎないとみえた。つまり彼ら（の主観）にとって、やはり、あるいはますます軍隊は、ひとえに理窟不要、問答無用、蒙昧無法の非論理的特殊地帯なのであった（——遥かにのちのちまで、こういう認識の相違が、大多数兵隊と私との間に存在したようである）。

もと私は、軍隊は人外の境地であり、その中で私自身は人外の存在となり果てるであろう（なり果てざるを得ないであろう）、とたぶん誰よりも固く思い定めて入隊したのであった。ここがある意味ではなかなかに論理主義的・法治主義的世界である、というのは、客観的現実にたいする私の具体的認識であるけれども、それとはおのずと別個にも、もし私（兵隊）がここを人外の境地、蒙昧無法の非論理的特殊地帯と主体的に承認するならば、そのときすでに基本的に私（兵隊）にとって万事は休するであろう、しかし決して万事が休してはならない、もしくは決して私が万事を休せしめるべきではない、というような思想ないし観念《イデー》が、一兵私の内部に芽を出していた。のみならず事実上たびたび一兵私は、そういう観念ないし思想に基づいて思考し行動してきたのである。

万事は休するべきであると考え万事が休することを望んできた虚無主義者が、しかもいまにして万事が休することを拒絶阻止しようと欲するのは、自己矛盾自家撞着《どうちゃく》たらざるを得まい。だが、そういう矛盾撞着が、たしかに現に私の中に生まれ落ちていた。ここで万事が休することをわずかに拒絶阻止し得るかもしれぬ一つの活路は、この特定領域における法治主義的・論理主義的傾向を逆用することにあるのではなかろうか、と私は考え始めたのであった。私が「典範令」、特に『軍隊内務書』、『内務規定』、『陸軍礼式令』などの勉強に積極的に取りついたのは、直接には「知りません」禁止、「忘れました」強制なる不条理の正体を突き止めるためにであった。しかし同時に、あるいは継起的に、それは、それらの書物内容すなわちこの特種の法治主義的領域における法令に通暁《つうぎょう》するためにであった。人は、ある物事を逆用するためには、まずその物事に精通しなければならぬはずである。

それやこれやで私は、堀江隊長の論理主義的事態追求にたいして、特別の興味を持たずにはいられなかった。どんでん返しの証言が今度はまた神山によって提出せられたりして、さすがに堀江隊長は、いらいら面倒臭げな気配になった。

「ううう、どちらがどうなんじゃ？　大前――、あぁん、橋本。お前の身上調査は、誰がやったのか。大前田軍曹か神山上等兵か。」

橋本の答えが、また微妙であった。

「はい、あん、班長殿が、やられました。けんども『お前は、お前の村の小学校を全部修業したか。』ちゅう質問をされたんは、神山上等兵殿でありました。それで橋本二等兵は、『宮小路の小学校を全部は出らんじゃって、途中までで止めました。』と答えたとでありますが、その――。」

「ほかのことをごたごた言う必要はない。隊長がたずねたことだけに、はっきり答える。どちらが、やったのか、大前田か神山か。」

「はい、『どちら』ちゅうても、それが……。」

「何を考えることがあるか。早く答えるんじゃ。」

「はい、両方であります。」

「『両方』? 二人でやった、ということか。」

「はい。」

堀江隊長がその一段と険悪になった目つきを大前田のほうに動かして何かを言いかかったのといっしょに、大前田が、「あっ、そうじゃ、思い出したぞ。お前は義務教育を終わっとらん。」と脳天から声を上げた。

「なんじゃ? その声は。」堀江隊長は、出端《でばな》を折られたように・呆《あき》れたように顰《しか》め面を作った、「見苦しい。軽挙妄動するでない。何か思い出したなら、落ち着いて言うてみよ。」

「はい。——大前田は度忘れをしておりました。橋本の身上調査は大前田がやりましたが、神山もそばにおって協力したのであります。学歴をたずねましたら、橋本はもたもたと要領を得んようなことばっかり言うておりましたので、神山と二人がかりで、やっとそのなんとか小学校の途中までしか行っとらん、ちゅうことを調べ上げたのであります。そうじゃったな、神山。」

「そうであります。そのとき最後に班長殿が『そんならお前の学歴は、義務教育未修了じゃ。ええか。』と念を押されましたところ、橋本は『はい。』と答えて、神山が『それでお前は読み書きも苦手《にがて》なわけだな。』と、もう一つ駄目を押しますと、橋本はまた『はい。』と答えたのであります。——そのとおりだろう? 橋本。」

「そうそう。そのとおりじゃったろうが？　橋本。」と大前田も、なお勢いづいておっかぶせた。

「はい。そのとおりであります。」と橋本は平然として肯定した。

「『そのとおりであります。』て、ほんとにお前は、けろっとして『蛙《かえる》の面《つら》に小便』のような奴じゃなぁ。」貶《けな》しながら大前田は、ふと気がねをしたように横目で堀江隊長の顔色を探《さぐ》ってから、また言いつづけた、「小学校を中途退学したとなら、義務教育は終わっとらんとじゃないか。いまごろなんとも知れんことを言い出して、上官に心配をかけるな。ええか。」

「はい。……それでん橋本二等兵は、宮小路小学校の尋常は出たとですから――、元へ、出たとでありますから、高等には上がらんじゃったけんども、その、義務教育は受けたことになるとじゃなかろうかと思うて……。」

「まだ何かぶつぶつ言うとるか。声が小さい。そんならお前は、あのとき班長に嘘の答えをしたとか。」

「いんえ、嘘の答えをしたというわけじゃなか――。」

「小学校を出とるちゅうとがほんとうなら、身上調査のときの答えは嘘じゃったとじゃないか。そうじゃろう？　嘘を言うたんじゃ、お前は。」

「はい。そうなるごとあります。」

「『そうなるごとあります』じゃない。『そうであります』じゃ。お前は嘘吐きじゃ。お前の言うことは何もかも信用されんよ。」

「経歴詐称《さしょう》だ。」と横から神山が勿体《もったい》ぶった。

「はい。……嘘吐きであります。」と橋本は、どうも合点が行かないというようなひびきを残して屈伏した。

私は、大前田、神山対橋本の身上調査問答場面が目に見えるような気がしていた。

――学歴は？《大前田》

――………？

――学校じゃよ。学校はどこまで行ったとか。《大前田》

――はい。学校はあんまり行っちゃおりまっせんが……。

――要らんことを言うな。あんまり行っとるとは初手から思うとらんよ。それじゃから、どこまで行ったとか。小学校じゃな。《大前田》

――小学校にゃ行くことは行ったとでありますが、その……。

――モサーッとしとるな、お前は。簡単に言え。義務教育は修了したのか。《神山》

――………。

――こら、どうしてだまっとる？　はきはき返事をせんか。《大前田》

――はい。あの、「義務教育」ちいいますと、どこの学校を出とればええとでありますか。

――何もわかっておらん男だ。小学校は卒業したのか。お前の村の小学校を全部修業しておれば、義務教育修了だよ。《神山》

――はい。宮小路〔尋常高等〕小学校に行ったとでありますが、全部は出らんじゃって、途中までで止めとりますけん、その、義務教育は終わっとらんとじゃろうと思い——。

——要らんことを言わずに、簡単に言えよ。小学校を卒業しておらなければ、義務教育は終わっとらんにきまっとる。これは義務教育未修了であります、班長殿。《神山》

——うん、そうじゃな。そんならお前の学歴は、義務教育未修了じゃ。ええか。《大前田》

——はい。

あらましそのようなやり取りから食い違いが生じたのであったろう、と私は想像した。……身上調査は、一月二十五日（日曜）の昼間と二十六、二十七両日の夕食後自由時間とに行なわれた。新砲廠の北側に酒保および下士官集会所の建物一棟《むね》があり、その西隅の一室が班長三人の臨時共同居室になっている。そこに班員が、一人一人呼び出されて、調べられた。私には、神山が、「家族関係は？」、「職業は？」、「結婚は？　既婚か未婚か。」というように穏当な聞き方をした。しかしちょうどおなじ時間おなじ室内で仁多班長と第一班の一人との間に進行していた調査問答は、でたらめな傑作であった。……私は、それを思い出しつつ橋本の場合を想像したのである。

——女子《おなご》はおるか。

——はい？

——かあちゃん〔妻〕はあるとか。

——いいえ、かあちゃんはありませんが……。

——かあちゃんはないが、何かあるんだな。内縁のかあちゃんか、恋人《こいびと》か。

——いいえ、恋人とは違います。

——そんなら何か。なんでも隠すことはならんぞ。何もかも言うてしまうんだ。やっぱり内縁のかあちゃんじゃろう？

——違います。あの、……許嫁《いいなずけ》であります。

〈「許嫁」と聞いて、私は、ひそかに感嘆した。〉

——ほぉぉ。そうかぁ。ちゃんと許嫁を持っとったとか。たいしたもんじゃなぁ、お前は。おぉ？　……なんか、そりゃ。くねくねして、ツヤツケルな。どこのなんちゅう娘で年は幾つか、その許嫁は。

——隣り村におる従妹《いとこ》で、十九になります。名前は辻本春子《つじもとはるこ》といいますが。

——お前と同姓だな。ふむ、従妹同士で、「十九の春」か。映画のごたぁるじゃないか。お前は、その許嫁ともういっしょに寝たか。

——はい、いいえ……。

——隠すな。隠しても班長はわかる。お前は、たしかにしとる。したじゃろうが？

——はい、寝ました。

——そうら見ろ。うまいことやったな、お前は。何べん寝たか。

——二へんであります。

――「二へん」？　ほんとかぁ。ほんとに二へんだけしかせんじゃったか。

――はい。二へんだけしかしとりません。……ほんとであります。あれからすぐ入隊しましたから、その暇《ひま》がなかったであります。

――ふっ、そうか、そりゃ気の毒なことじゃったなぁ。それじゃ、お前は、だいぶん内地にうしろ髪を引かれとるじゃろう？　心残りがあるじゃろう？　その春ちゃんに。

――いいえ、そういうことはありません。非常時でありますから。

――ふうん？　……二へんしかしとらんでも、相手が許嫁じゃったら、内縁のかあちゃんの一種かもしれんな。……ちょっと、神山上等兵。いっしょに寝たことのある許嫁は、内縁の妻になるのかな。

――さぁ？　……同棲しておればそうだろうと思いますが、別別に暮らしておる場合は、肉体関係がある許嫁でも、内縁の妻になるかどうか……。「内縁関係の許嫁」あたりが適当ではありますまいか。

――そうだな。よし、「内縁関係の許嫁」と。もちろん子供はおらんな。

――はい、おりません。

――「おりません。」なんちゅうて、落ち着いとると、辻本、その二発のどっちかが命中しとるかもしれんぞ。そのときお前は、抜き身のなりじゃったとか、それとも鉄《てっ》兜《かぶと》をかぶせたとか。

――「鉄兜」といいますと……？

――サックだよ。サックを使うたか。

――いいえ、サックは使わなかったであります。
――無用心な奴じゃ。危《あぶ》ないぞ、そりゃ。二発目ぐらいが、命中しとりゃせんか。
……まぁええ、とにかく現在は子供なしだ。その次ぎは、と……。

これと似たような雰囲気の中で大前田、神山と橋本との間の行き違いが発生したのかもしれない。ここでその行き違いを整理して手際よく、その上強引に説明することが、橋本にはむつかしかったのであろう。彼は、その新兵として精一杯のような奮闘もむなしく、嘘吐きにされてしまって降参したようである。

堀江隊長の「論理主義」は、この場にどういう裁《さば》きを付けるであろうか、食い違いの真相を見通して橋本を嘘吐きの濡れ衣《ぎぬ》から救い出すのではなかろうか、と私は、一脈《いちみゃく》の期待を持った。

「隊長殿。この者は、とかくこういう調子でありまして、……」橋本の降参を見届けたか、神山が、またさかしらに上申した、「何を言い出すやらわからないのであります。」

「うむ。……大前田軍曹。橋本の学歴その他は、あとで再調査して、たしかな所を掌握せよ。――しかし、この兵は、頭脳の程度がだいぶん低いようじゃな。それも、隊長が取り調べたればこそ、わかってきたのだ。本人は尋常小学を出たと申し立てておるようじゃが、よほど気をつけて再調査しないと、またまちがいを起こす。いいか。」

「はい。」

「いずれにせよ内務班長は、兵の身上を確実に知り尽くしておかねばならん。兵隊の知能教養は高低さまざまであるから、身上調査の際にも、それぞれの条件をよく考慮して、そこから正確な回答を引き出すのが、班長および班附の任務じゃ。のみならず通りいっぺんの形式的な身上調査などでお茶を濁しておったりしたら、あとで必ずこんな襤褸《ぼろ》を出すことになる。常常絶えず班員の状態に留意しておってこそ、初めて、確実な掌握も叶い、班長、班附の責任も果たされるわけじゃ。いいか。」

「はい。」と大前田も神山も答えた。

「ようし。――橋本。お前は、自分の学歴をまちがえたり、大根の菜が軍事機密だと教わったなどと夢うつつのような錯覚を起こしたり、いい加減なことばかり口走っておったのでは、到底兵の本分を尽くすことはできん。『一つの誠心《まごころ》』が、大切じゃ。上官の教えに正しく従って、誠心誠意御奉公に精を出す。橋本だけのことではない。ほかの兵も皆おなじじゃ。いいか。」

神山に関する橋本の極めて正当な陳述までが、一足飛びに「夢うつつのような錯覚」と判決せられていた。堀江隊長の「論理主義」も、いまや馬脚を現わして底の浅さを露呈したかのようである。

異口同音の「はい。」という叫びの中で、私は、せめて私の口を開けなかった。その私の無言が隊長、班長、班附の誰かから見咎《とが》められることを、私は、ほとんど願望したと思った。この不当な判決を黙認すること（そしてほかならぬ橋本を見殺しにすること）は、決して私の本意ではなかった。けれども、当の橋本があんな具合いに泣き寝入りをして局面がこんな具合いに移り変わったからには、どうもここは私の出番ではなさそうであった。人間万事の静と動とには、きっかけ、弾《はず》みの類も、なかなかに入用なのである。

……もし私が見咎められたならば、私は、どんなに恐ろしかってもわずらわしかっても、是非に及ばず橋本側の証人に立って不当な判決に抗議するであろう。もし私が見咎められなかったならば、私は、あえて自発的に打って出ることを結局しないのではなかろうか。そこには、私の出端《では》がない。……「出端《では》がない」？　だが、実は私が、見咎められないことのほうを心底において希望していはしないか。このあなた任《まか》せの消極的抗告姿勢が窮極的に意味するのは、ただ現在のため後日のため私がせめてもの自己慰安ならびに自己辯護の種を植えているというだけのことではなかろうか。もしそうなら、それは、単なる怯懦《きょうだ》卑屈ないし偸安《とうあん》逃避などよりも、さらにいよいよ下等低級な心情および行為でなければなるまい。……

しかし——。……

上官上級者の誰も、私を見咎めなかった。その代わりのように、また橋本が「部隊長殿。」と呼んだのを、私は、おどろいて聞いた。

「む？『部隊長殿』じゃない、『隊長殿』じゃ。」橋本による「部隊長殿」呼ばわりを、堀江控置部隊長が、このたびは冷然としりぞけた、「お前は、至る所で、まちがいだらけだぞ。いいか。」

「はい。——隊長殿。」

「なんじゃ？」

「あのぉ、橋本は学校のことはまちごうとりました。けんども大根のおかずは軍事機密じゃちゅうことは、……うんにゃ、その、神山上等兵殿がそげに言われたちゅうとは、嘘ごとじゃありまっせん、ほんなことであります。こりゃ、ほかの者もみんな聞いて知っと――。」

「まだお前はそんな――。」と神山が高声を出したので、橋本の上告は跡切《とぎ》れた。しかし、神山も、彼自身の先ほど堀江隊長から一喝《いっかつ》制止せられた失敗を思いついたとみえ、あとの言葉を飲み込んで、目の玉ばかりをめったに怒らせていた。どっちつかずのあやしげな沈黙の中へ、兵三名が、駆け足でもどって来た。

「整頓。――整頓止め。敬礼。――曾根田二等兵ほか二名、使役よりただいま帰りました。」

三

矢面《やおもて》に立たせられているのが私ではなくて彼自身であるとはいえ、再度橋本は、私の日和見《ひよりみ》主義を敢然と跨《また》いで越えたのである。橋本が形勢の不利と神山の威嚇とを冒《おか》して神山の「大根の菜・軍事機密」説をまたもや指摘する、とは――彼が自己の無実ないし正当を「恐れ多くも隊長殿にむかって」いまにしてなおかつ言い張る、とは――つゆばかりも私は予想しなかったのであった。隊長以下全員が、私と同様であったにちがいなかったであろう。彼のたどたどしい、いっそ鈍根《どんこん》な物言いの内側には、そのくせなんとも執念深くて粘り強い土性骨《どしょうぼね》、なんだか泥臭くて朴訥《ぼくとつ》な元気が、埋《うず》み火《び》のように潜在するかと私に感ぜられた。それは、ありがたい無形の（私などには欠乏している）何物かではなかろうか。

堀江隊長は、その顔を橋本からそむけて、曾根田以下三名の動きを目で追っていた。三名は、各自の略帽を大急ぎで「整頓」の上に片づけてから、食卓南側の列の左翼にならんだ。

堀江隊長がどういう出方をするであろうか(橋本に雷を落とすであろうか、それとも橋本の異議申し立てを受け付けるであろうか)、と私は固唾《かたず》を呑んでいた。その間に神山は、上衣の物入れから小さい手帳とシャープ・ペンシルとを取り出し、手帳の一ページに何かを急いで書きつけた。その一枚を破り取った神山が、堀江隊長のうしろを通って、それを大前田に手渡しながら、何事かささやいた。大前田は、ちょっとためらうように首をひねっていた。しかし曾根田たち三人が旧位置に静止し堀江隊長が発言を開始しそうな構えになったとき、大前田は、その紙片を差し上げた。

「隊長殿、これを。」

「う?」

堀江隊長は、それに目を通して、渋い複雑な思案顔を作った。彼は、橋本を一瞬けわしく睨《にら》んだが、なぜか次ぎに列外の冬木を数秒間見つめてのち、その視線を大前田に返した。

「ふむ。これがどうしたのじゃ?」堀江隊長の言いぶりには、無理に居直ったような気味合いがあった、「うん? 大前田軍曹。こんなことを、どうしていまわざわざ隊長に知らせるのか。」

「はい。それは……あれであります。教育上の御参考までに……。」

「——班員の身上調査書は、もう人事掛准尉に提出したか。」

「先月末に提出しました。」

「それには、こういうことも記入されておるのか。」

「はい、こういうことは——。」と言いさして、大前田は、当惑したような流し目を神山に呉れた。

「このことはわざと記入しませんで、山中《やまなか》准尉殿に口頭で報告しておきました。もっとも山中准尉殿は、もはやそのときこのことを御承知済みの御様子でありましたが。」と神山が、すぐさま代辯した。そういう書類の作成など、事務上の面倒な事柄は、事実上ほとんどすべて神山が取り仕切っているようである。

「うむ。――これは、当人から直接聞いたことか。」と堀江隊長は、ずいぶん声を低めてたずねた。

「いえ、もちろん別の方面からであります。別の方面と申しますのは、実は中隊の現役三年兵に――。」と神山の声音《こわね》も、隊長を見習ったのか否か、いかにも何か曰くがありそうに統《とう》御《ぎょ》せられていた。

「よし、そこまででよし。何が『もちろん』じゃ？　上官にたいして、そういう不敬不遜な言葉遣いをするでないぞ。いまそれ以上くわしいことを言う必要はない。言うてはならん。」神山に説明中止を命じた堀江隊長は、そこで急に（今回はその本人の姿には目をやりもしないで）冬木の上に言及した、「冬木は鼻血を出したようじゃが、どうしたのか。」

「いえ、鼻血は、ほんの少し出ただけで、もう止まっておりますから、大丈夫であります。」と神山は、隊長の尋問を往《い》なすような答え方をした。

「うう、隊長は、鼻血が止まったか止まらなかったかを聞いちゃおらん。どうして冬木は、列外に立っておるのか。」

「はい。あの二名には内務の失敗に関して神山が訓誡しておりました。」

神山が大前田を通じて堀江隊長に呈上した紙片には、橋本関係の特定事項が書かれているのであろう、と私は臆測していた。しかしそれの一読を境に堀江隊長は、当面の問題には無関係と私に思われる冬木のことを、かえって気にかけ始めたようである。

冬木は、隊長から六、七メートルの距離に北を向いて立っている。冬木の五体の右側面が、隊長に見えるのである。鼻の左穴に差し込まれている鼻血止めの紙栓は、――その余分が上唇へ垂れ下がっているから、堀江隊長の目にも入り得なくはないであろう。上衣左胸部の氏名片布が、堀江隊長に見えも読めもするはずはない。しかるに堀江隊長は、この場合に限って、「あの兵は……」とも「この兵は……」とも言わずに、のっけに「冬木は……」と言ったのである。

控置部隊長（中隊長）が麾下《きか》教育召集兵班新兵誰彼の名前を知っているのは、必ずしも不思議ではないであろう。むろんそれは、あり得るのである。しかし堀江隊長が一新兵の氏《うじ》を直接にも間接にもいきなり空《そら》で呼んだことは、事実としてこれまでにはなかった。入隊式、既往二回の精神訓話、ある午後一度の教練視察、――従来堀江隊長がわれわれ新兵に親しく接触したのは、以上四度の機会のみであった。彼がわれわれの名前をいちいち覚えているとは、私は考えない。冬木（の氏）に関する堀江隊長の例外的な記憶は、またしても冬木がなんらかの意味において特殊な新兵すなわち一個の注意人物であることを物語るのではないのか。列外に立たせられているのも、冬木一人ではない。ところが堀江隊長の関心対象は、冬木であって石橋ではないらしく、その主要な理由も、鼻血の件などではなさそうである。

それにしても、あの紙片に何が記載せられているのか。橋本のことか、あるいは案外にも冬木のことか。……それをめぐる堀江隊長と大前田、神山との間の質疑応答は、なにさま内証事のような・臭い物に蓋《ふた》をするような・吹っ切れないような・いかがわしい色調を帯びていたではないか……。

私は、思い惑《まど》ったが、それとともに別の身近な兵隊事も気にかかってきて、次第に強く苛《いら》立《だ》ってもいた。

朝食後の一幕が、神山の石橋糾問《きゅうもん》制裁から始まり、冬木への圧迫殴打、隊長の飛び入り、その班長班附批判、橋本の食い下がり、神山の紙片呈上……へと幾変転して、すでに相当な時間が経過したのに、目下の場景は、なんとも停滞模様を呈していて、幕切れは、まだなかなかやって来ないのかもしれない。呼集用意の時限は、迫りつつある。本日食事当番のわれわれ九名（第一分隊の上田、谷村、冬木、石川、若杉、松本、鉢田、私および第二分隊の室《むろ》町《まち》）は、このあと「呼集」までに、食器洗い、炊事場への食物桶返還など、普通よりも余計な仕事をかかえている。もしこの場の解散が「呼集用意」指令後になりでもしたら、わけてもわれわれ食事当番はてんてこ舞いをしなければなるまい。私個人は、毎朝食後の私的定例行事たる大用を済ますこともまだできていないのである。

明らかに冬木のことだけを問うた堀江隊長にたいして、神山が、「冬木には……」とは言わずに、「あの二人には、内務の失敗に関して……」と答えたことにも、私は疑いを持った。神山の冬木、石橋両者を一括せる答え方は、冬木にたいする神山自身と大前田との不当不可解な（としか私に考えられぬ）取り扱いを堀江隊長の耳目《じもく》から隠蔽ないし糊塗《こと》するための小細工なのではなかろうか。

堀江隊長が「内務の失敗」の具体的内容をもっと吟味《ぎんみ》するのではないか、と私は思ったものの、それは、当たらなかった。そこでようやく目を冬木のほうに向けた堀江隊長は、ややあってから、甚だ野暮な質問を神山に出したが、その調子は、その場限りの行き当たりばったりのようになおざりであった。

「なんで鼻血が出たのか。」

「はい。……鼻血は、……」瞬間ちょっと怯《ひる》んだらしい神山が、ただちに開き直って憚《はばか》らずに断言した、「神山が公的制裁を実施したからであります。」

大前田も、「上官にたいする服従を忘れて態度が悪くありましたので、神山が一発気合いを入れて——、うぅ、つまり、その、……公的制裁を呉れてやったのであります。」と神山の言下に力《りき》み返って言明した。

堀江隊長がこれ以上この鼻血の件にこの場で立ち入ることは無用無益である、と大前田、神山の二人が揃って宣言したかのように、私は聞き取った。この「宣言」のとき、大前田も神山も、堀江隊長登場以後において最も威勢がよかった。

先に神山は、石橋をなぐったあとの説教の中で「公的制裁」という複合語を初めてわれわれに聞かせたのであった。ここで神山は、おなじ言葉を二度目にわれわれに聞かせたのである。この語を体罰暴行の意味において(つまり「私的制裁」の別表現として)用いるということは、あるいはさしあたり神山の創意考案であるかもしれない(いま大前田は、神山の口真似をしたに過ぎぬであろう)、と私は、おもしろく考えた。

——「私的制裁の厳禁」は、部隊が謳《うた》っている標語の一つである。またわれわれの入隊直後、堀江隊長、白石教官および山中人事掛准尉は、いずれもおなじ趣旨のほぼ次ぎのごとき訓示をおのおの別別の機会にわれわれに垂れて、部隊における「私的制裁」の存在を否定したのであった、――軍隊では「私的制裁」が大いに行なわれるなどと「地方」の人人はうわさをして信じ込んでいる、しかしそんなことは（いくらかあったのはあったにしても）むかしの話でしかない、近来の実情は決してそんなふうではない、「私的制裁の厳禁」が全軍ないし当部隊の方針である、入隊兵はその点についても安心して軍務に精励するがよろしい、云云《うんぬん》。また部隊の『内務規定』（ガリ版印刷物）第十一章「起居及容儀」第三十五は、「私的制裁ハ理由ノ如何ヲ問ハズ之ヲ行フヲ厳禁ス。幹部ハ自ラ慎ミテ之ヲ行ハザルノミナラズ兵相互間特ニ古年次兵ト新年次兵トノ間ニ行ハシメザル如ク私的制裁ノ行ハレ易キ場所時間ニ著意シ巡察ヲ行ヒ若《モ》シ之ヲ発見セバ速ニ所属隊長ニ報告（通報）スルト共ニ厳罰ニ処スルモノトス。」と明示している。

　しかし新兵私の直接的ないし間接的経験見聞によれば、それらの標語も訓示も規定も、具体の日常現実においては空文空言空手形にひとしいようである。ただしたとえば下のごとき事情（その程度の制約）は存在しないでもないらしい、――部隊長、中隊長、週番士官、人事掛准尉などが公けに見ている目の前では原則として（なるべく）「私的制裁」をやるな、もしくは、そういう上官たちが見て見ぬ振りをすることができるようなやり方でそれをやれ。……それならば、この標語は、偽善であり、この訓示は、巧言であり、この規定は、擬制であり、こういう絡繰《からく》り仕掛けの基底は、ふたたび上級者責任阻却の論理（その一変種）でなければならない。

もっとも、「私的制裁」の語義が、そもそも曖昧なようでもある。どうもそれは、明確には定義せられていないとみえる。「私的制裁」は、上級者が下級者に加える体罰暴行一般を広く意味するらしくもあり、また教育訓練の場（目的）以外において上級者が下級者に加える体罰暴行のみを狭く意味するらしくもあり、またその広狭二義の間のどっちつかずを意味するらしくもある。

全軍（全部隊）に施行適用せられるべく制定公布せられた『軍隊内務書』にたいして、各部隊（各個設定）の『内務規定』は、「執行命令」および「委任命令」に相当するであろう。ところがその基本の『軍隊内務書』には、「私的制裁」の禁止規定が存在しない上に、「私的制裁」なる用語そのものすらも存在しないから、「私的制裁」の語に明確な（公認の）定義が存在しないのは当然のこととも私に思われる。とすれば、この語の解釈は、上官上級者各自の恣意《しい》あるいは臨機に委《ゆだ》ねられているのか。「私的制裁」にかかわる箇条として私が『軍隊内務書』中に見つけた二つの一つは、第二十章「起居及容儀」第百八十三「犯罪ノ嫌疑者ヲ互選投票シ又ハ私《ヒソカ》ニ懲戒糺問《チョウカイキウモン》スル等ノ行為アルベカラズ。」である。もしこの「犯罪」が主として『陸軍刑法』上の「罪」を指示するのなら、そしてもしこの「私ニ懲戒糾問」が「私的制裁」の（『軍隊内務書』ないし「典範令」における唯一の）原語であるのなら、――どちらもそれはそのとおりのはずであるが、――「私的制裁」の語内容は、如上の狭義においてよりも、さらにいっそう狭義において確定せられざるを得ないのでもあろう（言い換えれば、この場合は、たとえ上級者が下級者を「私ニ懲戒糺問」しても、すなわちたとえ上級者が下級者に勝手気儘な体罰暴行を加えても、それがその下級者にたいする「犯罪ノ嫌疑」

のゆえにでない限り、その上級者の行為は「私的制裁」ではないということになろう）。他の一つは、第二章「服従」第十「自己ニ対スル他人ノ取扱不条理ト考フルトキハ　徐《オモムロ》ニ順序ヲ経テ之ヲ事件関係者ノ直上所属隊長ニ上申スルハ　妨《サマタゲ》ナシ。但シ〔後略〕」であって、これは、「私的制裁」の語義（語内容）を推定することのためには、ほとんど私に役立たない。なにしろ「私的制裁」にたいする明確な定義の不存在、その内容の曖昧さと、関係標語、関係訓示、関係規定の偽善、巧言、擬制とは、まったく彼此《ひし》対応しているようである。

しかしそれにしても、とにかく「私的制裁の厳禁」を内容とする標語、訓示、規則が現存する以上、部隊幹部連中などは、広義の（またなかんずく狭義の）「私的制裁」（体罰暴行）の実行を公然と是認もしくは奨励するわけには行かないのであろう。彼らは、もしあからさまに彼らがその現場を目撃したりその形跡を認めたりしたら、「私的制裁」の実行者をひとまず取り締まったり状況によっては処罰したりせざるを得ないのであろう。

神山は、「私的制裁」を「公的制裁」と言い換えることによって、彼の石橋および冬木にたいする体罰暴行（「私的制裁」）が厳禁標語ないし厳禁規定に抵触することを回避しよう（彼による「私的制裁」実行を上下双方にむかって合法化しよう）としたのにちがいない。

そしてここの大前田、神山は、「『私的制裁の厳禁』なんて言い触らしても、『私的制裁』なしには軍隊は成り立たんじゃないか。一発ぶんなぐって鼻血を出させたことなんかを、この上とやかく言うつもりか。そんな芝居は、止めてくれ。おれたちがほんとうに『私的制裁』を中止してしまったら、それこそ軍は太えまちがいでしょうよ。」とでも叫び立てたいところではなかったろうか。

「うむ？　……『公的制裁』？　……」その語が物めずらしかったとみえ、堀江隊長は、虚に乗ぜられたようにつぶやいて、考え込んだが、まもなくきっと形を改めた、「よぅし。大前田軍曹。――橋本には、追ってお前なり神山なりから、よく言うて聞かせておけ。今後こういう途轍《とてつ》もないことを、隊長の耳に入れさせてはならんぞ。これ〔例の紙片〕については、のちほど隊長から班長、班附に改めて言うことがある。とにかく、こういう事柄をもよく承知して指導上の参考にするのはいいが、それに囚《とら》われるでないぞ。いいか。」

「はい。」

「よし。時間の関係があるから、もうこのへんで朝食後の注意は終わりにして、なるたけ早く解散させるがよかろう。」

「はい。」

やっと一段落か、という感じが、何よりも先に私を占領した。だが、ついに不当にも橋本は、侮辱せられ断罪せられっ放しにならねばならぬのか。ついに（ここでもまた）私は、現前の不正不条理を拱手《きょうしゅ》傍観黙認して行き過ぎるのか。

「橋本。お前は、後刻班長、班附が言って聞かせることを『一つの誠心《まごころ》』から聞いて、その教えをしっかり守る。そうすれば、そういうバカなまちがいをしたり言うたりすることもなくなる。皆もよく聞いておけ。最前も隊長が言うたとおり、地方での教育、地位、身分の高い低いは、軍隊にはなんの関係もない。兵隊は、すべてひとしく陛下の赤子《せきし》じゃ。かねがね隊長は、これを『一視同仁』と言うておる。変な思い違いをして、地方での地位を鼻にかけて高ぶったり、また地方での身分を卑下してひねくれたり、するようなことがあってはならんぞ。いいか。」

私は、皆といっしょに「はい。」と答えながらも、堀江隊長の説諭内容をいぶかっていた。……「地方での教育、地位、身分の高い低い」？「地方での身分を卑下してひねくれたり」？「身分」？……堀江隊長が「地方」における兵の「教育」ないし「地位」を云云するのは、事態の進展上まずもっともであろう。しかしなぜ彼は、「地方」における兵の「身分」を殊更にここで取り立てるのか。そもそも「地方での身分」とは、なんのことか。……しかもその私の耳は、またもや橋本の発言をおどろいて聞いたのである。

「部隊長――、違う、隊長殿。それでん『一つの誠心《まごころ》』から、あれは、嘘ごとじゃないでありまます。橋本一人が聞いたとじゃありまっせん。みんなが聞いとります。」

四

「口数が多い。上官にたいして、しかも隊長にたいして、兵隊が、聞かれもしないことをべらべらしゃべるようになってはおらん。」とうとう堀江隊長は、癇癪《かんしゃく》を起こした。「義務教育を終わったのか終わらなかったのかもはっきりしないような人間が、理窟だけは一人前に言う。隊長が言うて聞かせることは、だまって聞けばいいのじゃ。いいか。」

『ははぁ、そうか。』と私は思った。

「はい。」と橋本は素直に言った。

「班長も班附も、そういうバカげたことは教えておらんと、あれほど明瞭に言っておるではないか。それにまた教えるはずもない。お前のほかには誰も、……あぁと、何？　……荒巻じゃったな、荒巻はともかくとして、ほかには誰も、そんなことを教わったなどと思っとる者はおりはせんぞ。隊長の言うことに、なんで首をひねるか。やはりお前は、だいぶんひねくれておるな。隊長は——軍隊の上官は、下級者にたいして誰彼の差別なしに一視同仁じゃ。うむ、そうじゃ。みんなそのまま聞け。神山から『大根の菜は軍事機密じゃ。』と聞いた兵が、ほかにおるか。おったら手を挙げよ。……お前は挙げなくてもいいのじゃ。お前のことはわかっておる。……橋本のほかにおったら、早く手を挙げてみよ。」

……「やはりだいぶんひねくれて」？　「誰彼の差別なしに」？　……堀江隊長のまたまたなんだかへんてこな、辯解たらしい言いぐさ。……しかし事がここに至ってもなお堀江隊長は、「鶴の一声」的な威圧一本槍では押し切らずに、少なくとも形式上は公平にして説得的な証人喚問方式を取ったのである。軍隊をある意味における論理的・法治主義的地帯と認めている私にとっても、それは、いささか意外な現象であった。何が、どういう内内の動機が、どんな気がかりが、彼をそうさせたのであろうか。

何は扠措《さてお》き、いまや挙手をためらう余地は、私にないはずであった。いち早く私は、「気をつけ」をして右手を高く挙げた。たちまちその右手先から右肩、胸三寸へと、倦怠とも自嘲ともつかないような違和感が下りて来るのを、私は覚えた。

……たぶん冬木は手を挙げるであろう。そのほかにそうする兵はいまい。……もしも室町が使役に出ていたのでなかったなら、職人気質のような・向こう見ずのような、反神山の彼が、あるいは手を挙げるところかもしれないが。……挙手している私の前面で、その室町と隣りの曾根田とが、一瞬顔を見合わせ、それから二人ともが、私の右手に視線をもどして、急に勢いよく手を挙げた。私は、呆《あき》れたり心配したりせざるを得なかった。神山が軍事機密を云云したのは、曾根田たちが週番上等兵に従って内務班を出てからのちのことなのであった。

室町も曾根田もおなじほどに背丈が低いが、前者の瘦せ形にたいして、後者（福岡市内ガス会社職工、二十七、八歳）は、ずんぐりむっくりしている。この曾根田は、ソ連不敗論者である。一月最終土曜日、加給品の清酒・一人当たり約一合〔約一八〇ミリリットル〕が出た宵《よい》、新砲廠内が日ごろになく陽気な談笑や控えめな歌声やで賑《にぎ》わっていた夕食後自由時間、ほろ酔いの室町および曾根田が、私の寝台に上がり込んで時間を潰した（入隊後の私は、禁酒することに決めていたので、私の分を隣りの寝台の坑夫鉢田に進呈した）。

このとき曾根田が、何かのきっかけからソ連（ロシア）不敗論を一席述べたのである。彼によれば、ロシア不敗の根拠は、社会主義国家のファシズム国家にたいする優越というような事柄よりも、むしろ「スラヴ魂」に、その頑強勇敢な民族的伝統にあるらしかった。彼が「スラヴ魂」についてどの程度の具体的知識を持ち合わせているのかは、あまり語られもしなかった上に、そもそも心許《こころもと》なく私に思われたけれども、その論調には、聞く者をうなずかせるような一種の頰笑《ほほえ》ましい迫力と、ロシア贔屓《びいき》・ロシア人好きの熱情とが、認められた。もとから私も、社会主義・共産主義の問題とは独立にも、ロシア贔屓・ロシア人好きなのである。曾根田は、最も多く「ロシア人」と言い、また「ソ連人」とも「露助《ろすけ》」とも呼んだ。彼の「露助」呼ばわりが、微塵《みじん》も嘲罵の表出ではなく、かえって親愛の流露にほかならなかったことを、私は保証し得る。彼のロシア贔屓・ロシア人好き、したがってナチス・ドイツ嫌い、それへの否定的評価に、私は同感した。しかし私自身は、ソ連不敗論者ではない。私は、ソ連の不敗を、必ずしも、あるいはほとんど、信じてこなくて、その敗戦の公算をずいぶん大きく見積ってきたのである。

そのあとで曾根田がわれわれに『ヴォルガの舟歌』を低吟して聞かせたことは、私にとって彼のソ連不敗論以上に思いがけなかった。その声も節《ふし》まわしも、たいそうよかった。以前私は、アレクサンドル・オストロフスキー原作のソ連映画『雷雨』を見て、その登場人物たち（百姓または町人）がたぶんウォツカの一杯機嫌で民謡か何かを合唱する場面から、一種異様な肉体的圧倒感を与えられたことがある。短軀ながら横に大きい曾根田が彼の猪首《いくび》の上で黒光りに光っている顔を振り振りロシアの歌を歌った有様には、その『雷雨』登場人物たちを私に思い出させるような風情《ふぜい》が多少あった。

また曾根田は、日本は、ロシアおよび支那と敵対することなく、反対にこれらアジアの国国と握手協力することによって、国家的・民族的発展向上を求めるべきであり、現在の国策は妥当でない、というような一説をも展開した。この説にも私はあらあら同感することができた。だが、日本もこの戦争でむざむざ負けはしないであろう、という彼の見解には、私は同意しがたかった。彼のこの見解は、「大和魂」の日本における は「スラヴ魂」のソ連におけるがごとし、という考えに由来していた。私は、「大和魂」を無下《むげ》に貶下《へんげ》する人間ではないが、日本は遅かれ早かれ敗北せざるを得なかろう、と信じている。ただし私は、主として彼の高論卓説を拝聴したのであって、彼と議論を上下したのではなかった。私の思い做《な》しか、曾根田の「大和魂」論議も、その「スラヴ魂」論議ほどには、熱情的でも確信的でもなかった。

曾根田、室町は、二人とも、学科、術科の成績が良好ではない。殊に練兵時の曾根田は、もたもたして滑稽である。ある日の銃教練中、教官白石少尉が、曾根田のまずくてのろまな着剣脱剣動作〔剣を小銃の銃口に取りつけ、またそこから取りはずす動作〕に冷やかし気味の批判を繰り返した果て、何を思ったのか突如相手の面前に軍刀を抜き放って、「軍刀と銃剣とでは、どっちが強いか。」と迫った。すると三、四秒間思案するようにしていた曾根田が、にわかに異常な敏捷《びんしょう》さで二、三歩飛びしざるなり、三八式歩兵銃のあたかも着剣状態にあったのを両手に中段に構え、そのスラヴ的（？）な面構えの目を剝《む》いて、「銃剣のほうが強くあります」と断然叫んだ。私は思わず息を飲んだが、白石教官は、一瞬の殺気を経て破顔一笑すると、「バカ、そんな頼りない恰好で人が刺せるか。それじゃ、軍刀には絶対に勝てないぞ。しかしいつでも、せめてそのぐらい気合いを入れて、練兵をせよ。いいか。」と戒《いまし》めて刀を納めた。曾根田は、今度は平常どおりにのろ臭く「立て銃《つつ》」をして旧位置に復した。

その曾根田と、あの緊張したら小鼻の附近を引き攣《つ》らせる癖から近ごろどうやら抜け出たような室町とが、無鉄砲にも手を挙げたにもかかわらず、私の予測に反して冬木の手は上がらなかった。……南側の列で挙手したのは、二人だけである。北側の列を見通すことは私にできない。こちら側では私一人がそうしているのであろう。……私の目とふと搗《か》ち合った冬木の目がすぐに伏せられて青い光を潜《ひそ》めるのを、私は見極《きわ》めた。……堀江隊長と神山上等兵との話し声が、私の耳に入って来た。

「三名、……三名じゃな、よし、手を下ろせ。……神山。あの三名も教育程度の低い兵隊か。」

「は……いえ、三名のうち二名までは教育程度の低いほうでありますが、一名はそうでもないようで、……つまり、その、教育程度の低くはない兵隊であります。」

「『低くはない』？　それじゃ中等学校出か。」

「もう少し高くあります。」

「高等専門学校を出たとでもいうのか。」

「はい、それが、もう少し高く……。」

『この上等兵は競《せ》り売りのような口を利く男だなぁ。』と私は感じた。

「『もう少し高く』などとお前は言うが、その上は大学しかないじゃないか。大学を出ておるのか。」

「はい、実はその、帝大の三年——。」

「『帝大』？　帝国大学の出身者か。それなら『低くはない』も何も、教育程度の最も高い兵ではないか。『もう少し』、『もう少し』とまわり遠く競《せ》り上げずに、なぜ単刀直入にそう言わないか。うん？」

「はい。……実はあの東堂《とうどう》は大学の三年——。」

「『東堂』？　——その『実は』は止めろ。どうもお前は、『実は』とか『もちろん』とか不敬不遜な言葉遣いが多いぞ。軍人に『実は』などは要らん。軍人は、いつでも『実』だけを口に出すのじゃ。するとあれが東堂か。東堂太郎じゃな。では、あの兵か、例の妙な質問をしつっこく出しておるというのは。」

「はい、そうであります。実――、元へ、……東堂の正確な学歴と申しますのは、帝大の――。」

「もうよい。お前は、なぜそんなに学歴だの教育程度だのにこだわりたがるのか。みっともない。いまそういう細かいことは、どうでもよいのじゃ。ふぅむ。こちらの二名は、誰と誰か。」

「曾根田と室町であります。」

堀江隊長の「例の妙な質問をしつっこく出しておる」という言葉は、一月十九日以来、私が、「知りません」禁止の理由、その典拠について、神山上等兵には六、七回、白石少尉には二回、いずれも公式に（日夕点呼前後の時間または学科の時間に、第三内務班全員ないし同年兵全体の前で）教示を求めつづけてきた、という事実を指すはずである。その都度《つど》、神山も白石も、目下調査中あるいは問い合わせ中その他と持て余し加減の逃げを打って、おどしたり賺《すか》したりの回答延期を繰り返していた。その私の、まだ答えられていない質問が、堀江隊長の耳にも、いつか届いたのであろう。それならば、もうそろそろなんらかの回答が示されることになるのではなかろうか。またそうでなければ、それは、彼らの面目玉にもかかわるであろう。

「よし。――曾根田、室町、東堂。お前たち三名は、神山から『大根の菜は軍事機密じゃ。』と聞いたのじゃな。」

「はい。」と二人といっしょに私も答えた。もしも神山が軍事機密に関する彼自身の演説実行と室町たちの使役行きとの時間的前後関係に気づいたならば、二人は、それこそ目に物見せられねばならないであろう。それが私に気遣われてならなかった。

「ふむ。——室町。軍事機密とは何か。単簡に答えよ。」

「はい、室町二等兵。軍事機密とは……」一気に声を張り上げた室町が、そこで礑《はつた》と四、五秒間行き詰まってから、ふたたび高らかに言い切った。「軍事の機密であります。終わり。」

人間は変なときに変なことを思い出す。私の中学時代に「薫風《くんぷう》」の課題で「薫風やああ薫風や風薫《かを》る」という俳句を作った級友がいた、と私は思い出した。そのせいで彼は、国語作文の教師から、とっちめられたり、からかわれたり、した。しかし、それが一個の絶品であったように、室町の返答もすこぶる秀逸ではないか。

「なんじゃ？　それは。あんまり単簡すぎて、答えにもなんにもなっておらん。その次ぎの、うぅ、……曾根田か。もそっとくわしく答えてみよ。」

「はい。えぇと、軍事機密とは、軍隊、軍備、戦争関係の秘密であります。終わり。」

「たとえばどんなことか。」

「たとえば……たとえば大砲や軍艦の数量のようなことであります。」

「軍隊のめしの菜も軍事機密か。」

「それは、……今日初めて聞きました。」

「『今日』？　神山がそう言うたというのは、今朝のことか。」

この質問で曾根田がちょっととつおいつしたのは、無理もなかったろう。

「は、はい、そうじゃろうと……うぅん、今朝、……たしかそうであります。朝食後……であります。」

「ふぅむ？　お前自身は、大根の菜を軍事機密とは思うておらなかったのじゃな。」

ソ連不敗論者が、のほほんとして、そのくせ私をぎょっとさせたような傍若無人の答え方をした。

「はい、大根のおかずが軍事機密ならば、『蝶蝶、トンボも鳥のうち』であります。」

こんな真似をすることは、とても私にはできそうにない。神山上等兵の「もちろん」、「実は」をさえ「不敬不遜な言葉遣い」と極めつけた堀江隊長が、二等兵ふぜいのこういう横柄《おうへい》な逆説的表現を大目には決して見ないであろう。曾根田の上を案じて私は怯《おび》えたが、それは取り越し苦労であった。

「う？　『蝶蝶、トンボも鳥のうち』？」その文句を嚙んで味わうようにひとりごちた堀江隊長は、すぐに深深とうなずいて曾根田を容認した、「うむ、そうか。よぅし、そのとおり。――お前は、その歌を覚えておったわけか。」

「はい。『輜《し》重《ちょう》輸卒が兵隊ならば』であります。」

「ふふむ、そうじゃったな。隊長は、むかしから生一本《きいっぽん》の重砲兵じゃ。砲兵は軍の骨幹《こっかん》である。お前たちもその誇りを忘れるでないぞ。」

堀江隊長の浅黒い四角な面上を、かすかな笑いの影が、初めて通過した。彼は遠い過去の何事かを回想した、と私は独断した。その俗歌には、二等兵から一歩一歩労苦して昇進してきた職業軍人堀江中尉の（過去の一時期に関する）特別な思い出と感慨とが、絡《から》んでいるのかもしれなかった。『砲兵の歌』の「襟《えり》には映《は》ゆる山吹色に／軍の骨幹、誇りも高し／われらは砲兵、御国《みくに》の護り」という第一節も、私の頭に浮き上がった。従前、砲兵の襟章は、兵科を表示するため、山吹色に染められていたのであった。

鉄縁《てつぶち》近眼鏡がぴかりと光って、堀江隊長の視線が私に向けられた。

「東堂。『砲兵ノ本領』は何か。」

いよいよ私の番がまわって来たようである。だが、なにゆえに彼は、当面の問題とは無関係な尋問を私に行なおうとするのであるか。

「はい。『砲兵ノ本領ハ威力強大、機動迅速ナル火力ニ依リ戦闘ノ骨幹ヲ成形シテ敵ヲ震駭《シンガイ》撃滅シ友軍ノ志気ヲ鼓舞作興シ諸兵種協同戦闘ノ実ヲ挙ゲ以テ全軍戦捷ノ途ヲ拓《ヒラ》クニ在リ。』終わり。」

これは『砲兵操典』の「綱領」第十一の第一項である。この第十一は第四項まであるが、上官上級者の「『砲兵ノ本領』は何か。」という試問にたいして、下級者新兵は、第一項のみを返答するのが、通例なのである。ここまでならば、すでに大多数の新兵が暗誦し得るであろう。

「『終わり』ではない。そのあとがまだあるはずじゃ。」

「はい。『砲兵ハ周密ニシテ機敏、剛胆ニシテ沈著能《ヨ》ク戦技ニ精熟シ各責務ヲ完遂シ全軍ノ犠牲タルベキ気魄ト諸兵種一心同体タルノ信念トヲ堅持シ以テ常ニ正確主動ノ火力ヲ発揮シ其ノ本領ヲ完《マッタ》ウスベシ。』」私は、わざと一息休んで、相手が「その次ぎ――。」と催促するようなことを言い始めるや否や、透《す》かさずまた続けた、「『火砲ハ砲兵ノ生命ナリ、故ニ砲兵ハ必ズ之ト死生栄辱ヲ共ニシ縦《タト》ヒ一門ノ火砲一名ノ砲手トナルモ尚《ナホ》毅然トシテ戦闘ヲ遂行スベシ。／砲兵ハ常ニ兵器ヲ尊重シ弾薬ヲ節用シ馬匹ヲ愛護スベシ。』終わり。」

「ふむ。――敵の意表に出る、とは、どういうことか。」

隊長の問いは、おなじく「綱領」第九の暗誦要求を意味する。われわれは、その第九を暗記せよとは誰からも指令せられていなかった。しかし白石教官が、以前に一度だけ「綱領」第一から第十二までを通して朗読して聞かせたのであるから、われわれは、いちおうその全部を教えられたのであろう。

「『敵ノ意表ニ出ヅルハ機ヲ制シ勝ヲ得ルノ要道ナリ、故ニ旺盛ナル企図心ト追随ヲ許サザル創意ト神速ナル機動トヲ以テ敵ニ臨《ノゾ》ミ』」このあとの「常ニ主動ノ位置ニ立チ」を、私は、果たして目前の尋問者堀江隊長自身が正確に記憶しているかどうかを試してみるための悪意に基づいて省略した、「『全軍相戒《イマシ》メテ厳ニ我ガ軍ノ企図ヲ秘匿《ヒトク》シ困難ナル地形及天候ヲモ克服シ疾風迅雷敵ヲシテ之ニ対応スルノ策ナカラシムルコト緊要ナリ。』終わり。」

「うむ。」堀江隊長は、知るや知らずや私の中略を不問に附した、「『戦闘間兵一般ノ心得』は？」

これもたしかにわれわれは、いったんその現物（『砲兵操典』第二部第一篇第二章第四節）について教えられはした。とはいえ現在、いったい教育召集兵の誰が、それをそらんじているのであろうか。しかもその全体は八条項である。そのすべてを答えろ、と彼は言うのか。またこの下手《へた》に『勧進帳』もどきの質問責めは、どういう特殊な意味を持っているのか。もっとも私は、ある否定的ならざる感動をもって今日までにもう四、五回そこを読み返してきたから、相手が求めるのなら、全八箇条を回答する用意がある。

「全部をお答えするのでありますか。」

「む？　……そうじゃな。火砲と運命を共にする場合じゃ。」

「はい。『戦闘激烈ニシテ死傷続出シ或ハ紛戦ヲ惹起《ジヤツキ》シ命令徹底セザルカ又ハ指揮官ヲ失フモ兵ハ戦友相励マシ益益《マスマス》勇奮率先其ノ任務ニ邁進スベシ。若シ敵兵我ガ陣地ニ侵入シ射撃不能ニ陥ルモ自己ノ銃剣ニ信頼シテ格闘シ縦《タト》ヒ最後ノ一人トナルモ尚毅然トシテ奮戦シ火砲ト運命ヲ倶《トモ》ニスベシ。凡《スベ》テ疑《ギ》惧《グ》後退ハ敗滅ニ陥リ勇猛果敢ナル行動ハ常ニ勝利ヲ得ベキモノナルコトヲ銘肝《メイカン》スルヲ要ス。』終わり。」

ここでも私は、その一部分を故意に省《はぶ》いてやろうと予定したのであったけれども、実際にはそうすることができなかった。私は、私自身のほとんど息をも継がないような朗誦の中に――その一種の名文章の中に、ある程度引き擦《ず》り込まれていたのである。

五

……「戦闘間兵一般ノ心得」八箇条の中でも、この「戦闘激烈ニシテ死傷続出シ……」という条文には、私の心を大きくゆさぶる何物かが存在する（と私が感じてきている）。その何物かは、反面胡乱《うろん》な、それでいて半面なおざりにすべからざる性質を具有するごとくである。その本体を、私は、まだ考え尽くしても見極めてもいない。……

「終わり。」と私は告げたが、堀江隊長は、「うむ……。」と言っただけで、あとを続けなかった。一人の上等兵が、略帽を脱しつつ東寄りの出入り口から入って来た。私の意識の上を、森鷗外《もりおうがい》作『唇の血』が、淙淙《そうそう》と流れ始めた。

土嚢《つちぶくろ》　十重《とへ》に二十重《はたへ》に　つみかさね
屋上《やのうへ》を　おほふ土さへ　厚ければ
わが送る　榴霰弾《りうさんだん》の　甲斐《かひ》もなく
敵は猶《なほ》　散兵壕《さんぺいがう》を　棄《す》てざりき

上等兵は、堀江隊長の斜めうしろ三、四メートルに立ち止まって、十五度の敬礼をした。
「部隊本部指揮班事務室仲谷《なかたに》上等兵、堀江隊長殿に用事があって参りました。」

剰《あまつさ》へ　嚢《ふくろ》の隙《すき》の　射眼《しやがん》より
打出《うちいだ》す　小銃《こづつ》にまじる　機関砲
一卒進めば一卒僵《たふ》れ　隊伍《たいご》進めば隊伍僵《たふ》る
隊長も　流石《さすが》にためらふ　折《をり》しもあれ

「む？」堀江隊長は、斜め左に仲谷上等兵を顧みた、「よし。なんの用か。」
「はい。指揮班長殿が、堀江隊長殿をお呼びであります。」

一騎あり　肖金山上《せうきんさんじやう》より　駆歩《くほ》し来《きた》る
命令は　突撃とこそ　聞《きこ》えけれ
師団旅団に伝へ　旅団聯隊に伝ふ
隊長は　士気今いかにと　うかがひぬ

「浦上《うらがみ》大尉殿は、指揮班事務室におられるのじゃな。」
「はい。そうであります。堀江隊長殿は、なるべく早く指揮班事務室においで下さい。」

時はこれ　五月二十五日　午後の天
常ならば　耳熱すべき　徒歩兵の
顔色《かんしょく》は　蒼然《さうぜん》として　目かがやき
咬《か》みしむる　下唇《したくちびる》に　血にじめり

「よし。すぐに行く。――堀江はすぐに参ります、と指揮班長殿につたえよ。」
「はい。堀江隊長殿はすぐに参られます、と指揮班長殿におつたえします。――仲谷上等兵、用事を終わって帰ります。」

戦略何の用ぞ　戦術はた何の用ぞ
勝敗の　機はただ存す　此刹那《このせつな》に

健気《けなげ》なり　屍《かばね》こえゆく　つはものよ
御旗《みはた》をば　南山《なんざん》の上に　立てにけり

敬礼を終えた仲谷上等兵が、行儀正しく「まわれ、右」をした。……私は、元来最も自由を尊重する人間ではあるが、こういう復命復誦の励行または日朝・日夕点呼の簡素な儀式的実施など、軍隊の折り目正しい、言わば「規矩準縄《キクジュンジョウ》ヲ以《モッ》テスル」一側面には一種の共感をも抱いているのである。……仲谷上等兵は、略帽をかむりつつ新砲廠を出て、東へ消えた。

誰かいふ　万骨枯れて　功成ると
将帥《しやうすゐ》の　目にも涙は　あるものを
侯伯は　よしや富貴《ふうき》に　老いんとも
南山の　脣の血を　忘れめや

……この『うた日記』所収詩篇とあの「戦闘激烈ニシテ死傷続出シ……」とには、共通する要素がある。だが、私の心を大きくゆさぶるあの条文内容の何物かは、必ずしもそれではない、少なくともそれのみではない。しかもおそらく、この詩篇にたいする私の少年時以来の愛着も、半面胡乱《うろん》な、非理性的な性格を伴っているのであろう。……

「東堂。」と堀江隊長が呼んだ。

「はい。」と答えて、私は、『まだ何か問うつもりか。この似非《えせ》富樫《とがし》め。』と思った。

「お前は、だいぶんよく覚えておるようじゃが、いま一つ答えてみよ。」

――いかに候《さうらふ》、勧進帳聴問《ちようもん》の上は、疑ひはあるべからず、さりながら、事のついでに問ひ申さん。

「はい。……?」

「『戦闘間兵一般ノ心得』を、いま一つじゃ」

――世に仏徒《ぶつと》の姿さまざまあり。中にも山伏《やまぶし》は、いかめしき姿にて、仏門修行はいぶかしし、これにもいはれあるやいかに。

――おお、その来由《らいゆ》いとやすし。

「はい。……『戦闘ハ行軍及劇動ノ後開始セラレ且《カツ》数昼夜ニ亘《ワタ》ルヲ常トス。故ニ兵ハ黙黙トシテ困苦欠乏ニ堪ヘ烈烈タル熱意ヲ以テ飽ク迄其ノ責務ヲ遂行スベシ。』終わり。」

「……額《ひたひ》にいただく兜巾《ときん》はいかに。」というような尋問の追い討ちを私は覚悟して待ったが、堀江隊長はそれをしなかった。私は、私の「九郎判官《くろうほんがん》」橋本庄次を守護するため、いまは隊長の訓誡にも山鹿素行の教えにもそむいて「聞かれもしないことをもべらべらしゃべろう」という気になっていたのに、堀江隊長は、ふと何かを思い当たった様子で、私との貧弱な新版「山伏問答」をあきらめた。ここでようやく彼は、問題の急所を抉《えぐ》るような問いを大前田に発した。

「隊外への通信に軍事機密を記入した兵がある、と大前田は言ったが、その兵はどんな軍事機密を書いたのか。」しかし堀江隊長は、大前田の返事が出される隙もなく、別の相手に目くじらを立てた。「村崎。なんで横を向いて薄笑いをするか。何がおかしい？　うん？」

「はい……。」

「お前は最前から余所事《よそごと》のようにそっぽを向いて、なんとも知れん顔つきをしておるが、教育掛助手を命ぜられても相変わらずのオウマン〔横着怠慢〕を極め込んでおるようじゃな。軍人が、めったに笑うでない。隊長が言うたことのどこがおかしくて、お前は笑うか。」

「いえ、隊長殿が言われましたことは、どこもおかしくありません。」

「それじゃ、何がおかしい？　何を笑うたのか。」

「はい。軍事機密のことがなんとなくおかしくありましたので、つい笑うたような顔になったとじゃろうと思いますが、村崎は悪くありました。」

「軍事機密のことが、どうしておかしいか。」

「はい、……それは、……なんとなく、であります。」

「『なんとなく』ということがあるか。どうもお前は思想正順でないぞ。とっくに上等兵にもなっておらねばならんはずの既教育兵が、そんなふうじゃから……、そういうオウマンは止めろ。うむ、そうじゃ、お前が答えよ。その兵が記入したというのは、どんな軍事機密か。」

堀江隊長が使った「思想正順」という語は、『軍隊内務書』の「綱領」第十「兵ハ一意専心上官ノ教訓ニ遵《シタガ》ヒ思想正順ニシテ克《ヨ》ク其ノ本分ヲ自覚シ命令規則ヲ厳守シ演習、勤務ニ勉励シ常ニ筋骨ヲ鍛錬シ百折《ヒャクセツ》不《フ》撓《タウ》ノ心ヲ養ヒ以テ軍人ノ本領ヲ完《マッタ》ウスベシ。」に基づいているのであろう。この「綱領」〔「兵ノ本分」〕などからは、なんらの積極的印象をも私は受け取っていなかった。

「はい。それでん班長殿を差し置いて、村崎一等兵がそんな差し出がましいことは……、」村崎は、いかにも本気の沙汰のように謙譲の美徳を発揮した、「そのような大事なことは、どうしても班長殿からお答えするほうが、……。」

「余計なことを言うな。隊長の命令じゃ。早く答えよ。」

「はい。それではお答えします。」村崎が、初めは仕方なさそうに、中ごろからはだんだん本調子に、まさしく聞かれもしないことをもべらべらしゃべり立てた、「石橋二等兵が、地方に出すはがきの中に、〝軍隊のめしの菜は毎日毎日大根ばっかり、〟と書いたとであります。それで神山上等兵が、〝そげなめしの菜に大根が多いなんちゅう軍事機密を心安う書いてはならん、〟と石橋ほか全員に注意を与えました。つまり今朝問題になっとりました軍事機密ちゅうとは、大根のおかずであります。村崎も、神山上等兵の話を聞いて、そのときは感心しましたが、橋本二等兵は、『一つの誠心《まごころ》』から謹聴しておったらしゅうして、まちがいのう覚え込んどりました。大根のおかずが軍事機密じゃちゅうことは、村崎も初耳ではありました。ばってん、班長殿もだまっておられましたので、やっぱりそうじゃろうかと……。」

「うう、もうよし、わかった。お前は、酒を飲まねば、あまりしゃべったり暴《あば》れたりしないで、営倉にも用のない男かと、隊長は思うておったが、素面《すめん》でも相当なおしゃべりじゃな。

なぜ神山を呼び捨てにする？」

「はい？」

隊長の「営倉にも用のない男かと思うておったが」という片言を、私は、逃《のが》さずに聞き咎めた。これは、村崎が『陸軍懲罰令』による懲罰の経験者である、ということを暗示しているのではないのか。

「お前の階級はなんじゃ？」

「陸軍一等兵であります。」

「そうじゃろう。その一等兵が、なぜ『神山上等兵』、『神山上等兵』と呼び捨てにして、上級者に敬称をつけないのか。」

「はい。……村崎のあやまりであります。悪くありました。『神山上等兵殿』であります。」

『そんなことはない。この場合は呼び捨てでいいのだ。村崎はあやまる必要なんかちっともありはしない。だが、こんな具合いで、上官上級者による法令無視が、軍規それ自体以上に不当な不文法的階級制度として下級者兵隊に押しつけられ、それが、一般的に慣行化してきたというわけだな。ちょうどブルジョアジー〔支配階級〕自身によるブルジョア法律蹂躙《じゅうりん》が、ブルジョア法律以前ないし以下的な不文法的抑圧体制として被支配階級に強制されてきたように、――ちょうどブルジョア法律の枠内での当然の諸権利さえもが、一般人民に事実上大きく制限されてきたように、――そしてちょうどそのことに多数人民が現実的に屈従してきたように。』と私は考えた。たしかに「下タル者上タル者ニ対シテハ直接ト間接トヲ問ハズ左ノ敬称ヲ用フベシ。〃天皇　太皇太后　皇太后　皇后ニハ　陛下／皇太子　皇太子妃

皇太孫　皇太孫妃　親王　親王妃　内親王　王　王妃　女王　王世子　王世子妃　公及公妃ニハ　殿下／将官　将官相当官ニハ　閣下／上長官以下ニハ　殿」（『軍隊内務書』第三章「敬称及称呼」第十一）が、日本陸軍における原則ではあるけれども、これには明白な例外規定が附属存在するのである。しかし私は、堀江隊長の（下級者側の不利益における）軍規無視と、それにたいする村崎の結果的追随とを、さしあたり傍観しておくことにした。

「班附がそんなことでどうする？　新兵の教育上にも有害じゃ。以後厳重に気をつけよ。

——大前田軍曹。いま村崎が答えたことは、それに相違ないか。」

「はい。」

「相違ないのか。」

「はい。相違ありません。」と大前田は、怨めしそうに・面目なさそうに、肯定した。

「バカ者。相違ないのなら、なぜ最初から早くそれを言わないか。隊長に無駄な時間を費《ついや》させおって。……班長も班長なら、班附も班附じゃ。神山。お前は、隊長をあざむくつもりじゃったな。隊長をあざむき通せると思うてか。」

「いいえ、決して隊長殿をあざむこうなどとは——。」

「現にあざむこうとしたではないか。大根の菜が軍事機密じゃとは教えなかった、とあれほどはっきり言い切ったではないか。」

「はい。悪くありました。……その、神山は、そんなふうには教えなかったように記憶しております——。」

「班長も村崎も新兵も、お前がたしかにそう教えたと証明しておる。事ここに至っても、まだ未練がましく言い逃れをたくらむのか。」

いったい神山は、自己の失策を堀江隊長の手前に取りつくろおうという意図で嘘を吐《つ》いたのか、それともほんとうに自分の説教内容を失念もしくは錯覚していたのか。どちらともわからないような気が私はしてきた。……世の中には後者の場合のような無意識的嘘吐きが少なくなくて、その連中のほうが、意識的嘘吐きよりも、ある意味では（しばしば）始末が悪く頽廃的なのである。意識的嘘吐き・悪事実行者は、彼自身の嘘・悪の自覚に立っている。無意識的嘘吐き・悪事実行者は、彼自身の嘘・悪を自覚していない。もちろん両者の混沌未《いま》だ分かたざる底《てい》の嘘吐きも多いが。……今朝の神山は、むしろ無意識的嘘吐きではなかったのか。

「はい。……すべて神山のまちがいでありました。」

「お前は『戦陣訓』の『諸事ショウジキを旨とし、誇張虚言を恥とせよ。』という教訓を煎《せん》じて飲め。『一つの誠心《まごころ》』を置き忘れておるから、そういうとんでもない不心得を仕出《しで》かす。いいか。」

「はい。」

めぐる因果の小車《おぐるま》で、神山は、先刻彼自身が石橋に与えた説教にそっくりそのままのような訓誡を堀江隊長から頂戴した。それにしても『戦陣訓』は一般に全体ルビつきで印刷せられているのに、「セイチョク（正直）」を「ショウジキ」と読み換えて記憶するとは、この隊長も、一廉《ひとかど》の変物《へんぶつ》である。

「しかし最も責任があるのは、いまのいままで神山の嘘を黙認してきた内務班長じゃぞ。第

一、大根の菜が軍事機密じゃ、というような戯《たわ》けたことを班附が教えておるのに、班長が、ぼんやり見過ごして訂正もしないとは、呆《あき》れ返った陸軍軍曹じゃ。うん？　……なぜだまっておる？」

「はい。それが実は……、いんにゃ、大前田も、神山の訓示を聞きまして、なるほど軍隊のめしの菜も軍事機密じゃったとか、と思い——。」

「ええ、自分の恥を自分で晒《さら》すでない。ろくなことは言わん男じゃ。よし、班長、班附には、のちほど別に隊長から言うて聞かせる。」堀江隊長は、時間が気になってきたらしく、軍袴の物入れから懐中時計を引き出した。「う？　もうこんな時間か。神山。お前の時計は何時になっておる？　隊長のは七時……四十九分じゃが、おなじか。」

「は、七時五十……二分であります。」

「ふむ、お前の時計は不正確じゃな。三分も進んでおる。隊長の『ロンジン』に狂いはない。合わせておけ。……三分遅らせよ、と隊長は言うておるのじゃ。」

「はい。」

沈痛な面立《おもだ》ちで、神山が、自慢の「オメガ」から竜頭《りゅうず》を摘《つま》み上げた。堀江隊長は、このややこしい一幕を短時間内でどう体裁よく収拾しようかと苦慮するように、右手の平の「ロンジン」を数秒間眺めていた。その懐中時計を仕舞い込んで、彼は、「大前田軍曹。隊長に注目させい。」と指令した。

「はい。隊長殿に注目させます。——気をつけ。こっち〔南側〕の列だけ、まわれ、右。——全員、隊長殿に、注目。」と大前田は号令した。

「うむ。――隊長は、時間がないので、単簡に言って聞かせるから、緊張してよく聞くのじゃ。――軍隊のめしの菜は、軍事機密ではないぞ。軍事機密とは、もう少し重大な事柄を言う。したがって班長、班附が、『大根の菜は軍事機密じゃ。』とお前たちに教えたそのことは、あやまっておる。しかし、それじゃからというて、軍隊のめしの菜は大根だらけだ、などという無分別を、地方人への便りに書いてよいということになるのではないぞ。『質素を旨とすべし』の軍人が、かたじけなくも大元帥陛下から賜わる三度の食事について、とやかく思うたり言うたり、まして隊外にむかって書き送ったり、そういう『一つの誠心《まごころ》』を忘れたことをしてよいはずがないではないか。それだけではない。この部隊の軍人が地方に通信する場合、発信人の住所を、『長崎《ながさき》県下県《しもあがた》郡鶏知《けち》町／西部第七十七部隊』とはしないで、『福《ふく》岡《おか》市博多《はかた》郵便局気附／西部第七十七部隊』としなければならんのは、お前たちも実行しておるとおりじゃ。すなわち西部第七十七部隊の所在地がどこであるか、国内か国外か大陸か南方かは、防諜上秘匿《ひとく》されておる。ところが、もしもお前たちが、食事の菜には何何が多い、というようなことをはがきに書いたらじゃな、副食物に何何をたくさん食わせるような地域、ひいては何何の産地なら、それはどこそこ附近であろう、というごとき推測も、そこから生まれて、西部第七十七部隊の位置がおおよそ突き止められることにもなるのじゃ。この意味においては、大根のおかずも、軍事機密ではないが、外部に漏《も》らしてならない防諜上の秘密である。……神山上等兵もそこへんの事情を言うつもりであったのに、軍事機密と言いそこのうたのじゃろう、と隊長は善意に解釈しておる。お前たちは、上官上級者、班長、班附の言葉の上《うわ》っ面《つら》だけを聞くのでなくて、その真意、その精神を聞き取らねばいかん。班長、班附の教えの真意を汲み取ろうとはしないで、その単なる言いそこないのほうを覚え込むようでは、服従の道を守っておるとも、『一つの誠心《まごころ》』を堅持しておるとも、言われぬのじゃ。いいか、ここが大切である。さいわいにして大多数の内務班員は、班長、班附の教訓の真意を理解し、言い換えれば『下級のものは上官の命を承ること実は直に朕《ちん》が命を承る義なりと心得よ。』というお諭《さと》しの精神を会得《えとく》しておったが、橋本ほか一部少数の兵が、『一つの誠《ま》心《ごころ》』を見失って上官に無用の面倒を掛け、あるいは不服従ともなりかねぬ態度を示したのは、隊長の深く遺憾とするところじゃ。う、……ただし曾根田二等兵は、軍の骨幹たる砲兵の誇りを重んじておって、その点は、よろしい。――時間の関係上、とりあえず隊長はこれだけを言うて聞かせる。今後とも防諜にはとくと留意せよ。いいか。」

「はい。」と皆が答え、私も答えた。

私にとって、隊長演説の前半は、単純につまらなかったが、その後半の似非《えせ》弁証法は、私の驚愕と嫌悪とを主内容とせる感動に値した。

……問題は、飽《あ》くまで神山上等兵が大根の菜を軍事機密と明言したかしなかったかにあって、それ以外にはなかった。堀江隊長の要求に応じて、橋本、曾根田、室町、私の四人は、神山上等兵がそのように明言した、という真実を表明し、その表明の正当性は、村崎一等兵、大前田軍曹によっても裏書きをせられ、神山上等兵本人も、ついにそれを認めざるを得なかった。さらに堀江隊長から求められて、曾根田は、大根の菜は軍事機密ではない、という(隊長ならびに隊長出現後の神山が言明したのと同一の)正論を回答した。われわれ四人の誰も、隊外への通信に軍隊の副食物について書き立ててもよい、とか、防諜をおろそかにしても構わぬ、とか、言ったのではなかった。それならば、問題の結着は、あまりに明らかではないか。四人以外の（さっき挙手しなかった）内務班員大多数と大前田班長とは、嘘吐き神山をめぐる偽証者ないし共犯者でなければならない。この間、言うならば「正直《せいちょく》を旨とし虚言を恥と」する「一つの誠心《まごころ》」によって発言行動したのは、ほかならぬ橋本以下四名（ならびに村崎）なのである。特に橋本は、神山による有形無形の強迫とあり得るべき事後の報復とにもかかわらず、「百折不撓《ヒャクセツフタウ》ノ心」をもって勇敢にも事の真相を隊長に報告したのである。……

……半可通の嘘吐き神山の無知と嘘とは、この問題に関する神山の全体的な正しさの中でのほんの部分的なあやまちに過ぎない。その神山をめぐる共犯者群ないし偽証者群の共犯または偽証は、おのずからこの問題に関する彼らの全体的な正しさを証拠立てている。そして真実を吐露した四人は、正しい全体の中のちっぽけなあやまちの部分にのみ着眼した不心得者である。――大前田と神山とにたいしては、騎虎《きこ》の勢いでか、いったん問題の正常な結着に立って彼らの非を打ったかにみえた堀江隊長が、ここでは手の平を返して、論点の大転位を行ない、以上のように強辯し不当にも宣告していた。……堀江隊長の方向転換と詭辯《きべん》論法との卑猥《ひわい》なみごとさを、私は、おどろいて憎んだ。しかし軍支配権力側に属する彼が、その手先たるべき班長、班附の体面を、最下級者新兵たちにたいして、結局救済し、絶対服従的階級秩序のわずかな乱れをも、警戒予防するのは、至極当然なことでしかあるまい。……堀江隊長は、大前田と神山との上に、恩威をならび行なったのであろう。……堀江隊長は、彼自身が展開した論辯の笑止千万な性格を、おそらくまるで知らない。新兵は、班長、班附に絶対服従せよ、そのためには隊長には嘘を吐いてもよろしい（むしろ嘘を吐くべし）、と実に堀江隊長は、われわれ全員に訓令したのであるが。……

ともかく堀江隊長はこの演説を最後にして退場するのであろう、と私は予想した。それでも彼は、なにかしら不満足か心残りかがあるような気配で兵たちをあちこち見渡したが、私の意表に出て、もう一度私を呼んだ。

「東堂。」

「はい。東堂。」と答えた私は、この事新しい指名が、不愉快にして無気味であった。

「『軍紀』とは、どういうものか。」

「はい。『軍隊内務書』の『綱領』五に、『軍紀ハ軍隊ノ命脈ナリ、故ニ軍隊ハ常ニ軍紀ヲ振作スルヲ要ス、時ト所トヲ論ゼズ上下斉《ヒト》シク法規ヲ恪守《カクシュ》シ熱誠以テ軍務ニ努力シ命令必ズ行ハル、是ヲ軍紀振作ノ実証ト為ス。』とあり、また『砲兵操典』および『作戦要務令』の『綱領』第四に、『軍紀ハ軍隊ノ命脈ナリ、戦場到《ヨ》ル処境遇ヲ異ニシ且諸種ノ任務ヲ有スル全軍ヲシテ上将帥ヨリ下一兵ニ至ル迄脈絡一貫克ク一定ノ方針ニ従ヒ衆心一致ノ行動ニ就《ツ》カシメ得ルモノ即チ軍紀ニシテ其ノ弛張ハ実ニ軍ノ運命ヲ左右スルモノナリ。』と――。」

「『其ノ何ハ』じゃ？」

「はい？」

「『其ノ何ハ実ニ軍ノ運命ヲ左右スル』じゃ？」

「『シチャウ』、『其ノ弛張ハ実ニ軍ノ運命ヲ左右スルモノナリ。』であります。」

「『シチョウ』ではない。『チチョウ』、――『チチョウ』と読む。いいか。」

この「諸事ショウジキを旨と」する男が、僭越《せんえつ》にも私に字の読み方を教えようとするのか。

「『シチャウ』のほうが正しくあります。」

「う？　お前は地方の学校でそういうまちがったことを教えられたか。」

「学校でも教わったかと思いますが、どの字引にも――東堂がここに持って来ました辞書にも、そう書いてあります。」

「『どの字引にも、そう書いてある』？　……ふむ。……それは地方の字引じゃな。」

「はい。」

「そうじゃろう。地方ではひょっとするとそうも読むかもしれんが、……軍隊では違うぞ。部隊長殿以下各級軍人の誰として『シチョウ』などとは言わないのじゃ。軍隊には軍隊の読み方がある。これだけではなく、ほかにもいろいろと特別な読み方が軍隊にはあるのじゃ。『チチョウ』と読む。いいか。」

六

……バカも休み休みに言え。それなら「軍隊の字引」というような奇妙きてれつな代物《しろもの》がどこかの世界にありでもするのか。

――私は、一月三十一日にも、これと同様のことを経験していた。その昼休み、『陸軍礼式令』が各兵に配給せられ、午後の学科時間、白石少尉が、私を指名して、「綱領」第一から第四までの全文を朗読させた。その第一の中に「服従ノ真諦ヲ会得セシメ」という文言《もんごん》がある。私は「真諦」を「シンタイ」と読んだ。白石少尉が、それを誤読と見做《みな》して、「シンテイ」と読み改めよ、と命じたけれども、私はがえんじなかった。二、三の押し問答ののち、白石少尉は、字引を出して来い、と求め、私は、そのとおりにして私の正しさを示した。すると白石少尉が、三日後の堀江中尉とちょうどおなじように権柄《けんぺい》ずくの痴《し》れ言《ごと》をほざいたのである。――軍隊は地方とは違う。軍隊には軍隊の読み方がある。「シンテイ」と読め。……

厳原中学を出て厳原町の郵便局に勤めていた白石少尉は、神山上等兵と同年同期の現役入隊者である。「地方」ででも彼は、「真諦」を「シンテイ」とより読むことができなかったのであろう。それは、そうであっても、仕方がないかもしれない。ただ「地方」での彼は、「シンテイ」という読み方を権柄ずくで強制したり、「シンタイ」と読むのはあやまっているというごとき驕慢《きようまん》な断定を下《くだ》したりは、しなかったのではないか。それが幹部候補生出身・屯営生活三年の国軍将校ともなれば、元来は人が悪くもなさそうな、というよりもかなり明朗無邪気な性質でもありそうな田舎《いなか》青年白石正男が、こういう学問的には誤謬《ごびゆう》であって道徳的には堕落である見解を、他人に押しつけようとするのか。

のみならず「軍隊と地方とでは、訳《わけ》が違う」というような支配的観念の部分として、「軍隊と地方とでは、字の読み方も違う」というような考え方も、古年次兵および新兵の間にあまねく行き渡っているようである。実際に彼らは、そういうことを言いもし行なってもいた。上官上級者が浅学愚昧《ぐまい》のために字句を読み違えて押し通すと、下級者はそれを軍隊独自の正当な読み方として受け入れてきたと見られる。

白石、大前田、神山も他班の班長たち、班附たちも一様に、『勅諭』の「質素」の項の結びを、「汝等軍人ゆめ此訓誡《このをしへ》を等閑《なほざり》にな思ひぞ。」と読んで、新兵たちにもそう読むように教えていた。印刷せられた『勅諭』の漢字部分は、残りなくかなを振られているけれども、そのかな部分は、必要な濁音符号をも半濁音符号をも全然附与せられていない、――それが、普通の状態である。そういう事情も手つだって、この珍現象が、生まれたのでもあったろう。その張本人が誰様であるかは、私にわからなかった。彼らの多くは、この「ぞ」を強意、断定、主張の終助詞と思い込んでいるらしくもあった。中学出の白石少尉、「専検合格」の神山上等兵などは、「な―動詞連用形―そ」の禁止を表わす語法を知っていそうであるのに。しかし第三班では大学出の谷村も高倉も（その他大ぜいも）「……な思いぞ。」という無知蒙昧な読み方に心置きなく服従しているのを、私は確認していた。しかもこれが、「軍隊と地方とでは、字の読み方も違う」というような考え方、その実行の一例に過ぎないのである。

私は、字の読み方についても、格別の造詣《ぞうけい》がある人間ではない。また私は、私自身のわずかな知識学問を小楯《こだて》に取って、彼ら上官上級者の相対的な一知半解《いっちはんかい》と張り合ったり、そういう彼らの揚げ足を取ったり、しようつもりもなかった。

彼らは、「真諦」を「シンテイ」、「弛緩」を「チカン」、「弛張」を「チチョウ」、「捏造」を「ネツゾウ」、「直截」を「チョクサイ」、「消耗」を「ショウモウ」、「攪乱」を「カクラン」と読み、さらには「鋳鉄」、「就中」、「図会」、「四国の高知県」を「ジュテツ」、「シュウチュウ」、「ズカイ」、「四国のタカチケン」とさえ読んで、それらの鸚鵡《おうむ》返しを新兵たちに要求した（「タカチケン」と言ったのは、ある日の大前田軍曹であったが、さすがにこれは、神山上等兵によって即刻手際《ぎわ》よく訂正せられた)。従来私は、彼らがそうすることに干渉しなかったのであって、また干渉しようと欲しもしなかったのであった。しかるに私は、それらを、「シンタイ」、「シクヮン」、「シチャウ」、「デツザウ」、「チョクセツ」、「セウカウ」、「カウラン」といっそう正しく読むのであり、「チウテツ」、「ナカンヅク」、「ヅヱ」、「カウチケン」としか読まないのである。

こういう種類の現象は、「地方」にもあった。彼ら上官上級者と似たような字の読み方をする人間が少なからず存在したが、そこでも私は、他人のそういう日常的行為に必ずしも容《よう》喙《かい》しなかった(それに「カクラン」、「ショウモウ」、「ネツゾウ」などは、すでに慣用音として公認せられていたようでもある)。しかし私が「妄想」を「バウサウ」、「末裔」を「バツエイ」、「入洛」を「ジュラク」、「忌諱」を「キキ」、「情緒」を「ジャウショ」、「緒戦」を「ショセン」、「倶会一処」を「グヱイッショ」、「洗滌」を「センデキ」、「拈華微笑」を「ネンゲミセウ」と読んで「モウソウ」、「マツエイ」、「ニュウラク」、「キイ」、「ジョウチョ」、「チョセン」、「グカイイッショ」、「センジョウ」、「ネンゲビショウ」とは読まないからとて、それを私に禁止したりその私を無学者もしくは変人扱いにしたりする権利は誰にもないはずであった。

最初『古義』について『万葉集』を読んだ私は、「みすずかる(水篶刈)信濃《しなぬ》の真弓《まゆみ》吾《あ》が引かば良人《うまびと》さびて否と言はむかも」の第一句を、ともすればその鹿持雅澄《かもちまさずみ》または『代匠記《だいしやうき》』の契沖《けいちゅう》または『冠辞考続貂《ぞくてう》』の上田《うえだ》秋成《あきなり》に従って「みこもかる(水薦刈)」と言いもした。『童蒙抄』の荷田春満《かだのあずままろ》や『冠辞考』の賀茂真淵《かものまぶち》や『略解《りやくげ》』の加藤千蔭《かとうちかげ》や『美夫君志《みぶぐし》』の木村正辞《まさこと》や『新考』の井上通泰《いのうえみちやす》や『新訓』の佐佐木信綱《ささきのぶつな》やに逆らって「みすずかる」に異を唱《とな》えるべき学問的資格は、私になかった。ただ私は、「みこもかる」の簡古素朴な語感を時に捨てがたくなつかしんだのである。明らかに私よりも少なくしか『万葉集』を知りも愛しもしないある男（大東日日西海支社の編集部員）が、――そのころのある日たまたま私は、仕事上の必要から、彼ほか数人の社員とともに『万葉集』を話題にせざるを得なかったのであった。――私の「みこもかる」を陰口で軽薄単純にあざけっていた。彼は、「かくばかり恋ひつつあらずは高山の磐根《いはね》し枕《ま》きて死なましものを」の第二句を、「恋ひつつあらずば」と読むような男であったが。

いくらか改まって言えば、事は、卑近とはいえ、ついに学問上の問題なのである。ここ軍隊で、彼ら上官上級者が、彼らの誤読もしくは訛《なま》り言葉を正統とし、私の正確な読みを異端とし、しかも「軍隊と地方とでは、訳が違う」という論法に立って不条理千万な「軍隊の読み方」を私に強圧しようとするのならば、事はさらに人倫ないし社会倫理上の問題ともなろう。三十数年前に森鷗外が、ローマ帝国での故事を引いて、そのことを書いている。あるときローマ皇帝ティベリウスが、談話の中で語格をまちがえた。文法学者マルセルウスが、そのあやまりを指摘して非難した。すると法理学者カピトは、それが帝王の口から出た以上それは立派なラテン語である、と辯じた。そこでマルセルウスが、帝王は人民に公民権を授与することはできても勝手な言葉を作って与えることはできない、と断言した。その故事を用いて鷗外が、「〔言葉に関して〕正則に反《そむ》いたことをすると云ふ権能は帝王と雖《いへ》どもない。」と言ったのである。

「兵営生活ハ軍隊成立ノ要義ト戦時ノ要求トニ基キタル特殊ノ境涯ナリ」と『軍隊内務書』の「綱領」十一は確言している。その意味ではたしかに「軍隊と地方とでは、訳が違う」のでもあり、「兵隊は世間とは別世界」なのである。とはいえ、この「軍隊と地方とでは、訳が違う」という命題は、上官上級者によって無制限に拡張解釈せられ拡大適用せられてきて、その上また新入隊者、下級者が、そのような拡張解釈の受け入れ体制をあらかじめととのえ、そういう拡大適用を進んで助長してきた、と私に観察せられる。

……もしも白石少尉が「シンテイ」と皆に読んで聞かせただけであったならば、そして彼が私の「シンタイ」を誤読と判定したのでなかったならば、そして最後に彼が「シンテイ」を「地方とでは、訳が違う、軍隊の読み方」として私に強制しようとしたのでなかったならば、あえて私は、「シンタイ」を主張しもせず、彼の百姓読みに干渉しもしなかったであろう。……

軍隊には軍隊の読み方がある、「シンテイ」と読め、と高飛車に出た白石少尉にたいして、私は、字に「軍隊の読み方」があるとは信ぜられない、そういう成文規定なり証拠明白な実例なりがあったら教えてもらいたい、ただし字の読み方その他に軍隊も「地方」も異同がないという意味の準則は厳存する、と言い返した。案の定《じょう》、白石少尉は、どこにそんな準則があるか、と問うて来た。そこで私が援用したのは、『軍隊内務書』の「兵営生活ハ軍隊成立ノ要義ト戦時ノ要求トニ基キタル特殊ノ境涯ナリト雖《イヘド》モ社会ノ道義ト個人ノ操守《ソウシュ》トニ至リテハ軍隊ニ在ルガ為ニ其ノ趨舎《スウシャ》ヲ異ニスルコトナシ。」という（いったいにあまり重視せられていない）「綱領」十一であった。それがたとえば字の読み方に軍隊と一般社会との別はないこと――「真諦」を「シンタイ」と読む一般「社会ノ道義」と東堂「個人ノ操守」とは軍隊でも完全に保持せられねばならないこと――を明確に指示する準則である、と私は強腰に説明した。この「綱領」十一の援用がどうやらその場（とにもかくにも学科の時間）の極め手になることができて、なお若干のやり取りはあったが、先方は済《な》し崩しに譲歩したのである。――「服従ノシンテイヲ会得」していない者に限って、東堂のように兵隊らしからぬ態度を取りたがる。「綱領」十一が字の読み方を指示しているなどとは、「前代未聞の」珍説ではないか。そもそもその「綱領」に関する東堂の受け取り方には、根本的に不審な点がある。「軍隊の字の読み方」については、教官がさらに調査研究して後日全容を明らかにするであろう。東堂がそんなに「シンタイ」と読みたいのなら、当分の間そう読んでおけ。おかしな奴。……

その最近の不愉快な経験もあり、私は、堀江隊長が押した天降《あまくだ》りの横車を、腹に据えかねる思いで聞いた。……「知りません」禁止の理由・典拠に関する私の質問続行が彼の耳に達しているからには、三日前の「真諦」一件をも承知の上で堀江隊長が言いがかりを付けている、ということも、ありそうである。そうでなくても、この相手の場合には、白石少尉の場合よりも、事の始末がずっとややこしいであろう。それでも私は、字に「軍隊の読み方」があるというような不条理を承認することはできない。彼ら上官上級者が私の正当な読み方を妨害しない限り、従前の私は、彼らの誤読あるいは通用音採用に立ち入ろうとはしなかった。しかし「知りません」禁止、「忘れました」強制にしろ、この「軍隊の読み方」布令にしろ、一事が万事なのである。

彼らが、彼らの無知無学不見識の結果を「地方とでは、訳が違う、軍隊の読み方」として私に――われわれ新兵に――どこどこまでも是が非でも押しつけようとするのならば、私は、私の持ち合わせる学問、知識、教養、見識、猪口才《ちょこざい》、小癪《こしゃく》、こざかしさ、生兵法《なまびょうほう》でもなんでもかでもを総動員して、彼らと競《せ》り合い、彼らに干渉し、彼らの穴を探し揚げ足を取ることを、辞せないがよかろう。それが虚無主義者に似合いであろうと不似合いであろうと、私が構うものか。

「『シチャウ』と読んでは悪いと言われるのでありますか。」

私は、ここでもあの「綱領」十一を持ち出して論じようかと思ったけれども、それを見合わせて問うた。「兵営生活ハ軍隊成立ノ要義ト戦時ノ要求トニ基キタル特殊ノ境涯ナリト雖モ……」と文脈のよく似た「ブルジョア国家機構の要素を成すとはいえ、近代の軍隊は、……」という断片文が、私の頭にこのときだしぬけに出て来た。それはそれだけ出て来たのであって、その前後にどんな文章が続いていたのかをも、いつどんな書物の中で私がその一文に出会ったのかをも、私は思い出さなかった。

「何？　お前は大学出を鼻にかけて、そういう口返答をするか。『チチョウ』と読むと隊長は言うておる。軍隊ではそう読むのじゃ。」

……そら、お定まりみたいな科白《せりふ》が飛び出した。「大学出を鼻にかけて」か。……これも、大前田、仁多両班長、関、宅島《たくしま》両上等兵その他いろんな上官上級者の口から、大学出の兵隊（新兵）にむかって、ともすれば吐き出されてきた科白である。……私は幸か不幸か大学出ではない。どっちにせよ、この私がどうして学歴などを「鼻にかけ」るか。そもそも大学出とかなんとかは人間の「鼻にかけ」ようもない事柄ではないか。彼らは、それが「鼻にかけ」るに値する何事かでもあるというような、あさましい迷信に取り憑《つ》かれているのである。……だが、それならば堀江隊長も、私の大学中退を知らなかったのであるか。

「東堂は大学出ではありません。一昨昨日、白石少尉も、軍隊には軍隊の読み方があると言いましたが、東堂は、地方も軍隊も字の読み方は同一でなければならない、という意見を、白石少尉に具申《ぐしん》しておきました。東堂は、隊長殿にもそれとおなじ意見を具申し――。」

「待て。横着者が。『白石少尉』とは何か。」堀江隊長は、柄《つか》の真中をつかんで腰間《ようかん》の軍刀に反《そ》りを打ち、長靴の音も荒《あら》らかに四、五歩西へと突進して来た、「二等兵の分際で将校を呼び捨てにしおって。『白石少尉殿』となぜ言わぬ？　ましてつい今先お前の目の前で隊長が村崎に訓誡したばかりのことを、忘れるはずはない。それを承知で上官を侮辱する気か、貴様は。」

これこそは私が心底にたくらんで待ち設けた堀江中尉の反応であった。さてその打ち込みを冷静に払って切り返す私が、先様にさぞかし小面《こづら》憎かろう。その結果は鬼が出るか蛇《じゃ》が出るか。しかし私の自信によれば、そこから直接には鬼も蛇も出て来ないのである。

「『軍隊内務書』の『敬称及称呼』の章に、『上級先任者ニ対シ其ノ人ヨリ下級新任者ヲ称呼スルトキ竝《ナラビ》ニ勤務上ニ於テ間接ニ上級先任者ヲ称呼スルトキハ敬称ヲ省クコトヲ得。』と規定されています。」私は、下士官兵によってその条文に基づく敬称省略が実行せられる現場には、まだ一度も接したことがなかった、「隊長殿は白石少尉の上級者でありますから、ただいまの東堂は隊長殿の下級者たる白石少尉に敬称を略しました。」

私の持ち合わせる学問、知識、教養、見識、猪口才、小癪、こざかしさ、生兵法でもなんでもかでもを総動員して……というい ましがたの決心にもかかわらず、私は、このように答えながら、その半面では、もうこれらのすべてがわずらわしくもなり、私自身のしちくどさがいやらしくもなってきていた。

……こういうことに私が血眼《ちまなこ》になっても、それにどんな意味があるのか、あり得るのか。相手が、「チチョウ」と読め、と命じるのなら、また上官上級者にはいつでも敬称を付けよ、と求めるのなら、そのとおりに私がしたら、よいではないか（……そうすることが私にできさえしたら……）。要するにあれもこれも蝸角《かかく》の争いではないのか。本来は味方でなければならぬ（？）わが同年兵たちも、私がしつこく粘って事を長びかせるのに、往生して、嫌気が差しているにちがいなかろう。……私は、こんな所でこんなことを言ったり行なったりするのにふさわしい人種ではなく、そういう言行を好《す》き好《この》む人間《こころ》でもない。……「チチョウ」か「シチャウ」か、敬称付きか敬称なしか、それがどっちに転んでも、広大な客観的現実は右にも左にもかたぶきはしないであろうに。また私が向こうに転んでも、誰も私を責めはしないであろうに。……

堀江隊長は、満面の怒気のやり場を見失ったように、軍刀の柄から左手を放して両肩の力を抜いた。

「……ふむ。……その規則があるから白石少尉に敬称を付けなかった、とお前は言うのじゃな。」

「その規定を守って、敬称を省《はぶ》きました。」

……だが、客観的現実の帰趨《きすう》は当面さもあらばあれ、事柄は私の個、私の主体、その存続か喪失かにかかわっているのである。……「私が向こうに転んでも、誰も私を責めはしないであろうに。」？　いや、もしも私が向こうに転んだなら、何者かが（私自身が）私を責めるであろう。……しかもあるいは問題は、啻《ただ》に私の個、私の主体、その存続か喪失かにのみあるとも決められないのではないか。ある特殊な意味において、私は、あの「戦闘間兵一般ノ心得」が言う「最後ノ一人」なのかもしれないのである。……いやいや、私は必ずしも「最後の一人」でもないらしい。橋本がいる。曾根田、室町がいる。村崎がいる。先刻その態度が私の予想を裏切ったとはいえ、冬木もいる。……私がこんなふうにわずらわしくなったりいやになったりするのが、私の（橋本の泥臭い元気とか曾根田の能動的な無頓着《ノンシャラン》とかに遥かに及ばぬ）消極性なのでもあろう。……広大な客観的現実の様相は当面さもあらばあれ、「微塵《ミヂン》モ積モリテ山ヲ成ス」こともいつの日かたしかにあり得るのではないか、――もしも圧倒的な否定的現実に抗して、あちらこちらのどこかの片隅で、それぞれに、一つの微塵、一つの個、一つの主体が、その自立と存続と（ひいては、あるいは果ては、おそらくそれ以上の何物かと）のための、傍目《おかめ》にもわが目にさえも無意味のような・無価値のような・徒労のような格闘を持続するに耐えつづけるならば。……

「その規定を心得ておってそうしたのなら、……いちおう恕《じょ》すべき点はある。……じゃが、……その規則にたいしても、お前はだいぶん考え違いをしておるようじゃ。……ううむ、隊長は――。」

週番上等兵の「コシュウウゥウヨォォォォイ〔呼集用意〕。」という呼び声が新砲廠の西南端で起こった。第一班および第二班の兵たちがざわめき立って口口にそれを逓伝《ていでん》すると、第三班では、前方列中の室町、曾根田の二人だけが、杤麪棒《とちめんぼう》を食ったような大音声で、それに和した。

「こら、班長の指揮下にある兵が、指示もされないのに、なんで逓伝するか。何から何までこの班は軍紀がチクヮンしておる。」堀江隊長は、曾根田、室町をなじったが、その二人の調子っぱずれなやり口にも牽制せられ、なおまた向こうの二個班が呼集用意を開始した騒騒しさにも影響せられて、よほどうんざりともなり気も急《せ》いてきたと私に見受けられた、「よし。東堂。その規則や軍隊の字の読み方については、隊長がいずれ改めて教えることにする。しかしじゃな、どんな場合にも上官には敬称を付けるのが下級者の第一に心がけるべき原則じゃ。東堂も皆も、このことをよく覚えておけ。——む、大前田軍曹。お前と神山は、……あぁと、村崎もじゃ、その三名は、ちょっとそこまで来い。皆には『休め』をさせておいてよし。」

大前田は、「注目直《なお》れ。——休め。」とわれわれに号令した。堀江隊長は、大前田ら三名を食堂の南東隅に連れて行き、何事かを小声で指示し始めた。

その有様を視野の一端に置きつつ、私は、冬日の光が新砲廠前の地面に落ちて来るのを物憂く眺めた。……私は、こんな所でこんなことを言ったり行なったりするのにふさわしい人種ではなく、そのような言行を好《す》き好《この》む人間でもない、——先ほど私を捕えたそういう感慨が、いまはやはり他のさまざまな想念を圧して、最も重く私を支配していた。そういう感情は、たまに私が人前に出て、已《や》むを得ない義務のように何か（目立つようなこと）をしたりしゃべったりすると、その最中にかその直後にか、ほとんど必ず私に湧き出て来るのであった。そしてこれまたその種の機会に私の記憶によみがえる習いのような一つのドイツ文章が、ここでも両耳の奥深くで静やかに鳴り出すのを、私は意識した。

Er blickte aber in sich hinein, wo so viel Gram und Sehnsucht war. Warum, warum war er hier? Warum saß er nicht in seiner Stube am Fenster und las in Storms „Immensee“ und blickte hie und da in den abendlichen Garten hinaus, wo der alte Walnußbaum schwerfällig knarrte? Das wäre sein Platz gewesen. Mochten die anderen tanzen und frisch und geschickt bei der Sache sein!
〔しかし彼は、彼自身の悲しみとあこがれとに溢れた内心を見つめていた。なぜ、なぜ彼はここにいたのか。なぜ彼は、彼の小部屋の窓ぎわに腰を下ろして、シュトルムの『みずうみ』を読みながら、胡桃《くるみ》の老樹が物臭《ものぐさ》そうに音を立てる夕まぐれの庭園にときどき目を向けてはいなかったのか。そここそは彼にふさわしい場所であったろうに。ほかの連中は勝手に踊って活潑に器用に熱を上げるがいい！〕

しかし同時に私は、いまのところまだ緩慢な便意（大）を催《もよお》してもいた。これから呼集まで、食器洗い、呼集用意、……と目がまわるような時間中、どんな適宜な段取りでその目的を達するかも、また私にとって切実な具体的問題である。……精液は人体内の不用物質ないし老廃物ではなかろうから、性的放出（射精）は排泄作用と呼ばれるべきではないのかもしれない。それでも性的放出の快感は、原始的には排泄一般の快感の一種ではないのか。その性的排泄の正常自然な機会は、われわれから奪われている。その不正常不自然な(?)方法は、ここでの私がさしあたり私自身に禁じてきている。この二つの事情は、相当の忍耐と苦痛とを私に要求しつつある。一月下旬に一度だけ「遺精おどろく暁の夢」が私にあったが、むろんそれは私の主体的行為ではなかった。それならば現在私の主要にして正常自然な排泄の快楽は、用便なかんずく一日一回の大用のそれでなければならない。この隊長、班長、班附らは、いたずらに朝食後の時間を潰して、大用という(私にわずかに残された排泄の)快楽をまで非人間的にも妨害するか。……私は、とても腹が立ってきた。

まだ向こうの話に暇《ひま》が入るようなら、私は厠《かわや》行きを申し出てやろうか、と私が思ったとき、堀江隊長は切り上げて新砲廠を去り、班長、班附三人はこちらにもどった。すぐにも大前田が「別れ。」と命じるのを、私は期待した。しかるにまた彼は藪から棒のへんちきりんを言い出した。

「注目。——対馬名物の歌があるじゃろう? ありゃ『陽気節《ようきぶし》』ちゅうとじゃったかな。誰かその文句を言うてみい。」

大前田のこういう辻褄《つじつま》が合わないような質問の裏側には、とかく新兵泣かせのろくでもない目論見《もくろみ》が隠されているのである。この押し詰まった時間に、また彼は、何かを発明して実験しようと試みるのであろうか。これが神山にも意外であったとみえ、彼は心配と不信と半半のような目つきを大前田の横顔に送っていた。

「誰か言わんか。うぅ、阿比留《あびる》。お前は対馬の生まれじゃったろうが? 言え。」

「はい。阿比留二等兵。『対馬名物、烏《からす》に鳶《とんび》／女の馬乗り、石の屋根』であります。終わり。」

朝な朝な樹上に見られる鳥の群集の意味を、ここで私は感動して理解した。「女の馬乗り、石の屋根」の実物にも、そのうちに私が出会うのであろう。

「よし。――その対馬名物の烏は、何色をしとるか。」

「黒くあります。」

「ふむ。もし班長がその烏の色は白いとお前に言うて聞かせたら、お前はどうするか。」

「はい……?」

「烏の色は白いぞ、と上官がお前に教えたら、お前はどうすりゃええか、と聞いとるんじゃ。」

「はい。……そんなら、その、阿比留二等兵は、烏の色は白いと言います。」

「そうじゃ。それが軍人精神の絶対服従じゃ。ええか、みんな。上官が烏の色は白いと言うたからにゃ、烏の色は白いとじゃ。そんなときは誰も黒いと言うことはでけん。黒いと言うても、それで通りゃせん。それで通ると勘違いしとるごたぁる奴は――そげな軍人精神のなっとらん兵隊は、遅かれ早かれ思い知らせられるぞ。むかしならそげな誤差の太い奴はその場で半殺しの目に会わされたとじゃが、……このごろはちっとばかし手間取るごたぁる。それじゃけんちゅうて、ええ気にゃならんほうがええ。」

ぷっつりと大前田が口をつぐんだ。この初めから終わりまで、彼は、私の顔を皆目《かいもく》見なかった。その実彼が主として誰を目当てにしゃべっているかは火を見るよりも明らかである、と私は聞き取った。別段それは新しい恐怖ないし感動を私に投げ込みはしなかった。しかし私の睾丸《こうがん》は、なんぼか縮《ちぢ》かんだようでもあった。

四、五秒ののち大前田は、味もそっけもないような、それでいてとても後味《あとあじ》が悪いような低音で、ぼつりと朝食後の幕を下ろした。

「注目直れ。――別れ。」

第三　現身《げんしん》の虐殺者

一

三八式野砲の各部は、砲身、砲口、砲尾《ほうび》、車輪、眼鏡、引鉄《ひきがね》など、普通人にもほぼわかりそうな名称のほかに、多くのわかりにくい名称をも持っていた。その十数例は左のごとし。

防楯《ぼうじゅん》（火砲の要部および砲手を敵弾から防ぐための楯《たて》。）

防楯照窓《しょうそう》（二番砲手すなわち照準手が眼鏡を通して直接照準をするために防楯に設けられたのぞき穴。）

制転機（制動機。ブレーキ。）

閉鎖機《へいさき》（砲尾において砲腔を閉じる装置。内部に撃発装置がある。）

表尺《ひょうしゃく》（照準具。射距離の目盛りが刻まれている。これの上に眼鏡が装着せられる。）

高低水準器（ノ気泡管）（表尺附属の高低照準具。）

表尺坐筒《ざとう》ノ溝《みぞ》（表尺が挿入せられるべき筒《つつ》のような台座の溝。）

坐頭気泡管（表尺坐筒の上端にあって表尺および眼鏡の左右への傾斜を規正する器具。）

蝸状《かじょう》螺桿《らかん》ノ転輪《てんりん》（表尺坐筒に附属する一種の握り。二番砲手が、この転輪を握ってまわすことによって、表尺を小さく上下する。）

解脱環《かいだつかん》ノ攫爪《かくそう》（蝸状螺桿ノ転輪とならんで表尺坐筒に附属する一種の撮《つま》み。二番砲手が、右手の親指でこの攫爪すなわち撮みを前方に圧することによって、表尺側面の雌《め》螺旋《ねじ》と坐筒内面の雄螺旋《おねじ》との吻合《ふんごう》を解き、その上で両手または片手で表尺それ自体をつかんで大きく上下する。）

分画筒《ぶんかくとう》ノ転輪（眼鏡に附属する方向照準具の一種の撮み。分画筒には方向角の目盛りが刻まれている。この転輪がまわされることによって、眼鏡は左右に転回する。）

高低照準機ノ転把《てんぱ》（二番砲手がこれによって砲口を上下に動かすための把手《ハンドル》。）

方向照準機ノ転把（二番砲手がこれによって砲口を左右に動かすための把手《ハンドル》。）

照準棍《こん》（架尾《がび》すなわち砲架の最後尾にある照準補助具。四番砲手が、この棒状の把手によって、架尾を持ち上げ、砲口を大きく左右に移動させる。長さ七、八十センチ。）

『砲兵操転』第二部第一編「分隊教練」第一章「基本」第一節「編成、隊形及分隊長以下ノ定位」の件《くだり》には左のように示されていた。

第十　十五加（八九式十五加）ノ砲手ニハ一番ヨリ二十番（十二番）ニ至ル番号ヲ附シ
自動車手ニハ操縦手、助手ノ名称ヲ附ス
四五式二十四榴（四五式十五加）（三八式野砲）ノ砲手ニハ一番ヨリ十五番（十番）（六番）ニ至ル番号ヲ附ス

またおなじく第三節「射撃」第五款「三八式野砲」の「射撃用意及解除」の条項は、次ぎのとおりであった。

第百六十　射撃用意ヲ為サシムルニハ左ノ号令ヲ下ス
　射撃用意
一番ハ砲口蓋《ハウコウガイ》及砲尾蓋ヲ脱シ之ヲ防楯《バウジユン》ニ著ケ安全機ヲ発火ノ位置ニ置ク
二番ハ表尺蓋ヲ脱シ一番ニ渡シ高低照準機転把駐鏈《チユウレン》ヲ脱ス一番ハ表尺蓋ヲ砲口蓋ト共ニ砲尾蓋ノ中ニ納ム
三番ハ四番ノ補助ニ依リ前車《ゼンシヤ》ヨリ表尺及眼鏡ヲ出シ二番ニ渡ス二番ハ表尺及眼鏡ヲ装シ表尺ヲ満下シ眼鏡ノ諸分画ヲ定位（諸分画ヲ零但シ回転盤分画ハ前視零鏡頭ヲ前方ニセルトキノ零ヲ謂フ）ニ、揺架《エウガ》分画ヲ零ニ、高低水準器ノ指針ヲ百ニ、砲身ヲ水平ニ為シ要スレバ防楯照窓蓋板ヲ開ク
五番及六番ハ前車ヨリ信管廻《シンクワンマハシ》ヲ出シ左肩ヨリ右脇ニ懸ケ信管修正分画ヲ零ニ為ス

分隊長ハ要スレバ砲手ヲシテ各部ヲ検シ要部ニ給油セシム
表尺及眼鏡ヲ装スルニハ解脱環《カイダツクワン》ノ攫爪《クワクサウ》ヲ前方ニ圧シ表尺坐筒《ザトウ》ノ溝ニ挿シ之ヲ圧下シテ攫爪ヲ静カニ旧ニ復シ蝸状《クワジヤウ》螺《ラ》桿《カン》ノ転輪ヲ廻ハシテ表尺ヲ満下シ次デ眼鏡装著発条ヲ圧シ眼鏡ヲ装ス

第百六十一　射撃用意ヲ解カシムルニハ左ノ号令ヲ下ス
用意ヲ解ケ
第百六十ト概《オホム》ネ反対ノ操作ヲ為ス

すなわち三八式野砲の一個分隊は、分隊長以下七名（分隊長一、砲手六）によって構成せられた。一番砲手は発射を、二番砲手は照準を、三番砲手は弾薬の装塡《そうてん》を、四番砲手は二番砲手の補助（照準）を、五番砲手と六番砲手とは弾薬および信管の準備を、担当した。

＊

「休日ニ於テ教育、勤務等ニ差支ナキ営内居住者ハ之ヲ外出セシムルコトヲ得。」と『軍隊内務書』は定めていた。しかし旧臘《きゆうろう》八日（日本の対アメリカ・イギリス・オランダ宣戦）以来、下士官兵の休日外出は禁止せられているのであって、一昨二月朔日《ついたち》の日曜にもわれわれは営内休養を命ぜられた。この営内休養とは、「祭日、祝日、靖国神社例大祭日、陸軍始、陸軍記念日ニ在リテハ儀式等ヲ終リタル後、又年末年始、日曜日其ノ他定メラレタル休日ハ通常演習ヲ休ミ休養セシム。」という条文の実施にほかならない。

　三八式野砲の教育は、昨二月二日に開始せられた。風雨の昨二日、われわれは、旧砲廠内の三八式野砲について、午前に、その構造、機能、各部の名称などを教えられ、午後に、まず二年度乙種幹部候補生（伍長の階級）たちによる模範分隊教練を見学し、次いで砲手番号の唱《とな》え方および一番ないし六番の砲手として定位に就《つ》く動作を教育せられた。砲手番号は、普通の番号とは違って、二列横隊右翼伍の前列兵からその後列兵へ、さらに次ぎ（左）の伍の前列兵からその後列兵へ、というような順序で唱えられ、その発唱も、左のように特殊である。

――砲手番号。《分隊長》
――一番。
――二番。
――三番。
――四《よん》番。
――五番。
――六番。《以上各砲手》
――定位に就け。《分隊長》

　こうして砲手六名は、それぞれの定位に就く。「定位（持場）ニ就カシムルニハ『定位ニ就ケ』ト号令ス。」という規定が、『砲兵操典』の「総則」第十九ノ三に見出される。

一番、二番の定位に、それぞれ野砲所属の腰掛け（発射座、照準座）があり、彼らは、おのおの一定の姿勢でそこに尻を載せる。三番、四番、五番、六番は、小銃射撃における膝射ちの場合と同じような（右脚を屈して横たえ左脚を曲げて立てた）姿勢で、地上にすわる。これは、『砲兵操典』第二部第一篇「分隊教練」の「通則」第五が「放列ノ定位ニ在ル者ハ操作ニ便ナル低キ姿勢此ノ姿勢ヲ折敷ト謂フヲ取ル。」と言っているその「折り敷け」の姿勢である。

晴れ上がった二月三日、われわれは、野砲五門（ならびに前車五輛）を旧砲廠から引き出し、営庭の中央南北線上に砲口を西方へ向けて置きならべた。午前の間、各部名称の復習、定位に就く動作、射撃用意および解除の教練が行なわれ、午後大半の間、射撃用意の演習が続行せられた。

＊

「軍隊には軍隊の字の読み方がある」などの現象は言語道断の理不尽であるけれども、兵器、被服、陣営具、建物その他に特異な名称がつけられているのは事実であって、またそうであってもそれは格別反人間的・反社会的な不条理ではないのである。もっとも、たとえば、「モノホシバ」（「物干場」）の「ブッカンバ」は、果たしてそれが軍隊正規の呼称であるか、と私は疑っていた。『軍隊内務書』に「物干場」という名詞は存在する。しかしこれも「ブッカンバ」と読むべく制定せられたというよりも、むしろ初めは誰か（上級の軍人）が無知か気取りか気紛《きまぐ》れかでそういう読み方、言い方をしたのが、歳月の経過のうちに、この権威主義的世界の慣習または伝統となったのではなかろうか。私は、班長、班附の前でもそこを

「モノホシバ」と言ってきたが、どういう訳か、まだそれについて咎《とが》められたことはなかった。そのせいか私は、「ブッカンバ」という呼び方に、ある創意工夫のおもむき、ある諧謔《かいぎやく》の味わいをも認めて、特に悪感情を持たなかった。『軍隊内務書』によれば、雪隠《せっちん》は「厠《かはや》」である。むかしから（入隊前から）私は、その呼び方を好もしく思って実行していた。しかし教官、班長、班附らも、したがって新兵たちも、「便所」と言っている。「物置」という名詞も『軍隊内務書』に見られる。これが上官上級者にとっても「モノオキ」であって「ブッチ」もしくは「ブツオキ」でないとは、愛嬌のない話である。

兵器各部の名称が独特であることを、入隊前から私は、小銃などに関連して、知らないことはなかった。が、野砲各部の名称は、さらに珍奇難解であった。初めて私が身近に火砲を見て教えられた昨二日午前午後、その私は、たいそう感嘆しつつそれらを覚えることに精神を集中し、のみならず乙種幹部候補生たちによる模範綜合操作や神山、村崎その他の班附たちが演じる基本的動作の手本やを食い入るように見つめ、頭に入れ、その訓練にも一心に精励した（また後刻、その夕食後自由時間、私は、『砲兵操典』および『野砲兵須知』をひもといて、私の記憶を念入りに吟味しもした）。

それは、啻《ただ》に大前田ほかの上官上級者にたいする私の自衛のためではなかった。またそれは、啻に大前田の「お前らが火砲の教育を受けても、学校出のへなちょこが拉縄《りゅうじょう》引いたり照準したりしたとじゃ、破甲榴弾は飛び出しもせにゃ当たりもせんぞ。百姓出か職工出の兵隊の爪の垢《あか》でも煎じて飲め。」という侮蔑的放言にたいする私の負けず嫌いからでもなかった。私は、火砲（の操作）そのものに本気の興味を持ち、真剣に心を引かれていたのである。

もと私は、私自身が重砲兵というごときギョウサンらしい兵種として召集せられよう、とは夢想もしなかったのであった。野戦砲兵とか要塞重砲兵とかには人なみはずれて体格のいい膂力《りよりよく》の秀《ひい》でた男たちがなるのであろう、というふうに私は考えていた。というよりも私は、私の召集せられて行く先が要塞重砲兵部隊であると知ったとき、初めてそう考えたのであったろう。私の兵種が重砲兵であるという事実は、私を少少感動させた。それが、召集令状から私が受け取った唯一の感動であったようである。

要塞もしくは重砲についても、ヨーロッパおよびアメリカの劇映画や内外ニューズ映画やの中でそれらしい物を見たことは私にあったが、なんらの具体的な知識概念も私になかった。「要塞」という語が必ず私の内部に触発したのは、ただ「真鉄《まがね》なす　べとん」という表現・その表現が喚起する特定表象であった。「真鉄なす　べとん」という言葉に、私は、小学校二年生のころ、森鷗外著『うた日記』において初対面をした。詩篇『乃木将軍』の「つはもののの　武勇なきには　あらねども／真鉄なす　べとんに投ぐる　人の肉《しし》／往くものは　生きて還らぬ　強襲の／鋒《ほこさき》をしばし転じて　右手《めて》のかた／図上なる　標《しるし》のたかさ　二零三／巓《いただき》の　ふたつ聳《そび》ゆる　石やまに／たえだえの　望みのいとを　掛けてこそ／きのふけふ軍の主力を　向けてしか」という第一節は、その私の心を打った。「ベトン」が「コンクリート」のフランス語であることを、私は、知らなかったけれども、それをほぼそれのような何物かとして捕えてはいた。そしてその時分から、私の頭の中に「真鉄《まがね》なす　べとん」と「要塞」とが表裏一体のような概念として住みついたらしいのである。

鷗外作『乃木将軍』から小学校二年生が受け取った感銘の実体は、甚だおぼつかなくて、すこぶる頼りない。しかし少年私も、詩篇『乃木将軍』の第一節に殊に愛執《あいしゅう》したのであって、その第二節以下には必ずしもそれほど愛執しなかったのであった。この詩篇の主として第一節にたいする私の愛執は、後年の私においても存続した。

「真鉄なす　べとんに投ぐる　人の肉／往くものは　生きて還らぬ……」は、当代戦争の悽《せい》惨《さん》な姿を簡潔につたえるが、『乃木将軍』全篇の効果は、戦争批判的でも反戦的でもなく、かえってその反対ではある。長じて私は、たとえばコンスタンチン・ポポフの『日本資本主義発展史』に、欽定《きんてい》憲法制定による天皇制独裁権力確定後の明治期後半に関して「極東における帝国主義列強の闘争への日本の積極的参加の段階」云云の規定を読み、またたとえば田《た》中康男《なかやすお》の『戦争史』〔『日本資本主義発達史講座』〕に、「日露戦争は、まさに新興日本をもその渦中に巻き込みつつあったかかる主要×××国間の激烈なる対立の必然的所産である。」云云の解明を見つけた。しかもなおそののちにも、この一篇、この第一節への愛着は、私の身内に生き残りつづけた。……斎藤茂吉《さいとうもきち》の「あが母の吾《あ》を生ましけむうらわかきかなしき力おもはざらめや」という一首がある。この一篇、この第一節に見出され得るのは、「あが母」明治期日本民族の「吾《あ》を生ましけむうらわかきかなしき力」ではないのか。「真鉄なす　べとんに投ぐる　人の肉《しし》／往くものは　生きて還らぬ」悽愴惨烈《せいそうさんれつ》、しかしそこにそういう痛ましい形相《けいそう》で明治期日本人民の「うらわかきかなしき力」が投入せられざるを得なかったのではないか。そのことが、そのことこそが、作者の主観とは独立に、あるいは作者の主観の一側面に即して、かの一篇、かの第一節、さらにまた『うた日記』一巻のあちこちから読み取られねばならぬのではないか……。

戦雲が全ヨーロッパに普及しつつあった昭和十三、四年〔一九三八、九年〕ごろ、フランスとドイツとの国境に対峙《たいじ》する二つの長大な要塞、マジノ線とジークフリート線との部分的外観がニューズ映画に現われるのを、私は、いくたびか見た。それらの映像は、「真鉄《まがね》なす　べとん」という詩句が私の頭に喚《よ》び起こす「要塞」の表象にかなり近似しているようであった。

……新劇俳優友田《ともだ》恭助《きようすけ》の華中における戦死の跡を映し出した記録映画『上海』の蕭条《しようじよう》たる一情景。……『朝日ニューズ』かの撮影技師《キャメラ・マン》がおなじく華中（?）の前線で彼自身戦死しながら撮影したニューズ映画の（前方の山野がぐらぐらと半回転して撮影機の転倒と撮影者の最期とを物語った）凄絶な一場面。……それらとともに、ある夜の『パラマウント・ニューズ』かに出て来たマジノ線の虚無的な遠写《ロング・ショット》、その日本語版語り手《ナレーター》の「蜿蜒《えんえん》として無気味な墓石の列のように連なるマジノ・ライン……。」という脅迫的な声音《こわね》の語り口も、私に忘れがたかった。すでにそのころには、ナチス・ドイツのポーランド圧迫、ダンチヒ問題の紛糾《ふんきゆう》が、第二次世界大戦の直接の火元になろうとしていた。

ドイツ・ソ連不可侵条約の成立、平沼《ひらぬま》内閣の挂冠《かいかん》、ドイツおよびソ連のポーランド侵入、イギリスおよびフランスの対ドイツ宣戦布告を、私は、留置場内で衝撃的に知った。私が私の虚無主義を胚胎《はいたい》したのも、ほぼその一時期であったろう。そして私がマジノ線の予想外な脆弱《ぜいじやく》から先の「無気味な墓石の列のように」という不吉な修飾語を改めて思い合わせたのは、翌一九四〇年初夏のことであった。しかもその後もやはり私における「要塞」すなわち「真鉄なす　べとん」の中心的表象は、私がニューズ映画でその一部外観を瞥見《べつけん》したに過ぎないマジノ線もしくはジークフリート線であった。

対馬は日本随一の要塞であり、日本最大の火砲群がそこに現存する、と入隊前私は、杉山《すぎやま》活版部員など三、四の人人から聞いたのであった（おなじようなことを、入隊後私は、上官上級者からも同年兵からも聞かせられたのである）。全島そのものが「真鉄なす　べとん」で構築せられている宏壮な金城鉄壁、――われながら子供らしいと一方では考えつつも、私は、そのような対馬要塞の表象を胸に抱いて入隊した。この一事に関する限り、私は、積極的な期待を持っていた。幼少時このかた私の中に育《はぐく》まれていた「真鉄なす　べとん」の心象。その実物を私が目《ま》のあたりに見る機会に恵まれたのか、と私は思ったのであった。私の観念上の対馬は、マジノ線やジークフリート線やに勝《まさ》るとも劣らぬ装備万全の一大要塞でなければならなかったのである。私の期待は、「君に似し姿を街に見る時の／こころ躍《をど》りを／あはれと思へ」という石川啄木《いしかわたくぼく》詠の、そういう「こころ躍り」に近かったかもしれない。その種の「こころ躍り」は、もはや久しく私が見失っていた情感であった。

暗夜に初めて対馬の大地を踏んだ私は、厳原埠頭から鶏知屯営まで約十二キロの行進間、ほとんど何物をも見なかった。一夜が明けて私は、（その内部は初の見物であったとはいえ）普通の営所を見た。それから一月が去り、二月が来た。「真鉄なす　べとん」の表象に叶《かな》うような築造物はおろか、いくらかでも「要塞」らしいような設営も何も、その間まったく私の目に止まらなかった。

それが当然ではあろう。第一に、ここは砲台ではなく部隊本部であるから。第二に、面積七百平方キロ強、人口五万数千、主要産業漁業、農業、林業の対馬二郡二町十一村が「真鉄

なす　べとん」で覆われ尽くしていたり、加農《カノン》砲や榴弾砲やがそこかしこにごろごろしていたり、するはずもあるまいから。——そういうことは、私にもわかってはいた。しかし私がまず期待を裏切られたような物足りなさを覚えたのも、事実であった。

　医務室横の西通用門より表門、東通用門を経て炊事場裏に至る間は、屯営北辺の杉垣である。この隙間だらけの杉垣が、まさにわれわれにたいする鉄壁を成している。しばしば私は、『袖萩祭文《そではぎさいもん》』の「この垣一重《ひとへ》が黒鉄《くろがね》の」という文句を連想した。この外側を一条の小道が杉垣と並進し、そのまた向こうを幅員十数メートル（平常時水面幅員三、四メートル）の鶏知川が西から東へ流れ下《くだ》った。降雨のために水嵩《みずかさ》が増すと、杉垣越しの川音が、厠の中などの私に届いた。一月下旬のある宵、小用中の私は、その川音に、外界のめったに聞かれぬ声を感じ、われにもあらずなつかしく耳をかたむけ、すぐにそういう私自身を許しがたく不快に顧みた。明治の末ごろ、吉田絃二郎《よしだげんじろう》が、見習士官か少尉かとして、この隊にいたらしい。吉田の対馬を舞台にした短篇小説数種のどこかに、この鶏知川も感傷的に美しく書かれているそうである。私は、吉田の作品を愛読しなかったので、そういう覚えがなかった。しかしそれは聯隊の語りぐさの一つになってきたとみえ、神山も村崎も他の古年次兵二、三も、それぞれ新兵たちにその話をしたのである。屯営前の鶏知川は、概して無趣味な、薄ぎたない細流でしかない。

　新砲廠近辺から杉垣のかなたに望まれるのは、鶏知川対岸の要塞司令部営舎、主としてその屋根瓦である。部隊兵舎裏手、東通用門附近からは、やはり川向こうに人家の列の背面が垣間《かいま》見られる。そこいらから東方への一区画が、鶏知町（人口六千弱）の本通《メイン・ストリート》りになっていて、町役場、派出所、小学校、郵便局、医院、旅館、写真館、憲兵分隊屯所、各種商店などが、曲がりなりにも存在する由である。

営門（そのすぐ前の橋）から一直線の桜並み木道は、三、四十メートルにして表通りに突き当たる。そこの丁字路から東（営門から向かって右）のほうへと本通りの家家が立ちならんだ。町並みはこの丁字路あたりで切れ、その西方三、四百メートルの山ぎわまで民家がまばらであった。われわれは、本通りの寝静まった真っ暗がりを歩んで入隊したが、その後まだ一度もそちらにむかって営門を出たことがない。これまでにわれわれが営門を出た四度とも、われわれの四列縦隊は、丁字路を左に折れ、要塞司令部を弓手《ゆんで》に見つつ前進して、司令部西隣りの練兵場に進み入ったのであった。練兵場西側、小山の裾の木造平屋建ては、鶏知陸軍病院である。そこへんの風物は、九州本土の片田舎に多い眺めと別に違わない。練兵場からの帰途、私は、本通りのほうをわずかに見やることができた。それも、地味な平凡な田舎町のたたずまいであった。八紘山の頂《いただき》からは、屯営ならびにその東北東方一帯の鶏知町が鳥瞰《ちょうかん》せられる。一月下旬に冬木と二人で登った私は、同様に曲《きょく》もない自然および人為を見下ろしたのである。

　そのように鶏知屯営界隈《かいわい》の実況と私の「真鉄なす　べとん」ないし「要塞」とは、縁もゆかりもなかった。全島が国防法規上の「要塞地帯」に編入せられているとはいえ、ここ鶏知町では、そしてここに限らず対馬一般では、通常の民衆が、通常の（離れ島の）社会生活を営《いとな》んでいるのである。この質朴な現実を今更らしく思い知りながら、私は、わが観念的妄想の破綻《はたん》にいささか失望していた。しかし「北と南の砦《とりで》には／山なす巨砲われを待つ／

……銀翼空を覆ふとも／艨艟《もうどう》海を侵すとも／われには堅き備へあり」と『聯隊歌』に謳われている各砲台には、私の表象にも多かれ少なかれ似つかわしいような「山なす巨砲」なり「堅き備へ」なりが、あるいは実在するのであろうか、とも私は空想した。

白石、大前田、神山、村崎その他、上官上級者古年次兵の話を綜合して、私は、概略次ぎのような知識を得てもいた。

――対馬最大の砲台は北地区の豊《とよ》と南地区の竜《たつ》ノ崎《さき》とであり、前者には四十加二連装砲塔一基が、後者には三十加二連装砲塔二基が、存在する。豊の砲塔は、もと巡洋戦艦「赤城《あかぎ》」（第一次大戦後の海軍軍縮によって航空母艦へ改造）に積載せられるべく製造せられたのであって、また竜ノ崎砲塔は、かつて戦艦「摂津《せっつ》」（おなじ海軍軍縮によって廃艦）に積載せられていたのであった。さらに南地区の豆酘崎《つつざき》は、四五式十五加二連装砲塔二基を備える。そのほか北地区の海栗島《うにじま》、西泊《にしどまり》、棹崎《さおざき》、中地区の竹崎、郷崎《ごうざき》、南地区の大崎山は、おのおの四五式十五加四門もしくは二門を所有する。要するに全島九箇所の常備砲台に、口径四十センチないし十五センチの加農《カノン》砲総計二十八門が、装備せられている（なお中地区の小松崎《こまつざき》、折瀬鼻《おりせばな》の二箇所は、いずれも臨時砲台であり、前者には三八式野砲四門が、後者には三八式野砲二門が、配置せられている）。……

砲台（火砲）を語る上官上級者の多くは、その強大な威力を誇示しているようであった。これらの火砲、中でも四十加、三十加が「山なす巨砲」、「堅き備へ」と揚言せられるに値しなくもなかろうことを、私は、いちおう諒解することができた。しかし私は、我流の過大な表象に照らしてではなく、ある具体的な根拠から、対馬要塞の戦備全般に不審を起こし、それをむしろ微力貧弱と判断せざるを得なかったけれども、まだ見ぬ砲台のまだ知らぬ要塞重砲には、それでもやはりかなりの期待と興味とをつないだ。

――火砲は、おおかたどの砲台においても、海抜百メートル程度の高地（大洋を前方に控えた断崖の突端あたり）に据えつけられている。一個の砲台は、その全体が――それどころか砲側《ほうそく》から（それとおなじ高地あるいは低地海岸線に存在する）兵舎までの間の一定地域すらもが――コンクリートの類によって築き固められているのではない。兵舎は粗末な仮《か》拵《ごしら》えである。生活設備は不良であり、兵隊は不便不自由な荒涼たる月日を送り迎えている。幾つかの砲台では、高地の兵舎近傍に水が出ないため、勤務上番者以外の全兵員が、一日に数回、低地海岸線から四斗樽で水を担《かつ》ぎ上げねばならない。……

そういう実情をも私は聞き知ることができた。日本一を誇称せられる大要塞の常備砲台で、せいぜい標高百メートルかそこらの兵舎所在地点になんらかの文明的な水利施設がなく、四斗樽での水運びが要員の主要な日課の一つである、とは、従来私の想像しなかった事柄であった。それは、私の「近代的に機械化せられた要塞」という観念からずいぶんへだたっていた。……

それやこれで、私の頭の中の「真鉄なす　べとん」もマジノ線・ジークフリート線的大要塞も、現実問題として笑いぐさを出ないようであった。それにしても私は、私のまだ見ぬ砲台のまだ知らぬ要塞重砲・かりそめならず未知未経験の当該対象にたいする例の可憐な「こころ躍り」を、なお失わなかったのである。

われわれが一期間にその操作を教えられるべき火砲は三八式野砲および四五式十五加の二

種類であり、教育訓練の主力は前者に注がれる、ということが、一月下旬から予告せられていた。ところが、旧砲廠内の三八式野砲は、要塞重砲と称せられるにはあまりに短小なようであった。名詮《みようせん》自性《じしよう》、野砲は、野戦むきのむしろ軽快な火砲であり、要塞用の大砲にはどうもしっくりしない、というふうに私は思った。

それは私の素人《しろうと》目《め》であったが、念のため私が『砲兵操典』を調べてみると、その第三部「要塞重砲兵」第一篇「一般原則」の「通則」第二百三十八も、野砲にはなんら言及することなく、左のように言っていた。

要塞重砲兵ハ砲台ノ種類ニ依リ各特性ヲ異ニス

大口径加農ハ射距離長大且堅固ナル装甲ニ対スル威力強大ナルノミナラズ特ニ動力ニ依ルモノハ射撃速度大ニシテ防禦力大ナル艦船ノ舷側《ゲンソク》ヲ射洞スルニ適ス

中、小口径加農ハ大口径加農ニ比シ射距離及威力共ニ小ナルモ射撃速度大ニシテ特ニ軽快ナル艦船ヲ又其ノ一部ハ飛行機ヲ射撃スルニ適ス

大口径榴弾砲ハ射距離及射撃速度小ナルモ高、低射界ヲ有シ装甲ニ対スル威力大ニシテ防禦力稍《ヤヤ》大ナル甲板若《モシ》クハ舷側ノ破壊或ハ潜没《センボツ》セル潜水艦ヲ射撃スルニ適ス

右に反して、同書第三部「野戦砲兵、重砲兵、気球兵及情報兵」第一篇「一般原則」の「通則」第三は、「砲兵ハ其ノ種類ニ依リ各特性ヲ異ニス。／輓馬《バンバ》野砲ハ運動軽捷《ケイセウ》、弾道低伸、射撃速度大ニシテ暴露セルカ又ハ掩護不十分ナル各種活目標ヲ殺傷シ或ハ障害物ヲ破壊スル

ニ適ス。」と野砲を真っ先に取り上げ、そのあとに十榴、騎砲、山砲、輓馬十五榴、自動車野砲、自動車十五榴、十加、十五加、二十四榴を説明する。そしてそこでもその説明内容から私が手持ちの常識的概念によって大別するに、十五榴、十五加、二十四榴などがミドル級ないしヘヴィ級の「攻城砲」であるのにたいして、野砲は、騎砲、山砲などとともに、バンタム級ないしライト級の「野戦砲」に属する。また私の辞書に、陸軍で口径九センチ以下・海軍で口径十二センチ以下の火砲が「軽砲」と呼ばれる、と書かれていた。三八式野砲の口径は、七センチ五ミリである。

要するに「重砲」(「要塞砲」または「攻城砲」)という概念と現物の野砲とがなんだかぴったりしないという私の感じ方は、軍学的にもたいして見当違いではないらしかった。主としてその野砲についてわれわれの教育演習が行なわれるという予告から、私は、またしても一種の幻滅感を受け取らざるを得なかったのであった。

しかし現実に野砲の教練が始まった二月二日、私は、私の幻滅感がある意味において早まっていたことを悟らせられたのである。

なるほど三八式野砲は、到底「山なす巨砲」ではなかった。またそれは、その名の示すとおり明治三十八年(一九〇五年)の制定であって、日露戦争当時ではドイツ製最新式であったにしても、今日では相当に旧式でなければならなかった。この旧式小口径火砲が現在なお日本陸軍(野戦)砲兵の主軸である、と白石教官が教えた。その事実は、日本軍戦力にたいする私の一般的不信感を強めこそすれ弱めはしなかったけれども、初めて私がわが目で見わが手で触れた三八式野砲は、その小型と旧式とにもかかわらず、侮《あなど》りがたい力量感と不思議な吸引力とを具備していた。この陸軍砲兵の主体は、象《ぞう》のようには巨大豪放ではなかったとはいえ、まさしく豹《ひょう》のように尖鋭剽悍《ひょうかん》であった。そのほとんど官能的な魅力は、アメリカ映画の秀作『化石の森』、『青春の抗議』などの主演名女優、私の愛するベット・デイヴィスの（さらにその彼女に感じのよく似た一人の日本人婦人の）たおやかな弾力的肢体を私に思い出させた。むろんたおやかな弾力的肢体に関する私の知識経験は、前者（B・デイヴィス）についてひたすら観念的であって、後者についてもっぱら現実的であった。下世話《げせわ》に男根の象徴とせられるのが常である兵器から、私が特定女性を連想したのは、奇態である。しかし私は、この性的倒錯（？）に別段拘泥《こうでい》しなかった。

先夜の点呼前、大前田軍曹が「整頓」の拉縄《りゅうじょう》引きに際して現わした雄雄しく花やかな姿勢および運動に、私は、その後もずっと讃嘆と敬意とを持ちつづけていた。その感動的な印象は、火砲（要塞重砲）にたいする一つの新しい「こころ躍り」の動機を私に与えたのでもあった。野砲の模範分隊教練、二年度乙種幹部候補生六砲手の整然たる共同動作も、――先夜の大前田のそれほどに大ぶりな動きはそこになかったとはいえ、――たいそういさぎよく派手やかであり、しかも芸術的でさえある、と私は思った。その熟練は時間と努力と才能とを必要とするであろうことが私にも推察せられる（二番砲手の）照準操作は、なかんずく勇壮かつ典雅であった。このごろ何度も神山上等兵その他が口に出していた「二番砲手は野砲の花……。」という言葉の内容を、私は、実地に納得したのである。

昨二日来、私は、その野砲に愛着を、その操作に熱意を、傾注し始めていた。

……『私はこの戦争に死すべきである、もしくは私はいかなる戦火の直中《ただなか》においても必ず死ないであろう、なにしろ「死」を恐れる理由は私にない。』というごとき（いまではそのある部分が多少ゆすぶられつつある）特異な観念群をたずさえて、私は、一兵になっている。よしんばどのような運命が私の将来であろうとも、私がこういう火砲に親しく接してその操法を体得するような時節は、私の生涯に今後二度とは出て来ないはずである。しかも私は、特別の異性が発揮する類の官能的魅力を野砲に認めたのであり、時には芸術的とも呼ばれ得るべき男性的壮麗をその操作に見出したのである。兵隊生活という特殊な条件の中で、この虚無主義者の寵愛と熱情とをこの程度にも刺戟する客体の出現。それは、まことに奇特な出来事ではないか。……

たしかに『砲兵操典』第三部「要塞重砲兵」においては、加農砲と榴弾砲とのみが取り立てられていて、野砲は黙殺せられている。だが、同書第二部「重砲兵及要塞重砲兵」においては、十五加、八九式十五加、四五式二十四榴、四五式十五加とともに、三八式野砲は、明らかに重砲兵および要塞重砲兵の主要な演練対象に措定《そてい》せられ、そこの操法解説は、重点を海岸射撃に置き、「直接照準ニ依リ射向ヲ与ヘシムルニハ例ヘバ左ノ号令ヲ下ス。∥目標千《チ》代《ヨ》ケ崎方向右行進ノ敵艦。／直接照準。／七《ナナ》右ヘ。」のように、明白に艦船が、それの射撃目標に想定せられている。それならば、野砲は、圧《お》しも圧されもせぬ公認の要塞重砲でなければならない。

——私は、私の一生に一度きりであるべきこの機会に、この未知の魅力的要塞重砲に精通すること・この未経験の男性的火砲操作に習熟することを試みるであろう。そのように私は努力するつもりである。附随的結果として、もしも私が、「学校出のへなちょこが拉縄引いたり照準したり」によって弾丸は確実に発進も命中もする、ということを大前田らに証明してみせたならば、それは、それでまた一興ではなかろうか。野砲の実弾射撃は三月中旬に行なわれる予定、と私は聞いている……。

*

雨天の昨日、旧砲廠内の陰気な明りの下に私が見たそれとは様子がおのずとまた改まり、今日、青天白日の下に私が見る三八式野砲は、茶褐色の砲身、砲架、防楯が陽光を弾《はじ》いて、その雌伏《しふく》する豹にも似る剽悍な迫力感をいっそう濃厚に発現した。

砲身は、多くの時間、水平の状態すなわち零距離射撃の姿勢を保っている。午前の後半、射撃用意および解除の教練が始められてからのち、班長、班附が、ときどき高低照準機ノ転把をまわして砲身に仰角《ぎょうかく》を与える。そのたびに、新しく定位に就いた二番砲手が、「射撃用意。」と号令せられて、結局それを水平に返す（返さねばならぬ）。……高低照準機ノ転把のかすかな旋回音とともに仰向《あおむ》いたり俯《うつむ》いたりする砲身の物腰は、私の目になかなかなまめかしかった。

また班長、班附が、ときどき方向照準機ノ転把によって砲口を右（左）に片寄せる。このとき砲尾は砲口と反対の左（右）に片寄り、したがって揺架分画は中点零から左（右）いくばくかに変移する。これまたそのたびに、新しい二番砲手が、射撃用意を命ぜられて、砲口を中心にもどす（言い換えれば揺架分画を零にする）。……方向照準機ノ転把は、音もなく回転し、それにつれて砲身は、物静かに優雅に身じろいだ。

これらは、射撃用意諸操作のうち、「二番ハ……揺架分画ヲ零ニ、……砲身ヲ水平ニ為シ」の訓練と実行とを意味する。射撃用意および解除は、火砲操作の第一歩に過ぎないが、われわれ新兵の今日の身には、その初歩的作業を大過なくやりおおせることが、決して簡単容易ではない。誰もが、多かれ少なかれ、怒鳴られたり、小突かれたり、ある兵たちはそのせいでうろたえ、のぼせ、ますます失敗をかさねたり、果ては「前支え」何分間かをさせられたり、していた。

午前中、第一班が二門、第二班が二門、第三班が一門の野砲を使用した。最右翼（営庭の最も北側寄り）に位置する一門が、この午前の第三班用に当てられた。一個分隊六砲手の実演間、残る六個分隊三十余名は野砲一門の両斜めうしろ側に立って見学する（各分隊は長身短身取り混ぜの一時的・方便的編成）。第一、第二、第三の三個分隊が北側から南むきの二列横隊。私の属する第四以下第五、第六、第七の四個分隊が南側から北むきの二列横隊。神山上等兵が分隊長役で号令と全般的監督とを担当し、大前田軍曹と村崎一等兵とは適宜に各砲手を監視する。白石少尉が一定時間置きに他の二個班四門のほうから見まわりに来る。六砲手の一人一人が一番ないし六番の各任務動作を順順に実習させられるから、一個分隊の訓練一過程はかなり長くかかる。各新兵にとっては、見学時間のほうが演習時間よりも多いのである。午前後半の演習は、左翼分隊から右翼分隊へ移行した。第七分隊、第六分隊がひとわたり練習を終え、第五分隊が砲側の定位に就いたころ、日輪《にちりん》は高く中天に上がった。

三番、四番が表尺および眼鏡の出し入れをするため野砲と前車との間を行き返るとき、あるいは「砲手一巡《いちじゅん》繰り上がり交代。」という号令で従来の一番、二番、三番、四番、五番、六番がそれぞれ新たに六番、一番、二番、三番、四番、五番の定位へ移るとき、営庭の土の上のあわただしく行き交《か》う影が、どれもたいそう短くなっている。この分ではわれわれ第四分隊の出番は来ないまま午前の練兵が終わりはすまいか、と私は、なんとなく残り惜しく思った。徒歩教練、銃教練の場合、そのような心持ちで練兵を考えたことは、一度も私になかった。

同年兵たちの演習を注意深く見守りつづけた私も、いまは少し気がゆるんで退屈し始めた。——今朝食後の一幕は、大前田のなにか吹っ切れないような口上をもって、いったんおだやかに閉じられた。大前田、神山は、江戸の敵《かたき》を長崎で——一件の敵《かたき》を練兵で——討とうとするのではないか。それは、橋本、曾根田、室町、私などがとっくり勘定に入れて覚悟するべき事柄なのである。その意味でも私は、ひとしお気分を引き締めて、油断しないように努めてきた。わが身の上も私に案ぜられたかたがた、それに劣らぬ私の気がかりは、野暮な橋本、無分別な室町、無頓着な曾根田、いったい兵隊事の不得意な彼らが、練兵中いつか何かでひどい目に会いそうなことであった。私は、彼らの今朝の言行に感服し、そこから学んだのである。……彼らは、痛めつけられるのではあるまいか。……ところが彼らの上に格別の変事もなく、練兵は進行した。大前田、神山の橋本ら三人にたいする目つき、物言い、態度が、普通よりもとげとげしくはあったが。私に関しても、事情は違わなかったが。

……第七分隊の室町、曾根田は、すでに射撃用意および解除の訓練一過程を済ましている。いま橋本が第五分隊の一員として実習しているけれども、彼だけが特に無体にやっつけられている様子はない。私は、いちおう私の懸念を解消してもよいらしい。のみならず、わが第四分隊の演習は、午後のことになりそうである。

いくらか気がゆるんだ上に長たらしい見学にだいぶん厭《あ》きもした私の意識は、しばらく第五分隊の訓練を離れて、あらぬ方をうろついた。

……以前私が読んだエマーソンの一論文は、たしかその冒頭にマホメットの'Paradise is under the shadow of swords.'(「楽園は武力の庇護《ひご》の下に存在する。」)という箴言《しんげん》を掲げていた。野砲に心を引かれている私は、この種の(好戦的、武断的ないし武装平和的)思想に与《くみ》する一人ではないが、同時に無条件平和主義者でもない。私が虚無主義者でなかったむかしも私が虚無主義者であるいまも、否定的諸勢力の武装せる攻勢にたいして肯定的諸勢力がおなじく武器をもって立ち向かうことを、基本的に私は、承認したのであり、承認するのである。……もしもそのわずかな可能性でもどこかにありさえしたならば、私の思想ならびに行動もまた別様の方向を辿《たど》り得たのではなかったろうか。……武器。武力。武装。……しかしこの野砲は……?

大前田の「こら、『ナニボウ』。おい、『ナニボウ』、『ナニボウ』。」という大声が私の耳について、私は、そちらに——演習のほうに——注意を引きもどされた。向こうむきの大前田が、『ナニボウ』。返事をせんか。」とまた怒鳴った。大前田が何を言っているのか(誰を呼んでいるのか)、私は、ちょっとの間わからなかった。橋本が大失敗をでも仕出かしたのか。不安が私の中で頭を擡《もた》げた。「この『西部第七十七部隊ナニボウ』。お前じゃないか。」と大前田は、さらにわめいた。そこで私は、「ナニボウ」の正体を理解した。

左頰にある火傷《やけど》の瘢痕《はんこん》のため左眼があかんべのように引き攣《つ》っている一つの歪《ゆが》んだ顔が、

照準座から大前田班長をおずおずと振り返った。

「鉢田《はちだ》二等兵のことでありますか。班長殿。」とその歪んだ顔が、おぼつかなげにたずねた。

「決まっちょる。『西部第七十七部隊ナニボウ』は、お前一人しかおりゃせんよ。そうじゃろうが？」

「はい。」

「なんか、その気合い抜けした返事は。お前のほかにも『ナニボウ』二等兵がおりばしするとか。」

「は、いんね、おらないであります。」

「そんならお前が『ナニボウ』じゃよ。ええか。」

「はい。」

この「ナニボウ」呼ばわりには、謂《いわ》れ因縁があったのである。

二

――第三内務班、第一分隊と第二分隊との中間、北の羽目、食器戸棚の斜め左上方に、一枚の小紙片が貼り付けられたのは、一月二十三日であった。その紙には、「福岡市博多郵便局気附／西部第七十七部隊若月隊／何某」の三行が墨書《ぼくしょ》せられている。これは、営内居住者が隊外への郵便物に記載するべき発信人住所氏名の雛形《ひながた》である。必ずこのように書け、決して県名島名町名聯隊名内務班番号などを記《しる》すな、とわれわれは、入隊早早からくどくも注意せられてきた。それなのに、そのことを正しく実行し得ぬ班員が、二週間後にも絶えなかった。業腹《ごうはら》の神山が、この書式を作って掲示したのである。神山のその楷書は、まずくもなかった。「若月」は、部隊長陸軍大佐若月《わかつき》不二夫《ふじお》の氏である。

その翌翌日の日夕点呼後、日曜日のせいでか定例の『勅諭』奉誦以外にはさほどの事もなく「別れ」が命ぜられた二十一時十五分ごろ、われわれが「お休みなさい。」と叫びつつ敬礼して動き出そうとしたら、神山上等兵が「あ、待て。――よし、いちおう解散して適宜の位置で聞け。」と指令した。だいたい全員が元の場所に、もとよりも楽な体勢で留《とど》まり、第一分隊員相良《さがら》と第三分隊員白水《しろうず》とは、その旨を断わって、おのおの「常夜煖炉」の焚きつけに取りかかった。どこかで清酒の員数を付けたとみえ、この夜の大前田と村崎とは、どちらも軽く一杯機嫌のようであった。

一葉のはがきを手にして第二分隊側の左翼から北に歩み出た神山は、「福岡県嘉穂《かほ》郡山田町上山田三八五の白根《しらね》トミ子宛に便《たよ》りを出したのは誰か。」と問うた。またどの班員かが、菓子果物副食物その他の慰問品を送ってくれ、とか、対馬の冬は寒くてたまらない、とか、そういう禁ぜられた事項を記入したのか、と私は想像した。

――昨二月二日午後、手の平より少し小さい小判《こばん》形のパン、実は粗製の（九州福岡あたりで俗に「歯屎《はくそ》菓子」と呼ばれる）代物《しろもの》が、各員に一個、代金五銭で配給せられた。今後は一週二回このパン配給が行なわれるそうである。その昨日までは菓子類がまるで手に入らなかったので、われわれのすべてが、糖分に飢えたようであった。「地方」では菓子好きでなかった（日常めったにそれを食わなかった）者たちまでが、奇妙なことにも子供のように甘味品を恋しがった。

私は、両刀遣いであって、成人ののちにも菓子なしでは一日も過ごされないくらい買い食いをしていたから、この欲情においても内実は人一倍飢えていたかもしれない。去年、ドイツがソ連に侵入した初夏から国内に大動員が行なわれた盛夏にかけて、諸物資とともに菓子も稀《まれ》にしか巷《ちまた》の店頭に現われなくなった。そののちにも私は、どうやらこうやら苦心して食いつづけたのであった。入隊後、私は、飲酒をも性の主体的放出（すなわち夢精以外の性的放出）をも私自身に当面禁止してきたが、菓子を食うことを特に禁断したのではなく、これについては成り行き任せと決めていた。二日の低級な歯屎菓子が私の舌にたいそう珍味と感ぜられたのは、たわいなくもなさけないような現象である。

そのような事情のため、甘い物を送ってくれ、ということを明示または暗示した班員のはがきも、その夜までに少なからず摘発せられていた。この類のはがきでもが神山の下検分にひっかかったのか、と私は思ったのであった。

しかし沈黙の内務班を見まわして「誰か出した者がおるだろう？　宛名は言ったのだから、本人にはわかるはずだ。はがきの内容が悪いのじゃない。発信人不明なんだよ。それでたずねとるんだ。」と説明する神山は、険相ではなかった。彼は、もう一度受信人の住所氏名を読み上げた。と、私の隣りで鉢田が、「上等兵殿、鉢田二等兵も、昨日、その白根トミ子という人に、はがきを出しましたけんど……。」とあやふやに申し出た。

……「福岡県嘉穂郡山田町」、――たしか鉢田は、筑豊《ちくほう》の炭鉱で働いていたのである。数日前、彼が、そのことを私に話していた。……鉢田は、彼自身（発信人）の住所氏名を書き落としでもしたのであろうか。

「お前か。……『鉢田二等兵も』？　『も』があるか。この白根トミ子宛のはがきは、これ一枚しかなかったぞ。これはお前のはがきだよ。この白根トミ子というのは、お前の何になる人か。」

「はい。……おっかさんの――鉢田二等兵の母の娘であります。」

「『母の娘』？　妙な言い方をする男だなぁ、お前は。そんならお前の姉か妹じゃないか。それをつかまえて、『白根トミ子という人に』とはなんだ？　しかし苗字《みようじ》が違うな。――あぁ、もう結婚しとるのか。」

「いんね、トミ子さんは結婚しちゃおりません。結婚しとるとは、母のほうであります。」

「また訳のわからんことを仰《おお》せられとります。」まだ火の燃え上がらぬ煖炉に両手を炙《あぶ》った恰好《かつこう》で、おもしろそうに見物していた大前田班長が、これも険悪ではない調子の口を出した、「おふくろは結婚しとるはずじゃよ。それじゃからお前が生まれたとじゃないか。結婚しとらにゃ子供は出来《でけ》――、うんにゃ、そりゃまあ、出来《でけ》んこともない。……出来ることもあるが、そりゃ私生児じゃ。まさかお前は私生児なんかじゃないじゃろう？」

一塊《いつかい》の冷ややかな懸念が、私の意識に影を落とした。鉢田という男には、なにかしら不運な人生の翳《かげ》り、たとえば「私生児」とか孤児とかを人に思わせるような不幸の気配《けはい》が付き纏《まと》った。それは、彼の顔に目立つ火傷の跡のせいだけでもないようであった。夕食後自由時間にも、彼は、電燈の光にそむいて寝台上につくねんとすわり込んでいることが多かった。

……いまは邪気もなさそうな大前田の問いが、結果として鉢田の私生活、彼の出生、彼の履歴の日陰の一側面を人前に暴《あば》くのではなかろうか。下級者新兵の軍事兵事に無関係な個人生活、その内幕、その弱点恥部を不必要に突《つつ》き出して晒《さら》し者、笑い物にするのも上官上級者の特権の一つ、楽しみの一つになってきている、と私は見る。……「私生児」という語の社会的実用も、その語で呼ばれる人間にたいする一般的蔑視の存在も、共に不当不正である、ある人が「私生児」であることは、本来決してその人の恥部弱点でもなんでもない、――そのように、私は、確信するのであるけれども、そのことがその人の日陰の部分とならざるを得ないという世情の現実性を否定も無視もすることはできぬのである。

しかし鉢田は、「はい。私生児なんかじゃないであります。」と不当な侮辱を拒絶するかのように、彼としては強い語調で答えていた。なんとなく一安心しながら私は、『「私生児」は、大前田にとっても鉢田にとっても、恥じるべく軽蔑されるべき存在なんだろうなぁ。』と感じた。

「そうじゃろう。じゃけん、お前の言うことは拍子《ひょうし》もないんじゃよ。」と大前田は、うれしそうに言い渡した。

「そんなら、どうしてその『母の娘』……、チェッ。」神山が、一つ舌打ちをして苦笑した、「おれまでが釣り込まれて妙な言い方になるじゃないか。つまりだな、お前の姉さんか妹か知らんが、――待てよ、そうなると、文面の模様から見て、妹のほうらしいな、これは。――とにかくこのトミ子というのは、どうして姓が変わっとるのか。あ、そうか、養女だな。養われて行ったんだろう? その白根という家に。」

「いんね、そうじゃのうして、白根の家に行ったとは、おっかさん――鉢田二等兵の母であります。」

神山は、「何い？　……何を言うとるのか、お前は。はっきりしろ。」と焦《じ》れ気味になって、大前田は、「何が何やら、いっちょもわかりません。あっち向いたようなことばっかり鉢田さんの言うとらして。『知らず知らずに泣けてくるのよ』じゃ。のう、神山。」とますます打ち興《きょう》じた。

「はい。……あのぉ、母の初めの婿《むこ》どんが早う死にましたもんじゃけん、二へん目はその白根の後添《のちぞ》いに嫁入りをしたとであります。それからトミ子さんが生まれました。」

「あぁ？」神山は宙を仰いで思いめぐらした、「どうもお前の話はわかりにくいが、……ははぁ、『母の初めの婿どん』というのは、お前の父親のことか。」

「はい、そうであります。」

神山が「うぅ、またこの……、そうならそうと最初から言えよ。」といまいましがったのに続けて、大前田が、「『言えばスットントンと通《かよ》やせぬ』ちゅうことよ。」と戯《たわ》けた。

「要するに、あれだな、お前の父親が早く亡くなったので、未亡人の母親は白根という男やもめと再婚してトミ子を生んだ、と、こういうことだろう？」神山は整理して結論した、「トミ子はお前の異父妹《いふまい》に当たるわけだ。そうだな。」

「はい？　……『イフマイ』？　……さぁ？」

「ええぃ、トミ子はお前の種《たね》違いの妹じゃないのか。」

「あぁ、はい、それ、その『種違いの妹』であります。」

「手間のかかる男だよ。言うことがいちいち遠まわりをしとる。――わが妹のことを『トミ子さん』、『トミ子さん』と『さん』づけで呼んだりして。よっぽどお上品な家で育てられたんだろうねぇ、お前は。」

神山のあざ笑いにつれて、第一分隊側および第二分隊側の北のほうで兵たちのくすくす笑いが起こった。神山の（このごろようやく明らかに形作られてきた）取巻き連中、高倉、沢柳、吉原ら厳原《いずはら》町界隈《かいわい》出身の学校出など七、八人が、笑ったのである。曾根田が、神山と彼ら数人とを一括して「厳原閥」といみじくも名づけていた。

私は、班附、班長と鉢田との一連問答中に特製の諧謔《ユーモア》を認めるにやぶさかでなかったけれども、神山の最後の嘲笑からは一片のおかしみをも誘われなかった。私は、いやな気がした。『手前は、わが父親のことを「おれのお父さん」などとのめのめ呼ぶくせに、気の利いたようなことをぬかすな。』と心中私は神山をののしった。……鉢田が自分の（父親違い苗字《みようじ》違いの）妹を「さん」づけで呼び慣れているような事実は、彼の境遇来歴のいっそ厄介にも不仕合わせな性質を物語るのではなかろうか。……私の前面では、室町と曾根田とが、怒ったような・白白《しらじら》しいような顔つきをならべている。

「お前は、そこの連れ子になったのだろう？」

「……いんね、……違います。」鉢田の声が曇った、「鉢田は連れては行かれんじゃったとであります。」

「ふうん？　……まぁよし。どうせ明日はお前の身上調査もせにゃならんのだから、くわしいことは、その際、取り調べる。ところで鉢田のこのはがきだが……。」

「神山、ちょっと待て。――鉢田。お前のおふくろが後家さんになったとき、年は幾つじゃったとか。」と大前田は、付かぬことに関心を現わした。

「はい。一つであります。」

「けっ、お前の年を聞いとりゃせん。お前の親父と死に別れたときのおふくろの年じゃよ。三十のあとか前か。」

「さぁ。二十一か。二十一か二、……あ、二十一であります。」

「二十一か。ふぅむ、そうかなぁ。」大前田は、がっかりしたような・合点が行かないような声を出した、「……そんならその二度目の嫁入りは二十二、三ぐらいか。どっちみち一周忌は済ましてからのことじゃろうが。」

「いんね、……鉢田が九つでありましたから、……たしか……二十九であります。」

「やっぱりそうか。うぅむ、二十九、そろそろ三十、と。……そうじゃろう。『二十後家《はたち》は立っても、三十後家は立たん。』ちゅうとが、そのことじゃ。」元気を取りもどした大前田が、諺《ことわざ》の意味を少少曲解しながら感嘆した、「それでん十年近うも後家を立て通しとる。その間はさぞかし不自由をしたじゃろう。おれたち兵隊さんのかあちゃんたちも、それとおなじぞ。なぁ、神山。」

「はい。」と神山は、愛想のない返答をしていた。

「ふん、神山はまだチョンガー〔独身男〕じゃから、ようわからんじゃろう。おい、村崎。お前のかあちゃんは幾つか。もう三十になりよりゃせんか。そろそろ脂《あぶら》の乗ってきたところで亭主が引っ張り出されたとじゃ、留守中が持てんぞ。外泊〔休暇帰省〕は中止になっとるし、……どうすりゃええとか。」

第三分隊側煖炉のほとりで村崎が、この大前田には、こころよく調子を合わせた。

「はい。村崎が地方におりさえすりゃ、戦争続きの貧乏《びんぼう》暮らしでかあちゃんの上の口にゃ食わせられんでも、下の口にゃたっぷり食わせてやられたとでありますが。」

「そうそう。そいじゃが村崎、お前なんかは、かあちゃんの下の口に食わせるはずの物を、上の口にもやたらに食わせよったとと違うか。尺八を吹かせるとが好きなとじゃろうが？……なんにしても、あんまり長い間ほったらかしとくと穴が詰まるぞ。それじゃけんちゅうて、他人のホース〔男根〕で掃除されたりしちゃ、叶《かな》わんしなぁ。」

「将校の奥さんたちのごと官舎で朝晩送り迎えをしとるとなら……。」

「穴掃除も隅隅まで行き届こう、ちゅうわけか。へっ、嬶《かかあ》を抱き寝したあとの濡れ魔羅《まら》をぶら下げて営所通いのでける御身分とは違いますよねえ、おれたちは。――しかし満期〔除隊〕したら別ぞ。そんときにゃ、おれもお前も、わが家では部隊長じゃ。『満期すりゃ、起床喇叭《らっぱ》もニワトリの声』よ。」

「『週番懸章は赤襷《あかだすき》』……。」

「『〝あなた〟、〝あなた〟の不時点呼』じゃがなぁ。ううむ。……ほんとうを言や、おれのかあちゃんも、取って二十九になったとじゃ。……男手不足の百姓仕事で、――村崎の口真似をするとじゃなかばってん、――上の口にも下の口にも難儀しよるじゃろう。」

「お察し致します、班長殿。」

「ふっ、チョウクラカシテ〔嘲弄して〕、猫を這うな。おたがいさまじゃ。恨むとなら……。」

「……誰を恨みゃよくありますか。班長殿。」

「さぁ？　誰を恨みゃよかろうかねぇ。村崎。」

すこぶる息の合った両者の掛け合いは、だんだん羽目をはずして危険思想を加味するかのようであった。神山が、苦虫《にがむし》を噛《か》み潰《つぶ》したような面《つら》つきで南むきに立ち尽くした。私は、有益に傾聴しつづけた。

「それより先は、言わぬが花……。」と村崎の物言いが田舎歌舞伎の声色《こわいろ》調になり、「さればさ、言わぬは言うに、弥増《いやま》さる……。」と大前田は透《す》かさず同調したが、それなり二人ともが急に興醒めたようにだまり沈んでしまった。

十数秒間は頃合いを見計らっていたような神山が、大前田のほうに向き直って、「班長殿、もうよくありますか。」とうかがった。

「う？　あぁ、待っとったんか。こっちは無駄話をしとったとじゃけん、そっちはそっちでやっとってよかったとに。何事じゃったかなぁ。」

「はい、鉢田のはがき……。」

「あ、それそれ。」大前田は、何かを思い出したらしく、また陽気に転じた、「それを早う皆さんに披露《ひろう》してやれ。めったにありゃせんぞ、そげなめずらしい品は。」

「はい。——いいか、みんなも参考のために聞いておけ。——鉢田。お前のはがきには発信人が書いてないが、どういう訳か。」

『ややこしい苛《いじ》めようをする奴だな。どういう訳もこういう訳もあるもんか。書き忘れたのにきまってるじゃないか。』と私は頭で憤慨した。

「はい……？　たしかに書いたはずでありますが……。上等兵殿。ちょっとそのはがきを見せて下さい。」

鉢田は、はがきにたいする所有権を主張するかのように右手を差し出して一、二歩進んだ。

「うぅん、まだお前は見なくてもいい。」神山は、左手のはがきを、そういう場合の子供などがよくそうするように、あわてて背中にまわした、「下がれ。下がっておれ。はがきはあとでお前に返してやる。」

鉢田は、本意《ほい》なげに後退した。

神山は、左手を前にもどしたついでに、腕時計「オメガ」に目をやった。

「お、もう時間がないな。――そんならよし。いいか、鉢田もみんなもよく聞け。このはがきの発信人住所氏名は、こう書いてある。『福岡市博多郵便局気附／西部第七十七部隊若月隊／何某』、――以上だ。お前の氏名は、どこにも書いてないぞ。」

まず大前田の高笑いがひびいて、次ぎにあちらこちらで兵たちの控えめな笑いがさざめいた。いっとき途方に暮れて感動していた私も、やがて遅れ馳《ば》せに失笑した。

「いつからお前は『何某』と名前を変えたんじゃ？」大前田は、悦《えつ》に入って鉢田を冷《ひ》やかし、講談か落語かの殿様が申されるようなことを全員に告げた、「みんな遠慮するな。笑うてよし。もちっと大きゅう笑え。しかし傑作じゃなぁ、『何某』たぁ。」

大口を開けた大前田に釣られて、誰も彼も（神山も曾根田も室町も私も）、哄笑していた。内務班にただよう大笑いの名残《なごり》の中で、努めて顔色を引き締めたような神山が、またおかしな口を利き始めた。

「出来たことは仕方がないが、こんなみっともない――。」

「『出来たことは仕方がない』ちゅうて、神山。それほど取り返しのつかん大事《おおごと》でもなかじゃろう。仕方はありますよ。消して書き直させりゃそれでええ。それにしても『何某』はよかったなぁ。」盛んに火の燃えてきた煖炉の熱で酔いが上がりでもしたのか、斜めならぬ上機嫌の大前田は、まことしやかな神山に横槍を入れておいて、みたび大笑した、「あの見本〔板壁に貼られている雛形〕を見て書いたとじゃろうが、鉢田ぁ、お前は、この『何某』をなんのことと思うたとか。もっと前にお前が出したはがきにゃ、ちゃんと『鉢田忠男《ただお》』と書いとったごたぁったが。あぁん?」

「はい。『何某』ちゅうとは、……その……。」もじもじした鉢田が、「何某」にたいする彼の解釈をついに述べることなく、反問した、「上等兵殿が、あのとおりに書かにゃいけん、ほかのことは一つも書くな、と言われましたから。……そんならその『何某』ちゅうとは、書いちゃ悪かったとでありますか。」

またもやけたたましく吹き出した大前田を中心に、第三内務班は、どっと沸《わ》き返った。

「そりゃそのとおりじゃ。まちごうとらん。」涙が出たのか、大前田は指先で目がしらをぬぐった、「神山はたしかにそう言うたよ。鉢田は上官の言いつけをよう守っとるぞ。こりゃ表彰物《もん》の模範兵じゃなかか。」

「あのとおりに書け、とは教えたが、いくらなんでも、鉢田。」手のつけようがないというような苦笑《にが》いを浮かべて、神山は、御苦労千万にも解説した、「あの『何某』はだな、なんのなにがし、言い換えれば苗字と名、氏名のことだよ。お前なら『鉢田忠男』、おれなら

『神山豊《ゆたか》』、という具合に、各人の名前を書くという意味だ。なんでみんなから笑われとるのかも、お前はわかっておらないのだろう？　まぁ出来たことは——、うぅ、とにかく今後は『何某』は絶対止めろよ。いいか。」

「はい。鉢田二等兵は、今後は『何某』は絶対止めます。」

「うん、『何某』は傑作なことは傑作じゃが、もう止めたほうがええな。」大前田は、異存なく「何某」の中止を支持した、「鉢田の流儀で誰でもみんなが『何某』のはがきを出してみろ、銃後の連中がタマガッテ〔魂消て〕目ん玉ぁ白う黒うするぞ。しかし、なんじゃな、あすこに『何某』じゃなしに『氏名』とか『名前』とか書いてありゃ、鉢田もまちがえはせんじゃったろうが、……神山は学問があるもんじゃから、書くことも程度の高うして、むつかしいもんねぇ。いったいに軍隊では、地方のお役所仕事によう似てからに、しちむつかしい字やら言葉やらを使い過ぎとりゃせんか。……そりゃそうと、発信人は『何某』でも、鉢田のはがきにゃ、案外ええことが書いてあるごたぁったぞ。どら、神山、ちょっとそれを貸せ。」

　神山ならびに軍隊に関する相当適切な民衆的批評を発表した大前田は、煖炉を離れて二、三歩南へ出た。神山も、大前田に近寄って、はがきを手渡した。

「うむ、『何某』じゃ。」大前田は、表書きについて今更に詠嘆すると、裏返して内容に目を走らせた、「そぅら、ここへんよ。『いまでは、炭鉱風呂やらボタ山の煙やらが、なつかしいごとあります。正月には、トミ子さんの好きな赤い緒の下駄を買うて上げたかったけども、いそがしゅうして、忘れとりました。来年の正月には、きっと買うて上げるつもりです。』——どうや、村崎、よかじゃろうが？　『何某』の鉢田にしちゃ、出来《でけ》過ぎとるぞ。このトミ子さんちゅうとが、種違い苗字違いの妹で、どっちみち鉢田より十かそれ以上は年下の小娘ということになりゃ、もう一つ奥のほうから感じの出て来るじゃないか。来年の正月に買うて上げられるごたりゃ、結構じゃがねえ。」

私は、大前田に感心して同意せざるを得なかった。……昨日の夕食後自由時間、鉢田が「緒」の字の教えを私に求めたのは、「赤い緒の下駄」のことを書くためであったのか。……「妹」、「赤い緒の下駄」。……あたかもいま私が想起する石川啄木詠一首が、思いも寄らず村崎によって声に出された。私は驚嘆した。

「はい、よう出来《で》とります。『何某』の出来そこないと差し引きにして釣りの来るぐらい、よう出来《け》とります。」村崎は、わずかに節《ふし》を付けるようにして、ゆるゆるとその歌を引いた、「『わかれをれば妹《いもと》いとしも／赤き緒の／下駄など欲《ほ》しとわめく子なりし』ちゅう歌のありますが、鉢田の心持ちもおんなじごたぁることかもしれまっせん。」

不意打ちを食らったような気振《けぶ》りで神山が村崎のほうに振り向くのを、私は見た。

「ふぅん、そらまた上等の歌じゃないか。班長にゃようわからんが。――村崎は、えらいことを知っとるとじゃねえ。」

「いんえ、知っとるとはこの歌一つきりで……。『百人一首』じゃなかろうが、なんちゅう人の歌か、そりゃ。」村崎の声音は、照れ臭そうである、「石川啄木ちゅう人の作ったとであります。」

「石川啄木ねぇ。そん名はおれも聞いたことのあるごたぁる。百姓はなんぼ働いたちゃ食うて行かれん、ちゅう歌を作った人じゃろうが？　ありゃ誰から聞いたとじゃったかなぁ。――まぁそりゃどうでもええ。鉢田は炭鉱に行っとったとか。嘉穂郡なら筑豊じゃが、石炭掘りをしよったとか。」

「はい。坑夫であります。」

「そうか。『炭鉱風呂やらボタ山の煙やらが、なつかしいごとあります。』と書いとるが、お前は、石炭掘りがよっぽど好きじゃったとか。」

鉢田の答えが出るまでには二、三呼吸の間《ま》があった。私は信じるが、大前田の質問も揶揄《やゆ》的・挑撥的ではなかったし、鉢田の返事も卑屈的・反撥的ではなかった。しかし鉢田は、いかにも索然《さくぜん》として、取りつく島もないようにつぶやいていた。

「――好きで坑夫になったとじゃなかであります。十幾つんときから坑内い下がっちゃおりましたばってん……。」

上官上級者が、この答え方に文句を付けようと思えば、たくさん付けられるであろう。私は、かすかに恐れた。だが、今夜の大前田の風向きは、いつもとはだいぶん違うようでもあった。接《つ》ぎ穂を見失ったように大前田は、だまった。

第一班も第二班も、数分前に解散して平静な寝支度にかかっている。一対《いっつい》の編上靴が、舎前のコンクリート面を速歩《はやあし》の三分の二くらいの歩度で鳴らして通る（それは巡察中の衛兵であろう）。その靴音が、新砲廠の東端、砲台出張班の前で地面に下りる。大前田が、嗄《しわが》れたような音調の口を開く。

「そうじゃねぇ。好きで坑夫になったり土百姓《どんびやくしよう》になったり……兵隊さんになったりは、誰もせんとじゃろう。」途中で大前田は、感慨を振り切ろうとするように、むなしく声を高めようとした、「……『人のいやがる軍隊に／志願で行くようなバカもある』ちゅう歌もあることじゃけん、一概にゃ言われんかもしれんが。のう？　神山。」

「はい。」

私は、私の認識を新たにさせられるような気もしていた。

……下士官大前田は、職業軍人でも志願兵上がりでもない。彼は、召集せられて来た一人の「地方人」、一人の「土百姓」なのである。村崎との、猥談《わいだん》のような・猥談でないようなやり取りの中でも、彼は、遠妻《とおづま》の男手不足な野良《のら》仕事、その暮らし向きの不如意を明らかに真率に――言わば「事柄の普遍性を確信しつつ」――思いやっていた。「タトヒ健婦ノ鋤犂《ジョリ》ヲ把《ト》ルアルモ／禾《イネ》ハ壠畝《ロウホ》ニ生ジテ東西ナシ／況《イハ》ンヤマタ秦兵《シンペイ》ノ苦戦ニ耐ヘタルヲ／駆ラルルコト犬ト雞トニ異ナラズ」という古い中国厭戦詩の断章が、そのおり私の頭によみがえったのであったが。……大前田は（この大前田さえもなおかつ）、鉢田や曾根田や室町や冬木や村崎やとおなじく、「人のいやがる軍隊に」引っ張り出されて来た一人の市民である。……ここにも、私にとって熟考に値する教訓的問題が、存在するに相違ない。……

内務班にみなぎる奇妙に甘酸《あまず》っぱいような静寂の十五、六秒間、そのようなことを私は考えていた。

大前田も神山も他の誰も結局しゃべり出さないままに、消燈喇叭の調べが嫋嫋《じょうじょう》と流れ込んで来た。この夜のそれは、「レンタイチョウノマラミタカァァァァ、ミタミタカワカムリィィィィ。」〔「聯隊長の魔羅見たか、見た見た皮かむり。」〕というほうの歌を歌っているようであった。

三

約一週間前のその「何某」を、大前田が、今日練兵中に持ち出したのである。しかし先夜とは事変わって、大前田の口つきは、ひとえに嘲弄的・悪意的のようであった。

わが心を一時ぼんやり他所《よそ》に放っていた私はようやく気づくが、当初一番であった鉢田が現在二番の定位に就いているからには、「砲手一巡繰り上がり交代」がもはや五度行なわれて、第五分隊の訓練は最終回に達していることになる。そのまぎわに鉢田は、どんな不都合をやらかしたのか。

「お前は『二番、よし。』と言うたが、射撃用意は完全にやってしもうたとか。」四番の真うしろにいた大前田が、三番橋本の左前まで三歩半前進して、二番鉢田の左側に寄りついた、「ほんとにそれで『二番、よし。』か。おぉ？『何某』。」

貨物自動車か何かを動かしている運転手のような姿勢で照準座に腰を掛けて鉢田が、頭を上下に動かして、眼鏡の諸分画および揺架《ようが》分画を点検した。

「はい。……諸分画は零になっとりますから……。」

「諸分画のことじゃない。砲身は水平になっとるか。」

「はい、砲身は、」鉢田は、上体を右に倒して略帽の庇《ひさし》を閉鎖機（砲尾）にくっつけ、防楯中央下部と砲身との空隙から砲口のほうを三、四秒間のぞき見た、「水平になっとるであります。」

「なっとらんよ。……お前は、砲身が水平になっとるかなっとらんかを、どこで見分けとるか。」

「それは、こげなふうに――。」ふたたび鉢田は、上体を右にかがめて頭を砲尾に近づけようとした、「ここからこうして……。」

のしかかる大前田の右腕が、その鉢田の横面を閉鎖機にむかって存分に就き落した。頭骨が重金属に激突する無残なひびきを、私は聞いたと思った。それは私の錯覚なのかもしれなかった。しかし鉢田が短い苦痛の呻《うめ》き声を立てて右手を反射的に右頭に充《あ》て行《が》うのを、私は、たしかに聞き、たしかに見た。むろんすぐさま彼は、上体を起こして右手を下げたが、私に見えぬ彼の顔面は、もともと歪《ゆが》んだが上にもさらに歪んでいるにちがいなかった。

「そげな所から透《す》かして見て、何がわかるか。切羽《きりは》で石炭でも掘っとるごたぁる気でおるとじゃろう、この穴掘りモグラ。」大前田は、鉢田の頭上に邪険なのしりを吐き散らした、「左の目ん玉が小そうて、つぶるとに便利じゃからちゅうて、行き当たりばったりに変な隙間からのぞきたがるな。砲身が水平になっとるかどうか調べるとにゃ、どこを見りゃええとか、どこを。」

どういう訳でここに「切羽で石炭掘り」が出て来なければならないのか、私は理解に苦しんだ。

私は、炭坑と採掘とについて無知であるけれども、そこでの労働と二等兵鉢田の演習動作との間に特に上官上級者の指弾に値するような必然的関係がある、とは信じなかった。大前田は、鉢田が坑夫であったという事実を、気随気儘《きずいきまま》に取り上げて、十八番《おはこ》の毒舌に組み入れたのであろう。疑いもなくその大前田は、坑夫をいやしい下等な職業と認定しているようである（土百姓に比べて？　いや、それは、「土百姓に比べて」ではあるまい）。この陸軍軍曹は、何様になったつもりでいるのか。またたとえ彼が何様かであったにしても、坑夫なり何なりをそれとして下賤《げせん》視する権利が彼にありはしない。

　大前田の物の言い方（落想および表現）に平民的な機智と滑稽《こっけい》とがしばしばきらめくことを、私は承認する。時としてそれは、野性的・開放的な笑いの種を撒《ま》き散らすが、また時としてそれは、相手（下級者）の傷口をいたずらに剔《えぐ》って陰惨な効果を来たす。鉢田は、防楯と砲身との隙間から砲口のほうをのぞいたとき、左眼を閉じでもしたのであろう。砲身が水平か否かを検分する術《すべ》が鉢田にわからなくても、大前田は、鉢田の容貌上畸型を言い立てて嬲《なぶ》るべきでない。そもそも大前田の言い分は、実地にもまちがっている。鉢田の左眼は、たしかに引き攣《つ》っているとはいえ、決して右眼よりも小さくはないではないか。どこが「つぶるとに便利」か。

　砲身が水平になっているかどうかを検査する正規の方法が見つからずに、眼鏡および表尺のそこかしこをおろおろと矯《た》めつ眇《すが》めつしている「何某」の鉢田。その彼の頼りなげなうしろ姿を眺めている私の脳裡《のうり》に、一月末日、加給品の清酒一合を私が彼に進上した夜の消燈直後、寝床の中の彼が私にむかって零《こぼ》した愚痴《ぐち》の断片が思い出される。……「内《うち》〔おれ〕」はなぁ、顔つきがこげなふうになっとるけん、もとから人前に出るとに引け目のあってなぁ。……そいで地方でも辛いことの多かったとじゃが、軍隊に来ても気の引けると。……子供んころから親はなし、……炭鉱仕事は楽じゃなかばってん、坑内い下がっとる間が、いっち気は楽じゃった。そこなら、人から顔を見られることもあんまりないもんなぁ。」……

その消燈後、就眠までの私の想念は、人間の不具畸型という問題を追っかけて、行ったり来たりしたのである。二、三年前『読売新聞』紙上に現われた無名歌人作に私の連想が赴《おもむ》いたのも、その夜のことであった。『読売新聞』は、一般に九州人には馴染《なじ》みがなかった。以前（学生時代および新聞社入社前一時期）私は、福岡市因幡《いなば》町の県立図書館新聞閲覧室にちょいちょい立ち寄って、『東京朝日』、『東京日日』、『都』、『読売』その他の東京諸新聞ならびに諸地方新聞を読んだ（土曜日にはその一週間分全部が読まれた）。「読売俳壇」および「読売歌壇」の当選作（毎月一回発表）に私が目を注いだのも、そういう日日のことであった。

＊明日知れぬいのち野菊にしづかなる〔中支戦線にて〕
＊菊盛り左遷の官舎狭からず
＊弟は危篤車窓に駆くる月
＊秋の夜や母となるべき針を持つ
＊長き夜や戦地へ綴る育児日記
＊売られゆく女に汽車がしぐれてる
＊門涼み親しまれつつロシア人
＊火蛾舞へりわが学問はすでに古《ふ》り
＊摩耶岳は悍馬の如し月の雲

＊縁下の石に日のあり冬惜しむ

＊ゆく年の夜のあひ傘に日記買ふ

＊行く年や遠きゆかりの墓を訪ふ

＊秋冷ゆる遠白雲や朝《あした》ゆふべ言葉《ことば》すくなく兵の発《た》ちつぐ

＊砲弾《たま》炸くる響《ひびき》に覚めて煙草さがす此のゆとりさへ今は身につきぬ

＊葉をもれて瓢《ひさご》にうつる日の色の秋づき思ふ似我蜂《じがばち》のころ

＊秋暮るる韃靼《だったん》の海は濃霧《じり》深み汽笛《ふえ》鳴りこもるおどろおどろと

＊敵砲弾僅《わづ》かに外れたり土砂浴びつつ吾に生命《いのち》あり生命ありと思ふ

＊快調の音楽乗せてホロ馬車は映画ふれつつ中山路《ちゅうざんろ》来《きた》る

＊霧ふかみちかぢかとわれにせまり寄る山の雉子《きぎす》に恐れはなしも

＊あしびきの山沢《やまさは》深く住みなれしそのなりはひに人帰還来《かへりき》ぬ

＊時雨《しぐれ》野にうす陽《び》の白き十時十五分胡麻《ごま》ひく手正《ただ》し眼《まなこ》つむらふ

＊吾子《あこ》征《ゆ》きて家籠《やごも》る冬となりにけり夜《よる》の団欒《まどゐ》に吾子《あこ》の座も置く

＊炭《すみ》せ負ひ降《くだ》る雪山かんじきの音ぎしぎしと月に澄むなり

＊目隠しせる驢馬が粉挽《こなひ》く秋日和宣撫《せんぶ》終りて憩《いこ》ふ一と時

＊御白馬止《とど》まらせ給ふしじまありて今湧きあがる分列行進曲

＊戦死せる友の戸籍をわがペンに抹消せんとしつつ堪へがてぬかも〔町役場にて〕

＊長城に初日真赤し兵ら皆おごそかに皇紀二千六百年を祝《ほ》ぐ

＊舗道《いしみち》にあたれる冬陽寂《しづ》かにて帰りゆく友の義足は鳴りぬ

以上のごとき上手な作風が、毎月の入選三席に多く見られた。その間、ある月（昭和十五年正月？）の第三席かに、次ぎの一首が出ていて、私は、特に打たれた。

盲導犬《まうだうけん》ひたたよりつつ平田軍曹年立つ村に帰り来ませり

四方の戦時色的な上調子《うわちょうし》の底辺で、そこだけが土の匂いを秘めてしんと静まっているようであった。作者名をも選者名（佐佐木信綱もしくは北原白秋か）をも、私は、記憶していなかった。

鉢田の火傷は少年時の彼自身または近親者の過失か何かから生じたことらしかったが、この事変この戦争で、たくさんの生命が失われた（失われるであろう）ほかに、大ぜいの人たちが不具片端になっていて、これからもその数が増えてゆかねばならぬのか、とその晩、私が、毛布の中で考えたのであった。

……いま鉢田の頭は、肉体的にも精神的にも疼《うず》いているであろう。……人は、おのれが五体ひととおり満足であるからとて、他者の先天的ないし後天的な畸型欠陥をやみやみ嘲笑侮蔑してなろうか。……大前田は、鉢田の顔面の不具を弄《もてあそ》ぶべきではない。しかし私は、ここでもただ憤りを抱いて黙視しているのみである。

思い余ってか鉢田が、左手に高低照準機ノ転把をつかんで、手前（左）に二、三回ぐるぐるまわした。たちまち砲尾は持ち上げられて、砲身がかなり俯《うつぶ》いた。

「こら、どうするとか。砲身が逆立ちをするぞ。」大前田は、うろたえたように怒鳴った、「でたらめするな。モグラ。」

鉢田が高低照準機ノ転把を向こう（右）にまわして砲身をほぼ水平にもどしていると、われわれの背後から白石少尉の笑いを帯びた声が聞こえた。いつ彼は、そこに来ていたのか。

「大前田軍曹。その兵隊は、なぜモグラか。」

「はい。」大前田の半分こちらを向いた顔も、薄笑いを浮かべている、「いや、これが地方では炭鉱で働いとりましたから……。」

白石少尉が「あぁ、やはり坑夫なんだな。それで穴掘りモグラか。」と応じて猿の鳴き声のような冷笑を発したことからは、私は、なにほどの刺戟をも受け取らなかった。彼が「穴掘りモグラ」と言ったので、私は、『白石は、さっきの大前田の言いぐさも聞いていたんだな。』とは思った。だが、それに続けられた彼の捨て言葉に、私の心は震《ふる》えた。

「よく鍛えてやれよ。片眼がつぶりやすいように出来とるのなら、二番砲手には持って来いだろう。」

大前田と神山との笑声に送られて、長靴の音が、遠退《とおの》き始めた。私は向こう側で見学している第一、第二、第三分隊員のほうに目をやっていた。少なからぬ同年兵たちが目色か口辺かで笑ったのを、私は、口惜しく認めねばならなかった。

野砲の真うしろで西むきに立っていた村崎が、咄嗟《とっさ》に動いて第一分隊の吉原二等兵に迫った。

「にやにやするな。」めったにないこと、怒りと侮蔑とを剝《む》き出しにしたような村崎が、吉原の左頰を平手できびしく一撃した、「むごい戦友がボサボサして笑われとるとが、お前はうれしいか。ウタチイ奴。――上官が笑うても、お前たちゃ練兵中に心安う白歯を出すなよ。」

上級者が下級者に暴行する情景を、初めて私は、爽快な、少なくとも不愉快ではない心持ちで目撃した。村崎古兵は、「ウタチイ奴」を、なんともきたなくてたまらなそうに発音した。「ウタチイ」は、いとわしい、なさけない、あさましい、というほどのことを意味する（九州某所の）方言か、と私は承知する。あるいはそれは、「うたてし」の転訛《てんか》であるかもしれない。この珍重するべき方言形容詞が、わけてもこの場合この相手に打ってつけである、と私は感じた。

村崎は、吉原一人を「ウタチイ奴」とさげすんだのではなかろう。だが、吉原は、こういう場面における「ウタチイ」連中の代表者たり得る資格を、もとから具備していたようである。

＊

――対馬下県《しもあがた》郡久田《くた》村（厳原町近隣）生まれの吉原は、三十歳にして脳天に毛髪がとぼしく、細長い上がり眼のこざかしげな面相は狐《きつね》のそれに類し、――私は、彼の若禿《は》げないし狐面《きつねづら》の生理的諸事情を（その彼の人格的諸条件から切り離して独立には）非難も侮辱もしないつもりではあるが、――嘘かまことか法政大学予科中途退学の学歴をみずから言い触らしていた。なべて何何私立大学中退の類は、人が詐称《さしょう》するのに最も好都合な学歴の一つであろう。

吉原は、東京（その以前は大阪）で一時暮らしていたということがよほど自慢の種であるとみえ、「厳原閥」の高倉（大阪帝大出）、沢柳（神戸市内某会社何課長）、または谷村（東京帝大出）など、吉原自身とおっつかっつな根性の手合いおよびその追随者たちと組んで、雑談の間ともすれば銀座、浅草、新宿がどうの、御堂筋、千日前、芝居裏がこうの、と歯が浮くような大都会手放し礼讃《らいさん》、田舎《いなか》地方てんから軽蔑を得得《とくとく》としゃべりまくった。吉原自身は、尊敬せられるべき大都会人の典型のような気色なのである。

それとの必然的関連において吉原が「東京辯（?）」を強いてひけらかすのも、私には（まちがいなく室町、曾根田たちにも）聞き苦しい。私は、「何がし大坂へ数年相勤め罷《まか》り下《くだ》り、請役所罷り出で候節、上方口《かみがたぐち》にて物を申し候に付て、無興千万《ぶきようせんばん》の物笑ひにて候。」に同感するが、「それに付、江戸上方《かみがた》へ久しく詰《つめ》候節は、常よりも御国口《おくにぐち》ひらき申すべき事に候。」を無条件に肯定するのではない。それにしても吉原は、たとえば「恐ろしい」、「した」とは言わずに「おっかない」、「しちゃった」と殊更にも言い、語句と語句との間にむやみに「さぁ」を押し込んで、「だってさぁ、……銀座の『コロンバン』でさぁ、……それがさぁ、……おっかなくってさぁ、……まぁったくおどろいちゃったぁ。」などとぬかす。それでも彼の上に何かの状況が切迫して来ると、彼も地金を出してわれわれなみの言葉遣いをするのである（もっとも、『野乃舎《ののや》随筆』における大石千引《おおいしちびき》は、『万葉集』巻五の「うちひさす　宮へ上《のぼ》ると　たらちしや　母が手離れ　常知らぬ　国の意久迦《おくか》を　百重山《ももへやま》　越えて過ぎ行き」

〈山上憶良〉を引いて「『意久迦』は、按ずるに、『奥処《おくか》』にて、おく深き所なり。後世おそろしき事を『おっかない』といふは是なるべし。」と推定していた。とすれば、「おっかない」は、由緒《ゆいしよ》のある言葉か。しかし私は、大石の説をほとんど信用しない）。

また吉原は、「ダンチ」、「メイキョウシスイ」、「ア・ラ・モード」、「ガゼン」、「イミシン」、「モチ」、「フクザツカイキ」、「イット」、「アベック」、「ダンゼン」、「オン・パレード」、「シック」、「トテシャン」、「エロ百パーセント」、「ナンセンス」、「アノネ、オッサン、ワシャカナワンヨ」その他、過去数年間各時期の流行語を無節操に愛用する。のみならず同時に、兵隊語のあれやこれやを誰よりも早早と覚え込んで自家薬籠《やくろう》中の物にしたようなのも、吉原であった。私がここに持って来た『緑雨全集』縮刷本には『あられ酒』もむろん入っていて、それは年来私の愛読文章である。その『おぼえ帳』の中《なか》の「汝士分の面目をおもはば、かの流行言葉《はやりことば》といふを耳にすとも、決して口にする勿れとは、わが物の師の堅く誡《いまし》めたまへる所なり、この頃わが談話なるものの中に、『おつ』といふやうなる語を見受けたれども、そはわが口より出でたるにあらず。」という一節を、私は銘記している。

私自身も、小学生の時分に、私の父から同趣旨の教訓を与えられたことがあった。その少し前に父が本家から分捕《ぶんど》って来ていた伝家の大小のうち、波ノ平行安《なみひらゆきやす》の脇差《わきざし》に打ち粉を呉れながら、父は、「武士の子は……」というように諭《さと》し始めたのである。『言志後録』の「人ト語ルニハ太《ハナハ》ダ発露シテ傾倒ニ過グベカラズ。只語簡ニシテ意達スルヲ要ス。」あるいは『士道』の「孔子曰《イハ》ク、『君子ニ侍スルニ三愆《ケン》アリ、言《ゲン》未ダ之ニ及バズシテ言フ、之ヲ躁《サウ》ト謂《イ》ヒ、言之ニ及ンデ言ハザル、之ヲ隠ト謂ヒ、未ダ顔色ヲ見ズシテ言フ、之ヲ瞽《コ》ト謂フ』、すべて戒ムベキの言語は、男女の色、利害の沙汰、過奢驕慢《くわしやけうまん》の器物、アハセテ遊興佚楽《いつらく》のねがひ、各談ズベカラズ、理において云はば、性心虚無の清談、自讃高慢の談を為スベカラズ、言は卑劣の言、懦《だ》弱悠艶の言を用ふべからず、是れ皆其の戒ムベキの言語也。」などをも、父は、その際ちなみに引用していた。来国行《らいくにゆき》と波ノ平行安との二腰は後日金に代えられ、私は生い立った。「汝士分の面目をおもはば」、「武士の子は」、「男女の色、利害の沙汰、過奢驕慢の器物、アハセテ遊興佚楽のねがひ、各談ズベカラズ」などに関してはおのずと別の考えも私にあるけれども、流行語にたいして私は、緑雨の先達《せんだつ》、緑雨その人および私の父と意見態度をひとしくする。その私に、吉原（のしゃべり方）は、いよいよ愉快でなかった。「人は、めいめいが自分の舌で話すようにしなければいけない。」とチェーホフもゴーリキーに語ったのである。

自分自身が東京に住んだことも行ったこともないくせに、身につかない「東京辯（？）」を見栄《みえ》で振りまわしたがる奴らがいる。そういう人間または現象が、福岡あたりで「行かず東京」と言われる。自分自身が一定期間東京に居住または滞在したことがあると、もう生《は》えぬきの東京人すなわち高級文明人というような顔をして地方生活一般を見下《みくだ》したがる奴らもいる。石川啄木が、永井荷風《ながいかふう》の『新帰朝者の日記』を評して、「譬《たと》へて言へば、田舎の小都会の金持の放蕩息子が、一、二年東京に出て新橋、柳橋の芸者にチヤホヤされ、帰り来りて土地の女の土臭きを逢ふ人毎に罵倒《ばたう》する、その厭味たっぷりの口吻其儘に御座候。」と書いたのが、おなじような事情にかかわる。そういう人種を呼ぶ特別仕立ての九州語があるかないか、私は知らない。「東京かぶれ」か。

吉原は、まんざら「行かず東京」ではないにしろ、紛れもなく「東京かぶれ」の口ではある。この手の人間この手の現象がともすれば輩出瀰漫《はいしゅつびまん》するから、人生社会において、「家郷ヲ夢ミズ帝京ヲ夢ム」の進取面もしばしば軽佻の泥にまみれて、「みな人は江戸に行くらん秋の暮」の保守面も時に重厚の輝きを放つのであろう。彼のおしゃべりは、それがほんとうに「東京辯」であるか否かにかかわらず、どのみち体裁も内容もすこぶる下賤なのであった。

吉原の話しぶりにおける、いま一つの下賤な特徴は、彼が何かにつけ「学生時代に」とか「大学では」とかを持ち出すことである。大多数が小学校出の同年兵（および古年次兵）に立ち交じって、二等兵吉原は、どういう必要どういう思惑《おもわく》から、そんなつまらぬ事柄をしげしげ聞こえよがしに口にするのか。よしんば彼が神山らのよく言う「最高学府の出身者」であっても、それはさもしい行為である。しかも彼の学歴は、所詮たかが大学予科中退に過ぎない。何を事事《ことごと》しく「学生時代に」か。

二等兵私自身は、是非なくそうしなければならぬ羽目におちいりでもしない限り、わが多少の学歴を直接的にも間接的にも他人に告げよう知らせたいとは、かけても思わぬ。吉原の下劣無教養な「学生時代に」広告が私の耳目に入って来るとき、私の心中には、この本質的田舎っぺが、いろいろの場所もあろうに、ここ軍隊で、「誰に見せうとて紅鉄漿《べにかね》つけ」るのか、というごとき、いささか邪道の感想が、うごめいてもくる。

ところが、私にとっては意外にいぶかしくも、この吉原的な傾向が、谷村、高倉、沢柳、市丸、佐野ら学校出に、また他班の学校出たちにも、程度の差はあれ、共通に現存していて、それは入隊直後より昨今のほうが質的に顕著にもなっていた（もし彼らが、私のそれとは異なる心情ないし根拠からでも、言い換えれば兵隊生活における保身のためにも、彼ら各自の学校出をなるべく隠すように・目立たなくするように努力するのであったなら、それは私にも難なく了解し得る事態であったろうが。なぜなら、上級学校出の人間は軍隊では憎まれて損をする、学校出の兵隊は人一倍いじめられ圧迫せられる、というような話は、軍隊では華族も平民も金持ちも貧乏人も大学出も小学出もその間に差別がない、というような話とともに、世間の通説になっていて、前から私も聞いたり読んだりしていたのであるから)。そしてまたそのような現実(私が現に接している吉原以下学校出たちの実情)にも、——まだ私はそれを見届けたとは言わないが、——軍隊にたいする世俗的通念ならびに私の観念的予想をある意味でくつがえすような、もしくは大幅に修正するような実質が、たしかに内在するようである。

「地方」では一種のブローカーか何かであった吉原は、東京市渋谷区青山なんとか町の「高級アパート」で「ある女(または女たち)」と同棲していたということが、これもずいぶん得意の模様であった。最近のある夕食後自由時間(神山不在中)、第一分隊側煖炉のまわりに私も行っていたおり、吉原は、主として沢柳を相手にそれを一席ぶち出した。彼が、「青山のさあ、文化アパートでさあ、……ある女と同棲……」と特に「同棲」を異様に凄《すご》んで発音し、狐面《きつねづら》の火照《ほて》りを振り立てて物物しげに一座を見まわしたから、私は、辟易《へきえき》して食堂へ退散した。しかしおなじく第一分隊側煖炉で暖まっていた曾根田は、ずるずるべったりに一部始終を聞いてしまった。そのあらましを曾根田が室町と私とにつたえたのは、例のソ連不敗論が繰り広げられた宵のことであった。

曾根田によれば、吉原は、「ある女と同棲」していただけではないのであり、その「ある女」の妹とも同時に同所で「同棲」していたのである。——最初吉原は、某アパートの一室で某女と同棲していた。そこに某女の妹が転《ころ》がり込んで来た。ただちに吉原はその妹をも物にした。こうして三角関係（？）が出来上がった。しかるに彼と彼女ら姉妹とは、三人とも納得の上、一室内での平和的な「同棲」を続けた。——「一つ出たばいな、ヨサホイノホイ、一人娘《ひとりむすめ》と……」に始まる周知のあまり上品ではない数え歌がある。吉原は、その「二人娘とするときにゃ／姉のほうからせにゃならぬ」のような、けしからぬ畜生である、と曾根田が大いに立腹しつつ弾劾《だんがい》し、室町が全面的賛成を表示した。私は、吉原自白の性的乱倫を言《こと》挙《あ》げも是非もすることはできなかったが、いずれにしろ彼の品性を低劣と断じた。「男一人女二人の一室内同棲」に関連して「鶯《うぐいす》の谷渡り」がなんとやらとか吉原が言ったのはどういうことであろうか、と曾根田が真顔《まがお》でたずねたので、私は、「串刺《くしざ》し」あるいは「芋田楽《いもでんがく》」の語などをも引き合わせつつ、解答しておいた。

しかもそういう傾向と並行的に、吉原は、上官上級者に猫を這って彼らの心に叶いたがること、うまくずるがしこく順応主義的にこの「特殊ノ境涯」を泳ごうと努めることにおいても、なかなか人後に落ちなかった。「一《ひとつ》軍人は要領を本分とすべし。」を、彼は、忠実に実践していた。彼のこういうやり口と彼の学校出誇示とがほとんど矛盾衝突することなく両立共存し得ているという現実、たとえばそこの中にも、私が兵隊生活の実体の一つ、機微《きび》の一つを突き止めるための手がかりがあるのではないか、と私は考え始めていた。もっとも村崎古兵は、吉原のような男を好まないであろう、苦苦《にがにが》しく見ているであろう、と私は推測していたのであった。

——吉原が「ウタチイ」連中の代表に選ばれたのは自然でも必然でもあるように、私は、感ぜざるを得なかったのである。

＊

われわれの背後を遠ざかりつつあった長靴の主が立ち止まったのに、私は、必ずしも気づいていなかった。そこだけは極《きま》り文句で「練兵中に……白歯を出すなよ。」と村崎が叱咤《しった》し終わったあとの微妙な雰囲気。それへ長靴の音をすみやかに近づけながら、白石少尉は、けわしく呼んだ。

「どうした？　村崎。その兵が何をしたのか。」

村崎一等兵は、白石少尉の詰問《きつもん》調を、まるまる背中で聞いた。彼は、明らかに故意的に一《いっ》顧《こ》をも与えなかった。近づく長靴のひびきのうちに、村崎が、向こうむきのままで、ふたたび唇をほどいていた。

「ええか。これから先先こげなことで笑うなよ。笑うた奴は、どいつもこいつも、ぶちまわしてくれるぞ、おれが。」

極り文句の「練兵中に白歯を出すな」は、彼自身の言行が白石、大前田らにたいするあまりに露骨な面当《つらあ》てともなることをさすがにふと思いついた村崎の配慮から付け足されたのであろう、と先に私は解釈したのであった。とすれば、白石少尉のただならぬ口吻をそびらに聞き流して、言わば「面当ての駄目押し」をした村崎は、そういうおもんぱかりを投げ捨てたのでもあろう。あるいは村崎は、彼自身の（事態の元兇にたいしては面当て以上に出ることなく、そこからの派生的な「ウタチイ」現象にたいしてだけ直接打撃を加えた、ということにもなりかねぬ）振る舞いについて、ここで急に嫌気が差したのではないか。彼の吉原にたいする攻撃の主眼が白石らへの面当てにあった、とは私は考えないが。それに、すべては、私の思い過ごしなのかもしれないが。……

長靴は、われわれの左翼を通り越して、前車の近くに止まった。その主がまた「村崎。」と呼んだのといっしょに、神山上等兵が、「村崎古兵。教官殿がおたずねなされておられるじゃないか。」と角角《かどかど》しく警告した。

村崎古兵は、全身を大儀そうに右にまわして、白石少尉のほうを向いた。彼は、両踵《かかと》を合わせなかった。仕切りに入ろうとする力士のように、彼は、両肩を右と左とに一度ずつゆるがして、横半歩に両足を踏ん張った。

斜め上方の高い天から落ちかかる白昼光《はくちゅうこう》が村崎の軍衣袴を一杯に照らして、上衣の真鍮《しんちゅう》ボタンをきらきらさせた。が、彼の顔面の口から上には、戦闘帽の庇《ひさし》が、御納戸色《おなんどいろ》の影を作った。

その御納戸色の奥に、平生《へいぜい》の――肉体的に制裁を加えたり口やかましく説教したりすることがほとんどなく、往往年若い新兵たちと煖炉を囲んで「三国攻《さんごくぜ》め」とか「褄取《つまど》り」とかの交合方法論などを豁達《かったつ》気楽に講義したりしている――村崎「ガンスイ」とは別様に不敵の面《つら》魂《だましい》が、置かれているようであった。「あんまり根性骨を突き出して楯《たて》つくなよ。損するだけで得《とく》はなか。あげなときにゃ、バカンマネしとけ。バカンマネが一番よかとぞ。大石内蔵助は昼行燈《ひるあんどん》たい。」といつぞや私に忠告してもいた村崎古兵。その彼自身が、「バカンマネ」をどこかにやってしまったのか。自然に私は、今朝の堀江隊長の「お前は、酒を飲まねば、あまりしゃべったり暴れたりもしないで、営倉にも用のない男かと、隊長は思うておったが……」という言葉を思い起こしていた。庇の影の下、二つの唇は、かたくなに閉ざされて、白石少尉になんら応答しなかった。

　私が首をそろりと右にめぐらすと、私の視野の片隅に白石少尉の意気込んだような立ち姿が入った。数メートルの空間をへだてて、二人は、睨《にら》みっくらのように対面していた。

　宅島《たくしま》上等兵の「砲手番号。」という号令と、第二班一個分隊員の一番から六番までを唱える声声とが、ひときわ高く後方から私の耳に弾《はじ》けた間、ここには不穏な無言劇があった。白石でも神山でもほかの誰でもない「何某」の鉢田が、どうにも歯切れのよくないぶつくさ口調で、その沈黙をぶち毀《こわ》した。

「班長殿。鉢田二等兵は、……砲身が水平になっとるか、なっとらんか、忘れ……、いんね、元へ、どこで見分けりゃええとか、忘れました。」鉢田は、突如として最後に不釣り合いな早口の大声を張り上げた、「二番、異常あり。」

「こら、だまっとらんか。ウストン。」大前田が、押し潰《つぶ》されたような小声の大急ぎで取り締まった、「クラスミ（暗がり）で鉄砲打つごたぁることを言うな。いまは、だまっとれ。」

　私は、腹の底で一笑した。「何番、異常あり。」などと報告した兵は、これまでに一人もいなかった。二年度乙種幹部候補生たちの模範分隊教練中、「撃《う》ち方《かた》止め」で「三番、装塡弾《そうてんだん》一発、ほか異常なし。」という報告が一度行なわれたのを、私は確認した（それ以外では、各砲手が常に「何番、異常なし。」とのみ叫んでいた）。その場合には、一発の弾薬が装塡せられたままであるということが、三番によって報告せられるべき一つの「異常」なのであろう。ただそれだけの「何番、異常あり。」という報告様式は、実際上存在しないらしい。その意味でも、鉢田の「二番、異常あり。」は、突拍子《とっぴょうし》であった。

　局面の打開か何かを意図してそうしたのなら、鉢田も相当な役者であろうが、もちろんそんなことはなかろう。しかし鉢田の突拍子が、白石少尉にとって、村崎とのしんどい（？）睨みっこを中断する手頃なきっかけになったのは、事実のようである。

「大前田軍曹。」白石少尉は、村崎から野砲のほうに視線を移していた、「訓練を続行して差し支えないぞ。」

「はい。」

「構わんから、続けよ。」それは行きがかり上のことでもあったろうが、白石少尉は、尾籠《びろう》な悪たれ口を追加した、「火砲の操作は、地方の穴の中でモサーッと石炭を掘っとるのとは訳が違う。それがそのモグラにもよくわかるように教えてやれ。――猫も杓子《しゃくし》も総動員の長期戦だから、仕方がないが、あたりまえなら、そんな身体不完全な男子は、兵隊にはなられなかったのだ。よほどたたき上げねば、役には立たない。」

「はい、そうします。」

「よし。――村崎、お前も、もうよし。」白石は、斜《しゃ》に構えて、軽くあしらったという見かけを作り出そうと志《こころざ》したらしかった、「考え違いをするなよ。」

　村崎の物言わぬ対抗に深入りをして退《の》っ引《ぴ》きならぬ状況に立ち至ることを白石少尉が回避

した、と私は想像した。……一カ月来、私の観察と体験とに従えば、軍隊の（下級者にたいする）上官も、またしばしば相手を見て相手次第で物を言ったり事を行なったりするのである。もし村崎が「はい。」と答えるならば、まず事態は収《おさ》まるであろう。……村崎は、そうは答えずに、静かに問うた。

「なんのことでありますか？」

「なんだ？　それは。村崎一等兵。」神山上等兵が、洒落臭《しゃらくさ》くもでしゃばって、窘《たしな》めにかかった、「『考え違いをするな。』と教官殿は申されたのだ。聞こえなかったのか。」

「それは聞こえた。おれが昭和六年兵のガンスイでも、まだ耳は遠うなっとらん。」村崎は、神山をほとんど見なかった、「聞こえたから、教官殿におたずねしとる。」

村崎の相変わらず静かな口ぶりが、それでいて鎧袖《がいしゅう》一触《いっしょく》の概を持った。彼は、「お前の出る幕じゃない。引っ込んでろ。」とは言わなかったが、言ったもおなじであったろう。躍《やっ》起《き》になったような神山が、「うぅ、年次を……、うぅ。」と吃《ども》り、白石少尉が、入り代わって、さすがにきつく畳みかけた。

「昭和六年兵がどうした？　村崎。昭和六年兵の一等兵には、昭和十四年兵の上等兵の言うことは聞かれないのか。昭和十四年兵の将校の言うことはわからないのか。」

『なるほど、「昭和六年兵……」というような言い方には、そういう意味もあり得るのだな。』と私は教えられた気がした。

「村崎一等兵も、前にしばらく筑後の炭鉱で働いとったことがありますが、……」村崎は、白石少尉の詰問を直接には受けて立たないふうで、別方面を物語った、「パラパラ、パラパラッと砂利の降って来りゃ、落磐の前触れかもしれんし、……なんせ坑夫は、あんまりモサーッとしてやられる仕事じゃなかごたぁりました。」

「何？　なんの話か、それは。」

「石炭掘りは、アラケノウ〔ひどく〕骨の折れる、時にゃいのちがけの大仕事じゃ、ちゅう話であります。」村崎は、首をひょいと右横に振って、神山をじろりと眺めた、「何百尺、何千尺の地の底でモグラになったことのないお方たちにゃ、わからんじゃろうが。」

　次ぎに発するべき言葉を白石少尉が探しているような隙に、何を考えたのか大前田は、架《が》尾《び》をまわって神山、村崎に近寄りながら、がらがらしゃべり出した。

「なんや、鍛冶屋《かじや》が専門とばっかり思うとったら、村崎は石炭を掘ったこともあったとか。班長は、いっちょん知らんじゃったぞ。知っとりゃ坑夫のことを『モグラ』、『モグラ』ち、そげん何べんも言やせんじゃったかもしれんとに。しかしモグラちゅう四つ足にゃ、ちょっとかわいらしい所もあるもんねぇ。あぁん、かわいらしいちゅうても、ありゃ百姓にゃ敵じゃったな。いんにゃ、村崎やら鉢田やらのことじゃないぞ。本物のモグラが百姓の敵よ。そう言や、旧の元日は今月の十五日のはずじゃけん、村じゃ月末がモグラ打ちか。へっ、頭ん上んほうからどやされちゃ、モグラも太《ふて》えまちがいぞ。……ふむ、そんなら村崎は『何某』と同業組合じゃないか。第三班にゃまだほかにもお主《ぬし》の同業組合がおったごたぁるが、……そうそう。」神山、村崎と白石との中間で北むきに立ち止まった大前田は、発射座の谷村へと頭をめぐらした、「谷村は――三菱《みつびし》じゃったかな、三井《みつい》じゃったかな、大牟田《おおむた》の。」

「はい、三井であります。三井三池鉱業所の総務部秘書課であります。」と谷村は、彼の職員である（坑夫ではない）地位を明らかにするかのような返事をした。

「しかし谷村は、坑内に入るような機会は普通にはないだろう？」と神山が、わざわざ水を向けるように、余計な口を挿《さしはさ》んだ。

「はい、入社後一度は見学しましたが、そういう機会はめったに——。」

「よし、わかった。炭鉱は炭鉱でも、お前はモグラとは違うちゅうことよ。経済学士様のモグラがおるとは、班長も思うとらん。」大前田は、神山と谷村との間に成立し得るべき精神的乳繰《ちちく》り合いを双葉《ふたば》のうちにちょんぎって、第二分隊の仲原三千年《なかはらみちとせ》に顔を向けた、「もう一人おったぞ。仲原じゃ。仲原サンゼンネンじゃ。サンゼンネンは長崎の軍艦島〔端島《はしま》炭鉱〕じゃったろうが？　ありゃ三菱か。電気の係《かかり》ち言いよったけん、石炭掘りはせんとじゃろうが、やっぱり坑内にも下がることは下がるとじゃろう？」

「はい、下がります。電気モグラであります。」と気性《きしょう》のさっぱりしている電気技手仲原は、大前田を肯定した。鉱山講習所とかを出た彼は、第三班で最年長者（三十二歳）の一人である。

「うん、まぁお前もモグラの一種じゃや。ちゅうても、お前が潜《もぐ》るとは海の底じゃけん、モグラ打ちをされる心配はなかろうがねぇ。そうすると第三班にゃ、班附を入れてモグラは三人——と言うとおかしゅうもあるが、まぁよかろう、——モグラは三人きりか。おるごたぁって、案外おらんもんじゃのう。……おるごとしてあんまりおらんとがモグラであります。教官殿。」上官白石をもそっち除《の》けの一人舞台で、取り留めがないような・あるような長広舌を揮《ふる》った大前田が、急に思い出したように改まって珍妙な報告をしていた、「その数少ないモグラ同士の同病相あわれむちゅう訳で、村崎の頭ん中はどうやらもやもやっとなっとったごたぁります。第一班、第二班にも炭坑夫が何人かおるようでありますが、新兵百二、三十人のうちにゃ、なんでもかんでもがごっちゃ混《ま》ぜになっとります。第三班だけでも、相撲取りに神主に活版屋に大工、判子彫《はんこほ》りに床屋に自動車運転手に隠坊《おんぼう》に新聞記者、ちゅうごたぁる具合いで……。」

「うっ、……そうか。……そう……だろうな。」白石少尉は、大前田の行くえも知れぬように飛躍する三寸舌の煙に巻かれたとみえて、何度も口籠もったが、辛《かろ》うじて枝葉《えだは》の話題に取りついた、「その、何か、隠坊まで、来ておるのか。どこにおる？」

「隠坊は、……」野砲の定位に就いている六名の見当を瞬間見返った大前田が、なぜか有耶《うや》無耶《むや》に話を逸《そ》らして、その本人を明かさなかった、「いや、それは何年か前のことで、このごろは止めとったらしゅうあります。そのほかにも鋳物《いもの》工とかガス屋とか水道屋とか、……大工、電気屋、ガス屋、水道屋とこう揃うとりゃ、左官《しゃかん》のおらんとが玉に瑕《きず》たぁいうもんの、文化住宅でもなんでもお茶の子で出来上がります。それでん一番多いとは、なんちゅうても百姓と漁師のようじゃありますが。」

「うむ、そうか。」

……若杉《わかすぎ》の相撲取り、生源寺《しょうげんじ》の神主、冬木の活版屋、清水《しみず》の大工、室町の判子彫り、村《む》田《た》の床屋、小林《こばやし》の自動車運転手、相良の鋳物工、曾根田のガス会社工員、私自身の新聞記者を、私は知っている。水道屋は、市役所水道課員の市丸であろう。だが、隠坊については、全然聞き覚えも心当たりも私にない。隠坊とは、少少風変わりな職業のようである。それであった新兵がほんとうにいるのか。大前田の言に従えば、それは、ほんとうにいるはずである。しかしそれなら、白石の直截《ちょくせつ》な質問にもかかわらず、なにゆえに大前田は、指名しなかったのか。その兵を名指すことを大前田は意識的に憚《はばか》った、と私が観察したのは僻目《ひがめ》か。

……

大前田の舌先は回転を続けていた。

「こげな連中も地方に置いといて本職をやらせときゃ、それ相当の役にも立って、事はなかとじゃろうと思いますが、どだい一つだけでも顎を出しとったとに、またぞろそれに輪《わ》を掛けた別の大事《おおごと》を始めてしもうて、食い物着る物は配給割り当て、赤紙《あかがみ》〔召集令状〕はばら蒔《ま》き放題の臣道実践で、どれでんこれでん――教官殿が言われましたごと猫も杓子も手当たり次第に引き摺《ず》り出しちゃ、剣附鉄砲《けんつきでっぽう》をかかえさせたり大砲を扱わせたりするもんじゃけん、ろくなことはなかごたぁります。この調子で行きよったら、そのうちに前線でも銃後でもどげなことが起こるやら、……うんにゃ、この、がらくたの寄せ集めのごたぁる未教育補充兵どもを、どうにかこうにか一人前の重砲兵に仕上げにゃならんとでありますから、こりゃまたどうしてなかなか、……お、そうじゃ、こりゃこうしちゃおられんごたぁる。そんなら教官殿。教練を再開してよくありますか。」

「う？ うむ、そうだ、よし、教練を再開せよ。」

大前田の真意が奈辺《なへん》に存するか、私は確実には推定し得なかった。しかし先刻の鉢田とは違って、この大前田は、まさしく何かを目論《もくろ》んで一芝居を打ったのであろう。その卓抜な役者ぶりに、私は、だいぶ見惚れ聞き惚れた。四角四面の訓辞などは最も不得意なのであろう大前田が、ここでは、一種形振《なりふ》り構わぬような、しかも綽《しゃく》綽《しゃく》たる話術の妙を発現した。白石少尉は、大前田の術中にころりとおちいったようである。とはいえ、私は、大前田が単に村崎のためにのみ一役買って出て奮闘した、とは断定しなかったが。

「は、では、開始します。……あぁ、二、三、五、六番は班長が受け持つから、村崎は一番と四番を見ろ。ええな。村崎。」

「はい。」

「お主が昭和六年兵なら、おれも昭和六年兵よ。」大前田の声音が、それまでのがらがら調から急変して、疑わしい渋みを持った、「ばってん、お主は、現役からこっち初めての召集じゃけん、まだええぞ。お主が何日間塩の菜《さい》でめしを食わせられたとじゃったか、おれは忘れたが、支那じゃおれも、まるで飲まず食わずのごとして何昼夜も歩かせられたりした。『どうせ引っ張られて行くとなら、戦地が増しじゃ。』とか、『戦地のほうが、おもしろい。』とか言いよる奴らが、経験者にも未経験者にも、ようおるごたあるが、――ふん、おれ本人も、ときたま口じゃそげなふうに言わんこともないが、――そげなもんじゃないよ。そげなもんじゃあられんよ。……そうよ、戦地じゃ、いろいろなことがあるにゃある。生きたまんまの人間様を丸焼きにするとにゃ、たった二分間ありさえすりゃええちゅうことが、わが手でやってみてわかるとも、戦地よ。その匪賊《ひぞく》たちにゃ、焚き物に火を付ける前に、石油をうんとぶっかけちゃおいたがねぇ。……村崎よ。お主は、まだよかほうぞ。……」

　大前田の風発的な饒舌《じょうぜつ》も、隠坊の件での小さな蹉跌《さてつ》（?）以外には恙《つつが》なく、むしろみごとに起《き》、承《しょう》、転《てん》を経過して、あざやかな結《けつ》に到達したとみえた。

「……神山は、また分隊長をやれ。それじゃ、教官殿。」

「う。」

演習がなお白石少尉の指揮下に継続せられる以上、この際の敬礼は不要であり異例であるのに、大前田は、さっと挙手注目した。釣り込まれたように白石少尉も答礼した。それは、下士官大前田が将校白石に退去を要求したかのごとき奇妙な光景であった。南へ歩み出した白石少尉を、大前田軍曹は、凝然《ぎょうぜん》と目送していた。……

四

大前田の「お主が何日間塩の菜でめしを食わせられたとじゃったか、おれは忘れたが、……」を聞いた私は、それを今朝の堀江隊長の言葉と思い比べもして、村崎を重営倉の体験者と認定することができたのである。
――兵に科せられ得るべき三つの罰目、「降等」、「重営倉」、「軽営倉」のうち、「重営倉ハ其ノ日数一日以上三十日以内トシ営倉ニ錮《コ》シ寝具ヲ貸与セズ飯、湯及塩ノミヲ給シ演習及教育ノ場合ヲ除クノ外勤務ニ服スルコトヲ禁ズ。但シ三日ノ内一日ハ寝具ヲ貸与シ通常ノ糧食ヲ給スルモノトス。」が、『陸軍懲罰令』第十二条である。
また、のぞき絡繰《からく》り解説の節まわしで歌われる代表的な兵隊歌に、
アー、一週間に一度の外出も／週番士官の注意では／大酒飲むな乱暴すな／左側通行

怠るな／なるたけ女に近寄るな。

アー、服装検査も無事済んで／士官の注意が終わるなら／『軍隊手牒』を手に持って／営門歩哨にゃ敬礼し／指して行くのが樽《たる》ガ浜。

アー、樽ガ浜にとなるなれば／粋《いき》な花ちゃん飛んで出て／赤い襟章は汗臭い／黄色い襟章が大好きよ／あたしが靴紐解いてやる／十二段の階段踏み締めて／四畳半へと急がれる。

アー、二階の四畳半となるなれば／ビール、『正宗』、常のこと／あなた上から下がり藤／あたしゃ下から百合《ゆり》の花／口は水仙玉椿《たまつばき》／臍《へそ》と臍《へそ》とが藍牡丹《あいぼたん》／足はきりりと蔦蔓《つたかずら》。

アー、しばし戦《いくさ》のそのあとで／すやすや眠る五分間／いま鳴る時計は十七時／夕食喇叭がもうすぐじゃ／早く帰らにゃ遅くなる／またの日曜がないじゃなし／放せ牛蒡《ごぼう》剣に錆がつく。

アー、対馬にゃ自動車が四台ある／二台は故障で動かない／一台の自動車にゃ乗り遅れ／一台の自動車が満員で／一期間に鍛えたこの足で／八十五センチ踏み締めて／営門指してぞ急がれる。

アー、営門前にとなるなれば／帰営遅れの五分間／歩哨は司令に報告す／司令は士官に報告す／士官は中隊長に報告す／聯隊の会報にまわされて／入らねばならない重営倉。

アー、重営倉はいとわねど／何県何郡何村と／『軍隊手牒』にゃ記《しる》されて／親の名前が先に出る／三度の食事が塩の菜。

アー、そこで花ちゃんが言うことにゃ／あたしが止めたばっかりに／かわいあの人重営倉／あたしはこうしちゃいられない／死んでお詫びを致します／万関橋《まんぜきばし》から身投げする／あわれを留《とど》めし物語り。

という「歓楽極マリテ哀情多キ」章句がある。

総体の歌意は明瞭である。「『軍隊手牒』を手に持って」は、『軍隊内務書』の「外出スル下士官以下ハ軍隊手牒ヲ携帯スルモノトス」に、また「夕食喇叭がもうすぐじゃ」は、同書の「外出ハ通常朝食後ヨリ兵ニ在リテハ夕食時限迄」に、おのおの照応する。樽ガ浜は、屯営北方約一キロ半の船着き場。もとそこにあった小料理屋の一、二軒も、日華事変進行中かに、廃業したらしい。高大な鉄橋《てっきょう》万関橋《まんぜきばし》は、屯営より直線距離四キロ強の北東方、万関の瀬戸に架設せられていて、上島《かみじま》（下県郡《しもあがたぐん》）と下島《しもじま》（上県郡《かみあがたぐん》）とを連絡している。私は、阿比留、上田たち対馬人に島内の乗用自動車現在数をたずねたが、正確な答えを得なかった。厳原・鶏知間にだけ乗合自動車《バス》の便（一日三、四往復）がある。また厳原に一、二台の営業用乗用車が存在するとかしないとか。品川軍医から私が借用した『新訂野砲兵須知』ないし『新訂歩兵須知』によれば、陸軍に歩、騎、砲、工、航空、輜重の六科別が行なわれていた時代（昭和十五年〔一九四〇年〕九月以前）、「赤い襟章」は歩兵を示し、「黄色い襟章」は砲兵を表わした。「駈足《カケアシ》ノ一歩ハ踵《カカト》ヨリ踵迄約八十五糎、速度ハ一分間ニ約百七十歩トス。」と『砲兵操典』が定めている。「臍《へそ》と臍《へそ》とが藍牡丹《あいぼたん》」の一句のみは、私にとって、ついに難解である。

この「アー、時は昭和の十何年／七月半ばのころなれや／検査官の眼鏡《めがね》のまちがいか／役場の帳簿の手違いか／村長さんの運動が足りないか／彼女の一念届かぬか／めでたく甲種に合格す。」に始まる兵隊歌全章は、他の兵隊歌、軍歌、流行歌などとともに、室町二等兵の手帳に書き込まれ、その一冊は「満期操典」と銘打たれている。室町のほかにも、多くの新兵たちが、各自いつの間にか、このような「満期操典」を調製した様子である。これも、兵営生活の伝統の一つであるに相違なく、「満期操典」の諸内容は、時の古年次兵から新兵へと、歴代次ぎ次ぎに伝授せられ、増補改訂せられ、愛誦せられてきたのであろう。

兵隊生活の哀歓、特に新兵日常の憂き身を物語る兵隊歌が、「満期操典」の中心部分であり、兵隊歌に主として聞かれるのは、軍隊ないし上官上級者にたいする怨嗟《えんさ》嫌悪の声である。それらは、公定の『聯隊歌』や『砲兵の歌』やの軍国的忠君愛国調と好個の対照を成している。……『聯隊歌』の「ここに屯《たむろ》す数百の／熱血燃ゆる丈夫《ますらを》が／五条の訓《をし》へ畏《かしこ》みて／内に降魔の魂《たま》を練り／外に斬馬《ざんば》の剣を磨す／わが重砲兵聯隊よ」にたいする『初年兵行進曲』の「行く先ゃ対馬の鶏知町／要塞重砲兵聯隊の／いやな二年兵になぐられて／泣く泣く暮らす身の辛《つら》さ」。……『砲兵の歌』の「太平洋上風浪高し／鎮《しづ》めよ海上、艨艟《もうどう》挫《くじ》き／われらは砲兵、御国の護り」にたいする『兵隊行進曲』の「演習出ようか診断受きょか／いっそ垣越え逃げましょか／広い営庭、八紘山の森の／月も営倉の窓に出る」。……「冬はうれしや、鬼の上等兵や古兵の満期／初年兵集まれ煖炉焚け／週番士官の靴の音／ちょいとあわてて餅《もち》隠せ」は、『聯隊の四季』四番である。このような文句を、階上班（部隊兵舎二階の古年次兵班）からやって来た当の上等兵なり古兵なりが新兵たちに口授している図に直面して、私は、奇態な感じに落ち込まざるを得なかったが、そんな図も別に奇態ではないのが、兵営の現実であるらしかった。

兵隊歌には軍隊への怨嗟嫌悪が籠《こ》められてはいるけれども、その基調は、庶民の受動的諦観、弱者の消極的つぶやきに留《とど》まって、何物かへの積極的・能動的な反逆の叫びとはなっていないようである。歌詞も旋律《メロディ》も概して「おれは川原の枯れ芒《すすき》」的なそれらの兵隊歌は、それゆえにこそまた、言わば公然と存在し流布してこられたのでもあろう。われわれは、まだ内務検査をも演芸会をも経験していない。しかし前者の場合にも「満期操典」は摘発指弾せられることがないそうであり、後者の場合にも兵隊歌各種は放歌高吟せられるそうである。上官上級者に対する陰口《かげぐち》に、「(戦場では)鉄砲の玉は前のほうからだけ飛んで来るんじゃないぞ。」、「うしろ玉に気をつけろよ。」というような類型が出来上がっている。この非公然の減らず口にもあり得るべき程度の暴発《ぼうはつ》的反抗力をすら、私は、兵隊歌に見出さない。兵隊は、代代、そういう性質の兵隊歌を愛好しつつ、結局「忠勇無双のわが兵」でありつづけたのであろう。

私は、兵隊歌について概略そのような感想を持ったが、ただ一月下旬の一夜、大前田と村崎とが掛け合いで「満期すりゃ起床喇叭もニワトリの声」以下を引用したときには、ある能動的な潜勢力のきらめきをそこから感受しなくもなかった。消極的な怨嗟嫌悪が、ある条件の下では積極的な反抗反逆に転化するかもしれぬのではないか。

それは扠措《さてお》き、私は、「塩の菜のめし」が重営倉の意であることを、『陸軍懲罰令』の当該条文ないし例の代表的な兵隊歌によって承知していた。「アー、一期の検閲終わるなら/特務曹長〔准尉〕の勤務割り/夜《よる》の夜中《よなか》に、寝ずの番/もしも居眠りするならば/明日から三日間の重営倉」という文句も、おなじのぞき絡繰り解説節調兵隊歌中に存在する。「陸軍軍人ニシテ其ノ本分ニ背《ソム》キ又ハ軍事ノ定則ニ違《タガ》ヒ其ノ他軍紀ヲ害シ風紀ヲ紊《ミダ》リ其ノ犯行陸軍刑法ノ罪ニ該《アタ》ラザルトキハ本令ニ依リ之ヲ懲罰ス。」が『陸軍懲罰令』の第一条であるから、重営倉の原因にも多様な「犯行」があり得るのにちがいない。

　私は、村崎を重営倉の経験者と判定してすぐに、しかしその原因は「帰営遅れの五分間」とか「もしも居眠りするならば」とかではなかったのではなかろうか、何か上官にたいする反抗の類であったのではあるまいか、と思った。

　むろん上官にたいする「抗命」、「暴行脅迫」、「侮辱」は、いずれも『陸軍刑法』の「罪」に該当する。「上官ノ命令ニ反抗シ又ハ之ニ服従セザル者ハ左ノ区別ニ従テ処断ス。／一　敵前ナルトキハ死刑又ハ無期若《モシク》ハ十年以上ノ禁錮ニ処ス。／二　軍中又ハ戒厳地境ナルトキハ一年以上七年以下ノ禁錮ニ処ス。／三　其ノ他ノ場合ナルトキハ二年以下ノ禁錮ニ処ス。」という第五十七条（一九四二年二月十九日改正以前）、あるいは「上官ニ対シ暴行又ハ脅迫ヲ為シタル者ハ左ノ区別ニ従テ処断ス。／一　敵前ナルトキハ一年以上十年以下ノ懲役又ハ禁錮ニ処ス。／二　其ノ他ノ場合ナルトキハ五年以下ノ懲役又ハ禁錮ニ処ス。」という第六十条（同前）は、その二例である。だが、上官にたいするあらゆる反抗類が、必ず常に、『陸軍刑法』によって断罪せられるのか。それは、必ずしも常にそうではなくて、実地には、そういう反抗類のある部分は、『陸軍懲罰令』によって処分せられるのであろう。

　かつて村崎は、上官に反抗した廉《かど》で懲罰せられたのではないか。別段証拠も何もなしに、私は、そんなふうに思ったのである。

大前田の言によって村崎の上に重営倉の履歴を認定した私は、その村崎の過去を、いましがた彼が白石少尉にむかって現わした不敵な面魂と結びつけて、感覚した。が、ただちに大前田は、話題を戦地へ転じたのであり、それにつれて私の関心も、主にそちらに向かったのである。

*

「そげなもんじゃないよ。そげなもんじゃあられんよ。」と大前田は、疑わしい渋みを帯びた声音で言い放った。私は、「どうせ引っ張られて行くとなら、戦地が増しじゃ。」だの「戦地のほうが、おもしろい。」だのというようなことを（そのような色調《ニュアンス》の内容においてはなおさら）考えたことはなかった。とはいえ私は、戦地、戦場、戦闘の現実に全然無知なのである。実戦の現場をまったく知らぬ私の『私は、この戦争に死すべきである。……いずれにせよ戦場を、「死」を恐れる必要は私にない。』というごとき考え方が、計らずもここで歴戦の戦地下番大前田によって、痛烈に批判せられでもしたかのようであった。このほど私の虚無主義が一種の変貌をおもむろに閲《けみ》しつつあるかと私自身に感ぜられているにもかかわらず、私のそういう考え方は、ほとんど動いていないのである。むろん大前田は、それを直接私にむかって語ったのではなく、また私のそのような観念を知るはずもない。しかし去る一月十九日夜、大前田は、「軍隊が——戦争が、好きらしゅうて、ようもお前は、頑張って兵隊になったな。それを聞いて班長は感心したぞ。」という（やはり疑わしい低音の）言葉を直接私にむかって突きつけたのであった。いったいその夜の彼は、私に関して何を嗅ぎつけ何を考えていたのであろうか。

――大東日日西海支社における私の唯一の親友、給仕上がりの活版部員杉山は、――われわれの接触期間は一年足らずであったけれども、親しさは相互にかなり深かった、と私は考えることができる、――彼が経て来た約二年の中華民国戦場生活について、私に何事をも語ろうとしなかった。彼が私以外の誰人かにそれを語った、とは私は信じない。彼が帰還して来て二人が親しくなり始めたころ、私は、ふと戦場の一現象について質問し、彼の複雑沈痛な無回答に出会ってからのち、心してその類の話題を彼に持ちかけなかった。ただ一度だけ、例外があった。……そのとき杉山と私とは、映画館の二階座席にいた。週日昼間のゆえか、観客は、とぼしかった。銀幕にニューズ映画が映し出され、華中か華南かの平原で、丈《たけ》高い甘蔗《かんしゃ》の群生が、風にゆらいだ。すると不意に「あぁ、三日間あれだけを齧《かじ》って行軍したことがあった。」と彼が私にも聞こえるようにつぶやいた。……それが、彼から聞くことの私にできた戦場経験のすべてであった。

それは、杉山の個人的性格のせいでもあったにちがいあるまい。しかし、……「第一線の　壕内《ほりぬち》の／まことのさまを　語らずや」と（第二軍軍医部長森林太郎から）問われて「頭《かうべ》たゆげに　うちふりて／辞《いな》まばなめしと　おぼさめど／思へば胸ぞ　痛むなる／かしこのさまは　帰らん日／妻に子どもに　母父《おもちち》に／われは語らじ　今ゆのち／心ひとつに　秘めおきて」とのみ答えた（詩篇『ほりのうち』の主人公）一兵卒のような心持ちの棲息《せいそく》を、私は、杉山の中に勝手に想像していた。杉山は、戦地で何を行ない何を見たのか。

杉山は、また大前田は、戦地で何を行ない何を見たのか、そのことで杉山と大前田との間に差別があったにしろなかったにしろ、「そげなもんじゃないよ。そげなもんじゃあられんよ。」は、ひとり大前田の感慨であるだけではなく、またひとしく杉山の心中でもあったのではなかろうか。だが、いま私の目《ま》のあたり、大前田は、彼が戦地で何を行ない何を見たのかの一端を、みずから表白したのである。

中華民国戦野における大前田の武勇伝、その悪逆無道の大要を、すでに私も、音に聞いている。この種のうわさは、とかく針小棒大《しんしょうぼうだい》になったり尾鰭《おひれ》が付けられたりしがちであろうから、私は、そのすべてを額面どおり丸呑みにしてもならぬのであろう。しかしながら、それらに関する生き証文も、何人か、この部隊に再召集せられて来ているということであり、またそれらの大部分は、おりおり大前田本人の口からも出されて裏書きをせられたそうである。のみならず「一見好男子」の仁多第一班長や比較的温和な田中第二班長やも、大前田と同様に、戦地下番の下士官であるが、彼らの戦場生活については、別に大前田のそれほどに特異な話も流布していない。大前田関係の流説は、相当の信憑性《しんぴょうせい》を保持するのではないか。

私は、大前田自身が彼の戦地体験を口外する場面に初めて今日出会ったのである。大前田は、必ずしもそれを誇示するというふうにではなく、かえってそれを自嘲的・慨嘆的な傾斜において簡潔に質素に吐き出した。それだけに、少なくとも私にとって、その効果は、いっそう生生《なまなま》しく現実的であり、いっそうそう刻薄非情であった。私は、その真実性をほとほとあやしまなかった。

白昼の太陽は、依然としてわれわれの頭上に高かった。だが、人間を生きながら丸焼きにすることのための所要時間について大前田が述べ終わった瞬時、その陽光が色褪《あ》せて彼の身辺に無気味な濛気《もうき》が立ち迷ったか、と私の眼は見たのであり、同時に私の鼻は、人肉の焼け焦がれる臭気のただよいを、うつつに嗅いだのである。

＊

——かつて人肉の焼け焦がれる臭気を確認したことのなかった私がそこでかりそめに嗅いだと思ったのは、実は私の記憶における火葬場の臭いなのであった。それだから、その正体が、人肉の焼け焦がれる臭いなのか、焼香の薫《かお》りなのか、その両方の混合なのか、いずれとも私は、明らかには承知していなかった。しかし私の感官にとって、火葬場の臭気は、すなわち人間の丸焼きにせられるそれにほかならなかったのである。

少年時代の大半を私が過ごした北九州の小農村で、私は、多くの野辺《のべ》送りに参加したけれども、その全部が土葬であった。多くの野辺送り、——それでも、それは、年間せいぜい数度でしかなかった。私の字《あざ》で人が死んだら、たいていそのたびに、われわれ少年少女は、その葬列に加わって村はずれの墓地に行進したのであったから、そこでは人は、一年に数人しか死ななかったのであったろう。それにしても私は、たぶん現代人が普通の都会生活では経験し得ないであろう程度のたくさんな土葬に立ち会い、そこから一定の宗教的・哲学的影響をも与えられたらしかった。ところで、私は、思春期過ぎのころまで、火葬場の実物を知らなかったのである。

主として火葬場は、少年私にとって、たとえば「朝夕の秋風身にしみ渡りて上清《じやうせい》が店の蚊遣香《かやりかう》懐炉灰《くわいろばひ》に座をゆづり、石橋の田村やが粉挽《こなひ》く臼の音さびしく、角海老《かどえび》が時計の響きもそぞろ哀れの音《ね》を伝へるやうになれば、四季絶間《たえま》なき日暮里《につぽり》の火の光りもあれが人を焼く烟《けぶり》かとうら悲しく、茶屋が裏ゆく土手下の細道に落《おち》かかるやうな三味の音《ね》を仰いで聞けば、仲之町《なかのちやう》芸者が冴《さ》えたる腕に、君が情《なさけ》の仮寝《かりね》の床にと何ならぬ一ふしあはれも深く、此時節《このじせつ》より通ひ初《そ》むるは浮かれ浮かるる遊客ならで、……」という秀抜な文章における、あるいは「下もえに思ひ消えなむけぶりだに跡なき雲のはてぞかなしき」という幽玄な古歌における、哀切な、しかし叙情詩的な景物であった。

十七歳の秋、私は初めて現実の火葬場を遠望し、十九歳の夏、初めて私は親しくその実地に赴《おもむ》く機会を持った。そして偶然その二度の記憶のどちらもが、語の封建的意味における「身分」についてある人人がそれぞれ表明した特定見解を、内包しているのである。

物心がついて以来最初に、高校二年の秋、私は、父および父方の伯母といっしょに、本籍地に本家を訪れ、累代《るいだい》の墓所に詣でた。その以前、本家の先代（私の父の兄）が五十一歳で死去したおり、三歳の私も、父母に連れられてその葬式に出向いたそうであった。それについてはよほどおぼろな覚えの断片が私に残っているだけであった。先代には実子がなく、先代の妻（私の父の兄嫁）の甥が養子に来ていた。跡目《あとめ》相続の件か何かをめぐって、父および父方の伯母と先代未亡人との間に不和が生じた。不和は数年後いちおう解消したものの、先代未亡人とその取り子に取り嫁との本家は、父にとってかなり疎遠な対象になっていた。そういう事情やかれこれのために、それまで私は、同県内に住みながら、筑豊炭田一小都市郊外の本籍地、本家、そこの墓地を訪れることがなかったのであった。

東堂家の墓所は、本家から徒歩約五分、なだらかな小山の頂《いただき》近くにあった。その土曜日午後、中学教師の当主はまだ帰宅せず、先代末亡人が案内に立った。私は、墓場が嫌いではない。しかし私は、私の見も知らなかった血縁の人たちが埋葬せられている場所に初の訪問をして、なんら犬儒的《シニカル》な感想を抱かなかったと同時に、特別深刻な感慨をも催《もよお》さなかった。おりしも晩秋の風が石塔、灌木、雑草、われわれの上をゆるやかに吹き渡ったが、「塚も動けわが泣く声は……」の詠嘆は私の同行者たちにも表面上無縁であった（ただし父も伯母も先代末亡人も皆六十歳前後であったから、若年の私とはおのずから異なる胸中がその人たちにはあったに相違なかろう。――私の父母は同年であって、末子の私は父母四十歳のおりに生まれた。私の兄二人、姉一人は、いずれも乳児にして果てたのである。――思い立って久しぶりの帰郷墓参に父を誘ったのは、三人のうち最年長の伯母であった。彼女は、自分の死期が最もすみやかに近寄りつつあるかのように実感していたのかもしれない。五年後には父が、六年後には先代末亡人が、いずれも骨となってその墓所に納められたのである）。

墓参を終えて、私は、遠方を眺めた。墓地の小山と二、三百メートルの田畑をへだてた向こうの小山の中腹、常緑の樹間に、赤煉瓦造《づく》りらしい建物の一部と煙突とが見え、鼠《ねずみ》色の煙が澄明《ちょうめい》な秋空に立って乱れて散っていた。私はそれと直感したが、先代末亡人は自発的に教えてくれた。まさしく、そこが火葬場であり、それが「北邙《ホクバウ》一片ノ煙」であった。祖先の墳墓《ふんぼ》にはさして心を動かさなかった私が、そのときなにゆえか感動していた。この火葬場の遠景と、墓地から帰り道でのそれ自体は瑣末《さまつ》な出来事とが、その本籍地行きにおける私の印象的な思い出となった。

一行は、墓所の山を下りて、家並みの間に入った。伯母と父とは旧知人をたずねて寄り道をし、先代未亡人と私とは一足先に本家にむかって歩いた。前途から来た役場書記ふうの中年男が、先代未亡人に鄭重な辞儀をした。彼女も、程好《ほどよ》い会釈《えしやく》を返した。われわれと彼とが行き交うてやや相離れてから、彼女は私に「いまのは、東堂家の足軽の家の人です。」と何事でもないように落ち着いて告げた。

われわれは本家に接近していたから、その門前の記念碑が、私の目に映っていた。先に私は、碑銘の白文を、「先生諱《イミナ》ハ与《アタフ》、迂回《ウクワイ》ト号ス、福岡藩士タリ、後ニ嘉麻《カマ》郡《ゴホリ》天谷《テンタニ》ニ転居ス、先生ハ、学芸普《アマネ》ク通ジ、郷党之教育ニ従事スルコト前後有歳、又剣ヲ善クシ俳歌ヲ嗜《タシナ》ム、各好ム所ヲ以テ道ヲ問フ者頗《スコブ》ル多シ、明治二十五年（一八九二年）十一月十三日病逝ス、享歯《キャウシ》六十一、先生太《ハジ》メ母里《モリ》氏ニ生マレシガ、出デテ東堂氏ヲ継ギ東堂氏ニ配シテ二男一女ヲ生ム、長男国樹《クニキ》氏後《アト》ヲ先生ニ受ケテ資質愿慤《ゲンカク》、終始徳ヲ一ツニス、門人故旧咸《ミナ》相諼《ワス》レズ、遂ニ協議シテ碑ヲ墓上ニ建テ永ク記念ト為ス。」と読んで、墓所に出かけたのであった。

また私の家にもずっと前から「東堂家世譜」なる文書の写しがあり、その末尾に、私は、この（維新後には「与」と改称した）祖父与兵衛国房に関する「実父福岡流川《ナガレガハ》町母里平祐《ヘイスケ》信安《ノブヤス》三男、幼名千次郎、甚三郎、清兵衛、文久元年（一八六一年）酉《トリ》十一月廿六日遺跡相続、部屋住ミ中ヨリ黒田家執権摩田《マダ》祐勇《スケタケ》、祐倫《スケミチ》両公ニ仕ヘ、江戸詰メ一度長崎非常御供三度相勤メ、度度勤労称誉セラル、常常兵法武芸ヲ好ミ、山鹿《ヤマガ》流軍学目録一刀流剣術目録清正《セイシヤウ》流軍《グン》螺《ラ》術目録各相伝ヲ得、弓砲鎗術体術ヲモ修行シ、手跡指南タリ、……。」というような記述を見ていたのであった。

――「東堂家世譜」は、冒頭で「元祖土佐長曾我部《チヤウソカベ》老臣東堂飛騨守国世《ヒダノカミクニヨ》末葉、代代家系焼失ニテ不明、本家ハ福岡新大工《ダイク》町居住東堂兵庫《ヒヤウゴ》方也。」と断わって、祖父から四代前の隼人《はやと》重国以降を祖父の場合とおなじような筆法で記録していた。各代当主の名告りに必ず「国」の字があって、この家が福岡城下より「嘉麻郡天谷ニ転居」した事情は、曾祖父松右衛門国規《くにのり》の項《こう》、「天保十四年（一八四三年）卯八月、嘉麻郡天谷村御立山焚石御仕組受持ナラビニ郷足軽支配頭被命、則チ同所へ引越シ」によって知られた。その作成者は私に明らかでなかったが、少なくとも祖父の項の筆者は祖父自身か「長男国樹氏」かであったろう、と私は推量した。この祖父から幼時の父は、まず「四書」とか『春秋（左氏伝）』とかの素読《そどく》を授けられたのであり、約四十年後に父から私が、その真似事を施《ほどこ》されたのである。

　のみならず「武士たる者」、「侍の家」、「武士の子」、「士族」の類は、幼少年私が父ならびに父方の伯母からたびたび説き聞かせられた言葉であった。要するに東堂家が旧幕時代の小身武士、明治・大正時代の小市民士族であったという事実は、決して私の耳目に新しくなかった。けれども私は、先代未亡人の即物的な表現を聞いて、その日二度目に感動したのである。それは、彼女の「足軽の家の人」云云に、井の蛙の尊大、時代錯誤の笑止、封建的身分意識の残存を、私が、特に認めたということではない――特に認めなかったということでもない。

　その翌翌年盛夏、一日の晴れた午前、私は、母方の叔父を荼毘《だび》に附するため、福岡市南郊の火葬場へ出発した。私は、病臥中の母の代理であった。戦火は華北の一地点からまさに拡大しつつあって、巷《ちまた》に召集兵の往来が目立ち始めた。追い立てられるような焦燥感と不透明な虚無感とが、その日ごろ、私の内側に同居し、次第に蔓延《はびこ》っていた。それでもやはり私は、田舎道をそこに近づく霊柩車の中で、前田《まえだ》夕暮《ゆうぐれ》の「馬の脊をひしと撻《むちう》つ紐鞭《ひもむち》の音いたいたしこの焼場みち」を思い出したり、ここで芥川龍之介《あくたがわりゅうのすけ》晩年の作中人物がヴィルヘルム・リープクネヒトの『追憶録』を読むのである、と考えたり、しながら、初訪問の火葬場につつましい興味をつないだ。前年の春、西条靫負《ゆぎえ》と近しくなった私は、彼の影響もあって、たとえばリープクネヒト著『土地問題論』を一読していた。しかし火葬場行きの私がたずさえていたのは、ダシル・ハメット作“Red Harvest”〔『血の収穫』〕であった。

火葬場一帯は、不浄でも陰鬱でもなく、思いのほかに清潔であって、明晰であった。火葬（の料金）にも等級別があることを、私は、入り口で学んだ。先客が二組来ていた。それは炉と呼ばれるのか窯《かま》と呼ばれるのか、火屋《ひや》そのもの、焼却設備の前において、私は、そこの異様な臭気からだけ、ひどい刺戟を受けた。人間の焼ける臭い、と私は思ったが、それは全然そうではなかったのかもしれない。火葬場専属（?）の僧が読経し、故人の長女、故人の妻、故人の妹、故人の弟の妻、私が順順に焼香し、棺は押し込まれ、扉に錠が下ろされた。

屍体が焼け上がるまでの数時間、われわれ五人は別棟の待合所にいた。広い吹通《ふきとお》しの畳の間に数脚の卓が配置せられ、一角ではタバコ、簡単な飲食物などが売られていた。蚱蟬《くまぜみ》が裏手の林で鳴きしきっても、町中のような三伏《さんぷく》の暑気はなかった。すべては、事務的であって、簡明であって、こころよかった。それは私が叔父の死を少しも愁傷しないせいであろうか、と私は自問した。たとえそれが私の傷心を呼び起こす死、私の愛惜する者の火葬であっても、ここは相変わらず潔白な明るい場所であろう、炉の前の異臭は別であるが、と私は自答した

（三年後に父を、四年後に母を哀悼しなければならなかった私は、その二度の骨揚げによって、この自答の正しさをほぼたしかめ得たようでもあった)。私は、一脚の卓を独占して、主に『血の収穫』を読んだ。

隣りの卓を囲んだ同行者四人の間では、故人にたいする通夜の座でも繰り広げられた追懐談がひとしきりしめやかに蒸し返され、やがてそれが飽きられて、世間話に中《ちゅう》ぐらいの花が咲いた。母方の親族縁者間で「学者」と陰口の渾名《あだな》をつけられている無学な叔母が、やや控えめにその本領を発揮して、一座の立て役者を演じた。この叔母は、たった一人きりの実子に当歳で死なれ、四十代の半ばになって亭主に捨てられ、その二年後には(彼女が十数年間手塩に掛けてきた)養女に駆け落ちをせられて、三年このかた結核療養所専門の派遣附添婦になっていた。いったい私の母の実家は、もと(母の父の代)筑前某村の旧庄屋小地主農民であったが、二十七、八年前、当時郡役所勤めの故叔父の代、彼の道楽の結果いったん倒産し、郷里を離れて都市庶民生活に紛れ込んだ、と私は聞いていた。

故人の弟の妻がパン数個、ラムネ五本を買って来て皆に勧《すす》めたので、私も、本読みを中断し、隣りの卓にいくらかにじり寄って、飲み食いをした。話題はめぐって、膝元の火葬場が取り上げられていた。営業用乗用車の運転手にはあぶれる日があっても霊柩車の運転手にはあぶれる日がない、とか、火葬料金の高低は屍体に吹きかけられる石油量の多少に正比例する、とか、隠坊の収入は正規の給料よりも心づけのほうが上《うわ》まわる、とか、焼け残り拾い忘れの金歯金冠がまた隠坊の莫大な臨時収入になる、とか、そういうどこまでがほんとうなのか私にはわからぬ類のことを、「学者」が、ひそひそと講釈した。

故人の金《きん》の入れ歯九個を忘れずに拾い上げよ、と終わりで「学者」は、皆に注意した。故人の妻が、それならば隠坊の実入《みい》りはたいしたものではなかろうか、と「学者」にたずねた。それはそのとおりであろうが、しかし人が人を焼いて暮らすとは因果な商売ではないか、と「学者」は、顔を顰《しか》めて嘆息し、三人は、一も二もなくそれに倣《なら》った。故人の長女が、そんな生活は考えただけでもぞっとする、と肩を竦《すく》め、故人の弟の妻が、それは普通の人間に耐えられる職業ではなかろう、と首を横に三、四へん振った。

「そうくさ。あたりまえの人間が、そげなキシャナイ〔きたない〕仕事ばするもんな。」とたいそう力んで請け合った叔母は、向こう側の先客二組八、九人のほうをちょっとうかがってから、いっそう声を潜《ひそ》めた。私は、一つの予感を持って聞き耳を立てた。予感は的中したが、その具体的内容は私には初耳同然であった。他の三人は、それを新事実新知識として聞いたのでもないらしかった。しかし彼女らは、いかにもそれで事情を納得することができたというように、うなずいて、感嘆した。そこに至って彼女ら四人は、ようやく安心もし満足もしたとみえた。「ありゃみんな穢多《えた》ちゅうことばい。穢多じゃなからにゃ、隠坊にゃならんと。」と叔母は、ささやいたのであった。

叔母の話は、格別私に衝撃を与えたのではなかった。全国でも有数に部落民が多いこの地方この県で、その種の世間話のその類の進行と結着とは、「普通人」の間における一つの(隠密《おんみつ》な)定石《じょうせき》でさえあった。

火葬は、死者と生者とのための厳粛な行事であり必要な処理であるのに、その作業担当者その人が、因果とせられ、不浄とせられ、あたりまえならぬ人間とせられるのは、奇怪な不当なことである。しかし隠坊が不浄な因果な忌まわしい商売であるという叔母たちの感想意見は、彼女らとして、また一般的生活感情として、単純な真情流露にちがいなかろう、と私は了解することもできた。私自身は、隠坊を不浄な職業とは思わなかったが、さりとてそれを因果な商売とも因果でない（幸福な）商売とも判定することはできなかった。結核患者の喀痰《かくたん》、喀血、大小便その他を世話しなければならぬ附添看護婦の叔母も、ある人人の見方においては、因果な不浄な忌まわしい職業に従っているはずであった。その職業人にたいする「穢多」呼ばわりが出て来なかったら、私は、彼女らの隠坊にたいする不謹慎な見解にそれほど気をつけもしなかったであろう。私は、衝撃を加えられはしなかったが、人が人を「穢多」、「ちょうりん坊」、「四つ」、「新平民」と呼ぶこと、人が人を「特殊」扱いにして否定的に差別することを、断じて肯定してはいなかった。

二組の先客が去ってまもなく、われわれにも知らせが来た。私は、あの異臭を人が焼ける臭いとしてふたたび嗅ぎ、骨を拾い、隠坊がこまめに立ち働くのを見た。果たしてこの隠坊はあるべからずして現にある「穢多」という「身分」の人であろうか、そもそも一般に隠坊は「穢多」であるという叔母のささやきは事実であろうか、と私はむなしく考えていた。

私は、最前叔母の説を初耳のように聞いたが、思えばおなじことをずっと前に誰かから聞かせられていたようでもあった。また私は、封建時代の隠坊が穢多非人の専業の一つであったということをやはりずっと前に何かの書物で読んでいたような気もした（どちらも確実ではなかった。去年の後半、私が西条靫負から借りていた「日本資本主義発達史講座」のうち、中島信衛《なかじまのぶえ》の『封建的身分制度の廃止、秩禄《ちつろく》公債の発行及び武士の授産』が、明治維新の「穢多非人解放」に論及していた。しかしその歴史叙述は簡単不十分であって、そこに隠坊の件が書かれていたのではなかった)。叔母の指摘は歴史的にも今日的にも事実無根ではなさそうでもあったが、その真否を私は明確には知らなかった。それが事実であろうとなかろうと、彼女らの物の考え方・言い方は、根本的に不正不当なのであった。

われわれが火葬場の門を出たころ、霊柩車が、前後して二台、雑木林の中の爪先上《つまさき》がりを、この潔白な明るい場所にむかって、ゆったりと登って来た。夏真昼《なつまひる》の葉洩れ日を、その屋根が、きらびやかに照り返した。ここ人口約三十万の都会では毎日相当数の人が死ぬのであろう、と私は、おろかなことを思い知り、先刻の「仕事に有り付かんごたぁる日は絶対になかとじゃもん、霊柩車の運転手にゃ。」という口上《こうじょう》は「学者」にしては上出来の警句であった、と追認した。こうして炉の前での刺戟的な「人間の焼ける臭い」と、隠坊にたいする叔母たちの差別観とが、私の第一回火葬場行きにおける特徴的な記念となったのであって、――また火葬場と、封建遺制的身分関係とが、私の中で相互的な観念連合の種ともなったのであった。

五

大前田の戦地談から、私は、焼かれる人間のそれとして火屋《ひや》の臭気を反射的に幻覚した。またただちにその私は、過去に私が三回経験した叔父、父、母の火葬においては、そのたびに屍体が焼けて骨だけとなるのに数時間が費《ついや》されたことを思いついて、疑い恐れずにはいられなかった。

……大前田らは、「その匪賊たち」の生体を野天の焚き物の上で「丸焼き」にしたのであったろうと私に想像せられる。それは、火葬場の炉による場合よりも、もっと多くの時間を必要とする焼却方式であるにちがいない。しかるに大前田は、「生きたまんまの人間様を丸焼きにするとにゃ、たった二分間ありさえすりゃええ。」と語ったのである。それならば大前田の言いぐさは、的確には何を意味するか。その「人間様」は燃え盛る火の上で二分間生きていた、その「人間様」は焼かれながら二分間苦悶していた、その石油をたっぷり浴びせられた「人間様」が焼け死ぬまでに二分間が経過した、しかしその「人間様」は「たった二分間」しか焦熱地獄の責め苦に苛《さいな》まれなかった。それは短《みじか》過ぎてたわいなかった、――これが、大前田報告の真相真意でなければならない。

焼かれる肉体に注ぎかけられる石油量の多寡が火葬料金の高低を正比例的に決定する、とかつて私の叔母は話した。もしもその見解が事実に叶っていたのならば、「その匪賊たちにゃ、焚き物に火を付ける前に、石油をうんとぶっかけといた」大前田らは、火葬としては特等級のやり方を適用したのでもあったろう。だが、火葬は、もっぱら屍体にかかわる行為であり、大前田らが多量の石油を惜しみなく浴びせた対象は、生体であった。それは、火葬であったのではなく、死刑であったのである。

――各国の死刑執行方法には斬首《ざんしゅ》、通電、毒ガス呼吸、絞首《こうしゅ》などが存在し、そのうち絞首は、その手順が簡便であり、しかも受刑者の苦痛を最少限に留《とど》め得るとせられていて、これを採用する立法例も少なくない、――この近代刑事法上の常識は私にあるが、毒ガス室内で、人（死刑囚）は、何分間生きているか、もしくは何分間意識感覚を保っているか、私に見当が付かない。断頭台による刑死は、おそらく一瞬にして達せられるであろう。電気椅子または絞首台による刑死も、たぶん一分間内外には遂げられるのではなかろうか。

ところで、電気椅子にすわらせられた一アメリカ人死刑囚が通電後三分二十秒にしてようやく絶命を確認せられた、という関係記録を、私は、中学生のころ某雑誌で読んだようでもある。必死の電気が流れる椅子の上で三、四分間の生命（意識感覚）を持続している人間、――その様相を想像することは、私の戦慄に値するけれども、あるいは電気椅子による刑死は、それほどの時間を取るのか（この「絶命」と、意識感覚の喪失とは、別別のことであるかとも私に思われる）。三、四分間はもとより、一分間内外でさえも、この特定の場合、決して短い時間ではなく、まして短過ぎる時間ではない。（他の諸条件が一定であるならば）、刑死完了のための直接費消時間は、いくら短くても短過ぎるということはないであろう（残虐刑の禁止は、近代法制にとって、すでに部分的には実現であり、なお部分的には理想である。この理想には、死刑の全廃が含まれる。死刑執行方法の是非優劣残虐非残虐は、その理想達成までの過渡的問題でなければならないが）。

しかし大前田らが実行したという死刑方法は、前近代的な残虐刑の一つ、火炙《あぶ》り（燔刑《はんけい》）であったのであり、大前田は、その直接費消時間を「たった二分間」と言い表わしたのである。私は、石油の多量な使用を「その匪賊たち」にたいする大前田らのやさしい思いやりと見做《な》すことができるであろうか。否。比較的に簡便な各種殺人手順（たとえば射殺）、比較的に少ない苦痛が受刑者の上に予想せられ得るべき各種殺人用具（たとえば小銃）、――それらに事欠かなかったはずの彼らが、注意深くも労をいとわずに火炙りの方式を選択したのである。

……大前田らは受刑者の苦痛を最少限に留めようなどとはまるで着意しなかった、それどころか彼らは受刑者の苦痛を最大限に大きくしようとこそ欲した、残虐刑の実現そのことが彼らの目的であった、その大前田らにとって二分間はまさしく「たった二分間」であったにちがいなかった、しかしそれはほんとうにも二分間であったろうか、大前田なりその仲間なりは用意周到にも各自の腕時計と炎《ほのお》の中の死すべき生者とを見比べて時間を計っていたのか、それにしてもそれが果たして二分間であって五分間またはそれ以上でなかったと誰が保証するであろうか、またその「たった二分間」のゆえに大前田らがあまりに多量な石油の濫《らん》用《よう》を後悔しなかったと誰が知ろうか、それは今日われわれがそれを死刑と呼ぶことさえも非人間的であるような所業ではなかったか、――それは、死刑より以上に虐殺であったのである。……

……大前田は死刑執行人より以上に虐殺者であった、彼はその虐殺に手を下《くだ》してその顚末《てんまつ》を見届けた、彼はその火炙り遂行のための直接所要時間を「たった二分間」と計測した、――「いろいろのことがあるにゃある」戦地では、たとえばそういう出来事が、「わが手でやってみてわかること」として生起する（現に生起した）、と大前田はみずから言明したのである。それが、国内の軍隊生活よりも増しとかおもしろいとかいうような「そげなもんじゃない」戦地の現実である、と体験者大前田は語ったのである。

いま大前田は、私の正面四、五メートルに黙黙とたたずんで、白石少尉を南東に見送っている。姿形《すがたかたち》も身拵《みごしら》えも彼とわれわれとの間に異同があるのではない。彼の五体が陽光をしりぞけて常ならぬ濛気《もうき》を集めたとみえたのは、むろん私が落ち込んだ一瞬の幻視であって、もはや天頂に近い日輪は、彼の上にもわれわれの上にもひとしく小止《おや》みなく垂直に照りつづけていた。長靴《ちょうか》の音がへだたってゆくのに従って大前田の顔面がわずかずつ右にめぐると、庇の影の向こうから鼻の頭だけが光の中に真ん丸く浮かび出て鬼燈《ほおずき》の熟《う》れた実《み》のように赤く尋常に輝いた。

この男が虐殺者であったのか、と私は思った。

＊

——この男が虐殺者であったのか、という私の感慨は、必ずしもそのとき初めて生まれたのではなかった。一月下旬以来、主にわが同年兵たちの口を経て、大前田の戦地における行状のあれこれが、私の耳に入って来たのにつれて、そういう感慨ないし疑惑が、おりおり私をそこはかと捕えてきたのである。

一月十八日夜、初登場の大前田は、一団の正体不明瞭な黒翳を私の心に投じたのであった。またその後大前田の上に、私は、ある偏執狂的・加虐変態的性情の存在を半ば直感的に見つけていた。しかし私が大前田の上に認めたその種の特性も、兵営という特殊な境遇の日常においては、まだたいして桁《けた》はずれに具現せられたのではなかった。つまりそのような性向は、ある程度まで上官上級者に共通しているようでもある。練兵中あやまちを犯した新兵に大前田が気合いを入れ始め、そのやにっこい悪罵を伴う長たらしい断続的な殴打の終末を私が

『もう止めるか。』、『もう済むか。』と見るに忍びがたくはらはらしながら待ちあぐんだ、というようなことも、二度あるにはあった。ほかの上官上級者たちも、そういう場面での止めどもないような大前田には、若干付き合いにくそうな気配でさえあった。が、それも、ここでは、格別めずらしい出来事でもなかったであろう。

それはそうであるにしても、上官上級者通有の性向とはいくらか異なる彼固有の執念深くて嗜虐《しぎゃく》的な悪性《あくしょう》が大前田の体内にたしかに蟠踞《ばんきょ》している、と私は観《かん》じていた。しかしそれとともに私は、大前田の他の側面にも目をつけてきたのである。

……一月十九日夜、生源寺の貧小な体格を前にして、「足かけ六年」の長期戦を否定的に云云しながら、見えざる何物かをあざけるようであった大前田。……おなじ夜、「大元帥陛下か何かじゃあるまいし、昭憲皇太后やら柳原二位ノ局《つぼね》やら、二人も三人も嫁さんがおってたまるか。」と不敬罪的な（つまり健康な）平民感情を明け透けに吐露した彼。……さらにおなじ夜、「学校出の根性腐り」をののしりつつ、「職業軍人でもないおれたちの誰が好きで好《こ》んで五年も七年もこげな妙ちきりんな洋服ば着て暮らすか。」とふと本音をさらけ出すように演説した彼。……一月二十五日夜、村崎との猥談めかしい掛け合いの中で、反将校的・反軍隊的な言辞を弄《ろう》するかたわら、「おれたち兵隊さんのかあちゃんたち」の銃後におけるわびしさ辛さをまともに気づかっていた彼。……おなじ夜、鉢田「何某」二等兵から異父妹トミ子宛のたどたどしいはがき内容について、幅も厚みもある人間的理解を示した彼。……さらにおなじ夜、おなじ鉢田「何某」二等兵のそっぽを向いたように無骨《ぶこつ》な「好きで坑夫になったとじゃなかであります。十幾つんときから坑内い下がっちゃおりましたばってん応した彼。……」という返答にたいしても、言わば軍階級を超えた平民的連帯感においてしっくり反応した彼。……

そういう大前田の側面像が、私の心中にくっきり畳み込まれていた。この男が戦地で暴行虐殺を実行したのか、という私の感慨ないし疑惑は、右のごとき（私の中に蓄《たくわ》えられた）大前田の側面像と縺《もつ》れ合って、単純ならざる陰影に覆われていたのである。

特に近年、この世の他者は、ことごとく、私の精神にとって要するに異境の人、路傍の存在であった。窮極的にはそれはそうであるよりほかはなかろう、と現在も私は考える。しかしこのごろ私のその観念にも、いささか別個の要素が忍び込んで来つつあるようでもあった。むろんそれは、ここ屯営内に起居する将校下士官兵の全部または一部が、私の精神にとって要するに異境の人、路傍の存在ならざる何物かに変化した、ということではない。それでもたとえば私は、私が、村崎一等兵に主として親近感を、神山上等兵に主としてうとましさを、他の古年次兵たちにさしあたり消極的関心を、将校下士官連に主として否定的関心を、同年兵の全体に主として抽象的連帯感を、その一部に主として具体的共感を持ってきている、と言えば言うことができるであろう。

さてそれならば私は、私が大前田に主としてどのような感情を持っている、と言うことができるであろうか。私は、私が彼に憎悪を持っている、と言えば言うことができる。私は、私が彼に怒りと反感とを持っている、と言えば言うことができる。しかしそれと並行的に私は、私が彼に同感、感心、諒解のような何物かを持っている、と言えば言うことができるようである。そしてその上でやはり私は、私が彼に主として反感、憎悪、怒りを持っている、と言えば言うことができるのであろう。

　暴行虐殺の実行者は異相鬼面の人でなければならない、と私は、妄想しているのではなかった。暴行虐殺の下手人《げしゅにん》は人間的・民衆的肯定面のかけらをも所有するはずがない、と私は、空想しているのでもなかった。名に負う暴行虐殺者としての大前田像と、彼の積極的側面像とが、しかし私の意識内で、水に油と違和分裂し、彼の全体像が、朦朧《もうろう》と拡散して、私は、奇妙な惑乱を覚えずにはいられなかったのである。

　戦争そのものが、そもそも本質的に暴行殺人の遂行ではあろう。かつまた、おもねらない、透明な、激しい気性の持ち主杉山の（戦場の現実に関する）黙秘なり、鷗外作中一兵卒の「かしこのさまは　帰らん日／妻に子どもに　母父《おもちち》に／われは語らじ　今ゆのち／心ひとつに　秘めおきて」なりが、戦争戦地戦闘一般の敵味方双方における暴行殺人的実態を搦《から》め手から照明しているのでもあろう。それにしても私は、私の虚無主義にもかかわらず（？）確信せざるを得ないのであるが、大前田が行なった（とつたえられる）残虐行為と虐殺とは、戦争戦地戦闘が本来不可避的に要求するであろう暴行殺人の埒外《らちがい》に出ているのである。

　中学生私が読んだ長谷川伸《はせがわしん》の小説の中で、ある白昼、江戸の町家に独居《ひとりい》の中年増《どしま》を旅の無頼《ぶらい》が訪れておどす、という場面があった。中年増が、弱味を見せじと対抗して、「ここはお江戸の真ん中、いまは真っ昼間だよ。あたしが一声立てりゃ、お前さんは……。」とか言う。それにたいする無頼の徒の「江戸じゃ昼日中の人殺しはねえのかい。」というような科白《せりふ》に、私は感心した。また高校生私は、高田浪吉《たかだなみきち》かの著書の中で、大正時代の一歌人作「うつそみの血を吐きしとは思ほえずあまりに澄める秋の青空」を見て、これにも感心した。

一見全体的に安穏平静な日常的生の流れのそこかしこにも、絶えず波瀾異常は突発生起しているのである。しかし戦争戦地戦闘は、まるまる一つの宏漠《こうばく》たる非常非凡な時間空間ではないか。

それは昼夜晴雨寒暖の別にかかわらぬ事柄ではあったけれども、私が、たとえば日華事変下の気象温和な一日、陽光のあまねく行き渡った郷国の大地に立って、限りない大空を見霽《みは》るかしたりしていると、いまこの刹那《せつな》にもこの世界のどこかで大がかりな人間同士の殺し合いが進行しているという事実は、信じがたく幻怪に非現実的に私に思われるのであった。また逆に、たとえどんなにそれが信じがたく幻怪に非現実的に私に思われたにしても、この時時刻刻、中華民国南北の戦場、爆音と破裂音と十字砲火との連続下に大規模の殺戮《さつりく》および破壊が現に発生しつつあるに相違ないという認識は、辛抱《しんぼう》しにくいような苛立《いらだ》ちと痛みとを私に突きつけるのであった。あるいはそれらは、なんの奇もない月なみな感じ方に過ぎないのでもあろう。しかしこの世界のどこかに一つの宏漠たる基本的に非常非凡な時間空間が成立現存しているという事態は、いついつまでもどこどこまでも事新しく生生しくわれわれの幻怪でも沈痛でもあらねばなるまい、といまにして私虚無主義者二等兵がふたたび覚悟し始めているかのようである。

そのまるまる一つの宏漠たる非常非凡な時間空間の中で、それが本来不可避的に要求するであろう暴行殺人の埒外に出た悪事非道を実行した（と自他共に許す）大前田が、姿形《すがたかたち》も身拵《みごしら》えもわれわれと変わりなくここに寝起きをし飲み食いをし談笑をしているということは、これまたおりおり信じがたく幻怪に非現実的に私に思われてくる。……非常非凡な時間空間の中でも超非常超非凡な出来事をその手で為し遂げその目で見届けた人間ないし非人間は、どのようにして事もなげに尋常《じんじよう》平凡な時間空間の生活にふたたび入り込むことができているのであろうか。……それが、私の覚える奇妙な惑乱の他の一つの原因であるらしい。

年来心がけていくらか多くの書物をも読んできた私が大前田から受け取るこの惑乱は、人間と社会とにたいする現実的・具体的知識理解が私に欠乏しているという事情を冷ややかに実証するようであった。人間と社会とにたいする現実的・具体的知識理解の私における不足は、大前田の過去現在からだけでなく、堀江、白石、神山、村崎、冬木、橋本、室町、曾根田、鉢田、谷村、吉原らの言行からも、また兵営生活一般における各種の実情からも、何度か私が思い至らせられた事柄でもあるが。そしてもしもこの世界のどこかにおける一つの宏漠たる基本的に非常非凡な時間空間の成立現存という事態が、いついつまでもどこどこまでも事新しく生生しくわれわれの幻怪でも沈痛でもなければならないのであるならば、おのずからまた『私は、この戦争に死すべきである（私は、この戦争すなわちこの幻怪沈痛のまにまに死すべきである）。』という私の決定は、いちおう人間としての偸安《とうあん》と怯懦《きようだ》と卑屈と以外の何物かであり得たかにみえて、しかも実はそれら以外の何物でもあり得なかったのではなかろうか。ここに、私の覚える奇妙な惑乱の第三の要因が、存在するようである。

＊

大前田の性格に偏執狂的・加虐変態的な要素が見られるとはいえ、もしも彼が戦争戦地戦場に行かなかったのであったなら、彼は私が音に聞くような暴行虐殺者にもなりはしなかったのであったろう、という（無意味かもしれぬような）仮定を、たまたま私が立てて考えたこともあった。そういう仮定が無意味か有意味かを私は未だ見極めることはできなかったが、あたかも今日大前田が吐露《とろ》したのは、ほかならぬその間の消息であった、とも私に（または客観的に）解釈せられなくはないのである。

……「生きたまんまの人間様を丸焼きにするとにゃ、たった二分間ありさえすりゃええ」云云は、人間生命一般の果かなさ脆《もろ》さ、なかんずく戦火の直中《ただなか》における同種の事情についての慨嘆的表現か。……「そげなもんじゃないよ。そげなもんじゃあられんよ。」ないし「村崎よ、お主はまだよかほうぞ。」は、――そこに年少将校白石と同年次兵下級者村崎との両方にたいする一定の示威が含まれていたにしても、――戦地に引っ張り出されないこと（すなわち「いろいろなこと」暴行虐殺類を「わが手でやってみてわかる」ような目に会わせられないこと）こそが、各人の幸福である、人間は、戦地に持って行かれたら、否応《いやおう》なしにそんな不幸を経験させせられる、というごとき批判的・自嘲的意見の表明か。……

……そういう内容が、大前田の自供から（客観的に）取り出されることもできるであろう。あるいはそういう内容が、彼の主観における一面の真意であったかもしれない。たとえそれがそのとおりであったにしても、自分は火炙りの執行人であったと彼が自白したという事実が消えてなくなるのではなく、彼が虐殺者ではなかったということになるのでもない。「生きたまんまの人間様をわが手で丸焼きに」した男は、飽《あ》くまでも虐殺者であったのである。しかし、もしも大前田の主観における一面の真意が右のとおりであったのならば、彼は彼自身が虐殺者（加害者）であって同時に犠牲者（被害者）であったと告白したことにもなるのであろう。……

……彼は、戦争または軍隊の犠牲者の一人として、戦争、軍隊およびかつての余儀なき虐殺者（彼自身）にたいする批判、鬱憤《うっぷん》、あざけりを計らずもあのような形で吐き出したのか。

……彼が実行したような事柄は、戦争戦地戦闘が本来不可避的に要求するであろう暴行殺人の埒外に出た悪逆無道でなければならない、というのが、現在（例の虚無主義にもかかわらぬ）私の確信または要請である。ところで大前田は、彼らが行なった悪逆無道もまたこの「聖戦」その在外「皇軍」が本来必然的に要求してきた暴行殺人の埒内における所業に過ぎなかった、と証言したのか。……

……それならば私は、私の本源的に正当なはずの確信が、少なくとも現前のこの「聖戦」その在外「皇軍」に関する限り、観念的要請としてさえも無意義、滑稽、感傷的、成立不能である、としたたかに思い知るべきであるのか。……「少なくとも現前のこの『聖戦』その在外『皇軍』に関する限り」？……「私の本源的に正当なはずの確信」？……それともそもそもその種の悪逆無道は、あらゆる戦争あらゆる参戦軍隊が本来不可避的に要求する暴行殺人の埒内における行為であるのか。……

……たとえばナポレオン時代のスペイン戦争における「無数の残虐行為」、いわゆる「スペインに処女なし。」の悪名高い伝説を、私も至極大雑把に承知している。しかし『暴力論』のジョルジュ・ソレルは、一大佐のスペイン戦争従軍回想記を援用しつつ、例の悪名高い伝説をある意味において否定していた。それによれば、フランス軍外征下のスペインにおける虐殺および残虐行為は、フランス兵士たち（一定期間の正規訓練を経て「戦争に特有なる道徳」を体得せる兵士たち）の所為《しょい》ではなかったそうである。「戦争に特有なる道徳」という語句がそこに書かれていたのを、私は忘れていない。戦争関係の一切は憎悪ならびに復讐的精神を伴うことなく遂行せられるのであり、戦争中の軍隊は「純闘争的性質」を持つのである、とジョルジュ・ソレルは一般的に認定していた。言い換えればソレルも、私と同様に、虐殺、残虐行為、悪逆無道は、戦争と参戦軍隊とが本来不可避的に要求する暴行殺人の埒外に出た行為である、と確信していたのである。……

……いや、やはり虐殺、残虐行為、悪逆無道は、戦争一般、参戦軍隊一般が本来不可避的に要求する暴行殺人の埒外に出た所業でなければなるまい。……私が忖度《そんたく》する大前田の主観における一面の真意には、「盗人猛猛《ぬすびとたけだけ》し」もしくは「盗人にも三分の理」というような嫌いがあり、しかしながらそれ以外それ以上の意味もたしかにある、とどうしても私に考えられるけれども。……いずれにしろ彼は、「戦争に特有なる道徳」などが具体のこの「聖戦」その戦地において一片の笑止な観念的感傷でしかないことを、目撃者、体験者、証人として陳述したのであろう。……無条件平和主義者でない私が是認も肯定もしていないこの「聖戦」その在外「皇軍」に関して、おそらくそれはそのとおりなのにちがいあるまい。……それだからといって火炙りを実行したという彼の自白が帳消しになるのではなく、その彼が虐殺者ではなかったということになるのでもないが。……

　私の頭の中をむなしい堂堂めぐりのような想念が駆け足で通行するうち、白石少尉の靴音は、とっくに聞こえなくなっていた（たぶん彼は、第一班の演習をでも監督し始めたのではなかろうか）。それでも大前田軍曹は、われわれの頭越しに旧砲廠のほうを見やったまま、元の地点にだまり込んで立ち尽くした。いまはだいぶん上向いたそのもともと艶《つや》のよい丸顔が、下三分の二ほどに日の光を受けて、ひとしお赤らかな健康色に照った。だが、その眉、目、口の表情は、かなりきびしく強張《こわば》っていた。それは、晴れやかでは、とてもなかった。

六

何かを思いめぐらしているのかいないのか、その大前田は、それなりになお数十秒間、微動もしなかった。目前四、五メートルの白日下に実在するそれが現身《げんしん》の虐殺者か、とまた思い入って見直す私は、私の内側で、大前田の全体像がかえっていよいよ茫漠と拡散して、あの奇妙な惑乱がさらに濃密にとどこおったのを、感じていた。

……いましがたも大前田は、ここ聯隊の真ん中、新兵訓練実施の最中、上官白石少尉の鼻先で、「赤紙《あかがみ》はばら蒔《ま》き放題の臣道実践」その他と辛辣《しんらつ》な国策攻撃、軍隊非難を揚言し、その一風《いっぷう》の平民的辯口によってとにもかくにも村崎の難関突入を未然に防止したのである。「どだい一つだけでも顎を出しとったとに」が日華事変への、「またぞろそれに輪《わ》を掛けた別の大事《おおごと》を始めてしもうて」が大東亜戦争への、赤裸裸《せきらら》な民衆的批評であることは、誰の耳にも紛《まご》う方なく明らかでなければならない。そしてそのおなじ口が、立ちどころに一転して、既往の火炙り虐殺実行を自供したのである。……ここに現存するこれが現身《げんしん》の虐殺者か。……

――私の新聞社にも、むろん日華事変従軍記者、中華民国特派員の経歴を持つ幾人かがいた。彼らも、「戦争に特有なる道徳」ごときが現実的には有名無実に過ぎないようなこの戦争その戦地の諸局面を——記事にはしなかったのであるけれども、——口頭ではひそかにつたえたのである。直接または間接に私も社内でそれらを聞いていた。しかし彼らは、目撃者ではあっても、実行者ではなかった。

昭和十三年〔一九三八年〕晩春、石川達三《いしかわたつぞう》作『生きてゐる兵隊』掲載号の『中央公論』が発売禁止処分を受けた。ただし同誌同号はひとたび各地の書店に到着してのち押収《おうしゅう》せられたから、少部数は非公然に世間に出ていて、福岡市の古本屋でも、顔馴染《なじ》みの客は、あるいはそれを求めることができた。私は、橋口《はしぐち》町モロヤマ書店で、その初夏には一冊を手に入れたのであった。

＊＊＊

モロヤマ書店主は、福岡県立朝倉《あさくら》中学校から慶応大学経済学部専門部に進み、そこを卒業してのち、急に思い決して東京神田の一古書店に数年間奉公して修業した上で、昭和の初めごろ〔一九三〇年ごろ〕福岡市で古本屋を開業した、といういささか風変わりな人物であった。私は、高校一年の時分からモロヤマ書店にもよく行っていたけれども、平素その店主が言葉数の少ない一見無骨《ぶこつ》無愛想な人であったせいか、してまた私もその点でおっつかっつな男であったせいか、最初の一年数カ月間は用件以外の口を利いたことがなかった。ところが高校二年の晩秋、ふとしたことから私は、モロヤマ書店主とたいそう親しくなり、以来ずっとこの店主の好意親切によっていろいろな書物を（そのころは市場に少なかったマルクス主義・共産主義・革命運動関係のめずらしい本などをも）安値で（またしばしば「あるとき払いの催促なし」で）わが物にすることができた。

すなわちクララ・ツェトキン著 "Erinnerungen an Lenin"（『レーニンの思い出』）、エミール・ヴァンデルヴェルデ著 "Three Aspects of the Russian Revolution"（『ロシア革命の三局面』）、マックス・イーストマン著 "The End of Socialism in Russia"（『ロシアにおける社会主義の終末』）、マックス・イーストマン著 "Since Lenin Died"（『レーニン死後』）、アウグスト・タールハイマー著 "Eine verpasste Revolution ?"（『流産させられた革命？』）、J・レンツ著 "The Rise and Fall of the Second International"（『第二インタナショナルの興亡』）、マックス・ベェア著 "Fifty Years of International Socialism"（『国際社会主義の五十年間』）、ウォルター・デュランティ著 "I Write as I Please"（『随想録』）、ウォルター・デュランティ著 "Duranty *reports* Russia"（『デュランティのロシア報道』）、アーサー・ランサム著 "The Chinese Puzzle"（『難問』あるいは『中華民国の謎』）、アレグザンダー・ケレンスキー著 "The Crucifixion of Liberty"（『自由の抑圧』）、ジョージ・ソロモン著 "Among the Red Autocrats"（『赤色独裁者連の中で』）、アンジェリーカ・バラバーノフ著 "My Life as a Rebel"（『叛逆者としてのわが生涯』）、オットカール・ツェルニン伯爵著 "In the World War"（『世界大戦の中で』）その他を私が僥倖《ぎょうこう》的に手に入れることができたのも、おおかたモロヤマ書店主のお蔭であった。――もう一人、福岡市下名島《しもなじま》町（市内電車万《よろず》町停留所の近傍）で昭和十年（一九三五年）から三、四年の短期間だけ営業していた古本屋先進堂書店の若い主人（開店当時二十七、八歳）からも、私は、少なからざる恩恵をこうむった。

これらの書物を読み得たことから、私は、特殊な利益および教訓を受け取ったのである。たとえばニューヨーク・タイムズ社元モスクワ支局長ならびに元パリ支局長ウォルター・デュランティ著“Duranty *reports* Russia”〔一九三四年刊〕の中には、次ぎのごとき「パリ発一九三一年六月十七日」の日附を持つ論説なども収められていた。

The essential feature of “Stalinism”, which sharply defines its advance and difference from Leninism and which is the key to the comprehension of the whole Five Years Plan, is that it frankly aims at the successful establishment of socialism in one country without waiting for world revolution. The importance of this dogma, which played a predominant role in the bitter controversy with Leon Trotsky and later with the “rightists” (right-wing Russian communists), cannot be exaggerated. It is the Stalinist “slogan” par excellence, and it brands as heretics or “defeatists” all communists who refuse to accept it in Russia or outside.

〔「スターリン主義」の基本的特色、――それは、スターリン主義のレーニン主義からの前進および異同の端的な表示であり、かつまた全「五カ年計画」理解の手引きであるが、――その基本的特色は、それが世界革命を待たずして一国における社会主義の成功的建設を直截《ちょくせつ》に目指すということである。レオン・トロツキーならびに後年における「右派」との苛烈な論争において顕著《けんちょ》な役割を演じたこの教条の重要性は、実に筆紙《ひっし》に尽《つ》くしがたい。一国社会主義の成功的建設は、スターリン主義の第一義的「スローガン」なのであり、そしてそれは、ロシアの国内においても国外においても、すべてのそれを承認しない共産主義者にたいして、異端者または「敗北主義者」の烙印《らくいん》を押すのである。」

Curiously enough, Karl Marx himself, in one of his earlier letter, described this theory as a fallacy and an illusion. Lenin, too, in his early belief that the World War would end in a stalemate, from which a proletarian revolution would be the only issue, was reluctant to admit that a single socialist state could flourish in a capitalist —therefore hostile—world. Trotsky, after characteristic indecisiveness (he once told a Communist Youth meeting in Moscow that world revolution was “far, far beyond the mountains”), tried to use Marx and Lenin to convict Stalin of heterodoxy.

〔奇妙千万なことにも、カール・マルクスその人は、彼の初期の手紙の一つにおいて、この理論（一国社会主義論）が誤謬《ごびゅう》にして幻想であるということを述べた。世界大戦は結局膠着《こうちゃく》状態におちいってしまうであろうこと・ただプロレタリア革命のみがそこから結果するであろうことを早くから信じていたレーニンも、単一の社会主義国家が資本主義的な——したがって敵対的な——世界の中で繁栄し得るという理論を、なかなか容認したがらなかった。トロツキーは、彼の特徴的な煮え切らぬ態度をもって（かつてモスクワの「共産青年」集会で彼は世界革命が「山山の遥かな遥かなかなたの」ことでしかないという演説を行なった）、マルクスとレーニンとを援用しつつスターリンを異端として断罪しようと試みた。〕

Stalin had a clearer perception of Russia’s possibilities and the reserves of untapped energy in her people, hardly less “virgin” than her soil. He saw, too, that the Soviet Union was not "one country" in the sense in which Marx wrote, but a vast self-sufficing continent far more admirably fitted by its natural configuration and resources and by the character and ways of its population for a communist experiment than the compact industrial state, like England, that Marx prognosticated.

〔スターリンは、ロシアの将来性とロシア人民に保有せられたる未開発活動力の（ロシアの大地にもほとんど劣らぬ）「処女性」とを、いっそう明らかに認知していた。またスターリンは、ソヴェト連邦が、マルクスの書き表わしたような意味においての「一つの国」ではなくて、かえってその自然の配置および資源のゆえに、かつまたその住民の特性および風習のゆえに、共産主義の実験にとって――マルクスがそういう実験にとって最適と予測したイギリスのごとき緊密な工業国よりも――遥かにおどろくべく似合わしい宏漠たる自給自足の大陸である、ということを、認めていた。〕

It can fairly be argued, no doubt, that Stalin may have been pushed further by the controversy with the Trotskyists and the rightists and by the enthusiasm of his younger followers than orthodox Marxism would approve. Indeed, such noted revolutionaries as Emma Goldman and Angelica Balabanova, with whom the writer recently talked, unite with Trotsky in accusing Stalin of "perverting" or even "betraying" the revolution.

〔トロツキストや右翼反対派やとの論争によって、また彼の年少信奉者連の熱狂によって、スターリンは、正統マルクス主義が是認する限界を踏みはずさせられたのではないか、という事柄についてでは、もちろん大いに論議の余地があり得るにちがいない。なるほど、最近筆者が面談したエマ・ゴールドマンないしアンジェリーカ・バラバーノフのごとき著名な革命家たちも、スターリンを、革命の「歪曲者《わいきょくしゃ》」として、もしくは革命の「裏切り者」としてさえ、非難することにおいて、トロツキーと揆《き》を一にしているのである。」

＊＊＊

『生きてゐる兵隊』も、「戦争に特有なる道徳」などが具体のこの「聖戦」その戦場においては観念的感傷でしかあり得ないような諸様相を、ある程度まで物語っていた。しかしそれも、目撃者の証言ではあっても、犯行者の自発的口供《こうきょう》ではなかった。……ここで私が耳に聞いているのが下手人の肉声か、いま私が目に見ているのが現身《げんしん》の虐殺者か、――それが、私の直接的・中心的な思い惑《まど》いでなければならなかったのである。

ようやく何かの思案からわれに返ったかのごとくに、大前田は、少し顎を引き加減にし、胡乱《うろん》な目つきであたりを見まわしたあげく、その斜めうしろ約一メートルで神山が待ちかねたように大前田を見つめていたのと間近に面《つら》を突き合わせる恰好になった。予期しなかった曲者《くせもの》に出くわしたという見かけで、大前田は、上体をつっと左にかたぶけ、左足を半歩後方にずらした。

「なんか、神山。ナンゴテ〔なぜ〕班長をそげんじっと見とったとか、うしろから。」彼の顔つきは私に見えなかったが、その口調には、まるで人が一身上の秘密に関する探偵にたいして現わしでもしそうな動揺と怒りとが、滲《にじ》んだようである、「うぅ？　ナンゴテか。」

「は？　……はい。」神山は、意外な見幕《けんまく》の詰問を突きつけられて面食らったとみえた、「『ナンゴテ』と言われましても、……別に、その、……何も……理由はありませんが……。」

「うんにゃ、ないことはない。なんか訳のあって、うしろからじっと睨《にら》んどったとにちがわん。聞かんでも、おれにゃたいがいわかっちゃおるとじゃが、……言うたらよかじゃろう？　あっさり言うてみぃ。」

大前田が神山にむかってこういう詰め寄り方をしたことは、私の知る限り、これまでになかった。彼の様子は、いささか取り乱し気味でもある。かねてしばしば彼の言行は、傍人の意表に出て「ナホ鬼神モ端倪《タンゲイ》スベカラザルゴトキ」変動を呈してはきた。しかしそのような変幻自在とは別口の、もっと特殊な余裕のない状況を、私は、ここの彼から見て取らざるを得なかったのである。……「聞かんでも、おれにゃたいがいわかっちゃおるとじゃが」？……いかなる心的機転が、彼を駆り立てたのか。いかなる内部衝迫が、彼を支配しているのか。

「『睨む』とかなんとか、そんな、……いえ、班長殿のお言葉ではありますが、神山は、……その。……。」さすがの神山も、大前田の動機不明な奇襲を持て扱ったというていたらくで、へどもどした、「ない袖は振られ……、うっ……、つまり……理由なんかは特になんにもないのであります。」

「なにぃ、『ない袖は振られん』ちゅうとか。そりゃ、こげなときに使うはずの言葉か。借金の催促でもされたとのごと、そげな取って付けたようなことを言うて、逃げ散らかすな。本音を吐かんか、本音を。」

『韓非子《かんぴし》』の「五蠹《ゴト》」に淵源《えんげん》せる「長袖《チヤウシウ》善《ヨ》ク舞ヒ多銭《タセン》善ク買《カ》フ。」がもっぱら支払い能力にかかわる以上、「ない袖は……」もまた同断なのかもしれないが、なんにせよ大前田は彼自身の急場に臨んでも（傍目《おかめ》には）ずいぶん滑稽的な理窟詰めを愛用する男ではある、と私は考えて痛み入った。すると、たちまち私の心裡に、その点でも彼と私とはたがいに似通《かよ》っているのではないのか、というあまり愉快でない反省が降って湧いて来た。しかもその小憎《こにく》らしい反省を、私が無下《むげ》にはしりぞけかねた。私は、私の奇妙な惑乱が一段と深まるのを意識していた。

　私が察するに、神山は、身に覚えのない濡《ぬ》れ衣《ぎぬ》を着せられ、新兵なみに責め立てられて、一時は戸惑い、やがて中《ちゆう》っ腹《ぱら》になったのであろう。彼は、一歩半右横に移って大前田との間隔を伸ばすと、心の陣容を立て直したように儀式張って申し上げた。

「班長殿。神山は、練兵開始に関する御命令を待って、いつものとおり班長殿に注目致しておったのであります。神山だけではなく、村崎古兵も他の全員――」言いながら神山は、左方の村崎に目をやって、後者が（先ほどから終始）知らぬ顔の半兵衛のような西のほうに向いているのを見つけた、「あ、元へ、村崎古兵はどこかあっちのほうを見ておったようでありますが、そのほかは全員が班長殿に注目しておったはずであります。」

「なんや、『全員が』？　うぅ。」やはり大前田の様子が普通ではなかった、「全員がずっと班長を睨みつけとったとか。」

「いえ、決して『睨みつけとった』というような……。」

「うぅう、そうじゃろう。わかっとる。睨んどったとじゃろう。睨むなら睨め。睨んでも構やせんぞ。……おい、お前たち。」両側の新兵たちから挟《はさ》み撃《う》ちをでも食らったかのように、にわかに数歩東にたじたじとあとしざりをした大前田軍曹は、前車を背にしてこころもち前かがみの姿勢で立ち止まると、眉尻目尻の吊《つ》り上がった凄《すさ》まじい血相を南側の列から正面の砲側《ほうそく》へ、さらに北側の列へと一巡させてのち真向《まむ》きに返したのといっしょに、右腕で左腋《わき》の下から身辺《しんぺん》の光を払って右横へと半月形を描き終わってのち、その腕を前方真一文字に突き出し、たなごころを俯《うつぶ》け、五本の指を黒揚羽《くろあげは》の宙《ちゅう》に舞う羽根のようにひらひらと数秒間振動させた、「めずらしいか。人を殺したちゅうとが、そげんめずらしいか。人殺しがめずらしゅうして、お前らみんなが、化《ば》け物《もん》ばし見たごたぁる目つきで、班長を睨みつけとったとか。うぅ、めずらしいなら、ようと見とけ、ようと睨んどけ。隠しゃせんぞ。この手じゃ。この手でおれが何人も何人も殺してやったとじゃ。ええか。」

この陰気な「ええか」には、慣行に反しても誰も「はい」を叫ばなかった。誰も叫ぶことができなかったのであろう。とにかく私は叫ぶことができなかったのである。

真冬とはいえ、大気は夏蜜柑《なつみかん》色の陽光を存分に孕《はら》んで生暖《なまあたた》かく、練兵中断のここにたたなわれる時間中にも第一班および第二班の下士官兵が発する掛け声、怒鳴り声、物のひびきは引き続いていた。しかし私は、大前田軍曹の背中を前車の蓋板《がいはん》にへばりつかせたような身構えを、誰人かが人声物音《ひとごえものおと》の絶えた湖底の薄明《はくめい》に立ち竦《すく》んだのを見るように、狂乱の夜のマクベスを見るように、一瞬戦慄《せんりつ》しつつ見入って、われとはなしに目をそむけた。

……まちがいなく私自身は、先刻来「化け物ばし見たごたぁる目つき」で大前田を凝視していたのであったろう。だが、全員がさっきからそのような目つきで大前田を見つめていたのであった、とは私は考えない。全員の一部がそうであった、とも私はほとんど考えない。大前田は、架空の敵意群を向こうにまわして、一人相撲《ひとりずもう》の物狂いを演じているのであろう。しかもその大前田を一個の道化と見立てておもしろ半分に見物しているような兵は、現在ただいま、一人もいないに相違あるまい。――大前田から目を放した私は、いつの間にか村崎が東むきになって大前田の足元附近に鬱然と視線を伏せているのに気づいたとともに、神山や北側三個分隊の誰彼やの面上にむしろこのとき初めて「化け物ばし見たごたぁる目つき」が現われたのを、まざまざと見ることができたようである。

　何かの気配を感じて、私は、また大前田に目を向けた。彼が一歩前に踏み出て、背筋をすっくと伸ばし、小銃に「着け剣」をする場合のように左手で逆に帯剣の柄《つか》を握るのを、私は認めた。『抜くか。』と私が息を凝らした。そうではなく、その左手をぐっと前下に、彼は、突っ張った。これが軍刀なら、刀室《とうしつ》が反《そ》りを返されて長く凛々《りり》しく後方《しりえ》に踊り上がったであろうが、三十年式銃剣の短い一本調子の鞘《さや》は、幼児の勃起せる陰茎《いんきょう》のように、こぢんまりと地味に斜めに逆立《さかだ》った。この短小なチンボコの突起が、しかし無残な殺気を放った。

「めずらしがって、ようと見ろ。貴様らも、人殺しのめずらしいうちが花じゃろう。いまに貴様ら全員が、人殺しなんかいっちょもめずらしゅうもおかしゅうもない場所に連れて行かるるとじゃ。……こら、貴様ら。おれが殺したとは、人は人でも、日本人じゃないぞ、支那人ぞ、チャンコロぞ、敵ぞ。敵を殺したとの、どこがめずらしいか。どこが化け物か。おぉ？　貴様たちゃ、戦争をなんと思うとるとか。なんのための戦争と思うとるとか。遊び事じゃないぞ。綺麗事《きれいごと》でもありゃせんぞ。なんのための小銃か。なんのための火砲か。なんのための——。」最前の陰《いん》に籠《こ》もった調子から（怯《おび》えの心中にわだかまれる影を削《そ》ぎ落とそうとするかのように）いちじるしく攻撃的な態勢に打って出た大前田が、苛立《いらだ》たしげに左肘《ひじ》を屈して銃剣を平常の帯剣状態に復すると、その剣身をずいと半ば抜き上げるや否や、発止《はっし》と鍔鳴《つばな》りをさせてふたたび鞘に納め、地踏鞴《じたたら》を踏むような小刻みの足取りで三、四歩前に動いた、「なんのための銃剣か。殺すためじゃろうが？　人殺しをするための道具じゃろうが？　味方だけが持っとりゃせん。敵も持っとる。殺さにゃ殺されるだけのことよ。うんと余計殺したほうの国が勝つとじゃ。それが戦争よ。それが戦地の軍隊よ。どこの国のどげな軍隊が、負くるために戦争するとか。そげなバカはなかろうもん？　そんなら敵ちゅう敵は殺して殺し上げて、土地でんなんでん取って取り上ぐるとじゃ。見てみろ、四国やらどこやらじゃ百姓どもが、水もろくに引かれん山の上んほうまで田圃《たんぼ》作りをしてふうふう言うとるちゅう話かと思や、対馬に来てみりゃ山ばっかりの、どこちゅうて満足にゃ田も畠もなかじゃろうが？　対馬だけのことじゃないぞ。だいたい大日本帝国の暮らしちゅうとは、そげなもんよ。大将やら大臣やら博士やらが上《うわ》っ面《つら》だけどげん体裁《ていさい》のええごたぁることを仰せられましても、殺して殺し上げて、取って取り上ぐるとが戦争じゃ。……ふむ、それが忠義ちゅうことにもなっとろうが？　臣民の義務ちゅうことにもなっとろうが？　誰が決めたとか、おれはよう知らんが、そげなことになってしもうとる。——違うか。おぉ？」

　大前田は、問いを投げて口をつぐみ、野砲のすぐ真うしろまで十一、二歩ずかずかと前進した。ちょうど四番砲手が「目標。」という号令に応じて立ち上がったときのように、彼は、両足を左右一歩間隔に開き、わずか前に倒した上半身の両手で照準桿副木《しょうじゅんこんふくぼく》を握ると、中央射界をきっと注視する形になった。問いにたいするわれわれの返答を期待したふうでもなく、彼は、その姿勢で鳴りを静めた。

私は、彼の「違うか。おぉ？」を聞いて、「いいえ、違いません。」と答えねばならぬような気持ちに強く突き動かされながら、皆とおなじように何も言わなかったのであった。彼の激情が赴《おもむ》くままにぶちまけられたであろう戦争哲学は、それなりに一本立ちの風格を持っているとみえた。「耕《タガヤ》スコト山腹ヨリ山顚《サンテン》ニ至ル、貧ノ極ナリ。耕サザルコト山腹ヨリ山顚ニ至ル、亦《マタ》貧ノ極ナリ。」というような内容を実際的に語った彼の農民的着眼にも、私は、感心せずにはいられなかった。彼が知らぬにちがいなかろうその成句を私は知っていたけれども、そしてまた津阪東陽著『薈瓚録《ワイサンロク》』（化政度〔ほぼ十九世紀第一四半分〕脱稿？）中の「対馬ハ米一粒出来ザル地ナリ、鮮米ヲ以テ国中ノ食トス、今モ交易シテ取来ルナリ、『三国志』ノ『倭人伝』ニ、『対馬ノ国ハ土地山険ニシテ良田無シ、舟ニ乗リテ南北ニ市糴《シテキ》ス。』トシルセリ、此方ノ人ハ却テ知ラズ、彼方ニテハ筆マメニ書伝フルヲ以テ三国ノ時ヨリ既ニ知リテアリ、『聖ハ知ヲ得ル』ト謂フベシ。」という記述を読んで覚えていたけれども、対馬なり四国なりの実地に立脚して大前田のごとく端的《たんてき》な感じ方・見方をすることは従来私にできなかったのである。まだ多くの何かを吐き散らさねば彼は治まらないのであろうか、と私は、斜めうしろから彼の頑丈な軀幹を打ち眺めて想像していた。この間、神山上等兵は、さりげなく行動を起こして、北側三個分隊の最左翼まで退却しおおせた。

「違わんじゃろう？　違やせん。」大前田は、数呼吸ののち照準棍から両手を放し、くるりとまわり東面の仁王立ちになって、彼の設問にみずから答えた、「違おうが違うまいが、どっちでもおれはあんまり構わんぞ。構やせんが、そげんことになっとる。それじゃけん、百姓しとりさえすりゃええはずのおれまでが、人殺しに召し出されて、足かけ四年も支那三界《さんがい》をいのちからがらうろつきまわらにゃならんじゃったとじゃ。やっとのことで生きて帰って来りゃ、一服したかせんかに、またもありがた涙の零《こぼ》るるごたぁる二度の、——いんにゃ、二度じゃなか、三度じゃ、三度の御奉公ちゅうわけで、いまごろは麦踏みでもしとるどころか、こげな海ん中に持って来られて、遅かれ早かれ南方要員にまわさるる身が、おんなじ軍隊の貴様たちから、あさましゅうめずらしがられとる。引き合やせんぞ。何がめずらしいか。人殺しのほかに、どげな御立派な仕事があると思うて、貴様たちゃ兵隊になっとるか。『敵を散散《さんざん》殺したる／勇士はここに眠れるか』ちゅう歌の意味を、胸に手を当ててようと考えてみろ。」

大前田は、「懲《こ》らしたる」を「殺したる」と適切にも改竄《かいざん》して覚え込んでいるのであろう。彼の感情激発にも潮の満《み》ち干《ひ》のように起伏が生じるのか、大前田は、しゃべり進むにつれて不断の状態を半分ぐらいは取りもどしたようである。

営門の方向で、「歩調取れ。」という裂帛《れっぱく》の叫びが上がり、部隊の行進するひびきが急に際《きわ》立って、もう一つの大声が「かしら、右。」と号令するや、喇叭《らっぱ》曲「皇御国《すめらみくに》」一回が嚠喨《りゅうりょう》と吹奏せられた。「直れ」の号令がそのあとに続いた。これは、将校の指揮する武装部隊が営門を入ったのにたいして、風紀衛兵が、衛舎前整列の敬礼を行なったのにちがいない。行進の地ひびきは、刻刻として強まり、教官佐伯《さえき》少尉の「肩《かた》へ刀《とう》」をして指揮する初年兵部隊（半数は小銃携持）が、すぐに私の視野の左端（右射界）に歩み入って来た。

《『陸軍礼式令』第一篇「敬礼」第七章「衛兵ノ敬礼」第八十三条は、左のとおりである。

衛兵ハ天皇、皇族、王（公）族及左ニ掲グルモノニ対シテハ銃若クハ槍ヲ執リ銃若クハ槍ヲ有セザル者ハ此ノ限ニアラズ門外又ハ衛舎前ニ整列シ敬礼ヲ行フモノトス但シ天皇ニ対スル場合ノ外ハ其ノ所在ノ門ヲ出入スルトキニ限ル

一　軍旗

二　将校ノ指揮スル武装シタル部隊

〔後略〕

《また同第一篇第六章「上級者ニ関スル敬礼」第二節「部隊ノ敬礼」第一款「停止間及行進ノ敬礼」第七十二条に、左のごとき明文が、存する。

〔前略〕武装セル部隊ニ在リテハ「皇《スメラ》御国《ミクニ》」一回ヲ吹奏スルモノトス

《また『砲兵操典』第一部「附録」其ノ一「刀及喇叭ノ操法」第四は、次ぎのとおりである。

中隊長以上ノ各級指揮官（自動車ニ乗レル場合ヲ除キ徒歩編成ニ在ルトキハ小隊長ヲ含ム）ハ集合及運動間通常抜刀ス但シ戦闘ニ際シテハ所要ノ時期ニ於テノミ抜刀スルモノトス

《また同第六は、次ぎのごとく指示している。

停止間徒歩ニ在リテ刀ヲ抜クニハ左手ヲ以テ刀ノ柄ヲ前ニ向ケ其ノ拇指《ボシ》ヲ内ニシ佩《ハイ》環《クワン》ノ所ヲ握リ右手ヲ以テ刀ノ柄ヲ握リ刀身ヲ抜キ右臂ヲ右前方ニ高ク伸バシ恰《アタカ》モ玆《ココ》ニ一節ヲ示スガ如クシテ速カニ肩刀《カタヘタウ》ヲ為シ同時ニ左手ヲ下ロス
肩刀《カタヘタウ》ノ方法ハ刀ノ柄ヲ右手ノ拇指ト食指及中指トノ間ニ保チ他ノ二指ヲ刀ノ柄ノ外ニ附シ其ノ手ヲ右髖骨《クワンコツ》ノ稍々《ヤヤ》下方ニ著ケ刀身ヲ垂直ニ立テ刀背ヲ肩ニ托シ少シク肘ヲ後方ニ出ス》

戦闘的な喇叭の高鳴り、鯨波《げいは》のような軍靴のとどろきが、大前田軍曹のそちらを顧みることなく立ちつづけた心理に、なんらかの影響を及ぼしたのか否か、私は、うかがい知ることができない。もうこのへんで鎮静し終わるのかとも私に推測せられた大前田が、間歇泉《かんけつせん》の噴出のように、またもや勃然と色を作《な》して口を開けていた。
「考えたか。うんにゃ、考えちゃおらん。考えちゃおらんけん、まだそげなシロシイ〔鬱陶しい〕目ん玉で人の顔を見とるとじゃ。班長の命令が聞かれんとか、貴様たちは。……胸に手を当てて考えろ、と班長は言うたとに、なんでそのとおりにせんとか。どいつもこいつもツチクラワス〔ぶんなぐる〕ぞ。言われたら言われたごと、胸に手を当てるとじゃよ。気をつけ、じゃ。気をつけ。手を胸に、当て。」

　まさか大前田も初手からそれを実行問題として口に出したのではなかったのであったろうに、いまや「胸に手を当てて」は彼にとってもわれわれにとっても単なる比喩《ひゆ》ではなくなったのである。編上靴・巻脚絆・帯剣姿の南北全員が、さながら体操の場合のように、「不動ノ姿勢」を取って、両手の平を胸に当てた。大前田が、砲側にむかって「こら、貴様たちも、せんか。ボサーッとするな。」と怒鳴った。そこで六名の砲手も、あたふた起立して、右に倣《なら》った。私は、私がどんな顔をしているべきであるのか、見当も付かぬような気分であった。おおかた誰も彼もが、私と似たような気分であったのではなかろうか。大前田によるこの比喩の強引《ごういん》な具体化光景は、営庭の一異彩であるにちがいなかった。

「そうじゃ。胸に手を当てて考えるちゅうとは、そげなふうにするとじゃ。さぁ、ようと考えろ。ようと考えろよ。」

　次ぎ次ぎに私に聞こえて来た佐伯少尉の号令から（目下《もっか》はそちらを見られなくなっている）私が察するに、初年兵三個班縦隊は、右射界に併立《へいりつ》縦隊となって停止し、次いで北面の中隊縦隊を作った。彼らは、ただちに解散を命ぜられる様子である。屯営外（練兵場か演習砲台か）から彼らが帰営したということは、午前の兵業終了時間がすでに来たか・またはまさに来つつあるか、を示すであろう。だが、白石少尉の「練兵止め。」という指令は、まだ出ないのである。もしかしたら初年兵部隊は、いくらか早めに帰って来たのかもしれないが。

　大前田軍曹は、架尾の位置から右めぐりに、直径三メートル強の円周上をのそのそ歩いて、全員が熱心に考えているかどうかを検閲するように、睨《ね》めまわし始めていた。兵たちは、皆とりどりに、一心不乱の思索熟考を見せかけるための深刻らしい顔つきを拵《こしら》えたようである。私も、皆に学ぶことを心がけた。私自身は、大前田の命令または督促を受けなくても、彼の言論から多くの感想思案を誘発せられていたはずなのに、このように「胸に手を当てて考える」ことを強制せられては、かえって何かをとくと考えることができにくいのであった。

それでも私は、早く白石少尉の「練兵止め。集合。」という呼び声が天降《あまくだ》って、この笑止でもあり厳粛でもあるような一段にけりがつけばいい、とは、あまり思わなかった。このあとさらに大前田が何を語り何を行なうであろうかに、私は、興味本位ではまったくない（それどころか冒険的ではあろう）関心と期待とを抱いた。その私の中には、以前の分とはまた別個のうそうそした疑いが根差してもいたのである。

その不安な疑いの内容実体は、まだほとんど私に明瞭ではなかった。明瞭なのは、それが大前田の戦争談義から誘発せられたということ、しかもそれが私自身にたいするうそ寒いような嫌疑にほかならないということであった。胸に手を当てるという理想的な反省態度で、私は、私自身にたいするその不分明な嫌疑の輪郭《りんかく》を、おぼつかなく摸索《もさく》していた。

……私は、自分が封建的・保守的な人間ではないと信じてきたのであり、まして自分が封建的・保守的でありたい人間ではないと信じてきたのである。私は、自分が進取的な自由人でありたい人間であると考えてきたのであり、のみならず自分が進取的な自由人であり得ると考えてきたのである。……だが、私の主観はさもあらばあれ、果たして私の客観は、そのとおりであったろうか、そのとおりであり得たろうか。……

……「文庫より書物を出し給ふ。明け候へば、丁子《ちやうじ》の香いたしたり。」というような文章ないし事柄に感動する私自身を、私は、封建的・保守的とは思っていない。私は、「人中にて欠伸《あくび》仕り候事、不嗜《ぶたしなみ》なることにて候。」とか「惣《そう》じて用事の外は、呼ばれぬ所へ行かぬがよし。」とかいうような思想ないし実践に、進取的な自由人として同意する。『詩経』の「爾《ナンヂ》ノ室ニ在ルヲ相《ミ》ル／屋漏《ヲクロウ》ニ愧《ハ》ヂザルコトヲ尚《コヒネガ》ヘ／曰《イ》フ無カレ顕《アラハ》レズシテ／予《ワレ》ヲ云《ココ》ニ覯《ミ》ルモノ莫《ナ》シト」もさることながら、「独居《ひとりゐ》の窓深くたれこめて、花鳥《はなどり》の世をわびしや人目なき折《をり》にも、男が膝は崩すまじきものなり。」と斎藤緑雨が例の『ひかへ帳』に書いているのにも、したがって私は同感する。——すなわち対馬へ向かう博釜連絡船上の私は、嘔吐その他のどんな醜態をも演じるようなことがあってはならないと自戒して、飲食物をも遠ざけていたのであったろうか。……

……私は、「人有リ、自《ミツ》ラ不好話ヲ談ゼズトイヘドモ、他人ヲ誘動シテ談ゼシメ、己《オノレ》スナハチ側《カタハラ》ニ在リテ衆ト共ニ聞キ、之ヲ快咲《クワイセウ》シ、以テ一場ノ興ヲ取ル。太《ハナハ》ダ失徳タリ。究《ツヒ》ニ自《ミツカ》ラ不好話ヲ談ズルト一般ナリ。」というような主張に、封建的・保守的ではない青年として賛成する。——さてこそ過ぐる夜の私は、私が大前田の珍問にたいする沢柳の珍答「賤ガ岳の九本槍」に失望した自己を認識したとき、例の愚劣な「正解」をみずから提出せねばならぬと最終的に決心したのではなかったろうか。……

——『ひかへ帳』の分は別であるが、それらは、そのいずれもが封建時代著述の（封建倫理にかかわる）書冊中の指摘であり見解である。なかんずく『言志四録』は、『士道』とともに、これを少年私が目に読んだより以前に、それらの数章節句を幼年私が耳に聞き覚えた書物である。つまり私の父は、幼年私に「武士の子は」式訓誡を垂れるに当たって、よく佐《さ》藤一斎《とういっさい》ならびに山鹿素行を引用したのであった（ただしこの父は、私の小学校中級以後、ほとんど私にたいして何事をも教訓せず何事にも干渉しなかった)。

私は、自己を進取的な自由人と信じてきて、我流虚無主義をも進取的な自由人としての最後の選択のようにも考えてきたけれども、その実、封建的・保守的な諸観念によって従来少なからずしばられていた(現にしばられている)のではあるまいか、——胸に手を当ててわが疑いの中身をそそくさと検索《けんさく》した私は、そのような要約にとりあえず行き当たることができた。それが、私自身にたいするうそ寒いような嫌疑の内実、少なくとも内実の一部であるらしかった。

大前田の戦争談義とその嫌疑とが、どういう実質的因果関係を持つのかは、依然として霞か霧かのかなたの物象のごとくにおぼろであった。だが、もはやみたび野砲と前車との間に黙然たる監視の運行を繰り返した大前田が、その軌道からつと逸《そ》れて、われわれ南側四個分隊の左翼に歩み寄るのを、私は見た。そこに私の注意が惹《ひ》きつけられた結果、うそうそした疑いに関する私の内省はそれなり中断せられた。

誰に白羽の矢を立てたか、大前田は、「おい、ようと考えたか。」とおさえつけるように問うた。

七

大前田に答える新兵の名告《の》りは、即座には出なかった。それは、自分がたずねられているのであるということが当人にわからなかったためであろう。「うぅ、貴様じゃ。ボサボサし

——。」と大前田が言い出した途中から、例のごとくやりっ放しの高声早口を投げ出したのは室町である。

「ハァイムロマチニトウヘイハヨウトカンガエタデアリマァスオワァリ。」

「うぅ、この、上《うわ》ん空でお経読むごたぁることを言うとるが。手を下ろせ、といつ班長が命令したか。手は胸に当てとけ。何をようと考えたとか。」

室町の上官にたいする返答は、たいてい「あとは野となれ山となれ」の一番勝負方式を取る。その一番で先方が愛想を尽かすか肩透かしを食ってあきらめるかすると、首尾は上上であるが、さもないと、彼のいちじるしく精彩を欠く二番目以後の応答は、彼自身を窮地におとしいれることが少なくない。室町が今朝食後の出来事の主な関係者の一人である上に、どうせここで彼が何かをろくに考えたかどうかはあやしいのであるから、私は、だいぶん心配した。

「はい、……その、……『ここはお国を……何百里』、……あれは——?」私の案に違《たが》わず、室町は、二、三の虚《うつ》けたような断片語を口から零《こぼ》してのち、思い切りよく降参した。「忘れました。終わり。」

私の目の左角で大前田の姿が三、四歩前に躍進して、ビシリッと室町の頬べたが鳴った。

「『ようと考えた』と言うたばかりのその口で、『忘れました』があらせられるか、ヌレーッとして。——大根の煮たとが軍事機密じゃ、なんちゅう忘れたほうがええことだけは忘れん奴が。……うぅ。——次ぎ。貴様は?」

ひとたび「大根の菜・軍事機密」問題を取り出して私をひやりとさせた大前田が、室町にとって不幸中の仕合わせにも、そのくらいで見切りをつけて、次ぎに移った。

「はい、江藤《えとう》二等兵であります。」

「江藤二等兵ちゅうことはわかっとるよ。貴様は、ようと考えたか。どげなふうに考えたか。」

私は、恐怖した。大前田は、こういう具合いに個別尋問をして来る方針なのであろうか。さしあたり私は、どのように答えるべきか、どんなふうに切り抜けることができるか、そういう目安も自信も皆無のお先真《ま》っ暗《くら》なのである。

「はい、ようと考えたとであります……が、あのぉ、『ここはお国』の歌は、ありゃ全部で十何番か……十四番か十五番まであったとじゃなかか、……いま国で百姓しとる一番上のアンジャイモン〔兄さん〕じゃのうして、下士志願をした二番目のアンジャイモンは、始めから仕舞いまで覚えとったとでありますが、江藤二等兵は、七番か八番までしか……あん『どうぞ生きてゐて呉れよ／物なと云へと願うたに』のへんからあとは、あんまりはっきりせんとであります。二番目のアンジャイモンは、漢口攻略戦で戦死してから軍曹に――。」

「ううう、何を言うとるか、貴様は。誰も貴様の兄貴のことなんかたずねちゃおらんよ。どげなことを考えたか、と聞いたとじゃないか。」

私は、江藤の立場を気の毒に思わぬでもなかったけれども、なんとこの男は頭の悪いような無駄言《むだごと》をごてごてとだらしなく述べ立てることか、といささか軽蔑したのであった。その私は、次ぎの江藤の返事を聞いて、なんだか冷や水を浴びせられたような気がした。

「はい。その二番目のアンジャイモンも、やっぱり支那じゃ敵をさんざん殺したことじゃったろう……と考えて、……だいたいあのアンジャイモンは、どっちかと言や気はやさしいほうでありましたが、……そげんことを考えたとであります。」

この前後二つの全体は、ある意味で恐ろしく悪がしこい答辯であろう。百姓江藤のしゃべり方が、愚鈍な人間の駆け引きも外連《けれん》もなしの真情表出であったのか、それとも狡猾な人間の二心に基づく計算上の煙幕作戦であったのか、どちらとも私はわからなくなった。もしかするとそれは、そのどちらでもあるような（本人にとって意識的には前者であり無意識的には後者であるような、またはその逆であるような）習性的保護色の類なのかもしれなかった。彼は、性来決して明敏ではない男のようであるが、それでも日ごろしげしげ同年兵たちにむかって、抜け目のないような口を利《き》いたり、気が利いたようなことをしゃべったり、しているのである。

前から私は、二、三の具体的理由によって江藤を嫌っていた。大前田にたいする彼の答え方にも、私は好感を持たなかった。しかし私は、彼が私にはむつかしいような芸当を苦もなくやって退《の》けた、とここでは積極的に認めた。こういう百姓（のこういう話しぶり）を嘗《な》めてかかるとか淳朴《じゅんぼく》と取り違えるとかした相手は、あとで手ひどい背負い投げを食わせられねばならぬのであろう、というようなことを、私は、「こういう人間の……」でなしに「こういう百姓の……」という感じ方で感じた。

「適当なことを言うちょるが。戦地で殺したり殺されたりするとにゃ、気がやさしいもやさしゅうないもありゃせんよ。ふん。」大前田は、見下げたように鼻を鳴らして、次ぎに移った、「まぁそれでよかろう。——貴様は、どうか。」

「はい、曾根田二等兵。……たしか支那事変からこっち、『ここはお国を何百里』の歌は、傾向のあんまりようないちゅうことになって、あの『軍律きびしい中なれど／是《これ》が見捨てて置かれうか／〃しっかりせよ〃と抱起《だきおこ》し』なんちゅう文句なんかも軍人精神がなっとらんとじゃけん、兵隊では歌うちゃならんごとなった、と人から聞いとりましたが、……曾根田は、軍歌のうちでは、あれが一番ええごたぁって好きじゃったとでありますが、そんならいまでも歌うてよかとでありますか。」

軍歌『戦友』の底流に厭戦《えんせん》的人道主義の思想ないし気分が存在する、という軍部の判断によって、軍隊においては日中事変中いつごろからかそれを歌うことが禁ぜられた、――そんな風説を入隊前に私も聞いていた。もしそれがまことなら、日本超国家主義は、――原詩篇作者ハイネのユダヤ系ゆえにヒットラー・ナチズムが歌曲『ローレライ』をドイツ国民に禁止したのよりも――さらにいよいよ血迷ってきたのであろう、と当時私は思ったのであった。おなじ風説が、曾根田の耳にも届いていたのである。

「戦闘間兵一般ノ心得」八箇条のうちに、「兵ハ常ニ自ラ進ンデ指揮官ノ掌握下ニ入ルコトニ勉ムベシ。所属部隊ヲ離ルルハ特ニ命ゼラレタ場合ニ限ルモノトス。戦闘中命令ヲ受ケズシテ負傷者ヲ介護《カイゴ》、後送シ或ハ任務遂行後ノ復帰遅緩スルガ如キハ軍人ノ本分ヲ傷ツクルモノナリ。」という一箇条が存在する。これが、軍歌『戦友』中の「軍律」である。そして私は、軍律あるいは戦闘要員の覚悟は原則的にそうでなければならぬであろうことを理解し得る。先日の学科時間、「戦闘間兵一般ノ心得」をわれわれに教育した白石少尉は、右の一箇条に関連して、『戦友』の「軍律きびしい中なれど」以下にも軽く批判的に言及していた。

しかし兵隊は『戦友』を歌うべからず、とは、白石少尉も言わなかった。

最初たしかに大前田が、『戦友』の二行を取り出して、その意味を「胸に手を当ててようと考えてみろ。」と命じたにはちがいなかった。それにしても室町を皮切りに、江藤も曾根田もが、もっぱらこの軍歌にこだわったのは、窮余の策であったかもしれない。曾根田の言いぐさは、返答ではなくて、質問であった。大前田は、その曾根田から、まんまとひっかけられたようである。

「なんや、『ここはお国』は歌うちゃならんごとなったちゅうとか。誰が、そげなことを言うたか。」問答は、おかしな方角に進み始めた、「『〃しっかりせよ〃と抱起《だきおこ》し／仮繃帯《かりほうたい》も弾丸《たま》の中』ちゅう歌の、どこが傾向の悪かか。そげなとき、貴様なら、どうするちゅうとか。」

「はい。……いえ、曾根田は、その歌が傾向の悪かとは思うとりません。そげな話を人から聞いただけであります。」

「貴様なら、どうするちゅうとか。」

「さぁ？　曾根田もやっぱり『軍律きびしい中なれど／是《これ》が見捨てて置かれうか』ちゅう気になるじゃろうごたぁります。」

「ふん、そんならそれでええじゃないか。『軍律』？　戦友を見殺しにせろちゅう軍律が、どこにあるとか。」

「はい。……この前、教官殿が、兵隊は戦闘中に負傷者を勝手に介抱することはならんちゅう『戦闘間兵一般ノ心得』を教育されましたとき、あの『〃しっかりせよ〃と抱起し』はまちごうとる、と言われましたから、……それが軍律じゃなかろうかと――。」

「うぅぅ、……教官殿が……、そりゃ、それが軍律じゃろうよ。軍律はそうじゃっても、……うぅ、……」大前田も、これには困ったらしくて行き詰まったが、一息継いでのち、ここでもまた表沙汰《おもてざた》の場面にあるまじき話を、なにか憤然としてぶち始めた、「鉄砲玉の飛んで来ん所でなら、どげな太平楽《たいへいらく》でも言うとらりょうが、本物の戦闘になってみろ、軍律がどうのこうのなんちゅうことよりも、『〝しっかりせよ〟と抱起し』のごたぁる余裕があるかないか、ちっぽけな木の株、草の根、石ころの陰にでも首を突っ込んで這いつくぼうて敵弾から わが身を遮蔽《しゃへい》しょうちゅう最中に、戦友に構うておられるかおられんか、……戦友愛か度胸か知らんが、人の世話を焼いとるほどの気持ちを各人が持っとられるかどうかのほうが、問題じゃ。――おれたちが江西省の南昌の近くに駐屯しとったころ、幹候〔幹部候補生〕から成り立てのほやほや少尉が一人やって来て、不断はえらそうな大口をたたいとったが、ある晩とうとう敵が襲撃して来たときにゃ、塹壕《ざんごう》の奥にへたばり込んで震え上がって、敵が退却してしまうまで、頭一つも上げんじゃったぞ。そげなふうじゃったら、軍律がどうじゃろうとこうじゃろうと、どっちにしろ他人のことを心配するどころじゃなかろうたい。そうじゃろうが？『ここはお国』を歌うちゃならんちゅう命令は、班長は聞いとらんぞ。ありゃ上等の軍歌じゃ。ょぅし、この次ぎの軍歌演習は、『ここはお国』に決めとこう。歌うて構わん。ええか。」

「はい。」と曾根田は叫んだ。

それで曾根田は、大前田の尋問を無事通過するらしかった。結局曾根田は、大前田が出した本来の問いには何も答えずに、それを往《い》なしたのである。

いったいにこの戦地下番「土百姓」下士官大前田の体内には、将校にたいする複雑な反感が巣くっているようであり、同時に戦場未経験者にたいする驕慢な優越感が宿っているようである。彼が、曾根田の「教官殿が、……」云云にたいして、「幹候から成り立てのほやほや少尉」の挿話などを唐突に持ち出した心持ちが、私は、とにかくわかるような気もした。「その隣り。貴様はどう考えたとか。」次ぎの兵に鉾先《ほこさき》を移した大前田は、そこでふと曾根田とのやり取りが本題から横道に逸れていたことに勘づいた模様である、「う？　貴様たちゃ、どいつもこいつも『ここはお国』のことばっかり、ああでもないこうでもないと言うちょるが。……もちっと男らしゅう、はっきりせろ。白水《しろうず》か。貴様は？」
「はい、白水二等兵。……『花も嵐も踏み越えて／行くが男の生きる道』であります。終わり。」

われわれの入隊後、まだ「本格的」な営内演芸会は開かれなかったが、一月下旬のある午後、営外練兵場で約一時間半の余興が、各班別別に行なわれた。そのとき第三班で出演した十二、三人の一人が、この白水であって、彼は、映画『愛染かつら』の主題歌『旅の夜風』、『愛染草紙』を——それらの要所要所に「火筒《ほづつ》のひびきいま絶えて、霧に更《ふ》けゆく戦線の、荒野を遠く流れ来る、歌声悲し君恋し、万感胸に迫り来て、しばし涙で月を見る、窶《やつ》れし影よ津村浩三《つむらこうぞう》。」というような活辯調を折り入れながら、——独唱して、やんやの喝采を博した。

白水の声は、嗄《しわが》れ気味であって、その歌いぶりも、さほど上手ではなかった。しかし彼は、ほんとうに楽しそうに熱演し、「窶れし影よ津村浩三」の名調子に続く「流れ来る流れ来る／君がやさしの歌声悲し／男涙は流さぬものを／なんで泣く泣く荒野の夜風」のあたりでは、「しばし涙で月を見る」かのように三白《さんぱく》の眼指《まなざ》しを斜め上の空中に据えて、彼自身の歌声にうっとりと酔っているとみえたから、聴衆一同は、大いによろこんで誉めそやした。私も、拍手を惜しまなかったのである。

佐賀県神埼《かんざき》町近在の農家に生育して近年は北九州戸畑《とばた》市の町工場で旋盤工になっていた白水は、場末の兄いふうに（いささか軽はずみにも）ほがらかな勇み肌であって、なかなか生きがよかった。余興のおりとは別のある日、彼が、床屋村田、電気技手仲原、印判屋室町らと雑談しながら、「『花も嵐も踏み越えて／行くが男の生きる道』とは、よう言うとるなぁ。そのとおりじゃもん。誰がなんちゅうても、それが男の生きる道に違わん。『花も嵐も踏み越えて』——ううむ、どうしたっちゃ、男はそれで行かにゃ。」と感に堪えぬように力説し、例のごとく両眼を斜め上の空間に向けて三白に見張ったのを、私は、かたわらで見聞した。しかも彼がよくそうする三白の目遣いには、不思議に愛嬌があったのである。

その愛誦歌詞を大前田への返答として差し出した白水は、相変わらず二つの眼を三白に開いたのであろうか。私に見えぬ彼の見得《みえ》を切ったような表情を想像して、私は、心中微苦笑した。

「ふっ、そりゃ『愛染かつら』じゃないか。そげな流行歌が——、ははん。」大前田は、何かを得心したようでもある、「それが貴様の考えたことか。それでどうなるちゅうとか。」

「はい。男は、場合によっちゃ、殺したり殺されたりもせにゃならんし、戦争が始まって是《ぜ》っ非《ぴ》日本が勝つためにゃ、敵をさんざん殺しもせにゃなりませんから、どうしても『花も嵐も踏み越えて』行かにゃならんちゅうことであります。」

「戦地に行ったら、貴様もやるか。さんざん殺すか。」

「そりゃそうであります。」彼の沽券《こけん》にかかわる屈辱的質問が彼に浴びせられたかのように、白水は、意気込んで断言した、「やります。それが日本の男の生きる道であります。」

同年兵の誰にも劣らず白水が、教育終了後の満期除隊を熱望して、引き続きの臨時召集を憂《うれ》え嫌ってきた、ということを、私は知っていた。けれどもまた、この断乎たる決意表明も彼として掛け値なしの本音であろうこと、その断言どおり彼が「戦地に行ったら」勇戦奮闘するであろうことを、私は信用した。

この白水に限らず、室町、曾根田、橋本、冬木、鉢田、仲原らは、いずれも「戦地に行ったら」人一倍勇戦奮闘するのであろう、と私に推《すい》せられた。思えば私は、彼らにたいする私のそういう見方をも因《よすが》の一つにして、私の具体的共感が彼らの上にある、と言えば言うことができるのかもしれなかった。私は、白水の決意表明そのものにたいして少しも不愉快を感じなかった。それにもかかわらず、もしくはそれゆえに、私は、言うに言われぬような苦《にが》い、やる瀬ない情感が込み上げて来るのを留《とど》め得なかった。

早晩私も戦場に出るであろうが、そこで私は何をするつもりであろうか、どのように振舞う心組みであろうか、という（この日ごろ新しくときどき私を悩《なや》まし始めた）疑問も、また私の中にうごめいた。それは、その解答を私がまだ見つけ出していぬ難問であった。

「うむ、そうじゃな、だいたいそういうことじゃろう。よし。」白水の答えに合格点を与えた大前田は、それで尋問を打ち切るつもりになったか、南側二列横隊の右翼（私のほう）にむかって歩むともなく歩みつつ、気分がよほど安定した様子で語りつづけた、「平時でも人殺しはあっちこっちで起こっとるちゅう世の中に、戦争で敵を殺したちゅうあたりまえのことが、めずらしかろうはずはない。ええか。そのぐらいなことは、ちょっと落ち着いて考えりゃ、誰でもわからにゃならん。お前たちも、もうわかったじゃろう。……ふむ、それでも、戦争でじゃのうして、内地で日本人が日本人を殺したちゅうことなら、そりゃ話が違う。そげな本物の人殺しは、おいそれとそこにもおるここにもおるちゅう具合にゃ行くめえ。そのめずらしい本物の人殺しでも、言い換えりゃ地方の殺人犯人でも、案外そこへんに、お前たちのすぐそばにおるかもしれんぞ。……戦争の人殺しなんかが、めずらしいもんか。——のう、そうじゃろうが？」

大前田は、私の斜め左前約一メートルに歩みを止めていた。前列にいる私の左隣りは黒木《くろき》であり、黒木の左隣りは冬木である。大前田は、新兵全般にたいして「のう、そうじゃろうが？」と同意の返事をうながしたのではなかった。彼は、特定の対象にむかって、すなわち冬木の顔を右横に見据《す》えて、そうしたのである。

そのことに特別な意味があるように私が感じるのは、邪推であろうか。だが、必ずしも私は、根拠も資料もなしにそんな感じを持つのではない。今朝も私は、冬木にたいする神山の「自首」、「自分の経験を忘れなかったら」、「あと一年半ぐらいは」、「真人間」というような言葉遣いに不審を起こした。そこから遡《さかのぼ》って、私は、一月最終日曜日、八紘山上で、冬木が「罪本重カルベクシテ犯ストキ知ラザル者ハ其重キニ従テ処断スルコトヲ得ズ。」という『刑法』条項に熱心な興味を示したことを思い出した。その結果、自然に私は、一定の推測へ導かれたのであった。

……冬木の過去は、犯罪と刑罰とに関係があるのではないか。彼は、前科者か。しかし「あと一年半ぐらい」とは何事か。——彼の閲歴身上に秘められた暗影があるらしい、とそれまでにも私は、次第に深く思い入らざるを得なかったのであったが、しかも今朝は冬木自身までが、「班長殿や上等兵殿が言うとられますのが、あのことをみんなの前で言え、ということでありましたら、冬木は、言います。冬木は、無理に隠さなくてもよいのであります。」と申し出ることによって、その私の臆測にもう一つの裏書きをしたのである。……大前田は、「そのめずらしい本物の人殺しでも、言い換えりゃ地方の殺人犯人でも、案外そこへんに、お前たちのすぐそばに、おるかもしれんぞ。」と何かを暗示するような・当て擦《こす》ってあざけるような言いようをしてから、ほかならぬ冬木にむかって「のう、そうじゃろうが？」と相槌《あいづち》を要求していた。「ほかならぬ冬木にむかって」というふうに、私は感じた。それでは冬木の過去にかかわる（と私に想像せられる）罪と罰とは、殺人および懲役でもあるのか、という思いがけない事柄が、私の頭にぽっかり出て来た。しかし冬木が、殺人犯人であり、その刑余者である、とは、私は、容易に信じがたかった。

大前田の「のう、そうじゃろうが？」にたいする冬木の受け答えは、いくぶん暇がかかった。冬木は、何かまた大前田の機嫌に逆らうような、それだけに私の推理にとって新しい手がかりともなるような内容を口外しはしまいか。私は、半ば憂慮し半ば期待したが、冬木は、全然当たり障《さわ》りのないような短い答えを返した。

「……はい。冬木二等兵。……そうであります。」

私は、冬木の顔色を見ることができない。ただその語調は、たいそう重苦しく私に聞こえた。それは、私の気のせいでもなさそうであった。

「そうじゃろう。」冬木を見る大前田の眼が、冷酷な笑いを湛《たた》えて、その唇が、いやしく歪んだ、「めずらしゅうはないよな、お前には。」

以前冬木は、殺人を犯したのであろうか、――私は、（まだ冬木を過去の殺人犯とは信じなかったけれども）、大前田の顔つき口ぶりから、そのような印象をますます強く受け取った。大前田は、少なくともその類の何事かをいやがらせ的に暗示したのにちがいない、と私は考えた。もしも真実に冬木が殺人の前科を持っているのであったならば、この場合、そういういやがらせの実行は、大前田自身の精神衛生上、必要でも有効でもあり得たのであろう。

しかし大前田は、冬木にそれ以上かかずらわなかった。何かを思い出したように、彼は、ぷいと向こうを向いた。今朝の食後、「本人がしゃべりたがっとるんじゃったら、なんでも構わんから、しゃべらせるがええじゃろう。」とけしかけた大前田にたいして、神山は、「それはちょっと具合いが悪――、いや、班長殿のお言葉は、たいへん寛大でありますが、その、そんな我が儘《まま》を許可しましては、教育上よくないのではありますまいか。その点につきましては隊長殿、人事掛准尉殿からも特に注意されておりますので……。」と遠慮がちにも明白な異議を唱えていた。それが犯罪であれ何であれ、冬木の履歴には特異な何物かがあって、しかしその事実を公表することは部隊上部の指令によって禁ぜられている、と私は、帰納的に結論したのであった。

大前田は、その禁令（？）を思い出して、いやがらせを中止したのかもしれない。向こうむきになった彼は、「よし。みんな、手を下ろせ。——休め。」と命じて、やっと全員を珍妙な思索的姿勢から解除した。彼の尋問をまぬがれた私は、両手の平で文字どおりに胸を撫で下ろしたのである。

第四　「隼人《はやひと》の名に負ふ夜声《よごゑ》」

一

先任兵長に引率せられた縫装工務兵の一隊が、戦用被服庫前を経て（ここの三個班各班長に敬礼しながら）東石廊下前に至り、さて解散して、部隊兵舎内に吸い込まれた。彼らは、午前の作業を済まして、縫装工場からもどって来たのである。

野砲五門のうち、第三班用の一門が一番北側に位置しているので、私の現在地点と部隊兵舎正面との最短距離は、二十メートルそこそこである。私は、真正面に（北側列兵のかなたに）中石廊下を舎後まで見通すことができる。中石廊下より二階へ通じる階段も、私に見える。舎後から中石廊下に入って階上階下各内務班へ帰って行く兵たちの姿も、数分前からだんだん私の目についていた。その兵たちも、午前の兵業（使役その他）から解放せられたのでなければならない。

もうわれわれの練兵も昼休みになっていいはずであるのに、白石少尉は何をしているのか、とそれも私に気づかわれていた。今朝は食卓からの解散がむやみに遅れたため、特に本日食事当番のわれわれ九名は、大騒ぎをさせられた。毎朝食後の私的定例行事たる大きなほうの用便を私がとうとう延期せざるを得なかったのは、私個人として大迷惑であった。この昼休みがおなじような状況になることは、われわれ食事当番も私個人も真っ平《まぴら》なのである。……いったい白石少尉は、どういうつもりなのか。大前田も、一人相撲のような物狂いのままに、彼として吐き出したかった物をひととおり吐き出し終わったとみえる。もはやこの場では、私にとって衝撃的かつ教訓的な何事かが彼の口を出て来るようなこともないであろう。……

しばらくのち大前田は、われわれ南側四個分隊を離れて砲側に向かった。私は、私以外の班員たちが大前田の冬木にたいするこの有様をどのように感じたであろうか、と疑っていた。私自身は、やはり大前田が冬木について殺人の前科をほのめかしたのにちがいない（当面それが最も妥当な解釈であろう）、と思った。

……仮りに冬木がそういう前科の持ち主であったにしても、それが部隊上部の指令によって秘密にせられるというようなことがあるであろうか。……どんな必要からか。もしかしたら教育上の必要からか。……なにしろ、そんなこともあるのかもしれない。……だが、それならば今朝の神山の「忘れるのはまだ早い。少なくともあと一年半ぐらいは、しっかりと覚えとくのだ。」という言いぐさは、なんのことか。……「前科」？　……「あと一年半ぐらい」？　……殺人―逮捕―裁判―宣告―前科―入獄―出獄―刑余、「あと一年半ぐらい」？

突如として「仮出獄」という概念が、私の意識に踊り出ていた。「懲役又ハ禁錮ニ処セラレタル者改悛ノ状アルトキハ有期刑ニ付テハ其刑期三分ノ一無期刑ニ付テハ十年ヲ経過シタル後行政官庁ノ処分ヲ以テ仮ニ出獄ヲ許スコトヲ得。」と『刑法』に定められた制度が、「仮出獄」である。「仮出獄」中の人間も徴集ないし召集の対象になるのか否か、私は知らない。しかしもしも冬木が「仮出獄」中の殺人前科者であるとすれば、神山の「あと一年半ぐらいは」云云もまた異様でも不可解でもなくなり得るであろう。それにまたかえって完全な刑余者ではない仮出獄者に関してこそ、なるたけ当人の前歴を公開することがない、というような「温情主義」的配慮が、支配権力（軍ならびに行政官庁）によって行なわれるのではあるまいか。

それでは冬木は仮出獄中の殺人犯なのか（どうして彼が人を殺したのか）、と私は思い迷ったが、いくら私が頭をひねったところで、それは、さしあたりそこから先には追い迫りようのない問題であった。そして、野砲の左横に立ち止まった大前田を眺める私の脳裡では、先にいったん現われてそのまま立ち消えになっていた一つの着想が、「前科」ないし「仮出獄」問題を押し退《の》けて息を吹き返して来たのである。

先刻、大前田の火炙り物語りは、火葬場の臭気とともに、隠坊、封建遺制的身分、部落民という一連の事象を、たちまち私に連想させた。その上その物語りのすぐ前にも、大前田は、元隠坊の内務班員がいることを明言しながら、その本人を明かさない、という割り切れない態度を現わして、私の注意をそそっていた。彼の割り切れない態度は、誰が隠坊であったかを指摘することはすなわち誰が部落民であるかを明るみに出すことになりかねない、という習俗的実情から出て来たのではなかったか、第三班の新兵中に（特に今朝から私が薄薄《うすうす》勘繰《ぐ》っていたように）部落出身者がいるのではないか、――そういう思いつきが、私にひらめいて、しかし実際上私の思考は、人間の焼ける臭い、死刑、虐殺、戦争と残虐行為との方面へ展開したのであった。

白石少尉が「隠坊まで、来ておるのか。どこにおる？」とたずねたとき、大前田は「隠坊は、……」と言いさして、明らかに砲側を顧みた、おおよそまちがいなくその動作は、第五分隊の一員が隠坊であったことを意味したようであった。そのことを手蔓《てづる》にして、ここで私は、砲手六名の誰が隠坊であったのかを割り出そうと試みた。

その答えは、簡単に見つかりそうであった。六名のうち、現在一番の谷村は三井鉱山の社員、同二番の鉢田は「十幾つんときから」の坑夫、同四番の市丸は福岡市役所の水道課員、同五番の村田は理髪師（彼の父親は飯塚市の理髪店主）、同六番の富田は長崎市のデパート事務員（長崎中学卒）。むろん私は、この五名の誰もが以前に隠坊であったことはない、と断定することはできなかった。そんな断定のための確実な根拠は、何一つ私になかった。しかし私は、彼ら各人の経歴なり現職なり学歴なりから見て、彼ら五人が隠坊であったことはあるまい、とまず（常識的に？）推定した。この推定はまずまちがいはなさそうである、と私は思った。あとには、現在三番の橋本だけが残る。橋本は貧乏農家の子弟であって、彼本人も主に農業に従っていた、とだいぶん前に彼の口から私は聞いたのであった。

砲側では、大前田が、「お前たちは、定位に就け。――う、そうじゃ、『何某』は、交代じゃ。三番、……こら、橋本。お前は、鉢田と代わって、砲身を正しく水平にせろ。」と指令した。私は、その声を聞きながら、もし元隠坊の新兵が第五分隊員六名の中にいるのなら、それは橋本ではあるまいか、橋本が元隠坊であったという蓋然性が最も大きいのではなかろうか、おそらくその新兵は橋本であろう、とほぼ決定的に推論していた。

すでに現役初年兵たち、縫装工務兵たち、その他多くの古年次兵たちは、各内務班にくつろいだ。それは、やがて「めし上げ」の呼集が行なわれるべき時刻の到来を示しているであろう。ところが「練兵止め」の指令はまだ発せられず、大前田は、第五分隊の二番と三番とに交代を命令して、しちくどくも砲身水平問題を蒸《む》し返し始めた。その上、鉢田と入り代わって二番を担当するのは、問題の橋本である。

もし第三内務班に部落民がいるならば、それはたいてい橋本であろう、と私が短い間に結論した理由は、ひとり第五分隊員六名の中から言わば消去法的に橋本以外の五名を除外したことの結果にだけあったのではなかった。それには、三、四時間前の出来事が、少なからず影響していたのである。

――今朝、神山上等兵は、「暗がりから牛」のような橋本のしぶとい申し立てを前にして、何かを紙片にこそこそ記入し、それを大前田に渡した。さらにその紙片は、ややためらい気味の大前田から堀江隊長に呈上せられた。堀江隊長が、一読して苦い思案顔を作った。私に不明なその内容に関して堀江隊長と神山、大前田との間で行なわれた問答は、なんとも内証事のように、臭い物に蓋をするように、いかがわしい効果を伴った。そしてその名残の中で、堀江隊長が、私にとってはいぶかしくも「地方での身分」を云云したのである。……「地方での教育、地位、身分の高い低いは、軍隊にはなんの関係もない。兵隊は、すべてひとしく陛下の赤子《せきし》じゃ。……地方での身分を卑下してひねくれたり、するようなことがあってはならんぞ。」……「やはりお前〔橋本〕は、だいぶんひねくれておるな。軍隊の上官は、下級者にたいして誰彼の差別なしに一視同仁じゃ。」……

もし私が虚心に聞いたならば、それは軍隊（の上官）にありがちの似非《えせ》平等主義的説教に過ぎないのでもあったろうが、私は、他意をもって聞かざるを得なかったのである。おのずからそれらの現象は、私の心に不吉な疑惑の苗を植えつけ、それが一定方向へ成長することをうながした。それ以来、私の頭に、その一場の経緯が暗に物語ったのは橋本が（「卑下」に値する「低い身分」と俗世間が目《もく》している人間）部落民であるということではなかったか、神山は「別の方面」すなわち中隊の某三年兵から教えられたというその事実をあの紙片に記入したのではないか（その某三年兵は橋本の郷里に近い地域から徴集せられて来た男であるかもしれない）、というような疑いの靄《もや》が、そこはかとなくたゆたってもいた。大前田が、端《はし》なくも（?）隠坊の存在を口外し、そのことに関連して橋本（たち六人）のほうを振り返ったとき、『果たせるかな。』という直感的な思いが、早くも私を掠《かす》めていたのであった。

――日華事変勃発の年、「ありゃみんな穢多《えた》ちゅうことばい。穢多じゃなからにゃ、隠坊にゃならんと。」と私の叔母がささやいた盛夏の一日からのち、入隊までの四、五年前に、私は、江戸期学者文人たちの諸著作ならびに日本社会史経済史法制史関係の進取的な現代諸著書における「穢多」ないし「特殊部落」への論及のほかにも、西村文則著『水平民族史物語』、岡本弥著『特殊部落の解放』、高橋貞樹著『特殊部落史』、阿部弘蔵著『日本奴隷史』などを読んで、部落の歴史と現実とに関する若干の文書的知識を得ることができた（私は、明治の福岡県人柳瀬勁介《やなせけいすけ》著『社会外の社会穢多非人』の存在を知って、読みたいと願ったが、その機会に恵まれなかった）。部落（民）にたいする隠微な、あるいは公然たる差別の現実相は、少年時代から私の見聞範囲内にかなり入っていた。現代では、公式的には、そういう封建的「身分」は、存在しないということになっていて、しかし現実的には、彼ら「一部同胞」の「身分」は、公然の秘密として「穢多」、「ちょうりん坊」、「四つ」、「新平民」、「特殊部落民」なのであった。

その後も私は、すべての隠坊は「穢多」（部落民）である、という私の叔母の説が、今日でも普遍的な事実であるかどうかを、究明することはできなかった。けれども部落関係諸著書によって私が考えるに、古来、隠坊、墓守など、死人の処置、墓場の保護の類には賤民《せんみん》が従事した、あるいはそれらの従事者が賤民とせられた、あるいはむしろ賤民がもっぱら従事したゆえにそれらの仕事もまた賤業と見做された、というのが、「神国」日本の歴史的現実であるらしかった。それに、また、これは狭い地域における必ずしも十分に正確ではない資料に基づく私の推定であったが、少なくとも九州北部中部地方については、隠坊は部落民である、もしくは隠坊は部落民であることが多い、という事情は、おそらく現存するらしかった。それはあらまし全国的にもそうではあるまいか、それが帝国日本の象徴的現実ではなかろうか、というのが、――もし「好奇的」という語が、しばしば実用的には、物好きな、とか、物見高い、とかを意味するとすれば、――私の「好奇的」ならざる想定でもあった。

……大正五、六年〔一九一六、七年〕ごろ、福岡市で発行せられていた一新聞が、市内高《たか》天原《まがはら》火葬場の部落民隠坊（ひいては部落高天原の全住民）にたいする露骨な侮蔑の記事を掲げた。憤激した部落民老若三百余人が、同新聞社を襲撃して、打ち毀《こわ》しを行なった。警察は、その夜から翌日にかけて、高天原部落青壮年のほとんど全部約五百人を検挙し、弾圧した。これは、全国水平社創立よりも数年前の劃期的事件である。……私は、二十数年の過去とはいえ、身近な場所で、そういう隠坊・部落民差別の特徴的な出来事が生じていたということをも、一人の当時を知る縁者から教わって感動したのであった。

従来私が二度ほど行った泉山《いずみやま》火葬場（福岡市南郊）も、たしか市営であって、一般に火葬場は、地方公共団体の経営であろうと私に推察せられた。それならば、そこで屍体の焼却に直接たずさわる人人は、地方公共団体の雇員とか傭人とかその類でなければならなかった。「隠坊」が、その正式な職名かどうかも、私に疑わしかった。泉山火葬場の隠坊三名は共に部落民であるという事実を、その間私は突き止め、他に同種実例三箇所の存在を正確に承知した。しかしながら、昭和十年代（一九三〇年代後半）の現在においては、部落民だけがその職に就《つ》いているとは決まっていまい、いわゆる「普通人」が就職していることもあるであろう、とも私は想像した。したがって隠坊は部落民である、あるいは隠坊は部落民であることが多い、というごとき考え方は、――それは、私の推定であるよりも以前に、（その地方における）通俗の観念であったが、――地方自治体の特定業務従事者全体にたいする一つの新しい差別を固定化することにもなるのであって、人は（私は）、こういう考え方をかりそめに（つまり「好奇的」に）採用するべきではないのであった。それでも、誰某は隠坊であると指摘することが、ただちにその誰某が部落民であることを意味する、というような習俗の現実は、たしかに存在してきたのである。

水平（部落解放）運動または融和事業の現状に不案内な私は、日華事変下の日本軍隊（軍部）が部落出身兵にたいしてどういう態度を取ってきたか、そこにどんな問題があったか否か、をも知らなかった。たぶんただ上からの偽善的な融和主義政策が軍隊でも行なわれてきたのであろう（それだから公式的・表面的な差別圧迫はひととおり存在しなくなったのであろう）、とは、私も考えることができた。それが、帝国主義的侵略戦争遂行途上の国家権力にとって、ひとしお必要であるに相違なかった。

ある兵の部落民たる事実が中隊長、教官、人事掛准尉、内務班長らに判明しても、中隊長、教官は、「鞏固《キョウコ》ナル団結ヲ完成スル」ために、人事掛准尉、内務班長は、「兵ヲ愛護シ相互ノ親和ヲ図ル」ために、ひとまずそれが表立たないようには執《と》り成しつつ、その半面では、それを兵隊訓育上の重要な参考にするのではないか。「中隊長ハ部下ノ個性ヲ審《ツマビラカ》ニシ其ノ長ヲ伸べ短ヲ訓《ヲシ》ヘテ修養ヲ完《マッタ》カラシムルニ勉《ツト》メ殊ニ賞罰ノ行使ニ注意シ且処罰者ニ対シテハ其ノ犯行ノ動機ヲ究明シテ爾後《ジゴ》ノ教化ニ遺漏《ヰロウ》ナキヲ期スベシ。之ガ為ニハ部下ノ家庭其ノ他個人ノ実情ヲ明ニスルコト緊要ニシテ要スレバ兵ノ父兄、地方官公吏、在郷軍人会、青年訓練所、青年団、学校等ト連繋スベシ。」が『軍隊内務書』の一箇条である。また同書は、「兵ノ身元調査ヲ為シ」を人事掛准尉の、そして「兵ノ身元〔中略〕等個人ノ実情ヲ熟知シ」を内務班長の、重要な職務の一つと定めている。

……例の紙片をめぐる堀江、大前田、神山の話しぶりが忌まわしい内証事のように不明朗な陰影を伴ったこと、のみならず最後まで堀江隊長が橋本の根強い自己主張にたいして威圧一点張りの手段を取らなかったことの理由は、右のような事情と関係があったのではなかろうか。堀江隊長が大前田、神山、村崎を食堂の一隅に集めて行なった訓告の主内容は、部落出身兵の取り扱い方に関していたのではあるまいか。――今朝来、私は、そんな疑いを五十パーセント以上肯定的に抱いていた。大前田が元隠坊の新兵を（わざと）名指さなかったとき、私は私のその疑いを八十パーセント以上肯定した。そういう大前田は、ただたまたま隠坊にたいする世俗的偏見を顧慮しただけではなくて、またそこで不意に軍の融和主義的部落民対策（今朝も彼に与えられたであろう訓告内容）に心づいたのであろう、と私は思ったのであった。

しかし私は、橋本よりも、かえって冬木のほうが、部落出身兵なのではあるまいか、という別の疑問をもっていた。

……今朝、例の紙片を受け取って一読した堀江隊長は、まず一瞬橋本を睨み、次ぎに冬木を四、五秒間見つめてから、神山らとの奇怪な問答に取りかかった。そのすぐあとでも堀江隊長は、冬木に突然（初めて）言及した。それまで冬木は、「大根の菜・軍事機密」問題の圏外にいたのであった。そのため私は、その紙片に書かれているのは、橋本のことではなくて、冬木のことであろうか（ただし当面の状況に無関係な冬木について、神山が、ここであわてて何事かをわざわざ上申する必要もなさそうであるが）、とも考えざるを得なかった。

……

そこから私は、万一あの紙片内容が部落出身兵の存在を指示していたとすれば、その兵はむしろ冬木であるかもしれない、という想定にも行き着いたのである。そしてその想定は、神山の「冬木はどっちにしろあんな人間だし、……。」とか、階級不明な夜間巡察中衛兵の

「そっちの、なんとか太郎も、冬木の仲間か。」とか、大前田の「冬木。……身のほど忘れるんじゃないぞ。」とか、冬木自身の「僕だって、天皇陛下への人なみな忠義は尽くされるつもりですよ。」とか、いうような胡散《うさん》臭い言いぐさと、かなり見合ってもいた。私は冬木の身上に犯罪と刑罰とを臆測したにはしたけれども、それにはなんらの動かぬ証拠もなかったのであった。

先刻たしかに大前田は「隠坊は、……」と言い出しながら砲側を見返って中止した、と私は見做《な》したものの、それとても第五分隊員六名中に元隠坊がいるということの十分確定的な証明ではなかった。野砲の北側で東むきに立っていた大前田は、実はまずひたすら南側の列(冬木のほう)に振り向けた彼の視線を、咄嗟にわざと砲側へ流したのかもしれなかったのである。

私が冬木自身から聞いた話によれば、彼は十六、七歳から入隊時の二十五歳まで(初めは大きい印刷会社の、次ぎは小さい印刷所の)活版工であった。私は、冬木の話を疑いはしなかった(活版工の新兵は第三班に(冬木のほかには)いないようであるから、今日大前田が「活版屋」の存在を語ったのは、冬木の話を裏づける一現象でもあろう)。彼が最初の印刷会社秀巧堂を退職した事情は、私にわかっていない。それから次ぎの印刷所への就職までにどれほどの月日が過ぎたのか、その間彼はまるまる失業していたのか、二つとも私は知らない。もしも冬木が火葬場で働いたことがあったのならば、それは、その初めの印刷会社勤めと二番目の印刷所勤めとの中間期の出来事ででもあったろうか。しかしどういう訳か、私の頭の中で、冬木と隠坊とは、あまり都合よくは連合しなかった。ともあれ冬木が部落出身兵ではなかろうか、という疑問をも、なお私は持ちつづけたのであった。

その後大前田が「人殺しなんか、めずらしゅうはないよな、お前には。」と冬木に吐きかけた事実によって、私の心は、冬木の過去に犯罪と刑罰とを仮定するほうに、より多く傾斜してはいた。それでもやはり私は、第三班の誰が部落出身兵なのであろうか、という問題に関して、橋本に七分・冬木に三分の疑いを掛けていたのである。

鉢田と交代して二番の定位に就こうとする橋本を、私は、その七分の疑いの目で見ていた。先日橋本は、私が貸した曰《いわ》く付きの下駄のせいで、私の代わりに、不慮の災難をこうむりながら、私を防衛するため、彼一個の保身を軽《かろ》んじて、しかも事後にその要点を私に知らせなかったのである。あとで私は、目撃者曾根田から教えられて初めてその真相を知り、特に橋本がその要点を私に語らなかったことに感服した。しかしそののち今日まで私は、その点について橋本に何も言わなかった。事態は卑近であっても、橋本の行ないには大切な意味があり、それは、私などにはなかなか実行しがたい事柄の橋本による質朴《しつぼく》な実行である、と私は考えた。

その日以来、私は、橋本にたいして、「恩を感じると腹のなかにたたんで置いて／あとでその人のために敵を殺した」という詩句の心のような心持ちを、人知れず持ってきた。その上、今朝も私は、彼の孤軍奮闘する姿から、なんとも執念深くて粘り強い土性骨を、あるいはなんだか泥臭くて朴訥《ぼくとつ》な元気を、ありがたく見て取ってもいた。彼が部落民であろうとなかろうと、その私の心持ちに毛頭《もうとう》変転があろうはずはなかった。あるいは私は、仮りに橋本が部落民であるならば、彼にたいする私のその心持ちはひとしお深まり・彼にたいする私のその共感はいっそう強まるであろう、というふうにも感じたのであり、同時にそんな感じ方について多少の反省をも意識したのである。

彼が部落民なのではあるまいか、という推量を抱いて、私は、橋本が照準座に腰を下ろすのを見守った。しかし私の主要な心がかりは、私の推量の当否にではなく、大前田から命ぜられた役目を橋本が恙《つつが》なく果たし得るか得ないかにあった。……もしも橋本が砲身を正しく水平にすることができなかったなら、その失策が大前田を今朝の腹癒《はらい》せにむかってまっすぐに駆り立てる公算は小さくないであろう。……

二

私が前に気づいたとおり、第五分隊の訓練は、最終回（第六回――「砲手一巡繰上がり交代」の五度目）に至っている。その最終回で三番の定位に就いていた橋本は、第一回の二番砲手として、射撃用意および解除の訓練をともかくも通過して来たのである。それならば橋本は、砲身を正しく水平にすることができるはずではないか。……

それにもかかわらず私は、懸念せずにはいられなかった。……橋本も（他の第五分隊員四名も）、正規のやり方を理解して修得することなく、鉢田とおなじように、単に目分量だけによって砲身をほぼ水平にしていたのではなかろうか。最終回に鉢田が二番に繰り上がってから、初めてまた大前田も、その操作が正規に行なわれたか否かを検討してみる気になったのではあるまいか（どうも演習の経過は、そんなふうであったと私に思い出される）。……

——砲身は、われわれの目分量のみによってでも、おおよそ水平にはなる。しかし、われわれは、それを正確に為し遂げるためには、表尺に附属する高低水準器を用いねばならない。『砲兵操典』が「表尺ニ射距離ヲ装定スルニハ右手ヲ以テ解脱環ノ攫爪ヲ前方ニ圧シ左手ヲ以テ表尺ノ下端ヲ、要スレバ右手ヲ以テ其ノ上部ヲ握リ之ヲ略所望ノ高サニ置キ攫爪ヲ静カニ旧ニ復シ蝸状螺桿ノ転輪ヲ廻ハシ最後ニ表尺ヲ上ゲテ所命ノ距離刻線ヲ表尺坐筒ノ上縁ニ一致セシム。」と言っているのは、一番砲手が、たとえば「四千五百。」という号令に基づいて、その射距離（四千五百メートル）を表尺に装定する操法である。射距離の遠近変化による表尺の上下移動に伴って、高低水準器（ノ気泡管）の気泡は、前後いずれかに片寄る。この気泡の片寄りは、砲身の現角度（現在の射角）が現射距離（現に表尺に装定せられた射距離）に未だ対応していないことを指示する。

すなわち次ぎに必要な二番の作業は、「眼ヲ高低水準器ノ上方ニシ左手ヲ以テ高低照準機ノ転把ヲ廻ハシ要スレバ右手ヲ添ヘ気泡管ノ刻線ニ対シ気泡ヲ前後対照ナル如ク静止セシム」ることである。……高低照準機ノ転把が左か右にまわされるのにつれて、砲口は上がるか下がるかし、その反対に砲尾および砲尾に接続する表尺坐筒は下がるか上がるかするから、表尺は後方か前方かにかたむき、ひいて高低水準器の気泡が気泡管内を向こうにか手前にか移転する。……二番が高低照準機ノ転把をまわして気泡を気泡管の中央に導き終わるとき、砲身の現角度は表尺上の現射距離と正当に対応する（表尺上の現射距離が長ければ長いほど、それに対応する砲身の現仰角はますます大きい）。——これが高低照準の操作である。

射撃用意において、表尺は、満下せられる（表尺の「満下」とは、表尺坐筒ノ溝に挿入せられた表尺がぎりぎり一杯に押し下げられることである)。満下せられた表尺の零メートル距離刻線は、表尺坐筒の上縁に一致する。言い換えれば、この場合の表尺には、必然的(自動的)に射距離零が、装定せられる。二番が、そこで高低照準を行なったら(気泡を気泡管の中央に導いて静止させたら)、零距離の射角が、火砲に附与せられることになる、――つまり砲身は、正しく水平となるのである。

このことが、鉢田は、わからなかったのであった。橋本は心得ているであろうか、というのが、私の懸念なのである。むろんそのやり方は、他の射撃用意および解除の諸操法とともに、あらかじめ昨日われわれに説明せられていた(主として神山上等兵が、みずから手本の動作を示しつつ、講義した)。またその以前にわれわれは、二年度乙種幹部候補生たちによる数回の模範綜合操作をも、白石教官の解説を聞きながら、見学したのであった。昨夜私は、『砲兵操典』の当該部分を、私の記憶における二年度乙種幹部候補生たちおよび神山上等兵などの演習動作と引き合わせて熟読した結果、野砲射撃分隊教練の全過程をかなりくわしく会得《えとく》することができた(その実践ないし熟練は、むろん別問題である)。しかし大部分の新兵が、そんな面倒な仕業(勉強)などをしなかったにちがいない。第一、鉢田や橋本やは、それがろくに読めもしないであろう。『砲兵操典』の当該部分に関する解読教育は、まだ全然行なわれなかったのであり、われわれは、それを各個に自習せよと求められもしなかったのである。

砲身を水平にする操作それ自体は、少しも複雑ではない。もともと射撃用意および解除の全操作が、さほど複雑ではないのであり、それにもかかわらず誰も彼もが、そこかしこでへまをやったのである。……橋本は、たぶん射距離装定あるいは高低照準の意味を了解していないであろうから高低水準器によって砲身を正しく水平にする方法に思い至ることができないのではあるまいか。もし彼がその方法を機械的に体得していたなら、それはそれで結構であろうが、実情はそうでもないらしい。……

「橋本は、砲身が完全に水平になったら、報告せろ。早いとこ、やってしまえ。『何某』なんかの真似をして、ええころ加減なことをするんじゃないぞ。ええか、このぐらいでよかろう、なんちゅうことをしても、駄目じゃ。ちゃんと決まったやり方がある。そのとおりにやれ。始め。」大前田軍曹は、橋本に念を押してのち、足元の（三番の定位に「折り敷け」をしている）鉢田を見下ろした、「う？　こら、『何某』。お前は、砲身も水平にゃしきらんじゃったくせに、ヌターッとすわり込んどるちゅうことがあるか。立て。——立って、もう少しこっちに出ろ。」

大前田は、彼自身も照準座のそばから五、六歩南に後退しながら、「立って、もう少しこっちに出ろ。」と鉢田に命じた。起立した鉢田が、大架《たいが》の左横手（三番の定位）から三、四歩南に前進して、「不動ノ姿勢」を取った。

おりから北側列兵の左翼を駆け抜けて来た一人の一等兵が、架尾の向こうに停止し、大前田軍曹に敬礼した。

「中隊当番、用事があって参りました。」

「あぁ？　誰に用事か。」

「白石教官殿から伝言であります。各班は——。」

「誰に用事があって来たか、とたずねとるんじゃ。」

「はい。それは、班長殿に用事があって参りました。」

「それが遅いよ。これだけ大人数がおるちゅうとに、誰に用事があって来たかを先に言わにゃ、わかりゃせんぞ。用事は何か。早う言え。」

「はい。各班は適宜に練兵を止めよ、火砲はそのまま出しておいてよろしい、午後も野砲教練を続行する予定である、――以上が、白石少尉殿の御指示であります。終わり。」

「教官殿が？」大前田は、いぶかしそうに声を尖《とが》らせ、第一班ないし第二班が演習している方角を四、五秒間振り返った、「そうか、そんなら教官殿は、中隊に帰っとられるのか。」

「いえ、山本が梅根曹長殿の使いで将集〔将校集会所〕に行きましたら、そこに白石少尉殿がおられました。」

『白石少尉は、ここにはいなくなっていたのか。それで、いつまでも「練兵止め」にならなかったのだな。』と私は合点した。

「ふうん、そげなことか。……よし、わかった、お前は帰ってええ。」

「山本一等兵、用事を終わって帰ります。」

「うむ。――神山。誰かに、いまのことを、第二班に申し送らせろ。」

「はい、第二班に申し送らせます。」

駆け足で部隊兵舎にもどって行く中隊当番のうしろ姿が、私に見えていた。そのうしろ姿が、中石廊下表口の二、三歩手前で並《な》み足に移り、誰かに敬礼した。「行進間ノ敬礼ハ特ニ規定アルモノノ外速歩《ハヤアシ》ニ於テ行フモノトス。但シ単独ニシテ銃、槍若クハ喇叭等ヲ携持セザルトキハ歩調ヲ取ルコトナク敬礼ヲ行フモノトス。」が『陸軍礼式令』の定めである。中隊当番が敬礼するまで、私はその出現をまったく認めていなかったが、中石廊下の中ほど東寄り、二階への上がり口附近に、人影が二つ、舎前にむかってたたずんでいた。その双方が答礼すると、中隊当番は、彼らのかたわらを大まわりで通り越して階段を上った。日陰の中石廊下にひっそり立っている彼ら二人の顔貌外見は、私の目に明らかでなかった。しかしまさしく下士官兵ではない（と私に断ぜられる）二個の立ち姿をそこに見出した私は、いまにして忽然《こつぜん》と思い当たる節《ふし》があったのである。

反射的に私は、部隊兵舎二階を見上げた。中石廊下真上の営庭側が控置部隊長室、その東隣りが中隊附将校室（そこがどの将校の個室であるか、私は承知しない）、そのまた東隣りが中隊（控置部隊）事務室。その中隊附将校室の窓に、私は注目したのである。案の定《じょう》、その窓は、ぴったり締められている。いつからか（もうよほど以前から）小さい異物の奥歯に挟まったように私の意識にぼんやりひっかかっていた違和感の正体を、私は、いまつかまえたと思った。

締め切られているのは、その窓だけではない。隊長室の窓も、中隊事務室の窓窓も、閉ざされていて、われわれの練兵中、それらは、ずっと閉ざされつづけたようである。天気は上上であっても、時は冬の最中であるから、そのことになんの不思議もあるのではない。ただ私は、あるときその中隊附将校室の窓が開かれたのを――ガラス戸上下二枚一組の下一枚が三、四十センチ押し上げられ、一つの顔の私に誰とも見分けられぬ一部が西窓枠《まどわく》の陰からこちらむきに静止したのを――見ていたのであった。

それは、いつごろのことであったか。たしかそれは、大前田が、白石少尉を見送るような姿勢であまりに長く立ち尽《つ》くしてのち、神山に奇抜な言いがかりを付けたのを皮切りに、尋常ではない言行を現わし出した時分のことであった。私は、それをたまたま見たのであって、その後そこに注意するゆとりを持たなかった。しかし大前田の特徴的な演説が件《くだん》の開かれた窓の中にも聞こえていたであろう上に、また上官のそもそもこの場の有様に興味を起こした手でそのガラス戸が押し上げられたのではないかと私にちらと感ぜられたのであっただけに、その中隊附将校室の件（その窓の中で一人の将校が大前田の言説に耳を澄ましているらしいということ）が、その現象それ自体としてよりも、むしろ一種の漠然たる違和感ないし不安定感として、私の意識にぶら下がってきたのにちがいなかった。

中石廊下の二人が目に留まったことによって、私は、私のかすかな不安定感の基因が中隊附将校室の動静にあったという事実を、ようやく判然と遡行《そこう》的に認識したのである。ここで改めて思い起こせば、私は、その開かれた窓辺の顔が途中で二つになったこと（これは紛れもなく人事係山中准尉の左半顔が、東窓枠のあたりに新しく現われたこと）をも、ある瞬間ふと目に映《うつ》していたのであった。私のほかにも、その窓辺の現象を認めた兵たちが、南側列兵の中にはいるかもしれない。だが、大前田も、班附二名も、その窓のことをまるで気づかなかったと私に信ぜられる。

私は、中隊附将校室の窓がいつの間にかふたたび閉ざされていたのを確認した。先刻はその窓辺にいた二人が目下は中石廊下にいるのにちがいない（そして彼らが階上から階下に下り立った要因もまたここの状況にたいする彼らの関心ではなかったか）、と私は考えた。たとえ彼らがどこでどんなに聞き耳を立てていたにしても、そのことのために私が私自身の上に危険を予想して不安定感に捕えられねばならぬような原因は、さしあたりここには存在しなかったのである。私の直観によれば、彼らの主要な関心は、大前田に向けられていたはずであって、その関心の性質は、大前田に肯定的では決してなかったはずであった。それならば私は、士官准士官の関心が大前田の上に結果し得るべき不利危険を予想して、それゆえ一種の漠然たる不安定感を抱いてきたのであろう、――私が大前田のことを心配した、というような言い方は、私として言い過ぎの、あるいは不本意の、表現であるけれども。……この大前田は、虐殺無道を実行せる「歴戦の勇士」であり、勲七等青色桐葉章か何かを頂戴せる戦地下番の農民下士官である。その彼の明《あ》け透《す》けな戦地談、率直な戦争観は必ず軍（上官）にとって好ましからぬ（抑圧または秘匿の対象たるべき）事柄でなければなるまい、という私の判断が、あの不安定感の根柢であったとみえる。……とどのつまりそれは、やはり私が大前田の上を心配してきた（いまも心配している）ということにでもなるのであろうか。

実際に彼ら二人が私の想像どおりの理由で階下に下りて来たのかどうか、もちろん私は決定し得ない。どちらにしろ大前田は、中石廊下の二人をてんで認めていない模様である。第三分隊の佐野が、神山から白石少尉の指示を申し送るべく命令せられ、復誦して、第二班に向かうと、それを見届けた大前田は、白石教官の指令をも現在の時間的条件をも無視するのか、またもや飽《あ》くを知らぬようなしつこさで鉢田を捏《こ》ねくった。

「砲身も水平にしきらんようなウストンは、前支《まえささ》えじゃ。そこに這え。う、待て。この、何をあわてくさるか。あわてんでも、ゆっくり這わせてやるから、心配するな。うぅ。」

大前田が「……前支えじゃ。」と言って「そこに這え。」と言い終わらないうちに、いち早く鉢田は「前支え」に取りかかっていた。大前田は、相手のあたかも待ち構えていたように敏捷な反応ぶりがかえって癇《かん》に障《さわ》ったらしく、いっそう嫌味な口つきで鉢田を制した。

「恐ろしゅうよろこんで四つん這いをしたがる男じゃが、そんならお前も、ハシ――、うんにゃ、その、……炭鉱じゃ、いったいどげな仕事をしよったとか。坑夫ちゅうても、いろいろあるとじゃろうが、どうせお前なんかは後山《あとやま》か――、うっ、どっちみちそげなこっちゃろう。何をさせてもボサーッとしとるが、最前班長が、胸に手を当てて考えろ、と命令したときにゃ、ようと考えたとか。おぉ？　鉢田ぁ。」

前後二回も大前田は彼自身が口外しかかった言葉の後半を飲み込んだ、と私は見た。

私は、あとの「どうせお前なんかは後山か――」の場合を、十分には理解することができなかった。……「後山」は「先山」の反意語《アントニム》でなければならない。「先山」は掘進、採炭などの担当者ないし一般に熟練の坑夫、「後山」は運搬などの担当者ないし一般に未熟の坑夫、というのが、私の（書物の上の）知識である。……鉢田は坑夫の中でも最下等の奴である、というふうに大前田はののしろうとしたのであろう。もしくはさらに複雑な意味がそこにあるのかもしれないが、私はわからない。大前田がそこでどんな語句をどういう訳で省略したのかも、私は見当が付かない。……

しかし私は、前の「恐ろしゅうよろこんで四つん這いをしたがる男じゃが、そんならお前も、ハシ――」の場合を、橋本が部落出身兵ではなかろうかという疑問との関連において、即座に理解した。……大前田の口元から体内に押しもどされたのは「橋本」という固有名詞その他であって、彼は「そんならお前も、橋本とおんなじ部落民じゃろう。」とかなんとか言おうとしたのであろう。一つにはそれは、大前田の頭の中に、四つん這い―四つ足（畜生）―四つ―新平民―部落民―橋本、というような観念連合が働いたせいではないのか。……この私の理解は、神経過敏的か。この私の解釈は、「疑心、暗鬼ヲ生ズ」の類か。それは、必ずしもそうではあるまい。あるいは、それは、必ずそうではあるまい。……

格別今日の鉢田が、大前田の御意《ぎょい》に悖《もと》るようなことをしたとも、演習上の大失敗をしたとも、私に思われない。おなじ坑夫二等兵鉢田にたいする大前田のあしらいが、あの夜とこの昼とで、なぜこうも極端に変化するのか。それも、私になんだか不可解なような現象の一つである。人間には、虫の居所《いどころ》次第というのがあるのではあろうけれども。

大前田が鉢田に浴びせるややこしい嘲罵《ちょうば》の中途で、私は、懸念の眼指《まなざ》しを橋本の背中に移してみた。果たして橋本は、何をするでもなく、ただぼっと照準座にすわっているようであった。与えられた目的のために正規の手段を見つけ出そうとするような振りをさえ、彼は、していなかった。ひょっとしたら彼は、もう手っ取り早く砲身を水平にしてしまったのか。そんなことは、九分九厘なかろう。斜めうしろから眺める私に、彼の顔つき表情はわからなかった。

南むきに「気をつけ」をしている鉢田が、大前田から「ようと考えたとか。」とたずねられて、その首を少し仰向けた。主に彼の左横顔が、私に見えている。そこの火傷の跡が、日の光にしたたか晒《さら》された。

「はい、考えました。」と鉢田は、悪びれず返答した。

「けっ、『考えました。』なんち気安う言いよるが、どうせろくなことは考えんじゃったにきまっちょる。どげなことを考えたとか、言うてみい。」

橋本が照準座からぬっくり立ち上がって定位を南に去る姿も私の眼にあやしく映じたが、それよりもその気色《けしき》が急変したような鉢田の答え方は私にひときわおどろしく印象的であった。鉢田は、多くを語ったのでも気負ってしゃべったのでもない。しかしあたりまえのことをあたりまえに話したような彼の返事が、なんとも異様な迫力を放ったのである。

「余所《よそ》じゃどげなことになっとるか、よう知りまっせんが、川筋《かわすじ》じゃ人殺しはあんまりめずらしゅうもありまっせん。」鉢田は「川筋じゃ」と言った、「それも人が人を殺すだけじゃのうして、ガス爆発やら出水《でみず》やら落磐やらなんやらかんやらが、年《ねん》がら年中《ねんじゅう》バサラカ〔おびただしく〕人を殺しとります。」

三

部隊兵舎二階の中廊下へんで（週番上等兵の）「食事当番、出よ。」という高声が発せられ、階上各班がそれを逓伝《ていでん》すると、二、三秒後に一階でも同様の状態が起こった。

――福岡県内外に隠《かく》れもない「川筋」とは、遠賀《おんが》川流域一帯、筑豊炭田の異称である（われわれは、任意の九州案内書について、たとえば「遠賀川流域地方は、俗に『川筋』と称せられる。東は福智《ふくち》山より西は三郡山《さんぐんざん》に至る第三紀層地帯を、遠賀川の本流および多数支流が、南北に長く貫流していて、この広大な流域一帯に、有名な筑豊炭田が発達している。」のごとき記事を読むことができるであろう）。「川筋」の石炭産額は、全国各炭田に冠絶し、国内総産額の三分の一を占めるが、またこの地方は、住民（その代表は炭鉱労働者ならびに鉄火打ち）の気風が殺伐であることによっても知られている。「川筋」は、殺人あるいは傷害の発生件数においても、全国各地方に冠絶しているかもしれない。「川筋の人間を嘗めたか。」というような切り口上は、なかなかに虚仮おどしならぬ（次ぎの場面には流血の惨事も多分にあり得るというような）実質的威力を持ってきたのである。

鉢田の物言いは平明であって、そこに作為はないようであったが、私は、彼の唇から「川筋の人間を嘗めたか。」という種類の鋭利な文句が吐き出されたかのように感じた。……内ぶところに差し入れられた右手がそこに呑まれている九寸五分の鞘を払うと同時に、半歩前に踏み出された左足にいったん置かれた重心がたちまち右足に移されるや、彼の五体が前面の目標にむかって全力的に跳躍する。……そういうあるまじき光景の空想さえもが、私の頭を一瞬走って失せていた。

——しかし鉢田は、「川筋」では殺人事件が少なくない、とだけ語ったのではなかった。また彼は、（多くの労働者が炭鉱災害で死ぬ、という静的な言い方をしないで）多くの労働者を殺す、と動的に語りもしたのであった。……いくら「川筋」に（通常の）殺人事件がめずらしくなくても、炭鉱災害における被殺害者のほうが圧倒的に多いであろうとは、私も了解することができた。……私の空想は、不謹慎の嫌いを伴っていたであろうか。鉢田の言葉がおのずと発揮した迫力の根源は、鉄火の場によりも、むしろ労働の場にたずねられるべきであったろうか。……とはいえ私がこれらの事柄にあるいは感心しつつ考え及んだのは、なお後刻のことであった。――

「なんや。……『人殺しはあんまりめずらしゅうもありまっせん。』て？」大前田がなんとなく興《きよう》醒《ざ》めたような・鼻白んだような声音でつぶやいたとき、橋本が鉢田の左横にならんでのっそり立ったので、大前田は、得たりかしこしというように、鉢田を一時ほったらかして、橋本に食らいついた、「う？　お前はまた、なんか。ナンゴテ自分勝手に定位を離れて、そげな所に案山子《かかし》のごと突っ立ったとか。」

「はい、橋本も這います。」

「何ぃ？　わからんことを言うな。わかるごと言え。」

「はい。砲身はちょうどええ塩梅《あんばい》に水平になっとるごたぁりますとに、あれから上まだ水平にするちゅうても、巻尺《まきじやく》があるわけじゃなし、どげんしたもんか、橋本二等兵にゃようわかりまっせん。それじゃけん、這います。」

橋本の「巻尺があるわけじゃなし」には、私も恐れ入った。

「ふっ、巻尺。……巻尺で何をする気か。砲身の長さを計れ、とは、班長は命令せんじゃったぞ。なんでも水平にするとが、お前らの得手《えて》じゃなかったとか。義務教育までも立派に卒業したちゅう新兵さんが、砲身を水平にするぐらいなことがでけんはずはないじゃろう。定位にもどって、教えられたとおりにやるんじゃよ。砲身がちゃんと水平になってしまうまで、やれ。『智慧とチンポは、要《い》るとき出せ』ちゅうことを知らんとか、お前は。」

『「要るとき出せ」も何も、チンポが入用なときなんか、まるっきりないじゃないか。それとも「要るとき」とは、小用をする場合のことか。』と私は立腹《りつぷく》した。しかしそれよりもまだけしからぬ内容を大前田が口走っていたにちがいなかろうことについては、もそっとあとまで私が鈍感であった。

「いんえ、そりゃ知っとることは知っとります。それでん橋本は、その、……チンポは一つ持っとりますが、智慧のほうはあんまり持ち合わせとらんとであります。あれから上まだ水平にするちゅうとは、どうしても橋本にゃ無理でありますけん、這います。」

私は、橋本の「巻尺があるわけじゃなし」を単なる無知の結果と解したのであったが、彼の「チンポは一つ」云云を聞くに及んで、それらはすべて彼の反抗的な下心《したごころ》に由来する口上《こうじょう》ではあるまいか、といぶからざるを得なくなった。

「減らず口をたたくな。」大前田が、以前に私にもそうしたように、その右こぶしで橋本の胸元を一つどんと突いて、よろつかせた、「チンポは一つ持っとりゃ、余《あま》っとるよ。いったいにこの班の補充兵たちゃ、誰かろくでなしの真似をしくさって、やたらに減らず口やら屁理窟やらを言いたがるごたぁるが、たいていにしとかんと、その口を引き裂くぞ。『這います』、『這います』て、四つん這いが似合うちゃおるとじゃろうが、……誰がお前に這えと言うたか。定位に就いて、水平にせろ。」

大前田の「誰かろくでなし」は私を指している、と私は決めた。……「四つん這いが似合うちゃおるとじゃろうが」？　そうか、それではあの「なんでも水平にするとが、お前らの得手じゃなかったとか。」も、また無心な出放題にあらざる非人間的差別語であったのか。

……

「はい。けんど砲身はちょうどええ塩梅に水平になっとるごたぁりますが、あれより上まだ水平にゃ――。」

「また言うとる。うぅ、火砲の操作に、『ちょうどええ塩梅に』なんちゅうことがあらせらるるか。……よぅし、砲身は水平になっとる、と貴様は言うたな。まちごうとったら、承知せんぞ。ええか。――神山上等兵。こっちに来て、調べてみろ。」

それは調べるまでもなく水平ではないであろうに、大前田は念には念を入れて人を雪隠詰《せっちん》めにする男よ、と私は思った。第二班への申し送りから帰った佐野が、神山に復命していた。それにうなずいた神山は、架尾をめぐって二番の定位に駆け寄った。

――中石廊下の斜め（西）前に、藤棚がある。件《くだん》の二人がその藤棚の下に出て来ているのが、私の目に入った。それは、中石廊下が「めし上げ」行きの兵たちで混雑したためでもあろう。一脚の円卓と四脚の丸腰掛けとが、藤棚の下に常時置かれている。しかし二人は、立ったまま、われわれのほうを眺めていた。彼らが二年度乙種幹部候補生教官村上《むらかみ》少尉と山中人事掛准尉とであることを、今回私は見定めることができた。しかし大前田は（神山も）、この士官および准士官に、いまなおお気がついてはいないようである。

高低水準器をのぞき込んだ神山上等兵は、すぐにけげんな目を大前田班長に向けた。

「班長殿。――砲身はきちんと水平になっておりますが……。」

これはどういうことであるのか、私もとんと雲をつかんだ。

「何？　『水平になっとる』？　気泡は真ん中に来とるとか。」

「はい、そうであります。こりゃどうもおかしいな……、ははぁ、お前はバカンマネしとるんじゃないか。」神山は急ぎ足で橋本の左前にまわった、「小学校は途中までで止めたと言うた奴が、卒業しとる。砲身は水平にされなかったと言うた奴が、水平にしとる。言語道断のむちゃくちゃじゃないか。個人や家族の内情を関係上官以外に漏らすようなことは絶対ないから、何事も包まず申し述べろ、と神山が前もってあれほど懇切に注意しておいたのに、身上調査でお前が嘘を吐《つ》いたのも、学歴のことだけではなかったはずだ。お前は、何にひがんだか、軍隊にそっぽを向いて、バカを作っとるな。砲身はちゃんと水平にしておきながら、なぜ班長殿にたいしては『でけません』とか『這います』とか、嘘っぱちの捩じくれを申し上げるのか。……あぁ？」

「はぁい、そいで橋本は、砲身はちょうどええ塩梅に水平になっとるごたぁりますけん、あれから上まだ水平にするとにゃ、どうすりゃええとか――。」

「チェッ、この百一。あれ以上水平にはならんにきまっとるよ。どういうつもりか、お前は。さっきから、『ちょうどええ塩梅に』、『ちょうどええ塩梅に』ばっかり言うとるが、そんならどうして『砲身は水平になりました。』と素直に報告しなかったのか。」

「そりゃ、その、……あの水の泡のごたぁる物《もん》が……。」

「気泡。――気泡だよ。うぅ。」

「あ、気泡。はい、その気泡が、あすこの……、あん気泡の入れ物の名前は、なんちゅうとでありますか。」

「なんだ？　『水の泡』とか『入れ物』とか、名称は何一つ覚えておらん。気泡管だろう？　もう何度も教えた。高低水準器ノ気泡管だ。――ほんとうに覚えておらんのか、お前は。それもバカンマネじゃないのか。」

「はい、ころっと忘れとりました。気泡管であります。その気泡管を見ましたら、そこの真ん中に気泡がええ塩梅にじっとしとりましたとに、それから上まだ水平にするとにゃ、どうすりゃええとやら、橋本にはわからんじゃったとであります。」

それならば橋本は、各部の名称をよくは記憶していなかったにしても、砲身と高低水準器との相関関係をともかくも心得てはいて、気泡を気泡管の中央に位置せしめたのであったろう。橋本の意図ならびに事態の真相は、私にますます途方もなかった。

「気泡が気泡管の中央に静止したら、それでいいじゃないか。それ以上どう水平にするのか。」

「はぁい、それじゃけん橋本は、あれから上まだ水平にするとにゃ、どうすりゃええとか……。」

「まだそんなことを言うのか。だから——。」

「神山。そげなふうじゃ、なんぼお前が口を酸《す》っぽうしても埒《らち》は明かんぞ。ほんに神山の言うたごと、そん畜生は百一じゃな。ふぅむ、そうすりゃ、そん百一は、バカンマネして、班長をチョウクラカシよったとか。」少しの間は静観していた大前田班長が、たまりかねたように乗り出した、「おい、貴様は、気泡をちゃんと真ん中に持って来といて、それから班長にむかって、『這います』てろの『でけません』てろの、四の五のぬかして、ごてついたとじゃな。そげなことならそげなことで、班長にも——。」

「いんえ、気泡を真ん中に連れて来たとは、橋本じゃありまっせん。橋本は、あすこじゃ——あの二番砲手のすわる台のところじゃ、気泡をちょっと見てみただけで、ほかにゃなんにもせんじゃったとであります。」

「『なんにもせんじゃったとであります』？　ドマグレルな〔戯《たわ》けるな〕。気泡が自分で真ン中に行きばししたちゅうとか。この百一が、またトツケモナイ〔桁《けた》はずれの〕作りごとを考え出したとじゃろう。うう、前に出ろ。」

　橋本は、最前大前田から突き飛ばされて尻餅《しりもち》を衝《つ》こうとした地点から三、四歩前に進み、ふたたび鉢田の左手にならんだ。その彼を大前田がぶんなぐろうとする間一髪《かんいっぱつ》、村崎が、機先を制して野砲の向こうから橋本を掩護《えんご》していた。

「班長殿。橋本は嘘を吐いちゃおりません。村崎はずっと目をつけとりましたが、その男は、鉢田と交代してからこっち、ほんとに何もせずにボソーッとしておりました。……谷村。――谷村は、真横で見とったとじゃけん、村崎よりもようわかっとろうが、そのとおりじゃったな。」

「は、はい。……いえ、谷村は、班長殿に終始注目しておりましたので、あまりはっきりしたことは言えませんが、……」発射座の谷村は、存外の引き合いに出されて迷惑したというようなどっちつかずで、卑劣にもお茶を濁した、「古兵殿がそう言われますと、そうだったようにもあります。」

「そうか。一番砲手の谷村にゃ、鼻の先の二番の動作は、見るまいと思うても見えたろうごたぁるが、見えんじゃったか。調法な目ん玉よのう。――班長殿。橋本は、何もしとりません。村崎が、たしかに見とりました。」

「そげなことかねぇ？――総務部秘書課の社員様にゃ見えんじゃっても、村崎が見とったとなら、まちがいはなかじゃろうが、……ほんとになんにもせんじゃったとか、転把も握らんなりじゃったとか。そんならそれで、またドウジレタ〔ふざけた〕横道者《おうどうもん》ぞ、こん奴は。」

『「総務部秘書課の社員様」が大前田の下根《げこん》な戯言《たわごと》だとしても、谷村は「蒔《ま》かぬ種は生《は》えぬ」と自認して反省するがいいのだ。「ドウジレタ」は「ど痴《し》れた」のことか。』と私は考えたが、事情はいっこう腑に落ちなかった。

「しかし、……それじゃ、どうして気泡は……、いったい誰が……、あぁ？　そうすると、こりゃ、バカンマネは、……。」と神山が自問自答し、「うん、そうじゃ、バカンマネは、橋本じゃのうして、鉢田じゃったちゅうことになるごたぁるな。こら、『何某』。気泡を真ん中に持って行ったとは、お前じゃったとか。」と大前田が投げやりな口調で聞いた。

「いんね、鉢田二等兵は、そん気泡ちゅう物は、一つも扱《あっこ》うとりまっせん。そげな物にゃ全然関係せんじゃったとであります。」と鉢田は、彼自身の無実および無能を、とても気張って主張した。

「『関係せんじゃった』？　なんか、そりゃ。」しかし大前田も、鉢田の無実および無能を至極おおらかに信用した、「――ふむ、まぁ『何某』にゃそげな離《はな》れ技《わざ》はでけんじゃったろうが、……うぅむ？」

　ここで私も、実情の大要を、ずいぶん呆気《あっけ》に取られて理解した。それは、偶然のいたずらであったろう。つまり鉢田が目分量か盲滅法《めくらめっぽう》かで高低照準機ノ転把をまわした結果、計らずも高低水準器ノ気泡は気泡管の中央に静止して、――砲身は正しく水平になっていたのである。

「はぁん、そうじゃったとかぁ。」神山と五、六秒間は顔を見合わせていた大前田が、呆れたような嘆声を出して、橋本に問うた、「そんなら、あれか。お前が鉢田と交代して二番になったときにゃ、もう気泡は真ん中にあったとか。」

「はい、そうであります。」

「めずらしいこともあるもんじゃなぁ。――しかしお前は、定位に就いて真っ先に気泡を見たちゅうぐらいじゃけん、気泡が真ん中にありゃ砲身も水平になっとるちゅうことはわかっとったはずじゃろうに、どうしてそう報告せんじゃったとか。」

「それは、……橋本は、……砲身はええ塩梅に水平になっとりますとに、あれから上まだ水平にせにゃならんとじゃろうと思うて……。」

「またそれを言う。その『あれから上まだ水平に』というのは、なんのことだ？　それがお前のバカンマネだろう？」と神山がいきり立った。

　砲身がたまたま水平になっていたという事情を納得した私にも、橋本の心持ちはなお分明でなかった。せめて私が想像する彼の心持ちは、次ぎのようである（神山も、私のそれと五十歩百歩の想像を抱いているのであろう）、――〝鉢田と交代して砲身を水平にせよ、と班長殿は命令なさいましたが、もう砲身は完全に水平になってるじゃありませんか。あれ以上水平にすることができますかね。私には叶いません。そんな無理なことは誰にも不可能ですよ。そうすることができないような奴は「這え」と班長殿は鉢田にむかっておっしゃいましたが、そんなら私も這いましょう。〟……

「そうじゃないとじゃよ、神山。」大前田軍曹が、ここではいやに親身《しんみ》な感じで橋本を代辯した、「鉢田が自分じゃ知らんうちに砲身を水平にしてしもうとった。そのことは班長も見落しとったとじゃ。橋本が鉢田と交代して気泡を見たら、真ん中になっとる。ばってん鉢田は砲身を水平にしきらんじゃったちゅうことで交代させられたとじゃけん、二番目の橋本にしてみりゃ、気泡は真ん中に来とっても、それだけじゃ砲身は完全にゃ水平になっとらんとじゃろう、『あれから上まだ水平に』する道が別にあるとじゃろう、と思うたもんの、どうすりゃええとかわからんじゃった、とこういう訳らしいな。――だいたいそげなことじゃろう？　橋本。」

「はい。だいたいそげなことじゃろうごたぁります。」と橋本が、それに関する限りは毛頭《もうとう》異議なさそうに、肯定した。

「けっ、人事《ひとごと》のごたぁる返事をしとるが、……まぁそげなことじゃよ、神山。」

大前田は、橋本を大過なく代辯したにちがいない。私自身のふつつかな観察力、理解力ないし想像力を、私は、うら恥ずかしく顧みた。ここの大前田は橋本の理解者であったのに、ここの私は橋本の曲解者であった。……橋本は、私が想像したようなわずらわしい不貞腐《ふてくさ》れの論理を持ってまわったのではなかった。事実彼は、砲身を水平に――「あれから上まだ水平に」――する術《すべ》を見出し得なかった。そこで彼は、「橋本も這います。」と自発的に申し出た。……私は、そういう橋本に関する大前田の見識と私自身の不見識とを承服して、なにがしかの発明を得たような気がした。しかしそれならばなおさら橋本の「前支え」志願、彼の「巻尺があるわけじゃなし」、「チンポは一つ」は特定原因上の反抗行動、反抗表現であったろう、と私は考えた。

「ははぁ、そんなことでありますか。ふうぅぅぅ。」神山は、長嘆して、橋本をつくづくと見物した、「よっぽど人なみはずれて変わった頭を持っとるんだなぁ、お前は。」

「うんにゃ、そうでもないとぞ、神山。おれたち土百姓《どんびゃくしょう》の中にゃ、そげなとがようおる。妙な所じゃ横着者じゃったり、こすっからかったり、抜け目のなかったりのごたぁるかと思や、大事《だいじ》な場合にゃその頭が、バカともフウケ〔風狂〕とも訳はわからんごたぁるまわり方しかしやしませんとじゃ。そげななさけない頭の水呑み百姓が、うようよしとるぞ。わがことはちょいと棚の上に載せといての話が、まぁそういうふうよ。そげななさけない頭じゃけん、またいつまででん水呑み百姓で絞り上げられとるか、そうじゃなけりゃ消耗品の戦闘要員で扱《こ》き使われとるか、しとらにゃならんとでもあろうがねぇ。――橋本の頭も、そげな出来具合いにちがわん。石炭掘りの頭にしたっちゃ、似たようなもんじゃろう。どっちもどっちよ。……なさけない頭……。うぅぅぅ……。」

　このたびはまるで「おれたち土百姓」の総代のような風向きで、いっそ自嘲的な間奏曲をひとときなごやかに奏《かな》でたとみえた大前田軍曹が、だしぬけに一声長く嘯《うそぶ》くや、急転して、何物かにたいする積年の怨みを眼前の二人にむかって筋違いにたたきつけるというような激越を現わした。

「揃いも揃うて底なしのアンポンタンが。そげなフウタラヌルイ〔愚鈍な〕ことじゃけん、先祖代代から孫子末代まで、ただおさえつけられて這いつくぼうとるばっかりで、頭腰《あたまこし》持ちゃげる時節はなかとじゃ。……せっかく気泡が真ん中になっとるとは見届けた奴が、『あれから上まだ水平に』なんちゅう方図もないバカ正直を振りまわして、そのくせ班長が命令しもせんじゃったことにゃ小生意気に気の利いて、『橋本も這います』たぁ、なんか。誤差の太《ふと》か屁理窟だきゃ一人前にひねくって、『チンポは一つ持っとります』たぁ、なんか、チンポを二つも持っとりゃ、化け物じゃないか。それともおれたちとは違うて、貴様たちの中にゃ、チンポは半分しか持たんごたぁる半端者《はんぱもん》ばしが、ざらにおるちゅうとか。おぉ？　貴様のような百一は、どうせまともな砲手になられやすめえ。縫装工場に行って靴作りでもしたほうが適当しとろうぞ。」

やはり愕然《がくぜん》として、私は、大前田の決定的な悪態を聞き取った。

四

疑いもなくそのことを意味していると私に考えられる大前田および神山の雑言《ぞうごん》数種が、前後脈絡を保ちつつ、すでに先ほどから私の意識に折りかさなっていた。……「なんでも水平にするとが、お前らの得手じゃなかったとか。」……「四つん這いが似合うちゃおるとじゃろうが、」……「身上調査でお前が嘘を吐いたのも、学歴のことだけじゃなかったはずだ。」……「おれたちとは違うて、お前たちの中にゃ、チンポは半分しか持たんごたぁる半端者ばしが、ざらにおるちゅうとか。」――それでもやはり愕然として、私は、「縫装工場に行って靴作りでもしたほうが適当しとろうぞ。」という大前田の決定的な悪態を聞き取ったのである。

もはや橋本が部落民であることに疑問の余地はない、と私は考えざるを得なかった。

……諸著書の「概して穢多非人は皮革屠獣および清掃遊芸等の職を専業として与えられ」、「穢多（皮多《かわた》）は古くより皮革を取り扱い」、「穢多は、牛馬その他の獣畜を屠《ほふ》り、皮を剝《は》ぎ、肉を鬻《ひさ》ぎ」、「神仏混合の思想は久しい間日本全国を風靡し……、殺生する者、屠る者は血を扱う者であり、穢《けが》れたものであり、人間ならぬものであり、人間の交わりを為し得ざるものなりという思想を抱かしめたものは、実に仏教の殺生《せっしょう》戒」、「又従来我徒同胞〔部落民〕の専業たる製皮の如き、膠《にかわ》の如き、履物《はきもの》の如き、屠夫の如き、特殊の職業」というような文章断片が、私の頭に刻みつけられている。また「そうじゃなかろうかと思うとったら、やっぱりあの肉屋も新平民じゃげな。」とか「なんちゅうても靴屋じゃけんねえ、四つかもしれんたい。」とかいう類の巷間囁囁《こうかんしょうしょう》の語が、私の頭に畳み込まれている。のみならず明治・大正年間の軍隊における部落出身者は主として輜重輸卒《しちょうゆそつ》または靴工卒などの〔特にそのころ最劣等視せられていた〕兵業部類を割り振られた、というごとき実態物語りが、私の頭に生きている。……

現在でも部落民の相当部分が皮革業と密接な関係を持っている、――それは、周知の事実であろう。しかしながら大前田の悪罵は、別に入隊前の橋本が製靴業だの靴修繕業だのにたずさわっていたということを具体的に意味するのではなく、主に歴史的・世俗的偏見に基づいた観念的差別表現であるにちがいない。その上この表現は、ちゃんと逃げ道を持っている。たとえば「お前のようなボソクレは、とても本物の砲兵〔砲手なり観測手なり通信手なり〕にはなられんぞ。縫装工務兵にでもなれ。」のごときは、新兵にたいする一般的嘲弄《ちょうろう》語でも現にあり得るのである。

大前田は、単に上官陸軍軍曹として下級者陸軍二等兵橋本をののしっただけではない、また同時に大前田は、「普通人」農民として「特殊部落民」百姓橋本をさげすんだのである、あるいは大前田は、陸軍軍曹ならびに「普通人」として陸軍二等兵ならびに「特殊部落民」橋本をののしりさげすんだのである（その橋本は、以前に火葬場勤めをしたことがあったのであろう）、——そのような想念が、私の（大前田の決定的な悪態をやはり愕然として聞き取った）脳裡に、何物かと何物かとにたいする二重の怒りと化して沸《わ》き返った。

次の瞬間私が上半身をついと前にかしげて左横二人目の冬木に目をやったのは、先夜の営庭における彼の述懐が打てばひびくというように私の心によみがえったせいであった。……「営門を潜《くぐ》って軍服を着れば、裸かの人間同士の暮らしかと思うとったら、ここにも世の中の何やかやがひっついて来とる。ちっとも変わりはありゃせん。」……冬木が部落民ではなかろうか、という三分の疑いは、この瞬間の私において、すでに解消していたが、そこにある冬木の異常な相好、ただならぬ気配は、私を瞠目《どうもく》させるに足りた。

いま私が目を見張って見る、冬木の右半面は極度の緊張を呈して青ざめ、二つの上下あるかなしに開いて小さくわななきつつ息遣いの切迫を物語る唇から右頬、右顳顬《こめかみ》へかけて細波《さざなみ》のような痙攣が二、三秒置きに通過するうちに、例の深いみずうみ色の眼光が白日光《はくじつこう》を直角に射抜《いぬ》いて大前田に命中しつづける。……十数秒ののち、私は、一つの曰《いわ》く言いがたき混乱を自覚しながら、上体を旧に復する。

その間にも、相手変われど主《ぬし》変わらぬ大前田の毒づきは、鉢田にむかってほとばしっていた。

「――橋本が橋本なら、『何某』も『何某』じゃ。砲身は文句なしに水平になっとるとに、それをした御本人様は、『芋《いも》の煮えたも御存じない』で、『二番、異常あり』なんちゅう阿呆なことをぬかしとる。……ふむ、川筋がどうした？　川筋で人殺しがめずらしゅうなけりゃ、それがどうしたちゅうとか。ようと考えろ、と班長が命令したことが、川筋やら炭鉱やらの人死にに、なんの関係があるか。うぉ？」

「はい。川筋じゃ人殺しはあんまりめずらしゅうもありまっせん。」先ほどの返事と寸分違《たが》わぬ科白《せりふ》をあっさり繰り返した鉢田「何某」が、そこで一息《ひといき》ののち、事柄の核心を一刀《いっとう》にざくりと斬った、「……ばってん血の通《かよ》うとる人間を焼いて殺したちゅう話は、今日《きょう》が日《ひ》まで聞いたことがなかったとであります。」

私は、感嘆した。鉢田の「川筋」的感覚（？）がその盲点を指摘するまで、迂闊《うかつ》にも私は見逃していたが、白石少尉が立ち去って以後の大前田は、戦地での火炙り虐殺を戦争での殺《せっ》害《がい》一般に摩《す》り替えてまくし立て、さらにその論法の上に立って、平時（銃後）での日本人相互間殺人は戦地での他国人虐殺よりも比べがたく破廉恥な犯罪である、と言わんばかりの口吻を弄《ろう》してきたのである。

私は、思い上がった人間であって、まず鉢田の摘発を「負うた子に教えられて浅瀬を渡る」というような気味合いで聞いたのであった。大前田演説の時節柄《じせつがら》なおさら俗耳《ぞくじ》に入りやすかろう排外民族主義的部分が彼自身の意識的目論《もくろ》みの結晶であった、とも、鉢田のするどい剔抉《てっけつ》が彼自身の論理的考察の成果であった、とも、私が思うのではない。しかし私は、鉢田が私にとって必ずしも「負うた子」ではないであろう、ということを、かつまたかかる民族主義が私にとって大いに険難《けんのん》な淵《ふち》であり得るであろう、ということを、たちまちみずから思い知ったのである。あの私自身にたいするうそ寒いような嫌疑の実体も、また直接にか間接にかこの険難な淵にかかわる問題ではないのか。

「何？」大前田の音声《おんじよう》が、うつろに甲走《かんばし》った、「もう一度言うてみろ。」

「はい。」鉢田が、おなじ急所を目がけて、たじろがずに二の太刀《たち》を入れた、「血の通うとる人間を焼いて殺したちゅう話は、川筋でもまだ聞いたことがありまっせん。」

　主客の呼吸、兼ね合いは、ここ「斬り捨て御免」的境涯においても、この潔白な直言そのもののゆえにこの場で鉢田が大前田の報復的暴行をこうむる恐れは万《ばん》なかろうことを私に信ぜしめる。しかも「川筋の人間」鉢田に関する数分前の空想は、私の不行き届きであり、この鉢田は、まさしく暴力と無縁な言論一筋の男子として大前田に対立しているに相違ない。

「うぅっ。」短く呻いた大前田が、それまで約一歩真横に広げていた両足の左踵《かかと》を右踵に引きつけて棒立ちになり、陰惨な口調に変わった、「……人殺しはめずらしゅうなかが、焼き殺したはめずらしかちゅうとじゃな。……そげな根性《こんじよう》でおったとか。よう言うたぞ。……むぅ、貴様もか。貴様も人なみに人間の丸焼きがめずらしいか。おぉ？——『橋本も人間の焼けるとはめずらしくあります。』とその口でほざいてみんか。」

「はい、…あん……。」非常にきわどい尋問を突きつけられた（と私に直感せられる）橋本が、大前田への答えを差し置いて、あられもないようなことを異様な熱っぽさで質問した、

「最前から班長殿も上等兵殿も『百一』、『百一』と橋本二等兵に言うとられましたが、あん『百一』ちゅうとは、なんでありますか。」

「そげなことは、どうでもええ。」しかし倉卒《そうそつ》の間にも大前田は解答した、「『百一』ちゅうとは、貴様のごと、百に一つしかほんとうの話をせん奴のことじゃ。大嘘吐きのことじゃ。たまにゃ百ぺんに一ぺんの正直で、貴様でも人間の丸焼きがめずらしいか、はっきり言え。」

「はぁ、『百一』ちゃ、そげなことでありますか。はぁぁん。」と橋本は、「百一」の語義を聞いて張り合いを失ったように嘆息し、大前田のかさなる問いを無視して、伏し目に黙した。

われわれは「休め」をしていたが、橋本と鉢田とは「気をつけ」をしていた。「気をつけ」の橋本は、目を伏せてはならなかったはずである。だが、現在の彼は、そんな条件には頓《とん》着《じゃく》しないで、彼一人の物思いに耽《ふけ》ろうとするかにみえた。私の内部で、「ちょんの丸焼き」というへんてこな語句が、古い記憶の底から意識表面に突如浮き上がった。そこで私は、橋本が「百一」に熱情的にこだわった理由を合点することができたと感じた。

――私の母が「ちょんの丸焼き」について語ったのを私が聞いたのは、十年以上も前のことであった、それは、母の未婚時代の見聞とおぼしかったから、明治中期ないし後期の出来事ででもあったろうか。母の郷里である筑前《ちくぜん》の一農村にも、部落民の字《あざ》が存在した。農繁期などに、その部落民たちが、「普通人」地主たちの家に雇われて来た。部落民たちは、地べたの粗筵《あらむしろ》で食事をさせられ、部落民用の食器類と「普通人」下男下女用のそれとは、厳格に区別せられた。清作《せいさく》という愚直一途の青年部落民がいた。全般にへりくだっていた部落民たちの中でも、清作は、「普通人」たちの言いなり三宝《さんぼう》におとなしかった。

ところが、あるときこの清作が異変を起こしたのであった。――母の字《あざ》に一人の妙齢の美人がいた。彼女は、全村内でも一、二の分限者《ぶげんしゃ》の娘であって、常常ややもすればその家柄および美貌を鼻に掛けた。清作が臨時雇いで彼女の家に行っていた一日、彼女は、何かの拍子《ひょうし》に清作の面前で彼を嘲罵して、「ほんにちょんの丸焼きのような男……。」と傍人に放言した。「ちょん」は「バカでもちょんでも」のそれであったろうが、むろん「ちょんの丸焼き」を知った者も見た者もいなかったにちがいない。これを聞いた清作が、平素の彼から誰も想像することができなかったほどの激怒を現わし、「生まれてからこっち、『ちょんの丸焼き』ちゅう物《もん》は、見たことがないぞ。言うたからにゃ、そげな物があるとじゃろう。あるなら、ここに出して見せろ。見せんうちは、承知せんけん……。」と草刈り鎌を押っ取って彼女に詰め寄り、分限者の家族奉公人ら総がかりの威嚇《いかく》制止ものものかはと猛り狂った。上を下への大騒動のうち、彼女の父、小学校校長、住職、神主、医者、駐在巡査、村内有志たちが異例の下手《したで》に出て清作を宥《なだ》め賺《すか》し、当の彼女も改まって謝罪して、事はようやく落着《らくちゃく》したものの、以後「普通人」たちは、清作（たち）にたいする態度・物言いに多かれ少なかれ気をつけるようになった。――「川原べの石の間《あひ》より萌《も》えいづる小ぐさの芽にも声あれなとおもふ」というような出来事として、私の母が、そのむかし話をしていたのであった。

大前田の（部落民差別的な）悪口には、どれにも抜け道がなくはなかった。その語義を知らなかった橋本が、ただ「百一」だけは紛れもなく端的・直接的な部落民差別語であると思い込んで、遮二無二《しゃにむに》熱っぽくそれと取り組んだのではなかったか。「ちょんの丸焼き」事件を思いついた私は、橋本の心事をそのように忖度《そんたく》したのである。

「……どうした？　貴様は、返事がでけんとか、でけんとじゃろう？　おい、『不動ノ姿勢』

ちゅうとに、どこを見とるか。」と追求する大前田の様子は、ひきつづき鬱陶《うっとう》しかった。「はぁい。」橋本は、見果てぬ夢から醒めたような、遠いまぼろしを追っているような目つきを大前田に上げて、けだるく発音した、「返事は、でけます。」

「なら、早うせんか。」

橋本の面上から血色《けっしょく》が一気にしりぞくのを、私は、明らかに見た。

「あん、橋本二等兵は、……」橋本の口前《くちまえ》は相変わらずけだるかったが、その「隼人《はやひと》の名に負ふ夜声《よごゑ》いちじろく吾が名は告《の》りつ」というような決然たる内容は私の予想を超絶していた、「死人はだいぶん焼きましたばってん、生きとる人間を焼いたことは、一ぺんもありまっせん。日本の戦争は、そげなあってあられんごたぁるめずらしいことをしよるとでありますか。」

何を大前田が橋本に予期していたにもせよ、それはこのような返答ではなかったにきまっていたであろう。橋本は、あえて隠坊の名告《なの》りを上げたのである。そしてその行為は、彼があえて部落民と名告り出たのにひとしいのではないか。この時間の橋本における内心の劇がいかばかりであったかを、私が僭上《せんじょう》にも臆断することはできない。なにしろ橋本の捨て身の一撃は、前に鉢田が揮《ふる》った二太刀よりも、いっそう痛烈な効果を大前田に加えたのではあるまいか。

大前田の体《たい》が棒立ちのなりに一回ゆらりと前後にゆらいだと私は見たが、なんの声も彼から出ては来なかった。それぞれの班員たちを引率して新砲廠へ向かう仁多第一班長と田中第二班長との（出発と藤棚の下の上官二名にたいする敬礼とを命ずる）号令が、重複してわれわれに聞こえた。

神山は、大前田の状態を「触《さわ》らぬ神に祟《たた》りなし」と判断したためか、これまで数分間ふっつり口を出さずにいたが、このとき何物かを避けるように橋本の左前から退散すると、大前田の右斜めうしろにくっついて、「班長殿。……班長殿。」と二度せかせか小声で呼んだ。それが聞こえたか聞こえなかったか、大前田は反応しなかった。

「班長殿。」と神山は、前よりも声高に、もう一度呼んだ。仮面のごとくに無感動と私に感ぜられた大前田の顔が、いかにも物臭《ものぐさ》そうに神山を振り向いた。神山が、一種のひそやかな仕草とともに、一言二言《ひとことふたこと》ささやいた。どうやら彼は、藤棚の下の士官と准士官とについて大前田の注意を喚起しようとしたのである（神山が数分間まったく口をつぐんでいたのは、上官二人の存在を見つけたせいでもあったかもしれない）。

大前田の表情は動かなかった。ふたたび物臭そうに彼は正面に向き返った。彼が神山の通報に心を用いて藤棚のほうを一瞥《いちべつ》した、とも私は思わなかった。無言の大前田は、いくぶんのけぞり気味の躰《からだ》つきで、あたかも怪異の物に遭遇したかのように、橋本を眺めるらしかった。神山も、仕方なさそうに三、四歩後退して、大前田に倣《なら》った。

大前田、神山、それに南北両側の全員が計らずも橋本、鉢田の二人を遠巻きにしたような不時の静寂のうちで、私の心の眼は、小説『破戒』の最高潮情景を追跡していた。……その明治三十年代〔一九〇〇年代〕某年十二月朔日《ついたち》の午後、信州下水内郡《しもみのちごおり》飯山町の小学校高等四年級教室では、担当教師の瀬川丑松《せがわうしまつ》が、「皆さんが御家へ御帰りに成りましたら、何卒《なにとぞ》父親《おとっ》さんや母親《おっか》さんに私のことを話して下さい――今迄隠《かく》蔽して居たのは全く済まなかった、と言って、皆さんの前に手を突いて、斯《か》うして告白《うちあ》けたことを話して下さい――全く、私は穢多です、調里です、不浄な人間です。……許して下さい。」と詫び入りながら、並《な》みいる生徒たちの足下、板敷《いたじき》の上にひざまずいている。……

『破戒』の時代から三十余年が過ぎ去って、その間の日本には、社会的・政治的・精神的生活のさまざまな変遷《へんせん》があり、なかんずく水平（部落解放）運動の盛衰消長があった。けれども部落外に出て一般社会人に立ち交じる場合の部落民にとって、丑松の父の「隠《かく》せ。……たとへいかなる目を見ようと、いかなる人に邂逅《めぐりあ》はうと、決して其《それ》とは自白《うちあ》けるな、一旦の憤怒悲哀《いかりかなしみ》に是戒《このいましめ》を忘れたら、其時こそ社会《よのなか》から捨てられたものと思へ。」という訓誡は、不条理千万にも今日なお相当の現実性を持続しているであろう。

だが、私の肉眼がただに見る、ここの元隠坊橋本庄次は、営庭の地面にひれ伏しているのでもなく、誰人に許しを乞うているのでもない。直下する白日《はくじつ》と下士官兵の環視《かんし》との真中《まなか》に、橋本は、昂然《こうぜん》と面《おもて》を起こして立っている。のみならず「日本の戦争は、そげなあってあられんごたぁるめずらしいことをしよるとでありますか。」と橋本は、虐殺者大前田とその背後の国家権力とを二つ合わせて田楽《でんがく》刺しにもせんず勢いの批判的一《ひと》突きをさえ試みたではないか。

いや、「昂然と面を起こして」とか「田楽刺しにもせんず勢いの批判的一突き」とかいうごとき見方・つかまえ方は、私の主観に偏し過ぎているであろう。屯営の四方にみなぎる二月の光に浸《ひた》されて、無学半文盲《はんもんもう》の橋本は、むしろ見た目にぽつねんとたたずんでいるのである。彼自身が敢行した田楽刺し的批評の客観的性格を彼が十分に意識理解していた、とも私は判断しない。

そしてそれにもかかわらず私の魂は、わななくほどに感動していた。「社会外の社会」部落の出身者が「社会外の社会」軍隊で現今一般にどのような立場に置かれているにもせよ、橋本の行ないは一個の小さからぬ勇気と決断とを必要とする「破戒」でなければならなかったと私に信ぜられる。そこに至る橋本があわただしく通過したであろう内部葛藤《かっとう》の種種相《しゅじゅそう》を、私が、いたずらに臆断することはできない。ただ私は、そのとき橋本の面貌《めんぼう》から生色《せいしょく》が一挙に消え失せるのを私がまさしく見た、と証言することができるだけである。

日光の降る音が両耳に忍び入って来るかと私に錯覚せられたような沈黙の一刻、その橋本の頰べたにも朱《あけ》の色がおもむろに立ちもどって来るようであった。いつかはきっとそれが起こるであろうと私に予想せられていた一つの動きが、ついに起こった。村上少尉と山中准尉とが藤棚の下陰からこちらにむかってそろそろ歩み出たのを、私は、視野の右角に捕えていた。

五

また一歩前進した神山上等兵が、「班長殿。」といよいよ気遣わしげに呼びかけた。それには応答することなく、しかしそれをきっかけにしたように、大前田軍曹は、右足を半歩右斜めうしろに開いて、五体を北東方に向け替えた。彼は、北側と南側との隊列に一回ずつちろりちろりと横目を遣《つか》ったあと、視線を誰もいない正面に――前車の上方空間に固定した。なおも仮面のごとくに無感動と私に感ぜられるその顔つきの中で、両唇だけが、独立の小動物のようにうごめき始めた。そしてそこから押し出される声音《こわね》は、なにかしら穏便に孤独に書き抜きの棒読みのように、しかもほとんど沈痛に、ひびいた。

「ほかの奴たちゃ、みんな、要領のええ返事をして、班長をだまくらかしよったが、この二人は、本音を吐き出したごたぁる。班長のしたことをめずらしいと思うたとは、川筋の石炭掘りと……うぅ、隠坊の二人きりか。そげなことはない。貴様たちにゃ――戦地を知らん貴様たちにゃ、この班長がめずらしかったとにちがわん。生きたまんまの人間様を丸焼きにしたこのおれが貴様たちにめずらしゅうないちゅうとは、嘘の骨頂《こっちょう》じゃ。戦争に行ったことのない者なら、誰でも彼でも、めずらしがるにきまっとる。それじゃけん、現の証拠に、貴様たちゃ、化け物ばし見たごたぁる目つきで班長を睨みつけとったじゃないか。めずらしかろう。めずらしからにゃ、おかしいよ。めずらしいはずじゃ。」仮面のごとき大前田の相貌の上に、怨恨か忿怒《ふんぬ》かさげすみか定かならぬ物の影が、ようやく波打ちただよって、おなじような情念の音色が、その書き抜きの棒読みのような孤独な穏便な口調の中にも次第に交錯してきた、「実地の戦争がどげなもんか、日本人居住民たちがどげな目に会うたか、支那の兵隊どもがどげなあってあられんごたぁることを仕出かしたか、なんにも御承知ありません貴様たちにゃ、このおれが、化け物か何かのごと、めずらしゅう見えるとじゃろう。めずらしゅうしてたまらんとじゃろう。」

「上官。」と神山上等兵が思い兼《か》ねたように高く叫んだ。

大前田の話半ばに、村上少尉と山中准尉とは、北側横隊右翼の後方三、四メートルに立ち止まったが、大前田は、そちらに首をまわしもせず敬礼しもしなかった。上官二人の接近に、彼は、気を配らなかったか気を配ろうとしなかったかにちがいない。われわれ教練部隊が白石少尉の指揮下を脱していて、先任下士官仁多軍曹も営庭から引き上げて行った以上、臨場の上官にたいしては、現指揮者大前田軍曹が（彼一人のみが）、敬礼を行なわねばならない。大前田の物言いに一句切りが来るのをもどかしく待ちあぐんだであろう神山が、とうとうここで高声の警報を発したのである。

さすがに大前田は、不動の姿勢を取って「半ば左向け、左」を行ない、尉官と准士官とに面して挙手注目の礼をした。二人の上官が答礼を終わるか終わらないかのうちに、早くも大前田は、右手を下ろして「半ば右向け、右」をすると、前とおなじ北東むきの両足を半歩横に広げた体勢に返った。その敬礼態度動作は、終始見るからに形式的・機械的であって、すぐに彼は、もとよりもよほど人格的な顔色声色《かおいろこわいろ》をもって談話を続行した。

すべてそれらは『陸軍礼式礼』の「教練、演習間ノ敬礼」に関する規則に違反する行為ではなかったけれども、上官たちの傍聴を彼が全然意に介《かい》さなかったのか、それとも格別の他意を彼が所持したのか、その演説は、普通の下士官ならば、少なくとも将校准尉が立ち会っている公《おおや》けの場所では、差し控えたであろうような内容であった。

「知らんなら、ちっとばかし言うて聞かしょう。ほかのいろいろは扠措《さてお》いて、大陸で暮らしとった日本人非戦闘員の女房娘たちが、戦争の始まりごろ、チャンコロの軍隊から、匪賊どもから、どげなめずらしいことをされたか、少しだけ教えてやろう。」「浜松屋の場」における辨天小僧もどきの科白《せりふ》で口火を切った大前田は、ここで中華民国のある地名を告げたが、それは、私に聞き取られなかった、「××じゃ、町中の広っぱに、差し渡しが三尺足らず、深さが人間の腰のへんまでの穴が、何十か、二尺間隔ぐらいの一列に長々と掘ってあって、一つ一つの穴の一方のへりにゃ棒杙《ぼうくい》が一本ずつ打ち立ててあった。なんのための穴に、なんのための棒杙じゃったと思うか。穴の中にゃ、日本人居住者の女房やら娘やら、女子《おなご》ばっかりが、真っ裸かにされて入れられたとじゃ。立ったままで、うしろ手に棒杙にしばりつけられとるけん、臍《へそ》のあたりから上は穴のそとに出とる。ナンゴテそげな面倒臭い、念の入った仕掛けをしたとか、ようわからんが、それが支那式のやり方かもしれん。日本軍がやっと乗り込んだときにゃ、女子たちゃ一人も生きとるもんか。言うまでものう、女子たちの亭主、父親、兄弟、子供なんかは、その前に早いとこ皆殺しにされとる。一人一人の女子を、大ぜいのチャンコロ兵隊が、入れ代わり立ち代わり穴の中に下り立って、盥《たらい》まわしに強姦したあげくの果て、嬲《なぶ》り殺しにしてしもうたとよ。『ゆられゆられて立ちボンボ』なんちゅう、のんびりした話たぁ違うぞ。殺された女子たちのメメさん〔陰門〕にゃ、どれにもこれにも、太《ふと》か大根が一つずつ無理やり捩じ込んであった。穴の底は、淫水《いんすい》だらけ血だらけじゃ。チャンコロ何人分かの淫水と一人の女子の血とが交じり合うてどろどろした汁が、もうおおかた固まっとったごたぁあったわ。こりゃ、ほんの一例じゃ。あのおとなしい田中班長〔第二班長〕にせがんで聞いてみろ。田中軍曹は、おれたちより何カ月か早う支那に渡らせられた組じゃが、これよりもまだめずらしい出来事をその目で見て来とる。こげなめずらしいことが現にあってあられたからにゃ、そげなことをやらかしたチャンコロ仲間を八つ裂きにしょうが焼いて殺そうが、そりゃちっともあってあられんごたぁることじゃないぞ。内地でぬくぬくとふところ手をしとられるうちは別じゃっても、現地に行ってみりゃ、日本人なら誰でもが、そうしてやろうちゅう気になるとじゃ。チャンコロたちにとっちゃ『人を呪《のろ》わば穴二つ』よ。またそげなことがあろうとなかろうと、どうじゃろうとこうじゃろうと、どっちみち戦争ちゅうもんは、強姦もありゃ掠奪もありゃ嬲《なぶ》り殺しもあるで、敵ちゅう敵は殺して殺し上げて、なんでもかんでも取って取り上ぐるとじゃ。敵と味方とで、それのやり比べぞ。戦地下番の連中にほんとうの話をさせてみろ。何も変わったことはしませんでした、ちゅうごたぁる顔をしとる奴でも、きっと何か変わったことをして来たろうたい。せずに済むもんか。するごとなっとるとが、戦争じゃないか。そうとも、それが戦争よ。さぁ、どうや、貴様たち。」

ふたたび左手で逆につかんだ帯剣の柄《つか》をぐいと前下におさえつけた大前田の「さぁ、どうや、貴様たち。」にかぶさって、食事の号音が、正午を報じ出した。中央射界、築山《つきやま》の南東側でこちらむきに吹き鳴らす喇叭兵を、一瞬私は、流し目に見た。おりから週番上等兵に指揮せられた新砲廠兵班「めし上げ」分隊が、こちらの最上級者村上少尉に敬礼しつつ、喇叭兵の横手を（炊事場にむかって）通り過ぎた。喇叭を時計に照らし合わせるのか、あるいは時計を喇叭に照らし合わせるのか、それはまだ私に不明であるが、ともかく神山は、点呼、食事、消燈の各喇叭吹奏時には毎度のように麗麗《れいれい》しく腕時計「オメガ」を検するのに、いまはそれをしなかった。大前田によってここに醸《かも》し出された陰性の切迫感が、神山の心からそうする余裕を奪い取ったのであろう。

その陰陰《いんいん》の気と対照的に陽性の昼食喇叭が東むきの第二回目を調《しら》べる隙《ひま》に、数歩つかつかと前進した大前田軍曹は、照準棍の後方約二メートルに停止するなり、剣鞘《けんざや》の逆立つ鐺《こじり》で側背《そくはい》の大気に小円弧を画《かく》しつつ大腰を一回転し、上官二人のほうに尻を向けて、南面の大股に突っ立った。喇叭音が、西に向きを換えて低まった。ここらあたりで村上少尉か山中准尉かが干渉して来るのではないか、という私の想像に反して、彼らのどちらもが黙して語らず動かずのままに、食事喇叭は鳴り終わるらしかった。

　大前田が披露した中華民国兵による日本婦女陵辱《りょうじょく》虐殺談の真偽を判定する術《すべ》は、私になかった。ただ大前田はそれが彼の実見談であるような語り方をしたとはいえ、実際にはそれは彼の伝聞《でんぶん》談なのではなかろうか、という疑いは、私にあった。「それが支那式のやり方かもしれん。」と大前田が嗟嘆《さたん》したおり、私は、「呂太后《リョタイコウ》遂ニ戚《セキ》夫人ノ手足ヲ断チ、眼ヲ去リ耳ヲ煇《ヤ》キ、瘖薬《インヤク》ヲ飲マシメテ厠《カハヤ》ノ中ニ居ラシメ、命《ナヅ》ケテ人彘《ジンテイ》ト曰《イ》フ。」のごとき中華史籍中の断片文を思い出した。しかしそういう種類の残酷は、なにも中華民国の歴史にのみ見出される事件ではないのであった。私は、『支那兵はそんなことをするにきまっている。』とは思わなかったと同時に、『支那兵がそんなことをするはずはない。』とも思わなかった。それはあり得る（あり得た）ことであろう、と私の耳は、ほとんど円滑《えんかつ》に受け入れたようである。ただし開戦後丸四カ月の昭和十二年（一九三七年）十一月初旬、杭州湾上陸部隊の一員として初めて中華民国に渡った大前田に、そのような出来事を実見する客観的条件があり得たであろうかについて、私は、漠然たる疑問を覚えた。いずれにしろ大前田が簡潔に質素に自白した彼ら日本軍による敵国人火炙り虐殺の場合とは違って、このたびの中華民国兵による日本婦女陵辱惨殺物語りそれ自体からは、なにほどの深刻な衝撃的印象をも私は受け取らなかった。しかしその理由は、われながら曖昧であった。

大前田がそういう話を広告した動機の主要な一つは、彼ら自身の悪事非道を辯護し正当化し帳消しにすることにあったのであろう。またそのような思考様式は、客観的には、日本軍国主義が宣伝してきた「暴支膺懲《ようちょう》」観念形態の一変種でもあるのであろう。しかしそれが彼の実見談であれ伝聞談であれ、大前田が彼自身としては決してでっち上げを語ったのではなく真実を告げたのであろうことを、——陰火のような民族的熱情もしくは民族的我執が他の主要な動機の一つとして彼を駆り立てたであろうことを、——私は疑わなかった。私は、大前田の「こげなめずらしいことが現にあってあられたからにゃ、そげなことをやらかしたチャンコロ仲間を八つ裂きにしょうが焼いて殺そうが、そりゃちっともあってあられんごたあることじゃないぞ。」という「目には目を」的思想に感服することはできなかった。しかしそれにしても私は、「またそげなことがあろうとなかろうと、どうじゃろうとこうじゃろうと、どっちみち戦争ちゅうもんは、強姦もありゃ掠奪もありゃ嬲《なぶ》り殺しもあるで、敵ちゅう敵は殺して殺し上げて、なんでもかんでも取って取り上ぐるとじゃ。敵と味方とで、それのやり比べぞ。……せずに済むもんか。するごとなっとるとが、戦争じゃないか。そうとも、それが戦争よ。」という彼の論断については、そこに由由《ゆゆ》しい実力(現実性)の存在を認めずにはいられなかった。

わざわざこの場まで出かけて来た二人の上官がひきつづき事態を傍観している理由も、私に明快でなかった。彼らの意図は何か。もしも彼らが彼らの臨場という事実の威圧によって大前田の火を吐く舌端《ぜったん》を牽制しようと欲したのであったならば、それはすでにみごとに失敗したと見られるべきであろう。もはや彼らは、積極的に介入しなければならぬのではないか。だが、昼食喇叭の余韻をさえぎって発言したのは、村上少尉でも山中准尉でもなく、またしても大前田軍曹であった。

「お通夜にでん行ったごたぁる顔を拵《こしら》えて、うんともすんともぬかさんが、貴様たちも、これで少しゃわかったろうな。おれだけが、うんにゃ、おれたちだけが、日本軍だけが、あってあられんごたぁるめずらしいことをしよるなんち思うなよ。なんぼチャンコロちゅうても、敵もそげん甘《あも》うはない。貴様たちの目にゃ、『日本勝った、日本勝った、支那負けた』で、戦争は万事すらすらっと行きよるごと見えとるかもしれんばってん、――またそれじゃけん、いまは勝ち戦《いくさ》の日本だけが、あってあられんごたぁるめずらしいことをしよるごと目立っとるかもしれんばってん、――殺し合い取り合いぶっ毀《こわ》し合いの根《こん》比べ頑張り比べともなりゃ、チャンコロも隅にゃ置いとかれんぞ。あぁ、おれはこの目で現地を見て知っとる。なかなかどうして隅にゃ置いとかれるもんか。新聞やラジオやらで『残敵』、『残敵』なんち言い触らすとばっかり聞いとったら、まるで支那の軍勢は残り少のうなってしもうたごと貴様たちは思うとろうが、聞くと見るとじゃ大違いよ。それにまた赤のゲリラ部隊は、あっちでもこっちでも執念深う出たり入ったりしとる。もう五年もかかり切りでやっとるちゅうとに、いっちょも片づいとりゃせんじゃろうが？　その上に今度は毛唐《けとう》が相手よ。毛唐とチャンコロとどっちが余計隅にゃ置いとかれんか、知れたことか、『毛唐。』、『毛唐。』ちバカにして、あんまり嘗めてかかっとりどもしょうもんなら、いつか日本も太《ふと》えまちがいをするとじゃなかろうかねぇ。……なんせ南方じゃ、あってあられんごたぁるめずらしいことが、いろいろありよるじゃろうなぁ。ありよるにちがわんじゃろうなぁ。」

南方戦線に関して独白調で感慨しながら天空《てんくう》をもろに仰いだ大前田の満面に、正午の光があざやかな膜を張った。その光の膜が不意に歪んで罅割《ひびわ》れて、為体《えたい》の知れぬ悍《おぞ》ましい薄笑いが音もなく現われた。七、八秒あと、薄笑いと光の膜とを諸共《もろとも》に振り捨てた大前田の真顔《まがお》に、ふたたび帽《ぼう》の庇《ひさし》の隈《くま》取《ど》る影が下りた。彼の垂れていた右腕が右横へおだやかにしなやかに持ち上げられるのを私は見ていたが、たちまち彼は、そのたなごころで右外股《そともも》を一打ち丁《ちょう》と打った。

「いまは『日本勝った、日本勝った、米英負けた』のとんとん拍子で運《はこ》んどるごたぁって、結構なことよ。この調子で、今年の夏か秋にゃカリフォルニア州はサン・フランシスコへんに敵前上陸をするちゅう話もある。十一月三日の明治節ごろにゃアメリカもイギリスもお手上げじゃちゅう話もある。そのとおりに行きゃ世話はあるめえが、どうじゃろうか。『ほんとにそうなら、うれしいね』じゃなかろうか。おれにゃようはわからんが、お隣りの支那さん一つをさえ、六年がかりで持て扱うて、埒《らち》は明いとらんちゅうとに、遥か太平洋の向こうの大きな国を二つも相手にしといて、置いた物を取るごとそげん気安う見縊《くび》っとると、当てがはずれるかもしれん。勝ち戦《いくさ》のうちはええ。ばってん、まだこれまでのところは、こっちから手近な先様の田舎出店《いなかでみせ》を二つ三つたたき潰しにかかっとるちゅうだけで、アメリカ大本店、イギリス大本店をぐらりとでもさせたとじゃない。万が一、日本が負け戦になってみろ。いんにゃ、日本が負けてしまうことはなかじゃろう。まぁ仕舞いにゃ勝つじゃろうが、万が一、途中で形勢が悪うなって、敵が内地に攻め上がるちゅうごたぁることになってみろ。

日本人大ぜいが毛唐の軍隊からどげなあってあられんごたぁるめずらしい目に会わせられるか、考えるだけでも、おれはぞっとする。味方が負け戦《いくさ》になって敵が攻め入って来りゃ、否《いや》も応《おう》もなしに必ずそげな目に会わせられるとじゃ。そげんことになってから、なんぼあてふためいても吠え面《づら》かいても、もう間に合やせん。上つ方か耶蘇《ヤソ》教坊主か何かのごと聖人ぶるかして、『日本の戦争は、そげなあってあられんごたぁるめずらしいことをしよるとでありますか。』なんちゅう美しい寝言を言うたりしとったら、反対に自分たちが敵から思う存分そげなことをされにゃなるめえぜ。こっちが勝ち戦のときにゃやらかすことを、敵も勝ち戦のときにゃやらかすまでよ。そげな美しい寝言は、味方が味方にむかって言うはずのもんじゃない。味方が敵にむかって言うはずのもんじゃ。さもなきゃ味方が敵から言われるはずのもんじゃ。そうして何をどげん言おうと言わりょうと、とどのつまり『勝ちゃ官軍、負けりゃ賊軍。』ちゅうわけぞ。それが戦争よ。……罷《まか》りまちごうて、もしも日本が負け戦にでもなろうもんなら――。」

しかし大前田は、語を中絶した。彼は、左手を帯剣の柄から放ち、その手の平で、面上のほとんど出てはいないであろう汗をぬぐい取るように額《ひたい》から顎までを一度ねんごろに撫で下ろすと、ここの太陽の下に不存在の何物かを見つめるかのように、この上なくむごたらしい何事かを思い描くかのように、薄目を作って眉を顰《ひそ》めた。そのあやしげな面体《めんてい》で、数秒時間の沈黙を、彼は守った。

大前田の饒舌《じょうぜつ》の内容よりも、むしろその憑《つ》かれたような止めどのなさが、今更に私は気味が悪くなってきていた。その話題の野放図《のほうず》な飛躍発展に反して、彼の声色は、――書き抜きの棒読みのような孤独な穏便《おんびん》な有様からわずかに変化してはいたけれども、——甲高《かん》くも荒荒しくも上っ調子にもなっていなかった。そのくせ、そのおしなべて単調な地味な声音の長たらしいつながりには、ある超現実の気違いじみた熱気が立ち籠めているようであった。癇癪《かんしゃく》を起こしたドストエフスキーが不断《ふだん》の彼は片言《かたこと》でしかしゃべられないドイツ語を流暢《りゅうちょう》にあやつって啖呵《たんか》を切っているというような図が、なぜか私に連想せられていた。

……たとえ時間の都合をも上官二名の聞き耳をも度外視して行動しなければならないような内的必然が彼に生まれたのであったとしても、すでに大前田は質的にも量的にも必要限度をずいぶん乗り越えてしゃべりつづけたのではないか。それともその横行闊歩《かっぽ》するような質的展開と際限もないような量的持続との全体が、そもそも彼の内的必然であるのか。……その冒険的な質もさはさりながら、その非常識的な量が、だんだん深く私を当惑させ、怯えさせる。……彼にあり得るべき混沌たる内的必然が、私に全然想像も付かないのではない。いくらかなりぼんやりと私がそれを感得《かんとく》してはいる。……そして大前田における現在の内的必然を生み出した（または促進した）諸契機の一つとしては、鉢田と橋本との歯に衣《きぬ》を着せなかった口舌《こうぜつ》、とりわけ後者の「破戒」実行を兼ねたそれが、数えられるのでもあろう。……それにしてもその演説の量的非常識（および質的冒険）に大前田を熱中させている情念の本体全貌が、十分には洞察《どうさつ》しがたく無気味に私に感ぜられるのである。……

もっとも、私は、大前田の演説内容、その戦争観、中華民国観、イギリス観、アメリカ観の冒険的側面には、かなり大きい共鳴と同意とを持った。その表現はいかがわしかったにもせよ、中華民国の抗日戦力に関する彼の肉感的見解は、私に啓蒙的でさえあった。「『毛唐』、『毛唐』ちバカにして、あんまり舐めてかかっとりどもしょうもんなら、いつかから日本も太えまちがいをするとじゃなかろうかねえ。……まだこれまでのところは、こっちから手近な先様の田舎出店を二つ三つたたき潰しにかかっとるちゅうだけで、アメリカ大本店、イギリス大本店をぐらりとでもさせたとじゃない。」という彼の意見は、また同時に私の大東亜戦争観、「緒戦の勝利」観にほかならなかった。

大前田がソ連不敗論者曾根田と同様に「日本が負けてしまうことはなかじゃろう。まぁ仕舞いには勝つじゃろうが、……」と言ったのにたいして、私は『日本が勝ってしまうことはないだろう。きっと仕舞いには負けるだろう。』と考えてはいた。しかし彼は、そのように断わりはしたが、それでもその上で日本の負け戦《いくさ》を仮定して語るという近ごろ奇特な挙に出たのである。昨年十二月八日から今日午前まで、私は、杉山活版部員と話し合った二、三の場合以外には、日本敗戦という仮定に立って何事かを云云した人に一度も出会わなかった。今年夏か秋かの日本軍カリフォルニア州敵前上陸予想ないし十一月三日ごろのアメリカ降参予想は、――それを大前田は「『ほんとにそうなら、うれしいね』じゃなかろうか。」と冷笑的に批評したのであるが、――論外な狂気の沙汰と私にも思われる。ところが現在その種のことを正気で空想している人人は少なくないようであり、昨年末、現に私は、一人の著名な紳士がおなじような狂想的気焔を多数の聴衆にむかって臆面もなく吹き上げる光景にさえ出会ったのである。

——私が勤めたのは、本社が大阪および東京にある全国的新聞社(大東日日新聞社)の西海支社であった。昨年十二月中旬に支社長の更迭《こうてつ》が行なわれた。新任の重役支社長は、長年月数度の海外特派員生活を経験し、ヨーロッパ・アメリカ通、特にソ連通として知られた。先年、ドイツ・ソ連不可侵条約成立の直後、日本・ドイツ・イタリア軍事同盟締結主張派のドイツ駐在大使大島浩《おおしまひろし》（元大使館附陸軍武官・現在ドイツ駐在大使に再任）が解任せられることになって、その後任大使が物色せられたころ、この新支社長も有力候補の一人に挙げられたという下馬評が流れていた（のちに開戦直前の日本・アメリカ会談における特派大使となった来栖三郎《くるすさぶろう》が、時のベルリン駐在大使に任ぜられて、ドイツ外相リッベントロップ、イタリア外相チアノとともに、昭和十五年〔一九四〇年〕九月の三国同盟条約に調印したのである）。

それかあらぬか、昨年夏、ドイツ・ソ連開戦後約一カ月のある日、西海支社に出張して来たこのヨーロッパ・アメリカ・ソ連通（当時東京本社論説委員）は、支社員多数を三階大講堂に集めて国際情勢を講演した際、ドイツ駐在中の外交的手腕活動に関して来栖前大使を過当に冷嘲していた、――ドイツ要路の官辺は、来栖の内実が親アメリカ・イギリス分子であり来栖夫人アリスがアメリカ生まれであるがゆえに、「ベルリンの日本大使館には反枢軸側の第五列が巣を作っている」とさげすんで忌避した、来栖が聾桟敷《つんぼさじき》に置かれて何事をも為し得なかったのは自業自得であったろう、云云。

また彼は、「さて可憐なるケケ・スワニーゼを女房に致しましたるスターリンが、……」というような低級講釈師口調で、ロシア革命の裏話などをおもしろおかしく折り込みつつ、ドイツの電撃戦によるソ連の早期亡国をよろこび勇んで予言した。あたかもその日の新聞（ニューヨーク発特電）は、北部戦線のドイツ軍がエストニアのフェソン、ベルナウ両市およびソ連・ラトヴィア国境のオストロフを占領し、南部戦線のドイツ軍がウクライナのキエフ、オデッサ両市を目指して「怒濤のごとく」進撃している、と報じていた。私自身もソ連の前途に敗亡を予想せざるを得なかった一人ではあったが、外国通的・情報通的紳士にありがちな彼の勿体ぶったしたり顔も下品な知ったかぶりも私にいとわしかった。

私が彼のソ連早急滅亡論をも下品な知ったかぶりと観じて憎悪したのは、必ずしも道理に叶わぬ心情であったかもしれない。その私がおなじその日の新聞（モスクワ発同盟）の「最近のソ連当局発表によれば、独軍進撃の速度が緩慢になったのは、バルト海から黒海に到る長大な戦線が事実上膠着《こうちゃく》状態におちいったことを物語るものであるとしている。……各地区において赤軍の反撃が成功し、赤軍主力は漸次《ぜんじ》敵を完全に撃退せんとする態勢にあると言われる」という小さな記事に一時的にもせよ急激に惹《ひ》きつけられるのを自覚したのも、同断の心情でしかなかったかもしれない。

しかしその講演で彼が二人のアメリカ人の二つのソ連不敗論を（彼としては否定的に）紹介したことは、私にとって（――より正確に私が言うならば、その日の新聞社員私にとって、というよりも、むしろそれから数カ月後の二等兵私にとって）無益でなかったようである。それらは、元ソ連駐在アメリカ大使ジョセフ・デイヴィスならびにニューヨーク・タイムズ社元モスクワ支局長ウォルター・デュランティがドイツ・ソ連開戦直後にそれぞれ発表した二つの意見であった。まもなく私は各資料について二人の論旨をさらにたしかめたが、――

しかもそののちも私は、私の虚無主義を一途《いちず》に育《はぐく》んで、ソ連の不敗を信じなかったが、――ソ連側にたいする悲観的・絶望的観測が世界の大勢を制していた最中、彼らは、いずれも、ソ連征服の至難とソ連の強靱な底力とを理論的・確信的に主張していた。

昨年十二月下旬の全支社員会議で、新支社長は、またもや国際情勢に関する一席の演説を行ない、就任の辞に代えた。真珠湾奇襲成功、戦艦「レパルス」および戦艦「プリンス・オブ・ウェールズ」撃沈、グアム島占領、ウェーク島占領、と「わが軍の驚異的戦果」が相次いで齎《もたら》されつつあった社内の好戦的な昂奮の中で、彼は、主として対アメリカ・イギリス開戦の積極的意義と日本勝利の予定表《プログラム》とを感激的に強調した。それをほとんど既定の事実として彼が誇示した日本勝利の予定表《プログラム》は、概略次ぎのごとくであった。――昭和十七年〔一九四二年〕一月中、日本は全フィリッピンを占領。同年二月十一日紀元節、日本はシンガポールを攻略。同年三月十日陸軍記念日、日本はビルマおよびタイを平定。同年四月三日神武天皇祭、日本はオランダ領東インドを征服。同年四月二十九日天長節、日本はインドならびにオーストラリアを掌握。同年五月二十七日海軍記念日、日本はハワイを占領。……同年十一月三日明治節、アメリカ〔イギリス〕は降伏。

在外日本資産凍結、対日通商制限を強行したアメリカ・イギリスにたいする日本の国交断絶について「おれ〔日本〕も男だ。尻を向けて寝た女〔アメリカないしイギリス〕に腰を使う気はない。」と特別に紳士的な修辞法を用いた新支社長も、合衆国太平洋岸への日本軍上陸予定日を指示しまではしなかった。しかし彼に従えば、数カ月後には南西太平洋地方ないし東南アジア地方から大量の工業資源、衣料、食料が続続到来することになるそうであった。

……「来年の夏ごろには、石油もタバコも砂糖もバナナも、あり余《あま》って始末に困るという有様、スフ〔人造繊維〕の洋服などを着用するような帝国臣民は、一人もおらないというわけでありまして――。」……

新支社長は、いささか逆上気味に誇大な放言をしたのでもあったろう。だが、引きも切らず到着する緒戦の捷報に逆上していたのは、彼一人ではなかったらしい。聴衆支社員大多数も、たびかさなる笑声拍手喝采をもって彼に呼応し同調したのであって、それは、また世上一般の表面に支配的な逆上気分の縮図のようでもあった。それから年が改まって正月が終わるまでに、フィリッピン作戦では、日本軍が一月上旬マニラを占領し、アメリカ軍主力がバタン、コレヒドール方面に逼塞《ひっそく》し、マライ半島作戦では、日本軍が、十二月上旬中旬シンゴラ、コタバルに上陸するや、一路快速に南下し、十二月末イポ、クワンタンを奪取し、一月末ジョホールバールをも攻め落し、シンガポールを指顧《しこ》の間に置いている。消息通的新支社長が提供した「一月中、日本は全フィリッピンを占領。二月十一日紀元節、日本はシンガポールを攻略。」という予定表は、ほぼ着着と実現せられつつある。

日本軍のジョホール占領は、昨二月二日の日夕点呼時、週番下士官からわれわれにつたえられた。目睫《もくしょう》の間に迫ったと見られるシンガポール陥落によって大東亜戦争の大局は決せられるであろう、というのが広汎の雰囲気であって、「こっちから手近な先様の田舎出店を二つ三つたたき潰しにかかっとるちゅうだけ」というごとき見方、ましていかなる意味においても日本の敗北がそこに想定せられているというごとき言辞は、殊にそれらが表向きに持ち出されるとき、まったく異端《いたん》の冒険でなければならなかった。

大前田の言わば「異端邪説」のような口舌を聞きながら、私は、かの新支社長の豪語に思い及んだ。近年ドイツ駐在大使の有力候補視せられたこともある知名事情通新聞人の戦局観によりも、戦地下番農民下士官大前田のそれのほうに、私は、比較にならぬほどの大きい価値を認めて同感した。何が大前田をそういう認識に導いたかを、私は知る由もなかった。しかしそれが、彼我の国力にかかわる学問的・理論的知識分析では九分九厘なくて、主として別の何かであろうことは、私にも想像せられた。それは、あるいは民衆的直感の類であるのかもしれず、あるいは足かけ四年の戦場体験が彼に附与した皮膚感覚的知慧の類であるのかもしれない。たとえ新支社長（長期数回洋行経験者）が自他共に許す知識教養人であったにしても、——たとえ彼が大前田に比べて（私に比べても）遥か段違いに豊富な学識経験の所有者であったにしても、——例の予定表的見地に彼を誘導したのは、断じて語の正当な意義における学問的・理論的知識分析ではなくて、土百姓大前田の場合におけるそれよりも遥かな蒙昧無知な何物かである、と私に信ぜられた。

　大前田とおなじような戦局観に立ち、その上『日本が勝ってしまうことはないだろう。きっと仕舞いには負けるだろう』と考えている私も、アメリカの政治的・経済的・軍事的・精神的力量について格別の研究理解を持ってはいなかった。それでも私においては（内外の実情に関する私の常識的知識理解においては）、緒戦の勝利がこの大戦争の進展と帰趨《きすう》とをなんら決定的に制約し得るはずはなかろうこと、アメリカが日本にとって「『毛唐。』、『毛唐。』ちバカにして、あんまり嘗めてかかっとりどもしょうもんなら、いつか日本も太えまちがいをする」にちがいない相手であろうことは、おのずから明らかであると思われた。局面がいくらか長びいたら、アメリカ国内に厭戦もしくは反戦の動向が起こり、ひいてはそれが内乱となり、要するにアメリカは内部から瓦解し出して戦争遂行能力を喪失するに至るであろう、――そういう見方も日本人の間にかなり広く行なわれてきたらしく、昨年末の新支社長もそのようなことを言明していた。しかし私の考えとしては、たとえばマックス・ファランドの簡潔な『アメリカ発展史』一巻からでも、そんな安易な虫がいい見方とは別個の観点が、――独立戦争、辺境開拓、南北戦争、……と多くの困難な試練の上での新しい民族国家アメリカとその国民とにたいする、もっと真剣な、もっと着実な観点が、――取り出されることができるのであり、取り出されてしかるべきなのである。

……そのファランドの『アメリカ発展史』に引用せられていたジェイムズ・ラッセル・ロウエルの詩句を私がたまたま思い浮かべたのは、大前田が彼の演説における畳句《リフレーン》のような「それが戦争よ。」を何度目かに口に出したせいであろう。……'Ez fer war, I call it murder, ――/There you hev it plain an' flat; /I don't want to go no furder /Than my Testyment fer that;（戦争というのは、人殺しのことさ／と言っちまえば、わかりがよろしい／四の五の言うには、当たらない／ちゃんと『聖書』に、載ってるからさ（名原広三郎・高木八尺訳）」……「耶蘇教坊主」を嘲罵した大前田も、「戦争というのは、人殺しのことさ」と――『聖書』とはかかわりなしに――かさねがさね保証したのである。

「それが戦争よ。」の大前田軍曹は、血腥《ちなまぐさ》い何かの彼自身に襲いかかれる幻影を払い落とすかのように首を三、四度振りまわしてから、両眼をもとどおりに見開いた。

「うぅ、負け戦のことは、もうええ。とにかく、そういつもいつも柳の下に泥鰌《どじょう》はおるめえちゅうことよ。階上班の古年次兵どもが、わがたちもアメリカ遠征軍になったごたぁる気色でしゃべっとるとを聞いてみりゃ、サン・フランシスコに敵前上陸をした暁にゃ、その足で脇目も振らじにハリウッド目がけて突進して、それこそ『逢うたときに笠をぬげ。』じゃ、いっち上物《じょうもん》〔美人〕からやり始めて順繰りに、わが身の破甲榴弾〔男根〕が続く限り、金髪女優たちを総嘗めにしちゃる、なんち吹きまくっとる。そのうちに貴様たちも思い当たるじゃろうが、これが座興の駄法螺《だぼら》でもあり長い目で見りゃ正真正銘の本心でもあるちゅう所が、軍隊の――戦争の摩訶《まか》不思議よ。まぁ駄法螺にしろ本心にしろ、どっちみち勝手な熱でも上げとらんことにゃ、こげな守備地の兵隊もやり切れめえけん、そりゃそれで構わんじゃろう。ばってん、敵もおなじ頭で日本の女子《おなご》たちを狙《ねろ》うとるちゅうことは、覚えといたほうがええ。」

　私は、大前田の言いぶりに淫猥《いんわい》軽薄の気を感じなかった。かえって、ある根源的な恐怖をもって、私は、謹聴した。大前田が、語りつづけながら西むきになって、火砲の北側を砲口のほうへ動き始めると、彼のそれまではいっそ切切《せつせつ》として私語のようでもあった語調が、そこいらから嘈嘈《そうそう》たる急雨のおもむきを持った。

「ええか、ハリウッド女優を組み伏せる夢は見放題じゃが、やがて階上班の連中やらお前たちやらが持って行かれる先は、遠い海の向こうは向こうでも、サン・フランシスコでもロス・アンジェルスでもありゃせん。」野砲の向こう横手、車輪の脇に達した大前田が、東にひらりと身をひるがえして、動きを止めた、「南方じゃ。歌の文句で皆さん御承知の『赤道直下なんとか群島』の見当じゃ。おぉ、人事《ひとごと》じゃない、おれもおなじよ。日本も、『乗りかかった船』で、今更こっちから止めもなるめえし、なおさら負けるわけにゃいくめえ。その熱帯の島島で、新手《あらて》の大軍を向こうにまわして、これから先が本物の大がかりな殺し合いよ。敵も味方もトツケモナイ死人の山じゃろう。この前の大陸じゃ運よういのち拾いをして帰って来られたが、今度はおれもたいがい助からんと覚悟しとる。お前たちもそう心を決めとけ。うぅ、おたがいさまに、行きとうして行く南方でもなけりゃ、しとうしてする人殺しでもないぞ。しかし行ったからにゃ、内地じゃ人一人殺した覚えもないこのおれが、敵の毛唐どもをならべといて、榴霰弾《りゅうさんだん》・曳火信管《えいかしんかん》の零距離射撃、水責め火責め、一寸試《だめ》し五分刻《ごぶきざ》みに、支那でやった数を上まわるぐらい、思う存分たたき殺してやる。敵と名のつく奴たちにゃ、どいつにもこいつにも仮借はせん。そうこうしよりゃ、いずれこっちが反対に打ち殺されて、煮つけにされた魚のごたぁる目を剝《む》いて南方の赤土の上にひっくり返らにゃなるめぇばってん、おれの目ん玉の黒いうちは、当たるをさいわい、ありとあらゆる方法で、殺し散らかしてやるぞ。また国は、軍は、そうさせるつもりでおれたちを行かせるとじゃろうが？　殺す相手は、日本人じゃない、毛唐じゃろうが？　敵じゃろうが？　殺して分捕《ぶんど》るが目的の戦争に、余計殺して余計分捕ったほうが勝ちの戦争に、『勝ちゃ官軍、負けりゃ賊軍。』の戦争に、殺し方・分捕り方のええも悪いも上品も下品もあるもんか。そげな高等なことを言うとなら、あられもない戦争なんちゅう大事《おおごと》を初手から仕出《しで》かさにゃええ。いまごろそげな高等なことは、大将にも元帥にも誰にも言わせやせんぞ。」

ゆくりなくも私の心は、『保元物語』における「梟悪《ケウアク》頻《シキ》リニ聞コエ、狼藉尤《モット》モ甚《ハナハ》ダシキ」鎮西八郎為朝《ちんぜいはちろうためとも》の「武士たるものは殺業《さつごふ》なくては叶《かな》はず。それに取っては、武の道非分《ひぶん》の者を殺さざるなり。依って為朝合戦すること二十余度、人の命を断《た》つ事数を知らず。されども分《ぶん》の敵を討って非分の者を討たず。」という言葉を呼び出していた。たしか「内地じゃ人一人殺した覚えもない」にちがいなかろう大前田文七の「殺す相手は、日本人じゃない、毛唐じゃろうが？　敵じゃろうが？」は、「幼少より不敵にして、兄にも所をおかず、傍若無人なりし」八郎御曹司《おんぞうし》の「分の敵を討って非分の者を討たず。」に相当する言い分でもあるのか。

大前田軍曹は、みたび左手で逆につかんだ帯剣の柄を前下に押し下げ、つと横に差し伸べた右手を車輪の上方輪帯《りんたい》に掛けて、凜然《りんぜん》と胸を張った。

「この野砲のことが、『操典』になんと書いてあると思うか。『各種活目標ヲ殺傷シ』と書いてある。『各種活目標』ちゅうとは、馬なんかもそうじゃろうが、主に人間のことじゃ、敵国人のことじゃ。火砲の榴霰弾は、たくさんの『活目標』を一纏《まと》めに吹っ飛ばすために出来とる。毒ガスの使用は国際条約で禁止されとっても、戦争がありよる以上、どこの間抜けな国がそげな条約を守るか。各国が作って持っとって、ここぞというときにゃばら蒔《ま》くちゅうことは、公然の秘密ぞ。殺人光線か電気砲か知らんが、相手方の戦闘員も非戦闘員も一緒くたにして、いちどきに何万人も何十万人も皆殺しにしてしまうごたぁる新兵器でも早う拵《こしら》えて、早う使うたほうの国が勝とうちゅう戦争に、殺し方のよし悪しを詮議しとる必要はない。なにがなんでも、『各種活目標ヲ殺傷シ』の一本槍で進むまでよ。」

それで大前田の長広舌も、ついに終わったとみえた。片手に火砲の車輪をつかみ片手に帯剣の鞘《さや》を逆立てた勇壮な姿勢のままで、大前田は、両唇をしっかり結んだ。また静寂がわれわれを訪れた。

大前田演説の全体は、多くの鮮烈な印象を私に刻み込んだが、この静寂の間、私は、ほかのことを考えなかった。日に照る三八式野砲を片えにした大前田の（いかにも「歴戦の勇士」という評判にふさわしい）屈強な立ち姿を眺めながら、私は、これも『保元物語』の為朝初登場場面を頭の奥で暗誦していた。そこは、『保元物語』の中で、私の好きな箇所の一つである。

為朝は七尺許《ばか》りなる男の、目角《めかど》二つ切れたるが、紺地に色色の糸を以て、獅子丸《ししのまる》を縫ったる直垂《ひたたれ》に、八竜といふ鎧《よろひ》を似せて、白き唐綾《からあや》を以て縅《をど》したる大荒目《おほあらめ》の鎧、同じき獅子の金物打ったるを著る儘に、三尺五寸の太刀に熊の皮の尻鞘《しりざや》入れ、五人張《ばり》の弓、長さ七尺五寸にて鈌打《つくう》ったるに、三十六差したる黒羽の矢負ひ、兜《かぶと》をば郎等《らうどう》に持たせて歩み出でたる体《てい》、樊噲《はんくわい》も斯くやと覚えてゆゆしかりき。謀《はかりごと》は張良《ちやうりやう》にも劣らざれば、堅き陣を破る事、呉子孫子が難《かた》しとする処を得、弓は養由《やういう》をも恥ぢざれば、天を翔《かけ》る鳥、地を走る獣《けだもの》、恐れずといふ事なし。上皇を始め進《まゐ》らせて、あらゆる人人、音に聞ゆる為朝見んとて挙《こぞ》り給ふ。

（第二巻につづく）

『神聖喜劇』に寄せられた評

光文社刊『神聖喜劇』第一・二巻付録「『神聖喜劇』第一巻 第二巻に寄せられた評」、第三・四巻付録「『神聖喜劇』完結にあたって寄せられた評」を再録。

現代社会をみごとに象徴

（作家）松本《まつもと》　清張《せいちよう》

大西巨人《おおにしきよじん》さんのこの小説は雑誌に連載中から私は愛読した。いま、はじめからまとめて読み直し、興趣いよいよ起こった。ここには軍隊内務班という世間から隔絶された特殊社会があり、その閉鎖状況のなかで、嗜虐《しぎやく》的な下士官、上等兵とその犠牲となる新兵とが描かれている。主人公はその新兵の中の一種の「超人」だ。暴力的な絶対服従の軍隊で、彼が稀代《きたい》の記憶力と理論を武器としていかに上長と機構とに向かって闘ったか、各兵の過去と思想とを織りまぜ、ときにユーモラスな場面をまぜながら繊細な陰影で展開してゆく。現代社会を象徴した小説である。

現代への鋭利な諷刺《ふうし》

（作家）大岡《おおおか》 昇平《しょうへい》

日本の軍隊は老朽化し官僚化し、各種「操典《そうてん》」や「令《れい》」の、文語カタカナ書きの煩雑《はんざつ》な条文に縛られていた。敵が退却したのに、追撃しないと「作戦要務令」違反になるため、猪突《ちょとつ》して潰滅《かいめつ》したりした。

大西巨人氏は、超人的記憶力をもつ主人公を設定することにより、この条文を逆手にとって、軍隊生活の喜劇性を生き生きと描きだすのに成功した。この喜劇性はまた、ますます官僚化しつつある現代の生産社会のものであるから、現代への鋭利な諷刺になっている。

壮大な問いかけ

（作家）五木《いつき》 寛之《ひろゆき》

埴谷雄高《はにやゆたか》氏の『死霊』、野間宏《のまひろし》氏の『青年の環《わ》』と並んで、大西巨人氏の『神聖喜劇』は、戦後文学が私たちに投げかけた最も壮大な、かつ最も難解な問いかけの一つである。この大長編が延々二十三年にわたって書きつがれたさまは、あたかも永遠の時の車輪が、ゆるやかに宇宙の間を縦断して行くのを見る思いがあった。日本軍隊における内務班という坩堝《るつぼ》の中に構築された反教養的教養小説《ビルドウングス・ロマン》として、この作品は、いまようやくその異様な全貌を私たち読者の前に現わした。

偏執的方法で描かれたこの小説によって、われわれはかつてない体験の中にためされるのである。

激しくまぶしい愛と性

（作家）瀬戸内《せとうち》 寂聴《じやくちよう》

『神聖喜劇』を読むときくらい、自分が女であると自覚させられることはない。この作者から女には読ませないぞと突き放されているような気がするからである。これまでの小説作法に必要と思われていたあらゆる柱を抜きとって作ったような不思議な小説である。妖《あや》しい見《み》馴《な》れない建築物を見る想《おも》いがする。しかしそれがかつてないほど壮大で美しい建築物であることにはまちがいない。

第三部〈運命の章〉は、男と女の愛と性が、激しくまぶしく描かれていて、ほっとする。巨大な殿堂の中を迷っていて、はじめて華《はな》やかな壁飾りのある部屋に入ったような想いがある。

日本人の原型を浮きぼり

（評論家） 扇谷《おうぎや》 正造《しょうぞう》

日本人とは、いったい、何か？　本書は、それに対する仮借なき回答である。旧軍隊という局限下の状況におけるさまざまなタイプの日本人が、ここには赤裸々《せきらら》に登場してくる。それは、美しく醜く、勇ましく臆病で、やさしく残虐な存在――日本人の原型が、見事に浮きぼりされている。

ハシェクの『シュベークの冒険』が、第一次大戦が生んだチェコの国民文学であるなら、本書は、第二次大戦が生んだ、日本の最大の国民文学の一つであろう。

手に汗握る迫力

（映画監督）木下《きのした》　恵介《けいすけ》

『神聖喜劇』とは、よくも言い得ている題名です。私は随所で声をだして笑い、笑いの底から涙が滲むような絶望感に襲われました。そして私の頭の中に浮かぶのは、この小説が展開して見せる三十余年前の戦時ではなく、いま私が生きている真っ暗な現代を、自分はいかに生きるべきかということです。光があるのか無いのか、永劫《えいごう》に空しいものを仮想しているのではないのか？

おそらくこの大作を書き上げるために、作者は骨肉を削る思いがしたでしょう。実に油汗が吹き出るような苦闘の連続を思わせるからです。読むほうの私も、まさに手に汗を握っていました。一人一人の人物が、人間そのものとして息づいていることも最大の迫力です。

圧倒される強烈な個性

（評論家）　荒《あら》 正人《まさひと》

これは、いままで書かれるべくして、何人《なんぴと》も試みなかった軍隊小説である。主人公は、大学時代、左翼運動に関係し、退学したという経歴をもっている。かれは、徴兵を逃れることができたにもかかわらず、あえて軍隊に入り、虚無主義と克己主義をこえて、民衆の一人として重い生をいきぬこうと努める。――内務班長の陸軍軍曹大前田文七《おおまえだぶんしち》の姿に、庶民の姿の最も深い部分を取り出している。時は、一九四二年初め、舞台は、対馬《つしま》要塞である。読者は、「私」の強烈な個性の前に、圧倒されてしまう。だが、このような「私」だからこそ、大前田のような人物と対決し、軍隊という独自な組織を縦横に描き尽くすことができたのだといえよう。

社会科学と文学性の融合

（名古屋大学教授）水田《みずた》　洋《ひろし》

ダンテの『神曲』と同じ題名のこの長編のなかで、東堂《とうどう》二等兵は、無名の戦いに死ぬべきだというニヒリズムの上に立って、帝国陸軍の本質に強靱《きようじん》な論理のメスをいれる。彼の眼前には、農民兵大前田《おおまえだ》軍曹や村崎《むらさき》一等兵の体験と意見を通じて、軍隊の秩序と世間の秩序とのねじ曲がった癒着《ゆちやく》関係が展開され、その背景には一九三〇年代の社会思想史が回想としてひろがる。この凄烈《せいれつ》な体当たりは、束《つか》の間《ま》の恋として花咲くときもまた、感動的である。

かつて、「新日本文学」に連載された断章を読んで衝撃を受け、その後つづけて愛読している。こんど「第四部」（伝承の章）が単行本としてまとまったのを機会に再読し、はじめて読むような新鮮さに打たれ、また一層の充実感をも味わった。社会科学と文学性が、みごとに融合した、貴重な力作である。

偉大な文学の誕生

（学習院大学教授）　小松《こまつ》　茂夫《しげお》

骨の細いひよひよした文学を私は好まぬ。『神聖喜劇』は日本人ばなれのした骨の太い作品である。それだけで十分に私は惹《ひ》きつけられた。しかし、第一部から第二・第三部へと読み進むうちに、この作品の根底に、この二十年来作者の深く執し深く狂する或《あ》るものの秘められていることに気づかされた。偉大な思想、偉大な文学には必ずそのような深く執し深く狂するものがなければならぬ。読み了《お》えたいま、私は偉大な文学の誕生を予感し始めている。

世評は『神聖喜劇』をもって単なる軍隊小説と見なしているようである。私は賛成できぬ。やがて太平洋戦争へとのめりこんでゆく日本社会の数十年の過程をきわめて構造的に描き出すとともに、そこに働くもろもろの思想を百数十年、いな、ときとしては数百年にわたる思想史的遡行《そこう》のなかでうきぼりにし、それらを背景として、一九三〇年代から四〇年代の日本、つまり、内に治安維持法の暴圧、外に帝国主義的侵略戦争の拡大という時代に、青年となり社会人となりそして兵士となる一人物を主人公とするところに、『神聖喜劇』は成り立つ。単なる軍隊小説などでは全くない。

『神聖喜劇』はさまざまの意味をもち得よう。作中の人物東堂と世代をひとしくする数百万の同世代の男女にとってはそれは鎮魂歌であるかもしれぬ。しかしいま東堂と漸《ようや》く年齢をひとしくしつつある世代の男女にとっては、それは自己の生の方向づけにとって示唆《しさ》多き人生の書であるかもしれぬ。いずれにせよ、『神聖喜劇』の投げかける意味は、読む者の心をその最も奥深いところにおいてとらえて離さぬはずである。

あすに通じる不滅の力

（作家）小《お》田《だ》　実《まこと》

大西巨人氏の作品によって私が動かされるのは、博覧強記、記憶力の抜群によってではむろんない。軍隊内のことを克明に記録してあるので、私にとって参考になるからではない。この作品が描きだしたものが過去のことでありながら、こんにちの情勢にそのまま通じるものをもち、それがこんにちの情勢の中でさまざまな問題に直面しながら生きている私の心をとらえるからだ。いや、この作品は、こんにちの情勢ばかりか、あすの情勢に通じるものをもち、その意味で、不滅の力をもつものであろう。そうしたことを感じるのは、私だけのことではないにちがいない。

マラソンのゴール到達

（作家）埴谷《はにや》　雄高《ゆたか》

大西巨人《おおにしきよじん》の名を知ったのは、戦後、遠い福岡から出されていた大判の雑誌「文化展望」に毎号コラムを書いている筆者としてであった。編集者が、毎号、文学批評のかたちでコラムを書くのは「展望」の臼井吉見《うすいよしみ》からはじまったが、いってみれば、執筆編集者代表の臼井吉見について私達が次第に知ってきたのに、大西巨人については、その後も、何ら新しく知るところもなかったのである。

ところで、「近代文学」の第一次同人拡大のとき、野間宏、久保田正文、平田次三郎、加藤周一、中村真一郎、福永武彦、花田清輝の七名は私達の裡《うち》の誰かがすでによく知りあっていたのに、大西巨人だけは私達の誰もがまったく知らなかったのである。そのまったく誰も知らぬ大西巨人を平野謙と私が推し、他の同人すべてが賛成したのは、「文化展望」の目のよく行き届いたコラムに私達すべてが感心していたからである。そして、私達の誰もが知らない大西巨人と私達が顔をあわせるのは、同人になってもらってからかなりあと彼が上京してきたときであるが、そのとき（勿論《もちろん》私達もまだ若かったのであるが）、大西巨人の顔が青春の紅味《あかみ》を帯びて思っていたより遥《はる》かに若々しいのに私達はびっくりしたのである。

彼の文章は、もし目的地まで百歩の距離があるとすると、ただにそのすべての一歩一歩を熟視して踏みしめゆくばかりでなく、その一歩と一歩のあいだにあるところのまことに微細な、他のものなら決して見おろさぬ、長さも幅も僅か数ミリといった一種「隠れひそんでいる」小さな事物までも、まるごと見逃さぬほど「探索的」で、また、「徹底的」に「論理的」である。つまり、この世の事象も人物も、いってみれば、強烈なサーチライトの光で照らされた上、レントゲンで透視されてしまうといった「全勦滅《そうめつ》的」解明をうけることになるのである。

私達がもったこれまでの戦争文学の代表は大岡昇平の『野火』で、軍隊小説の代表は野間宏の『真空地帯』であるが、新しく書かれた大西巨人の『神聖喜劇』においては、ただに軍隊内部における人間関係ばかりでなく、その秩序を支える「全構造」が描出されるのである。しかも、内務班の構造と生活の全体が描き出されるにとどまらず、レーニンやコミンテルンまで登場する歴史の暗部の細密までひきだされるこの作品が、まことに「百歩を一万歩分で歩く」手法でついに完成されたのは、誰も容易になしとげ得ざる偉業といわねばならない。野間宏も、大西巨人も、こうして長いマラソンのゴールにすでに到達したのを遠くに見て、遥かにおくれて走っている私はまさに孤影悄然《しょうぜん》たる観がある。

二十一世紀を透視する小説

（作家）加賀《かが》　乙彦《おとひこ》

小説作法の初歩的知識とされるストーリーとプロットという言葉が私はきらいである。小説を作るのにストーリーがあって、それを読者に呈示していく実際の小説的方法がプロットだと考えると、どんな小説も一つのストーリーで作られているということになる。

しかし、たった一つのストーリーを、さまざまなプロットによって味付けしていくのが小説ではない。逆に、まずプロットというものがあり、プロットがストーリーを決定している。つづめていえば、小説ではプロットがすべてであり、プロットの数だけストーリーがあるわけだ。

表現の方法（プロット）によって表現される内容（ストーリー）がちがってくる。語り方によって、視点によって、小説の世界が異なってくる。とすれば、ふつう言われているように、あるストーリーをプロットによって示すのが小説だとはいえなくなる。

十九世紀の小説や現今でも多くの小説は、編年体という単純なプロットでストーリーをつむぎ出している。そこでは、プロットとストーリーがほとんど一致してしまうので、今のような問題はおこらない。

が、ジョイス、プルースト、フォークナーなどが開発した二十世紀的な小説では、表現の方法がすべてで、古典的なストーリーは消失してしまっている。

大西巨人の『神聖喜劇』は、まさしく二十世紀の小説の延長線上にある新しい文学である。東堂《とうどう》という人物を中心にすえ彼の現在の時間のなかに、過去、古典の世界、ジャーナリズムの体験、情事など、色合いのちがったさまざまな時間が流れこんできている。しかもそのさまざまな時間は、相互に反撥《はんぱつ》し合い、時には相矛盾しながら、一つの小説世界へと収斂《しゅうれん》してくる。

この小説においてストーリーがどうだ、プロットがどうだ、ということはもはや問題にならない。万華鏡《まんげきょう》のように現われてくる文章がそのまま小説である。だから軍隊小説だという評価ほどあやまったものはないので、軍隊の時間はさまざまな時間の一つとしてあるだけだ。

軍隊の時間は、社会情勢、古典文学、操典、法規、男女の対話、その他多種多様な時間とのせめぎあいのうえで成立している。それは、現代という複雑怪奇な時代を生きる人間のありようを象徴的に示している。

古い意味のストーリーをもとめて、この小説を読む人は、その世界のあまりのひろがりと複雑さに戸惑《とまど》うかも知れない。また、それを不自然や冗長と感じるかも知れない。けれども、この小説は、単に軍隊に生活する人間の、日常的意識や心理を写実しただけではない。主人公の無意識や夢や記憶を、しばしば主人公自身も自覚しない、幅広い視点で書いているのだ。

そう、これは、すぐれて二十世紀的であるとともに、二十一世紀を透視する、新しい小説なのだ。

精神の全史を描く

（作家）　黒井《くろい》　千次《せんじ》

『神聖喜劇』を一気に読み進んでいる日々は、ぼくにとってなにやら異様な時間であった。粘着力のある長々とうねる文体に捲《ま》きこまれ、抱きとられ、すくい上げられては突き転がされ、文字どおり作品の世界を主人公の背について生きてしまっているのだった。

この小説の冒頭部にはじめて接したのは、もう二十年余りも前の「新日本文学」誌上であったが、当時、これはなんとも不思議な小説の連載がはじまったものだ、という驚きに近い感想を抱いたのを覚えている。それまでに読んだ軍隊を舞台とする小説のどれとも『神聖喜劇』は全く異なっていたからだ。

たとえば、二等兵・東堂太郎が一種病的ともいえるほど旺盛な記憶力を武器に次々と上官と争い、論理的に彼等をやりこめていく場面などに息をつめ、目を見はって快哉《かいさい》を叫び、ここにいるのは文字どおりの「ヒーロー」なのではあるまいか、と考えたりしたものだ。今回、ようやくその全貌を現わした『神聖喜劇』の世界に触れて、ぼくの驚きはますます大きく強くなったといえる。

いわゆる自叙伝なるものが、少年の感情生活のみを描いて彼の知識獲得の過程を描かないのは間違いだ、と述べたのは『少年』における大岡昇平氏だが、自叙伝ならぬ大長編小説において、大西巨人氏はその主人公の知識獲得の過程、つまりは精神の形成史を徹底して描こうとした。四歳の正月から父親について漢文の素読をはじめた東堂太郎の知の成育は、やがて漢詩、短歌、俳句、更には諸外国文学、左翼運動の政治文献までを貪食《どんしよく》するにいたる。そしてそれらは、いわば生《なま》の素材として作中に提示され、一人の人間の知の形成現場が読者の前に現われる。陸軍二等兵東堂太郎の存在は、それだけの避けようもない元手のかかったものだったわけである。

それでいて、この大長編がいわゆる教養小説と異なるのは、ここに楽天的な人格の成長・発展が決して描き出されてはいないからだ。むしろ、冒頭に登場する主人公の思想は、「世界は真剣に生きるに値しない」とする虚無主義に強く傾いている。しかも、その思想の日夜試され、揺すられるのはまさに軍隊機構の中なのである。つまり、行き止まりの地点から逆行する目によって検証されざるを得ぬ精神の苦い歴史がここにあるのだといえよう。そのような辛い展望の中には、人の心の奥にひそむ差別の意識までが当然大きな主題として抉《えぐ》り出されずにはいない。

『神聖喜劇』の魅力を、しかし短い言葉で言い表わすのはまことに困難だ。人間の一挙手一投足を軍隊内の様々の法令・規則の条文に分解してみせるグロテスクなユーモアと江戸期の典雅な詩文が同居し、海を越えては夜を過ごす「明日」のない美しい恋情の描写と陰湿な内務班の生活とが背中あわせに描き出されるところなどにも、この作品の底の深さと規模の大きさの一端はのぞいているといえよう。

『神聖喜劇』の終幕において、東堂太郎は、ここに描き出されたのは自分の「人間生活」の前史である、という意味の言葉を呟《つぶや》いている。もしそうだとしたら、大西巨人氏は一人の人間の「前史」を描出することによって、実にその「全史」を描破せんと志したのではあるまいか。

一九七八年七月〜一九八〇年四月　光文社刊

光文社文庫

長編小説

神《しん》聖《せい》喜《き》劇《げき》　第一巻

著者　大《おお》西《にし》巨《きよ》人《じん》

2002年7月20日　初版1刷発行
2014年3月30日　5刷発行

発行者　駒井稔
印刷　萩原印刷
製本　関川製本

発行所　株式会社　光文社
〒112-8011　東京都文京区音羽1-16-6
電話（03）5395-8149　編集部
8116　書籍販売部
8125　業務部

落丁本・乱丁本は業務部にご連絡くだされば、お取替えいたします。
ISBN978-4-334-73343-8　Printed in Japan

お願い　光文社文庫をお読みになって、いかがでございましたか。「読後の感想」を編集部あてに、ぜひお送りください。

このほか光文社文庫では、どんな本をお読みになりましたか。これから、どういう本をご希望ですか。

どの本も、誤植がないようつとめていますが、もしお気づきの点がございましたら、お教えください。ご職業、ご年齢などもお書きそえいただければ幸いです。当社の規定により本来の目的以外に使用せず、大切に扱わせていただきます。

光文社文庫編集部